Brandilyn Collins

Mal n
»Ich liebe dich«

Roman

Aus dem amerikanischen Englisch
von Barbara Schuler

johannis

Bibliografische Information Der Deutschen Bibliothek
Die Deutsche Bibliothek verzeichnet diese Publikation in der Deutschen Nationalbibliografie; detaillierte bibliografische Daten sind im Internet über http://dnb.ddb.de abrufbar.

ISBN 3-501-01462-7

TELOS-Paperback 72 434
2. Auflage 2005

Titel der amerikanischen Originalausgabe: Color the Sidewalk for Me

Umschlaggestaltung: Friedbert Baumann
Umschlagbild: P. Santor
Gesamtherstellung:
St.-Johannis-Druckerei, Lahr/Schwarzwald
Printed in Germany 15909/2005

www.johannis-verlag.de

Brandilyn Collins · Mal mir ein »Ich liebe dich«

Für meine Mutter und meinen Vater,
Ruth und J. T. Seamands,
die für mich den Gehweg bemalt haben
seit dem Tag meiner Geburt.

Kommt her zu mir, alle, die ihr mühselig und beladen seid; ich will euch erquicken. Nehmt auf euch mein Joch und lernt von mir; denn ich bin sanftmütig und von Herzen demütig; so werdet ihr Ruhe finden für eure Seelen.
Matthäus 11, 28–29

Danksagungen

Ein herzliches Dankeschön an Niwana Briggs für ihre durchdachten redaktionellen Anmerkungen, während sich diese Geschichte entspann.

Meiner Agentin, Jane Jordan Browne, die wohl nie zum Schlafen kommt, gilt meine unendliche Dankbarkeit. Wir haben es geschafft!

Meinem Verleger, Dave Lambert, und meinem Lektor, Robin Schmitt, und Sue Brower und Sherry Guzy und all den anderen tollen Marketing- und Vertriebsleuten bei Zondervan – meine Hochachtung. Ron Huizenga, du zählst für tausend. Ich bin schon ganz gespannt, was ihr alle demnächst für mich auf Lager habt.

1997

KAPITEL 1

Die Kisten sind schwer, ihre rauen Kordelhenkel schneiden mir in die Hände. Eine abgewetzte Tasche zieht an meiner müden Schulter. Die Hitze flimmert auf dem ölverschmierten Asphalt, die drückende Feuchtigkeit legt mir ihre gierigen Finger an die Kehle. Das flache, graue Gebäude scheint unendlich weit weg und meine Beine sind ganz weich. Andere gehen vor mir, während wir im Gänsemarsch vom Bus zum Bahnhofshäuschen marschieren. Ich atme tief durch, fülle meine Lungen mit schmutzig-trüber Luft. Mein Kopf fühlt sich ganz leicht an. Löst sich von meinem Körper, beginnt zu schweben. Irgendwo da unten sind meine Arme, die Kisten, meine stolpernden Füße.

»Ihr werdet Ruhe finden für eure Seelen«, murmele ich halb betäubt. »Ihr werdet Ruhe finden …«

Und dann ragt das Gebäude vor mir auf. Die Tür öffnet sich. Mein Kopf treibt über die Schwelle. Unbeteiligt betrachte ich den Innenraum. Drei Leute stehen Schlange, um Fahrkarten zu kaufen; andere verteilen sich wartend auf orangefarbene Plastikstühle. Zwei Kinder zanken sich vor einem Automaten. Ich versuche, mich darauf zu besinnen, was ich hier will.

Die Tür schließt sich hinter mir. Die Klimatisierung ist wie eine Ohrfeige. Ich schaudere. Taubheit frisst meine Füße weg, meine Beine. Undeutlich spüre ich, wie meine Finger ihren Griff lockern, die Kisten fallen zu Boden. Zwei Frauen beobachten mich. Ich sehe die Fragen in ihren Gesichtern, fühle ihre Blicke.

Die Welt wird dunkel. Meine Knie sacken ein. Eine Zeit lang gibt es nur noch Schwärze …

Gedämpfte Stimmen über mir. Verschwommene Gesichter.

»Armes Ding, die Hitze hat sie ganz geschafft.«

»Und gegessen hat sie vermutlich auch nichts.«

»Geh und hol ihr einen Schokoriegel.«

Forteilende Schritte.

Das Bild beginnt zu wabern und fließt dann wieder zusammen. Ich bin in einem Taxi, dann in einem Hotelzimmer. Steril, unfreundlich. Das Bett ruft. Ich wanke hin und breche zusammen.

Die Wände ziehen sich zusammen. Ich schnappe nach Luft, meine Kehle rasselt. »Danny«, flüstere ich. »Kevy.«

Nach all den Meilen und all dem Rennen fließen endlich die Tränen.

»Oh Danny … Danny … Kevy …«

Ein Glucksen in meiner Kehle brachte mich ruckartig in die Gegenwart zurück. Meine Augen öffneten sich blinzelnd. Die Morgensonne fiel durch die weißen Spitzengardinen und besprenkelte die Bettdecke mit goldenen Pünktchen. Eine meiner Katzen streckte sich neben mir und sah mich mit träger Gleichmütigkeit an.

Ihr werdet Ruhe finden für eure Seelen. Gottes Versprechen an Großvater, das er an mich weitergeben wollte.

Ich lag ganz still da und erlaubte meinen Gedanken, sich zu justieren, wie ich es immer tat nach dem Traum. Ich zwang mich, tief durchzuatmen, bis sich meine bebenden Nerven beruhigt hatten.

Während ich an die Decke starrte, ging mir durch den Kopf, dass ich den Traum schon lange nicht mehr gehabt hatte. Vielleicht ein Jahr nicht mehr. Was aber keine Rolle spielte. Von den vielen Bildern aus meiner Vergangenheit, die mir jederzeit nach Lust und Laune durch den Kopf spuken konnten, war dieses noch das erträglichste.

Ich schluckte, strich mir über die Augen. Sah auf die Uhr. Halb sieben. Mein Wecker würde jeden Moment klingeln. Ich streckte die Hand aus, um ihn auszustellen.

Erst als ich mich schon aus dem Bett gehievt hatte, fiel mir ein, was für ein Tag heute war. Freitag. Mein fünfunddreißigster Geburtstag *und* mein Jubiläum als Angestellte. Vor genau zehn Jahren war ich zum Kreativteam von Sammons Werbeagentur gestoßen.

Zehn Jahre.

Ich trat in die Dusche und stellte mich unter das heiße Wasser, um es die Überreste meines Traums abwaschen zu lassen, umgeben von Lavendelseifenduft. Wenn es doch nur auch den Schmutzfleck auf meiner Seele abwaschen könnte. Fünfzehn Minuten später kleidete ich mich an und schob dabei immer noch die Erinnerungen beiseite, wie ich es unzählige Male in den vergangenen siebzehn Jahren getan hatte. Es war eine scharf geschliffene Verteidigungswaffe, diese Distanzierung von mir selbst. Mechanisch zog ich ein kornblumenblaues Kostüm an, das gut zu meinen Augen passte, und bürstete mein schulterlanges blondes Haar. Mit einer glatten Haut und von Natur aus rosigen Wangen brauchte ich wenig Make-up. Ich wusste, dass die Leute mich hübsch fanden. Was aber keine Rolle spielte.

Als ich fertig war, waren auch meine Gedanken wieder da, wo sie hingehörten, losgerissen von der Vergangenheit und fest in die Gegenwart gezwängt. Ich ging im Kopf durch, was für heute auf dem Programm stand. Wie üblich war mein Zeitplan überladen mit Kunden, die zufrieden gestellt sein wollten, und Mitarbeitern, die ich anleiten musste. Doch der Tag versprach auch etwas Neues, etwas, was ich nie vergessen würde: Meine »Überraschungs-Party«.

Vor einigen Tagen war ich gerade den Flur hinunter Richtung Foyer spaziert, als ich plötzlich Monica, unsere junge Rezeptionistin, mit unserem Geschäftsleiter darüber tuscheln hörte, »wie man Celia während der Vorbereitungen vom Konferenzraum fern halten könnte.« Um ein Haar wäre ich um die Ecke gebogen und hätte gefragt: »Was für Vorbereitungen?«, als ich weiteres Geflüster über einen Kuchen hörte und ob er fünfunddreißig Kerzen für mein Alter oder zehn für meine Jahre bei der Firma haben sollte. Ich war abrupt stehen geblieben, konnte es kaum glauben. Sie planten eine Überraschungs-Geburtstags-Jubiläums-Feier – für *mich*. Nie hätte ich mir träumen lassen, dass jemand so etwas Liebevolles tun würde. Einen Augenblick lang stand ich einfach nur da, während es mir langsam dämmerte. Dann aber zog ich mich schnurstracks leise auf demselben Weg zurück, den ich gekommen war. Um nichts in der Welt wollte ich sie merken lassen, dass ich zufällig alles mit angehört hatte. Erst später, als ich wieder an meinem Schreibtisch saß, ging mir auf, wessen Idee diese Party gewesen sein musste. Weder Monica noch unser Geschäftsleiter waren schon lange genug hier, um zu wissen, wann ich bei der Firma angefangen hatte. Nur Quentin Sammons, der Besitzer der Agentur, hätte Grund, sich an dieses Datum zu erinnern. Der Gedanke, dass Quentin, viel beschäftigt, wie er war, sich Zeit nehmen würde, um mich zu ehren, beschämte mich noch mehr. Er war wirklich genauso sehr ein Freund, wie er mein Chef war, und unsere Wertschätzung beruhte auf Gegenseitigkeit.

Quentin Sammons' Agentur ging nun in ihr siebenundzwanzigstes Jahr und war eines der angesehensten Werbebüros in Little Rock. Ich war ganz unten auf der Angestelltenskala der Firma eingestiegen und hatte es bis zur Kundenberaterin gebracht. Denn ich war nicht nur mehr als fähig, wenn es um das Einbringen von Ideen oder das Gestalten von Entwürfen ging, ich hatte auch ein »Händchen für Sprache«, wie Quentin sich ausdrückte – ein Talent, Bilder mit Worten zu malen. Welche Ironie des Schicksals, dass dieselbe glatte Zunge, die sich in meiner Jugend so häufig Mamas Zorn zugezogen hatte, mir nun half, meinen Lebensunterhalt zu verdienen.

Mama.

Noch ein Gedanke, den es zu verscheuchen galt. Ich musste noch frühstücken, die Katzen füttern und ein paar Blumen gießen, bevor ich zur Arbeit fuhr.

»Mamie! Daisy!«, rief ich, während ich eine Dose mit fischigem Katzenfutter öffnete. Sie tauchten aus entgegengesetzten Richtungen auf und tapsten mit steil aufgestellten Schwänzen erwartungsvoll in die Küche. Ich tätschelte alle beide und ließ sie dann in Ruhe fressen.

Während der zwanzigminütigen Fahrt in die Innenstadt drängten sich immer wieder Szenen aus meinem Traum in meinen Kopf, wie sehr ich mich auch zu konzentrieren versuchte. Seufzend hielt ich vor der letzten roten Ampel, bevor ich auf den Parkplatz des Conart-Hauses einbog, der imposanten sechsstöckigen schwarzen Glaskonstruktion, in der sich die exklusiv gestalteten Büroräume der Agentur befanden. Dann schob ich meine bohrende Vergangenheit gewaltsam beiseite. Ich würde nicht an sie denken. Jetzt war sowieso kein geeigneter Zeitpunkt, sich mit ihr zu befassen. Den geeigneten Zeitpunkt gab es nicht. Es wartete zu viel Arbeit auf mich.

Und eine Party.

Kapitel 2

»Überraschung!«

Ich erstarrte mit offenem Mund in der Tür und riss die Augen auf. Obwohl ich es gewusst hatte, war ich von dem Anblick überwältigt. Sammons Angestellte quetschten sich vollzählig in unseren Konferenzraum und grinsten breit.

»O Mann«, brachte ich hervor, als ich meine Stimme wieder fand. »Das ist *unglaublich*.«

»Hereinspaziert«, rief Quentin. »Feier mit!«

Schnatternd schob mich die Mannschaft zu dem langen, polierten Kirschholztisch, der mit Geschenken und einem reich verzierten Kuchen übersät war. Die Stühle waren ringsherum an die Wand zurückgeschoben worden, einige von ihnen protzten mit knallbunten Gasluftballons. Von der Decke hingen Luftschlangen herunter. Quentin verschaffte sich bei der kleinen Menge Gehör und hielt eine mit humorvollen Einlagen gewürzte, funkelnde Rede über meine Wichtigkeit für die Firma. Jedermann lachte und klatschte Beifall. Als er geendet hatte, versuchte ich, meinen Dank auszudrücken, aber es ließ sich einfach nicht in Worte fassen. Zum Glück kam Quentin mir zu Hilfe.

»Fang lieber an, deine Geschenke auszupacken«, ermunterte er mich.

Eine Spannung wie selten überkam mich. »Na gut, wenn es *sein* muss.« Mit wachsender Begeisterung stürzte ich mich auf das erste. »Seht euch das an!«, schrie ich und hielt ein T-Shirt hoch mit der Aufschrift *Im Zweifelsfall – schlagen Sie zu.* »Danke, Jack.« Ich umarmte meinen Kollegen. Er tätschelte mir freundschaftlich die Wange.

»Mädchen, *das* gefällt mir«, erklärte Monica mit schwärmerischem Augenaufschlag. Dann legte sie das Shirt unvermittelt weg. »Hier, nimm meins als nächstes.«

Da es von Monica kam, musste es etwas Ausgeflipptes sein. Das war es auch – ein mit Herzchen verzierter Kaffeebecher, der Badewannenformat hatte.

»Ich bin mir nicht sicher, ob dieses Ungetüm auf meinen Schreibtisch passt«, kicherte ich.

Es dauerte nicht lange, da hatte ich einen beeindruckenden Stapel an Geschenken und immer noch einige zum Auspacken vor mir. Ein Bilderrahmen, zwei Romane, ein Füller, ein paar CDs und andere sorgfältig ausgesuchte Aufmerksamkeiten lagen auf dem Tisch verstreut. Ich hatte den Kuchen angeschnitten und Marilyn und Wendy, zwei neue Grafikerinnen unter meinen Fittichen, teilten die Stücke aus. Monica rannte ständig raus und rein, um ans Telefon zu gehen, und war über jede Störung ungehalten. »Ich notiere die Nachrichten nur«, verkündete sie, als sie nach dem dritten Anruf zurückkam. »Schließlich werden wir womöglich zehn Jahre auf die nächste Party warten dürfen.«

Doch nachdem sie zum vierten Mal verschwunden war, steckte sie den Kopf in den Konferenzraum und sah mich mit besorgtem Blick an. »Ich denke, du solltest rangehen«, meinte sie zögerlich. »Deine Mutter ist dran.«

Meine Kollegen kannten alle meine beruflichen Fähigkeiten, über mein Privatleben jedoch waren sie kaum im Bilde. Ich sprach nie von meinen Kindheitstragödien – den Verlusten, der Beerdigung, auf der ich war. Meine Kollegen wussten lediglich, dass ich kaum Kontakt zu meiner Familie hatte und in meinem Urlaub als freiwillige Hilfskraft im Hillsdale-Pflegeheim arbeitete. Zweifellos hatte es unter ihnen bereits Gemunkel über die näheren Umstände gegeben.

Auf Monicas beunruhigende Mitteilung hin drehten sich neugierig die Köpfe. Die Gespräche verstummten. Binnen Sekunden war es im Ballon- und Luftschlangenraum mucksmäuschenstill. Ein Stich durchfuhr mich, während ich ein Geschenk umklammert hielt, meine Heiterkeit pellte sich ab und lag wie das zerknüllte Geschenkpapier und Ringelband in Fetzen zu meinen Füßen.

»Sie will dir bestimmt nur zum Geburtstag gratulieren.« Monica lächelte gezwungen. Die Erkenntnis, dass sie die Party zu einem abrupten Stillstand gebracht hatte, stand ihr deutlich ins Gesicht geschrieben.

Mechanisch streckten sich meine Hände aus, um das Geschenk auf den Konferenztisch zurückzulegen. »Natürlich.« Ich sah mich im Raum um. »Entschuldigt mich; ich werde es in meinem Büro annehmen.«

Beim Hinausgehen hörte ich das Geschnatter wieder anschwellen.

Hinter meiner geschlossenen Tür wappnete ich mich für das Telefonat. Mama rief nicht oft an und noch nie hatte sie auf der Arbeit angerufen. Mit meinem Vater sprach ich häufiger, aber auch diese Gespräche waren gestelzt und oberflächlich. Es lag einfach viel zu viel Schmerz unter der Oberfläche – Schmerz, den ich verursacht hatte. Ich wusste nicht, wie ich all die damit verbundenen Themen ansprechen sollte, also ließ ich es bleiben.

Langsam hob ich nun den Hörer. »Mama?«

»Celia.« Ihre Stimme klang alt. »Es geht um deinen Vater.«

Eine plötzliche Furcht versetzte mir einen Schlag in die Magengrube. Ich sackte in meinen schwarzen Lederdrehstuhl. »Was ist passiert?«

»Er hatte einen Schlaganfall. Letzte Woche. Ich hatte vor, dich anzurufen, aber ich wollte erst noch abwarten, bis ich Genaueres wüsste. Die Ärzte sagen, dass er sich erholen wird, aber dass es große Anstrengung kosten wird. Sie entlassen ihn nach Hause und ich werde ihn pflegen. Im Augenblick kann er kaum sprechen oder seine linke Körperhälfte benutzen.«

Ein Luftschwall entwich meinen Lippen. Ich sah meinen Vater vor mir – ein frommer Mann, freundlich und still. So sanftmütig unter Muttis Fuchtel, wie ich aufmüpfig gewesen war. Und so liebevoll zu mir, selbst nach allem, was ich angerichtet hatte. Niemand hatte das weniger verdient als er. Tränen brannten in meinen Augen.

»Er braucht dich, Celia. Er hat immer wieder deinen Namen gerufen, so gut er kann.« Ihre Stimme wurde hart. »Natürlich habe ich ihm gesagt, dass du nicht kommen wirst; du bist noch nicht fertig mit Weglaufen und wirst es vielleicht nie sein.«

Die Worte ohrfeigten mich. Sie waren so ganz Mama, anklagend und kalt.

»Aber er lässt nicht locker«, fuhr sie fort. »Celia, du musst nach Hause kommen.«

Nach Hause?

Das war zu viel auf einmal. Ein tiefer Schmerz über das Bild meines Vaters, der kläglich nach mir rief, prallte frontal mit der Furcht zusammen, ihm und, weit schlimmer noch, meiner Mutter zu begegnen. Ich atmete tief durch und in diesem Moment stürmte eine äußerst seltsame Folge von Gedanken auf mich ein. Meine Augen huschten unwillkürlich über meinen Schreibtisch und plötzlich berührte mich seine Kargheit. Die meisten Schreibtische meiner Kollegen waren voll gestellt mit Bildern von Kindern und Ehepartnern und Geschwistern. Nicht so meiner. Zwischen je einer Topfpflanze an den Rändern stand eine magere Gruppe von drei goldgerahmten Fotos. Das erste zeigte meine Katzen, behaglich über Patchwork-Kissenbezüge ausgestreckt, auf meinem Bett; das zweite zeigte mich und einen alten Mann mit einem strahlenden, zahnlückigen Lächeln im Pflegeheim; und das dritte zeigte wieder mich stolz vor meinem kleinen weißen Haus mit seinem grasgesäumten Gehweg und den blassblauen Fensterläden an dem Tag vor fünf Jahren, als mein Hauskauf abgewickelt war. Beim Anschauen dieses Bildes dachte ich, wie gut mein Toyota in die kompakte, frei stehende Garage passte und wie hübsch sich die weißen Korbmöbel auf meiner Terrasse ausnahmen. Ich dachte an das kleine zweite Schlafzimmer, das zu einem Büro umfunktioniert worden war und das immer so angenehm mit Arbeit lockte, wenn die alten Erinnerungen drohten. Als ich meinen Blick zu den gebrochen weißen Wänden bei Sammons hob, sah ich gerahmte Plakate von Werbekampagnen, die ich mit aus der Taufe gehoben hatte. Jedes einzelne war ein Zeugnis für die leistungsfähige, kreative Erwachsene, die ich geworden war.

Du musst nach Hause kommen.

Bei diesen Worten machten meine Gedanken eine schmerzhafte Verrenkung von Little Rock ins winzige Bradleyville, das sich an die Ausläufer der Appalachen im Osten Kentuckys schmiegte. Bradleyville war ein durch und durch konservatives Städtchen, von meinem Urgroßvater nach christlichen Grundsätzen gegründet, die mir einst lieb gewesen waren. Mit achtzehn Jahren war ich aus Bradleyville geflüchtet und hatte dabei nicht nur meinen Kentucky-Akzent hinter mir gelassen, sondern auch meine Familie, meine Freunde und letztendlich Gott selbst. Nun konnte ich mir nicht vorstellen, bei irgendeinem von ihnen willkommen zu sein.

Nach Hause? Ich *war* zu Hause.

Kapitel 3

Jerome's Restaurant in dem Einkaufscenter gegenüber dem Conart-Haus wimmelte nur so von Anzug-und-Krawatten-Kundschaft. Schlaffer, grüner Farn hing von der angestrahlten Decke. Die Tische waren mit weißem Papier bedeckt, ein Kaffeebecher mit Buntstiften lud zu Kritzeleien ein. Verführerische Düfte von Knoblauch und Pasta erfüllten die glaswandigen Räume, der Geräuschpegel ein tiefes Summen. Carrie Wells hatte darauf bestanden, dass ich auf meine Gewohnheit, in der Mittagspause durchzuarbeiten, verzichtete und mich alle zwei Wochen mit ihr im Jerome's traf. »Du weißt ja, was von dem pausenlosen Arbeiten zu halten ist«, sagte sie und zog dabei eine gezupfte Augenbraue in die Höhe. Nach Mamas Anruf hätte ich beinahe abgesagt, aber ich wusste, dass Carrie mir das nicht durchgehen lassen würde.

Vor drei Jahren war ich buchstäblich über Carrie gestolpert, als ich eines Tages in den Aufzug im Foyer von Conart hechtete. Sie trug ein dunkelgrünes Kostüm, das ihre schlanke Figur günstig betonte, das rötlich blonde Haar war stufig geschnitten und fiel ihr in weichen Wellen auf die Schultern. Ihr Make-up war unaufdringlich perfekt. Die Selbstsicherheit, die sie ausstrahlte, war geradezu einschüchternd. Und dann grinste sie mich an und zeigte gerade weiße Zähne. »Mann, oh Mann«, flachste sie, »im Brandfall soll man doch die Treppe benutzen!«

Ich brachte ein Lächeln zustande. »Tut mir Leid. Ich habe mich gerade mit einem neuen Kunden unserer Werbeagentur getroffen und bin in Gedanken schon völlig bei den Logo-Entwürfen.«

Wir unterhielten uns kurz auf dem Weg zum fünften Stock und sie erzählte mir, dass sie als leitende Angestellte in der Grundbuchabteilung von First United arbeitete.

»Oh«, erwiderte ich, »deine Firma hat vor fünf Jahren den Kauf meines Hauses abgewickelt. Warst du damals schon dabei?«

»Nein.« Traurigkeit huschte über ihr Gesicht. »Zu dieser Zeit habe ich hauptsächlich meinen Mann gepflegt. Er ist an Krebs gestorben. Kurz darauf bin ich wieder arbeiten gegangen.«

»Oh, das tut mir aber Leid.« Ich hatte plötzlich das Bedürfnis, die Stockwerk-Zahlen zu betrachten, die nacheinander rot aufleuchteten. Ihr Verlust, der in seiner Tiefe dem meinen zu ähnlich war, hatte mir die Sprache verschlagen.

In diesem Augenblick beschloss Carrie offensichtlich, mich als ihre persönliche Mission zu betrachten, da sie den Schmerz in meinen Augen erkannte, der ihren eigenen widerspiegelte. Während wir uns immer mehr anfreundeten, gelang es ihr, mir Dinge über meine Vergangenheit zu entlocken, die sonst niemand wusste. Und sie nahm nie ein Blatt vor den Mund, wenn es darum ging, davon zu sprechen, wie wichtig Christus für ihr Leben war, und sie stupste mich sacht, zu meinem Kindheitsglauben zurückzukehren. Sie konnte einfach nicht verstehen, dass dieser Zug für mich abgefahren sein sollte.

»So«, meinte sie leise, nachdem die Kellnerin unsere Salate gebracht hatte, »ich wäre jetzt fast schon mit dem Neusten von mir herausgeplatzt, aber du siehst aus, als seiest du unter einen Laster gekommen. Was ist passiert?«

»Danke, danke.« Ich lächelte schwach. »Aber ich will noch nicht darüber reden. Du fängst an.«

Sie sah mich bestürzt an. »Du weißt, dass ich nicht zulassen werde, dass du dich mit was auch immer alleine rumschlägst.«

»Ich weiß, ich weiß.« Ich fühlte mich plötzlich so müde und lehnte den Kopf an die Nischenpolsterung, während eine Kellnerin unsere Wassergläser auffüllte. »Ich werde reden, versprochen. Aber was tut sich bei dir gerade?«

Ihr Gesicht leuchtete auf, als sie anfing, den neuen Zweitpastor in ihrer Gemeinde zu beschreiben. »Achtunddreißig, dunkles Haar, braune Augen, sogar ein Grübchen in der Wange. Und noch nie verheiratet, kannst du dir so was vorstellen? Er heißt Andy. Ich fühle mich so zu ihm hingezogen, dass ich kaum weiß, wie ich mich verhalten soll.« Sie legte eine Pause ein, um eine Gabel von ihrem Salat mit fettarmem Dressing zu essen. »Ich meine, in dem Augenblick, als ich ihn sah, spürte ich diesen ... *Zug*. Ist das nicht erstaunlich? Und weißt du was? Er fühlt das Gleiche!«

Seitdem ihr Ehemann gestorben war, hatte sich Carrie für keinen anderen Mann mehr interessiert. Sie hätte es gerne getan, glaubte sie doch, dass ein Sich-hingezogen-Fühlen ein Zeichen dafür wäre, dass ihre Trauer allmählich abzuklingen begänne. Denn all ihrer Lebhaftigkeit – und selbstlosen Fürsorge für mich – zum Trotz wusste ich, dass Carrie immer noch um ihren Ehemann trauerte. Es war dieser von Zeit zu Zeit aufkommende Schmerz, der es ihr erlaubte, den meinen zu verstehen.

Ich lächelte, ehrlich froh für sie. »Carrie, das ist Klasse.«

»Wir sind letzten Samstag essen gegangen und ich habe es echt genossen«, plapperte sie weiter und wedelte mit einer rot manikürten Hand. »Er ist ein wunderbarer Mann, dem sein Dienst in der Gemeinde ganz wichtig ist. Seine Werte und Ziele stimmen mit meinen überein und bei uns stimmt einfach ... die *Chemie*.«

Ich spießte eine Kirschtomate auf. »Wie bei DuPont.«

»Häh?«

»Du weißt schon, dieser große Konzern. Vor einigen Jahren lautete ihr Slogan: ›Bei uns stimmt die Chemie.‹ Schönes Wortspiel.«

Sie verdrehte die Augen. »Celia, ich erzähle dir hier von dieser unglaublichen Geschichte, die mir passiert ist, und du bist mit deinen Gedanken immer noch bei Reklamesprüchen?«

»Nein, nein. Ich freue mich wirklich für dich! Aber wenn er so toll ist, warum war er dann nie verheiratet?«

»Na ja«, grinste sie unbedacht, »du bist auch toll und warst nie verheiratet.«

Getroffen! Ich sah auf meinen Teller.

»O Celia«, beeilte sie sich zu sagen, »das sollte jetzt nichts heißen.«

»Ich weiß.«

Trotzdem spürte ich, wie sich plötzlich eine Traurigkeit zwischen uns herabsenkte. Vor sieben Jahren hatte Roger mich heiraten wollen. In jüngerer Vergangenheit Michael. Ihre Liebe zu mir hatte sich anfangs gut angefühlt, sehr gut, und es hatte in beiden Beziehungen Zeiten gegeben, in denen ich mir vorstellen konnte, dass es klappen könnte. Ich hatte sogar den Gedanken zugelassen, dass Gott mir vielleicht vergeben hatte – wenigstens so weit. Doch ich hatte mich zweimal geirrt. Meine Vergangenheit ragte übermächtig auf, jahrzehntealte Wünsche und Schuldgefühle erstickten, was hätte sein können.

»Hey.« Carrie tippte auf meinen Teller. »Schildkröte. Du ziehst den Kopf ein.«

Ich legte meine Gabel hin. »Tut mir Leid.«

»Okay. So viel zu mir. Jetzt bist du dran.«

Seufzend erzählte ich ihr von Mamas Anruf. Sie hörte voller Anteilnahme zu, ihre Augen ließen mein Gesicht nicht los.

»Dein armer Vater. Wie traurig«, sagte sie, als ich fertig war. Sie nahm nachdenklich einen Schluck Wasser. »Vielleicht gibt Gott dir ja diese Chance, so schrecklich die Situation für deinen Vater auch ist, damit du an deiner Beziehung zu deinen Eltern arbeiten kannst. Wann reist du ab?«

»Ach, Carrie, so einfach ist das nicht.« Ich konnte einfach nicht anders, als rechtfertigend klingen, denn es handelte sich hierbei um die fixe Idee von meiner Mutter und nicht von Gott. »Mama bittet mich ja nicht, mal eben für ein paar Tage zu kommen. Sie erwartet wahrscheinlich, dass ich drei Wochen oder länger bleibe. Ich kann mir nicht vorstellen, wieder in dieser Stadt, in diesem Haus zu sein. Bei dem Gedanken schnürt sich mir fast die Kehle zu. Ich kann ihr nicht gegenübertreten. Ich *kann* einfach nicht.«

»Aber wie kannst du deinem Vater nicht helfen?«

»Ich weiß es nicht. Das ist es ja gerade. Das bringe ich auch nicht übers Herz.«

»Du musst ihm helfen«, sagte sie sanft und legte ihre Hand auf meine. »Du darfst dich nicht von der Furcht, deiner Mutter zu begegnen, abhalten lassen.«

Die Nähe meines zur Hälfte gegessenen Salates störte mich plötzlich und ich zog meine Hand aus ihrer zurück, um den Teller beiseite zu schieben. Ich legte mein sauberes Messer darauf, dann die Gabel. Faltete meine Serviette. Schob sie neben den Teller.

»Celia, hör mir zu. Du musst das tun. Du musst dich mit beiden auseinander setzen.«

Ich starrte auf das weiße Papier zwischen meinen Ellbogen. »Ich *setze* mich mit Mama auseinander. Indem ich mich siebzehn Jahre lang nicht blicken lasse.«

Schweigen. Ich spürte, dass sie darauf wartete, dass ich die Lächerlichkeit meiner Bemerkung zugab. Fein. Da konnte sie lange warten.

»Siebzehn Jahre«, sagte sie schließlich, »und emotional war es das reinste Wassertreten. Celia, bitte hör mich an. Gott möchte dich heilen. Er *kann* dich heilen. Erinnerst du dich noch an den Vers aus Jeremia, den ich so gerne mag? ›Ich bin der HERR, der Gott aller Menschen. Sollte mir etwas unmöglich sein?‹ Das hier ist deine Chance. Pack sie beim Schopf. Ich weiß, Gott kann die Dinge zwischen dir und deiner Mutter in Ordnung bringen. Und diese Heilung könnte wiederum dazu beitragen, die Mauer an Schuldgefühlen zu durchbrechen, die du zwischen dir und Gott aufgebaut hast.«

Carrie war selten so direkt zu mir. Ich starrte sie an, erschüttert von ihren Worten. *Emotional war es das reinste Was-*

sertreten. Sie hatte es gut getroffen, aber in jenem Moment war das das Letzte, was ich zugegeben hätte. Manchmal fühlte ich mich so zerrissen, als sei ich drei oder vier Personen gleichzeitig. Ich hatte hart daran gearbeitet, die kühle, kompetente Fachfrau zu werden, aber der bloße Gedanke an Mama konnte mich wieder in den emotionalen Teenager aus Bradleyville verwandeln. Im Hillsdale-Pflegeheim konnte ich beim Umgang mit Patienten heiter und sogar humorvoll sein, denn genau das brauchten sie, doch fehlten diese Züge in meinem restlichen Leben schmerzlich.

Ich wandte meinen Blick ab. Griff nach einem Buntstift und ließ ihn über den Tisch tanzen, beobachtete lustlos das Wirbeln von Rot auf Weiß. »Carrie«, sagte ich, »wenn ich noch nicht mal meinen Weg zurück zu Gott finde, dann kannst du Gift drauf nehmen, dass ich ihn niemals zurück zum Herzen meiner Mutter finden werde.«

Carrie wollte gerade widersprechen, als ich den Kopf schüttelte und sie zum Schweigen brachte. Ich hatte im Augenblick genug geredet. Der Stift stockte. Ich setzte ihn wieder in Bewegung. Noch ein drittes Mal. Und ein viertes. Während ich durch den kreisenden Buntstift wie in die Ferne sah, empfand ich eine vertraute Leere, als sich Erinnerungen an Mama in meine Gedanken gruben.

Rot auf Weiß, Weiß unter Rot.

Das Stimmengewirr von Jerome's, das Tellerklappern erstarb. Der Buntstift wurde weich wie Kreide, unsere Tischdecke vernarbte zu Betonboden. Wände und Farn schmolzen in der Verzauberung eines bestimmten Frühlingstags vor neunundzwanzig Jahren, als die Temperatur so vollkommen mit der meines eigenen jungen Körpers übereinstimmte, dass ich keinen Unterschied zwischen mir und der Luft fühlte, beide sonnendurchflutet und voller Zauber …

1968

Kapitel 4

Die rote Kreide quietschte, als ich sie über den Boden zog, um die Umrisse eines dicken Herzens zu zeichnen und es hinterher auszumalen. Meine Hände trugen die Spuren eines passionierten Künstlers in einem Ausbruch von Kreativität, eine gemischte Palette Pastellfarben setzte sich in meinen Handlinien fest. Meine Schultern waren müde vom Malen, meine Knie rau und aufgeschürft, aber was machte das schon einer Sechsjährigen, die vor Aufregung zitterte. Melissa Westerdahl, meine zierliche beste Freundin, die zwei Häuser weiter die Straße rauf wohnte, kniete hinter mir. Als ich sie schnaufen hörte, stellte ich mir vor, dass ihr die Zunge heraushing, während sie an unseren leuchtenden Bildchen auf dem kurzen Gehweg arbeitete, der von meinem Haus bis zur Straße führte. Wir waren fast fertig, doch unsere Zeit konnte jeden Augenblick schlagartig abgelaufen sein mit der heiß ersehnten Ankunft meines neugeborenen Brüderchens Kevin Thomas Matthew. Er war nach seinen beiden Großvätern benannt – Kevin nach dem Vater meines Papas, der vor meinem fünften Geburtstag verstorben war, und Thomas für meinen anderen Opa, der bei uns in der Minton Street 101 wohnte.

Vor einer Stunde war ich aufgekratzt auf dem abgetretenen Teppich vor unserem funkelnagelneuen Farbfernseher herumgehopst und war Großvater mit meinem »Wie lange noch? Wie lange noch?« auf die Nerven gefallen. Papa war zum Krankenhaus gefahren, um Kevin und Mama nach Hause zu holen, und selbst das Samstagvormittag-Kinderprogramm mit dem *Rosaroten Panther* in seiner wahren Hautfarbe konnte meine Aufmerksamkeit kaum fesseln. »Sieh nur, wie *rosa* der ist!«, rief Großvater mehrmals in dem Versuch, mich abzulenken. Er war beinahe ebenso stolz, den ersten Farbfernseher in Bradleyville zu besitzen, wie auf seinen ersten Enkelsohn, untermauerten doch beide seine Stellung als Stadtvater. Großvater kümmerte es keinen Deut, dass Mama über seinen Kauf außer sich vor Wut gewesen war und schimpfte, dass zu viel Fernsehen das »Werkzeug des Teufels« sei. »Oh, Himmel, Zwirn und zugenäht, Tochter!«, hatte er erwidert, während die Lieferanten fluchtartig das Weite suchten, um Mamas Zorn zu entkommen. »Der Schwarz-Weiße hat uns auch nicht geschadet, also sehe ich nicht ein, was ein bisschen Farbe machen soll!«

Als der *Rosarote Panther* endete, Großvater immer noch die Titelmelodie summte und mich auf allen Vieren um den Couchtisch jagte, hatte plötzlich Melissa durch die Fliegenschutztür gerufen. Melissa und ich steckten so viel zusammen, dass Mama uns manchmal »die Zwillinge« nannte, obwohl wir uns überhaupt nicht ähnlich sahen. Mein Haar war blond und lockig; ihres war braun und glatt wie ein Stock. Meine Augen waren blau, ihre braun. Melissa war ein hüpfendes Energiebündel, schlug federleicht Räder und war beinahe ständig am Kichern. Manchmal wurde es sogar *mir* zu viel.

Melissa und ich tanzten beide vor Vorfreude herum. Großvater gab es auf, uns ablenken zu wollen, und ließ sich aufs Sofa fallen, um sich das Gesicht zu fächeln.

»Ich hab's!«, schrie ich plötzlich und meine Augen wurden ganz groß. »Los, wir nehmen Kreide und malen für Mama und Kevin den ganzen Gehweg an! Das wird ein tolles Geschenk und gleichzeitig hat Mama dann einen hübschen Teppich zum Drauflaufen!«

»Au ja!«, stimmte Melissa zu.

Wir beendeten unser Meisterwerk gerade noch rechtzeitig und der ganze Gehweg war mit herrlichen Bildern bedeckt. Gott selbst hätte es nicht besser hingekriegt. Was machte es schon, dass meine Beine eingeschlafen waren und brannten, als ob sie mit beißenden Ameisen übersät wären.

Ich wischte gerade meine Hände am Rasen ab, als Papa am

Bordstein hielt. Man hätte meinen können, er lenke eine Kutsche voll Gold, solche Mühe gab er sich, genau so anzuhalten, dass Mamas Tür auf einer vollkommenen Linie mit dem Gehweg war. *Meinem* Gehweg.

»Sie sind da! Sie sind da!«, schrie ich und hopste hin und her. Melissa hopste ebenfalls, während ich zur Treppe rannte, um Großvater zu rufen, der bereits gemächlich aus der Türe trat und dabei die Filmmelodie des *Rosaroten Panthers* durch die Zähne pfiff. »Pass auf den Weg auf, Großvater«, trällerte ich. »Nicht drüberschlurfen!«

Er blieb in Bewunderung unseres Kunstwerks stocksteif stehen und hatte eine sehnige Hand auf die Brust gelegt. »Das ist aber hübsch, Mädels«, rief er aus. »Das Hübscheste, was ich je gesehen habe!«

Papa öffnete jetzt Mamas Wagenverschlag mit einer Mischung aus Pompösität und Ehrfurcht. Mama drehte langsam ihre Beine, bis ihre Füße auf dem Boden aufkamen, und stand dann mit seiner Hilfe auf. Ihre von Natur aus glatte Gesichtshaut war vor Müdigkeit zerfurcht und sie bewegte sich mit einer Schwerfälligkeit wie nach einem Tag anstrengender Hausarbeit. In ihren Armen lag ein in eine gelbe Decke gewickeltes Bündel.

»Guck mal, Mama!«, platzte ich heraus. »Wir haben den Gehweg für dich angemalt!«

Mein Ruf purzelte über den Weg zwischen uns, prallte von den Eichen in unserem Vorgarten ab und strich durch ihre windzerzausten Blätter. Der Augenblick wurde bedeutungsschwer, als mir plötzlich aufging, dass die Positionen in unserer Familie zur Disposition standen, jetzt, wo ich ein kleines Brüderchen hatte. Ich brauchte Mamas überschwängliche Reaktion, musste spüren, dass sie mich und meinen verzweifelten Wunsch, ihr zu gefallen, in die Arme schloss. Stumm flehte ich Gott an, dass sie mich immer noch wollte.

Großvater hatte sich noch nicht von der Veranda wegbewegt. Ich stand noch immer auf der untersten Stufe, Melissa war auf dem Rasen erstarrt. Papas Arme stützten Mama; das gelbe Deckchen gab keinen Mucks von sich. Ich hob meine Augen zu Mamas Gesicht empor und der Nachmittag stand still.

Auf ihrem Gesicht lag ausgesprochene Bestürzung. Es erinnerte mich an das Mal, als ich eine Flasche Pflanzenöl auf ihren frisch geputzten Küchenfußboden verschüttet hatte oder als ein Nachbarshund einen stinkenden Haufen zwischen ihren Rosenstöcken hinterlassen hatte. Sie starrte auf den Gehweg, dann auf Melissa und mich. Papa hielt sich ängstlich an ihrer Seite, das Gesicht verschlossen, und wartete auf ihre Äußerung. Die Zeit zog und zog sich und ich hielt den Atem an.

»Nun, William«, meinte Mama schließlich, »ich denke, wir werden ihr nicht den Hintern versohlen, weil das ein Geschenk für mich sein sollte.«

Erleichterung ging von Papa aus. »Das habt ihr schön gemacht, Mädchen«, wagte er zu sagen und lächelte mir beruhigend zu.

»Sie haben lange daran gearbeitet, Estelle.« Großvaters Stimme hinter mir enthielt mehr als nur eine Spur Vorwurf. Mama schoss ihm einen Blick zu.

Mama und ich hatten uns in der Vergangenheit schon so manches hitzige Wortgefecht geliefert. Aber jetzt verschlug es mir die Sprache. Mit offenem Mund und zugeschnürtem Hals senkte ich meine Augen auf den Gehweg und strich über seine ganze prunkvolle Länge, suchte in seinen Mustern nach einem Grund für ihren Tadel. Um nichts, aber auch um gar nichts konnte ich begreifen, wie sie dieses von Herzen kommende Geschenk für eine Schmiererei halten konnte. Wie konnte sie auch nur auf die Idee kommen, mich zu versohlen; wie konnte ihr entgehen, dass ich dies mit Liebe extra für sie gemacht hatte, dass ich hart daran gearbeitet hatte, dass ich so stolz darauf war?

Der Zauber des Nachmittags schmolz dahin und ich erschauerte, als mich eine frostige Erkenntnis überkam und mich in Trostlosigkeit hüllte. Es war ein Wissen, das ich irgendwie schon gespürt hatte, seit ich denken konnte, aber nie richtig zu fassen bekommen hatte, wie ein tief sitzender, schwärender Splitter, der schließlich an die Oberfläche kommt.

All ihrer christlichen Wohltätigkeit zum Trotz, meine Mama konnte mich nicht lieben.

1997

Kapitel 5

Nach meinem Mittagessen mit Carrie bestand der restliche Tag aus einem Wirbelsturm von Meetings. Unsere Kampagne für Cellway Phone Systems ging in die heiße Phase und drei Assistenten kamen ständig mit neuen Skriptentwürfen für einen Werbespot im Lokalfernsehen und einen Text für parallel geschaltete Zeitungsanzeigen zu mir. Die Southern Bank war uns soeben unverhofft als Kunde in den Schoß gefallen, nachdem sich Quentin Sammons vier Jahre lang darum bemüht hatte. Die Bank wollte ihr altbackenes Image aufpolieren zu einem, mit dem sich jüngere Unternehmer aus der Hightech-Branche identifizieren könnten. Das bedeutete, von A bis Z eine Kampagne zu entwickeln – mit neuen Farben, neuem Logo und neuem Slogan –, angefangen von Broschüren über Radiospots, eine Reihe von Fernsehwerbeclips und ganzseitige Zeitungsanzeigen bis hin zu den großen Reklameschildern an Stadtbussen. Quentin Sammons persönlich würde den Kunden betreuen, verließ sich aber auf mich für die Leitung des kreativen Prozesses und die Organisation der Logistik.

Am anderen Ende unseres neuen Kundenspektrums war ein junges Unternehmen, das sich um die privaten Geldangelegenheiten von Unternehmern kümmerte, die für ihre gewinnträchtigen, gewagten Geschäfte völlig auf sich gestellt waren und obendrein selbst noch Hypothekenzahlungen zu leisten hatten. Der Chef von Partners Corporation, Gary Stelt, trieb meinen armen Kollegen Matt zur Verzweiflung, indem er einen kreativen Einfall nach dem anderen ablehnte. Um 15 Uhr steckte ein zerknautscht aussehender Matt seinen Kopf in mein Büro und bat um Hilfe. Er war – wieder einmal – mitten in einer Sitzung mit Stelt und wusste nicht weiter. Er fürchtete, den Kunden zu verlieren.

»Klar. Ich komme.« Ich schob meine Kritzeleien für die Southern Bank beiseite und folgte ihm in den Konferenzraum, wobei ich mir wünschte, meine aufgewühlten Gefühle wegen Mamas Anruf ebenso leicht weglegen zu können. Angesichts der Hilfsbedürftigkeit meines Vaters war ich über meine Ichbezogenheit und Furcht erstaunt. Welch Ironie, dass ich, die ich als Hilfskraft im Pflegeheim so manchem Schlaganfallopfer geholfen hatte, nun mit mir rang, ob ich für meinen eigenen Vater sorgen sollte. Das Mittagessen mit Carrie hatte mir keinen Deut weitergeholfen. Ich hatte ihre Reaktion immer noch nicht verwunden.

»Sehen Sie, wir wollen etwas *Griffiges*«, erklärte Gary Stelt nach einer kurzen Vorstellung. Er saß mit einem Dann-schießen-Sie-mal-los-Ausdruck zurückgelehnt in seinem Stuhl, das aufgeknöpfte Jackett offenbarte einen Schmerbauch mittleren Jahrgangs. Sein Gesicht war rundlich, die Mundwinkel hingen herab. Beim Sprechen schlug er zur Betonung dickliche Fingerknöchel gegeneinander.

Ich lächelte nachsichtig. *Griffig*. Wie oft hatte ich diesen Ausdruck nicht schon gehört? Was glaubten unsere Kunden nur – dass Sammons sich damit brüstete, abgegriffen zu sein? Der Haken an der Sache war nur, dass *griffig* für verschiedene Leute Verschiedenes bedeutete. Mit den Jahren hatte ich meine Beobachtungsgabe so weit geschult, dass ich einen sechsten Sinn dafür hatte, was einem Kunden zusagen würde und was nicht. Ich hörte mir Gary Stelts langatmige Erklärung aufmerksam an, als er sich darüber ausließ, wie effizient sein Unternehmen doch die Gelder seiner Kunden verwaltete, indem es ihnen einen Haushaltsplan empfahl, Rechnungen bezahlte und ihnen sparen half. »Wir kümmern uns um ihre Privatgeschäfte, damit sie sich voll und ganz auf den Aufbau ihrer neuen Unternehmen konzentrieren können«, fuhr er fort. »Ohne uns würden viele von ihnen Pleite gehen.«

Ich sah unauffällig auf die Uhr. Meine Sitzung mit Cellway

war für 15.45 Uhr angesetzt. In den nächsten zehn Minuten sprach ich freundlich, aber bestimmt mit Gary Stelt, glättete sein frustriertes Gefieder, lobte ihn für sein Festhalten an der Vision für sein Firmenimage und versicherte ihm, dass Matt und mir schon die treffenden Worte einfallen würden, die die Essenz seines Unternehmens zusammenfassten – ein griffiger, einprägsamer Satz. Für den Augenblick war er besänftigt, während Matt ihn hinauskomplimentierte. Ich fühlte mich ausgelaugt, als ich zurück in mein Büro ging, um die Cellway-Unterlagen zu holen, in Gedanken bei Papa.

Um 19 Uhr dröhnte mein Schädel und die Rückenmuskeln waren verspannt. Ich suchte gerade ein paar Hefter zusammen, die ich in meine Aktentasche stopfen wollte, um zu Hause weiterzuarbeiten, als Quentin Sammons in meiner Tür erschien. Ich wappnete mich innerlich. Er war mein Chef, aber er und seine Frau Edna waren auch elterliche Typen und mir war klar gewesen, dass er früher oder später mit mir über den Anruf würde reden wollen, der unsere so außergewöhnliche Betriebsparty abgewürgt hatte.

»Noch einmal herzlichen Glückwunsch zum Zehnjährigen«, sagte er und ließ seinen knochigen Körper geschmeidig auf den Lederstuhl gegenüber von meinem Schreibtisch sinken.

»Danke. Es war eine gute Zeit.«

Flüchtig malte ich mir aus, wie es um meine Karriere hätte bestellt sein können, wenn ich bei Grayland Advertising geblieben wäre, wo ich nach meinem Abschluss als Grafikerin an der Universität von Arkansas zu arbeiten angefangen hatte. Grayland Advertising war ein chaotischer Familienbetrieb gewesen, der seine Kunden wegen Ed Graylands Ungeschicktheit und Dorris Graylands pausenlos brodelndem Hader mit dem Leben nicht halten konnte. Doch immerhin war es ein Arbeitsplatz und ich sammelte in diesem Jahr Erfahrungen, bis

Quentin mich »entdeckte«, wie er gerne sagte. Alvin Kepler, der Besitzer von Kepler Electronics, einer Kette lokal ansässiger Computerläden, machte seine Drohungen wahr, seinen Auftrag von Grayland zurückzuziehen, und wechselte aufgebracht zur Agentur von Quentin Sammons. Kepler hatte gar nicht genug abschätzige Worte, um Grayland zu beschreiben, und machte lediglich eine Ausnahme für »das reizende blonde Mädel«, das ihr Logo und den Text für die Zeitungsanzeige entworfen hatte. »Die verschwendet nur ihre Zeit mit dem Paar!«, hatte er Quentin gegenüber erklärt, der mich daraufhin umgehend für ein Vorstellungsgespräch angerufen hatte, nachdem er seinen neuen Kunden zur Mahagonidoppeltür hinausbegleitet hatte.

Quentin Sammons war fünfzig, als ich ihn kennen lernte, eine hoch gewachsene, schlaksige Gestalt mit den zartesten, grazilsten Fingern, die ich je bei einem Mann gesehen hatte. Er hatte sie während unseres Gesprächs wie eine Kirchturmspitze auf dem Papierstapel auf seinem Schreibtisch aufgestellt. Offensichtlich von meiner Mappe beeindruckt, hatte er mir Fragen über meine Ziele in »der Branche« gestellt. Sein volles Haar wurde langsam grau. Ich war überwältigt von der Atmosphäre in seiner Agentur – ein ständiges Summen von Angestellten, die mit Skizzenblocks und Textentwürfen unterm Arm zu Meetings eilten.

»Ich habe noch nie zuvor jemanden angeworben«, hatte er gesagt. »Im Gegenteil, ich habe sogar viele abgelehnt. Doch du machst einen viel versprechenden Eindruck. Wenn du bei Grayland bleibst, wirst du bald ohne Arbeit dastehen. Arbeitest du hier, bekommst du ein höheres Gehalt und dazu werde ich dir helfen, dich gründlich einzuarbeiten. Das ist mein Teil der Abmachung. Deiner wird sein – und das sage ich dir ganz offen –, dass du wie verrückt arbeiten wirst. Abends, am Wochenende. Du wirst Stunden damit zubringen, dir eine brillante Werbekampagne auszudenken, nur um zu hören, dass die Freundin des Kunden sie für zu ausgefallen oder für nicht ausgefallen genug hält, und die Meinung eines Laien wird dich wieder ans Zeichenbrett schicken. Du brauchst sowohl Talent als auch hohes diplomatisches Geschick, um Kunden dahin zu bringen, das zu akzeptieren, von dem du weißt, dass es richtig ist. Wenn du das schaffst, dann wird es dir hier gut gehen.«

Das Talent hatte ich. Aber diplomatisches Geschick? In den vergangenen sieben Jahren hatte ich mich von Menschen zurückgezogen, da die Trauer- und Schuldgefühle alles andere verdrängten. Doch andererseits fand ich die in Aussicht gestellten Arbeitszeiten verlockend. Mir behagte die Vorstellung, völlig im hektischen Arbeitstempo aufzugehen und kaum noch Zeit zu haben, all das zu betrauern, was meinem Leben abging.

»Das schaffe ich«, hatte ich erklärt und dabei meine Hand ausgestreckt. Wir bekräftigten es mit Handschlag.

Heute, zehn Jahre später, brachte Quentin Sammons, der mir gegenübersaß, nach ein paar Minuten Plauderei unsere Unterhaltung geschickt auf das morgendliche Ereignis. Nüchtern erzählte ich ihm von Mamas Bitte. »Ich müsste gehen, aber ich sehe keine Möglichkeit dazu. Ich habe zwei neue wichtige Kunden und jetzt bin ich auch noch bei Partners hinzugezogen worden, von meinen alten Kunden ganz zu schweigen.« Ich senkte den Kopf und rieb mir die Schläfen.

Quentin schwieg still. Ich hörte seinen Stuhl knarren und wusste, dass er sich zurücklehnte, um geistesabwesend aus meinem Fenster zu sehen, das Kinn gerunzelt, die Hände über der Brust gefaltet. Nach Carries Worten wartete ich plötzlich auf seine Antwort wie ein Kind, das einen gönnerhaften Onkel bittet, eine drückende Last blitzartig verschwinden zu lassen. Wenigstens würde er keine Predigten halten.

Der Stuhl quietschte wieder, als er sich vorbeugte, um beide Ellbogen auf meinen Schreibtisch zu stützen. Er räusperte sich, seine Worte waren bedächtig. »Ich glaube nicht, dass die Arbeit der eigentliche Grund ist, warum du nicht gehen willst.«

Ich starrte ihn an, die Widerrede erstarb auf meinen Lippen.

»Celia«, sagte er sanft, »ich will dir jetzt mal ein paar Takte sagen, die ich bis zu diesem Augenblick für mich behalten habe. Seit ich dich kenne, hast du kein einziges Wort über deine Eltern verloren, bis auf die knurrigen Antworten auf Ediths zudringliche Fragen. Du hast kein einziges Mal richtig Urlaub gemacht. In deinem Urlaub pflegst du alte Leute und bearbeitest zu Hause Aufträge. Wir sind hier wie eine Familie und du bist eine der beliebtesten und geachtetsten meiner Angestellten. Du bist so eine aufopferungsvolle Seele – aber weiter lässt du deine Freundschaften nicht gehen. Ich weiß nicht, was dir in jener kleinen Stadt, aus der du damals kamst, zugestoßen ist, aber ich denke, du hast Angst vor ihr. Deine Eltern werden nicht ewig leben. Darum geh. Wir schaffen die Arbeit schon, während du weg bist, und bei dem vielen Urlaub, den du noch übrig hast, wird er außerdem bezahlt sein. Kümmere dich um deine persönlichen Angelegenheiten. Und dann komm zurück und mach mit deinem Leben weiter. Ich denke, du wirst hinterher glücklicher sein.«

Carries Echo. Wieder einmal war ich betrogen.

Als Quentin gegangen war, starrte ich blicklos aus dem Fenster und wünschte, er hätte sich um seine eigenen Angelegenheiten gekümmert. Meine Gedanken purzelten von unserem Gespräch zur Southern Bank, vom Essen mit Carrie zu Partners und Mama. *Partners.* Ich kniff die Augen zusammen. Aus dem Nichts begann sich plötzlich ein griffiger Satz für Gary Stelt in meinem Kopf zu bilden. Der plötzlichen Eingebung folgend, griff ich zum Telefon und wählte Matts Nummer.

»Auch noch da, was? Hör mal, ich hab 'ne Idee für den Slogan für Partners. Wie wär's damit: ›Wenn Sie *wollen*, dass sich jemand um Ihre Angelegenheiten kümmert.‹«

Er wiederholte, ließ sich den Satz auf der Zunge zergehen. Hielt ihn für viel versprechend. »Hey, danke!«

»Gern geschehen«, erwiderte ich.

Mamie rieb sich an meiner Hand, als ich am Freitagabend auf der Terrasse saß, den Kopf zu den zögerlichen Sternen emporgehoben, und derweil eine Tasse Tee auf meinem Schoß balancierte. Mein Ärger auf Quentin Sammons und Carrie war verraucht und hatte nichts als die alte Leere und Sehnsucht in mir zurückgelassen.

In der Nachbarschaft war alles ruhig, die Kinder waren im Bett, ihre Fahrräder und Bälle in die voll gestopften Garagen geräumt. Ich war die einzige allein stehende Hausbesitzerin auf meiner baumbestandenen Straße, die hilfsbereite Person, auf die immer Verlass war, wenn es darum ging, die Haustiere meiner Nachbarn zu füttern und nach dem Rechten zu sehen, während sie im Urlaub waren. Ab und zu traf ich mich mit Carrie oder anderen Freunden, ging ins Kino und lud manchmal zum Essen in mein kleines Esszimmer. Doch Quentin hatte Recht – die Freundschaften von Celia Matthews blieben alle an der Oberfläche. Wie das Schnurren meiner Katze zu meinen Füßen überspülten mich Quentins Worte in wogenden Wellen. Ich hatte so meisterhaft gelernt, meine Einsamkeit zu übertünchen und meine Zeit mit Geschäftigkeit zu füllen. Und seit Jahren hatte sich ein einlullender »Das hat noch Zeit«-Faden in den Wandteppich meiner Entfremdung von meinen Eltern gewoben. Und nun, mit einem Anruf, begann sich dieser Faden aufzuribbeln.

Wie konnte ich zurück nach Bradleyville gehen und Mama gegenübertreten?

An jenem Tag, als ich mit jedem Cent, den ich zusammenkratzen konnte, aus Bradleyville geflohen war, nahm ich ein

Taxi zum Busbahnhof von Albertsville, entschlossen, in den erstbesten Bus nach sonst wohin zu steigen. Der nächste Bus war ein Nachtbus nach Little Rock. Ich erinnerte mich so gut an jene Fahrt – die zahllosen Stopps, Leute, die ein- und ausstiegen, gelbes Schummerlicht, das um Mitternacht und drei Uhr morgens auf ölverschmierte Rastplätze fiel. Ich erinnerte mich, wie ich mit brennenden Augen ungesprächig starr aus dem Fenster blickte und mich über die Dreistigkeit der aufgehenden Sonne wunderte. Weinen konnte ich nicht. Es gibt einen Schmerz, der in Tränen Erleichterung findet. Doch es gibt auch einen Schmerz, der so tief sitzt und so verwoben ist mit deinem innersten Sein, dass Tränen ihn nicht berühren können und deshalb auch nicht fließen.

Ich kam in Little Rock an und fiel im Busbahnhof in Ohnmacht. Noch Tage danach, während ich in einem Hotel wohnte, schwebte ich in einem Zustand, der an Katatonie grenzte. Mit der Zeit riss ich mich so weit zusammen, dass ich eine Wohnung fand und zwei Jobs annahm – tagsüber als Zimmermädchen in einem Hotel und abends Regale auffüllen in einem Lebensmittelgeschäft. Es machte mir nichts aus, dass es Knochenarbeit war; ich brauchte pausenlose Beschäftigung, damit ich keine Zeit zum Nachdenken hatte. Im Herbst des darauf folgenden Jahres schrieb ich mich an der Universität von Arkansas ein, behielt den Job im Lebensmittelgeschäft aber bei. Fünf Jahre lang schuftete ich, um mir mein Grafikstudium zu finanzieren. Ich ging nicht aus, hatte keine Freunde. Wie eine geprügelte Hündin, die sich im Wald herumdrückt, um ihre Wunden zu lecken, blieb ich für mich. Ich tat nichts, außer zu studieren, zu jobben und unermüdlich an Kunstprojekten zu arbeiten, die meine Fähigkeiten zu Tage treten ließen und ausbauten. Immer wieder nahm ich mir vor, meine Eltern anzurufen, sie wissen zu lassen, wo ich war, aber jedes Mal, wenn ich zum Hörer griff, begann mein Herz wie wild zu schlagen und meine Hände zitterten. Was sollte ich

Mama denn sagen? Würde sie meine Stimme überhaupt hören wollen? Wie sollte ich mich bei Papa entschuldigen? Je länger ich wartete, desto schwerer wurde es.

Ich brauchte sechs Jahre, um anzurufen.

Zu dieser Zeit arbeitete ich bereits bei Grayland Advertising. Das Unternehmen hatte zwischen Weihnachten und Neujahr geschlossen, und ganz krank vor Langeweile und Einsamkeit, hatte es mich beinahe unbewusst mit klopfendem Herzen zum Telefon gezogen.

»Mama, hier ist Celia.«

Eine lange Pause, ein scharfes Atemholen. *»Celia!«*

Ich hörte Geräusche im Hintergrund – Schritte, der Hörer wurde weggerissen – und dann war Papa dran und fragte mit zitternder Stimme, wo ich gesteckt hätte. Hatte ich mir nicht denken können, welche Sorgen sie sich machen würden? War mir nicht klar gewesen, dass sie versuchen würden, mich ausfindig zu machen? Würde ich nach Hause kommen? Mir saß ein Kloß in der Kehle, als ich seine Fragen beantwortete und sagte, dass es mir Leid täte, dass ich hätte gehen müssen, dass ich es nicht ertragen könne, Mama zu begegnen, weder damals noch jetzt, dass allein schon ihre Stimme reichte, um alles wieder hochkommen zu lassen. Mein stiller Papa sprach sehr lange, flehte mich an, mir »von Gott vergeben zu lassen, um selbst vergeben zu können«. Ich spürte, wie ich weicher wurde. Aber dann kam Mama wieder ans Telefon, so reserviert und kühl, wie ich sie in Erinnerung hatte. »Danke für den Anruf«, sagte sie steif, als ob ich eine entfernte Verwandte sei. »Ich hoffe, wir bleiben in Verbindung.« Und da wusste ich mit neuerlicher Gewissheit, dass die Wunden zwischen uns niemals heilen würden.

Trotzdem wurde das Schuldgefühl, das ich bereits mit mir herumtrug, während dieses Anrufs durch den Schmerz in Papas Stimme noch verstärkt. Nachdem ich aufgelegt hatte, wurde ich damit einfach nicht fertig und es dauerte lange, bis ich mich erneut dazu durchringen konnte anzurufen. Irgendwann erzählte ich meinen Eltern dann, wo ich war und wie sie mich erreichen könnten. »Ich werde euch mal besuchen kommen«, versprach ich Papa, »wenn ich so weit bin und Mama so weit ist.«

Ich konnte meine Schuld auf zahlreiche Arten beschreiben und jede stand für eine ihrer verschiedenen Facetten. Manchmal war sie ein Gletschersee in einer gähnenden Höhle mit einem alles verschlingenden Strudel in seiner Mitte. Manchmal war sie eine Eisenstange, die mir mitten durchs Herz ging, glühend rot von dem ständig lodernden Feuer der Reue. Meistens jedoch war sie eine riesige Kinoleinwand, die jenen Augenblick der verhängnisvollen Entscheidung immer wieder von vorne zeigte, die Kamera surrte beim Laufen und die entsetzlichen Folgen meiner Fehlentscheidung entfalteten sich in Zeitlupe, und dazu ein heiseres Hupen als Ton. Wieder und wieder, Tausende von Malen, hatten sich jene Szenen in den vergangenen siebzehn Jahren in meinem Kopf abgespielt. Manchmal lag der Grund für das Auftauchen der Leinwand auf der Hand. Dann wieder kamen die Erinnerungen aus heiterem Himmel. Ich konnte gerade in einem Meeting mit einem Kunden sein oder das Haar eines älteren Patienten im Hillsdale kämmen. Ich konnte Autofahren. Duschen. Einschlafen. Aufwachen.

Schon bald nach jenem ersten Anruf bei meinen Eltern fing ich an, als freiwillige Hilfskraft im Pflegeheim zu arbeiten, sowohl als Buße als auch aus Furcht vor Einsamkeit in kommenden Urlauben. Der Bedarf dort an zusätzlichen Händen und Mitgefühl war ein Fass ohne Boden. Heute, Jahre später, verbrachte ich immer noch zwei bis drei Abende pro Woche und die Sonn- und Feiertage mit meinen betagten Freunden, las ihnen vor, half ihnen vom Bett in den Rollstuhl, hörte mir ihre Lebensgeschichten an und rieb Lotion auf trockene, spindeldürre Arme. Es machte mir Freude, sie glücklich zu machen. Und ich hatte davon ebenso profitiert wie sie – weil es mir einerseits das Gefühl gab, gebraucht zu werden, und andererseits sämtliche Freizeit ausfüllte, die mir die Arbeit ließ. Beschäftigung hielt mich von zu viel Grübelei ab.

Irgendwann werde ich dich besuchen kommen, Papa. Irgendwann ...

Während ich zu den heller werdenden Sternen aufschaute, dachte ich darüber nach, was Quentin Sammons über meine Rückkehr nach Hause gesagt hatte. *Du wirst hinterher glücklicher sein.* Das sagte sich so leicht. In meinem Kopf existierte schon lange die Vorstellung, dass für mich jegliche Chance auf Glücklichsein ebenso schwer zu packen sein würde wie ein vorbeitreibender Seidenpflanzensame. Und dass mir, vertieft in die Vergangenheit, wie ich war, die hellsichtige Feinfühligkeit fehlen würde, nach ihr zu greifen, selbst wenn sie sich bieten würde. Eine Rückkehr nach Bradleyville war alles andere als ein schwereloser Seidenpflanzensame. Der bloße Gedanke daran wog schwerer als Blei. Dort gab es zu viele Leute, denen ich nicht begegnen wollte, zu viele Fehler gutzumachen. Und was Carries Reden betraf, dass Gott mir eine Chance zur Heilung geben würde, so wusste ich es besser. Selbst wenn ihm meine Vergangenheit nicht im Weg stehen sollte, Mama tat es mit Sicherheit.

Dennoch, an einer Sache war nicht zu rütteln. Papa brauchte mich. Er rief nach mir, vielleicht sogar just in diesem Augenblick. Wie sollte ich mir noch ins Gesicht sehen können, wenn ich ihm nicht helfen würde? Hatte ich im Leben nicht genug Fehler gemacht?

Mamies Schnurrhaare kitzelten mir an den Beinen. Ich trank einen tiefen Schluck des mittlerweile kalten Tees und schauerte plötzlich trotz der Wärme der Frühlingsnacht.

Kapitel 6

Quentin legte gerade das Telefon auf, als ich am Montagmorgen in seiner Bürotür erschien. Sein abgelegter Mantel baumelte an einem Haken in der Ecke, sein Schreibtisch war übersät mit den Zeichnungsentwürfen eines Mitarbeiters für eine Autoniederlassung. Ein Becher Kaffee war auf dem Bücherschrank hinter ihm abgestellt worden, wo er sich nicht über die künstlerische Arbeit ergießen konnte.

Ich atmete einmal tief durch und machte Nägel mit Köpfen. »Ich muss mit dir über diese Beurlaubung reden.«

Jener Tag und der folgende waren ein einziger Wirrwarr. Ich traf mich mit einem Kollegen nach dem anderen, um mit ihnen Aufträge durchzusprechen, und rief Kunden an, um ihnen zu erklären, dass ich sie aufgrund eines familiären Notfalls den Händen eines erfahrenen Mitarbeiters anvertrauen würde. Ich fragte mich, ob ich meinen Computer mitnehmen sollte, wie aufwendig es sein würde, in Mamas Haus ein Faxgerät zu installieren. Als ich anfing, Assistenten zu bitten, Ordner für mich zu kopieren, schritt Quentin in aller Seelenruhe ein.

»Weißt du noch, was ich dir gesagt habe?«, fragte er. »Kümmere dich um deine Angelegenheiten zu Hause. Ruf meinetwegen an, hilf uns mit Einfällen, gib Tipps, wenn wir nicht weiterkommen. Doch alles andere lass, bis du wieder da bist.«

Seine freundliche Zurechtweisung schürte meine Angst nur noch mehr. Wie sollte ich es in Bradleyville aushalten ohne Arbeit, um meine Gedanken auf Trab zu halten?

Ich musste mich auch noch von allen Patienten im Hillsdale verabschieden und mir außerdem überlegen, was ich mit meinem Zuhause und meinen Katzen machen sollte. Zum Glück kam mir Monica zur Hilfe. Am Tag meiner Abreise zog sie bei mir ein, nickte geduldig zu meinen gehetzten Blumengießinstruktionen und kraulte Mamie und Daisy unter ihrem erhobenen Kinn.

»Du bist ein Schatz«, keuchte ich, während wir ihre Sachen hineinschleppten. »Keine Sorge, ich werde nicht allzu lange weg sein.«

»Machst du Witze?«, sagte sie grinsend. »Ein schnuckeliges Häuschen und kein Mitbewohner! Lass dir Zeit!«

Die Unbekümmertheit der Jugend.

Ich zwängte ein halbes Sandwich zum Mittagessen hinunter und fuhr los. Den ganzen Nachmittag über kämpfte ich während der Fahrt gegen meine Erinnerungen an und verlor die Schlacht. Je weiter ich mich von Little Rock entfernte, desto größer wurde meine Furcht. Mir war, als sitze ich in einer Zeitmaschine und die vertraute Gegenwart löse sich in einer feindlichen Vergangenheit auf. Wenn ich meine Gedanken wieder auf Little Rock richten konnte, dann nur, um mich daran zu erinnern, wie teuer mich Bradleyville dort zu stehen gekommen war.

In siebzehn Jahren hatte ich nur zwei Männerbekanntschaften gehabt. Roger, ein Anwalt, musste mich erst hartnäckig einladen, bevor ich einwilligte. Nachdem wir drei Monate miteinander gegangen waren, brach er schließlich weit genug durch meine Mauern, um mich dazu zu bringen, ihm alles über meine schwierige Vergangenheit zu erzählen. Und wie alle Stammtisch-Psychologen wusste er, sobald ich einmal kapituliert hatte, natürlich genau, welche Schritte ich zu gehen hatte, um heil zu werden.

All seinen guten Absichten zum Trotz, er kam damit nicht an.

»Du musst diese Schuldgefühle hinter dir lassen«, erklärte er mir entnervt vier Monate später bei einem Essen in einem teuren Restaurant. »Du musst einen Therapeuten aufsuchen.«

Ich stellte die Stacheln unter meinem roten Seidenkleid auf. »Nein, muss ich nicht. Ich komme damit schon ganz gut alleine klar.«

»Nennst du die ganze Nacht lang vor einer brennenden Kerze hocken und Trübsal blasen gut klarkommen?«

»Das geht dich nichts an«, versetzte ich. »Das kommt nur einmal im Jahr vor. Ich hatte dir ja gesagt, dass du nach Hause gehen sollst.«

»Ich wollte dir helfen.«

»Ich wollte deine Hilfe nicht. Du kannst mir nicht helfen!«

Er griff nach meiner Hand. »Aber ich möchte. Bitte lass mich. Du hältst das alles unter Verschluss, aber es muss irgendwohin. Und ich kann dir sagen, wo es ist. Es ist hier, sitzt direkt zwischen uns, stellt sich dem in den Weg, was wir haben könnten.«

Drei Jahre später erging es Michael mit mir nicht besser. Der Kummer mit Roger war mir eine Lehre gewesen und so hatte ich Michael nichts erzählt. »Du bist so verschlossen«, sagte er eines Abends beim Essen, nachdem wir uns seit zehn Monaten kannten. Kränkung und Enttäuschung sprudelten aus ihm heraus. »Du willst mir einfach nicht anvertrauen, wer du wirklich bist.«

Weiter fuhr ich. Um die Abendbrotszeit kam ich über die Bundesstaatengrenze. »Willkommen in Kentucky, dem Bluegrass State«, stand auf dem großen Schild.

Bald darauf verließ ich die Autobahn, fuhr Richtung Osten durch die sich vertraut hinziehenden Hügel. Nach einer Stunde brach die Dunkelheit herein. Die Abendluft blies durch mein Fenster und pustete mir das Haar in wehenden Spinnweben ums Gesicht. Zikaden zirpten in den dämmrigen Hügeln, die die enge Straße einklemmten. Mächtige, knorrige Eichen ragten von den Hügeln auf, deren Erhabenheit durch ihre Schwärze vor einem bewölkten Himmel noch betont wurde.

Morgen könnte es regnen, dachte ich.

Ich schlug das Lenkrad ein und fuhr um eine lang gestreckte, tückische Kurve, die wie ein herbeiwinkender Zeigefinger gekrümmt war. Bradleyville war keine zehn Meilen mehr entfernt. Kindheitserinnerungen stürmten auf mich zu wie die dunkle Straße, die im Licht meiner Scheinwerfer plötzlich zum Leben erwachte. Aus irgendeinem Grund musste ich an einen Tag vor fünfundzwanzig Jahren denken, als ich den Sprung meines Lebens von unserer Baumschaukel gewagt hatte, die an einem dicken Ast einer hutzeligen Eiche in unserem Garten hing. Ich wusste noch gut, wie ich mich kräftig abstieß, mir dabei die Finger an dem rauen Seil aufschürfte und wie sich das glatte Brett von meinen Oberschenkeln löste. Die Luft war auch damals warm gewesen. Sie sauste mir an den Ohren vorbei und schoss mir in die Nase, nahm mir den Atem. Oder vielleicht hatte meine Atmung auch in der Erregung ausgesetzt, der puren Freiheit zu fliegen. Einen Augenblick lang war ich, im Alter von zehn, über alle Welt erhoben. Mir war der Gedanke durch den Kopf geschossen, dass ich unbezwingbar sei, dass ich, die ich den Mut hatte, in den Himmel aufzusteigen, alles weit hinter mir lassen könne. Ich war in Schwindel erregender Hochstimmung. Grandios. Allmächtig.

Dann verlor ich an Schwung, sah den Boden auf mich zustürzen. Im Fallen nahm ich die Beine zusammen, schwankte und war im Nu auf den Füßen, strahlend wie ein Ritter, der soeben den wildesten Drachen seines Lebens getötet hat. »Hast du das gesehen?«, schrie ich dem damals vierjährigen Kevy zu. »Hast du gesehen, wie hoch ich war?«

Er machte große Augen. »Boah. Stark!« Er rannte auf seinen kurzen Beinchen zu mir hin, um mir seine Ärmchen in unverhohlener Bewunderung um die Hüfte zu schlingen. Wir fielen kichernd um und überkugelten und knufften uns zum Spaß wie zwei verspielte Bärenjungen. Ich bekam nur mit halbem Ohr mit, dass über uns leise knarrend das Fenster aufging.

»Celia? *Celia*!« Die Stimme meiner Mutter dämpfte den warmen Nachmittag. Kevy und ich hörten mit unserer Rangelei auf. »Celia Marie, noch einmal, und ich hole die Rute. Die

Beine wirst du dir noch brechen, und das, wo dein Bruder zuguckt!«

Kevy setzte sich auf, die Beine gespreizt, und warf mir einen kläglichen Blick zu. Ich lag immer noch auf dem Rücken, auf einen Ellbogen gestützt. Ich legte den Kopf schief und schielte zu meiner braunhaarigen Mama auf, betrachtete die Blässe ihrer bloßen Oberarme, den von Natur aus rosigen Schimmer ihrer Wangen. Und in mir verschob sich etwas, wie sich die Strömung eines Flusses aufstaut, um an einem plötzlichen Stein vorbeizufließen.

»Hörst du?«

Ich schürzte die Lippen. »Ja, Mama.«

»Na schön.« Sie zog sich vom Fenstersims zurück und verschwand. Schon damals hatte ich mit dem sich entwickelnden Gespür eines Kindes die Unangemessenheit der Reaktion meiner Mutter empfunden. Nun, während ich still durch die Nacht fuhr, fand ich sie immer noch unlogisch: Um Schmerz zu verhüten, fügte sie Schmerz zu.

Ich erklomm eine lange Steigung, die Berge zu beiden Seiten schmolzen dahin, und bremste bei dem Anblick, der sich vor mir auftat. Bradleyville erstreckte sich sittsam unten im Tal, seine Lichter ein zierliches Silberschmuckband vor dem Leib der dämmrigen Hügel. Die Wasser des Flusses schlängelten sich glitzernd durch den angrenzenden Wald. Die Gebäude und Anlagen des Sägewerks, das mein Urgroßvater errichtet hatte, ragten oberhalb des Flussufers in kühnem Schweigen in den Himmel, an dem wie hinter einem durchscheinenden Vorhang die aufgehenden Sterne matt schimmerten.

Die Entrücktheit dieser Szene überstieg mein Fassungsvermögen. Irgendetwas fehlte, etwas Wichtiges. Der Sturm der Stadt schien so gar nichts mit diesem Anblick zu tun zu haben, die Pulsschläge ihres Rhythmus erstarben lange, bevor sie mich erreichten. Und doch hatte die Stadt jahrelang einen solch starken Einfluss auf mich ausgeübt. Als ich so auf Bradleyville hinabschaute, staunte ich über seine scheinbare Unbedeutsamkeit.

Zehn Minuten später fuhr ich auf der Route 347 von hinten in die Stadt und zitterte. Alles war dunkel und still. Gelbe Straßenlaternen, grüne Rasen, alte Holzhäuser. Alles, was ich erkennen konnte, sah aus wie eh und je. Ich stellte mir die Ausdehnung der Stadt vor und bezweifelte, dass sich irgendwo viel getan hätte. Vermutlich hatte das Städtchen immer noch nur zwei Ampeln, die beide an der Main Street standen. Dazwischen würde sich das Postamt befinden. Hinter der zweiten Ampel käme dann der bescheidene Stadtkern mit ein paar Geschäften, der Arztpraxis, einer kleinen Polizeiwache und der Bank.

Ich bog in die Minton Street, unsere Straße. *Da.* Ich war noch längst nicht darauf eingestellt, da sah ich auch schon unser Haus. Ich wischte eine Träne weg und ließ es links liegen, den Blick starr geradeaus gerichtet. Es verschwamm am Rande meines Blickfelds, weiß und unheilvoll, auf der Veranda brannte Licht – Mamas Zeichen, dass sie auf mich wartete. Dann war ich an der ersten Ampel, Ecke Minton Street, Main Street, und mein Geist machte einen Zeitsprung zurück, als sich die Bilder in meinem Kopf abzuspulen begannen. Ihre Eindrücklichkeit machte mich elend.

Die Ampel schaltete auf Grün. Ich riss mich zusammen und bog rechts ab.

Obwohl ich mich beschwor, nicht dorthin zu fahren, wusste ich genau, wohin es mich zog. Hinter ein paar Häuserblocks bog ich von der Hauptstraße ab und schlängelte mich die Mapple Street zu unserer alten Kirche hoch. Ich ließ das Auto am Bordstein langsam ausrollen, parkte und stieg steifbeinig aus. Neben dem Gebäude auf einem grasbewachsenen Friedhof, der mit knorrigen Bäumen und Wiesenblumen bestanden war, fand ich das Grab. Ich starrte den Grabstein an, bekam fast keine Luft mehr und sank auf die Knie. Meine zögerlichen Finger zogen die Buchstaben nach, die durch die Tränen ganz verschwommen waren. Der Stein war so kalt, steril, ohne jedes Leben. *Lieber Gott, wie konnte es passieren, dass wir von einem bemalten Gehweg schließlich hier gelandet sind?*

Sekunden später riss ich mich los, weil ich den Anblick der Inschrift nicht länger ertrug. Betäubt sank ich hinter das Lenkrad meines Autos und fuhr völlig mechanisch weiter, den Kopf voller Erinnerungen an meine Kindheit, nachdem ich den Gehweg für Mama verziert hatte. Wie oft hatte ich mich nicht nach Mamas Zuneigung gesehnt, wo es ihr doch so leicht fiel, meinen niedlichen kleinen Bruder zu lieben?

Ich bog von der Mapple Street zurück auf die Hauptstraße und der Schmerz aus jenen Jahren schlug über mir zusammen. Als sechsjähriges Kind mit Kreidehänden hatte ich meinen Hunger nach Mamas Liebe auf der Zunge getragen. Doch mit dem Älterwerden wurde dieser Hunger in Ausflüchte und Leugnungen gehüllt, bis er schließlich unter meine Haut sank, um dort unbeachtet, aber kräftig zu liegen wie die Sehnen meines Skeletts. Als ich zum Teenager geworden war, meinte ich, der Graben zwischen Mama und mir könnte nicht tiefer sein.

Und dann kam Danny …

1977

KAPITEL 7

»Ich möchte nach Albertsville, Mama. Warum lässt du mich nicht? Hier ist doch nichts los!«

»Celia, ich habe Nein gesagt und dabei bleibt es. Und jetzt kein Wort mehr davon.«

Das Sonnenlicht fiel trübe durch das Wohnzimmerfenster, während von den Rosenstöcken rings um unseren Rasen das träge Summen von Bienen aufstieg. Ein Nachbarshund bellte. Es war ein herrlicher Maitag, die Sommerferien standen kurz vor der Tür und ich wusste mit mir und der Welt nichts anzufangen.

»Bradleyville ist so langweilig!« Ich breitete die Arme aus. »Jetzt bin ich fünfzehn und darf nicht mal in die nächste Stadt. Ich könnte mich ja in einen Jungen vergucken, Gott behüte, oder ein Kino von außen sehen. Das könnte ja Schmutzflecken auf meiner Seele hinterlassen!«

»Celia, jetzt ist Schluss!«, spie Mama, hochrot im Gesicht. »Ich habe es satt, jeden Samstag von neuem darüber zu debattieren. Die Mütter deiner Freundinnen würden ihnen das auch nicht erlauben.«

»Mary Lee kann mich mitnehmen. Sie ist meine Freundin und sie hat mit *sechzehn* schon ihr eigenes Auto, verdammt noch mal! Sie hat sogar schon Verabredungen.«

»Mary Lee ist nicht in dieser Stadt groß geworden.«

»Was du nicht sagst!« Ich wanderte mit verkniffenem Mund wütend auf und ab. »Und was soll ich dann bitteschön tun – bei Tulls abhängen? Im Fluss baden? Na super!«

»Genug, Celia!«, sagte Mama und pfefferte einen gestopften Socken hin. »Du gehst mir nicht in diese Stadt. Du bleibst schön hier wie deine Freundinnen auch. Du kurvst mir nicht in Mary Lees Wunder was schickem grünen Auto in diesem Moloch herum und du hörst auf, mich anzuschreien!«

»Wieso? Du schreist mich doch an!«

»Das reicht. Geh auf dein Zimmer!«

Beleidigt zog ich ab, knallte meine Tür absichtlich laut zu und schmiss mich auf den Wedding Ring Quilt auf meinem Bett. Die Augen finster zusammengekniffen, ließ ich eine Salve von Schimpfwörtern über Mama los und wünschte, ich könnte wie Mary Lee sein. Die Glückliche wohnte zwar in Bradleyville, ging aber auf eine Privatschule in Albertsville. Und was viel wichtiger war, sie war keine Sklavin all jener Regeln, die mir aufgebürdet wurden. Wenn ich geglaubt hätte, dass es irgendetwas genutzt hätte, hätte ich Papa gebeten einzuschreiten, aber der sagte immer nur: »Frag Mama.« Mit einem Stoßseufzer schlug ich gefrustet auf mein Kopfkissen.

Ein zögerliches Klopfen an meiner Tür. »Darf ich reinkommen, Celia?«

Müde drückte ich Cubby, meinen Teddybären, den ich schon als Baby gehabt hatte, an meine Brust. »Ja, Kevy, komm rein.«

Er schlüpfte in mein von blauen Wänden umgebenes Zimmer und schloss die Tür, wobei er geistesabwesend an seinem T-Shirt zupfte. Er sah angestrengt auf meinen Schreibtisch und betrachtete das leuchtende Aquarell, das ich von Ozeanbrechern und Sand gemalt hatte. »Mir gefällt dein neues Bild«, setzte er an.

Als ich so in sein rundes Charley-Brown-Gesichtchen mit den Sommersprossensprenkeln auf den Wangen blickte, überkam mich ein vertrauter Anflug von Zuneigung. Ich hatte auf Kevy aufgepasst seit seiner Geburt, und das war zweifellos auch manchmal nötig gewesen. Er war beim Spielen mutig und waghalsig, als ob in seiner süßen Naivität die Vorstellung, dass die Natur ihm wehtun könnte, gar nicht vorhanden sei.

»Schön, Kevy, du bist drin. Was möchtest du?«

Ich wusste, was er tief in seiner empfindsamen Seele wollte – er wollte Frieden im Haus. Wie Papa ersehnte er ein gutes

Einvernehmen, ein lockeres Gespräch am Esstisch. Kevy hatte ein weites Herz. Er war immer der Erste, einen Traurigen zu trösten, und der Letzte, der ein böses Wort sagte. Manchmal dachte ich, dass das Leben in unserer Familie für ihn am schwersten sei. Er machte selbst wenig Dummheiten, geriet aber ständig in den Mahlstrom der Auseinandersetzungen zwischen Mama, mir und Großvater.

Er zuckte die Achseln. »Wollte einfach nur mal sehen, ob es dir gut geht.«

»Aber klar, mir geht's prima.«

Er ging zu meiner Kommode hinüber, nahm meinen silbernen Pinsel zur Hand, zupfte ein Härchen von seinen Borsten und sah es gedankenverloren zu Boden schweben.

»Was *möchtest* du, Kevy?«

Er straffte die Schultern. »Ich will angeln gehen.«

»Dann geh mit Reid.« Reid Barth war Kevys bester Freund und die zwei waren unzertrennlich.

»Er hat keine Zeit. Und von meinen andren Freunden auch keiner; ich hab's schon versucht.« Er wartete. »Und allein lässt Mama mich nicht gehen. Sie sagt, das Wasser ist zu hoch.«

»Also hier vergeudest du nur deine Zeit. Ich habe keine Lust auf Angeln. Den ganzen Weg dorthin latschen«, grummelte ich. »Und Würmer kaufen.«

»Bitte«, bettelte er und schlug die Hände flehentlich zusammen. »Man weiß ja nie, wen man unterwegs so alles trifft. Vielleicht ein paar Kinder aus der Schule. Vielleicht ein paar Jungs.« Er grinste mich blöde an.

»Los, Celia, komm!« Die Angel glücklich geschultert, schlitterte Kevy über die Kiesel am Ufer, bis er zu einer Gruppe locker verteilter Felsblöcke kam. Das Sonnenlicht glitzerte auf dem munter dahinströmenden Wasser, das nach dem strengen Winter von dem abfließenden Schmelzwasser aus den Bergen gespeist wurde. Das Wasser musste eisig kalt sein.

»Schrei noch lauter, Kevy. Damit auch ja alle Fische mitkriegen, dass wir kommen.« Ich suchte mir meinen Weg über die Steine zu unserem Stammplätzchen und trug dabei halbherzig meine Angel und einen Eimer. Es war niemand Interessantes in der Stadt oder im Eisenwarenladen gewesen, wo wir uns eine Dose Erdwürmer besorgt hatten. Ich hatte ein paar jüngeren Mädchen zugewinkt, die draußen vor Tulls Drugstore herumsaßen und über Kevy die Nase rümpften. In ihrem Alter hatte ich mich auch nicht um Jungs geschert. Doch nach meinem dreizehnten Geburtstag war von meinen Sinnen plötzlich etwas abgefallen wie Eis, das eine erwärmte Fensterscheibe hinunterrutscht.

In der Neunten hatte sich Melissa die ganze Zeit darüber lustig gemacht, dass Bobby Delham, dessen Vater die Bank leitete, in mich verliebt sei. Anfangs hatte ich über diese Vorstellung nur den Kopf geschüttelt. Bobby war klein für sein Alter und sein voller Mund ein wenig zu groß für sein ovales Gesicht. Sein Haar war schwarz und seine Augen braun und groß wie die eines Rehs. Ich war nicht interessiert; trotzdem begann ich, mit Bedacht solche Kleidungsstücke auszusuchen, die meine blauen Augen am besten zur Geltung brachten. Sollte er doch für seine Zuneigung leiden, wenn er mich aus der Ferne ansehen musste, kühl und gelassen. Doch in letzter Zeit hatte ich angefangen, davon zu träumen, mit ihm auszugehen oder neben ihm an einem mondbeschienenen Strand zu sitzen.

Kevy hebelte mit ungeschickten Fingern den Deckel der Wurmdose ab. »Ooh, hübsche dicke Dinger!«, rief er aus. Er steckte eine Hand hinein und zog einen zappelnden, dreckigen Erdwurm heraus. »Der wird mir eine hübsche Forelle bescheren.« Ich betrachtete ihn geistesabwesend. Großvater hatte mir Angeln beigebracht, noch ehe Kevy auf der Welt war, indem er mich hierhin mitgenommen und mir geduldig gezeigt hatte, wie man den Wurm am Haken befestigt und die Angelschnur auswirft. Das erste Mal hatte ich mein Gesicht angeekelt verzogen, wollte Großvater aber auf keinen Fall enttäuschen. Heute konnte ich einen Angelhaken mit einem Köder versehen und gleichzeitig ein Sandwich kauen. Kevy war selbst ein Experte. In Nullkommanichts hatte er seine Angel ausgeworfen. Wir lehnten uns Seite an Seite gegen einen der großen Felsblöcke. »Willst du gar nicht angeln?«

»Vielleicht später.«

Während er schweigend wartete, dass ein Fisch anbiss, lauschte ich auf das schwache Rauschen der Stromschnellen flussabwärts. Normalerweise waren sie von hier aus gar nicht zu hören, doch der Fluss war im Frühlingshochwasser tiefer und reißender. »Nimm dich vor diesem Wasser in Acht«, hatte Großvater gewarnt.

Ich dachte an Großvater, als ich meinen Kopf gegen den Felsen lehnte, die Augen schloss und dabei das Schwarz-Rot meiner Lider sah und den satten Geruch von Erdwürmern roch. Großvater war jetzt vierundsiebzig und seine Bewegungen waren langsam geworden. Manchmal musste er eine Verschnaufpause einlegen auf unseren Spaziergängen in die Innenstadt zu Tulls, wo er und seine alten Freunde Jake Lewellyn und Hank Jenkins den Nachmittag in ihren Stühlen unter der grünen Markise fortschwatzten, während eisgekühlte Getränke in ihren Händen schwitzten. Samstags hätte er auch das Auto nehmen können, wenn Papa oder Mama es nicht brauchten, aber das tat er nur ungern. Wenngleich er es nie zugegeben hätte, so denke ich, dass er fürchtete, einen seiner »Herzkasper« hinterm Steuer zu bekommen. Als ich klein war, fuhr ich immer liebend gern mit ihm nach Albertsville; dann brauste er über die Hügel und tat dabei so, als würden wir die Deutschen aus Paris vertreiben. Doch das war einmal. Selbst die schon seit jeher bestehende Fehde des gegenseitigen Übers-Ohr-Hauens zwischen Großvater und

Mr. Lewellyn, früher einmal feurig und durchtrieben, war in letzter Zeit auf das Damespielen an unserem Esszimmertisch geschrumpft, wobei es ein ständiges Gezeter darüber gab, wer gerade mogelte.

Mama machte immer viel Wirbel um Großvaters Gesundheit, bis ihm die Ohren vor Wut rot anliefen. »Ich bin noch nicht tot, Estelle!«, pflegte er dann zu poltern und sie zog sich zurück. Aber sobald er mit seinen Schlachten im Krieg prahlte, stellte sie sich taub. Und was Großvater anbetraf, so schien er umso mehr über jene Schlachten reden zu wollen, je weniger er tun konnte, als klammerte er sich an die Zeiten, in denen er tapfer und stark gewesen war. Im Laufe der Jahre hatte die ganze Stadt vernommen, wie er sich die drei Bronzesternmedaillen verdient hatte, die auf goldgelbem Samt in dunkelblauen rechteckigen Kästchen auf seinem Bücherregal ruhten. Besucher waren immer willkommen, sich die berühmten Sterne anzusehen, die an ihren in den Nationalfarben gestreiften Schleifen hingen, zusammen mit den militärischen Insignien, die Großvater in einer Sandelholzkiste aufbewahrte. Die näheren Umstände zu seiner ersten Medaille waren der Stoff für seine Lieblingsgeschichte, wie er in Italien unter den Augen des Feindes heimlich den Volturno durchschwommen hatte, um ein deutsches Lager auszuspionieren. Seine zweite Medaille hatte er sich ebenfalls im Zweiten Weltkrieg verdient, indem er einhändig sieben deutsche Soldaten erschoss, bevor sie seinen zerlumpten Haufen Männer in einem tödlichen »Kessel« hätten einkreisen können. Und die dritte verdiente er sich in Korea, als er sein Leben aufs Spiel setzte, um zahlreiche verwundete amerikanische Soldaten von einem gefährlichen Hügel in Sicherheit zu schleppen.

Mein Großvater war ein wunderbarer, tief gläubiger Mann und durch und durch redlich. Aber er scheute keine Konfrontation, wenn Gott ihn in eine hineinstellte. »Wähle deine

Schlachten mit Bedacht«, pflegte er immer zu mir zu sagen. »Und wenn du kämpfen musst, dann kämpfe wie der Engel Michael.«

Die Nachmittagssonne machte mich schläfrig. Ich ging vom Felsen weg und setzte mich gegen einen alten Baum gelehnt auf einen Baumstumpf. Bei Kevy hatte noch nicht ein Fischchen angebissen. Es war kurz nach vier Uhr – bald Zeit zu gehen, aber ich konnte mich nicht aufraffen. Ich freundete mich gerade mit dem Gedanken an, mich genau hier am steinigen Flussufer für ein Nickerchen zusammenzurollen. Mein Kopf fiel herunter und meine Gesichtsmuskeln erschlafften. Die Welt schwand leise dahin …

Ein plötzliches Platschen ließ mich ruckartig den Kopf heben. Ganz automatisch sah ich nach Kevy. Er stand knietief mit erhobener Angel im Fluss, seine Schuhe standen am Ufer, in jedem steckte ein Strumpf.

»Was machst du da?!? Komm sofort zurück!« Ich sprang auf die Füße.

»Ich wate rüber zum Jakefelsen«, rief er. »Ich wette, da gibt's massenhaft Fische.«

Der Jakefelsen war vor Jahren nach Mr. Lewellyn benannt worden, als er und Großvater im Alter von zwölf Jahren einen spontanen Angelwettbewerb ausgetragen hatten, wobei der Verlierer eine Serenade unter dem Fenster eines hässlichen Mädchens singen musste, das der Sieger bestimmen durfte. Großvater hatte vom Ufer aus geangelt; Mr. Lewellyn hatte beschlossen, auf dem großen Felsen mitten im Fluss zu sitzen. Es war ein ideales Plätzchen zum Angeln. Stromaufwärts war die Steigung des Felsblocks sanft und es war ein Leichtes, bis zur Spitze zu klettern, die platt und gut zum Sitzen war. Die stromabwärts liegende Seite fiel dagegen steil ab – eine super Stelle, um die Beine baumeln zu lassen und die Angel auszuwerfen. Laut Großvater hätte er den Wettbewerb klar und eindeutig gewonnen, wenn Jake Lewellyn ihm nicht zwei Fische stibitzt und sie in seinen eigenen Eimer geschmissen hätte, sobald er wieder am Ufer war.

»Das Wasser ist zu kalt, Kevy! In einer Minute wirst du deine Beine nicht mehr spüren!«

Er grinste mich an. »Ich spüre sie schon jetzt nicht mehr!«

»Dann nichts wie zurück, Blödi! Bis zum Felsen wirst du brusthoch im Wasser stehen.« Ich ging so dicht ans Wasser, wie es ging, ohne mir die Füße nass zu machen. »Außerdem ist die Strömung zu stark. Schau sie dir doch an!«

Er war nun bis zu den Oberschenkeln im Wasser und kämpfte in der reißenden Strömung darum, auf einer Höhe mit dem Felsen zu bleiben. »Muss ich gar nicht; das merk ich auch so.« Seine Stimme tönte über eine Schulter.

»Verflixt, Kevy«, flüsterte ich und stemmte die Hände in die Hüften, während ich schweigend zusah und nun mit aller Kraft wollte, dass er es bis zum Felsen schaffte. »Geh, Kevy, geh«, flehte ich leise. Er schien nicht weiter voranzukommen. »Kevy!«, schrie ich. *»Beweg dich!«*

»Meine Beine wollen nicht, Celia!« Seine Stimme hatte einen Anflug von Furcht.

Ich widerstand dem Impuls zu tönen, dass ich es ihm ja gleich gesagt hatte. »Streng dich noch mehr an, Kevy«, rief ich und lief am Wasser auf und ab. »Gleich hast du's geschafft.«

Und wunderbarerweise ging es auf einmal. Ein Schritt und noch einer. Ein dritter und ein vierter und schon zog er sich auf den Felsen. »Siehst du! Was hab ich dir gesagt!?!« Er blieb schwer atmend am Fuß der Steigung liegen und betrachtete fasziniert seine Hand, während er vergeblich versuchte, die Finger zu bewegen.

Ich atmete vernehmlich aus, spürte, wie sich der Griff um mein Herz lockerte. »Wenn du auf dem Rückweg ersäufst«, polterte ich, »dann komm bloß nicht angerannt. Ich werde dir bestimmt nicht in dieses Wasser hinterherspringen!«

»Puh!«, rief da plötzlich eine Stimme hinter mir. »Da bin ich aber 'ne Minute ordentlich ins Schwitzen gekommen.«

Erschreckt wirbelte ich herum und sah die in Jeanshosen steckende Gestalt von Danny Cander, ein altes weißes T-Shirt war umgedreht um seine Hüfte gebunden, die Brust nackt. In der einen Hand hielt er eine Angel und in der anderen eine rostige Kiste mit Zubehör. Eine Strähne seines dicken braunen Haars hing ihm in eines seiner leuchtend grünen Augen und er schob sie geistesabwesend fort. »Tut mir Leid«, sagte er verlegen. »Wollte dich nicht erschrecken.«

Mein Mund ging auf und klappte wieder zu. »Oh ... oh nein«, brachte ich hervor. »Ist schon gut.« Unsere Blicke trafen sich. Wir sahen einander fest an. Dann senkte ich die Augen und sah, dass sein Blick zur gleichen Zeit fortglitt. Plötzlich war ich mir der alten hellbraunen Shorts und des ausgeblichenen blauen T-Shirts bewusst, das ich trug. Meine Haare mussten völlig zerzaust sein und meine Haut war zu blass. Ich trat in der beklemmenden Stille von einem Bein aufs andere, fühlte, wie ich rot wurde, und hoffte, dass er etwas sagen würde. Doch der einzige Laut, den ich von Danny hörte, war das Geräusch seines Schluckens. Ich legte eine Hand in den Nacken und drehte mich wieder zum Fluss, um nach Kevy zu schauen. »Mein dummer Bruder. Dachte, da draußen ginge das Angeln besser.«

Er atmete aus. »Geht's vielleicht auch.«

Ich beobachtete, wie Kevy mit seiner Angel im Schlepptau, an deren Haken ein zuckender Wurm hing, den Felsen hochkletterte. »Dem wird wohl langsam wieder warm.«

»Was?«

Ich drehte mich wieder um, um Danny anzusehen. »Ich hab gesagt, dass ihm langsam wieder warm wird.«

Er nickt. »Oh. Ja.«

Komische Geschichte, das mit Danny Cander. Er hatte auf mich immer schon eine gewisse, leicht Furcht einflößende

Faszination ausgeübt, seit ich ihn auf der Hochzeit des stattlichen Lee Harding getroffen hatte, der ein Cousin ersten Grades seines Vaters und stellvertretender Manager im Sägewerk war. Danny war damals sieben und ich sechs gewesen und es hatte mich eifersüchtig gemacht, als Großvater ihn beim Empfang damit beglückt hatte, ihm die Geschichte von seiner Volturno-Medaille zu erzählen. »Halt dich von dem fern«, hatte Mona Tesch mich später in der Schule naserümpfend gewarnt. »Sein Vater säuft.«

Als kleiner Junge bei Keilereien frech und forsch, war Danny erstaunlich schüchtern, wenn ein Mädchen ihn in einen harmlosen Plausch verwickeln wollte. Er war immer einer der besten Sportler der Schule gewesen, der einen Baseball mit schwungvoller Eleganz traf und Rennen mit dem leidenschaftlichen Kampfgeist lief, der unter jenen dunklen Augenbrauen blitzte. Wenn es darum ging, auf dem Schulhof Mannschaften aufzustellen, würde ihn jeder von unserer Schule als Ersten gewählt haben. Doch damit hatte es sich auch schon mit seiner Beliebtheit. Die Trunksucht seines Vaters in einer Stadt, in der Spirituosen nicht einmal verkauft wurden, machte ihn zum Außenseiter.

In der Schule gab es noch viele andere Bauernkinder, die zu Hause mithelfen mussten, aber kein anderes kam so häufig zu spät angeschlurft wie er, wobei er sich mit der Hand über die Stirn strich, während er an der Tür meines Klassenzimmers vorbeistolperte. Manchmal hörte ich Getuschel über blaue Flecken in Dannys Gesicht und dann machte ich zwischen den Unterrichtsstunden einen Abstecher, um mich mit eigenen Augen davon zu überzeugen. Erhaschte ich zufällig einmal seinen Blick, schaute er weg. Kam er pünktlich zur Schule, sah ich oft seine Mutter, die ihn mit ihrem alten Lieferwagen absetzte und der das Haar in wirren Strähnen ins Gesicht hing. Wenn Melissa und ich nachmittags nach Hause gingen, sahen wir Danny in die entgegengesetzte Richtung davonschlendern, quer durch die Stadt, um über die Gleise zu gehen. Meistens war er allein. Ab und zu ging er zusammen mit Bart Rhorer, einem Jungen, der auf dem Hof direkt neben seinem lebte. Auch kleinere Jungs versuchten gelegentlich, sich zu Danny zu gesellen, und knufften ihn spielerisch, um zu zeigen, dass sie genauso stark waren wie er, und normalerweise ließ er sich das gutmütig gefallen. Aber manchmal brüllte er ohne erkennbaren Grund: »Haut ab!« und dann stoben sie davon wie Wasserwanzen in einem aufgewühlten Teich.

»Das größere Problem ist«, hörte ich mich sagen, »dass er zurück wieder da durchmuss. Und dann ist er auf dem Heimweg nass.« Ich schüttelte den Kopf und sah Danny kühn in die Augen. »Warum machen Jungs solchen Schwachsinn?«

Ein Anflug von Überraschung huschte über sein Gesicht. »Na ja«, sagte er und räusperte sich, wobei sein Blick wieder fortglitt. »Ich schätze, wir legen gerne einfach erst mal los und überlegen hinterher.«

Ich lachte und hatte eine verdrehte Freude an seiner Befangenheit. Ein seltsames Gefühl von Macht, erfrischend und prickelnd, durchlief mich bei dem Gedanken, dass ich eine Reaktion bei jemandem auslösen konnte, der so hartgesotten war wie Danny Cander. Ich blendete zurück zu einer Parfümreklame, die ich in einer Illustrierten bei Tulls gesehen hatte: Das hübsche Modell mit roten Lippen und schmalen Augen zieht einen Mann an seiner Krawatte zu sich heran, dessen Gesicht einen besorgt elektrisierten Ausdruck zeigt. Als ich so an jenes Bild dachte, verstand ich es plötzlich. Hier am Flussufer mit den Steinen unter meinen Turnschuhen, der Sonne im Gesicht und meinem frierenden kleinen Bruder beim Angeln hatte ich das Gefühl, als sei ich soeben über ein uraltes Geheimnis gestolpert, das nur darauf wartete, entdeckt zu werden. Mein Mund öffnete sich zu einem erneuten Lachen, aber in diesem Augenblick verdüsterte sich Dannys Gesicht und er starrte offen zurück. Der Ton erstarb in meiner Kehle.

Wir sahen einander schweigend an.

War mir je aufgefallen, wie groß er für sein Alter war? Er musste einen guten Kopf größer sein als ich und seine Brust war breit im Vergleich zu den hühnerbrüstigen Jungen in meiner Klasse. Seine Stimme war schon vor langer Zeit tief geworden, während die anderen Jungen immer noch piepsten. Vielleicht schlägt er sich darum nicht mehr, dachte ich. Niemand wollte sich mit ihm anlegen.

Danny wandte sich ab. »Dann gehe ich wohl besser«, meinte er plötzlich wieder schüchtern.

»Nein, warte.« Ich machte impulsiv einen Schritt vor, um ihm eine Hand auf den Arm zu legen. Er warf einen Blick auf meine Finger und ich zog sie weg.

»Was ist?« Er sah mich nicht an.

Mein Mut bröckelte. »Du bist doch zum Angeln gekommen, oder nicht?«

»Ich kann ein Stück weiter rübergehen.«

Nein, dachte ich. »Bleib doch, Danny. Ich wollte dich nicht verjagen.«

Er wirbelte zu mir herum, in seinen Augen blitzte es herausfordernd. »Du hast mich nicht verjagt.«

Ich lächelte ihn durch meine Wimpern hindurch an. »Dann bleib.«

Unsere Blicke verhakten sich. Seine Augenbrauen entspannten sich, sein Mund wurde weicher. Ich hätte schwören können, einen Schimmer von Freude seine Lippen umspielen zu sehen; dann war er fort.

»Warum nicht«, er zuckte die Achseln.

Kapitel 8

Danny und ich hatten Mordsschwierigkeiten, uns vernünftig zu unterhalten. Ich folgte ihm, als er hinüber zu den großen Felsblöcken ging, um sein Angelzeug abzustellen. Als er unsere Wurmdose sah, machte er den Fehler, mir anzubieten, meinen Haken zu beködern. Beleidigt sagte ich, dass ich das schon selber könne, wenn ich angeln wollte. Eine Minute später versuchte ich das wieder gutzumachen, indem ich mich nach seinen Eltern erkundigte, worauf er steif erwiderte, dass es ihnen gut gehe. Und dann, als Kevy ihm zuwinkte, rief ich scherzhaft übers Wasser: »Du siehst ja aus wie eine nasse Ratte!«, nur um gleich darauf einen bösen Blick von Danny zu ernten, als ob er mich ernst genommen hätte.

Gütiger Himmel, dachte ich. Mit ihm auszukommen war ja fast ebenso ein Kunststück, wie mit Mama auszukommen.

Danny sah Kevy finster an. »He! Hast du da nicht was am Haken?«

»Ja! Es zieht!« Kevy begann langsam die Angel einzuholen. »Was hab ich dir gesagt, Celia!«

»Das wird der letzte Fisch sein, den er gefangen hat, wenn er weiter so einen Krach schlägt«, schimpfte ich.

»Du hast damit angefangen«, sagte Danny.

»Celia, sieh doch, wie groß der ist!« Der Fisch war jetzt aus dem Wasser, seine Schuppen glitzerten, während er kräftig am Haken zappelte. Kevy stand an der Felskante und beugte sich in dem Versuch, die Schnur zu greifen, gefährlich weit vor.

»Kevin, pass auf!«, schrie Danny.

Es ging alles so schnell. Eben noch stand Kevy auf dem Felsen, quietschvergnügt über seinen Fang, und im nächsten Moment stürzte er auch schon kopfüber durch die Luft. Seine Angel flog hoch, die Rolle spulte sich unter dem Gewicht des

Fisches ab und segelte dann hinunter in die Strömung. Mein Bruder kam mit einem lauten Platsch auf dem eiskalten Wasser drei Meter unterhalb auf und verschwand.

»Kevy, du Blödi!« Ich sprang auf und wartete ängstlich, dass er wieder auftauchte. *Dummer Junge, er hätte da gar nicht erst rüberdürfen.* »Wo ist er?« Ich beschattete meine Augen und suchte den Fluss ab. »Siehst du ihn?«

Danny war auch auf den Beinen, er blinzelte. »Da ist er!«

Gute zwei Meter stromabwärts von der Stelle, wo er hineingefallen war, kam Kevy an die Oberfläche, das Gesicht ganz bleich vor dem dunklen Wasser.

»Los, Kevy, schwimm!«, schrie ich. »Vergiss die Angel!«

Mein Bruder und ich hatten beide schon früh schwimmen gelernt, da Großvater oft mit uns zu der Badestelle unterhalb der Stromschnellen gegangen war. Unter seinem wachsamen Blick hatte ich zuerst gelernt, mich auf den Rücken zu rollen und treiben zu lassen, dann das Vorwärtskraulen gemeistert und schließlich die kräftigen Arm- und Beinbewegungen des Brustschwimmens vervollkommnet. Jahre später hatte ich mich ein Stückchen von Großvater weggestellt und ihm geholfen, Kevy das Schwimmen beizubringen, indem ich immer ein bisschen weiter zurückging und dabei rief: »Das machst du prima!«, um meinen Bruder zu längeren Strecken anzufeuern.

Ich trabte zum Wasser. »Na komm schon!«

Kevy schnappte in panischem Röcheln nach Luft. Wie wild ruderte er mit den Armen.

»Kevy? Kevy! Schwimm!«, brüllte ich. Aber etwas stimmte nicht. Er konnte nur ungleichmäßig auf das Wasser einschlagen und hustete heftig. Während ich vor Furcht wie gelähmt am Ufer stand, ging mein Bruder zum zweiten Mal unter. Eine Falltür öffnete sich in meinem Magen. »Kevy!«, heulte ich.

»Ich hol ihn.« Danny warf Schuhe und Strümpfe von sich und zerrte sich das T-Shirt von der Hüfte. Er rannte in den

Fluss, tauchte flach ein und begann dann mit kräftigen Zügen zu schwimmen.

»Bitte, Gott«, betete ich laut, während ich auf die Strömung schaute und verzweifelt nach Kevy Ausschau hielt – ein Arm, ein Kopf, der sich aus dem Wasser hob. Das Wasser war so kalt; beim Hineinfallen musste er einen furchtbaren Schock bekommen haben. Ich hätte ihn niemals zu diesem Felsen waten lassen dürfen. Mama würde mir das nie verzeihen. Ich rannte am Ufer entlang, sah, wie Danny durch die Strömung schnitt, aber Kevy war prustend erst ein ganzes Stück weit weg wieder hochgekommen. »Kevy! Schwimm zu Danny!«

Er schlug noch einen weiteren Moment wild um sich und verschwand dann zum dritten Mal.

»Kevy!« Ich sprang in das eiskalte Wasser und merkte gleich darauf, wie mein Rückgrat erschrocken fortstrebte, meine Wadenmuskeln nachgaben. Ich stolperte und fiel mit den Händen voran in den Fluss, unsichtbare Steine schnitten mir in die Handflächen und Knie. Als sich mein T-Shirt mit Wasser vollsog, kämpfte ich darum, den Kopf zu heben. Kevy war wieder an die Oberfläche gekommen, bewegte sich aber nicht. Danny schwamm mit aller Kraft auf ihn zu. Irgendwie zog ich mich auf die Füße und torkelte durch das knietiefe Wasser, die voll gesogenen Schuhe lösten sich von meinen Fersen. Ich schmeckte Blut aus einem Schnitt in meiner Hand, als ich sie an den Mund presste. Während ich beobachtete, wie Danny sich abmühte, die Lücke zu schließen, schickte ich noch ein Stoßgebet zum Himmel. Sie näherten sich einer Flussbiegung und plötzlich blieb ich ruckartig stehen, denn die Stromschnellen waren eindeutig zu laut. Die Klamm weiter vorn musste auf Höchststand angeschwollen sein, das eisige Wasser würde sich schäumend die schweren Felsen hinabstürzen.

Kevy verschwand um die Biegung außer Sicht. Einen Augenblick später war auch Danny fort.

Ich schleppte mich aus dem Wasser und rannte am Ufer entlang, stolperte über Steine und Treibholz und schrie nach ihnen. Ich erreichte die Biegung und umrundete sie, das Donnern der Stromschnellen schlug mir entgegen und ich sah das Wasser heller werden, wo es anfing, zu einem brodelnden Weiß aufzupeitschen. Da sah ich, wie Danny Cander einen Arm um meinen Bruder warf, einen Moment innehielt, um die Richtung zu ändern und dann mit einer Hand auf das Ufer zuschwamm, das Gesicht vor Anstrengung verzerrt.

»Schwimm!«, schrie ich. *»Schwimm!«* Ich stolperte über ausgebleichtes Holz und rappelte mich sofort wieder hoch. Danny wurde von der Strömung schneller abgetrieben, als er dem Ufer näher kam, in seinen hervorquellenden Augen stand das Wissen, dass er es nicht schaffen würde. Ich sah ihn zögern, dann langsamer werden und dabei wertvollen Boden verlieren, als die Strömung stärker wurde. Sie waren so dicht, nur noch sieben Meter von mir, doch der Fluss fing bereits an, trichterförmig zuzulaufen, und riss sie zurück in seine Mitte. »Danny!« Er hob den Kopf und sah mich an. »Schwimm!«

Mit drei Schritten war ich wieder ins Wasser gesprungen und tauchte in einen Schock ein, der mir den Atem verschlug. Dann schwamm ich auf Danny zu. Als er mich sah, kämpfte er stärker gegen die Strömung an. *Ja,* schrie ich innerlich. *Ja!* Im nächsten Moment berührten sich unsere Fingerspitzen und dann lag mein Arm um seine Schulter und zerrte Richtung Ufer, während er meinen Bruder zog. Die Stromschnellen erhoben ein ohrenbetäubendes Gebrüll, meine Augen waren blind vom schäumenden Wasser. Plötzlich sackte Dannys Arm weg und er trieb ziellos mit halb geschlossenen Augen fort, seine andere Hand lockerte ihren Griff um Kevy. »Nein!« Ich trat und traf Danny voll am Oberschenkel, er schüttelte benommen seinen Kopf. Seine Augen öffneten sich, füllten sich mit Furcht. Mit letzter Kraft verstärkte er den Griff um Kevy und begann zu schwimmen. Ich fühlte, wie wir beide leicht hochgehoben wurden und dann vorankamen.

Das Ufer erstreckte sich vor uns, steinig und unerreichbar. *Schließ die Lücke, schließ die Lücke,* sang es ständig in meinem Kopf, das eiskalte Wasser betäubte meine Sinne. Kevys totes Gewicht hing wie ein riesiger Stein an unserem Nacken. *Erreich das Ufer, schließ die Lücke.* Würde das Ufer jemals näher kommen? Stoßen, treten, stoßen, treten. *Halt Danny fest. Danny, halt Kevy fest.* Stoßen, treten. Die übrige Welt hörte auf zu existieren. Ich war an einem blendend weißen, kalten Ort und unser Luftschnappen übertönte alle anderen Geräusche. Da schoss mir plötzlich mit bestechender Klarheit ein Gedanke durch den Kopf. Unser eigenes Keuchen war lauter als das Dröhnen der Stromschnellen.

Wir würden es schaffen.

Dieses Wissen verlieh mir einen kräftigen Schub nach vorn. Wir bewegten uns schneller durch das Wasser, der mitreißende Sog der Strömung lag hinter uns. Noch zwei Züge und ich ließ meine Beine sinken und berührte Grund. Ich stand heftig schwankend und zog Danny und Kevy zu mir heran. Danny hievte sich auf die Füße, beugte sich vor und zerrte, packte meinen Bruder so fest, dass ich seine Finger mit Gewalt lösen musste. »Es ist gut, Danny«, keuchte ich. »Wir haben's geschafft.«

Wir kauerten uns hin und füllten unsere schmerzenden Lungen. Da fiel mein Blick auf Kevy. Er war ganz still, seine Augenlider und Lippen kalt und blau. »Komm, wir schaffen ihn aus dem Wasser.« Immer noch keuchend, brachten wir Kevy ans Ufer und schleppten ihn das steinige Gestade hoch. Sein Kopf wackelte teilnahmslos, seine Arme waren schlaff. Wir knieten über seinem Körper und schlugen ihm auf die Wangen. »Kevy! Kevy!« Meine Stimme klang blechern. Sein nasses, kaltes Gesichtchen stach mir wie Nadeln in die Finger. »Kevy! Wach auf!« Ich griff nach seinem Handgelenk und suchte nach einem Pulsschlag, seine Haut fühlte sich an wie gefrorenes Wachs. Da war er, schwach. »Das Herz schlägt!«

Danny beugte sich dicht über sein Gesicht. »Er atmet nicht.«

Ich zwang mich zur Ruhe, nahm all mein Wissen zusammen. Hatten wir das in Sport nicht zur Genüge durchexerziert? Hatten wir das nicht Dutzende Male an Puppen geübt und unsere Klassenkameraden damit aufgezogen, von »Mund-zu-Mund« zu sein? »Streck seinen Kopf«, sagte ich.

Kevins Kinn ragte in die Luft. Danny öffnete den Mund meines Bruders und sah hinein; dann übernahm ich. Die Nase zuhalten. Den Mund des Verunglückten vollständig bedecken. Kräftig ausatmen. Und noch einmal. Wie oft hintereinander? Es fiel mir nicht mehr ein. Danny schob mich beiseite, um ihn noch einmal zu untersuchen. Nichts. Ich wiederholte die Schritte und zog mich zurück. Immer noch keine Bewegung. »Dreh ihn um«, befahl Danny.

Ich kämpfte gegen meine aufsteigende Panik. Wir schmissen Kevy herum wie einen Fisch, ohne auf den spitzen Untergrund zu achten, auf dem er lag. Danny drehte seinen Kopf zur Seite und drückte auf seinen Rücken. »Gott im Himmel«, betete Danny laut, »bitte rette ihn.« Braunes Wasser tröpfelte aus Kevys Mund. Danny drückte wieder. Noch ein Rinnsal. Beim dritten Drücken verkrampften sich Kevys Lippen, seine Beine schlugen gegen die Steine. Er hustete heftig und würgte. Seine Augäpfel rollten unter ihren geschlossenen Lidern, es gurgelte in seiner Kehle. Danny drehte Kevy blitzschnell wieder auf den Rücken und überstreckte seinen Kopf. Ich beugte mich hinunter, um den Mund meines Bruders noch einmal mit meinem zu bedecken und spürte die glitschige Kälte von Kevys Haut an meinen Lippen. Nach drei Atemzügen hörte ich auf. »Los, Kevy, komm, *atme.*«

Gerade wollte ich mich wieder hinunterbeugen, als Danny meinen Arm fasste. »Nein, warte.« Die Brust meines Bruders begann sich zu heben, Luft pfiff in seiner Kehle. »Ja, Kevy.«

Ich rieb kräftig seine Stirn. »Komm schon.« Seine Brust senkte sich mit einem Stöhnen.

»Danke, Jesus!«, rief Danny aufgeregt. »Komm schon, Kevin!«

Kevy zog wieder die Luft ein, sein weißes Gesicht bekam ein wenig Farbe, die Augen schlugen auf. »Celia.« Seine Lippen bewegten sich kaum. Danny und ich warfen einander einen triumphierenden Blick zu.

»Ja, Kevy, ich bin hier.«

Ohne jeden Grund stieg plötzlich ein Schluchzen in meiner Kehle auf. Ich hatte doch die ganze Zeit nicht geheult, jetzt war ein merkwürdiger Zeitpunkt, um damit anzufangen. »Oh«, stöhnte ich und meine Stimme brach. Ich versuchte, die Emotionen abzuwehren, aber es ging nicht. Kevy war nichts passiert; mein Bruder würde sich wieder erholen. »Gott sei Dank!«

»Wein doch nicht, Celia«, flüsterte Kevy.

Ich legte mir beide Hände auf den Mund, von Erschöpfung und Erleichterung überwältigt. Lieber Kevy, da wäre er beinahe ertrunken und machte sich Sorgen um mich. Ich spürte die eisige Berührung seiner Finger auf meinen Oberarmen, was mich nur noch mehr zum Weinen brachte. »Schon gut, Kevin«, hörte ich Danny sagen. Und dann stand ich auf und Danny stand auch auf und sagte, mein Bruder würde sich wieder erholen. Ich nickte energisch, schluchzte aber immer noch und wandte mich ab, damit er mein Gesicht nicht sah. Nach einer Minute spürte ich eine vorsichtige Berührung auf meiner Schulter und es machte mich verlegen, ihn so dicht hinter mir zu wissen. »Bitte wein nicht, Celia; er hat's doch geschafft.«

»Ich weiß.«

»Warum weinst du dann?«

»Ich kann es nicht ändern; ich bin einfach nur froh, dass es ihm gut geht. Ich hab nur einen Bruder.«

»Oh.« Ich konnte spüren, wie er unbehaglich hin und her trat. »Bist du jetzt fertig?«

Ich versuchte, gleichmäßig zu atmen, aber die Tränen kamen immer noch. »Nein. Tut mir Leid.«

»Schon gut. Du brauchst dich nicht zu entschuldigen.«

Ich drehte mich zu ihm um, der Boden unter meinen Füßen war verschwommen. »Ich möchte n-nur«, stotterte ich und bedeckte meinen Mund, damit er nicht sah, wie sich meine Lippen verzogen, »D-Danke sagen, dass du meinen Bruder gerettet hast.«

»Schon gut; ohne dich hätte ich das nicht geschafft. Und Gott hat uns beiden geholfen.«

»Nein, wenn du nicht reingesprungen wärst –«

»Celia.« Er legte mir auf beide Schultern eine Hand. »Du musst jetzt aufhören; Kevin braucht immer noch unsere Hilfe. Er ist erbärmlich am Zittern.«

»Okay, geb-bongt. Ich bin blöd, tut mir Leid.«

»Du bist nicht blöd.«

Dannys unerwartetes Mitgefühl entlockte mir ein weiteres Schluchzen. Ich wollte mich zum dritten Mal entschuldigen, konnte aber nicht sprechen und schüttelte deshalb nur den Kopf.

»Mein lieber Schwan«, sagte Danny seufzend. Er legte seine Hände halb um meinen Rücken und wir standen eine Minute lang verlegen da. »Na komm, hör auf jetzt.« Er tätschelte mir den Hinterkopf, wie er einen wimmernden Welpen getätschelt hätte.

»Okay.« Einmal hart schluckend, hob ich den Kopf, um ihn anzusehen, und hatte Schluckauf. Ihm klebte das Haar an der Stirn, er hatte immer noch Wassertropfen am Hals und die grünen Augen bildeten einen starken Kontrast zu seiner bläulichen Haut. Unsere Blicke trafen sich und hielten einander fest, ein nicht zu deutender Ausdruck huschte über sein Gesicht. Als der letzte Schluchzer in meiner Kehle erstarb, veränderte sich plötzlich etwas in mir. Plötzlich war ich mir ganz deutlich Danny Canders Arm bewusst, der mir die Schultern wärmte, und wie dicht wir nebeneinander standen. Ein Beben lief durch meine Nerven. Heftig blinzelnd trat ich schnell zurück, sein Arm fiel herunter und seine Wangen liefen tiefrot an. »Es geht schon wieder.« Ich senkte die Augen und wandte mich ab, um mich neben Kevy zu knien. Der Blick meines Bruders war leicht glasig. »Kevy. Alles in Ordnung?«

Er nickte und griff nach meiner Hand. Ich drückte ihn so fest, dass meine Finger weiß wurden. Ein Schauer schüttelte seinen Körper. »Mir ist k-kalt.«

»Ich weiß, Kevy. Wir kriegen dich schon wieder warm.« Als ich mich umdrehte, bemerkte ich noch, dass Danny mich anstarrte. Er blickte nervös zur Seite. Schon gut, wollte ich ihm versichern. *Mach dir keine Gedanken darüber.* »Danny, dein T-Shirt. Das ist doch noch trocken, weißt du noch?«

Einen Moment lang war sein Gesicht leer. »Oh. Ja.«

»Kannst du laufen und es holen?«

Seine Stirn runzelte sich vor Besorgnis. »Klar.«

Ich lächelte ihn kurz an. Er lächelte langsam zurück. Dann war er fort, sprang barfuß in großen Sätzen über die Steine flussaufwärts.

»Celia.« Kevy rieb meine Hand. Ich wandte mich ihm zu.

»Ja, Brüderchen. Was ist?«

»Hast du meine Angel noch erwischt?«

Kapitel 9

In Dannys T-Shirt, das ihm bis zu den Knien reichte, lag Kevy immer noch schlotternd auf der Erde. Ich wünschte, Mädchen könnten genauso ohne Oberteil herumlaufen wie Danny; mein BH scheuerte und mein feuchtes T-Shirt war blut- und dreckbeschmiert. *Ich sehe aus,* dachte ich.

»Kevy, kannst du laufen?« Ich hockte mich neben ihn.

Er rollte mit dem Kopf, seine Zähne klapperten. »Mir ist s-so kalt.« Seine Wangen waren immer noch unnatürlich bleich, jede Sommersprosse trat scharf hervor. Ich warf Danny einen besorgten Blick zu.

Er nickte. »Wir müssen ihn schnell irgendwo hinbringen, ihn warm kriegen.«

Ich war so müde, dass ich mich neben Kevy hätte legen und auf der Stelle einschlafen können. Ich versuchte zu überlegen, wohin man ihn am schnellsten bringen könnte, aber meine grauen Zellen wollte nichts ausspucken. »Was sollen wir tun?«

Danny strich sich über die Stirn und blickte über das Feld, das bis zum Flussufer ging. Sein halb trockenes Haar sah auf seine zerzauste Art gut aus. Ich betrachtete sein kantiges Profil und die Länge seiner schwarzen Wimpern. Die eine Hand hatte er in die Hüften auf seine nasse Jeans gelegt, die andere baumelte herunter, die Muskeln zeichneten sich deutlich ab. Als er zurückkam, hatte er wieder Schuhe und Strümpfe an und auch Kevys Schuhe eingesammelt. Er musste sich auf dem Weg das Flussufer hoch die Füße verletzt haben, aber er beklagte sich nicht. Ich sah auf die Schnitte in meinen Handflächen und Knien. Sie hatten aufgehört zu bluten, obwohl sie ein bisschen brannten.

Danny und ich wahrten wohlweislich Abstand. Ich wusste, dass er auch an unsere Umarmung dachte, ja dass er womöglich verlegener war als ich. Es war genauso wenig seine Schuld wie meine; es war einfach passiert. Das Ganze war schon fast wieder komisch. Wenn mir jemand erzählt hätte, dass ich mich noch heute Danny Cander an den Hals werfen und an seiner Schulter heulen würde, hätte ich mich krank gelacht. Er trat unter meinem intensiven Starren unbehaglich hin und her, unsere Blicke trafen sich. Ich sah absichtlich nicht weg, damit er ja nicht meinen sollte, mir ginge immer noch jener bestimmte Moment durch den Kopf.

»Wir sollten ihn zu mir nach Hause bringen.«

Ich versuchte, meine Überraschung zu verbergen, aber es war zu spät.

»Das ist am nächsten«, beeilte er sich zu erklären und deutete über das Feld. »Wenn wir hier querfeldein gehen, ist es nur etwa eine halbe Meile.«

»Bist du sicher, dass das geht?«

»Warum sollte es nicht gehen?«, sagte er scharf.

Plötzlich war er wieder ganz der alte Danny, in den Augen ein herausforderndes Blitzen und immer vor etwaigen Angriffen auf der Hut. Es verdutzte mich, sein Verhalten auf einmal. Nicht, dass unsere Umarmung bedeutet hätte, dass wir uns mochten oder so, aber sein Schulhofrauferei-Gehabe hatte ich ganz sicher nicht verdient. Ich setzte schon zu einer Erwiderung an, aber er sah weg, den Nacken ganz starr, und blitzartig fühlte ich mich zurückversetzt auf den Schulhof in der fünften Klasse, als ich und meine Freundinnen mit offenem Mund auf seine geballten Fäuste und sein blutbespritztes Hemd gestarrt hatten.

»Mir stinkt diese Stadt«, hatte Danny damals mit einem schrägen Seitenblick auf mich getönt, »wenn ich alt genug bin, hau ich ab.«

»Es ist nicht die Stadt, die stinkt, Danny Cander«, hatte Gerald Henley beleidigt den Spieß umgedreht. »Dein Vater verpestet die Luft mit seiner ständigen Sauferei!«

Gerald war klein und stämmig und bekanntermaßen ein Trottel. Es war mehr als dumm von ihm gewesen, Danny so ans Bein zu pinkeln, und kaum hatte er die Worte hervorgestoßen, erbleichte sein käsiges Gesicht auch schon vor Furcht. Wie ein Blitzschlag schoss Dannys Faust vor und donnerte ihm auf die Nase. Gerald schrie vor Schmerz, Blut quoll ihm durch die gespreizten Finger. Danny hielt die Stellung und funkelte wütend auf ihn herab.

»Sag ja nie mehr was gegen meinen Vater.«

Es war der Ton seiner Stimme – ruhig, zitternd –, der mich dazu brachte, Geralds Geheule zu ignorieren und Danny mit weit aufgerissenen Augen anzustarren. Plötzlich sah ich ihn mit anderen Augen. Ich erkannte, nicht Hass oder Wut hatte ihn dazu getrieben, die Memme Gerald zu schlagen, sondern Scham.

Eben dieser Ausdruck lag auch nun in seinen zusammengekniffenen Augen und Mund. Erkannte man die eigentliche Empfindung dahinter nicht, hätte man meinen können, er sei wütend. In gewisser Weise war er das auch, nahm ich an – wütend, dass er sein Leben lang für die Ehre eines betrunkenen Vaters würde kämpfen müssen. Gewissensbisse überkamen mich, als mir aufging, wie schwer es Danny fallen musste, uns zu sich nach Hause einzuladen. Ich war von der Aussicht, dorthin zu gehen, auch nicht gerade begeistert, aber das wollte ich ihn um keinen Preis merken lassen.

Während ich mir den nassen Schmutz von den Shorts wischte, sagte ich: »Na, dann los.«

Kevy protestierte, dass er sich bewegen musste, aber ich zog ihn auf die Füße. »Danny, kannst du ihn unter dem andren Arm stützen? Ich glaube nicht, dass ihm gerade zum Bäume-Ausreißen zumute ist, was Kevy?«

»N-Nein.« Er brachte ein zähneklapperndes Lächeln zustande. »Nicht r-richtig.«

Es ist erstaunlich, wie lang einem eine halbe Meile unter solchen Umständen vorkommen kann. Danny erbot sich, Kevy zu tragen, aber ich sagte: »Nein, du bist schon fix und fertig; und wenn du zusammenklappst, was soll ich dann machen, euch beide tragen, oder was?« Ich sprach scherzhaft, lächelte ihm dabei zu und hoffte, er würde die Botschaft hinter meinen Worten verstehen. Er zuckte die Achseln, doch ich sah in seinen Augen, dass sie bei ihm angekommen war.

Wir gingen jeder an einer Seite von Kevy, Dannys Arm war um den Rücken meines Bruders gelegt und berührte meine Seite, als wir ihn mehr oder weniger mitschleiften.

»Den Fluss hoch«, deutete Danny mit seinem Kinn, »dahin zurück, wo wir geangelt haben. Da gibt's 'nen Schleichweg, der direkt durch das Feld bis zu mir nach Haus geht.«

In wenigen Minuten erreichten wir die Stelle, wo Kevy vom Jakefelsen gefallen war. »Was ist mit deinen Sachen?«, fragte ich, als mein Blick auf die Kiste, den Eimer und die Angeln fiel.

»Die hol ich später.« Danny drängte uns zum Pfad durch das mit Gänseblümchen übersäte Feld. Es schien sich endlos zu erstrecken.

All die Jahre, staunte ich, hatte ich ganz in der Nähe des Pfads geangelt, der zu Danny Canders Haus führte. Ich konnte mir nicht erklären, warum mich dabei so ein eigenartiges Gefühl beschlich. Vielleicht deshalb, weil unsere Welten immer so weit auseinander gewirkt hatten, wo sie das in Wirklichkeit gar nicht waren. Doch in einer Hinsicht würden sie immer weit auseinander liegen: Dannys Vater war die Zielscheibe für das Stadtgespräch, während meine Familie angesehen war. Doch was machte es schon, dass ich die Enkelin von Thomas Bradley und Danny ein Cander war? Sollte man Menschen nicht aufgrund ihrer eigenen Taten beurteilen? Und hatte Gott uns nicht sogar geboten, überhaupt nicht zu richten?

Wir trotteten schweigend weitere zehn Minuten dahin, bis der Pfad auf einen Hain zulief. »Ich wohne gleich dahinter«, versicherte Danny Kevy. Mein Bruder keuchte heftig, aber wenigstens taten seine Lungen ihren Dienst. Meine Hände schmerzten vom Stützen und ich wusste, dass Dannys Arme schon ganz lahm sein mussten nach seinem anstrengenden Schwimmen. Schließlich erreichten wir den kühlen Schatten der Bäume. Als wir auf der anderen Seite herauskamen, verkündete Danny: »Schau, Kevin, da ist es.«

Es war immer noch gut dreißig Meter weg, doch Kevins Lebensgeister erwachten beim Anblick des baufälligen weißen Holzhäuschens. Zu seiner Linken erhob sich eine alte rote Scheune, deren Farbe abblätterte und die den Hof von einem Getreidefeld und einer Weide abgrenzte. Im Schatten der Scheune gackerten Hühner in einem angebauten Hühnerstall. Als wir näher an Dannys Haus herankamen, sah ich, dass die lang gestreckte Veranda voll gerümpelt war mit Werkzeugen, einem aufgerollten Seil, ausgelatschten Schuhen, ein paar schweißrändrigen Hüten und drei rostigen, durchgesessenen Eisenstühlen mit verblichenen roten Sitzkissen. Die Haustür stand offen. Wir erreichten die Verandastufen, doch durch die Fliegenschutztür konnte ich lediglich einen kahlen Flur und eine Treppe erkennen, deren Geländer zerkratzt und schäbig war. Während ich erleichtert aufatmete, überkam mich eine Welle des Mitgefühls für Danny.

»Setzt euch kurz. Ich hol Mama.« Behutsam drückte Danny Kevy in einen Stuhl, während sein Blick nervös durch die Tür glitt. Ich ließ mich ermattet neben meinen Bruder sinken und konnte nicht genau sagen, ob ich mich um meinet- oder um Dannys willen vor der Begegnung mit seinem Vater fürchtete. »Vielen, vielen Dank«, sagte ich und schloss die Augen.

Keine Minute später kam Dannys Mama schon auf uns zugeeilt. Sie hatte Sorgenfalten auf der Stirn und das braune Haar löste sich aus seinem Knoten, als sie die Arme um Kevy legte. Ihre Stimme war weich wie Baumwollflausch, als sie ihn leise beim Namen rief, ihr Gesicht sonnengegerbt, die Wangen leicht gerundet. Ihre großen fürsorglichen Augen waren grün wie Dannys. Irgendetwas in mir tat plötzlich scheußlich weh, als ich mir vorstellte, dass Mama mich so anschauen könnte, wie sie meinen Bruder bemutterte. Ohne Umstände brachte sie ihn in eins der vorderen Schlafzimmer und begann ihn auszukleiden. Ich ging hinterher und fragte mich, wo wohl ihr Mann sei, und schreckte zusammen, als Danny mit einer Tasse heißer Hühnerbrühe auftauchte.

»Danke, Schatz.« Mrs. Cander hatte für Kevy drei Kissen als Rückenlehne aufgeschüttelt, vor deren dunkelblauen Bezügen sich sein Gesicht bleich ausnahm. »Trink das, Kevin; davon wird dir warm.« Sie warf mir einen Blick zu. »Du solltest besser deine Mutter anrufen. Das Telefon steht in der Küche.«

Ich hielt ihren Blick für einen Moment, war innerlich ganz aufgewühlt. Ich wollte das Bild festhalten, als sie sich wieder Kevy zuwandte, eine abgearbeitete Hand sanft unter sein Kinn schob und in der anderen die schmutzige braune Tasse hielt, an deren Boden weiß eine kleine abgeschlagene Stelle zu sehen war. Sie trug einen grün-weiß karierten langen grob gewebten Rock und dazu eine schlichte, halb zugeknöpfte Bluse. »Na komm, Kevin, nimm einen Schluck«, schmeichelte sie.

Wenn ich irgendwelche Zweifel gehegt hatte, dass mein Bruder gut aufgehoben sei, so verflüchtigten sich diese, als ich sah, wie sie ihn fütterte. Leise schlüpfte ich aus dem Raum.

Als ich zum Telefon auf der ausgeblichenen Arbeitsplatte griff, wurde mir schlagartig bewusst, was ich gerade im Begriff war zu tun. Danny hockte auf einem Metallstuhl mit einem grünen Plastiksitzkissen, das an der Naht aufgeplatzt war, und beobachtete mich nachdenklich. Er hatte immer noch die feuchte Jeans an, obwohl er dem raschen Flüstern seiner Mutter, »ordentlich auszusehen und ein Hemd anzuziehen«, Folge geleistet hatte.

»Was hast du?«, fragte er.

Ich begegnete seinem Blick, meine Hand lag auf dem Hörer. Was sollte ich ihm antworten, wo ich mir selbst nicht darüber im Klaren war, was ich dachte? Es war … peinlich, unsere beiden Familien auf einmal vermischt zu sehen. Ich hatte Angst, was Mama sagen würde. Würde sie fragen, was Danny Cander bei uns am Fluss zu suchen gehabt hatte? Beim Marschieren durch jenes mit Gänseblümchen überladene Feld war mir Bradleyvilles offenkundiges Vorurteil immer fraglicher vorgekommen. Gott war ein liebevoller, vergebender Gott, der jeden Menschen für sich beurteilte. Zumindestens hatte ich das so verstanden aus dem, was mir sowohl zu Hause als auch in unserer Kirche beigebracht worden war. Niemand hatte das Recht, Danny zu verurteilen, nur weil er als kleiner Junge ein Draufgänger gewesen war. Wer wäre das an seiner Stelle nicht gewesen?

Und es gab noch ein Problem. Ich hatte Sorge, dass Mama mir die Schuld an Kevys Unfall geben würde. Würde sie ihren Zorn in Dannys Zuhause mitbringen, würde sein Feuer an dem langen Rock von Dannys Mama hochzüngeln, die sich so liebevoll um meinen Bruder kümmerte? Ich fürchtete den Vergleich zwischen Mama und Mrs. Cander, wollte Danny nicht wissen lassen, was meinem eigenen Zuhause fehlte. Und dann bemerkte ich, dass ich erschauerte, als ich mir plötzlich, wenn auch nur ansatzweise vorstellen konnte, was er all die Jahre wegen seines Vaters empfunden haben musste.

»Ich hab Angst, dass sie mir die Schuld gibt.«

Sein Blick war fragend. »Du hast doch geholfen, ihn zu retten.«

»Schon, aber Mama … hängt sehr an Kevy. Und sie und ich, wir kommen nicht so gut klar.«

Er sah mir forschend ins Gesicht. »Das ist nicht der eigentliche Grund, stimmt's?«

Dieses ständige Auf-der-Hut-Sein von ihm war mehr als nur eine Marotte. »Danny«, sagte ich, »hör auf damit.«

Entschlossen nahm ich den Hörer ab.

Kies spritzte auf, als Papas Auto knirschend in Dannys Auffahrt zum Stehen kam. Mama kam als Erste heraus, um sofort die Verandastufen hochzuhasten, gefolgt von Papa und Großvater. In den Armen hielt sie ein Bündel trockener Kleidung für Kevy. »Wo ist er?«, fragte sie atemlos, als Danny die Tür öffnete.

»Da drinnen, mit Mama.« Er zeigte auf das Schlafzimmer und warf mir einen Seitenblick zu, als sie vorbeifegte.

Mrs. Cander trat beiseite, als Mama auf die Bettkante niedersank und sich vorbeugte, um Kevy zu umarmen und mit den Fingern seine Stirn zu liebkosen. Großvater schüttelte Mrs. Cander die Hand, dankte ihr überschwänglich und lobte Dannys Tapferkeit. Ich hatte bei meinem Anruf keinen Zweifel daran gelassen, dass Danny es gewesen war, der Kevy vor den Stromschnellen gerettet hatte, mit meiner Hilfe erst am Schluss. Papa wollte Danny erst die Hand schütteln, umarmte ihn dann aber verlegen und murmelte, dass Gott selbst ihn zur rechten Zeit zum Fluss gebracht hätte. Mama half Kevy behutsam in seine trockenen Sachen.

Nach wenigen Minuten glitt das lange graue Auto von Dr. Richardson Staub aufwirbelnd hinter unseres in die Auffahrt. Mama kauerte am Fußende des Bettes und hatte die Hände an die Lippen gepresst, während Doktor Richardson Kevy die Brust abhörte. Mrs. Cander legte eine Wange an Mamas, murmelte, wie froh sie sei, dass Kevy anscheinend nichts passiert war, und schlüpfte aus dem Zimmer. Danny drehte sich um, um ebenfalls zu gehen, doch Großvater legte ihm die Hand auf den Arm.

»Ich denke, es ist alles in Ordnung, Estelle«, sagte der Arzt leise und nahm das Stethoskop ab. »Aber ich möchte ihn trotzdem ein, zwei Tage im Krankenhaus behalten, einfach um sicherzugehen, dass seine Lungen klar bleiben. Andernfalls könnte Lungenentzündung auftreten.«

Ich stand beobachtend im Hintergrund, warf verstohlene Blicke auf Danny und stellte mir vor, wie sich Mamas Zärtlichkeiten für Kevy anfühlen mussten, als sie Papa bedeutete, ihn auf den Arm zu nehmen. Wir gingen alle hinterher, als Kevy zu unserem Auto getragen wurde und Mama sich schließlich bei Danny bedankte. Sie finde keine Worte, flüsterte sie, um ihm zu sagen, wie dankbar sie sei. Er habe ihrem Sohn das Leben gerettet und das würde sie ihm nie vergessen. Danny nahm ihren Dank bescheiden an und wiederholte, wie schon gegenüber Großvater und Papa, dass er allein es nicht geschafft hätte. Sie wären beide ertrunken, erklärte er, wenn ich sie nicht in letzter Minute gerettet hätte. Erst dann – und nachdem Kevy behutsam auf dem Rücksitz des Wagens verstaut war – wandte sich Mama mir zu.

»Celia«, sagte sie und ihre Hände setzten sich ganz leicht auf meine Schultern, »du hast heute etwas Mutiges, Wunderbares getan ... « Die Worte versandeten, ihr Kinn zitterte.

Es schnürte mir die Kehle zu. Ich konnte mich nicht entsinnen, mich ihr jemals so nahe gefühlt zu haben. Ich wollte meine Arme um sie werfen, wollte, dass wir uns gegenseitig in unserer unendlichen Erleichterung trösteten. Doch alles, was ich zustande brachte, war ein winziges Nicken. Jäh fielen ihre Hände herunter und hinterließen warme Stellen auf meinen Schultern.

»Wir müssen gehen.« Ihre Stimme war schroff. »Wir werden Doktor Richardson zum Krankenhaus hinterherfahren.«

Als sie hinten einstieg, legte sie einen Arm um Kevy und zog seinen Kopf an ihre Brust.

Kapitel 10

Schon am Sonntag tratschte man in der ganzen Stadt darüber, dass Kevy beinahe ertrunken wäre, zweifellos angeheizt von der Klatschbase Eva Bellingham, die im Postamt saß und alles über jeden wusste. Mrs. B. galt in der Stadt als eine gottesfürchtige »Gebetsstreiterin«, doch ich hatte so meine eigenen Ansichten über sie. Leider – und mir völlig unerklärlich – war sie Mamas engste Freundin, obwohl Mrs. B. gut zwanzig Jahre älter war. Und schlimmer noch, sie war indirekt mit Danny verwandt. Miss Jessie, die verwaiste Nichte, die Mr. und Mrs. B. großgezogen hatten, war mit Lee Harding verheiratet. Miss Jessie besaß eine Nähstube unten bei Tulls und war allseits beliebt. Ich passte oft auf ihre drei Sprösslinge auf.

Am Montagmorgen waren Danny und ich das Schulgespräch. Kevy lag noch im Krankenhaus; wir hofften, dass er an diesem Nachmittag entlassen werden würde. Papa hatte sich heute ausnahmsweise einmal freigenommen – er arbeitete als Buchhalter für Sledges' Farm Equipment in Albertsville –, um mit ihm und Mama im Krankenhaus zu bleiben.

Schüler und Lehrer gleichermaßen fragten nach Kevys Befinden und alle sagten, dass sie für seine vollständige Genesung beteten. Dann aber wechselte der Gesichtsausdruck meiner Freunde mit schöner Regelmäßigkeit und kündete einen neuen Gedankengang an. Je nachdem, wie gut wir befreundet waren, variierten die Fragen ein wenig. Auf dem Weg zur Schule hatte Melissa mich haarklein ausgefragt, da sie annahm, als meine beste Freundin das Recht dazu zu haben. Melissa war immer noch fast genauso wie damals, als wir sechs waren – klein für ihr Alter, immer in Bewegung, lebenslustig und geschwätzig. Sie brachte mich oft zum Lachen, aber sie war auch die Erste, an die ich mich wandte, wenn ich mich mal so richtig ausheulen wollte. Meine Auseinandersetzungen mit Mama waren ständig Gesprächthema bei uns. Melissa wiederum klagte über ihre Sorge, dass sie so klein und schmächtig geraten war. »Die Jungen sehen mich an, als ob ich ihre kleine Schwester wäre«, stieß sie unwillig hervor und schnippte sich das braune Haar aus den Augen. Dann aber lachte sie wieder, um nicht zu verdrießlich zu klingen.

Doch an jenem Morgen störte mich plötzlich ihre kichernde Einladung zum Tratschen, ihr mir zugewandtes, schief gelegtes Koboldgesicht. Erst letzten Freitag hatte sie in ähnlicher Manier mit hochgezogenen Augenbrauen über Bobby getuschelt und ich war darauf mit gespieltem höchsten Entzücken eingegangen. Dann hatten wir uns ausgeschüttet vor Lachen und unsere Alberei war über unsere Schultern hinweg bis zu Randy und Bobby durchgedrungen, die hinter uns gingen. Doch ich verspürte keine Lust, mit irgendwem über Danny Witze zu reißen; was zwischen uns passiert war, war zu persönlich, zu real.

Mona Tesch fing mich zwischen zwei Schulstunden an meinem Spind ab. »Du liebe Zeit, Celia, *Danny Cander*«, sagte sie, die braunen Augen groß hinter dicken Brillengläsern. Weil sie so klein und kompakt war, nannten die Jungen sie hinter ihrem Rücken »Keule«. Ihre Zeugnisse waren stets mit Einsen gespickt und sie rühmte sich eines großen Wortschatzes. »Was war das für ein Gefühl, *ihn* aus den Fluten zu ziehen? Du musst ja apoplektisch gewesen sein.«

Ich legte mein Mathebuch ins Regal und nahm einen Geschichtstext heraus. »Er hat sich selbst rausgezogen, Mona; er ist derjenige, der Kevy gerettet hat.«

»Schon, aber mir ist zu Ohren gekommen, dass er so erschöpft war, dass du sie beide retten musstest.«

Mona neigte dazu, wenn sie aufgeregt war, ihre Zunge herauszustrecken wie ein hechelnder Hund. Das und ihr krauses, weißblondes Haar erinnerte mich mehr an einen traurigen Pudel als an eine Keule.

»Musstest du Danny auch von Mund zu Mund beatmen?«

Ich hatte diese Unterhaltungen langsam satt. Während ich meine Spindtür zuknallte, bemühte ich mich um einen neutralen Ton. »Nein. Ihm ging's gut. Ich habe mich nur um Kevy gekümmert.«

»Dann ist also nichts passiert?«

»Nichts passiert? Danny hat meinem Bruder das Leben gerettet. Das nenne ich nicht nichts.«

»Ich weiß, aber –«

»Ich muss in die Klasse, Mona.«

Keine fünf Minuten später, bevor der Geschichtsunterricht offiziell anfing, bemerkte eine habichtäugige Miss Fleming: »Ist es nicht wunderbar, dass Danny zufällig genau zur rechten Zeit vorbeikam?« Sie war äußerst erleichtert, als ich sagte: »Ja, das ist es.« Gott bewahre, Miss Fleming, dass Danny und ich am Flussufer miteinander geredet haben könnten, *bevor* Kevy unsere Hilfe brauchte.

Die Jungen aus meiner Klasse – Lyle, Randy, Kenneth und vor allem Gerald mit seinen Pausbacken und seinem Ich-weiß-alles-Gehabe – sahen mich böse an, während sie mit verzogenen Lippen im leisen Tonfall ihre Ansichten austauschten. Bobby war so eifersüchtig, dass er kein Wort mit mir redete, seine dichten Augenbrauen finster zusammenkniff und stocksteif auf den Boden starrte, als ich vorbeiging.

In der dritten Stunde war es schwer, sich zu konzentrieren, während Mr. Leam Satzdiagramme an die Tafel malte. Ich kritzelte Blumenmuster auf mein Blatt und machte mir Sorgen um Danny. Wenn ich schon so unter Beschuss geriet, wie musste es ihm dann erst ergehen? Lobten ihn die Lehrer mit den Lippen, während ihre Augen anklagten: »Was *hast* du nur am Fluss zu suchen gehabt und Celia Matthews nachgestellt?« Als es endlich klingelte, eilte ich in dem festen Entschluss zur Tür, mit Danny zu reden, auch auf die Gefahr hin, dass sich dann jeder seinen Teil denken würde.

Mein Mathelehrer, Mr. Rose, trat mir im Flur in den Weg, während schwatzende Schüler an uns vorbeiströmten. »Hallo, Celia, ich habe von Kevin gehört. Es geht ihm hoffentlich wieder gut.«

»Danke, ja. Er hat nichts Ernsthaftes. Kommt wahrscheinlich schon bald nach Hause.«

»Das sind gute Neuigkeiten.«

Ich wartete auf die unvermeidliche Frage, hielt meine Bücher umklammert und schielte zu Mr. Rose hoch, der weit über eins achtzig groß war. Er war schon an der Schule, solange ich denken konnte, und sein Haar war derweil grau geworden. Zwischen all dem Knallen von Spindtüren und dem Trappeln von Füßen sah ich in Gedanken wieder jene Schulhofszene vor fünf Jahren vor mir, als das Blut von Gerald Henley auf Dannys weißes T-Shirt gespritzt war. Mr. Rose hatte die Kampfhähne getrennt und schon Danny im Visier gehabt, als ich mich protestieren hörte: »Es war nicht allein seine Schuld; Gerald hat seinen Vater einen Trinker genannt.« Mitgefühl war über das Gesicht von Mr. Rose gehuscht und er hatte beide Jungen mit ins Sekretariat genommen, um ihnen drei Tage Schulverbot zu erteilen. Meine Freunde waren wütend auf mich gewesen. »Das ist alles Danny zu verdanken«, platzte ich jetzt hervor. »Kevy wäre die Stromschnellen hinuntergetrieben, wenn er nicht gewesen wäre.« Mir stieg das Blut in die Wangen, als die rechtfertigende Bemerkung in meinen Ohren klingelte und mir klar wurde, dass Mr. Rose mehr verstand, als ich gesagt hatte. Doch er lächelte nur.

»Gott hat ihn gebraucht. Ich bin froh, dass er zur Stelle war«, sagte er schlicht und fort war er.

Danny zu suchen war es jetzt zu spät.

Ich trug gerade mein Essenstablett vor mir her, als ich Danny am anderen Ende der Mensa erspähte, der mich beobachtete, während er Schlange stand. Ich warf ihm versuchshalber ein

Lächeln zu und er lächelte zurück. Bei dem warmen Plastik zwischen meinen Fingern und dem Duft von Frikadellen in dem Saal voller Geklapper überkam mich eine Welle der Erleichterung. Ihm schien es gut zu gehen. Einen Moment zog ich wirklich in Erwägung, ihn aufzufordern, sich zu mir zu setzen.

»Celia«, rief Miss Hemington, als ich an den Tischen ihrer Drittklässler vorbeikam. »Sag Kevy, dass wir ihn vermissen und hoffen, dass er bald wieder da ist.«

Kevys bester Freund Reid lächelte mir wehmütig zu und nickte zustimmend. »Er wird schon wieder gesund«, versicherte ich ihm. Ich wusste, dass er und Kevy zwei von Miss Hemingtons Lieblingsschülern waren, was zum Teil an ihren guten Noten lag. Kevys Lerneifer in der Schule brachte ihm ebenso viel Wohlwollen von Lehrern ein, wie seine Loyalität ihm Freunde bescherte. »Danke«, antwortete ich Miss Hemington. »Wir hoffen, schon heute Nachmittag.«

»Das ist schön.« Ihre Lippen zogen sich unter ihrer Himmelfahrtsnase weit auseinander. »Und welch glücklicher Zufall, dass Danny gerade zur rechten Zeit auftauchte.«

Über ihre Schulter sah ich Barbara Dawson, Shirley Clangerlee und Melissa an unserem Tisch mir zuwinken, die fast platzten vor weiteren nervtötenden Fragen. Melissa und Shirley wirkten nebeneinander wie David und Goliath, Melissas zarte Ballerinahände fuchtelten vor Shirleys fleischiger Schulter herum. Die Clangerlees leiteten den Supermarkt im Ort und Shirleys ganze Familie war schwer gebaut und übergewichtig. Gerald war gemein genug zu lästern, das komme daher, dass sie die Hälfte ihrer Produkte auf den Regalen selber aufessen würden. Barbara sah geschniegelt aus wie immer, das dicke braune Haar streng gebürstet, eine gestärkte weiße Bluse sorgsam in ihren marineblauen Faltenrock gesteckt. Während Shirley vor Ungeduld winkte, zog Barbara nur eine Augenbraue hoch, als wollte sie sagen: »Meine Zeit, was sind wir heute wieder langsam.« Meine Finger packten das Tablett fester und ich fühlte, wie mir der Unwille die Kehle hochstieg. Bis auf Mr. Rose waren mir alle auf den Keks gegangen.

»Er ist nicht gerade zur rechten Zeit aufgetaucht«, entgegnete ich Miss Hemington fest. »Er war schon vorher mit mir da. Reden. Klar?«

Ihr Lächeln gefror. Ich war nicht sicher, ob das mehr auf meine Unhöflichkeit oder auf die von mir mitgeteilte Information zurückzuführen war. »Nun. Dein Glück, wie sich herausgestellt hat.« Sie drehte sich betont wieder zu ihren Schülern.

Meine Augen schlossen sich. Was war nur los mit mir, dass ich mich mit Lehrern anlegte und von meinen Freundinnen genervt war? Ich ging zu meinem Stammtisch und mir graute.

»Schieß los, Celia, ich kann es kaum abwarten, alles zu hören.« Barbara beugte sich zu mir vor und hätte dabei beinahe ihre Bluse in Zimtäpfel getaucht. Ich ließ mich mit einem Seufzen auf meinen Stuhl plumpsen. »Also.« Ihre Altstimme war verschwörerisch. »Erst einmal, was wollte Danny überhaupt da?«

In der letzten Stunde sollten wir Wiederholungsfragen in unserem Erdkundebuch beantworten. Während ich geistesabwesend auf ein Bild vom Amazonas blickte, musste ich unwillkürlich an Kevys verzweifelte Schreie in der Strömung denken. *Kevy.* Plötzlich hatte ich Gewissensbisse. Ich hatte den ganzen Vormittag nur Danny im Kopf gehabt, während mein eigener Bruder noch immer im Krankenhaus lag. Ich klopfte mit dem Stift auf das Blatt und fragte mich, ob er wohl am Nachmittag nach Hause kommen könnte.

Da kam mir ein wärmender Gedanke. Plötzlich hatte ich den perfekten Vorwand, um nach der Schule mit Danny zu reden. Er würde wissen wollen, wie es Kevy ging. Als die Glocke läutete, war ich bereits auf dem Sprung, die Bücher unterm Arm.

»Celia!«, rief Bobby Delham, als ich zur Tür flitzte. »Warte, ich muss dich was fragen.«

»Später, Bobby«, sagte ich über die Schulter. »Ich hab's eilig.«

Er eilte mir hinterher. »Ich wollte –«

»Nicht jetzt, Bobby.« Wir traten nebeneinander durch die Tür in den Flur.

»Aber ich hab mich doch nur gefragt –«

Ich wirbelte jäh verzweifelt herum, was einen heimlich lauschenden Randy in mich hineinlaufen ließ. »Oh, 'tschuldigung«, murmelte er belämmert und verkrümelte sich in Richtung Wandspinde.

Ich warf ihm einen viel sagenden Blick zu und funkelte dann Bobby an. Er drückte sein Heft an sich, seine Schokoaugen waren ängstlich. »Was ist los mit dir?«, fragte ich. »Was ist mit aller Welt heut los? Ich hab jetzt keine Zeit; kapierst du das nicht?« Ich stolzierte davon und ließ ihn stehen, während er mir mit einer Mischung aus Verwirrung und Entrüstung nachblickte. Er hatte das nicht verdient, und wenn sich herumsprach, wie ich mit ihm umgesprungen war, würde es böses Blut geben. Bobby war beliebt. *Ist mir doch egal,* sagte ich mir. *Ist mir so was von egal.* Als ich an meinem Spind war, riss ich die Bücher heraus, die ich für die Hausaufgaben brauchte, und war schon auf dem Weg den Flur hinunter, als ich meine Meinung noch einmal änderte. Ich wirbelte herum und steuerte den Hintereingang an, latschte außen um das Gebäude herum und schaffte es bis zur Straße, ohne einer Menschenseele über den Weg zu laufen.

Ich sah den Bürgersteig hoch. Noch kein Danny in Sicht. Tief durchatmend versuchte ich mich zu beruhigen, entspannte bewusst die Schultern und strich mir das Haar aus den Augen. Jetzt kleckerten die ersten Schüler aus dem Gebäude auf die breiten Stufen und einige sahen mich neugierig an. Die meisten von uns hatten ihre täglichen Gewohnheiten; meine bestand darin, den Seitenausgang zu benutzen und mit Melissa über den Schulhof zu gehen. Hier nahm ich mich äußerst verdächtig aus. »Hi«, grüßte ich trocken.

»Auf wen wartest du?«, fragte Bart Rhorer, auf dessen rübenrotem Schopf die Sonne glänzte.

Ich zögerte. »Auf Danny. Er hat versprochen, mir meine Angel zu holen, und jetzt muss ich abklären, wie ich sie zurückkriege.«

Bart hob sein Kinn und ließ es wieder sinken. »Oh. Na dann, tschüs.« Er schlenderte den Bürgersteig hoch und drehte sich mit einem viel sagenden Grinsen noch einmal um.

Ich presste die Lippen zusammen, drehte den Kopf weg und entdeckte Danny, der langsam die Stufen hinunterkam. Ohne jeden Grund begann mein Herz schneller zu schlagen. Er sah mich, reagierte sofort und versuchte dann, das zu überspielen, indem er ein Steinchen wegkickte.

»Hi, Danny.« Ich schlug einen lockeren Ton an.

»Hi.« Seine Augen waren grün wie die einer Katze, als er in der Sonne blinzelte.

»Ich wollte nur, dass du weißt, dass Kevy wieder ganz gesund wird. Und dass er wahrscheinlich heute nach Hause kommt.«

Sein Blick glitt über mein Gesicht zu meinem Haar und wieder zurück. »Prima.«

Wie ich ihn so von einem Fuß auf den andren treten sah, einen Stapel Bücher unterm Arm, fiel es mir schwer zu glauben, dass er mich noch vor weniger als achtundvierzig Stunden umarmt hatte. Wir standen nur vier Schritte auseinander, aber zwischen uns klaffte ein Canyon.

»Hast du die Angeln und das restliche Zeug geholt?«, fragte ich.

»Ja.«

»Gut. Ich muss meine Sachen nämlich irgendwann zurückhaben.« Ich brachte ein Lachen zustande. »Ich schätze, Kevy wird eine neue bekommen.«

Er lächelte. »Wahrscheinlich.«

»Na ja.« Ich blickte die Straße hinunter und sah, dass Melissa jede unserer Bewegungen so interessiert verfolgte, dass ihr beinahe die Augen aus dem Kopf fielen. »Ich schätze, ich gehe jetzt besser.«

Er legte verstehend den Kopf schief, wobei ihm ein Büschel Haare über die rechte Augenbraue fiel. Aus irgendeinem Grund stellte ich mir vor, wie ich sie zurück an ihren Platz schob. »Bis morgen«, sagte ich, ohne mich zu rühren.

»Klar.« Schon wollte er an mir vorbeigehen, da stockte er noch einmal. »Vielleicht könnte ich sie dir diesen Samstag zurückgeben«, platzte er hervor. »Ich meine, falls du zufällig am Fluss bist. Ich treff dich vielleicht. Wenn ich mit meiner Arbeit fertig bin und allem.«

Ich lächelte langsam. »Das ist 'ne Idee. Wenn ich kann, bin ich da.«

»Gut.« Sein Gesicht war eine Maske, die seine Vorfreude nur schlecht verbarg. »Dann bis dann.«

»Okay.«

Er ging in seine Richtung und ich in meine, während ich vor mich hingrübelte, was ich Melissa erzählen sollte.

»Hallo, Celia«, rief Kevy, als die Fliegenschutztür hinter mir zuknallte.

»Hey, Kevy!« Ich schmiss meine Bücher hin und flitzte zum Sofa, auf dem er lag. In die Hocke gehend, drückte ich ihn fest.

»Ey, ich krieg keine Luft mehr«, protestierte er mit erstickter Stimme.

Lachend rutschte ich ein Stückchen weg. »Das wär lustig, was? Erst rette ich dich vorm Ertrinken und dann erdrück ich dich.«

Er lächelte mich gewinnend an. Ich betrachtete sein Gesichtchen, zählte die Sommersprossen. Seine Haut hatte wieder ihr normales, gesundes Rosa. Während ich ihm zärtlich das Haar aus der Stirn strich, sah ich die bleichen Wangen und die blauen Lippen von Samstag vor mir, unbeweglich und kalt. Das Donnern der Stromschnellen hallte durch meinen Kopf.

»Jag mir nie, nie wieder solche Angst ein, Kevy«, flüsterte ich.

Er nickte feierlich. »Mach ich nicht. Tut mir Leid.«

Als ich bei Tisch eine Veränderung in der Atmosphäre unseres Hauses spürte, fragte ich mich, ob sie real war oder ob *ich* mich verändert hatte. Eine stille Freude gluckste in mir beim Anblick unserer wieder vereinten Familie und ausnahmsweise zankte ich mich nicht mit Mama. Sie hatte mir überhaupt keine Vorwürfe wegen Kevys Unfall gemacht und mich fast dafür umarmt, dass ich geholfen hatte, ihn zu retten. Ihre Hände auf meiner Schulter hatten sich so gut angefühlt. Und zu Danny hatte sie gesagt, wir würden es ihm nie vergelten können, was er für uns getan hatte. Als wir gestern Abend aus dem Krankenhaus wiedergekommen waren, hatte es eine eilig aufgewärmte Schüssel von Mamas Gemüsesuppe und dicke Scheiben ihres Weizenbrots gegeben. Ich war bärenhungrig gewesen, aber das Essen hatte das Loch in meinem Magen nicht stopfen können, da Kevys Platz leer war. Dass er beinahe gestorben, unsere Familie nur haarscharf einer Tragödie entkommen war, hatte dieser Leere eine Gewichtigkeit verliehen, als ob die Luft um sie herum schwer vor grimmiger Erleichterung sei. Wie ich ihn jetzt quietschfidel frittiertes Hähnchen mampfen sah, durchströmte mich ein Gefühl der Vollständigkeit, warm und süß.

Großvater war in Hochstimmung. Er lachte leise in sich hinein über seine alte Geschichte, wie es ihm mit einem Trick gelungen war, Jake Lewellyn seine Lieblingsmurmel gegen einen Blätterpilz abzuluchsen, als sie neun Jahre alt waren. Jener listige Sieg hatte ihre lebenslange Fehde ins Rollen gebracht, in der

Mr. Lewellyn seither erfolglos darauf sann, seine Murmel zurückzubekommen. »Ja, ja«, fuhr er fort, »durch Jakes silberschwarze Murmel kam ich zu der Geschichte, die ich in Schützenlöchern immer am liebsten erzählt hab. Ich weiß noch, wie wir einmal in Korea in Deckung gehen mussten bei dem Versuch, einen Hügel zu erstürmen, und die Stimmung bei unseren Jungs im Keller war. Da denk ich bei mir, Zeit für dieses Geschichtchen, und erzähle ihnen von meiner Schlauheit und was der Jake für ein Gezeter gemacht hat. Auf einmal hören wir mittendrin plötzlich ein mächtiges Pfeifen. Unsere Köpfe gehen hoch, die Augäpfel leuchten weiß. Allen ist klar: Uns wird es schwer erwischen. Das war der Tag –«

»Vater! Bitte, gönn uns einen Abend. Kevin ist eben erst nach Hause gekommen.«

Selbst bei ihrem unausbleiblichen Einspruch klang Mamas Stimme anders. Normalerweise war sie scharf und ungeduldig, wenn sie Großvater unterbrach, und signalisierte schon allein mit dem Wort *Vater* ein halbes Dutzend Dinge. Dass dies ihr Haus, ihr Tisch war. Dass seine plastischen Kriegserzählungen ihr größtes Kreuz waren. Dass sie diese Geschichten aus einem unerfindlichen Grund leidenschaftlich hasste und dass er deshalb das Thema Krieg gefälligst bleiben lassen sollte – eine Erwartung, die er tagtäglich enttäuschte. Und damit ging der Kreislauf wieder von vorne los. Doch heute Abend, wegen Kevy, glich Mamas Unterbrechung eher einer ruhigen Bitte. Und Großvater, anstatt betont theatralisch den Mund zuzuklappen, ließ das Thema einfach fallen.

»Nun, Sohn«, sagte Papa, um die Luft zu reinigen, »ich schätze, wir sind dir eine neue Angel dafür schuldig, dass du so schnell nach Hause gekommen bist.«

»Stimmt genau.«

»Mann, Kevy«, warf ich ein, »wie kannst du überhaupt noch den Wunsch verspüren, auch nur in die Nähe von Wasser zu kommen?«

Er spülte achselzuckend Eistee im Mund herum und schluckte schließlich. »Das tut mir nichts ausmachen. Ich zieh trotzdem wieder mit Reid los. Nur werd ich wohl schätzungsweise am Ufer bleiben.«

Das tut mir nichts ausmachen. Ich schielte verstohlen zu Mama hinüber, aber sie zuckte nicht mit der Wimper. Wenn es ihr auch nicht gelungen sein mochte, Großvaters Redeweise zu bändigen, so war sie doch normalerweise unerbittlich, was Kevy und mich betraf.

»Gute Idee, Kevin.« Großvater haute zur Bekräftigung auf den Tisch. »Der Jakefelsen hat unserer Familie schon immer nichts als Ärger eingebrockt. Halt dich am besten von dem fern.«

Wir mussten alle lachten.

»Was ist mit deiner Angel, Celia?«, fragte Kevy. »Und Opas Eimer?«

Ich bestreute ein paar Kartoffeln mit Pfeffer und hielt die Augen gesenkt. »Ich hol sie dieses Wochenende. Danny Cander hat gesagt, er bringt sie am Samstag mit zum Fluss.« Ich hörte auf mit Pfeffern und setzte den Streuer ab. Griff zu meinem Eistee und trank.

Stille.

»Nun, das ist auch 'ne Möglichkeit und gar nicht dumm«, erklärte Großvater nach einer Weile. »Richtig nett von ihm, deine Angel zu holen.«

»Hm, hm.« Meine Gabel glitt unter meine Erbsen. Mama hatte alle Bewegungen eingestellt, ihr Messer war mitten in der Roulade stecken geblieben. Nach einer zweiten Gabel Erbsen hielt ich es nicht länger aus und sah zu ihr hin. Sie blickte Papa an und der starrte geradewegs zurück. Ich entschied, dass meine Kartoffeln noch etwas Salz brauchten.

»Celia.« Mamas Stimme war leise.

Mein Arm erstarrte, dann bewegte er sich wieder, meine Finger schlossen sich um den Salzstreuer. Erlebnisse aus der

Schule heute schossen mir durch den Kopf. Mit meinem Vorhaben, Dannys Freund zu sein, könnte es hier und jetzt ein Ende haben, dachte ich, wenn Mama erklärte, dieses Treffen am Samstag würde sich nicht schicken, egal wie viel wir ihm zu verdanken hätten. »Ja, Mama?«

Sie zögerte. Ich konnte ihre Gedanken förmlich wirbeln hören. Die Vorstellung gefiel ihr nicht, aber sie hatte Bedenken, undankbar zu erscheinen, nach dem, was Danny getan hatte. Papa aß schweigend; dies war Mamas Angelegenheit, sprach aus seinen Bewegungen. Ich wünschte, er würde wenigstens einmal Stellung beziehen. Ich hätte wetten können, dass er mit der Hälfte ihrer Entscheidungen nicht einverstanden war.

Mama schnitt ihre Roulade fertig durch. Ihre Stimme war milde, als sie schließlich sprach. »Geh mir aber nicht ins Wasser, hörst du?«

Kapitel 11

Der Samstag dämmerte verhangen, dicke graue Wolken lauerten am Himmel wie die Schlachtschiffe aus Großvaters Geschichten. Den ganzen Vormittag betete ich, dass es nicht regnen würde, obwohl ich wahrscheinlich selbst bei einem Orkan zum Fluss gegangen wäre, nachdem ich die ganze Woche lang gefiebert und zwischen den Schulstunden versucht hatte, einen Blick auf Danny zu erhaschen. Immer wieder schielte ich während des Mittagessens nach dem Wetter und war dankbar für den ungewöhnlichen Frieden zwischen Mama und mir. Dies war der erste Samstag seit Wochen, an dem wir uns nicht darüber gestritten hatten, ob ich nach Albertsville fahren dürfte.

»Gehst du heute Nachmittag zu Melissa?«, fragte Mama, als sie Papas Teller hinstellte.

Mir wurde ganz flau im Magen. Papa begegnete meinem Blick für einen Moment und schaute dann weg. Großvater goss geschäftig Eistee in Kevys bereits volles Glas. »Nein. Ich hab Großvater doch versprochen, seinen Eimer abzuholen, weißt du noch?«

»Ach ja, richtig.« Die Leichtigkeit in Mamas Stimme wog schwerer als Blei. Sie hatte es nicht vergessen, nicht eine Minute. Vermutlich hatte sie die vergangenen fünf Nächte wach gelegen und sich das Hirn zermartert, warum um alles in der Welt sie mich gehen ließ. Mit einem Blick auf den sich zuziehenden Himmel meinte sie: »Es könnte dir hinterher noch Leid tun.«

Sie sprach nicht nur vom Regen. »Keine Sorge. Mir passiert schon nichts.«

Ich aß mein Brot zu Ende und räumte schweigend das Geschirr ab.

Um ein Uhr sahen die Wolken zwar immer noch bedrohlich aus, aber es war noch kein Tropfen vom Himmel gefallen, als ich mein langes Haar bürstete, bis es sich mir den Rücken hinunterringelte, und mein Gesicht im Spiegel betrachtete. Vor ein paar Monaten hatte Bobby in einem Moment schwärmerischer Selbstvergessenheit zu mir gesagt, ich sei das hübscheste Mädchen auf der Schule. Ich fragte mich, ob Danny das auch fand. Als ich von der Frisierkommode zurücktrat, betrachtete ich mein Spiegelbild in voller Länge und drehte mich zur Seite, um meine Figur kritisch in Augenschein zu nehmen. Ich hatte in dieser Woche darauf geachtet, mich nach der Schule in die Sonne zu setzen, und meine Haut war schon leicht gebräunt. Eine knallblaue Trikotbluse betonte meine Augen. Sie stand mir gut, wie Großvater sagen würde.

»Tschüs, Mama. Tschüs, Papa.« Die Fliegenschutztür knallte, als ich ging.

»Tschüs, Celia. Bleib nicht zu lange«, sagte Mama.

Während ich das Stück bis zur Main Street ging, hätte ich schwören können, ihren stechenden Blick durch die Tür zu spüren, als sie mich davongehen sah.

Danny war schon am Fluss, als ich kam, wühlte beiläufig in seiner Angelkiste und diese Haarsträhne hing ihm ins Auge. Etwas in seinem Verhalten war zu lässig, zu gefasst und ich wusste, dass es aufgesetzt war. Es knirschte unter meinen Füßen, als ich wortlos näher kam.

»Oh, hi«, sagte er.

»Hi, hi.«

Danny kam an jenem Tag nicht zum Angeln. Als nur Sekunden später der Regen einsetzte und in dicken Tropfen über den Fluss peitschte, sammelten wir schnell unsere Sachen zusammen.

»Komm mit«, drängte er. »Flussaufwärts gibt's 'n Plätzchen, wo die Bäume besonders dicht sind.«

Wir schleppten unser Zeug und rannten, während der Regen wütend auf uns einprasselte. So viel zum Thema gekämmte Haare, dachte ich und musste plötzlich lachen. Danny sah mich neugierig an, bevor auch er zu grinsen anfing. »Nasser als letzte Woche können wir nicht werden!«, überschrie ich das Trommeln des Regens auf die Steine.

»Wenigstens ist es warm!«

Nach ein paar Minuten schwenkte Danny vom Flussufer weg, ich hinterher, und raschelte durch Wildgras. Außer Atem erreichten wir die Bäume und schmissen die Angeln, den Eimer und die Angelkiste hin, bevor wir uns zu Boden plumpsen ließen. Die Blätter zweier riesiger Eichen bildeten einen dichten Baldachin, der zwar in dem prasselnden Regenguss tanzte, uns aber vor dem Wasser abschirmte.

»Puh!«, keuchte ich, wischte mir mit dem Arm über das Gesicht und strich mein Haar zurück. Ich blickte Danny an. »Du bist ganz durchgeweicht.«

»Genau wie du.«

Ich betrachtete entgeistert meine Klamotten. »Ich kann mich scheinbar nicht mir dir treffen, ohne wie eine ersäufte Ratte auszusehen.«

»Das macht nichts; du bist trotzdem schön.«

Meine Augen sprangen zu seinem Gesicht, doch er hatte sich bereits weggedreht in dem deutlichen Bewusstsein, eine Grenze überschritten zu haben. Ein Stachel bohrte sich in meine Brust, als er vor Scham rot wurde, als ob er etwas falsch gemacht hätte. Warum nur musste ich ständig an die Szene denken, als er Gerald Henley eins auf die Nase gegeben hatte? Ich fühlte jetzt das Gleiche wie damals – ich wollte meinen Arm um Danny legen und ihm sagen, er solle locker bleiben, es würde alles gut werden.

»Danke«, sagte ich leise. Und damit hatte es sich.

Als ich in jener Nacht im Bett lag und zu dem Lichtschein an meiner Decke hochsah, den die Straßenlaterne an der Ecke warf, spulte ich jenen Augenblick wieder und wieder in meinem Kopf ab. *Das macht nichts; du bist trotzdem schön.* Das Fenster stand einen Spalt breit auf und ließ eine feuchte Brise herein, die nach Regen roch. Während ich mit den Fingern über die zarten Stiche auf meinem Appalachen-Quilt fuhr, erinnerte ich mich an Dannys warmen Händedruck, als er mich hochzog, nachdem das Unwetter vorüber war. Kaum stand ich auf den Füßen, hatte er losgelassen und eifrig seine Angel und seine Kiste zusammengepackt.

Wie lange hatten wir unter den Bäumen gesessen? Es war mir wie fünf Minuten vorgekommen, doch es müssen eher fünfundvierzig gewesen sein. Wir redeten über Kevy. Ich erzählte ihm, wie mein Bruder aus dem Krankenhaus nach Hause gekommen war und was ich empfunden hatte, als er an unserem Abendbrottisch gefehlt hatte. Ich dankte Danny noch einmal für das, was er getan hatte. Er entgegnete, dass er und Kevy beide ertrunken wären, wenn ich nicht gewesen wäre. Wir redeten auch über die Schule, über Lehrer, die wir mochten, und Lehrer, die wir blöd fanden. Ich meinte, dass Mr. Rose jemand war, den ich achtete, aber ich erklärte nicht, warum. Und Miss Hemington, tja, kein Wunder, dass sie immer noch nicht verheiratet war; sie war eine alte Schrulle hinter ihrem kessen Gesichtchen. Das brachte ihn zum Lachen.

»Ich hab sie mal mit Stampfkartoffeln beschmissen«, sagte er.

»Nein, hast du nicht. Du hast sie an die Decke geworfen und beim Runterfallen sind sie ihr voll auf die Nase.«

Er saß mit den Armen um die Knie geschlungen. »Das weißt du noch?«

»Natürlich, Danny. Das weiß jeder. Wir erinnern uns an so manches, was du gemacht hast.«

Er ließ eine Hand sinken, um eine Eichel aus dem Gras zu picken. »Kann ich mir denken.«

Und schon stießen wir wieder gegen seine Mauer. Ich hatte

an seine Tricks und Siege auf dem Baseballfeld gedacht; ihm fielen die Prügeleien wegen seines Vaters ein.

Keiner von uns hatte Lust verspürt zu gehen, aber ich wollte es mit Mama nicht überstrapazieren. Beiläufig bemerkte ich, dass ich nächsten Samstag vielleicht wieder angeln gehen würde, wenn sie es erlaubte. Danny zuckte die Achseln und meinte, er könne vielleicht die Fliege machen, wenn er mit seiner Arbeit fertig wäre.

Ich strich über meine Decke und fragte mich, ob Mama mich gehen lassen würde. Sie würde sich denken können, dass Danny da sein würde. Und diesmal hatte ich keinen Vorwand; ich hatte den Eimer und die Angel nach Hause gebracht.

Mama ließ mich tatsächlich gehen in der darauf folgenden Woche, allerdings nur mit Kevy als Anstandsdame. Es machte ihm nichts aus, dafür seine Spielstunden mit Reid Barth zu verkürzen; für Kevy war es ein Fest, seine Schwester mal ganz für sich zu haben. Dennoch musste er, wie Mama ausdrücklich befahl, am Ufer bleiben. Sie wies ihn auch an, nicht von meiner Seite zu weichen. Bei dieser weiteren Instruktion zuckte Kevy die Achseln, er bemerkte ihren viel sagenden Blick auf mich gar nicht, während sie das verkündete.

Wir waren noch nicht lange am Fluss, da tauchte »unerwartet« Danny auf. Kevy war ganz aus dem Häuschen und pfefferte achtlos seine neue Angel hin, um seinen Retter mit unverhohlener Verehrung zu umarmen.

»Danny und ich setzen uns ein Weilchen in den Schatten hinter dieser Biegung da«, erklärte ich Kevy und deutete dabei flussaufwärts.

Er machte große Augen. »Aber ich soll doch bei dir bleiben.«

»Dir passiert schon nichts.« Ich zauste sein Haar. »Du gehst ja nicht ins Wasser, oder?«

»Bestimmt nicht, großes Ehrenwort.«

»Na gut, alles klar. Das ist unser Geheimnis. Du darfst es bloß Mama nicht erzählen.«

Gewissensbisse huschten über seine Stirn, verdüsterten seine sommersprossigen Wangen und verschwanden dann. Er zuckte die Achseln. »Okay. Ich bin sowieso schon groß genug, um allein zu angeln.«

»In zwei Wochen sind Ferien«, bemerkte Danny, sobald wir unter dem Eichenbaldachin waren, und kaute auf einem Wildgrashalm. »Was hast du diesen Sommer vor?«

Ich zuckte die Achseln. »Keine großen Sprünge schätzungsweise. Und du?«

Er spuckte das Gras aus und rupfte einen neuen Halm aus. »Ich bleib immer hier. Gibt viel zu tun zu Hause.«

»Wünschst du dir manchmal, einen Bruder oder eine Schwester zu haben?«

»Manchmal. Warum?«

»Ach, ich hab mich nur grad gefragt, wie es wohl wäre ohne.«

»Den Kevy, den tust du gut leiden können, was?«

Ich widerstand der Versuchung, ihn zu ermahnen, nicht »tust du« zu sagen. »Ja.«

Er starrte unbestimmt in die Ferne. »Fast hätte ich mal 'n Geschwisterchen gehabt.«

»Was ist passiert?«

»Das Baby ist gestorben.«

Sein Gesicht hatte wieder jenen gequälten Ausdruck, der seinen Kiefer mit Zeichenstrichen aus Traurigkeit herausarbeitete. »Vor seiner Geburt, meinst du?«

»Ja.«

Wie ich so über das steinige Ufer blickte, sah ich einen Kardinalsvogel über das Wasser flattern, dessen Schwingen in der Sonne einen leuchtenden Glanz hatten. Ich hatte Schuhe und Strümpfe ausgezogen und das dichte, schattige Gras fühlte sich kühl an zwischen meinen eingerollten Zehen. »Wie denn?«

Ich hätte nicht fragen sollen. Offensichtlich wünschte Danny, er hätte das Thema nicht angeschnitten. Es gab so vieles an Danny, was sich mir entzog, und ich spürte, dass seine Absonderung von mir und dem übrigen Bradleyville so tief und kalt dahinfloss wie ein Gebirgsfluss. Die Mauer, gegen die ich ständig gespült wurde, war der Damm, der diesen zurückhielt, steinhart und befestigt mit einem inneren Schmerz, an den ich nicht herankam. Ich wollte ihn durchbrechen, aber ich stellte mich viel zu ungeschickt an mit meiner neugierigen Fragerei. In Wahrheit würde die Mauer niemals fallen, solange Danny es nicht wollte. *Es kann nicht schön sein, mit so etwas in seinem Innern zu leben,* dachte ich. Als ich so auf seine sich senkenden Augen sah, auf den schmalen Streifen schräg einfallenden Sonnenlichts, der auf seiner Schulter tanzte, da kam mir der Gedanke, dass er sich vielleicht schon so lange hinter dieser Mauer versteckt hielt, dass er nicht mehr wusste, wie er ohne sie leben sollte.

»Mama hatte einen Unfall.«

»Oh. Das tut mir Leid.« Ich konnte mir die Einzelheiten denken, die er ausgelassen hatte.

»Ja.« Er sah nachdenklich aus, als träfe er eine Entscheidung. »Das ist ein paar Jahre her. Wie dem auch sei, ich ... hab mich danach verändert.«

»Wie meinst du das?«

Er lächelte scheu. »Ich hab angefangen, auf Mama zu hören. Sie glaubt fest an Jesus, weißt du, trotz allem. Keine Ahnung, warum ich mich danach verändert hab; man müsste ja meinen, dass so was Schreckliches einen dazu bringt, die Faust gegen Gott zu schütteln. Aber irgendwie hab ich erkannt, dass ich Jesus wirklich in meinem Leben brauche. Und einmal abends, mit Mamas Hilfe, hab ich ihm mein Leben übergeben. Und ich hab mich anders gefühlt innen drin. Danach bin ich nicht mehr in Schwierigkeiten gekommen.«

Ich suchte nach Worten, erstaunt, dass er so viel geredet hatte. »Ich bin auch Christ. Ich bin in der Kirche zum Altar gegangen, als ich neun war.«

Er nickte. »Deine ganze Familie? Dein Großvater, das weiß ich ja, der ist Christ; das weiß jeder.«

»Von Mama weiß ich das nicht so genau«, sagte ich zögerlich. »Sie sagt, was man halt so sagt und alles, aber nicht immer …« Der Gedanke erstarb. »Sie nörgelt dauernd an Großvater und mir herum. Und sie ist manchmal so barsch und ich weiß nie, weshalb. Und Papa, nun, Papa redet nie viel über seinen Glauben, aber er lebt ihn. Großvater spricht mit mir recht häufig darüber.«

Danny kicherte in sich hinein. »Dein Großvater und Mr. Lewellyn sind sich auch nicht immer grün.«

»Schon, aber das ist bloß Spaß; das weiß jeder. Das ist Unterhaltung für sie und die Stadt. Hier ist ja sonst weiß Gott überhaupt nichts los.«

Es war genug gesagt. Unsere Unterhaltung wandte sich danach von persönlichen Themen ab und wir beide bemühten uns um Smalltalk. Nachdem wir zurück zum Fluss geschlendert waren, gratulierten wir Kevy zu seinen vier Forellen.

»Meinst du, nächste Woche könntest du es noch besser machen?«, fragte ich ihn und sah Danny dabei wohlweislich nicht an.

KAPITEL 12

Bis auf samstags war mir seit Beginn der Ferien ständig sterbenslangweilig. Wenn ich nicht gerade die Sprösslinge von Miss Jessie hütete, ging ich rüber zu Melissa oder Barbara, wo das Gerede über Jungs stets den Höhepunkt unseres geselligen Programms bildete. Ich sagte meist nicht viel zu dem Schlummerparty-Geschnatter, insgeheim belustigt, dass Einzelheiten über meine Nachmittage mit Danny die größten Aufschreie der Empörung und des Entzückens ausgelöst hätten. Er und ich hatten ein Ritual entwickelt, uns einmal die Woche am Fluss zu treffen, während Kevy unterdessen für unser Familienabendessen angelte. Trotzdem brachte ich es nicht über mich, von ihm zu erzählen.

»Warum so schweigsam?«, fragte mich Barbara auf einer Übernachtungsparty bei ihr zu Hause Mitte Juli. Sie trug einen verspielten rosa Pyjama, der sich über ihre üppige Figur rüschte, und hatte einen wissbegierigen Finger an die blasse blütenblattzarte Wange gelegt. Das braune Haar fiel ihr in einem Zopf, der ganz oben am Kopf ansetzte, auf eine Schulter.

»Sie hat Bobby in letzter Zeit nicht oft genug gesehen, um mitreden zu können«, stichelte Melissa. Ich spielte mit, indem ich die Augenbrauen in die Höhe zog. Bobby. Ich hatte seit Wochen nicht mehr an ihn gedacht. »Oh, schau sie dir an; sie hat doch was!« Melissa zeigte mit ihrer Bürste auf mich und machte einen Rosenknospenschmollmund. »Raus mit der Sprache, Celia.«

»Also«, sagte ich bedächtig, »ich habe ihn tatsächlich letzte Woche zufällig im Supermarkt getroffen. Ich sollte für Mama ein paar Kleinigkeiten besorgen und ich stöberte gerade in der Tiefkühlabteilung rum, als er plötzlich hinter mir auftauchte und mir in den Nacken zwickte.«

»Und was hast du dann gemacht?«, fragte Mona, die sich erst ihre Brille mit einem Finger die schwitzige Nase hochschob und dann mit einem lockigen Zopf spielte.

Ich zuckte die Achseln. Geheucheltes Interesse ließ sich nur schwer aufrechterhalten. »Einfach nur ein bisschen geredet, mehr nicht. Er hat mich nach Hause begleitet.«

»Worüber habt ihr denn geredet?« Melissa war schon wieder dabei, sich die Haare zu bürsten, während sie durch den Raum hüpfte. Sie konnte nie lange stillsitzen.

Als ich an Bobbys Stimme mit ihrer aufgesetzten Verwegenheit dachte, die ritterliche Zuvorkommenheit, mit der er sich erboten hatte, mir die Einkaufstaschen zu tragen, konnte ich mir das Kichern nicht verkneifen. Armer Bobby. »Er musste mir unbedingt erzählen, dass er, wenn er nächstes Jahr sechzehn wird, mit dem Auto seines Vaters in der Stadt rumkurven darf.«

Barbaras Haselnussaugen wurden groß. »Ooh, er ist scharf auf dich. Ehe du dich versiehst, wird er fragen, ob er dich ausführen darf.«

»Was bringt das schon? Das ist noch 'ne Ewigkeit weg.«

»Würde dir das nicht gefallen?«

Ich schnappte mir ein Kissen und drückte es an meine Brust. »Meine Ma erlaubt mir eh keine Verabredungen, bis ich siebzehn bin.«

Melissa seufzte. »Meine auch nicht.«

Das magische Alter in Bradleyville. Wenn ein Mädchen siebzehn war, konnte ein Junge ihre Eltern in aller Förmlichkeit um die Erlaubnis bitten, ihre Tochter ausführen zu dürfen – »seine Aufwartung machen«, wie ältere Leute es nannten. Um diese Erlaubnis zu bitten war ein angstbesetztes Unterfangen für den Jungen, der vor den Eltern seiner Angebeteten stand. Fand er Gnade vor ihren Augen, konnte er sie nach Albertsville ausführen, zur Bowlingbahn vielleicht oder zum Sitzen im Park. Doch ihr Verhalten musste untadelig sein.

Meine Freundinnen jammerten stets, dass sie vor ihrer Hochzeit nicht einmal geküsst werden würden, wenn es nach ihren Müttern ginge. Wie ich so auf Barbaras Bett lag, schweiften meine Gedanken unwillkürlich zu Danny. Monas hauchige Stimme ging durch alle Tonlagen, während sie pausenlos von Wendell Roberts quasselte, ihrem neuen Schwarm in der Elften. Danny und ich hatten uns jetzt schon sieben Mal getroffen, das Mal, wo Kevy fast ertrunken wäre, nicht mitgezählt. Mama wusste, dass ich mich mit ihm traf, obwohl wir nie offen darüber redeten. Dafür quetschte sie Kevy aus, doch ich hatte ihn gut trainiert. »Die reden nur«, pflegte er zu sagen und machte sich nicht die Mühe hinzuzufügen, dass wir meistens ein Stückchen flussaufwärts zu unseren schattigen Bäumen gingen. Das Verhältnis zwischen Mama und mir war so viel entspannter, dass sie vermutlich heilfroh war, dass der einzige Preis, den sie für den Frieden zu zahlen hatte, darin bestand, mich einmal die Woche angeln gehen zu lassen. Wenigstens stritten wir nicht mehr über Albertsville. Ich lebte jetzt für die Samstage.

Nach ungefähr einem Monat hatten Danny und ich zu einer freundschaftlichen Ungezwungenheit gefunden. Er lächelte öfter und ich neckte ihn spielerisch. Immer noch aber redeten wir nicht über sein Leben zu Hause und, als hätten wir ein stillschweigendes Übereinkommen getroffen, auch nicht über meins, da ein Vergleich uns zu dicht an verbotenes Gebiet geführt hätte. Schule war nicht; in Bradleyville war nichts los. Also redeten wir über die Zukunft.

»Ich möchte reisen«, hatte er vor zwei Wochen erklärt und sein Profil hatte bei diesem Gedanken aufgeleuchtet. Die Strömung des Flusses war schwach und das Wetter heiß und schwül.

»Ich auch. Wo willst du denn hin?«

Er trug fransig abgeschnittene Jeans und ein einfarbiges goldgelbes T-Shirt, das zu den Härchen auf seinen gebräunten Armen passte. »Zum Ozean. Ich möchte am Strand sitzen. Mir den Sand durch die Finger rieseln lassen, den Wellen zugucken. Ich wette, ich könnte das stundenlang tun.«

Mein Luftholen ließ ihn den Kopf drehen. »Ich auch«, flüsterte ich. »Ich male eigentlich immer irgendwas und letztens habe ich immerzu das Meer gemalt – du müsstest mal die ganzen Bilder an den Wänden in meinem Zimmer sehen. Und so oft habe ich davon geträumt, nachts im Sand zu sitzen, in eine Decke gewickelt, und zuzugucken, wie sich der Mond im Wasser spiegelt.«

Ich erzählte ihm nicht, dass früher Bobby Delham in den Träumen vorgekommen war.

Danny hatte mich mit diesen grünen Augen angeblickt und ein versunkender Ausdruck hatte weich um seinen Mund gespielt. Wie viele Menschen hatten nicht Sehnsucht nach dem Meer? Tausende, Millionen, doch die Entdeckung unseres gemeinsamen Wunsches zauberte ein Leuchten auf sein Gesicht, als hätte er soeben den kostbarsten Juwel der Erde gehoben. Vielleicht lag das daran, dass wir so wenig gemeinsam hatten. Oder vielleicht adelte meine Sehnsucht auch seine eigene irgendwie.

Und dann der letzte Samstag. Schon allein der Gedanke daran ließ mich Barbaras Kissen fester drücken. Wir hatten wieder über Reisen gesprochen und Danny sagte, er bete, dass Gott geben würde, dass er bei seiner zukünftigen Arbeit um die Welt reisen könne.

»Was für eine Arbeit wäre das denn?« Wir lehnten gegen eine der dicken Eichen unter unserem Baldachin, hatten die Beine ausgestreckt, meine rechte Schulter berührte seine linke, und blickten verträumt über den Fluss.

»Keine Ahnung. Ich kann gut Sachen reparieren, da ich auf dem Hof immer mit Maschinen und so Zeugs arbeiten muss.«

»Ein fahrender Hausmeister«, sagte ich kichernd.

Seine Muskeln spannten sich. »Glaubst du, zu mehr werd ich's nicht bringen, nur Hausmeister?«

Da war es wieder, dieses Auf-der-Hut-Sein. Warum nur musste er immer so empfindlich sein? »Nein.« Ich drehte meinen Kopf gegen den Baum gedrückt in seine Richtung, die Rinde verfing sich in meinem Haar. »Ich denke, du kannst es zu allem bringen, was du willst, weil du Danny Cander bist. Und du kannst auch alles haben, was du willst. Aus genau dem Grund.«

Er drehte seinen Kopf zu mir, das Kinn berührte fast sein Schlüsselbein. Seine Augen waren so grün wie samtige Smaragde. Ich war ihnen noch nie vorher so nahe gekommen, hatte nie den goldgepunkteten Ring um seine Iris wahrgenommen. Er sah mich mit solcher Eindringlichkeit an, dass mir ganz heiß wurde. Der schüchterne Danny, den ich kannte, sah nicht weg, seine Augen suchten meine mit einem Verlangen, das mir den Atem verschlug. Ich konnte seine Haut riechen, herb und moschusartig wie Großvaters Sandelholzkiste. Seine Hände lagen auf seinem Magen. Ich umklammerte meine Ellbogen. *Küss mich*. Der Gedanke wehte durch meinen Kopf und hinterließ in seiner Spur ein Klingen wie eine plötzliche Brise in Windspielen. Er schluckte, sein Blick wanderte zu meinem Mund und wieder hoch. In letzter Sekunde schlug er die Augen nieder. Keiner von uns rührte sich.

»Danny«, sagte ich leise und ließ meine Ellbogen los. Er schaute nicht hoch. Ehe mich noch der Mut verließ, griff ich nach seiner Hand. Er warf mir einen überraschten Blick zu und steckte dann langsam und feierlich seine Finger durch meine. Es war zu peinlich, einander jetzt noch anzusehen, also blickten wir auf das Sonnenlicht, das auf dem Fluss tanzte.

Wie ich jetzt in Barbaras Zimmer daran dachte, im Hintergrund das muntere Gebrabbel meiner Freundinnen, konnte ich die ganze Szene wieder vor mir erstehen lassen – die Rauheit seiner Handfläche, sein Geruch, die schwarzen Fransen seiner Wimpern, als er weggeguckt hatte. Ein tiefer Seufzer entfuhr mir. Heute war erst Dienstagabend. Wie sollte ich es bloß bis zum Wochenende aushalten, bevor ich ihn wiedersehen würde?

»Ooh, schaut sie euch an.« Barbaras Stimme legte sich über meine Gedanken.

»Die ist weggetreten, aber komplett«, flötete Melissa und stupste mich mit ihrer Bürste. »He! Träumst du gerade davon, mit Bobby im Auto zu sitzen?«

Ich lächelte nur.

Kapitel 13

Nachdem ich bei Barbara die halbe Nacht durchgemacht hatte, konnte ich kaum die Augen offen halten, während ich auf Miss Jessies Kinder aufpasste. Da sie gerade schwer damit beschäftigt war, Brautjungferkleider für ein Paar drüben aus Albertsville zu nähen, hatte Miss Jessie meine Hilfe in letzter Zeit öfter in der Woche in Anspruch genommen. Mir war das recht; so hatte ich wenigstens was zu tun und das zusätzliche Geld kam mir auch zupass. Und es machte uns alle stolz, dass Miss Jessie sich so einen Ruf als Schneiderin erworben hatte, dass die Leute mittlerweile schon von Albertsville kamen, um ihre Dienste in Anspruch zu nehmen.

»Das belebt das Geschäft«, hatte Mr. Tull noch vor ein paar Tagen mit seiner durchdringenden Stimme gemeint, nachdem die zukünftige Braut und ihre Mutter zahlreiche Artikel in seinem Laden gekauft hatten. Großvater und ich hatten an der Theke gestanden, nachdem wir soeben unsere klebrig-rosa Erdbeermilchshake-Gläser wieder hereingebracht hatten. Jake Lewellyn und Hank Jenkins saßen unterdessen immer noch gemütlich unter der Markise auf ihren Stammplätzen.

Wayne Tull führte den hiesigen Drugstore nun schon seit zwanzig Jahren, seit er ihn von seinem Vater übernommen hatte. Er war jetzt fünfundvierzig. Die ganze Stadt kannte sein Alter, da er sich nicht genierte, seinen Geburtstag alljährlich samt Luftballons und einem bunten Schild in seinem großen Ladenfenster zu verkünden. Das wiederum war für die wetteifernden Damen aus der Methodisten- und der Baptistengemeinde das Stichwort, ihm die ausgefallensten Kuchen zu backen. Er pflegte Ach und Oh zu schreien über jedes Blümchen, das die Torten zierte, und jeder Dame ganz im Vertrauen zuzuraunen: »Sagen Sie das bloß nicht Mrs. Sowieso, aber ich glaube wirklich, Ihre Blüten sind die schönsten.« Früher dachte ich ja, Mr. Tull würde seine Geburtstage ankündigen, um Aufmerksamkeit zu erheischen. Jetzt ging mir auf, dass er einfach gerne feierte.

Mr. Tull war klein mit einem runden, bebrillten Gesicht und spärlichen Büscheln braunen Haars. Er sah aus und bewegte sich wie ein aufgeregtes Vögelchen und flatterte mit unermüdlicher Energie durch seinen Laden, bald eine Medizin mischend, bald einen Soda mixend. Jake Lewellyn und Hank Jenkins waren zwei seiner Lieblingsgäste, aber Großvater stand noch höher im Kurs bei ihm. Mr. Tull konnte sich ohne Ende über die Ränke von Großvater und Mr. Lewellyn amüsieren und erzählte seinem gesamten Kundenstamm immer den neuesten Streich. Er war Großvaters Traum von einem PR-Mann.

»Natürlich tut es das«, hatte Großvater erwidert. »Miss Jessie ist ganz einfach gut für diese Stadt. Und gut aussehen tut sie obendrein.« Er zwinkerte Mr. Tull zu, der erwartungsgemäß sein komisch-missbilligendes Schnaufen von sich gab. Einwenden konnte dieser jedoch nichts dagegen. Miss Jessie hatte welliges braunes Haar, einen glatten Teint, eine schlanke Taille und ein ebenso einnehmendes Wesen.

Ich verließ ihr picobello in Ordnung gehaltenes Haus und schleppte mich in der Nachmittagssonne nach Hause, um Mr. Lewellyn dabei anzutreffen, unsere Verandastufen hochzuhumpeln, nachdem er zuvor seinen weißen Buick sorgsam am Bordstein geparkt hatte. Vor zwei Jahren hatte er sein altes Auto verkauft und war unverzüglich vorgefahren, um Großvater seinen neuen Schlitten vorzuführen. »Er versucht bloß, mich zu übertrumpfen«, hatte Großvater an jenem Abend beim Essen gegrummelt. »Bloß weil er sich ’n neues Auto zugelegt hat und ich meines verscherbelt hab vor Jahren.« Großvater stocherte mit aller Kraft auf ein paar Eiswürfel ein, die in seinem Tee zusammenpappten. »Na ja, er muss

Abzahlungen leisten und unsereiner nicht, wer übertrifft da also wen?«

Jake Lewellyn erinnerte mich an die alte Bulldogge, die früher in unserer Straße gelebt hatte, bevor sie unters Auto gekommen war. Seine fleckigen Hängebacken hingen dick und rot herunter und schwabbelten in gerechter Entrüstung, wenn er mit Großvater stritt. Seine Beine waren kurz und krumm, die Brust breit. Früher hatte ich mich vor ihm gefürchtet. In den letzten Jahren war er merklich langsamer geworden, die Adern in seinen fleischigen Armen traten unter der dünner werdenden Haut hervor und ein allgegenwärtiger schwarzer Spazierstock lag in seiner Hand.

»Hallo, Mr. Lewellyn«, rief ich und raffte mich auf, die Stufen hochzurennen und die Fliegenschutztür für ihn aufzumachen.

»Hallo, Celia.« Er polterte über unsere hölzerne Veranda. »Ist dein Großvater da?«

»Ich denk schon.«

»So wahr ich lebe«, sagte er vor sich hin und keuchte pfeifend. »Wo sollte der alte Kerl sonst sein?«

»Alles in Ordnung?«, fragte ich und drückte mich gegen den Türrahmen, um ihn vorbeizulassen. »Hört sich an, als hätten Sie Husten.«

»Papperlapapp. Und dass du mir ja nicht zu Thomas petzen gehst; der wird nur mit funkelnden Augen darauf warten, dass ich umkippe.«

Ich lachte. »Nein, nein, keine Bange.«

Im Eingangsbereich blieb er stehen, beide Hände auf den Stock gestützt, der vor Fingerabdrücken starrte. »Thomas Bradley, wo steckst du!« Er bahnte sich gemächlich seinen Weg zum Esszimmertisch und unserem Damespiel, während ich seinen gewohnten Stuhl heranzog.

»Möchten Sie vielleicht Eistee?«

»Ja, meine Hübsche, und Dank dir.« Er haute mit der flachen Hand auf den Tisch. »Thomas! Wo zum Henker stecken die bloß alle?«

»Mama ist vermutlich einkaufen«, rief ich über die Schulter, als ich die Küche betrat. »Und Kevy spielt mit Reid, denke ich. Vielleicht macht Großvater ein Nickerchen; ich geh mal gucken.«

»Hümpf«, hörte ich ihn murmeln. »Nickerchen sind was für alte Leute.«

Als Großvater erschien, so rüstig aussehend wie nur was, ließ er es sich nicht nehmen, Mr. Lewellyn davon in Kenntnis zu setzen, dass er gelesen habe, nicht geschlafen. So grau Großvaters Gesicht auch werden konnte, wenn sein Herz unter Rhythmusstörungen litt, schaffte er es in Gegenwart von Jake Lewellyn doch immer, vor Energie zu sprühen. Ihr lebenslanger Wettstreit war nicht abgeflaut, schmunzelte ich, als ich Mr. Lewellyn seinen Tee hinstellte; er hatte sich lediglich den Beschränkungen ihrer vierundsiebzig Jahre angepasst. Es freute mich, dass Großvater wie der Jüngere aussah, und das sagte ich ihm auch oft.

»Keine Spiele jetzt, mein Mädchen«, sagte Mr. Lewellyn, als ich ihm das Damespiel zuschob. Sein Stuhl knarrte, als er sich zurücklehnte, gemächlich das Bein ausstreckte und sich leicht zur Seite neigte, um in seinen Hosentaschen wühlen zu können. »Ich wollte dir das hier zeigen, Thomas.« Er zog einen Zeitungsartikel hervor, faltete ihn auseinander und unterdrückte ein Husten.

Großvater nahm das Stück Papier entgegen und sah seinen Freund neugierig an.

»Geht's dir gut, Jake? Wo haste dir denn diesen Husten eingefangen?«

»Was hab ich dir nicht gesagt?« Mr. Lewellyn streckte mir sein Kinn entgegen. »Kaum hab ich 'n bisschen Kratzen im Hals, schon hat er seinen großen Tag.«

Ohne auf die Bemerkung einzugehen, justierte Großvater

den Artikel in einem bestimmten Abstand vor seinem Gesicht und fing an zu lesen, wobei sich seine Lippen bewegten. Als er durch war, betrachtete er die Rückseite des Blattes, beäugte einen Ausschnitt von einer Anzeige für einen Räumungsverkauf und drehte es dann wieder um. »Erwartest du etwa, dass ich das glaube, Jake Lewellyn? Wo hast du das her?«

»Was ist das denn, Großvater?« Ich griff nach der Zeitung.

»Der *Lexington Herald*, hier, sieh.« Mr. Lewellyn hielt meine Hand zurück und deutete auf den kleinen Schriftzug über der Überschrift. »Seite A-4, da steht's.«

»Das glaub ich nicht; das ist 'ne Ente«, erklärte Großvater. »Das ist nur wieder einer deiner Tricks. Und ein armseliger noch dazu.«

»Pah.« Mr. Lewellyn schüttelte den Kopf. »Da komm ich den ganzen Weg hierher, um dir das zu bringen, und am Ende muss ich mich von dir als Lügner beschimpfen lassen.«

»Wenn du doch einer bist.«

»Ach komm, Thomas, hör mir auf damit!«

»Hör selber auf damit!«, schoss Großvater zurück. »Wofür hältst du mich eigentlich, für einen ausgemachten Vollidioten?«

»Du hast keinen Grund, so rumzubrüllen.«

»Und ob ich den habe, wenn du versuchst, mir meine Medaillen abzuluchsen!«

»Aah!« Mr. Lewellyn haute mit seinem Stock gegen den Tisch. »Schon gut, schon gut; ich nehm ihn wieder mit. Vergiss es.« Seine Hängebacken waren pink übersprüht.

Da ich bei ihrer Streiterei nicht lesen konnte, ging ich in die Küche, zuckte aber zusammen, als Großvater seinen Freund einen eifersüchtigen Angsthasen nannte – der in zwei Kriegen daheim geblieben sei, während Großvater sich freiwillig zur Armee gemeldet habe.

»*Irgendwer* musste ja schließlich hier bleiben und die Stadt beschützen, ganz zu schweigen von deiner Frau und deiner Tochter, während du durch die Weltgeschichte geturnt bist und dich zum Affen gemacht hast!«

»Zum Affen! Glaubst du etwa, dafür habe ich diese Medaillen da gekriegt? Du wirst langsam wunderlich, Jake Lewellyn!«

Ich ließ mich auf einen Küchenstuhl plumpsen, legte den Zeitungsartikel vor mich hin und steckte mir die Finger in die Ohren. »Gouverneur ehrt Kriegshelden«, lautete die Überschrift.

Lexington – Im November, am Tag der Kriegsveteranen, wird der Lexington Herald *mit Unterstützung des Gouverneurs Julian Carroll in einer besonderen Festveranstaltung auf den Stufen des Gouverneurssitzes in Frankfort Kriegsveteranen ehren, die mit Medaillen ausgezeichnet wurden und heute in Kentucky leben.*

»In unserem Staat leben viele Helden«, so Gouverneur Carroll, »und es ist mir eine Ehre, die Einladung des Herald *anzunehmen, ihre tapferen Verdienste für unser Vaterland zu würdigen.«*

Kriegsveteranen, die an der Feierlichkeit teilzunehmen wünschen, sind gebeten, ihre Medaillen als Beweis für ihre Errungenschaften bis zum 11. August an Lawrence Tremaine vom Lexington Herald *zu schicken, zusammen mit einem ausgefüllten Anmeldeformular, aus dem hervorgeht, unter welchen Umständen die Medaillen gewonnen wurden. Die Medaillen werden als Teil der Zeremonie, zu der auch Vizepräsident Mondale geladen ist, dann wieder verliehen werden.*

»Uns ist bewusst, dass diese Medaillen kostbar sind«, so Bradley Gottenheim, Herausgeber des Herald, *der damit die Befürchtung ansprach, dass mancher sich ungern auch nur zeitweise von ihnen trennen wird. »Meine Mitarbeiter werden sie mit äußerster Sorgfalt behandeln und wir werden dafür*

Sorge tragen, dass jede ihrem rechtmäßigen Besitzer zurückgegeben wird – mit allem Pomp und Prunk, den der Bluegrass State und unser gefeierter Gouverneur aufbringen können.«

Für ein Anmeldeformular wenden Sie sich bitte an Lawrence Tremaine, Tel: (606) 555-2822. Alle im Zusammenhang mit der Feierlichkeit anfallenden Reiseauslagen werden den Honoratioren vom Lexington Herald *erstattet.*

Immer noch mit den Fingern in den Ohren las ich den Artikel ein zweites Mal. Oh, Mann. Mama würde mehr als nur ein bisschen verschnupft sein, wenn sie Großvater für eine Kriegsmedaillenehrung den ganzen Weg bis nach Lexington fahren müsste. Plötzlich fiel mir auf, dass Großvater in letzter Zeit gar keine Kriegsgeschichten mehr von sich gegeben hatte und dass dies genauso gut der Grund für die seit kurzem bei uns eingetretene Ruhe sein könnte wie mein Nicht-Streiten mit Mama. Ich hatte so viel an Danny gedacht, dass mir das gar nicht aufgefallen war. Aber seltsam war es schon, dieses unerklärliche Schweigen von Großvater zu seinem Lieblingsthema.

Als ich wieder aus der Küche kam, hatte Mr. Lewellyn sich bereits hochgestemmt und steuerte auf die Tür zu, seine rechte Hand zitterte, während er seinen Stock umklammert hielt, die dicken Backen waren leuchtend rot. »Das ist das letzte Mal, dass ich versucht habe, dir zu helfen, Thomas Bradley«, wetterte er und bekam einen Hustenanfall. »Da versucht man, einem Freund zu helfen … und was ist der Dank? Nichts als griesgrämige, übellaunige, mürrische, schwachsinnige Anschuldigungen …«

»Warten Sie, Mr. Lewell –«

»Sag das deinem alten, übergeschnappten Opa« – er drehte den Kopf zu mir – »ich rede kein Sterbenswörtchen mehr mit ihm, hörst du?« Hustend und geifernd stapfte er zur Tür und riss sie auf. Ich lief hin, um sie für ihn aufzuhalten, was ihn um das Vergnügen brachte, sie hinter sich zuzudonnern.

»Meine Zeit«, brummelte Großvater, als wir hörten, wie er mit seinem Stock unsere Stufen hinunterstampfte. »Was für ein Hitzkopf.«

»Schickst du deine Medaillen morgen weg, Großvater?«, fragte Kevy abends beim Essen. »Ich kann es gar nicht mehr abwarten, dich bei der Feier zu sehen; ich werde mächtig stolz auf dich sein.«

»Vater«, sagte Mama und warf ihm einen warnenden Blick zu.

Er begegnete ihrem Blick, sah zu mir hin und fuhr dann fort, genüsslich seine Kartoffeln mit Butter zu bestreichen. »Danke, Kevy, aber ich werde jetzt nichts zu meinen tapferen Kriegsverdiensten sagen, hörst du? Also rede nicht davon bei Tisch.«

Ich warf Papa ein fragendes Stirnrunzeln zu, aber der zuckte die Achseln. Irgendetwas ging da vor sich. Großvater hatte nicht mehr über Schlachten geredet seit ungefähr dem Zeitpunkt, als Kevy in den Fluss gefallen war – für Großvater eine bis dahin unübertroffene Meisterleistung. Und mit Sicherheit war er Mama gegenüber noch nie dermaßen entgegenkommend gewesen. Bei seinen eigenen Worten musste sich ihm das Herz im Leibe umgedreht haben. Doch was da auch immer lief zwischen den beiden, Papa war nicht eingeweiht.

Ich wusste, dass Großvater telefonisch Erkundigungen über den Artikel eingezogen hatte, bevor Mama nach Hause kam. Sobald Mr. Lewellyn beleidigt abgezogen war, hatte er keine Zeit verloren, den Reporter vom *Lexington Herald* ausfindig zu machen. »Lawrence Tremaine, bitte«, hatte er ungeduldig in den Hörer gebellt und erwartet zu hören, dass es so jemanden nicht gebe. Doch Lawrence Tremaine war ans Telefon gekommen und hatte bestätigt, dass er den Artikel verfasst habe und ja, er könne ein Anmeldeformular an die Minton Street 101 in Bradleyville schicken. »Und Glückwunsch, Sir«, hatte er, laut Großvater, höflich hinzugefügt.

Ich hatte ihn viel sagend angeguckt. »Hört sich an, als wärst du Mr. Lewellyn eine Entschuldigung schuldig.«

»Hümpf.« Damit war er den Flur hinunter zu seinem Schlafzimmer gewandert, den Zeitungsausschnitt in der Hand.

Ich ging an jenem Abend früh zu Bett, erschöpft von Barbaras Schlummerparty. Bevor ich auf mein Zimmer verschwand, zögerte ich und ging dann auf Zehenspitzen rüber zu Mama, die in ihrem Lieblingssessel saß und nähte. »Gute Nacht«, flüsterte ich und küsste sie auf die Wange. »Du bist die Liebste.«

»Gute Nacht, Celia.« Sie sah nicht auf.

Während ich mich schleunigst zurückzog, sagte ich mir, sie brauche nicht mehr zu sagen. Trotzdem, als sie mich rief, drehte ich mich um und hielt den Atem an. »Ja, Mama?«

»Da ist ein ganzer Korb mit Flicksachen. Der wartet für morgen auf dich.«

Meine Augen schlossen sich. »Ist gut.«

Ich machte meine Zimmertür leise zu.

Kapitel 14

Als wir an jenem drückend heißen Samstag zum Fluss kamen, lief Kevy und mir der Schweiß übers Gesicht. Wir hatten Danny geschlagen und ich war froh, noch die Zeit zu haben, mir das Gesicht abzuwaschen und mir mit den Fingern durchs Haar zu fahren. Noch nie zuvor hatte ich so darauf gebrannt, ihn zu sehen. Ich lümmelte mich auf einen Felsblock, während sich Kevy ein Stückchen flussabwärts trollte, und träumte von den Augenblicken, die wir gleich haben würden. Die Dinge lagen jetzt anders. Wir hatten eine Grenze überschritten und würden uns nicht länger damit zufrieden geben, einfach nur nebeneinander zu sitzen und zu reden. Ich wollte wieder seine Hand halten, sehnte mich danach, jene Haarsträhne aus seiner Stirn zu streichen. Bei dem Gedanken, ihm ganz nah zu sein, durchlief mich ein Beben. »Beeil dich, Danny«, flüsterte ich.

Ich wartete. Die Zeit trödelte träge dahin. Kevy fing einen Fisch. Nach zwanzig Minuten stand ich auf, um mich zu strecken, da mein Hintern schon ganz taub geworden war.

»Wo bleibt Danny?«, rief Kevy.

Ich zuckte mit den Schultern. »Wer weiß?«

Was, wenn Danny mich von weitem beobachtete und sich am Anblick meiner Ungeduld ergötzte? Bei dieser Vorstellung brachte ich ein angestrengtes Gähnen zustande und wanderte ein paar Schritte auf und ab, als kümmere mich das alles nicht die Bohne. Als er nach ein paar Minuten immer noch nicht auftauchte, ließ ich den Schein fallen und riskierte einen Blick zum Feld, dann suchte ich mit den Augen das Flussufer ab. Kein Danny.

Er hat noch zu tun, sagte ich mir. *Er kommt schon noch.* Ich setzte mich wieder hin und hob gedankenverloren eine Hand voll Kiesel hoch, um sie dann einen nach dem anderen mit einem hellen *Pling* zu Boden rieseln zu lassen. Als meine Hand leer war, sammelte ich sie wieder ein. Ließ sie wieder fallen, einen nach dem anderen.

Etwas raschelte am Feldrand und ich riss erwartungsvoll lächelnd den Kopf hoch. Doch es war nur ein Eichhörnchen, das mich mampfend beäugte, bevor es weghuschte. Mein Lächeln verblasste.

Mit einem wachsenden dumpfen Schmerz in den Lungen sagte ich mir wieder und wieder, dass er kommen würde. Ich wusste doch, dass er mich auch wiedersehen wollte, dass er womöglich die ganze Woche über von unserm letzten Zusammensein geträumt hatte – wie ich. Er würde mich nicht ohne einen triftigen Grund versetzen.

Nein, schalt ich mich fünf Minuten später, gar nicht wahr. Ich war zu weit gegangen, als ich seine Hand genommen hatte; ich hatte ihn vergrault. Er war unsicher und jetzt schämte er sich. Oder vielleicht mochte er es nicht, wenn Mädchen sich so forsch benahmen. Warum nur hatte ich das getan?, fragte ich seufzend zum Fluss gewandt. Warum hatte ich ihn gerade dann verjagt, als ich ihn so unbedingt wiedersehen wollte?

Zehn Minuten. Die würde ich ihm noch geben.

Als die zehn Minuten um waren, sagte ich mir, noch fünf.

Selbst dann konnte ich die Hoffnung auf ihn noch nicht begraben. Der letzte Samstag war eine Ewigkeit her; noch eine Woche zu warten wäre nicht zum Aushalten. Und was, wenn er auch dann nicht auftauchte? Nach noch einmal sieben scheußlichen Tagen, das würde ich nicht überleben. Er hatte noch zu tun, das war alles. Vielleicht war er ja mittlerweile fertig und schon auf dem Weg. Wenn ich den Feldweg zu seinem Haus nähme, könnte ich ihn treffen. Wir könnten händchenhaltend zurück zum Fluss wandern.

»Kevy!«, rief ich. »Ich geh Danny mal entgegen. Wir sind gleich zurück.«

»Okay!«

Ich ging knirschend über die Steine und bog in den Pfad ein. Beim Betreten des Felds hielt ich in der Ferne nach ihm Ausschau. Es hatte schon eine Weile nicht mehr geregnet und der staubige Weg flimmerte in der Hitze. Je länger ich ging, ohne ihn zu entdecken, desto unruhiger wurde ich, bis mir klar war, dass ich beim ersten Anzeichen von Danny Cander vor Freude einen Luftsprung machen würde, selbst auf die Gefahr hin, überspannt zu wirken.

Weit vorn signalisierte der dichte Hain an den Ausläufern des Feldes Dannys Hof auf der anderen Seite. Ich sah Danny noch genau vor mir an dem Tag, als er Kevy gerettet hatte, die Jeans klamm, die Brust nackt. Während ich mir noch einmal in allen Einzelheiten ausmalte, wie er mich umarmt hatte, nass und schlotternd, sah ich die Bäume näher kommen, bis sie nur noch einen Steinwurf entfernt waren. Ich blieb kurz stehen, um mein Haar zusammenzunehmen und es hoch- und runterzuwuscheln, um meinem Hals Luft zuzufächeln. Als ich weiterging, ließ ich mir Zeit und wollte mit aller Kraft, dass Danny aus den Bäumen trat, bevor ich sie erreichte. Er tat es nicht.

Wenige Augenblicke später hatte ich das Wäldchen betreten, in dem es vergleichsweise kühl war. Ich machte eine Pause, um mir den Schweiß vom Gesicht zu wischen. Während ich dem gewundenen Pfad folgte, lauschte ich auf Danny, hörte aber nur das Geräusch meiner eigenen Schritte. *Er kommt gar nicht*, verhöhnte ich mich selbst. *Er will mich nicht.* Ich lehnte mich gegen einen Baum und verfluchte meine Vorwitzigkeit. Was nun? Ich konnte unmöglich vor Dannys Haus auf dem Rasen aufmarschieren. Wenn er mich einmal gesehen hatte, gab es kein Herausreden mehr, dann konnte ich mich nicht mehr würdevoll von dem verlotterten Rasen und der Erinnerung, wie seine Hand nach meiner griff, zurückziehen. Ich war keine dreißig Meter mehr von seinem Haus entfernt. Ich konnte ihn beinahe spüren.

Ich betete, dass er auftauchte, wusste aber, dass ich schon zu lange gewartet hatte. Ich musste zurück zu Kevy. Mir war schwer ums Herz. Als ich mich umdrehte, um den Weg zurückzugehen, schnippte ich mir eine Haarsträhne aus dem Gesicht und dachte bei mir, was soll's; Danny Cander konnte mir gestohlen bleiben. Für wen hielt der sich eigentlich, dass er glaubte, mir wehtun zu können? Ich trat aus den Bäumen, blinzelte im Sonnenschein und wiederholte, dass Danny mir gestohlen bleiben könne; ich war nicht auf ihn angewiesen, *wirklich* nicht.

Und dann kam das Geräusch aus Dannys Haus, etwas vom Hain gedämpftes Schrilles.

Ich blieb ruckartig stehen, bekam eine Gänsehaut. Legte den Kopf schief. Da war es wieder. Ein Mann debattierte lautstark. Eine Frauenstimme flehte. Ich hielt den Atem an. Das Flehen wurde stärker, dann brach es plötzlich ab.

Stille.

Mein Blick jagte über das Feld, während ich mit angespannten Muskeln wartete.

Die Frau schrie. Mein Herz schlug schneller, klopfte gegen meine Rippen. *Mrs. Cander.*

Ich wirbelte herum und raste zurück durch die Bäume auf Dannys Haus zu. Da stieg das Flehen erneut herauf, kam tief aus der Kehle einer Frau, gepresst vor Furcht. Die gegrölten Worte des Mannes überschlugen sich, als sie über den Cander'schen Rasen fegten und an den Baumstämmen zerschellten, um die ich herumrannte. Als ich mich dem Rand des Wäldchens näherte, hörte ich Scheppern und Handgemenge, als ob bei Danny im Haus eine Prügelei zugange wäre. Das Bild von Mrs. Canders besorgtem Gesicht, von ihren freundlichen Händen, die meinem Bruder eine angeschlagene Tasse Hühnerbrühe an die Lippen halten, schoss mir durch den Kopf. Ich bog, von Entsetzen gepackt, um den letzten Baum. Das blendende Sonnenlicht knallte mir vor den Kopf, als ich die Lichtung erreichte.

Ich stolperte über eine kleine Unebenheit im Pfad, fing mich aber mit beiden Händen ab und rappelte mich aus dem Dreck wieder hoch. Ich hob lauschend den Kopf in Richtung Dannys Haus, als die Geräusche klarer wurden, das Gegröle in Drohungen überging, die durch die Cander'sche Fliegenschutztür drangen. Im nächsten Moment flog die Tür auf und Mrs. Cander stürzte heraus, hetzte über die wackelige Veranda und die Stufen hinunter. Das geblümte Hauskleid flatterte ihr beim Rennen zwischen den Knien, sie war barfuß, das lange braune Haar aufgelöst. Eine Hand fuhr zu ihrem Mundwinkel hoch, während ihr Blut das Kinn hinunterlief und auf ihr Kleid tropfte.

Noch ehe die Tür zukrachen konnte, war Mr. Cander schon hinter seiner Frau her. Barfuß und ohne Hemd, das Gesicht dunkelrot vor Zorn. »Tu bloß nicht vor mir weglaufen, Weib!«, brüllte er, prallte besoffen gegen das Verandageländer, taumelte zurück und polterte dann die Treppe hinunter. »Ich bin noch nicht fertig mit dir!«

Ich erstarrte beschämt, einen Mann so unbekleidet zu sehen, ohne die Augen von der dichten, dunklen Behaarung auf seinen Schultern abwenden zu können. Ich hatte ihn noch in Erinnerung von Miss Jessies Hochzeit vor Jahren, im Sonntagsstaat und Punsch schlürfend. Jetzt sah er aus wie ein Verrückter. Während ich wackelig am Feldrand stand, die Hände vor den Mund gepresst, sah ich mit Grauen, wie er Dannys in Panik geratene Mama jagte.

»Nein!«, schrie sie. »*Nein!*«

Mrs. Cander kam ins Stolpern, als sich das Kleid um ihre Beine wickelte. Sie schlug vornüber auf den fleckigen Rasen und drehte sich dann zu ihrer Verteidigung blitzschnell um, entsetzt, ihren wahnsinnigen Ehemann so dicht hinter sich zu sehen. Sie krabbelte auf allen Vieren rückwärts, ihr Kleid schleifte über den Boden. Als er zu ihr hinstürzte, schrie sie gellend zu Gott, dass er aufhören möge.

Er bringt sie um, dachte ich. Und trotzdem konnte ich mich nicht vom Fleck rühren.

»Mama!«

Ich hörte Dannys Schrei einen Sekundenbruchteil früher, als ich ihn sah. Mit nacktem Oberkörper kam er um die Hausecke geschossen, sprintete auf seine Eltern zu und ließ dabei einen Eimer fallen, aus dem die Rückstände brauner Futterreste an seinen jeansbedeckten Beinen hochspritzten, als er in den Dreck schlug. Mr. Cander riss den Kopf zu Danny herum und schwankte, was seiner Frau die Möglichkeit verschaffte, unter seinem Griff wegzukrabbeln.

»Vater, nicht!«, schrie Danny und sein Gesicht verzerrte sich zu schneidender Wut, als er auf seinen Vater zuraste und mit solcher Wucht in ihn hineinprallte, dass dieser zurückwankte. Offensichtlich bestürzt über seine eigene Heftigkeit, sprang Danny sofort weg.

Mr. Cander taumelte, hatte sich aber schnell wieder gefasst und wandte mit geschwellter Brust seinen mörderischen Blick von seiner Frau auf Danny. »Dir geb ich's, Bürschchen«, spie er zwischen verkniffenen Lippen hervor. »Das tut dich hier 'nen Dreck angehen, hörst du? 'nen Scheißdreck!«

Mittlerweile auf Händen und Knien, wobei um ihre Handgelenke Staub aufwirbelte, kroch Mrs. Cander von ihnen fort zurück zur Veranda. Eine lange Haarsträhne hatte sich in dem Blut auf ihrer Kinnhälfte verklebt.

Mit bebenden Schultern trat Danny seinem Vater entgegen, breitbeinig, die Hände geballt. Ein höhnischer Zug strich über sein Gesicht, ließ seine Augen schmal werden. »Dann komm doch«, provozierte er mit schneidender Stimme. »Komm doch, Mr. Gernegroß.«

Ich hatte einen jungen Danny schon bei so mancher Prügelei in der Schule gesehen, hatte gesehen, wie er es mit Kerlen aufnahm, die fast doppelt so groß waren wie er. Während ich mit meinen Freundinnen vom Schulhofrand aus zugeschaut und mir auf die Unterlippe gebissen hatte, hatte ich gesehen, wie sich der Zorn in sein Gesicht ätzte; ich kannte das Hervortreten seiner Wangenknochen und die starr werdende Linie seines Kiefers. Aber noch nie, nie hatte ich ihn so gesehen.

Ungefähr gleich groß, bauten sich Danny und sein Vater im Halbprofil zu mir auf, Dannys Gesicht war zu drei viertel erkennbar. Der Zorn, der aus ihm hervorquoll, von seinen Schultern und über die muskulösen Arme lief, rollte wie eine Welle über den Hof und prallte gegen meinen Magen. Ich hätte fast die Hand ausstrecken und seine Vergeltungswut berühren können. Es war mehr als Zorn; es war Abscheu, der da kalt und blank in ihm schäumte. Der Anblick dieses Danny ließ meine Lungen zu Eis werden.

»Ich hab gesagt, komm doch!«, stieß er zwischen zusammengebissenen Zähnen hervor. Dannys Stimme triefte vor Ekel. »Du bist doch so ein Mannskerl, oder? Manns genug, um eine *Frau* zu schlagen.«

Mr. Canders Brustkorb hob und senkte sich. Er öffnete den Mund und seine Oberlippe verschwand. »Ich bring dich um, Junge.« Die Drohung war Kies in seiner Kehle. Ich schnappte nach Luft und mein Herz krampfte sich zusammen, als er alle Kraft zusammennahm und sich dann mit einem heiseren Schrei, den Kopf gesenkt, auf Danny stürzte.

»Danny!«, schrie Mrs. Cander und stemmte sich hoch, um ihrem Sohn zu helfen.

Danny bot dem Angriff trotzig die Stirn; dann aber schwenkte er in letzter Sekunde zur Seite, riss ein Knie hoch und rammte es seinem Vater unter das Kinn. Ich konnte die Zähne beim Aufprall klappern hören. Mr. Canders Kopf wurde hochgerissen und er geriet ins Torkeln. Er fiel mit einem dumpfen Aufschlag vornüber und rollte sich dann auf den Rücken. Augenblicklich war Danny über ihm, seine Fäuste trommelten und eine Flut von Worten brach aus seinem Mund hervor. Die Schläge landeten mit nassem Klatschen auf Brust und Kopf seines Vaters – wie das Geräusch, wenn Mama Fleisch klopfte.

Mrs. Cander wich zurück, ihre Knöchel traten weiß hervor, als sie den Rock ihres Kleids packte.

Mit einem plötzlichem Brüllen hob Mr. Cander beide Arme und drückte seinen Sohn in einer Klammerumarmung an sich. Dannys Schreie verebbten, als er darum kämpfte, freizukommen. Sein Vater stellte ein Knie auf, wobei er versuchte, eine Ferse in den Boden zu rammen, und drückte sich dann mit einem lauten Grunzen ab. Er stemmte die Hüfte hoch und wälzte sich herum, Danny unter sich begrabend.

Ich dachte, mir würde das Herz stehen bleiben.

»Anthony, nicht!« Dannys Mama raste zu ihrem Mann hin, grub die Finger in sein Handgelenk und zerrte daran mit aller Kraft.

Mr. Cander ließ Danny mit einer Hand los und stieß mit dem Ellbogen zu. Er traf sie in der Hüfte und schleuderte sie, nach Luft schnappend, beiseite. Ich zuckte zurück, als sich meine eigenen Rippen den Schlag vorstellten. Danny zog seinen Arm unter seinem Vater hervor, ballte die Finger und rammte seine Faust in Mr. Canders linkes Auge.

»Aahh!« Mr. Cander hielt sich die Hand auf die Wunde. Danny bäumte sich auf und stieß seinen Vater von sich herunter, dann rollte er herum und sprang auf, um das Ohr seines Angreifers mit der Schuhspitze zu bearbeiten. Mr. Cander schrie erneut auf und schützte seinen Kopf mit dem Arm, während er sich auf die Seite wälzte, weg von den Tritten. Danny rückte seinem Vater zu Leibe.

»Ich hasse dich!«, schrie er heiser und trat wieder nach Mr. Canders Kopf. »Gott helfe mir, ich hasse dich!« Er zielte mit dem Fuß wieder und wieder auf die Rippen seines Vaters, den Rücken und die Wirbelsäule und bei jedem heftigen Tritt quollen die Worte aus seinem Mund. »Ich … hasse … dich, … du … stinkender … Saufbold!«

»Hör auf!« Mrs. Cander griff nach Danny, ihre Finger waren steif, als sie versuchte, seinen Oberarm zu packen. Doch seine Bewegungen waren so zuckend, dass sie keinen Halt fand. »Danny! Danny, hör auf. *Hör auf damit!*« Mit wedelnden Handgelenken grabschte sie nach ihm, bis sie ihn schließlich mit beiden Händen zu fassen bekam.

»Lass mich!« Danny riss sich los, immer noch brutal zutretend. Mr. Canders Arme rutschten lautlos von seinem Gesicht und klatschten, vor Schmutz starrend, leblos zu Boden.

Meine Finger pressten sich auf meine Lippen.

»Danny!« Seine Mama bekam ihn wieder zu fassen, ihr Griff war fest. »Bring ihn nicht um!«

»Wen stört das?«

Ihre Finger verkrallten sich stärker. *»Nein!«*

Die Furcht in ihrer Stimme drang endlich zu ihm durch. Mit einem Kloß in der Kehle sah ich zu, wie Dannys Raserei nachließ, seine Fußtritte verebbten, bis er schließlich mit einem halbherzigen Tritt aufhörte. Er drehte sich um, um seine Mama anzusehen, sein Atem flog und die Rippen hoben und senkten sich. Speichel stand auf seinen Lippen und sein Mund stand offen. Seine Augen waren verschleiert.

»Ist gut«, beschwichtigte Mrs. Cander, die ihn bei den Schultern gefasst hatte und an sich zog. Sie sah kurz an ihm vorbei auf ihren bewusstlosen Mann. »Komm jetzt.« Er versteifte sich, erschlaffte dann aber. »Na komm, Danny.« Seine Augen schlossen sich vor Erschöpfung.

Still ließ er seine zerschlagenen Hände sinken und lehnte sich an sie, ließ sich von ihr von der Gestalt zu seinen Füßen fortziehen. Seine Mama legte einen Arm um seine Taille, warf noch einen ängstlichen Blick auf den bewegungslosen Mr. Cander und führte Danny dann langsam über den Hof. Nachdem sie ein paar Schritte gegangen waren, hob Danny die linke Hand und betrachtete sie träge, dann aber blieb er urplötzlich stehen und streckte sie aus, um das Gesicht seiner Mutter ganz zu sich hin zu drehen. Sie zuckte zurück und er nahm seine Hand weg.

»Ist nicht schlimm«, sagte sie schnell. »Tut nicht weh.«

Mit einem zittrigen Finger berührte er das antrocknende Blut auf dem Kinn seiner Mama. Er wollte etwas sagen, erstickte aber an den Worten. Ein Beben lief über seine Wangenknochen, zerknautschte sein Gesicht. Seine Beine begannen zu zittern und er sank auf die Knie und drückte seinen Kopf gegen ihren Schoß. Sie legte die Arme um ihn, als ein herzzerreißendes Schluchzen sich den Weg durch seine Lungen und die Kehle hochquälte.

»Es tut mir Leid«, stieß er schluchzend in ihr Kleid hervor. »Herr, vergib mir, dass ich hasse; es tut mir Leid! Aber ich *halt* das nicht mehr aus.«

Seine Schultern und sein Rücken bebten, als er, an sie geklammert, zu weinen begann. Unter Schluchzen sagte er noch andere Dinge, aber ich konnte die Worte nicht verstehen. Auch konnte ich nicht hören, was sie zu ihm sagte, während sie sein Haar streichelte und ihr die Tränen die Wangen hinunterkullerten und auf ihren Hals tropften. Noch nie im Leben hatte ich einen Jungen derart weinen hören. Meine eigene Brust war zugeschnürt, meine Hand immer noch auf den Mund gepresst. Ich zitterte am ganzen Körper, ein Gänseblümchen kitzelte mich am Knöchel. Ich wusste, dass ich hier nichts zu suchen hatte, dass ich weggehen sollte, solange ich noch die Möglichkeit dazu hatte, aber ich konnte mich nicht dazu aufraffen. Nur wegen der Heftigkeit des Kampfes hatten sie mich noch nicht entdeckt, wie ich da in voller Sicht am Feldrand stand.

Geh jetzt, wisperte eine Stimme in meinem Kopf. Doch ich musste immerzu auf Dannys Qual starren. Es tat mir in der Seele weh, denn zum ersten Mal verstand ich wirklich, womit er all die Jahre gelebt hatte, verstand den Grund für die Scham, die ihm ins Gesicht geschrieben stand, als er Gerald Henley die Nase blutig schlug. Ich wollte zu ihm rennen, ihn trösten, wie er mich einmal getröstet hatte. Doch dies war nicht mein Platz.

Geh, wiederholte die Stimme. Und ich hätte gehorcht, wenn Dannys Mutter mich nicht just in diesem Moment gesehen hätte.

Wer kann sagen, warum sie gerade da ihren Kopf hob und sich zu mir umdrehte? Vielleicht hatte sie aus dem Augenwinkel einen Schimmer meines blauen Oberteils vor dem gelb-weißen Feld gesehen und ihr Blick hatte geistesabwesend seine Quelle gesucht, während sie ihrem Sohn zumurmelte. Als sie erkannte, was es war, erstarrte ihre Hand an Dannys Hinterkopf. Unsere Blicke trafen sich. Dann schaute sie wieder nach unten, ihre Finger bewegten sich erneut. »Danny«, sagte sie.

Er beruhigte sich allmählich, sein Schluchzen nahm ab, bis er nicht mehr bebte. Mrs. Cander legte ihm mit sanftem Griff die Hand auf die Schulter. Er musste die Veränderung gespürt haben, die in ihr vorgegangen war, denn er wich zurück und warf einen argwöhnischen Blick auf seinen Vater. Doch der Mann rührte sich nicht. Den Kopf in den Nacken legend, sah Danny seiner Mama forschend ins Gesicht und folgte ihrem Blick, der in meine Richtung wanderte. Sein Kopf fuhr herum. Mir stockte der Atmen, als er mich ansah.

»Celia?«

Der bestürzte Ton sagte mir, was ich bereits wusste. Er hätte mich nicht sehen dürfen.

Er sprang mit einem unbeholfenen Zweischritt auf die Füße und trat peinlich berührt von seiner Mama weg. »Was machst du hier?« Er kam auf mich zu und rieb sich mit einem Arm verlegen die Nase. »Was du hier *machen* tust?«

Ich versuchte, den Kloß in meinem Hals hinunterzuschlucken, als ich die Hände von meinen Lippen nahm und nach einer Erklärung suchte. Wenn ich dabei erwischt worden wäre, durch sein Fenster zu lugen, hätte ich mich nicht mehr geschämt.

»Celia, was hast du hier zu suchen?« Seine Stimme hob sich anklagend und er ging schneller. Seine Züge waren erschöpft, wütend. Eine Ader war an seinem rechten Arm hervorgetreten.

»Danny!« Die Stimme von Mrs. Cander war scharf.

»Bloß …«, stammelte ich. »Ich wollte doch nicht …«

Er wischte sich mit der Hand noch einmal über das vor Empörung knallrote Gesicht. Er war noch drei Meter von mir entfernt, der Mund verkniffen, ein tiefes Rot überzog seinen Hals mit Flecken.

Ich wankte rückwärts, meine Augen brannten. »Bitte.«

»Wolltest selber gucken kommen, was?« Er wischte sich die Hand an seiner Jeans ab.

»Danny«, rief seine Mama wieder, »nicht!«

»Wolltest gucken, wie?« Er blieb abrupt vor mir stehen, nahe genug, dass ich die Spuren sehen konnte, die die Tränen auf seinen staubigen Wangen gezogen hatten. Ich roch seinen klammen Schweiß. »Schön, jetzt hast du's gesehn. Und jetzt verschwinde.«

Seine Stimme war schlickig und er klatschte mir die Wörter mit der ganzen Härte seiner Demütigung ins Gesicht. Ich streckte die Hand nach ihm aus, schüttelte den Kopf. Mein Mund öffnete und schloss sich, die Beteuerungen blieben mir im Halse stecken.

»Geh, Celia!«, befahl er.

»Danny, *bitte* –«

»Verschwinde von hier!«

»Aber ich –«

Da trat er rasch vor, packte mich am Arm und gab mir einen Schubs. Ich stolperte rückwärts und starrte ihn ungläubig an.

»Du gehörst nicht hierher«, flüsterte er erregt, in seinen Augen glitzerten Tränen.

»Danny!« Der scharfe Tadel seiner Mama zeigte keine Wirkung.

»Ich wollte doch nicht –«

»Verschwinde.« Er machte eine peitschende Handbewegung hin zum Fluss.

Noch einmal versuchte ich, ihn zu berühren, strich über seinen Arm, bevor er ihn wegriss.

»Geh nach Hause, Celia Matthews!«, schrie er und verschluckte sich fast an meinem Namen. »Geh zurück, wohin du gehörst!«

Die Wut in seinem Gesicht ließ mich zum Feld herumwirbeln. Ehe ich mich versah, jagten meine Beine schon den Weg hoch und hinein ins Wäldchen, fort von Danny Cander. Er schrie mir etwas hinterher, doch ich verstand die Worte über meinen eigenen rasselnden Atemzügen nicht. Ich hörte noch, wie seine Mama ihn nochmals rief, dann wurden ihre Stimmen in der Ferne immer leiser.

Ich rannte durch die Bäume und dann in den Sonnenschein und würgte an der Luft, die in meiner zugeschnürten Brust pfiff. Blumen und Gräser schlugen mir gegen die Beine; mein Haar peitschte auf und nieder gegen meinen Rücken. Mit verschwommenem Blick konzentrierte ich mich auf den Pfad vor mir. Ich verminderte das Tempo nicht, bis eine Welle von Übelkeit durch meinen Magen rollte und mir eine Gänsehaut über beide Arme lief. Ich würde mich übergeben müssen. Der kalte Schweiß brach mir aus und ich blieb ruckartig stehen, den Kopf auf die Seite gelegt, als mein Hals anschwoll. Die Säure in meinem Mund ließ mich an Kevy denken, der sich mit wächsernen Lippen am Flussufer erbrochen hatte. Im nächsten Moment stellte ich mir vor, wie Danny später genau diesen Weg entlanggehen, den Dreck sehen und sofort wissen würde, dass ich das gewesen war. Diese Genugtuung wollte ich ihm nicht verschaffen. Ich bog vom Pfad ab und torkelte durch die Gänseblümchen, während sich meine Eingeweide erst zusammenfalteten und dann blähten. Etwas Saures stieg mir die Speiseröhre hoch.

Ich sank zu Boden, die Hände flach auf die Erde gedrückt, und würgte mit Tränen in den Augen, bis mein Magen nichts mehr hergab.

1997

Kapitel 15

Sie sieht so alt aus.

Der Gedanke lähmte mich, als ich Mama auf der Veranda ins Gesicht sah. Die Strahlen einer Deckenlampe fielen über unsere Schultern und warfen einen bleichen Schimmer auf uns. Ich hatte nicht klopfen müssen; offensichtlich hatte sie das Knirschen meiner Reifen auf der Schottereinfahrt gehört, das Auf- und Zuklappen des Kofferraumdeckels. Nun stand ich da, in jeder Hand einen Koffer.

»Celia.«

Sie flüsterte meinen Namen und hielt die Fliegenschutztür auf, während wir gegenseitig unsere Gesichter in Augenschein nahmen. Ihr zu einem Knoten hochgestecktes Haar war stumpf und grau meliert, an den Schläfen silbrig. Ihre einst klare Haut passte nun zu dieser Stumpfheit, tief eingekerbte Falten zogen sich von der Nase zu den nach unten gebogenen Mundwinkeln, um die Augen herum und quer über die Stirn. Sie sah schwerer aus in dem rosa Morgenmantel, der um die Taille zusammengehalten wurde.

Sie rührte sich nicht. Ich nahm an, sie wartete darauf, dass ich den ersten Schritt machte, da schließlich ich es gewesen war, die vor so langer Zeit fortgegangen war. Oder es lag daran, dass sie mich gar nicht da haben wollte; denn eigentlich hatte ja Papa nach mir gerufen. Auf meinem Weg vom Friedhof hatte die Vorstellung, wie er jetzt aussehen mochte, wie ein Messer durch meine Selbstbezogenheit geschnitten, erinnerte sie mich doch daran, dass ich seinetwegen gekommen war und dass mein emotionaler Schmerz keine Rolle spielen durfte. Denn Schmerz kostete Kraft, und meine Kraft galt jetzt ihm. Wie ich so auf ein Willkommenszeichen von Mama wartete, sagte ich mir, ich müsse mit ihr auskommen; auch Kämpfen würde mir nur meine Kräfte rauben.

»Hallo, Mama.« Ich setzte die Koffer ab und umarmte sie unbeholfen. Als ich spürte, wie sie sich versteifte, ließ ich sofort los.

Meine Taschen boten mir daraufhin eine Beschäftigung, indem ich sie hineintrug, während sie die Tür aufhielt. Als ich sie in den Flur schleppte, warf ich einen Blick in das Wohnzimmer. Sie hatten Großvaters alten Farbfernseher ausgetauscht. Die Couch war ebenfalls neu. Mamas Sessel stand immer noch an seinem angestammten Platz, aber mit einer neuen, kräftig blauen Polsterung. Ich sah nach hinten zu dem vornehmen Essbereich, zum Eichentisch, der jetzt verstaubt und leer war, und ein jäher Stich durchfuhr mich. Wie oft hatten Großvater und Jake Lewellyn dort Dame gespielt, als ich ein Teenager war. Das Telefon stand immer noch auf seinem kleinen Bord an der Wand, die den Essbereich von der Küche trennte. Die gebrochen weiße Farbe an den Wänden war inzwischen schmuddelig geworden.

Ein plötzlicher Schauer durchlief mich. Das ist die Luft, dachte ich. Schon allein die Luft in diesem Hause war stumpf wie Mamas Haar und verödet wie der Esstisch. Schwer vor Traurigkeit.

»Dein Vater schläft schon.« Ihre Stimme war vorwurfsvoll. »Er hat so lange auf dich gewartet, wie es ging, aber du bist spät dran. Er hatte sich ja so auf dein Kommen gefreut. Ihm schien es heute viel besser zu gehen, als ob allein schon die Freude ihn gesund machte. Er hat zum ersten Mal gelächelt seit seinem Schlaganfall. Er lächelt schief, weißt du, weil seine linke Körperhälfte nicht arbeitet, aber immerhin hat er gelächelt, als er deinen Namen hörte.«

Sie brach abrupt ab, eine Hand an den Hals gelegt, und starrte blicklos auf meine Koffer, als sei sie von ihrem eigenen Redeschwall überrascht. Ich war ebenfalls überrascht, geradezu verwundert über den Ausbruch dieser Frau, die ihre Gefühle stets für sich behalten hatte, bis sie in einem Sturzbach von Ärger hervorbrachen. Plötzlich durchzuckte mich eine überwältigende Erkenntnis:

Sie hatte sich vor diesem Augenblick genauso gefürchtet wie ich.

»Es ... es tut mir Leid, dass ich so lange gebraucht habe. Die Fahrt war lang.«

Keine Antwort. Ihre Augen waren nach oben gewandert und auf Höhe meiner Knie unter meinem langen sportlichen Rock stehen geblieben. Automatisch beugte ich mich vor, um jeglichen vorhandenen Fussel wegzubürsten. Dann betrachtete sie zum zweiten Mal mein Gesicht und bemerkte die rote Verquollenheit meiner Augen. »Wo warst du, Celia?«

Ich konnte ihren Blick nicht erwidern. »Ich habe nur einen kurzen Abstecher gemacht. Es hat nicht lange gedauert.«

Sie schluckte, nickte dann. »Ein hübscher Stein, findest du nicht?«

Ich konnte nicht antworten. Würde sie Genugtuung empfinden, fragte ich mich, wenn sie von dem Schuldgefühl erfuhr, das mich plagte? Plötzlich hatte ich ganz stark das Gefühl, dass ich genau darüber jetzt reden sollte und dass ich mich bei Mama dafür einsetzen sollte, dass das Krebsgeschwür zwischen uns entfernt würde, damit wir Papa gemeinsam helfen könnten, gesund zu werden. *Jetzt ist der richtige Zeitpunkt, Celia,* verkündete eine Stimme in meinem Kopf. *Tu es jetzt.*

Die Stimme ließ mich verwundert erstarren. Ich hatte sie schon lange nicht mehr gehört. Ich machte den Mund auf, rief die Worte über eine Kluft von siebzehn Jahren herbei. Doch sie wollten nicht kommen.

»Ja«, flüsterte ich. »Er ist sehr schön.«

Ein Vorhang des Schweigens fiel zwischen uns, schwer und schwarz.

»Na ja.« Ihr Ton wurde unnatürlich leicht. »Du musst erschöpft sein. Geh jetzt schlafen; du bist in deinem alten Zimmer. Morgen ist noch früh genug, um deinen Vater zu begrüßen. Ich gehe auch zu Bett. Ich bin müde.« Und damit ließ sie mich auf lautlosen Pantoffelsohlen allein. Ich blinzelte bei ihrem jähen Aufbruch und fühlte mich schrecklich einsam in dem Haus meiner Kindheit.

Bevor mich das niederdrücken konnte, bevor ich mich dafür verfluchte, den Moment verstreichen haben zu lassen, zwang ich mich, etwas zu tun, und trug meine Koffer den Flur hinunter in mein dämmriges Zimmer. Ich machte Licht und schnappte nach Luft. Nichts hatte sich verändert. Da stand mein Bett mit meinem alten Wedding-Ring-Quilt darüber. Mein Schreibtisch mit denselben Büchern, derselben Lampe. Meine Frisierkommode und darauf in der Mitte die silberne Bürste und der Spiegel. Offene Schranktüren enthüllten die Überbleibsel einer Teenagergarderobe. Die himmelblauen Wände waren leer, meine Ozeanbilder waren vor langer Zeit unter Schluchzen in Fetzen gerissen worden. Ich konnte Dutzende kleiner Löcher erkennen, die von den Reißzwecken stammten.

Wie von einer unsichtbaren Hand gezogen, ging ich rückwärts wieder raus und über den Flur auf die beiden leeren Schlafzimmer zu. Sie lockten und verhöhnten mich mit ihren Erinnerungen, und ich hatte es plötzlich eilig, ihnen Beachtung zu zollen. Schau sie dir an, dann hast du's hinter dir. Großvaters Tür war geschlossen und ich öffnete sie verstohlen, nach dem Lichtschalter tastend. Der Raum war karg, stumm, die Möbel verstaubten wie mein Herz. Ich starrte auf Großvaters Bett; dann schweiften meine Augen zu seinem Bücherregal. Ich stellte mir vor, wie es früher gewesen war, blank poliert und ganz oben die schnurgerade Reihe stolzer Medaillen. Daneben hatte Großvaters Sandelholzkiste gestanden, in der Rangabzeichen von seinen Uniformen, die Wappen seiner Truppeneinheiten und ein paar Besoldungszertifikate waren. Ein Regal darunter hatte eine kleine blaue Tasse mit Sprung aus einem uralten Puppenservice die schwarz-silberne Murmel von Jake Lewellyn verwahrt. Eine deutsche Feldflasche, die Großvater dem feindlichen Lager am Volturno entrissen hatte, hatte immer über seinem Stuhl mit der hohen, geraden Lehne gehangen.

Ich hielt es nicht mehr aus. Rasch drehte ich mich um und ging hinaus.

Meine Füße schwebten über dem Boden, während ich Kevys Zimmer immer näher kommen sah. Glatt lag der Knauf in meiner Hand, als ich die Tür nach innen drückte. In der Erwartung, es genauso unversehrt vorzufinden wie meins, riss ich beim Anblick des ausgeräumten Zimmers, das keine Spur mehr von ihm enthielt, den Mund auf. Die Sterilität dieses Vakuums, als hätte mein kleiner Bruder nie hier gelebt, war zu viel für mich. Wie, wunderte ich mich, hatte Mama das ihrem Liebling Kevy antun können, wohingegen sie meinen Raum unangetastet gelassen hatte?

Ich schloss die Tür und fragte mich erbittert, was ich in diesem Haus zu suchen hätte, das in seinen Wänden Erinnerungen barg, die mich zu zermalmen drohten. Eine tiefe Müdigkeit überkam mich, als ich in mein Zimmer zurückging. Die lange Fahrt hatte mich erschöpft und ich schlief fast im Stehen ein. Eine Weile beschäftigte ich mich noch mit mechanischem Auspacken, Blusenaufhängen und Schubladenaufziehen. Außer Kleidung hatte ich noch genau die wenigen Kostbarkeiten mitgebracht, die ich so sorgfältig in meine Kisten gepackt hatte, als ich aus Bradleyville floh. Erstens die drei Kriegsmedaillen von Großvater in ihren Samtkästchen und seine abgeschürfte Sandelholzkiste. Sie stellte ich ganz unten in meinen Schrank, wo Mama sie nicht finden würde. Zweitens meinen uralten Teddybär Cubby, dessen Gesicht mich immer an Kevy als Baby erinnert hatte. Ihn setzte ich auf den Schreibtisch. Und drittens hatte ich die mit einer blauen Schleife zu einem Stapel zusammengebundenen Briefe mitgebracht, die mein Leben waren. Selbst als ich die Briefe unter

Klamotten in meinem Schrank versteckte, wunderte ich mich über meinen Hang zur Selbstqual, diese herzubringen. Als brächte allein das Sein in diesem Zimmer nicht schon schmerzhafte Erinnerungen genug mit sich.

Ich stieß einen tiefen Seufzer aus. Im Moment schienen Little Rock und Werbekampagnen und mein Haus sehr weit weg. Aus einer plötzlichen Sehnsucht nach dem Vertrauten heraus versuchte ich den Puls meines hektischen Tempos bei Sammons wieder heraufzubeschwören, aber er schlug unter dem einschläfernden Rhythmus meines alten Zimmers nur noch schwach.

Im Bett strich ich mit den Fingern über die vertrauten Stickmuster meines Quilts, während ich aus dem Fenster auf die Minton Street schaute, die in das Licht der Straßenlaterne an der Ecke getaucht war. Wie oft hatte ich in meinen Teenagerjahren dagelegen und auf dieses Licht geschaut, wünschend … wartend … bereuend …

Mit bewusster Willensanstrengung schob ich die Gedanken beiseite und rief mir ins Gedächtnis, dass ich am nächsten Morgen früh aufstehen müsste, um Papa zu begrüßen. Schuldgefühle plagten mich bei der Vorstellung, wie er den ganzen Abend lang gegen seine eigene Schwäche angekämpft und gewartet hatte. Ich wollte mich voll und ganz auf ihn konzentrieren; er war derjenige, der gesund werden musste. Ich hatte kein Recht, mich in meine eigenen Verletzungen aus der Vergangenheit zu versenken. Doch ich fragte mich, ob ich zur Ruhe kommen würde; in meinem Kopf tanzten die Gefühle. Ich versuchte mich innerlich auf eine schlaflose Nacht einzustellen, selbst als sich die Erschöpfung schwer auf meine Lider legte und meine Glieder einlullte.

Der Schlaf war eine schwarze Samtdecke, die mich zu ersticken drohte.

Kapitel 16

Als ich am nächsten Morgen Papas Schlafzimmertür aufklinkte, ergoss sich das frühe Morgenlicht schwach über sein Bett. Er war bereits wach und gegen Kissen gestützt. Ich trat schnell zu ihm hin. »Papa!«

Sein verhärmtes Gesicht, das eines zehn Jahre älteren Mannes, wurde sprunghaft lebendig. »Zaaa.« Als ich ihn behutsam umarmte, spürte ich seine Gebrechlichkeit. Sein linker Arm bewegte sich nicht; sein rechter glitt hinter meinen Rücken. »Zaaa.« Der Ton kam tief aus seiner Kehle, gefolgt von einem brusttiefen Gebell traurigen Lachens. »Zaaa.«

Plötzlich stand Mama in der Tür. »Er versucht, deinen Namen zu sagen«, erklärte sie. »Das machst du sehr schön, William.«

Ich warf ihr einen finsteren Blick zu. Meine Mitarbeit im Pflegeheim hatte mich gelehrt, mit einem Schlaganfallopfer niemals wie mit einem Kind zu reden. »Papa. Lass dich anschauen!« Ich legte ihm die Hände auf die Wangen, nahm die Runzeln und Falten in mich auf und verbarg meine Bestürzung. Seine rechte Gesichtshälfte war ausdrucksvoll, wohingegen die linke, die schlaff vom Auge bis zu den Lippen herunterhing, sich nur vergeblich zuckend darum bemühen konnte. Seine Augen leuchteten vor Freude, als er mich anblickte, doch hinter dem Glänzen konnte ich einen Brunnen an Traurigkeit sehen. Ich übersah die Tränen absichtlich. »Du siehst prächtig aus.«

Sein Mund zitterte, die Augen füllten sich. »Zaaaa.« Mein verunglückter Name endete tränenerstickt.

»Oh Papa, nicht doch.« Ich drückte seinen Kopf an meine Brust und streichelte über das vollständig ergraute Haar. »Nicht weinen. Du bist bald wieder gesund. Ich bin ja jetzt hier, um dir zu helfen.«

Die gutturalen Laute wurden schrill, als er schluchzte, während sich die Finger seiner rechten Hand in meinen Arm drückten. »Zaaa. Zaaa. Daaa aa.«

Ich war bis ins Mark erschüttert. Das hatte ich nicht erwartet. Was ich erwartet hatte, konnte ich gar nicht sagen, aber mit Sicherheit nicht, meinen Papa weinen zu sehen, wie ich mir nie hätte träumen lassen, dass er weinen könnte. Hilflos sah ich Mama an.

»›Du bist endlich da.‹ Das will er sagen.« Der Vorwurf in ihrer Stimme war unüberhörbar.

Meine Augen schlossen sich, als mir aufging, dass er nicht etwa über seine Krankheit weinte, sondern über meine Abwesenheit. Konnte ich sein Herz stärker gebrochen haben, als der Schlaganfall seinen Körper gebrochen hatte? »Ja, jetzt bin ich da, Papa. Ich hab dich vermisst. Und wie. Aber jetzt bin ich ja da.« Ich schluckte hart. »Und ich geh auch nicht so bald wieder fort, versprochen.« Ich hielt ihn im Arm, bis die Tränen versiegten und er erschöpft zurück in die Kissen fiel.

Mama hatte sich noch immer nicht aus der Tür gerührt.

»Erzähl mir alles, Mama. Was macht seine Therapie? Kann er schon aus dem Bett? Was sagt der Arzt?« Nachdem ich Papa gesehen hatte, war ich außer mir über seinen Zustand.

Sie stand halb von mir abgewendet am Spülbecken, das hüftlange Haar war zu einem tiefen, zottigen Pferdeschwanz zusammengebunden. »Das hängt davon ab, wie viel Mühe sich William gibt. Er wird Physiotherapie für Bewegung und Sprache brauchen. Ich habe noch nichts davon in Angriff genommen; schließlich ist er erst seit zwei Tagen daheim. Ich dachte mir, du würdest mit dem Doktor darüber reden wollen. Er kommt heute Morgen vorbei.«

Die Antwort ärgerte mich. Es kam mir so vor, als habe sie sich elegant aus der Affäre gezogen und nur darauf gewartet, die ganze Verantwortung der Therapeutensuche auf mich abwälzen zu können. Nicht, dass ich sie ungern übernommen hätte, denn in mir brodelte bereits wie Lava die glühende Entschlossenheit, Papa zu helfen. Ich wusste nicht, wie ich den seelischen Schmerz, den ich ihm zugefügt hatte, wieder gutmachen sollte, doch sein kraftloser Arm und das Bein und sein stotterndes Reden waren handfeste Herausforderungen. Es war nicht die Arbeit, über die ich mich ärgerte, sondern Mamas Unterton. Während ich es vielleicht als meine gebührende Strafe angesehen haben mochte, Papa zu pflegen, unterstellte Mama, dass es noch etwas anderes sei. Meine Stimme blieb fest. »Ist Dr. Richardson noch da?«

»Um Himmels willen, nein, der ist im Ruhestand«, entgegnete sie. »Erinnerst du dich noch an John Forkes, den Cousin von Mona Tesch? Er ist an die Universität von Kentucky gegangen, als du etwa elf warst. Er hat ein Mädchen aus Lexington geheiratet und sich dort niedergelassen, doch sie ist bereits nach wenigen Ehejahren an einem Hirn-Aneurysma gestorben. Als Doktor Richardson sich zur Ruhe setzte, ist John hierher zurückgezogen und hat die Praxis übernommen. Er ist jetzt mit einer Lehrerin aus Albertsville verlobt, einer ganz reizenden, gläubigen jungen Frau.«

Ich blickte aus dem Küchenfenster auf unsere alte Eiche und die Schaukel, von der ich früher immer gesprungen war. Flüchtig fragte ich mich, was wohl aus Mona, Melissa, Barbara, Mary Lee und meinen ganzen anderen Freundinnen geworden sei. Und aus Bobby? In den Gesprächen, die ich mit Mama und Papa im Laufe der Jahre geführt hatte, hatte ich mich nicht zu fragen getraut, da allein der Gedanke, ihre Namen zu hören, unliebsame Erinnerungen weckte.

Der Duft selbst gemachter Erdbeermarmelade stieg von meinem Toast auf und ich schob den Teller beiseite. »Hoffen wir mal, dass er uns einen guten Therapeuten empfehlen kann. Wir müssen jetzt zusehen, dass das in die Gänge kommt. Außerdem müssen wir Papa aus dem Bett bekommen. Ich glaube nicht, dass er diese scheußlichen Windeln tragen muss; jede Wette, dass du ihn ins Badezimmer bringen könntest.«

»Dafür müssten wir vielleicht zu zweit sein. Außerdem wollte ich ihn nicht gängeln.«

Sie, die ihn Zeit ihres Ehelebens gegängelt hatte. »Er braucht jetzt ein bisschen Anschub, Mama; nur so wird er wieder gesund werden. Ich habe im Laufe der Jahre als freiwillige Hilfskraft mit genügend Patienten gearbeitet, um das zu wissen.«

Das Spülwasser gluckerte aus dem Becken. »Du hast dich irgendwo sozial engagiert?«

Ich ignorierte ihre offensichtliche Überraschung. »Ich helfe nun schon seit über zehn Jahren in einem Pflegeheim aus, länger noch, als ich bei der Werbeagentur bin. Die Patienten dort sind so dankbar für alles, was man tut; sie haben es so nötig, dass ein bisschen Sonne in ihren Alltagstrott kommt.«

»Fühlst du dich dadurch besser?«

In ihrer schlichten Frage steckte so viel drin, dass mir einen Augenblick lang die Spucke wegblieb. Hatte sie das Ausmaß meines Schuldgefühls begriffen; war es das? Beschuldigte sie mich, nur deshalb nach Hause gekommen zu sein, um mich »dadurch besser zu fühlen«? Oder wollte sie sagen: »Celia, du hast dein ganzes Leben lang immer nur an dich gedacht, warum sollte es mit deiner freiwilligen Mitarbeit also anders sein?«

»Sicher«, sagte ich ausdruckslos. »Es macht mich glücklich, sie glücklich zu sehen, und es gibt mir das Gefühl, … nützlich zu sein.«

»Hm.« Sie schnaubte. »Wo wir gerade von alten Leuten reden, Eva und Frank möchten dich besuchen.«

Na wunderbar. Ich suchte nach einer freundlichen Erwiderung. Mr. B. zu sehen würde ein Vergnügen sein, doch beim Gedanken an seine Frau schauderte mich.

»Wie geht es ihnen?«, fragte ich.

»Ziemlich gut für ihr Alter. Sie ist achtzig und er zweiundachtzig. Er ist noch gut beieinander und fährt immer noch Auto. Eva ist gut zu Fuß, aber Auto fahren kann sie nicht mehr, da sie in den Händen fürchterlich mit Arthritis zu tun hat. Frank erledigt das meiste im Haushalt und kocht.«

»Dann hat sie ja umso mehr Zeit, ihre Nase in andrer Leute Angelegenheiten zu stecken«, bemerkte ich bissig. Kaum waren mir die Worte entschlüpft, hätte ich mich treten können. Auf die Art konnte ich lange versuchen, mit Mama auszukommen. »Entschuldige, das war nicht so gemeint.«

Mama sah erzürnt aus. »Ich weiß gar nicht, was du immer gegen sie hattest; sie ist all die Jahre meine Stütze gewesen.«

»Was meinst du mit ›deine Stütze‹?« Die Schärfe in meinem Ton stand der ihren in nichts nach. »Was ist mit deiner eigenen Familie? Warum war Papa nicht deine Stütze?«

Ihr Blick wanderte zum Fenster, sie hatte eine spülwasserrote Hand in die Seite gestemmt. »Er war der Grund, weshalb ich ihre Unterstützung brauchte«, sagte sie leise.

Noch während ich sie anstarrte, unfähig zu einer Erwiderung, schnappte sie sich ein Geschirrtuch und machte sich daran, einen Teller abzutrocknen.

Kapitel 17

Nachdem ich Papa aus der Zeitung vorgelesen hatte, telefonierte ich lange mit der Werbeagentur und sprach über Cellway, die Southern Bank und die anderen laufenden Aufträge. Es hatte sich nicht viel ereignet, seit ich gegangen war, aber schließlich war das auch erst einen Tag her. Mir kam es eher vor wie eine Woche. Immerhin gab es gute Neuigkeiten von Partners.

»Celia«, schrie Matt, »Gary Stelt ist ganz begeistert von deinem Slogan! Du bist ein Schatz, dass du mir aus der Patsche geholfen hast.«

»Toll«, sagte ich und mir wurde ganz warm ums Herz. Matts Anerkennung war eine wunderbare Erinnerung daran, dass ich immer noch gebraucht wurde. »Ich wünschte nur, es wäre immer so einfach.«

Nachdem das Thema Kunden abgehakt war, sprach ich noch mit Monica, die meinte, meinen Katzen gehe es prima, aber wie oft solle sie noch mal diesen Farn in der Küche gießen? Als ich auflegte, fühlte ich mich durch den Anruf wie neugeboren, genoss die Vertrautheit mit den Stimmen meiner Kollegen und ihren tagtäglichen Problemen und stellte mir meinen Schreibtisch bei Sammons, mein Haus und meine Terrasse vor. Einen Augenblick verweilte ich noch am Telefon, die Hand am Hörer und den Hals vor Sehnsucht zugeschnürt.

Meine Gedanken wurden jäh unterbrochen, als ich durch die Wohnzimmerfenstergardinen einen Mann unseren Gartenweg entlangkommen sah, der eine schwarze Tasche trug. Das musste Dr. Forkes sein. Ich besah ihn mir genauer und war mir nicht sicher, ob ich ihn wiedererkannt hätte. Er war überraschend groß und breitschultrig, mit einer geraden Nase und einem energischen Kinn und strahlte selbst aus der

Entfernung Männlichkeit aus. Obwohl er einen Anzug trug, hätte ich ihn mir problemlos in Jeans und T-Shirt beim Holzsammeln für ein Lagerfeuer vorstellen können. Sein Haar war grau meliert und wellig. Ich schritt durch den Raum, um ihm die Tür zu öffnen, bevor er klopfte. Unsere Augen trafen sich, seine waren von einem hellen Haselnussbraun, fast opak vor einer gebräunten Haut. Wir musterten einander kurz.

»Du musst Celia sein.« Er streckte die Hand aus.

»Ich kann mich noch an dich erinnern, John. Obwohl ich schätze, dass ich besser Dr. Forkes sagen sollte.«

Er lächelte, seine Hand lag in meiner über der Schwelle. »John ist prima.«

Während Dr. Forkes Papa im Schlafzimmer untersuchte, beobachtete ich seine Hände und war von ihrer Sanftheit und Stärke beeindruckt. Sie hatten eine gewisse Anmut, wie er so auf Papas Herztöne lauschte oder eine Manschette zum Blutdruckmessen aus seiner Tasche holte und sie an Papas Arm anlegte. Als er mit der Untersuchung fertig war, tätschelte er Papa freundlich die Wange. Bei dieser Geste ging ein Ruck durch mein Herz.

Hinterher nahm er sich noch die Zeit, sich mit Mama und mir am Esstisch zusammenzusetzen, und beantwortete geduldig meine ununterbrochenen Fragen, während sein Jackett über der Stuhllehne hing. Papas Zimmertür war zu, damit er schlafen konnte. Dr. Forkes Auftreten war gelassen, als er seine Arme auf den Tisch stützte, die Hände zusammengelegt, und mich aufmerksam ansah. Durch eine Therapie könne Papa sich erholen, erklärte er mir, aber er sei sich nicht sicher, bis zu welchem Grad. Nur die Zeit würde erweisen, ob die Genesung so vollständig sein würde, dass Papa wieder arbeiten gehen könnte.

»Das ist schon geregelt«, sagte Mama beiläufig. »William ist zweiundsechzig, also nur drei Jahre vor dem Ruhestand. Sein Chef, Mr. Sledge, sagte, sie überlegen, jemand anders für ihn einzustellen.«

»Jemand anders«, wiederholte ich verwundert. »Einfach so?«

»Nicht einfach so, Celia«, versetzte Mama. »Er hatte den Schlaganfall schon vor mehr als zwei Wochen. Jemand muss die Buchführung machen. Das Geschäft geht weiter, weißt du.«

»Aber er hat sein Lebtag da gearbeitet.« Meine Stimme wurde lauter. »Wie können die ihn da so schnell zum alten Eisen werfen?«

»Sie haben ihn nicht zum alten Eisen geworfen«, beharrte sie. »Noch hat er die Stelle ja. Mr. Sledge hat zwischenzeitlich eine Aushilfskraft eingestellt. Aber er sagte, sie könnten deinem Vater die Stelle nur acht Wochen lang freihalten, und wenn er dann noch nicht zurückkehren kann, werden sie ihn zu ausgezeichneten Konditionen in den Vorruhestand schicken und obendrein wird auch seine Krankenversicherung noch die nächsten drei Jahre weiterlaufen.«

Die alte Spannung zwischen uns knisterte. »Weiß Papa das?«

»Natürlich nicht.« Ihr Ton war scharf. »Es würde ihn nur aufregen und er kann ohnehin nichts dagegen machen.«

Entrüstung flammte in mir auf. »Er vielleicht nicht, aber du mit Sicherheit! Du könntest für ihn kämpfen! Du könntest Mr. Sledge daran erinnern, dass er nie einen treueren Angestellten gehabt hat und dass dein Mann etwas Besseres verdient!«

»Das kann ich nicht, Celia; die Firma gehört schließlich Mr. Sledge.« Mama warf dem Arzt einen verlegenen Blick zu.

»Wenn du wolltest, würdest du es tun«, beharrte ich und machte ein vorwurfsvolles Gesicht. Solange ich denke konnte, war ihr die Vorstellung zuwider gewesen, dass Menschen sie verlassen könnten. Ich war überzeugt davon, dass sie Papa nur ihretwegen zu Hause behalten wollte. »Wann hast du vor, es ihm zu sagen? Wenn er gerade auf dem Weg zur Tür ist, um wieder zur Arbeit zu gehen?«

»Das reicht jetzt; wir reden später darüber.« Mama wandte sich dem Doktor zu, auf ihren Wangen waren farbige Flecken erschienen. »Du musst meine Tochter entschuldigen«, sagte sie fest. »Sie ist noch müde von der Reise.«

Ich biss die Zähne zusammen. Ich war müde, schön und gut, ich war ihr nie enden wollendes Bedürfnis, unser Leben zu beherrschen, müde. Wenn mir jemand meinen Job unter der Nase wegschnappen würde, das wäre nicht auszudenken. Und sich dann vorzustellen, dass Papa seinen verlieren würde, wo er doch schon bei Sledge gearbeitet hatte, noch bevor ich auf der Welt war ... Ich konnte mir gut vorstellen, dass er auf der Arbeit die Anerkennung und den Respekt genoss, die er niemals zu Hause von Mama bekam. Ich wusste, ich atmete zu hastig. Ich wusste, John Forkes fing allmählich an, sich in diesem Augenblick sonst wo, nur nicht gerade zwischen uns zu wünschen. Trotzdem konnte ich meinen Abscheu kaum bezwingen. Ich schluckte hart und zwang meine Augen, von Mama weg auf ihn zu schauen.

»Du hast von Therapie gesprochen«, sagte ich mit äußerster Beherrschung.

»Richtig.« Er räusperte sich und wünschte wahrscheinlich, er könnte die dicke Luft ebenso schnell beseitigen wie das Kratzen in seinem Hals. »Ich wollte gerade erklären, dass täglich ein Therapeut kommen sollte, um mit seinem linken Arm und dem Bein zu arbeiten und an der Sprache. Mit der Zeit kann der Therapeut ihm helfen, bestimmte Dinge, wie zum Beispiel sich selber anzuziehen, wieder zu erlernen. In Albertsville gibt es eine Frau, die ausgezeichnet ist. Ich habe bereits mit ihr über deinen Vater gesprochen und sie kann ihn noch in ihrem Terminplan unterbringen.«

»Nein«, hörte ich mich selbst verkünden.

Er zögerte. »Gibt es jemanden, der dir lieber wäre?«

In meiner Wut auf Mama überlegte ich kein zweites Mal. »Mit Nein meine ich jeden«, sagte ich entschieden. »Ich führe diese Therapie selber durch. Jetzt, wo ich weiß, dass uns eine Deadline gesetzt ist« – ich betonte das Wort mit einem verkniffenen Lächeln – »kann ich diese Therapie niemand anders anvertrauen. Acht Wochen scheinen nicht gerade großzügig bemessen, nicht wahr?«

»Na ja.« Dr. Forkes wirkte verdutzt. »Selbst wenn, ich weiß nicht, ob ich dir raten soll, es zu versuchen. Die Behandlung muss strikt eingehalten werden und du musst wissen, was du da tust. Du musst auch was von Sprachmustern verstehen. Es wäre besser, wenn das jemand in die Hand nehmen würde, der auch die Ausbildung dafür hat.«

»Ich hab zwar keine Ausbildung, aber ich habe schon früher mit Schlaganfallpatienten gearbeitet.«

»Dann weißt du also, dass die Therapie nicht unterbrochen werden darf.« Er machte eine Pause. »Entschuldige die Frage, aber William ist mein Patient. Wirst du lange genug bleiben, um die Sache durchzuziehen?«

Mein erster Gedanke war geradezu lächerlich abwegig. Unter den gegebenen Umständen war es eine Frage, zu der er als Doktor durchaus berechtigt war, aber aus irgendeinem Grund spürte ich, dass John Forkes, der Mann, sie stellte. Doch dann, als mir langsam dämmerte, wozu ich mich gerade verpflichtet hatte, verschwand der Gedanke.

Acht Wochen. Mir schauderte. Als ich von meinem Haus und meiner Arbeit – meinem Leben – fortgefahren war, hatte ich im Traum nicht daran gedacht, so lange in Bradleyville zu bleiben. Doch wenn ich es mir recht überlegte, wie hätte ich erwarten können, dass Papa sich nach einem solch schweren Schlaganfall in null Komma nichts erholen würde? Was hatte ich denn nur erwartet – dass Papas Probleme wie von Zauberhand auf mein Erscheinen hin verschwinden würden? Dass ich nach einer Woche oder so wieder gehen könnte, ohne mich noch einmal umzusehen, in dem frommen Bewusstsein, meine töchterlichen Pflichten erfüllt zu haben?

Aber trotzdem. Acht Wochen. Was war nur in mich gefahren? Wie sollte ich es so viele Tage in diesem Haus und Mamas Nähe aushalten? Wie sollte Sammons Werbeagentur so lange ohne mich auskommen?

Und schlimmer noch, was, wenn sie es konnten?

Ich brauchte Mama gar nicht anzusehen, um ihre kühle Abschätzung zu spüren, während meine Gedanken rasten. *Sie wird kneifen,* konnte ich sie denken hören. *Hauptsache, ihr geht es gut, ihr Vater ist ihr egal.* Ich beachtete sie nicht und versuchte mir vorzustellen, dass Papa auch ohne meine Hilfe rechtzeitig genug gesund werden würde, um wieder arbeiten gehen zu können. Doch es gelang nicht. Mama würde niemals irgendeinem wildfremden Therapeuten Beine machen, dass es wirklich dazu kommen würde. Es führte kein Weg daran vorbei; Papa hatte nur diese eine Chance.

Ich holte leise und langsam Luft und konzentrierte mich auf Dr. Forkes. »Du wirst dich gut genug mit der Therapie auskennen, um mich anlernen zu können«, sagte ich mit ruhiger Entschlossenheit. »Ich möchte, dass du das tust.«

Er hielt meinen Blick. »Bist du dir sicher? Das ist eine große Verpflichtung, Celia; du musst das nicht machen.«

Ich richtete mich auf, mein Mund war fest. »Doch, ich mach's. Weil ich meine Sache besser machen werde als jeder andere. Und zwar deshalb, weil es mir mehr als jedem anderen am Herzen liegt, ihn für die Arbeit wieder fit zu machen.«

Mama schwieg, aber mir war klar, dass sie begriff, dass meine Bemerkung auch ihr galt. Dr. Forkes verstand es zweifellos ebenso. Ich funkelte ihn herausfordernd an, doch er wirkte beinahe amüsiert. »Estelle?« Er wandte sich an Mama. »Was meinst du?«

Sie breitete die Hände aus. »Was hat das schon zu sagen? Celia setzt immer ihren Kopf durch.«

»Hört mal.« Sein Gesichtsaudruck verdüsterte sich. Er hatte genug von uns zweien. »Normalerweise würde mich ein

Streit zwischen euch beiden ja nichts angehen, aber ich wiederhole, William ist mein Patient. Um mein Einverständnis zu geben, muss ich sicher sein, dass ihr beide euren Teil zum Gelingen beitragen werdet. Was hältst du von Celias Angebot, Estelle?«

Mama warf mir einen Seitenblick zu. »Ich denke, du solltest sie gewähren lassen, da sie so erpicht darauf ist. Wenn ich eins von meiner Tochter weiß, dann dies: Wenn sie sich was in den Kopf gesetzt hat, geschieht es auch.«

Ihre Worte trafen mich wie ein Tiefschlag. Meine Finger krampften sich um die Sitzfläche meines Stuhls.

»Also schön, abgemacht. Aber Celia, wenn es dir zu viel wird, können wir immer noch jederzeit die Therapeutin bestellen. Und wenn ich der Meinung bin, William bekommt nicht die Pflege, die er braucht, werde ich darauf bestehen. Verstanden?«

Ich sah ihm in die Augen. Er hatte mir soeben einen Ausweg angeboten, wenn die Dinge zu haarig wurden, und ich war dankbar dafür. »Verstanden.«

»Gut.« Er trommelte mit den Fingern auf den Tisch. »Wenn ich heute Abend meinen letzten Patienten zur Tür hinausgeschickt habe, komme ich noch mal vorbei und dann besprechen wir alles Weitere. In Ordnung?«

»Hört sich gut an«, erwiderte ich.

»Wir sehen uns dann nachher, John.« Mama stand als Erste auf und beendete unser Treffen in aller Förmlichkeit und mit aller Würde, die sie noch aufzubringen vermochte, nachdem ich sie und mich vorgeführt hatte. Erst als der Doktor gegangen war und ich den Ausdruck selbstgefälliger Zufriedenheit auf Mamas Gesicht bemerkte, kam mir der Gedanke, ob sie bei dem gesamten Gespräch nicht den Taktstock geschwungen haben könnte.

Kapitel 18

Eine Stunde später, als ich in Papas hoffnungslos schiefes Gesicht sah, hätte ich heulen können. Seine Augen waren trübe.

»Na, gut geschlafen?« Ich bot ein Lächeln auf.

»Ja-aa.« Er lächelte einseitig.

Mit gespieltem Schwung zog ich mir einen Stuhl an sein Bett und ließ mich darauf plumpsen. Die Fröhlichkeit, die ich meinen Zügen aufgeklebt hatte, war durch die Jahre meiner freiwilligen Mitarbeit gut geschult worden. Patienten brauchten keine Schwermütigkeit; sie brauchten Humor, Gelächter. Es musste sich allerdings mit Verständnis für ihre Kämpfe die Waage halten. Mehr als einmal hatte ich mit ihnen über ihre tragischen Geschichten geweint. Eins war sicher – mitfühlen mit dem Schmerz anderer konnte ich, da ich meinen eigenen schon so lange mit mir herumtrug.

»Hättest du gerne einen kleinen Fernseher hier bei dir, vielleicht auf deiner Kommode? Dann hättest du Beschäftigung.«

Er verzog das Gesicht und schüttelte dann langsam den Kopf.

»In Ordnung. Möchtest du dann vielleicht, dass ich dir vorlese? Ich könnte ein paar Bücher kaufen.«

»Nää.«

Ich sah ihn mit einem Achselzucken lächelnd an. »Was soll ich denn dann mit dir machen? Wenn ich dir nicht gerade bei deiner Therapie helfe, heißt das.«

Er zeigte fragend auf mich.

»Ja, ganz richtig«, verkündete ich. »Vor dir steht deine Therapeutin. Und durchtrieben wie eine streunende Katze bin ich noch dazu, also tust du lieber, was ich sage.«

Seine rechte Hand klopfte mit einem einhändigen Klatschen auf die Bettdecke.

»Ich bin froh, dass du einverstanden bist«, sagte ich und zog eine Augenbraue in die Höhe. »Offen gestanden weiß ich jedoch nicht, wie sehr dem Herrn Doktor das gefällt. Aber wir werden es ihm schon zeigen, was? Wir werden ihn schön blamieren!«

»Äh-häm!«, rief er aus. Ich beobachtete, wie er darum kämpfte, noch mehr zu sagen, es dann aber schließlich aufgab. Er wedelte mit seiner rechten Hand durch die Luft, den Daumen gegen die Finger gepresst. Ich brauchte einen Moment, um zu begreifen.

»Du möchtest etwas schreiben?«

»Ja-aa.«

»Echt?« Ich machte große Augen. »Ich wusste ja gar nicht, dass du dir das zutraust. Mama ist einkaufen; hast du ihr das erzählt?«

Sein Kopf rollte hin und her.

»Wie, hast du etwa heimlich geübt, während sie schlief?«, neckte ich. »Hast du auch Radschläge gemacht?« Meine Augen wanderten durch den Raum. »Gibt's hier irgendwo Papier? Das müssen wir jetzt unbedingt mal ausprobieren.«

Er wies auf Mamas Kommode.

Ich ging hinüber und zog eine Schublade nach der anderen auf, wobei ich mich bei einer derartigen Intimität mit Mamas Sachen unwohl fühlte. In der untersten linken Schublade sah ich einen Geheimvorrat an Kärtchen, Stiften und Spiralblöcken mit liniertem Papier. »Perfekt.« Ich nahm einen Notizblock heraus und öffnete ihn auf einer leeren Seite, dann legte ich ihn ihm auf den Schoß und steckte einen Stift in seine Hand. Er fing mühsam an zu schreiben. »Erstaunlich«, flüsterte ich. Nach einer Weile hörte er auf und drehte den Block zu mir.

Du sollst mit mir reden.

Tief in mir drin spürte ich plötzlich ein Frösteln. »Aber natürlich rede ich mit dir«, entgegnete ich leichthin. »Ich rede mir doch schon den Mund fusslig!«

Ich meine, richtig *reden. Was hast du all die Jahre über gemacht?*

Ich lächelte wehmütig über die Ernsthaftigkeit in seinem herabhängenden Gesicht und verbarg meine Bestürzung. Das konnte so nicht weitergehen. »Aber Papa, ich bin hergekommen, um dir zu helfen, nicht um von mir zu erzählen. Das ist sowieso nicht sonderlich spannend.«

Rede. Das hilft mir.

Er hatte die Falle klug gestellt und ich rannte mit offenen Augen hinein. Das war zu viel, zu schnell. Ich hatte mich noch gar nicht von meinem Angebot erholt, diese Therapie zu übernehmen; und nun das. Meine Arbeit bei Sammons Werbeagentur, meine ehrenamtlichen Verpflichtungen, Roger, Michael – sie alle waren in der einen oder anderen Weise mit meiner Vergangenheit verknüpft. Wie konnte ich Papa von meinem Leben erzählen, ohne mich bei den Gefühlen aufzuhalten, die es ausmachten?

»Ach, jetzt weiß ich, was du meinst«, sagte ich und tat so, als hätte ich verstanden. »Du möchtest einfach nur jede Menge Wörter hören, damit du üben kannst, die Laute nachzubilden. Aber es würde wahrscheinlich einfacher sein, wenn ich dir dazu vorlese.«

Er tippte mit dem Stift ungeduldig auf das Blatt, als hätte er mich glatt durchschaut. Als er wieder schrieb, drückte er ganz fest auf.

Ich will dich kennen lernen. Wir haben nie viel geredet früher. Es ist nicht zu spät. Bitte.

Seine Finger umklammerten den Stift, während die Frustration über seine Langsamkeit quer über seine Stirn schoss. Ich legte meine Hand auf seine. »Na schön, Papa, na schön. Ich erzähl dir, was ich so gemacht habe.«

Mein schwaches Versprechen stellte ihn nicht zufrieden. Er machte sich wieder ans Schreiben und drehte das Blatt dann zu mir.

Fang an, wo du B. verlassen hast.

»B.? Bradleyville?« Allein der Gedanke daran ließ mich auf meinem Stuhl wie angewachsen sitzen. Ich wollte diese Reise um keinen Preis noch einmal durchleben. »Nein, Papa, das kann ich nicht. Du kannst doch nicht im Ernst wollen, dass ich bei dem Tag anfange.«

Seine Augen ließen mich nicht los, bis ich alle Kraft aufwenden musste, um den Blick nicht zu senken. Dann griff er wieder mit bedächtigen Bewegungen nach dem Block. Als er mir das Blatt zuschob, legte er den Stift hin.

Doch. Denn genau da hast du mich verlassen.

Das vorletzte Wort drang wie ein Pfeil durch mein Herz. Ich hatte Papa mit meinem Fortgehen schrecklich wehgetan, weit mehr, als mir bewusst gewesen war. Ohne ein Wort, ohne einen Blick zurück war ich aus seinem Leben verschwunden. Wie hatte ich ihm das antun können?

Einen Moment lang fand ich meine Stimme nicht.

»Ich habe doch nicht *dich* verlassen«, flüsterte ich schließlich. »Bitte glaub mir, nicht dich! Ich bin vor Mama weggerannt und der Stadt und allem, was ich angerichtet hatte. Ich wollte dir nicht das Herz schwer machen, Papa! Aber ich hatte selber so großen Kummer, dass ich einfach nicht nachgedacht habe.«

Die Worte waren wahr, doch sie konnten nicht die Jahre der Abwesenheit und die seltenen Anrufe erklären. »Oh Papa, es tut mir Leid. Es tut mir so Leid.« Ich fasste seine Hand, meine eigene zitterte. Er klammerte sich an mich und Tränen traten in seine Augen. Meine füllten sich ebenfalls. Eine Liebe, wie ich sie schon lange, lange nicht mehr gespürt hatte, floss zwischen unseren Fingern. Ich versuchte, noch etwas zu sagen, konnte aber nicht. Nach einer Weile ließ er mich los und nahm dann vorsichtig den Stift zur Hand. Seine gesunde Augenbraue hob sich, wie um anzudeuten, dass das, was er jetzt schreiben würde, nur halb im Spaß war.

Wenn du redest, verzeih ich dir.

Irgendwie brachte ich ein dünnes Lächeln zustande. »Na, dann hast du mich wohl da, wo du mich haben willst.«

Wir saßen einen Moment schweigend da.

»Duu kuu?«, fragte er.

Ich schüttelte, überwältigt von seiner Selbstlosigkeit, den Kopf. »O Papa, ja, mir geht's gut. Mach dir um mich keine Sorgen. Ich bin hier, um dich wieder auf die Beine zu bringen.«

Sein Lächeln war schief. Noch einmal griff er zum Stift.

Gott wird uns beide wieder auf die Beine bringen.

Spät am Nachmittag saß ich am Esstisch, hatte Ordner von verschiedenen Sammons-Kunden ausgebreitet vor mir liegen und klopfte mit meinem Stift auf weißes Papier. Träge sah ich auf die knorrige Eiche im Garten hinterm Haus, deren grüne Blätter sachte in einer scheuen Frühlingsbrise wiegten. Mama war mit Papa im Schlafzimmer und machte einseitigen Smalltalk. Die Bemühtheit ihres dauernden Beisammenseins wurde jetzt schon deutlich. Die Wirklichkeit ist doch oft weit von der Wunschvorstellung entfernt, überlegte ich. Mama mochte ihn vielleicht den ganzen Tag bei sich zu Hause gewollt haben nach seiner Genesung, doch ich bezweifelte, dass sie wissen würde, was sie mit ihm anfangen sollte. Sobald er wieder reden könnte, stellte ich mir das Gespräch jeden Zoll genauso gestelzt vor.

Ich fühlte mich ebenso fehl am Platz hier. Die Emotionen umgaben mich wie der Geruch von Mamas Auflauf im Ofen. Wieder sehnte ich mich nach meinem alten turbulenten Leben. Das leere Blatt lag vor mir und wartete darauf, dass ich Ideen für ein Logo für Partners hinkritzelte. Doch ich kam einfach nicht dazu, mich zu konzentrieren. Stattdessen dachte ich an Papas geschriebene Bitten an mich, an den anhaltenden Schmerz in seinen Augen, den mein Wegrennen verursacht hatte. Dann dachte ich an Mama und den Vorwurf in ihrem Gesicht. Papas Reaktion auf meine Selbstbezogenheit hatte darin bestanden, die Kluft zu überbrücken; Mama hatte sich nur noch weiter entfernt.

Mit schierer Willensanstrengung brachte ich meine Gedanken zurück zu Partners und stellte mir Gary Stelt vor. Am Morgen hatte Matt mich daran erinnert, dass Gary ein griffiges Symbol erwarten würde, dass zu seinem griffigen Slogan passte. Ich stöhnte über diese Aufgabe. Manchmal, wenn der Name einer Firma kurz war, konnte er zur Grundlage für ein Symbol werden, aber das Wort *Partners* war zu lang. Ich legte den Kopf schief und schrieb *P*, wobei ich mich vage fragte, was ich daraus machen könnte. *Partners* implizierte in diesem Fall, dass man im Geschäftsleben an der Seite von anderen arbeitete, helfend, unterstützend. Ich zog Kettenglieder in Erwägung. Überkreuzte Linien. Dollarzeichen.

Alles nicht zu gebrauchen.

Die Erinnerungen zerrten an mir.

Ich ließ den Stift fallen, strich mir über die Stirn und fragte mich, was um Himmels willen ich in diesem Haus acht Wochen lang machen sollte. Woran lag es nur, dass ich seit meiner

Rückkehr mit den Gedanken so ganz woanders war als in Little Rock? Ich wollte mir weismachen, dass ich eben erst angekommen sei, dass ich mir Zeit lassen müsse, mich einzunisten. Doch überzeugt war ich nicht.

Bradleyville, meine Eltern, die Vergangenheit, sie schienen sich in *mir* einzunisten.

John Forkes erschien, als wir mit dem Abendessen so gut wie fertig waren. Es war alles andere als eine Familienmahlzeit gewesen. Mama hatte Papa seinen Teller ins Schlafzimmer getragen, nachdem sie selbst im Stehen an der Spüle in ihrem Essen herumgestochert hatte. Also hockte ich allein in der Küche und brachte nur ein paar Bissen hinunter. Als der Doktor an unsere Tür klopfte, erschien Mama augenblicklich, ganz die Gastgeberin.

»Möchtest du vielleicht etwas Schmorhähnchen?«, bot sie ihm an. »Wir haben noch viel übrig.«

»Nein, danke. Ich muss noch nach Albertsville. Wahrscheinlich bekomme ich dort noch etwas zum Abendessen.«

»Deine hübsche Verlobte ausführen, was?« Mama sagte es leichthin, gab dem Gesagten den Anstrich einer lässigen Bemerkung, aber ich wusste es besser. Der Kommentar war auf mich gemünzt, eine Erinnerung an meine vergangenen Sünden. Eine Botschaft, dass John Forkes ein Leben hatte, das keiner Einmischung von mir bedurfte.

Der Arzt warf mir einen Blick zu. Hatte es bei ihm auch geklingelt? Bestimmt nicht. Trotzdem, ich überschlug kurz, wie viel man über mich wissen müsste, um das zu verstehen, und kam mir plötzlich verwundbar vor. Es musste viel Gerede in der Stadt gegeben haben, seit die Leute von meiner Rückkehr gehört hatten. Ich stellte mir die vielen Patienten vor, die John Forkes im Laufe des Tages zu Gesicht bekam, das Warteraumgetratsche, das über ihr Mundwerk in sein Sprechzimmer gelangte.

»Ich fürchte nicht«, lächelte er. »Ich muss einen Patienten im Krankenhaus besuchen.«

»Na ja.« Ich mischte mich ein, ganz geschäftlich. »Legen wir los, damit du dich auf die Socken machen kannst.«

Er bereitete sich auf die Aufgabe vor, indem er sein Jackett auszog und die Ärmel seines weißen Hemds aufkrempelte. Die Härchen auf seinen Armen waren golden vor einer braunen Haut. Ich fragte mich, wie er es im April zu einer solchen Bräune gebracht hatte. Mama stand herum, bis er und ich ins Schlafzimmer gingen, um nach Papa zu sehen; dann verzog sie sich in die Küche, wobei sie etwas davon murmelte, dass das Geschirr noch gespült werden müsse. Sie würde eindeutig keinen Teil von Papas Therapie übernehmen.

An Papas Bett erklärte mir Dr. Forkes mit klinischer Präzision das Heben von Arm und Bein sowie die anderen Bewegungen, zu denen ich Papa zweimal am Tag ermutigen sollte. »Wir erwarten am Anfang keine Wunder, William«, sagte er und tätschelte Papas Arm, »aber du musst irgendwo anfangen.« Er langte in seine Tasche und holte einen kleinen roten Ball hervor, den er unter Papas linke Hand legte. »Ein kleines Geschenk für dich. So fühlst du dich wieder jung.« Papa probierte ein Lächeln. »Hab ihn immer bei dir«, wies ihn Dr. Forkes an. »Versuch ihn zu drücken, sooft du daran denkst. Das kräftigt deine Finger.«

Wissbegierig hörte ich mir die Erklärungen über die verschiedenen Muskeln an, darüber, warum manche Sprechlaute mehr Schwierigkeiten bereiteten als andere, und über die zu erwartende Verzögerungszeit zischen der Fähigkeit des Gehirns, seine Bedürfnisse weiterzuleiten, und der Fähigkeit der Nerven zu reagieren. Zu meiner Überraschung war Mama wieder aufgetaucht und saß nun beobachtend auf einem Stuhl in der Ecke. Sie sagte keinen Ton, doch Mama hatte schon immer eine Art gehabt, viel zu sagen, ohne ein Wort zu verlieren. Ihr Gesichtsausdruck, das Klopfen ihrer Ferse auf den Boden zeugten von ihrem Protest, dass derartige medizinische Realitäten vor Papa ausgebreitet wurden. Ihr bemutterndes Getue ärgerte mich. »Papa ist kein Kind«, wollte ich sie anfahren. »Er hat ein Recht darauf, diese Dinge zu erfahren.«

Als meine langwierige Trainingsstunde vorbei war, verkündete ich, wie Papa und ich ausgeheckt hatten, dass er eine Überraschung hätte. Mit elegantem Schwung legte ich den Spiralblock vor ihn hin und steckte einen Stift in seine Hand. Mama stand von ihrem Stuhl auf, ihre Augen wurden groß. Wir drei beobachteten in erwartungsvollem Schweigen, wie Papa arbeitete, die Augen des Doktors huschten fragend zu mir. Papa legte den Stift hin und hielt den Block hoch, Stolz stand in seinem verzogenen Gesicht.

Hallo, Leute. Ratet mal, was ich kann.

»Na, was sagt ihr dazu?«, schrie ich begeistert und sah John an, nach Zustimmung heischend wie ein Erstklässler.

Mama zog die Luft ein. »William. Das ist wunderbar.«

Später trat ich auf die Veranda, um den Doktor zu verabschieden. »Ich bin sehr zuversichtlich, dass dein Vater gesund werden wird«, sagte er zu mir. »Aber ihm zu helfen wird viel Geduld erfordern, Celia. Lass dich nicht verdrießen, wenn es nur langsam vorangeht. Mach einfach weiter mit den Übungen. Und mit der Zeit kannst du ihm durch die Beschäftigungstherapie helfen, dass er lernt, sich anzukleiden, die Zähne zu putzen und dergleichen. Und um seine Medizin, wirst du oder Estelle sich darum kümmern?«

Papa hatte seit dem Schlaganfall Blutverdünnungsmittel einnehmen müssen. »Ich denke, unsere Aufgabengebiete werden streng getrennt sein«, erwiderte ich vorsichtig. »Wie du bemerkt hast, treten Mama und ich uns gerne auf die Füße. Sie wird ihn ankleiden und waschen; ich werde seine Therapie in die Hand nehmen, mit ihm reden und ihm vorlesen. Sie unterhalten sich nicht besonders viel, obwohl sie sich heute Nachmittag Mühe gegeben hat.« Ich seufzte. »Ich schätze, nachdem man so lange mit jemandem zusammengelebt habt, kann man einfach ... nebeneinanderher leben.« Mein Mund klappte abrupt zu. Ich fragte mich, warum ich so viel gesagt hatte.

»Ich kann mir vorstellen, dass so etwas passiert.«

Etwas in seiner Stimme flatterte. Ich hätte mich treten können, da mir plötzlich einfiel, dass seine eigene Frau schon so früh in ihrer Ehe verstorben war. Ich kämpfte darum, uns wieder ins rechte Gleis zu bringen. »Wann soll ich denn anfangen, Vater aus dem Bett zu schmeißen?«

»Sofort.« Er blickte zur Straße. »Richtig, ich habe ja einen Rollstuhl für ihn im Auto. Den hätte ich fast vergessen dazulassen.« Er drehte sich zu mir um. »Aber du musst sicher sein, dass du ihn halten kannst. Ihm wird anfangs schwindlig sein und ein Sturz ist das Letzte, was wir jetzt gebrauchen können.«

»Ich bin ziemlich stark.«

Sein Lächeln war kurz. »Das sehe ich. Dann hol ich mal das Gefährt.«

Ich sah unseren Gartenweg hinunter, während er ihn spielend leicht aus dem Kofferraum seines grauen Buick zog und zurück zur Veranda kam. »Ich nehme an, du hast schon mit diesen Dingern gearbeitet«, sagte er, während er ihn auseinander klappte. »Du weißt, wie man die Bremsen feststellt.« Ich beugte mich unnötigerweise hinunter, als er es vorführte, mein Haar kitzelte seinen Nacken.

»Sicher.«

»Schön.« Er richtete sich auf. »Dann einen schönen Abend. Und viel Erfolg. Ich schaue in ein paar Tagen wieder vorbei, um nach ihm zu sehen. Wenn du Fragen hast, ruf mich an.«

Er ging zu seinem Auto zurück und sah über das Dach noch

einmal zu mir. »Ach, übrigens, ich bin froh für ihn, dass du da bist.«

Seine Augen waren warm. Bei seiner Freundlichkeit musste ich unwillkürlich lächeln. »Danke«, rief ich. »Ich bin auch froh, hier zu sein.«

»Gute Nacht, Papa.«

Mein erster voller Tag in Bradleyville war fast vorbei. Ich küsste ihn auf die schlaffe Wange und zog ihm die Decke über die Schultern. »Du musst jetzt ordentlich schlafen, hörst du, denn morgen geht deine Therapie los. Und wir werden kämpfen wie der Engel Michael.«

Er lächelte müde. »Ja-aa.«

»Gut. Dann bis morgen früh.« Ich verließ das dämmrige Zimmer und kam mir vor wie im falschen Film: Das Kind steckt seinen Vater ins Bett.

Anschließend wartete ich zwei Stunden in meinem Zimmer und versuchte zu lesen, bis Mama endlich ins Bett gegangen war. Ich sehnte mich danach, Carries vertraute Stimme zu hören, aber solange Mama im Wohnzimmer saß, war es Essig mit ungestörtem Telefonieren. Als ihre Tür klackte, schlich ich mich hinaus, um anzurufen.

Carrie meldete sich sauertöpfisch.

»Ja, hier auch hallo.«

»Oh, Celia!«, rief sie. »Tut mir Leid. Ich konnte mir beim besten Willen nicht vorstellen, wer so spät noch anrufen würde.«

Ich sah auf die Uhr. Es war nach elf und Carrie ging gewöhnlich mit den Hühnern ins Bett. »Oh nein, mir tut es Leid«, gab ich zurück. »Ich telefoniere hier mit dem einzigen Telefon meiner Eltern und natürlich ist es kein schnurloses. Es ist nicht leicht, eine Gelegenheit zum Anrufen zu ergattern, ohne dass Mama in der Nähe ist.«

»Ich vergebe dir. Und jetzt erzähl, wie läuft's?«

Wo sollte ich anfangen? Die Ereignisse des Tages sprudelten in Bruchstücken aus mir heraus. Mama. Unser Streit. Papa. Dr. Forkes. Die Therapie.

»Das klingt noch härter, als ich angenommen hatte.« Carrie verhehlte ihre Besorgnis nicht. »Ich habe für dich gebetet, sooft ich daran gedacht habe; ich möchte, dass du das weißt. Ich glaube immer noch, dass Gott seine Hand im Spiel hat.«

»Danke jedenfalls.« Ich seufzte. »Vielleicht hat er das ja.«

Ich wollte nicht, dass das Gespräch in diese Richtung weiterlief, und anscheinend spürte sie das. Wir schwiegen einen Moment.

»Wie geht es DuPont?«, fragte ich.

Sie lachte. »Großartig! Die Chemie wird immer besser. Wir hatten uns noch einmal verabredet. Ich denke, daraus könnte wirklich etwas werden. Es war eine lange Zeit«, fügte sie fast wehmütig hinzu. »Es tut so gut jetzt, jemanden zu haben, zu dem man gehört.«

Mein Herz zuckte bei dieser Vorstellung. »Ich freue mich für dich.«

Wir sprachen noch etwa fünf Minuten über ihre Beziehung zu Andy. Ich warnte sie, vorsichtig zu sein, denn ich erinnerte mich an den Schmerz, den Michael und Roger letztendlich in mein Leben gebracht hatten. Sie war die Letzte, die ich verletzt sehen wollte.

»Keine Sorge«, antwortete sie sanft. »Es ist in Gottes Händen.«

Wie ich sie um ihr Vertrauen beneidete.

Bevor wir auflegten, verlangte Carrie von mir, alle paar Tage anzurufen, selbst wenn es spät sein sollte. »Du wirst jemanden zum Reden brauchen«, sagte sie. »Ich bin stolz auf dich, dass du heute Abend angerufen und dich nicht verkrochen hast, wie du das sonst tust. Also versprich es mir.«

Ich zuckte resigniert die Achseln. Was blieb mir andres übrig? Normalerweise hatte ich die Arbeit und die Kunden und das Pflegeheim und mein Häuschen – alle möglichen Ablenkungen. Hier war ich völlig ungeschützt. »Versprochen.«

Während ich leise den Hörer auflegte, fragte ich mich, was ich noch mit mir anfangen könnte. An Schlaf war noch nicht zu denken. Ich ging zum Fernseher hinüber, schaltete ihn an, erwischte eine Late-Night-Talkshow und ließ den Ton auf leise gestellt. Dann streckte ich mich auf dem Sofa aus und stopfte mir umständlich ein Kissen unter den Kopf. Die flackernden Bilder warfen einen gespenstischen blauen Schein in das düstere Zimmer. Das Wohnzimmerfenster stand einen Spalt breit offen und eine feuchte Brise, in der ein schwerer Duft nach Regen hing, spielte mit Mamas Vorhängen. Meine Gedanken schweiften von Carrie und Andy zu Mama ... Papa ... Dr. Forkes ...

Als das Prasseln des Regens mich weit nach Mitternacht weckte, schloss ich das Fenster und ging zu Bett.

Kapitel 19

Am folgenden Morgen informierte mich Mama zum denkbar ungünstigsten Zeitpunkt, dass Mr. und Mrs. B. in einer Stunde vorbeikämen. Das hatte mir gerade noch gefehlt. Ich versuchte soeben, Kräfte für Papas erste Trainingsstunde zu sammeln, nachdem ich die Nacht unruhig geschlafen hatte. Außerdem bedeuteten Besucher – jegliche Besucher, aber vor allem Mrs. B. – Konversation, auf die ich nun wirklich verzichten konnte. Ich konnte mir schon die Fragen über mein Leben in Little Rock vorstellen und das vorsichtige Umschiffen heikler Themen aus der Vergangenheit. *Nur zu,* dachte ich, *lasst uns nur alle eine reizende Unterhaltung führen und dabei den Elefanten im Wohnzimmer ignorieren.* Es wäre anders gewesen, hätte ich auch nur eine Spur Sensibilität von Mamas Seite erwarten können. Stattdessen war ich überzeugt, dass sie die Gelegenheit begrüßte, mich in Verlegenheit zu sehen, so wie sie insgeheim meine Mithilfe als Papas Physiotherapeutin begrüßt hatte. Von ihrer Warte aus waren diese Ereignisse erst der Anfang von vielen erforderlichen Bußakten. Das Problem war nur, dass ich mein Sündenregister weiterhin aufstockte. Sie hatte mir immer noch nicht verziehen, dass ich mich vor Dr. Forkes mit ihr gezankt hatte.

Mama machte ihre Ankündigung, als ich gerade den leeren Rollstuhl in Papas Zimmer schob. Zum ersten Mal, seit er aus dem Krankenhaus nach Hause gekommen war, würde er das Bett verlassen. »Sie kommen jetzt schon?« Ich drehte mich ungehalten zu ihr um. »Du hättest mich vorher fragen sollen. Ich muss jetzt mit Papa loslegen.«

»Du kennst Eva ja.« Mama gab nicht klein bei. »Sie brennt darauf, dich zu sehen. Außerdem solltest du bis dahin sowieso mit deinem Vater fertig sein. Ich will nicht, dass du ihn am ersten Tag überanstrengst.«

Ich verbiss mir eine Erwiderung und sagte gelassen: »Ich werd's mir merken.«

Ihr Blick huschte zu meinem Gesicht, suchte nach dem unausgesprochenen Sarkasmus. Sie presste die Lippen zusammen. »Eva und ich besuchen uns alle zwei Tage, weißt du, also kannst du dich auch gleich daran gewöhnen.«

Mir fiel keine höfliche Antwort auf diese neuerliche Eröffnung ein. Mit einem Seufzer machte ich mich wieder am Rollstuhl zu schaffen.

»Soll ich dir helfen, ihn aus dem Bett zu heben?«, fragte sie.

»Nein, danke, das schaffe ich schon.«

Ich hatte genau zehn Schritte, um meinen Ärger hinter mir zu lassen. Als ich die Tür zum Elternschlafzimmer erreichte, zog ich mein heiteres Gesicht aus der Tasche.

»So-o!«, flötete ich Papa zu. »Zeit, dich aus dem Bett zu holen. Bist du bereit?«

»Ja-aa.«

Ich stellte den Stuhl dicht links neben sein Bett und blockierte die Räder. Zuvor hatte ich ihn etwas hochgezogen, sodass er in aufrechterer Haltung gegen seine Kissen gelehnt saß, damit ihm beim Stehen gleich nicht allzu schwindlig würde. »Okay. Zuerst werde ich dich vollkommen gerade aufrichten. Dann schwingen wir deine Beine über.« Mein Arm glitt zwischen ihn und die Kissen und hob ihn hoch. Behutsam schob ich sein linkes Bein über die Bettkante. Er konnte mit dem rechten folgen. Ich ließ ihn sich einen Moment an diese Stellung gewöhnen. »Gut. Und los geht's.« Ich nahm meine Kraft zusammen, zog ihn auf die Füße, drehte ihn und hatte ihn behutsam in den Stuhl gesetzt, noch ehe er wusste, wie ihm geschah. »Ha!«, rief ich aus. »Das hast du nicht gedacht, was, dass ich so stark bin? Ich hab das schon tausendmal gemacht.«

»Ah. Guuh.«

»Ja, das ist gut; es war eine gute Vorübung für dich. Und

jetzt lass mich dir ein paar Kissen in den Rücken stopfen.« Ich zupfte hier und da, um es ihm bequem zu machen, und schob seinen linken Fuß auf die Fußstütze. »So, den rechten schaffst du selber, oder? Prima.« Ich stellte mich neben ihn. »Das Beste zuerst.«

Die nächsten zehn Minuten massierte ich sanft seine linke Seite von der Schulter bis zum Knöchel. Seine Augen, in denen Bewunderung stand, ließen mein Gesicht keine Sekunde los. Unter ihrem Blick fühlte ich mich gleichzeitig verlegen und mit Liebe überschüttet. Es war Jahre her, dass mich jemand so angeguckt hatte.

»Okay, Papa«, sagte ich und stand auf. »Genug der Verwöhnerei. Zeit für deine Übungen.«

»Käää.«

Seine Bereitwilligkeit tat mir im Herzen weh. Ich schob seinen Rollstuhl in die Zimmermitte, wohl wissend, dass Mama in der Tür aufgetaucht war. »Ha-oo«, rief Papa, doch ich nahm von ihrer Anwesenheit keine Notiz. Gemäß Dr. Forkes Anweisungen begannen wir oben und suchten dabei nach jeder noch so winzigen Bewegung. Ein Zucken von Papas Schulter, ein Heben seines Ellbogens, eine Drehung des Handgelenks, eine Krümmung seiner Finger. All diese Dinge konnte er zu einem gewissen Grad tun und ich lobte ihn für jede vollbrachte Leistung. Irgendwann zwischendurch verschwand Mama, aber Papa und ich waren zu sehr in unsere Arbeit vertieft, um es zu merken. Was immer Papa konnte, ließ ich ihn fünfmal wiederholen. Aus irgendeinem Grund konnte sein Zeigefinger stärker wackeln als die anderen und ich meinte, das sei deshalb, damit er zur Tür zeigen könnte, wenn Mrs. B. zu lange bliebe. Er lachte tiefkehlig. Dann legte ich ihm den roten Ball unter seine linke Handfläche in den Schoß. »Zeig mir, was du damit machen kannst.«

Er konzentrierte sich wie ein braver Schüler, wollte seine Finger und den Daumen dazu bringen, sich zusammenzuziehen. Sie krümmten sich, aber nicht genug, um den Ball zu berühren. Er hörte auf und versuchte es dann noch einmal ohne mehr Erfolg. Ein Luftstoß entwich seiner Nase und seine Augen schlossen sich frustriert.

»Das macht nichts«, besänftigte ich. »Ein bisschen Bewegung ist ja da; das kommt schon noch. Wir haben viel Zeit.« Ich hatte ihm nichts von unserer Acht-Wochen-Deadline erzählt.

Er blickte mich eindringlich an wie ein Kind, das sich vergewissern will.

»Das stimmt. Ich habe dir doch versprochen, dass ich nirgendwo hingehe, oder etwa nicht?«

Eine Mundhälfte lächelte.

Als Nächstes kämpften wir uns durch Beinübungen, wobei ich ihn aufforderte, seinen Fuß zu heben, den Knöchel kreisen zu lassen und die Zehen zu krümmen, jeweils fünfmal. Als wir damit schließlich durch waren, begann Papa zu ermüden, doch ich spornte ihn dazu an, alles noch einmal zu machen, angefangen wieder bei der Schulter. Dann gingen wir zur Sprache über.

»Fangen wir mit den Vokalen an«, schlug ich vor. »Also, wir wissen, dass du ›ah‹ sagen kannst. Wie ist es mit ›ih‹? Mach dir keine Gedanken über die Zungenbewegung; bilde den Laut im Rachen.«

Er versuchte es, doch heraus kam eher ein kurzes i.

»Das ist schon sehr gut. Nun mach ein ›ah‹ und dann ein ›ih‹«

Er gehorchte.

»Gut.«

Wir machten zunächst mit den Vokalen weiter, dann arbeiteten wir uns langsam durch das Alphabet. Konsonanten wie *b* und *m*, bei denen man die Lippen zusammenpressen musste, waren unmöglich; andere wie *t* oder *s* waren zwar verwaschen, aber verständlich. Als wir bei *z* ankamen, war Papa erschöpft und hob die rechte Hand zum Zeichen: »Genug.«

»Das hast du spitze gemacht.« Ich beugte mich hinunter, um ihn zu umarmen. »Ich bringe dich wieder ins Bett, damit du dich ausruhen kannst, aber letztlich wirst du lernen müssen, aufzubleiben. Und« – ich gab ihm einen Nasenstüber – »wir werden die ganze Übung heute noch einmal wiederholen.«

Sein gespieltes Stöhnen klang überzeugend.

Kapitel 20

»Celia!« Mrs. B. klatschte in ihre entstellten Hände, als sie mich begrüßte. »Wie schön, dich zu sehen!«

Ihr Aussehen schockierte mich. Ihr rotes Haar war vollkommen weiß geworden, die Sommersprossen fast bis zur Unkenntlichkeit verblasst. Ihre Nase hatte sich verbreitert und an der Spitze mit kleinen blauen Äderchen durchzogen und die Zahnprothese war einfach nicht zu übersehen. Ihre Finger waren schrecklich verkrümmt, die Gelenke knotig wie ein uralter Zwergbaum. Ich dachte an die vielen Jahre, in denen sie die Post weitergeleitet hatte, und ihre Verkrüppelung tat mir Leid.

»Hallo, Mrs. B.« Mein Lächeln war breit genug, um sowohl sie als auch Mama zufrieden zu stellen. Ich hatte mir vorgenommen, liebenswürdig zu sein. »Mr. B.« Freudig ergriff ich seine ausgestreckte Hand. Selbst jetzt noch, Jahre nachdem er als Vorarbeiter beim Sägewerk in Rente gegangen war, trugen seine Finger die Verschleißspuren harter körperlicher Arbeit. »Ich freue mich wirklich sehr.«

Seine wässrigen Augen wanderten über mein Gesicht, das Gewicht von langen Jahren im Blick. Er war ebenfalls gealtert, aber nicht so drastisch wie Mrs. B. Seine Wangen waren voller geworden und umschwabbelten sein Kinn, was mich an Jake Lewellyn erinnerte. Seine gebeugten Schultern verliehen ihm eine bucklige, abgearbeitete Haltung. Stellenweise schimmerte die Schädeldecke durch das schüttere graue Haar.

»Gott vergelt's dir, Kind«, sagte er mit zittriger Stimme, »dass du zurückgekommen bist. Dein Vater war überglücklich, das zu hören.«

»Danke.« Ich ließ seine Hand los und fühlte mich plötzlich bloßgestellt. Mir kam der Gedanke, dass Mr. B. den Schmerz eines Mannes, der seine Kinder verloren hat, gut nachempfinden können müsste, da er und Mrs. B. ihren einzigen Sohn Henry im Koreakrieg verloren hatten. Ich hatte nicht viel von der Sache gehört. Nur dass Henry gerade erst achtzehn geworden war, als er und Großvater sich zusammen meldeten. Henry, so hatte ich gemutmaßt, musste wohl von Ruhm geträumt haben, als er von Großvater, der bereits zweimal für seine Tapferkeit ausgezeichnet worden war, aus Bradleyville hinausgeleitet wurde. Wenn Henry noch gelebt hätte, wäre er nicht viel älter als Mama gewesen.

Um mein Unbehagen zu verbergen, spielte ich die beflissene Gastgeberin, servierte Eistee und erklärte Mr. B., dass Besuch Papa zur Zeit noch zu viel würde. Auf Mrs. B.'s Drängen hin ging ich ausführlich auf unsere praktischen und sprachlichen Übungen ein. Sie machte Ah und Oh und schüttelte dabei mehrmals den Kopf. »Wie reizend. Was bist du doch für ein liebes Ding.« Sobald wir dieses Gesprächsthema beendet hatten, suchte ich krampfhaft nach einem Grund, mich zu entschuldigen, fand aber keinen. Ich beantwortete ein paar Fragen von Mrs. B. über meine Arbeit in Little Rock, doch meine Erwiderungen waren einsilbig und luden nicht zu weiteren Nachforschungen ein. Mit einem kleinen Seufzer gab sie auf und ging zum Stadtklatsch über. Wir erfuhren alles über die Leistenbruchoperation der alten Mrs. Zimmermann und dass eine Lehrerin von der Schule einen Mann aus dem Sägewerk heiraten wollte. »Aber sie sind Baptisten«, fügte sie hinzu, »deshalb wird die Trauung nicht bei uns in der Kirche stattfinden.« Beim Supermarkt gab's die dicksten Tomaten, die sie je gesehen hatte. Und erinnerte ich mich noch an Mrs. Pennyweather? Die Dame, die in der Kirche immer so laut gesungen hatte? Nun, sie war natürlich vor Jahren verstorben, aber ihre Tochter in Albertsville lebte noch und die war durchgebrannt und hatte ihren Mann sitzen lassen.

»Mrs. B.«, lieferte ich das Stichwort, »erzählen Sie mir von Jessie und Lee.«

»Oh, denen geht es prächtig, prächtig.« Sie wedelte mit der Hand. »Die Kinder sind allesamt verheiratet und haben schon selbst wieder Kinder. Gretchen und Grant leben in Albertsville. Gretchen ist selbstverständlich zu Hause mit ihren zwei Kleinen, und Grant arbeitet auf dem Bau. Kim wohnt hier im Ort. Sie hat drei Kinder, aber wenn der Kleinste nächstes Jahr in die erste Klasse kommt, wird Kim anfangen, in der Nähstube ihrer Mutti zu arbeiten. Ist selber eine recht geschickte Näherin.«

»Wen hat sie denn geheiratet?«, fragte ich. »Jemanden von hier?«

»Aber ja! Du wirst dich bestimmt noch an Reid Brown erinnern, oder?«

Reid Brown. Kevys bester Kindheitsfreund. Verheiratet mit Kim Harding. Ich wollte Zeit haben, um diese Informationen gebührend zu sortieren und gedanklich das Schöne von dem zu trennen, was nie mehr sein würde. Doch Mrs. B. ratterte bereits weiter, prahlte mit Miss Jessies Enkelkindern, wie das eine wie ein Engel singe und aus einem andren ein Künstler werden würde. Und hatte ich gewusst, dass Lees jüngere Schwester Connie drei Kinder und zwei Enkelkinder hatte? Dank sei Gott, dass er Connie so bald nach der Geburt ihres ersten Kindes einen Ehemann geschenkt hatte. Jason war ihr all die Jahre solch ein wunderbarer Mann gewesen. Und was Lee betraf, so war er immer noch der Manager der Sägemühle, und der Besitzer, Dustin Taylor, lebte immer noch in jenem Anwesen an der Route 347. Ach, und wo wir schon bei Häusern waren, hatte ich diese Schnick-Schnack-Dinger an der Route 622 schon gesehen? »Ein paar dieser schönen Höfe zwischen uns und Albertsville sind fort«, seufzte sie. »Und jetzt haben wir da fremdes Volk in diesen kleinen Häuschen sitzen – die einen schlechten Einfluss auf unsere Stadt ausüben. Unsere Jugendlichen treiben sich herum, Jungen und Mädchen zusammen; einfach fürchterlich.«

»Kommt keiner mehr ›seine Aufwartung machen‹?« Ich hatte gehofft, die Bitterkeit in meiner Stimme unterdrücken zu können, doch es glückte nicht ganz.

Mama warf mir einen scharfen Blick zu. »Nein, das ist selten geworden, Celia«, sagte sie knapp.

Mrs. B. war sichtlich unbehaglich zumute. Sie war zu nah an heiße Eisen herangekommen, über die niemand reden wollte. »Na ja«, nuschelte sie, »wie dem auch sei. Ich nehme an, du hast die traurige Nachricht über Melissa gehört. Manchmal ist das Leid, das Christen ertragen müssen, einfach unbegreiflich. Ihre Familie lebt direkt bei uns nebenan, weißt du, schon seit ihrer Hochzeit. Die Älteste ist solch ein goldiges Ding, ihrer Mama in dem Alter wie aus dem Gesicht geschnitten. Sie kümmert sich rührend um ihre Geschwisterchen, und immer wenn ihr armer Papa abends nach Hause kommt, steht schon das Essen auf dem Tisch.«

Die Luft um Mama hatte sich plötzlich verändert und ich hob den Blick, um sie forschend anzusehen. »Was ist mit Melissa?«, wollte ich wissen.

Mama zögerte. »Ich hatte noch keine Gelegenheit, es dir zu sagen, Celia.«

»Du liebes bisschen«, rief Mrs. B. aus, als sei sie soeben von einem Fettnäpfchen ins nächste getreten. »Ich wollte nicht der Überbringer von Hiobsbotschaften sein!«

»Was ist mit Melissa?«, wiederholte ich und meine Stimme bekam einen angespannten Klang. Keiner wollte antworten. »Ist etwas mit ihr? Ist sie krank?«

»Sie ist vor sechs Monaten an Magenkrebs gestorben«, sagte Mama schließlich. »Sie wurde in weniger als einem Jahr dahingerafft.«

Die unerwartete Nachricht drückte mich in die Couch. *Nein*, dachte ich. *Nicht Melissa.* Die zierliche Melissa, übersprudelnd, voller Leben und Gekicher und Bewegung. Wie konnte solche Springlebendigkeit nicht mehr sein? Als ich meine Stimme wieder fand, musste ich einfach noch mehr Fragen stellen. »Und sie hat drei Kinder zurückgelassen?«

Mrs. B. bedachte mich mit einem komischen Blick. »Ganz recht. Jackie ist jetzt fünfzehn, Robert elf und Clarissa acht.«

Fünfzehn. So alt wie ich in meinem ersten Sommer mit Danny gewesen war. Flüchtig versuchte ich mir vorzustellen, wie es wäre, auf der anderen Seite des Zauns zu sein. Die Mutter einer Fünfzehnjährigen, die mit ihrer Tochter wegen eines Freunds aneinander geriet. Dann ging mir auf, dass Melissa schon sehr bald nach meinem Weggang aus Bradleyville geheiratet haben musste, wenn sie so eine große Tochter hatte. »Wer ist denn ihr Mann?« Ich blickte von Mrs. B. zu Mama.

»Um Himmels willen, Kind, das weißt du auch nicht? Estelle?« Mrs. B. sah Mama vorwurfsvoll an in dem Versuch, die Schuld für die unglückliche Wendung, die das Gespräch genommen hatte, abzuwälzen.

Mama warf ihr einen kurzen, strengen Blick zu, ihr Mund war starr. Mrs. B. beäugte mich weiterhin. Mr. B. betrachtete seine Fingernägel.

»Melissa hat Bobby Delham geheiratet, Celia«, sagte Mama ruhig. »Ganz, wie sie es gewollt hatte.«

Eine Luftblase entwich meinem Hals. Das war zu viel auf einmal. Melissa und Bobby verheiratet, so kurz nachdem ich gegangen war. Zusammen all die Jahre, in denen ich mich dafür verwünscht hatte, sie beide zerstört zu haben. Mir selbst brachte die Neuigkeit Freude und enorme Erleichterung. Doch sie war jetzt tot. Ich versuchte, darin einen Sinn zu sehen, fragte mich, wie Gott das hatte zulassen können, nachdem er sie zusammengehalten hatte. Wie ungerecht, dass Melissa, eine Ehefrau und Mutter von drei Kindern, sterben musste, ich dagegen lebte, kinderlos.

»Das … das tut mir Leid«, stotterte ich. »Ich hatte ja keine Ahnung.«

Plötzlich musste ich der süßlichen Mrs. B. entfliehen, die jede meiner Reaktionen mit Argusaugen verfolgte. Nichts, was ich in dem Moment sagen konnte, würde sie zufrieden stellen. Ehe ich mich versah, war ich aufgestanden, murmelte mit einem verkrampften Lächeln: »Entschuldigt mich« und eilte über den abgetretenen Teppich in mein Zimmer.

»Warum hast du mir nichts davon erzählt?«, fauchte ich Mama an, als die Bellinghams gegangen waren.

»Es war keine Zeit dafür.« Sie zog gerade Fleisch aus dem Gefrierfach, um es fürs Abendessen aufzutauen. »Ich wollte es dir schon noch sagen.«

»Das glaube ich nicht!« Wutentbrannt tigerte ich durch die Küche. »Ich schwör's dir, Mama, ich glaube, das hast du extra gemacht, damit ich es auf die harte Tour erfahre, und das habe ich bei Gott mit dieser Mrs. B., die mich keine Sekunde aus den Augen gelassen hat.«

Sie knallte eine Packung Schweinekoteletts auf die geflieste Arbeitsplatte und stemmte die Hände in die Hüften. »Das ist nicht wahr und das weißt du genau. Ich habe dich nicht hierher gebracht, um dir wehzutun; ich habe dich hergebracht wegen deines Vaters – der dich übrigens hören wird, wenn du nicht ein bisschen leiser sprichst.«

Ich blieb stehen und kämpfte um die Beherrschung. »Ich versteh nur nicht, warum du es mir nicht gesagt hast.« Meine Stimme brach. »Wie kann es sein, dass dir etwas derart Wichtiges entfallen ist?«

Sie blickte mich kühl an. »Redest du davon, dass Melissa gestorben ist, oder davon, dass sie mit Bobby ein glückliches Leben führte, nachdem du ihn weggeworfen hattest?«

Ihre Worte ließen mich taumeln, Halt suchend griff ich nach

der Arbeitsplatte. »Ich rede von Melissa, Mama.« Die Worte bebten. »Sie war meine beste Freundin.«

Mamas Augen wurden schmal. »Wie eine beste Freundin hast du sie nicht gerade behandelt. Erst hast du sie in den Schmutz gezogen und dann bist du vor ihr weggelaufen, wie du vor uns allen weggelaufen bist.«

Da war sie, die Wut, die schon seit meiner Rückkehr gedroht hatte, über mir überzukochen. Anscheinend hatte sie siebzehn Jahre lang gebrodelt. Es spielte keine Rolle, dass wir von Melissas Tod gesprochen hatten; irgendwie war es ihr gelungen, das Gespräch umzubiegen. »Ja, Mama«, brachte ich hervor, »ich bin weggelaufen. Und jetzt bin ich wieder da, weil du mich gebeten hast zu kommen. Es war nicht leicht zurückzukommen, glaub mir; auf der Fahrt hierher habe ich über die Leute nachgedacht, denen ich begegnen würde, einschließlich Melissa. Nun aber werde ich nie mehr die Gelegenheit haben, ihr zu sagen, dass es mir Leid tut. Oder dass ich froh bin, dass sie Bobby geheiratet hat.«

Sie starrte mich an, als ob meine Worte nicht ein Körnchen Wahrheit enthielten. »Warum gehst du eigentlich immer automatisch davon aus, dass alle Welt sich um dich dreht?«, explodierte sie. »Du hörst von Melissas Tod und dein erster Gedanke ist, dass du deine eigene Schuld nicht wieder gutmachen kannst. Im Leben dreht sich nicht alles um dich, Celia, und so wenig diese Stadt auch vergessen hat, was du angerichtet hast, so wenig dreht sich Bradleyville nur um dich!«

»Ich meine überhaupt nicht, dass alle Welt sich um mich dreht!«, versetzte ich, die Hände ruckartig ausbreitend. »Es tut mir Leid für Bobby; es tut mir Leid für ihre Kinder und ihre Eltern. Warum willst du das nicht glauben? Warum willst du nicht glauben, dass ich Verletzungen und Gefühle habe wie jeder andere auch?«

Ihre Stimme wurde dumpf. »Warum konntest du dasselbe nie von mir annehmen?«

Ich starrte sie an. Sie hatte wieder einmal mitten im Fluss den Kurs geändert und war nun in einem Fahrwasser, dem ich nicht einmal ansatzweise folgen konnte. Ich spürte, wie mein Ärger versickerte, ersetzt wurde von Traurigkeit, von einer Leere, die von der Kluft zeugte, die Mutter und Tochter trennte. Wie konnten zwei Menschen achtzehn Jahre lang unter einem Dach leben, fragte ich mich, und einander nicht kennen? Warum waren die Lebenskreisläufe so gewaltig, dass Jahre, ja Lebzeiten verstrichen, bevor die Ereignisse sich wieder dahin zurückdrehten, wo sie von Anfang an hätten sein sollen? Ich hatte bei meinem Papa gelebt, bis ich erwachsen war, und doch hatte ich eigentlich nie richtig mit ihm gesprochen. Ich hatte all die Jahre mit Mama zusammengelebt, doch nie hatte sie mir gegenüber eine solche Verletzlichkeit an den Tag gelegt. Ich wusste, ich hatte schreckliche Dinge getan. Aber ich hatte immer das Gefühl gehabt, dass der Riss zwischen Mama und mir schon unabänderlich da gewesen sei, bevor ich zur Welt kam, und dass ich das, was angeknackst war, weder zerbrochen hätte noch hätte flicken können.

Zum zweiten Mal, seit ich zurückgekommen war, hörte ich Gottes zuversichtliche, aber leise Stimme in mir, die mich zu einer freundlichen Entgegnung auf Mamas offensichtliche Verletzung drängte. Ich wollte ihr Folge leisten. Ehrlich. Ich musste kurz daran denken, was Carrie getan hätte. Doch ich war nicht Carrie. Und nach dem, was sich in fünfunddreißig Jahren an Emotionen aufgestaut hatte, und nach den vergangenen zwei Tagen brachte ich es nicht über mich zu tun, was Gott verlangte.

»Weil, Mama«, schoss ich kalt zurück, »wenn du jemals Gefühle gezeigt hast, dann mit Sicherheit nicht mir gegenüber.«

Ich verkroch mich auf mein Zimmer, schloss die Tür und schmiss mich auf mein Bett, genauso, wie ich es als Teenager getan hatte. Ein kindischer Teil von mir wollte Mamas Gesicht nie wieder sehen. Ein anderer Teil lauschte auf ihr Klopfen an der Tür, wünschte, sie würde mir nur dieses eine Mal nachgehen. Ich verbarg das Gesicht in den Händen und wusste, es war töricht, mir so etwas überhaupt nur auszumalen.

Zwanzig Jahre zuvor hatte ich auf eben diesem Bett geschluchzt, bis ins Mark erschüttert über Dannys rüde Behandlung. Wie dringend hätte ich die Liebe und den Trost einer Mutter gebraucht. Aber Mama klopfte nicht ein einziges Mal an meine Tür. Es war wie immer Großvater, der helfend seine Hand ausstreckte …

1977

Kapitel 21

Nachdem ich Zeuge von Dannys Kampf mit seinem Vater geworden war, hockte ich drei Tage lang auf meinem Zimmer, aß kaum etwas und weigerte mich, Anrufe von meinen Freundinnen entgegenzunehmen. »Sag ihnen, ich bin krank«, hatte ich zu Großvater durch die Tür genuschelt, als er mit einer Nachricht klopfte. Am zweiten Tag steckte er seinen Kopf ins Zimmer und warf einen überraschten Blick auf die kahlen Wände. Meine Ozeanbilder, deren Farben in letzter Zeit sogar noch leuchtender geworden waren, hatten praktisch die Wände bedeckt, bis ich sie vor einem Tag schluchzend vor Wut abgerissen hatte.

»Ich hatte sie satt«, erklärte ich achselzuckend.

Großvater betrachtete mich eingehend, dann kam er herein und schloss die Tür. »Darf ein alter Mann Platz nehmen?«

Ich saß im Schneidersitz auf meinem Bett und zauste geistesabwesend eines von Cubbys zerschlissenen Teddyohren. »Klar«, sagte ich, rutschte rüber und klopfte neben mir auf den Quilt.

Großvater ließ sich ächzend nieder, die Hände flach auf seine knochigen Knie gelegt. »Hab dich beim Essen vermisst«, meinte er. »Gab grade ein gutes Mittagessen.«

Mein Erbrechen stand mir noch lebhaft vor Augen. Das Mundausspülen im Fluss, nachdem ich aus dem Feld gestolpert kam, hatte mich anscheinend nicht von dem schlechten Geschmack befreien können. Ich unterdrückte ein Schaudern. »Ich hab keinen großen Hunger gehabt.«

»Aber du solltest was essen; du wächst noch, Mädchen«, sagte er mit gespielter Unbekümmertheit. Seine Bemerkung versank wie ein Stein in meinem blauen Teppich. Schweigend zauste ich Cubbys Ohr.

Großvater räusperte sich. »Willst du mir erzählen, was los ist?« Er hob eine blau geäderte Hand, um sie auf mein Knie zu legen. »Hat doch noch nie ein Problem gegeben, das ich für meine beste Enkeltochter nicht lösen konnte.«

»Das hier kannst du nicht lösen«, sagte ich leise.

»Es kommt auf einen Versuch an.«

Ich wollte mit der ganzen Geschichte herausplatzen, aber die Worte blieben mir im Halse stecken. Ich war kein Kind mehr. Er konnte den Schmerz nicht mit dem Versprechen, mit mir auf einen Milchshake zu Tulls zu gehen, in Luft auflösen.

»Es ist wegen Danny, stimmt's?«

Cubbys Knopfnase verschwamm. »Wie bist du darauf gekommen?«

Er blies leicht die Luft aus der Nase. »So alt bin ich nun auch wieder nicht.«

Ich blinzelte die plötzlichen Tränen weg und starrte durch das Zimmer auf die blaue Fußleiste, die hinter meinem Schreibtisch verschwand. Vielleicht sollte ich mein Zimmer anders streichen. Die Möbel umstellen.

»Deine Mama macht sich Sorgen um dich, weißt du.«

Ich verdrehte die Augen. »Sie hat eine komische Art, das zu zeigen. Warum ist sie nicht hier und versucht, mit mir zu reden?« Die Verletztheit in meiner Stimme überraschte mich.

Großvater besah sich ausgiebig das Gewebe seines braunen Stoffhosenbeins. »Tja, deine Mama ist so schwer verletzt worden, dass ihr manchmal die Worte fehlen. Das ist meine Schuld, denke ich, und ich habe es nie wieder gutmachen können.«

Ich wusste nicht, was ich auf eine solch rätselhafte Bemerkung erwidern sollte.

Nach längerem guten Zureden gelang es Großvater, mir die Geschichte über Danny zu entlocken. Ich konnte ihm nicht alles erzählen, aber ich erklärte ihm, dass wir Freunde geworden waren und dass es mir egal war, wenn die Leute tratschten. Ich erzählte Großvater, dass ich in meiner Dummheit zu Dannys Haus gegangen war, und von meinen zwiespältigen Gefühlen der Wut über die Art, wie er mich behandelt hatte, und von meiner Angst um sein Wohlergehen. Was, wenn sein Vater später wieder zu sich gekommen wäre, nachdem ich fort war, und ihm ernsthaft was angetan hätte? Ich hatte Gott auf den Knien angefleht, ihn zu beschützen.

Großvaters Gesicht verzog sich traurig. »Gott hat ihn beschützt, Missy. Er erhört schon seit Jahren meine Gebete, Danny und seine Mama zu beschützen. Aber ich glaube, dass nicht einmal sein Vater ihn so verletzen könnte, wie du es getan hast.«

Ich starrte ihn mit weit aufgerissenen Augen an. Seine Wangen waren in den letzten Jahren eingefallen und ich konnte seine weißen Bartstoppeln erkennen. Er nahm meine Hand in seine papiernen Handflächen.

»Mir scheint, dass Danny dich gut leiden kann. Aber er glaubt, nicht gut genug für dich zu sein. Versetz dich mal in seine Lage. Stell dir vor, du bemühst dich, jemanden zu beeindrucken, und dann sieht dieser Jemand dich ausgerechnet in deinem schlimmsten Moment.«

Neue Tränen stiegen mir in die Augen. »Wenn ich ihm so wichtig bin, warum war er dann nicht am Fluss?«

»Ich weiß es nicht. Vielleicht musste er arbeiten; vielleicht hat seine Mama gemeint, dass er nicht weg kann.«

»Vielleicht wollte er mich einfach nicht sehen.«

»Nein, das ist ausgeschlossen. Dafür bist du zu hübsch.«

Ein schwaches Lächeln huschte über meine Lippen.

»Du musst nächsten Samstag unbedingt wieder hingehen und es noch mal versuchen.«

»Er wird nicht kommen.« Mein Kinn zitterte. »Du hättest sein Gesicht sehen sollen. Du hättest hören sollen, in was für einem Ton er mich angebrüllt hat. Selbst wenn du Recht hast, wird er mir nie verzeihen, dass ich dort war, nie.«

»Nun«, sagte Großvater trocken, »wenn du es nicht ausprobierst, wirst du es nie erfahren. Ich wette, Danny wird kommen und erklären, warum er nicht aufgetaucht ist. Er ist eine ehrliche Haut; er wird dich nicht anlügen. Aber sei behutsam mit ihm, Celia. Sein ganzer Stolz wird in Schutt und Asche liegen.«

Nachdem Großvater aus dem Zimmer gegangen war, lag ich auf meinem Bett, drückte Cubby an mich und rätselte über seine Worte über Danny und Mama. *Mama.* Ich war so in Gedanken an Danny versunken gewesen, dass ich kaum darüber nachgedacht hatte, warum sie mich überhaupt zum Fluss gehen ließ. Vor allem, da ihr sagenhafter Widerwille, mich nach Albertsville gehen zu lassen, von der Furcht herrührte, ich könnte Jungen kennen lernen. »Aber du, du hast es gemacht!«, hatte ich sie einmal angebrüllt. »Du hast Papa in Albertsville kennen gelernt und es scheint dir ja nicht geschadet zu haben!«

»Celia«, hatte sie mit verkniffenen Lippen zurückgeschossen, »ich war fünfundzwanzig.«

Als ich schließlich zu den Mahlzeiten wieder im Familienkreis auftauchte, setzte Großvater seine sonderbare Schweigsamkeit über seine Kriegsabenteuer fort. Und er schien auch nichts in die Wege zu leiten, um seine Medaillen für die Feierlichkeit einzuschicken.

»Wann schickst du sie denn ein?«, fragte ich am Freitag, während ich einen Stapel gefalteter Wäsche auf seiner Kommode absetzte.

»Demnächst. Aber ich will deine Mama damit nicht in helle Aufregung versetzen.«

»Du brauchst ja nichts zu sagen; schick sie einfach stillschweigend ein. Die Feier ist ja erst im November. Bis dahin haben wir reichlich Zeit, um Mama zu bearbeiten.«

Er kratzte sich einen Hautknubbel auf seiner Hand. »Nun, ich hab ja noch ein paar Tage. Ich will mich auch nicht länger als notwendig von ihnen trennen. Ein andrer mag vielleicht nicht viel an ihnen finden, aber ich sag dir eins, wenn du gesehen hast, wie es Männer und Jungen zerfetzt hat, dann bedeuten dir diese Medaillen die Welt. Sie bedeuten, dass du hart gekämpft hast, um ein paar dieser sterbenden Seelen zu retten, und der gute Gott es für angebracht hielt, dich nach Hause zu deiner Familie zurückkehren zu lassen.«

Ich blickte auf seine Medaillen. Wie angesehen Großvater auch war in Bradleyville, manchmal beschlich mich der Gedanke, dass er die größte Anerkennung auf den Schlachtfeldern in Europa und Korea hinter sich gelassen hatte und nun alles daransetzte, sie wiederzugewinnen. In seinem eigenen Staat als dreifacher Held geehrt zu werden wäre für ihn das Höchste.

»Ich muss das aber in Angriff nehmen«, erklärte er. »Wie Jake mich neulich erinnerte, ist der Einsendeschluss am 11. August. Bis dahin sind es nur noch anderthalb Wochen.«

Ich runzelte die Stirn. »Ach wirklich. Und ich dachte, Mr. Lewellyn würde nicht mehr mit dir reden.«

Er kicherte. »Jake Lewellyn redet jetzt schon seit fast fünfundsechzig Jahren nicht mehr mit mir und er hat jede Menge gesagt.«

»Ist es mit seinem Husten besser geworden?«

»Ja, ja, völlig weg«, erwiderte Großvater naserümpfend. »Dick, wie der Mann ist, und bei dem, was der an heißer Luft in seinen Lungen hat, wird er mich vermutlich zehn Jahre überdauern.«

Ich tätschelte seinen Arm und spürte dabei die Knochen seines Handgelenks. »Das darfst du ihm nicht durchgehen lassen, Großvater. Dann hätte er dich wirklich übertrumpft.«

»Jawoll«, sagte er und legte das Kinn in Falten, »das hätte er.«

Sein Gesichtsausdruck veränderte sich. »Wirst du morgen zum Fluss gehen, um dich mit Danny zu treffen?«

Ich nickte. Wie sollte ich auch nicht? Seit meinem Gespräch mit Großvater hatte ich an fast nichts anderes mehr denken können. Die Vorstellung, Danny wiederzusehen, ließ mein Herz höher schlagen; dass er nicht auftauchen könnte, war eine schreckliche Vorstellung.

Kevy und ich spielten abends leise Monopoly, während Mama nähte und Papa Zeitung las. Großvater war in seinem Zimmer und brütete höchstwahrscheinlich über dem Einschicken seiner Medaillen. Ich hatte Mama noch nichts davon gesagt, dass ich wieder zum Fluss wollte, weil ich mich vor ihrer Antwort angesichts meines jüngsten Benehmens fürchtete. Andererseits hatte sie mir nicht verboten zu gehen. Ich hatte beschlossen, ihr Einverständnis stillschweigend vorauszusetzen wie jeden Samstag. Sollte sie sich im letzten Moment quer stellen, musste ich mich dann damit befassen.

Am Freitagabend schlief ich mit Cubby im Arm ein, etwas, was ich schon seit Jahren nicht mehr getan hatte. Am Samstagvormittag kam es mir so vor, als würden die Stunden bis ein Uhr nie verstreichen. Nachdem das Mittagessen endlich vorbei war, zog ich mich auf mein Zimmer zurück, kleidete mich sorgfältig an und bürstete mein Haar. Kevy war schon zur Garage gegangen, um die Angeln und den Eimer zu holen. Wir trafen uns im Wohnzimmer, als plötzlich Mama mit einem Geschirrtuch in der Hand in der Küchentür erschien. Ich bemerkte beiläufig, dass wir jetzt losgehen würden, und steuerte auf die Haustür zu, während ich ihren Blick auf mir fühlte. Er bohrte sich in meinen Rücken, als Kevy und ich uns der Fliegenschutztür näherten, hinter der unser mit Blumen gesäumter Gartenweg lockte. *Bitte,* betete ich. *Bitte.*

Ich streckte die Hand nach der Tür aus, meine Finger berührten das glatte Holz. Mit angehaltenem Atem drückte ich sie auf. Im letzten Moment ergriff Mama das Wort.

»Celia.«

Mit einem Fuß schon auf der Veranda, erstarrte ich. »Ja, Ma'am?«

»Bleib nicht zu lange. Hörst du?«

Ich sah über die Schulter, unsere Blicke trafen sich. Etwas sagte mir, dass sie noch mehr sagen wollte.

Ein Stoßseufzer entfuhr mir. »Ist gut.«

Ich scheuchte Kevy zur Tür hinaus, ehe sie es sich anders überlegen konnte.

Die Sonne stieß wütend auf uns herab. Bradleyville hatte seit Tagen keinen Regen mehr gesehen. *So weit, so gut,* dachte ich und wischte mir den Schweiß von der Stirn, als wir auf die Main Street bogen. Mama hatte sich entgegenkommend gezeigt. Jetzt musste nur noch Danny da sein. Ich empfand ein schmerzliches Verlangen, als ich mir im Voraus seine Nähe vorstellte, unseren Austausch von Entschuldigungen. Bestimmt würde danach unser erster Kuss kommen. Während ich an Tulls vorbeikam, die Gleise überquerte und in das Feld einbog, das zu unserem Angelplätzchen führte, übte ich, was ich sagen und wie ich mich verhalten wollte. Meine Würde müsste gewahrt bleiben; ich dürfte nicht den Anschein erwecken, übertrieben scharf auf unser Geplauder zu sein. Doch ich sollte mich erfreut genug über seine Gegenwart zeigen, um jeglichen noch vorhandenen Ärger zu beschwichtigen.

Doch meine ganze Proberei sollte vergebliche Liebesmüh sein. Er war nicht am Fluss. Kevy angelte quietschvergnügt in der heißen Sonne und fing fünf Forellen, während ich stocksteif am Ufer saß und vergebens wartete.

Nach zwei Stunden packte ich meine Angel und den Eimer und sagte Kevy, es sei Zeit zu gehen.

Kapitel 22

Das Mitleid in Großvaters Augen, als er mich nach Hause schlurfen sah, war mir unerträglich. »Was soll's«, tönte ich. Mein Hals war so zugeschnürt, dass er wehtat. »Ist mir doch egal; ich bin mit Danny Cander fertig. Er ist eh nur ein dummer Bauernjunge und kann mir gestohlen bleiben.«

Ich versuchte zu beten, aber es ging nicht. Gott schien nicht daran interessiert, von mir zu hören. Schließlich wurde ich wütend auf ihn und beschuldigte ihn, mir Danny nur deshalb gegeben zu haben, um ihn mir hinterher wieder wegnehmen zu können.

Den restlichen Tag über tobte ich durchs Haus, suchte Streit mit Mama und herrschte Kevy wegen der Spielzeugsoldaten an, die er natürlich extra so auf dem Fußboden hatte rumfliegen lassen, dass ich barfuß hineintreten musste. »Schaff die hier raus!«, knurrte ich und schleuderte das Männchen gegen meinen Bruder.

»Celia«, sagte Mama scharf, »du hast keinen Grund, dich so aufzuführen! Geh in dein Zimmer.«

»Gerne!«, fauchte ich und versetzte Kevys übrigen Spielsachen einen Tritt. »Ich geh in mein Zimmer und komm nie mehr raus!« Damit stampfte ich durch den Flur und schimpfte gleichzeitig auf mich, dass sie ja Recht hatte – ich hatte überhaupt keinen Grund. Danny Cander war es nicht wert. Ich knallte die Tür hinter mir zu, schmiss mich aufs Bett und schluchzte in mein Kissen, die Finger in Cubbys weichem braunen Bauch vergraben.

Am Sonntag saß ich versteinert in der Kirche, ganz verheult im Gesicht und erschöpft vom Weinen die halbe Nacht lang. Pastor Frasiers Predigt ging ausgerechnet darüber, dass Gott auch die schlimmsten Verletzungen heilen möchte. Ich stellte auf Durchzug. Es gelang mir, mich vom Abendessen befreien zu lassen, und ich verkrümelte mich auf mein Zimmer, um wieder zu weinen. *Der Cumberland, dieser blöde Fluss, kann mir nichts,* dachte ich und presste die Hand auf mein klopfendes Herz.

Barbara und Melissa riefen beide während der nächsten zwei Tage an und luden mich ein, bei ihnen zu übernachten. Der Gedanke war mir unerträglich – rumsitzen und über Jungs quatschen. Wen interessierte das? Die Stadt hatte mir nichts mehr zu bieten außer öden Tagen, in denen ich Danny mit einem dumpfen Schmerz im Herzen vermissen würde. Und das Schlimmste war, nächsten Monat fing die Schule wieder an. Was sollte ich nur tun, wenn ich ihn wiedersehen würde?

Und dann, offensichtlich hatte sich alles gegen mich verschworen, kam es knüppeldick. Es passierte am Mittwochnachmittag, als Großvater mich überredet hatte, mit ihm zu Tulls zu gehen, was er schon länger nicht mehr getan hatte.

»Es ist zu heiß; du wirst in Ohnmacht fallen«, gackerte Mama und versuchte, ihn dazu zu bringen, Jake Lewellyn anzurufen und sich von ihm im Auto mitnehmen zu lassen.

»Man könnte ja meinen, ich steh schon mit einem Bein im Grab!«, grummelte er und steuerte auf sein Zimmer zu, um seinen Hut zu holen.

Wir machten ein paarmal unterwegs Rast, wobei sich Großvater aufatmend in die Verandastühle der Wedleys und Smallbachers sinken ließ und dabei erklärte, wie lange er schon vorgehabt habe, mal wieder bei ihnen vorbeizuschauen. Als wir schließlich bei Tulls ankamen, saßen Mr. Lewellyn und Mr. Jenkins bereits draußen und Ersterer fragte nach einem Blick in Großvaters verschwitztes Gesicht, was er so lange gemacht habe.

»Ich bin gelaufen«, sagte Großvater, während er sich langsam in seinen Stuhl senkte und dabei das geparkte Auto von Mr. Lewellyn mit einem viel sagenden Blick bedachte.

Mr. Jenkins grinste und zeigte schiefe gelbe Zähne. Die Auseinandersetzungen seiner beiden älteren Freunde fand er höchst vergnüglich. Seit ich denken konnte, hatte Hank Jenkins immer nur zwei Paar Hosen besessen, eine braune und eine blaue. Beide waren verblichen und spannten und rutschten ihm beim Sitzen über die mageren Knöchel. Sein Hemdenbestand war auch nicht gerade üppig, heute war es das quietschgelb geblümte kurzärmelige mit dem Kaffeefleck am dritten Knopf. Eine schmuddelige Baseballkappe drückte sich in seine Stirn und ließ die Ohren herausstehen.

Ich ging hinein, um einen Erdbeershake und eine Cola zu bestellen, und hörte die drei beim Herauskommen über die Medaillen-Feierlichkeiten des Gouverneurs debattieren. »Wie hast du überhaupt von diesem Artikel gehört?«, fragte Großvater Mr. Lewellyn. »Du bekommst doch den *Lexington* gar nicht.«

»Das kann ich dir sagen. Du wirst dich an die alte Mrs. Pennyweather erinnern.«

Großvater lachte in sich hinein und Mr. Jenkins stimmte ein. »Wer könnte sie vergessen!«

Mrs. Pennyweather war jahrelang zu unserer Kirche gegangen und hatte die Lieder immer lauter – und mit mehr Vibrato – gesungen als jeder andere. Großvater pflegte zu sagen, sie watschele um einen Ton herum wie eine Ente am Flussufer.

»Nun, wie du weißt, lebt sie jetzt bei ihrer Tochter in Albertsville und ich habe ihren Nachbarn getroffen, als ich sie nach ihrer Gallenblasenoperation besuchen fuhr. Der schwang große Reden von seinem Bruder in Lexington, der mit dem Stab von Gouverneur Julian Carroll persönlich über so eine Feier zu Ehren von Kriegshelden in Kentucky geredet habe. ›Sag bloß‹, hab ich gesagt, ›ich bin seit Jahr und Tag mit einem der größten Helden unseres Staates überhaupt befreundet; was genau soll das denn sein, erzähl doch mal.‹«

Großvater beobachtete Mr. Lewellyn sehr aufmerksam, die Zunge hinter die Oberlippe geschoben.

»Also hat er mir ein paar Tage später«, fuhr Mr. Lewellyn fort, »den Artikel zugeschickt. Und dann hab ich an Sie gedacht, Thomas Bradley« – er fixierte Großvater mit einem finsteren Stirnrunzeln – »und ihn extra bei dir zu Haus vorbeigebracht.«

Großvater schlürfte schweigend seinen Milchshake. Ich konnte förmlich sehen, wie die Rädchen in seinem Kopf ratterten.

»Ich würde gerne zu der Feier mitkommen«, sagte Mr. Jenkins. »Das wäre mir echt eine Ehre …«

Seine Stimme wurde immer schwächer wie das monotone Geschwafel des Lehrers, wenn man in der Schule vor sich hinträumt. Denn in diesem Moment, als ich an Tulls großes Ladenfenster gelehnt stand und an einem Eisstückchen lutschte, entdeckte ich plötzlich Danny, der den rostigen Lieferwagen seines Vaters vor dem Eisenwarenladen parkte. Es durchzuckte mich wie ein Blitz. Ich beobachtete, wie er ausstieg, und mir war plötzlich kochend heiß. Als er die Tür zuschlug, sah er mich und sein Arm erstarrte. Unsere Blicke trafen sich.

In der Sekunde, als wir uns gegenseitig anstarrten, stand Bradleyvilles Innenstadt still. Mein erster Gedanke war: *Danke, Jesus; ihm ist nichts passiert.* Ich wollte meine Erleichterung mit einer verstohlenen Geste zum Ausdruck bringen und mein Arm hatte sich schon ein Stückchen gehoben, als das Brennen in meinen Lungen auf einmal in Empörung umschlug. *So, so, Danny Cander,* dachte ich, *wenn du so putzmunter bist, warum hast du mich dann am Fluss wieder versetzt? Vor allem, nachdem du mich angebrüllt und herumgeschubst hast, wo ich doch nur helfen wollte.*

Ich starrte ihn an, unbeweglich.

Danny schlug die Augen nieder. Schwerfällig nahm er den Arm von der Fahrzeugtür und wandte sich ab. Er trat von der

Straße auf den Bürgersteig, überquerte den Gehweg und war gleich darauf im Schatten des Eisenwarenladens verschwunden. Meine Beine wurden schwach. Ich rutschte an Tulls Scheibe hinunter und saß mit angezogenen Knien auf dem Bürgersteig. Mir war bewusst, dass Mr. Lewellyn immer noch von der Medaillenzeremonie faselte. Als ich zu Großvater blickte, sah ich, dass er angestrengt auf den leeren Eingang auf der gegenüberliegenden Straßenseite schaute, und wusste, er hatte die ganze Geschichte mitbekommen. Lieber Großvater. So in sein Gespräch vertieft, und doch hatte er sich beim ersten Anzeichen meiner Probleme ausgeklinkt.

Ich lehnte den Kopf an die Mauer und wandte meinen Blick der Straße zu. Danny würde bald wieder herauskommen und ich hatte keine Lust, ihn merken zu lassen, dass er mich verletzt hatte. Ich stürzte einen Schluck Soda hinunter und zerkrachte dabei Eis. Während die Minuten verstrichen, zerkrachte ich noch mehr Eisplättchen, starrte auf jene leere Tür und redete mir ein, dass es mir egal, schnurzpiepegal sei. *So wird es in der Schule sein*, dachte ich. *Ich werde ihn ab und zu flüchtig zu Gesicht bekommen und von ihm wie Luft behandelt werden.* Und dann, ohne Vorwarnung, kristallisierte sich Dannys vertraute Gestalt in dem dunklen Ladeneingang. Aller Ärger flutschte mir die Speiseröhre hinunter wie das Eis auf meiner Zunge.

Sieh mich an, Danny.

Sein Kopf schien sich wie von selbst zu drehen und er durchbohrte mich mit einem Blick, fragend und glühend. Mir stockte der Atem. Einen Augenblick dachte ich, er würde über die Straße kommen. Doch wieder wandte er sich ab, stieg zurück in seinen Brummi und stellte seine Einkaufstüte neben sich ab. Er ließ den Motor an, fuhr aus der Parklücke und machte eine U-Kehre, um die Main Street hinunter und über die Gleise zu fahren. Er würdigte mich keines Blickes mehr.

An jenem Abend schlüpfte ich gerade aus meinem Zimmer, um ein frühes Bad zu nehmen, einen gelben Baumwollbademantel überm Arm, als ich das Telefon klingeln hörte. »Oh, hallo, Eva«, sagte Mama. »Was machen deine Hände?« Ich schnitt ein Gesicht. Mrs. B. schien ja richtig stolz auf ihre Gichtgriffel zu sein.

»Nein«, sagte Mama seufzend, »überhaupt nicht besser. Sie macht ein Heidentheater.«

Ich war sofort sauer. Wie konnte Mama mit der ollen Mrs. B. über mich reden. Großvater schaute Nachrichten und Papa spielte mit Kevy am Küchentisch ein Brettspiel. Ich blendete die Störgeräusche bewusst aus und drückte mich lauschend an die Wand im Flur.

»Es ist, als hättest du einen Sturm unter deinem Dach. Mal heult sie wie ein Schlosshund und im nächsten Moment fegt sie durchs Haus.« Eine Pause. »Natürlich mache ich mir Sorgen. Sie will nichts essen; ich weiß, dass sie abgenommen hat. Ich hätte dieser Geschichte von Anfang an den Riegel vorschieben sollen. Hat Patricia noch was zu Jessie gesagt?«

Patricia. *Dannys Mama.* Ich atmete scharf ein. Mir hätte klar sein müssen, dass sie mit den Hardings reden würde. Wie blöd würde ich mir das nächste Mal vorkommen, wenn ich die Kinder von Miss Jessie hütete.

»Geht es ihr gut?« Eine lange Stille. Mrs. B. brabbelte vermutlich wie ein Wasserfall. »Der Mann gehört hinter Gitter.« Mamas Stimme war hart. »Wie hat sie es nur all die Jahre mit ihm ausgehalten. Und wie geht es Danny?«

Das war ja fürchterlich; nun redeten sie auch noch über ihn. Ich hatte einen Kloß in der Kehle.

»Armer Junge. Und dabei selbst fast noch ein Kind.«

Ich sah Danny vor mir, wie er den Laster seines Vaters steuerte, für seine Mama kämpfte, mit aller Kraft schwamm, um Kevy zu retten. Er war kein Kind mehr. Und ich auch nicht. Kinder empfanden nicht das, was wir füreinander empfanden.

Weder Mama noch Mrs. B., noch sonst ein Erwachsener, außer vielleicht Großvater, konnte das wahrscheinlich verstehen.

»Ich weiß, ich hätte ihr nicht erlauben dürfen, sich mit ihm zu treffen«, sagte Mama, »ich habe mich auf einen Kompromiss mit meinen Prinzipien eingelassen, indem ich mit Vater diesen Deal gemacht habe, einfach nur, um ein bisschen Frieden in meinen vier Wänden zu haben. Und jetzt kommt es uns alle teuer zu stehen.«

Ich drehte den Kopf ruckartig zu Großvater auf dem Sofa. Wovon redete sie? Ihre Betonung sagte mir, dass sie wollte, dass er mithörte. Die Erinnerung an ihre geheimnistuerischen Blicke über den Tisch wirbelte mir durch den Kopf.

»Ich meine« – Mamas Tonfall wurde belustigt – »ich bedaure es außerordentlich, nun nichts mehr gegen Vater in der Hand zu haben. Vermutlich wird er sich jetzt wie verrückt in Kriegsgeschwafel ergehen, um das Versäumte nachzuholen.«

Das war's! Ich konnte es nicht fassen. Direkt vor meiner Nase, und ich hatte es nicht gesehen. Ich lehnte meinen Kopf an die Wand. Meine Kehle kratzte wieder, meine Augen brannten. Das hätte ich nicht gedacht, nicht mal von Mama. Wie konnte sie nur mich und Danny für ihre miesen Tricks missbrauchen! Eine schöne fromme Mutter, wirklich! Ich war ihr egal. Ihr war nur wichtig, in ihrem Haus zu herrschen, die Königin in ihrem kleinen Reich zu sein. Sie hatte mich und Kevy und Papa schon unser Leben lang unter ihrer Fuchtel; nun hatte sie endlich einen Weg gefunden, Großvater unter ihre Kontrolle zu bringen, mit mir als Pfand. Nun, hoffentlich war sie zufrieden. Und dazu die Vorstellung, dass sie vor Mrs. B. darüber lachte, dass ihr mein Schmerz egal war.

Ich riss mich von der Wand los und stelzte durch den Flur auf Mama zu, den Bademantel in beiden Händen zusammenballend. Auf der Schwelle blieb ich wie angewurzelt stehen und funkelte sie mit finster zusammengekniffenen Augen an. Sie bemerkte mich mitten im Satz und erklärte hastig Mrs. B., sie müsse Schluss machen. Ich wandte mich angeekelt von ihr ab. »Keine Sorge, Großvater!«, überschrie ich den Fernseher. »Erzähl nur so viele Kriegsgeschichten, wie du lustig bist. Und schick auch deine Medaillen ein. Du brauchst dich wegen mir nicht länger auf diesen Kuhhandel einzulassen!« Ich brach in Tränen aus, pfefferte den Bademantel gegen die Wand, rannte in mein Zimmer und knallte die Tür zu.

Kapitel 23

»Los, komm, Celia, auf geht's!«, rief Mary Lee Taylor über das Dach ihres grünen Cougar.

»Komme schon, komme!« Ich donnerte zu unserer Tür hinaus, trottete den Gehweg hinunter und blieb mit weit offenem Mund ruckartig stehen, als ich Mary Lee näher zu Gesicht bekam. »Was hast du mit deinen Haaren angestellt?«

Sie lachte keck und ließ sich eine krause Strähne durch die Finger gleiten. »Gefällt es dir? Hat mich einen Haufen gekostet, ganz zu schweigen von dem Sitzen mit Lockenwicklern unter diesem glühend heißen Trockner.«

Wir schlüpften auf unsere Plätze, während ich ihren Kopf argwöhnisch in Augenschein nahm. Sie hatte ihre langen dunklen Locken auf Schulterlänge gekürzt und jetzt standen sie ab wie bei einem zu häufig benutzten Wischmop. Mary Lee war ein hübsches Mädchen, sie hatte große braune Augen, war hoch gewachsen und schlank. Und sie durfte schon Make-up benutzen, im Unterschied zu mir und meinen Freundinnen. Aber was hatte sie jetzt angestellt!

»Das ist trendy, Celia«, erklärte sie und schüttelte das Haar wieder auf. Ich konnte nur nicken. »Also, du willst 'ne Runde rumkutschieren?« Der Motor des Cougar schnurrte los.

»Du weißt ja, ich darf nicht aus Bradleyville raus.«

Sie zuckte die Achseln. »Dann fahren wir eben einfach ein bisschen durch die Stadt.«

»Okay.«

Ein heißer Wind blies durch unsere offenen Fenster und peitschte mir die Haare ins Gesicht, bis ich sie zusammennahm und festhielt. Allein in Bradleyville herumzukurven war schon ein herrlicher Ausbruch von Zuhause; ich hatte Mama nicht mehr ins Gesicht sehen können, seit ich ihr Telefongespräch am Abend zuvor belauscht hatte. Sie hatte mir wahrscheinlich nur deshalb erlaubt, zu Mary Lee zu gehen, um mich für eine Weile los zu sein, solche Spannung herrschte zwischen uns.

»Und wo hast du gesteckt? Du warst irgendwie immer krank, wenn ich in letzter Zeit angerufen habe.« Mary Lee schaltete an einem Stoppschild in einen niedrigeren Gang.

»Ich war in letzter Zeit nicht so gut drauf.«

Sie warf mir einen viel sagenden Seitenblick zu. »Und wer ist er?«

Eine Haarsträhne klebte in meinem Mundwinkel und ich zog sie weg. »Niemand.«

»Ach, komm schon, Celia, den Gesichtsausdruck kenne ich. Kommt bei mir jedes Mal vor, wenn ich den Freund wechsle.«

»Machst du das häufiger?«

Ihr Lachen war unbekümmert. »Hin und wieder mal. Wenn mir der eine zu langweilig wird, such ich mir eben einen neuen.«

Wir waren eine Runde um den Block gefahren und kamen nun auf der Minton Street zurück. An der Ecke bog sie rechts auf die Hauptstraße und fuhr Richtung Innenstadt. Ich brachte ein Lächeln zustande. »Das könnte ich wohl nicht, selbst wenn ich wollte. In Bradleyville gibt es nicht so viele Jungs.«

Und nur einen, an dem mir etwas liegt, dachte ich. Während ich durch die Windschutzscheibe blickte, grübelte ich über den vergangenen Abend. Nachdem ich mich auf mein Zimmer verzogen und die Tür zugeknallt hatte, war ich untröstlich gewesen. Kevy hatte sich die größte Mühe gegeben, hatte mich umarmt und mir Taschentücher geholt, während ich heulend zusammengesunken auf meinem Bett lag. Papa hatte mir lange zugeredet und gemeint, Mama habe mir nicht wehtun wollen und dass ich schon über Danny hinwegkommen würde, so mies ich mich auch gerade fühlen mochte; es gebe schließlich noch mehr Fische im Teich. Er konnte meine Seelenqual nicht verstehen und nie würde er meine Wut über Mamas Machenschaften verstehen, wo er ihr gegenüber doch immer so friedfertig war. Kevy verhielt sich Mama gegenüber genauso, fügsam und sanftmütig. Großvater und ich waren die Einzigen, die sich gegen ihre Herrschaft aufbäumten und ausschlugen, bis schließlich sogar er mit ihr nachsichtig geworden war – um meinetwillen.

»Na, na, nun spiel dich mal nicht so als Richterin auf«, hatte Großvater getadelt. »Das ist nicht die feine christliche Art. Du übersiehst völlig, wie sehr deine Mama versucht hat, die Dinge für dich hinzubiegen.«

»Das ist nicht wahr«, hatte ich erwidert. »Sie ist niemals von ihren Prinzipien abgewichen, um mich glücklich zu machen. Du warst derjenige, der wollte, dass ich mit Danny rede, und das hat sie gegen dich verwendet. Deine Kriegsgeschichten für ihre Erlaubnis – wie clever. Das hielt mich davon ab, mit ihr zu streiten, und dich vom Reden. Zwei Fliegen mit einer Klappe.«

Er hatte mir sanft ins Knie gezwickt. »Der Handel war meine Idee, Missy. Ich hatte Sorge, dass sie dich nach dem ersten Mal vielleicht nicht wieder zum Fluss lassen würde, und es schien, als würden du und Danny richtig gute Freunde werden. Er hat das möglicherweise mehr gebraucht als du. Seit Jessies Hochzeit vor Jahren hab ich immer ein Auge auf den Jungen gehabt. Er hat was an sich, was mein Herz berührt. Und deshalb, als sich mir die Chance bot, dachte ich, ich könnte ihm heraushelfen und gleichzeitig deine Mama besänftigen. Weil ich nämlich schon länger zu Gott bete, die Dinge zwischen mir und deiner Mama zu heilen, als ich für Danny bete. Der Herr weiß, ich hab im Leben genug angestellt, was ihr Kummer gemacht hat.«

»Hast du gar nicht.« Ich war empört gewesen.

»Celia! Hallo!«, Mary Lee wedelte mir mit der Hand vorm Gesicht.

Ich schreckte hoch. »Tut mir Leid. Was?«

»Ich hab gesagt, Mona Tesch hat mit erzählt, dass du auf Bobby Delham scharf bist, aber dafür hast du dich in letzter Zeit reichlich merkwürdig ihm gegenüber benommen.«

Ich verdrehte die Augen. »Bobby Delham. Richtig.«

Zwei Blöcke weiter konnte ich die Fahne über dem Postamt, wo Mrs. B. arbeitete, schwach flattern sehen. Wir kurvten durch die Innenstadt, überquerten die Bahngleise und machten eine U-Kehre. Ich sah sehnsüchtig die Wilder Road hinunter, die parallel zu den Schienen lief. Eine Meile und eine Linksabbiegung würden uns an Dannys Haus vorbeiführen. Ich spielte mit dem Gedanken, Mary Lee in jene Richtung zu drängen, hatte aber nicht den Nerv dazu. »Wir sollten jetzt besser zu dir fahren«, sagte ich.

Die Stufen in Mary Lees großem, mit Säulen umstandenen Zuhause waren mit weißem Flauschteppich ausgelegt, der wunderbar angenehm unter meinen nackten Füßen einsank. Meine Sandalen lagen bei der Haustür. Das Anwesen erstreckte sich herrschaftlich über zehn Morgen ein bisschen außerhalb der Stadt an der Route 347 und war eigens für Mary Lees Familie gebaut worden, als sie von Lexington hergezogen waren, um die Sägemühle zu kaufen.

Mary Lee führte mich in ihr Zimmer und zeigte mir stolz ihr Messinghimmelbett. »Ich hab neue Möbel gekriegt und alles, seit du das letzte Mal hier warst. Und schau mal.« Sie ging durch das große Zimmer zu einem Plattenspieler und hohen Lautsprechern. »Der ist auch neu. Auf welche Gruppe stehst du?« Sie begann, einen Stapel Platten durchzuschauen.

Ich hockte mich neben sie und verbarg meine Verzweiflung. Mary Lee hatte eine Art, so zu tun, als seien Dinge selbstverständlich, von denen sie genau wusste, dass sie das nicht waren. Sie war anders als die anderen Kinder in Bradleyville, besuchte sogar eine vornehme Privatschule in Albertsville. Ich brauchte nur mit ihr zusammen zu sein und schon wurde mir bewusst, was ich alles nicht hatte. »Ich hab kein Radio«, erklärte ich ihr. »Deshalb kann ich das nicht so genau sagen.«

»Deine Eltern halten es wahrscheinlich für eine Sünde, Rockmusik zu hören.«

»Na ja, eine Menge Eltern in Bradleyville wollen nicht, dass ihre Kinder so was hören.«

»Und warum, bitte schön?«

Ich seufzte. »Aus dem gleichen Grund, warum wir nicht viel Fernseh gucken, schätze ich, außer Nachrichten – und Zeichentrickfilme, als ich klein war. Angeblich kommt da zu viel Schlechtes.«

Sie riss theatralisch die Augen auf. »Sag mal, hast du diesen ganzen Regelkram nicht manchmal satt?«

Ich wusste, dass Mary Lee nicht gläubig war, dass sie nicht verstehen konnte, wie die Regeln in Bradleyville auf christlichen Prinzipien beruhten. Wenn auch unter meiner gärenden Aufsässigkeit verborgen, hatte sich mir diese Tatsache doch tief eingeprägt, obwohl ich die Regeln mit jedem Tag mehr verabscheute. Mein Gewissen plagte mich, soufflierte mir eine Erklärung für Mary Lee und ein Zeugnis von dem, was Gott auch in ihrem Leben tun könnte. Doch dann meldete sich eine andere Stimme in mir: *Wie heuchlerisch von dir.* Vor kurzem erst hatte ich Gott weggestoßen, überzeugt davon, dass er die klaffenden Löcher in meinem Leben einfach nicht stopfen könnte. Nicht im Blick auf Danny und erst recht nicht im Blick auf Mama. Als ich sah, wie Mary Lees Gesicht sich vor Zynismus verzog, hatte ich plötzlich einen Knoten in der Zunge. In dem Moment veränderte sich etwas um mich her; wie der leichte Temperaturabfall, wenn man über die Schwelle eines nur schwach beheizten Raums tritt. Mir fiel auf, dass die unbeschwerte Mary Lee das Leben mehr zu genießen schien als meine übrigen Freundinnen. »Oh ja«, erklärte ich, überrascht von meinem zynischen Ton. »Vor allem, weil Mama mich nirgendwo hingehen oder einen Freund haben lässt.«

Sie atmete vernehmlich aus. »Was ist überhaupt in diese Stadt gefahren? Wie hältst du das bloß aus?«

»Nun …« Ich wog meine Antwort ab. »Vielleicht tue ich das ja nicht mehr lange.«

»Verheimlichst du mir etwa was?«

Ich kniff die Lippen zusammen.

»Na komm schon, Celia. So, wie du den Bobby Delham abgekanzelt hast und so. Hast du etwa hinter dem Rücken deiner Mutter eine geheime Kiste laufen?«

»Nein.« Als ob ich damit durchkommen würde.

»Dann hat sie dir also erlaubt, dich mit jemandem zu verabreden?«

»Nicht ganz.«

»Ich weiß, wer dir gefällt«, sagte sie gedehnt. »Dieser Country-Typ, der deinen Bruder gerettet hat.« Meine flüchtige Miene konnte ihr nicht verborgen bleiben. »Ha! Ich hab's gewusst! Los, komm, erzähl.«

»Das ist aber eine Art Geheimnis.«

Sie holte tief Luft. »Das sind die Besten.«

Als ich immer noch zögerte, packte sie mich bei den Händen, um mich durch das Zimmer und mitten auf ihr Bett zu ziehen, und kletterte neben mich. »Wart noch kurz«, sagte sie und rutschte auf den Knien zu jeder Messingecke, wo sie die Schleifen aufzog, die die duftigen rosa Vorhänge zurückhielten. Als sie ringsherum herunterrauschten, filterten sie das natürliche Licht, sodass unsere Haut einen altrosa Schimmer hatte. »So.« Sie setzte sich mir im Schneidersitz gegenüber. »Also. Schieß los.«

Nachdem ich meine Gefühle für Danny so lange verborgen hatte, war es eine Wohltat, Mary Lee mein Herz auszuschütten. Zwar brachte ich es nicht über mich, ihn bloßzustellen, indem ich ihr von seiner Prügelei mit seinem Vater erzählte, aber ich sprach von meinen wachsenden Gefühlen für ihn trotz seines Rufs. »Er kloppt sich in der Schule gar nicht mehr«, fügte ich hinzu. »Er ist echt ganz anders jetzt. Und Mädchen gegenüber ist er richtig schüchtern.«

»Na, darüber wirst du ihm schon hinweghelfen.«

Ich seufzte und plötzlich saßen mir Tränen in den Augen. Bei Mary Lee schien alles so einfach, als brauchte sie nur mit den Fingern zu schnippen und die Schöpfung fiele ihr zu Füßen. Jene unbekümmerte Miene, das leichte Anheben der Schulter, all das erinnerte mich nur an die Fähigkeiten, die mir abgingen. Auch konnte ich mir nicht vorstellen, sie auf Danny anzuwenden. Ich hatte ja schon Angst gehabt, seine Hand zu nehmen.

Was jetzt sowieso keine Rolle mehr spielte.

»Was ist denn?« Mary Lee stupste mir an die Schläfe.

Meine Beine sahen verschwommen aus vor ihrer weißen Tagesdecke. »Wir haben uns gestritten und jetzt spricht er nicht mehr mit mir. Gestern hab ich ihn auf der anderen Straßenseite gesehen, aber er hat mir einfach den Rücken zugekehrt.«

»Oh.« Ihre Stimme senkte sich. »Hast du versucht, mit ihm zu reden?«

Vor Mr. Jenkins und einem habichtäugigen Jake Lewellyn? »Nein, ich hab … bloß geguckt. Schließlich hat er sich weggedreht.«

»Schon, Celia, aber manchmal muss man selbst den ersten Schritt tun.«

Ich fing an, den Kopf zu schütteln.

»Hör mal, du willst ihn zurück, oder? Also ruf ihn an, frag, ob ihr euch irgendwo treffen könnt.«

»Das *geht nicht*, Mary Lee. Bei uns kann man nicht ungestört telefonieren; irgendwer ist immer in der Nähe. Und außerdem, was ist, wenn sein Vater rangeht oder seine Mama?«

»Leg auf!«

Gedankenverloren strich ich mit einem Finger über ihren Spitzenbettüberwurf. Es war unmöglich, Mary Lee das stille

Glücksgefühl zu beschreiben, das mich beschlichen hatte, wenn ich mit Danny zusammen war. Es war wie das Mal, als ich einen riesigen Schmetterling bestaunte, der sich auf meiner Hand niedergelassen hatte. Danny war niemand, den ich in einem Netz weiblicher Schliche wieder einfangen könnte. Er müsste von selbst zu mir zurückkommen wollen. »Ich kann ihm einfach nicht hinterherrennen, Mary Lee.« Ich blies die Luft aus und zog einen Bettvorhang beiseite, wollte wieder Licht im Gesicht spüren. »Ich hab grad keine Lust mehr, über ihn zu reden. Warum zeigst du mir nicht deine neuen Platten?«

»Gern. Hier drinnen wird man eh ganz trübsinnig.« Sie warf die Vorhänge zurück, hüpfte vom Bett und trottete über den sonnenüberfluteten Teppich. »Von *Saturday Night Fever* hast du aber schon gehört, oder?«

»Schon, aber so richtig ist mir das kein Begriff.«

Ihr blieb der Mund offen stehen. »Dir ist *Saturday Night Fever* kein Begriff? Ist ja nur der größte Kinohit weit und breit. Und die Bee Gees? Und Disco?«

Ich hob die Hände mit den Handflächen nach oben.

»Na dann los!«, schrie sie begeistert. »Ich bring dir den Latin Hustle bei!«

Tanzen. Ich brachte ein Lächeln zustande. Mama würde einen Anfall kriegen.

Kapitel 24

»William, ich brauch mal dein Auto für ein Weilchen, wenn du nichts dagegen hast«, kündete Großvater an, als er vom Abendbrottisch aufstand.

Meine Hände steckten in Seifenschaum und schrubbten Mamas schwarze Bratpfanne, während sie die Essensreste wegräumte. Unser unausgesprochenes Schweigeabkommen wehte zwischen uns wie Winterluft, die unter einer wettergebeutelten Tür durchzieht. Mama, die gerade dabei war, Stampfkartoffeln in eine Plastikdose umzufüllen, stockte, als sie Großvaters Bitte hörte, und die Schüssel blieb mitten in der Luft stehen. Ich hielt den Kopf gesenkt, scheuerte und blies mir Haarsträhnen aus den Mundwinkeln. Doch meine Ohren waren gespitzt.

»Wo willste denn hin, Opa?«, fragte Kevy.

»Nur eben was erledigen, mehr nicht. Wird nicht lange dauern.«

»Kann ich mit?«

»Nein.« Großvater schob seinen Stuhl unter den Tisch. »Darum muss ich mich alleine kümmern, Meister Kevin.«

Ich konnte mir denken, wohin er wollte – in die Stadt, um das Verpackungsmaterial zu besorgen, das er brauchte, um seine Medaillen einzuschicken.

»Vater«, sagte Mama, »du weißt doch, dass du nicht mehr Auto fahren solltest.«

Er ging aus der Küche und murmelte vor sich hin, dass er nichts davon wüsste.

»William«, fauchte Mama. »Tu etwas.«

Papa zuckte die Achseln. »Was denn?«

»Geh mit ihm mit!« Sie stellte die Schüssel mit Stampfkartoffeln mit einem Knall ab. »Was, wenn er unterwegs eine seiner Herzattacken kriegt?«

»Er wird ja nicht weit fahren, Estelle. Ihm wird schon nichts passieren.«

»Oh William, du bist absolut keine Hilfe.«

Mein Mund bewegte sich, ehe ich nachdenken konnte. »Vielleicht lässt er mich mit.«

Ich konnte Mamas stechenden Blick im Rücken fühlen. Ich schrubbte die Pfanne noch heftiger in selbstgefälliger Zufriedenheit über den Zwiespalt, in den sie mein Vorschlag stürzte. Mich mit einem geheimniskrämerischen Großvater loszuschicken würde unsere Allianz gegen sie nur kräftigen. Doch wenigstens hätte ich ein Auge auf ihn.

»Schön, du kannst ihn ja fragen.« Ihre Stimme war griesgrämig.

Doch Großvater zog alleine mit Papas Auto los und fuhr in Richtung Stadt. Als ich mich von unserem Wohnzimmerfenster umdrehte, warf Mama mir einen Blick zu. Papa machte es sich mit einem Buch in seinem Sessel gemütlich, während Kevy die Hintertür zuknallen ließ und schaukeln ging. Ich flüchtete in mein Zimmer.

Auf Großvaters Bitte hin begleitete ich ihn tags darauf zur Post, nachdem die schlimmste Hitze vorbei war. Die Medaillen auf seinem Bücherregal waren verschwunden und ein großer brauner Umschlag, sorgfältig mit Füllmaterial ausgepolstert und an Lawrence Tremaine, *Lexington Herald,* adressiert, steckte nun in seiner Hand.

»Hast du daran gedacht, das Formular auszufüllen, das dir der Reporter geschickt hat?«, fragte ich und fasste ihn unterm Arm, während er die Verandastufen bezwang.

»Mach dir nur keine Sorgen«, lachte er. »Alles in Ordnung.« Er hatte vor dem Essen eine Zeit lang telefoniert, während Mama und Kevy nicht da waren. »Ich muss jetzt mal ungestört sein, Missy«, hatte er gemeint, als er den Hörer abnahm. Es war mir gelungen, ein empörtes Gesicht aufzusetzen. Mama zu belauschen war eine Sache, aber bei Großvater würde ich das nie tun.

»Du musst schon ganz aufgeregt sein«, meinte ich, nachdem wir anderthalb Blocks weit auf der Main Street gegangen waren. Ungefähr fünf Blocks weg ragte die Fahnenstange des Postamts in den blau verschleierten Himmel. Großvater ging bereits langsamer. Zum Glück hatten wir nicht den weiten Weg bis zu Tulls vor uns. Vor der Post stand im Schatten eines Ahornbaumes eine Bank, wo er sich eine Weile ausruhen könnte, bevor wir uns auf den Rückweg machten.

»Oh ja.«

Ich freute mich nicht gerade darauf, Mrs. B. zu sehen. Diese geschwätzige Gans. Und tatsächlich, in dem Augenblick, als Großvater und ich das Gebäude betraten, fing sie zu gackern an. »Schau an, wen haben wir denn da«, sagte sie so elend süßlich und betastete ihren rothaarigen Dutt. »Schön, euch zu sehen, Thomas, Celia. Du willst deinem Großvater helfen, nicht?«

Ich lächelte verkniffen. Ich konnte mir gut vorstellen, was in ihr vorging, als sie mich ansah. Sie und Mama hatten vermutlich seit Mittwochabend pausenlos miteinander gequasselt.

»Tag, Eva«, erwiderte Großvater und lehnte sich müde gegen den Schalter. »Sind deine Hände heute nett zu dir?«

Sie streckte sommersprossige Finger aus. »Heute geht es, danke. Trotzdem, ich hab ja immer gedacht, ich würde noch jahrelang arbeiten gehen, wenn Frank in Rente ist, aber jetzt bin ich mir da nicht mehr so sicher.« Mr. B. war unmittelbar nach dem Streik, zu dem es gekommen war, als ich sechs Jahre alt war, zum Manager des Sägewerks ernannt worden. »Ach ja.« Sie seufzte. »Und was hast du Schönes für mich, Thomas?«

Großvater legte seinen Umschlag auf den Schalter. »Dieses Päckchen hier schicke ich an den Gouverneur Julian Carroll höchstpersönlich«, erklärte er, »über einen Reporter in Lexington. Aber bevor ich das tue, muss ich wissen, dass du gut auf es Acht gibst.«

»Aber natürlich werde ich das.«

Großvaters Augen verengten sich. »Du hast doch nicht etwa irgendwas mit Jake Lewellyn ausgeheckt, oder?«

»Ich weiß nicht, wovon du redest.«

»Davon, dass du nicht vorhast, es an dich zu nehmen, nachdem ich es losgeschickt habe, um es ihm zu geben?«

Sie atmete langsam ein, richtete sich zu ihrer vollen Größe auf und legte eine Hand auf ihre Brust. »Nie und nimmer, Thomas Bradley«, gab sie gekränkt zurück. »Dies ist die staatliche Post. Es ist meine Aufgabe, sie zu verschicken und zu empfangen, und nicht, damit herumzupfuschen!«

Großvaters Mund zuckte. Ich wandte mich ab und tat, als würde ich aus dem Fenster gucken, damit sie meine Belustigung nicht bemerkte.

»Na, dann sieh zu, dass es ankommt.« Der Umschlag schabte leicht über den Schalter.

Ich hielt mein Gekicher zurück, bis Großvater und ich uns auf die Bank außerhalb des Königreichs von Mrs. B. gepflanzt hatten. »Da hast du es ihr aber nicht leicht gemacht.«

»Nein.« Großvater drückte sich gegen die Rückenlatten der grünen Bank, die Beine gespreizt und die Hände auf den Oberschenkeln. Er sah äußerst zufrieden mit sich aus. Im Grunde hatte er gar keine Angst gehabt, dass Mrs. B. mit Mr. Lewellyn unter einer Decke stecken könnte. Er hatte sie nur ein bisschen aufziehen wollen meinetwegen und ich hätte ihm dafür um den Hals fallen können.

»Ich hab sie noch nie leiden können«, meinte ich.

Großvater sah sinnend über die Straße. »Sie ist eine feine Frau, Missy, nur redselig, mehr nicht. Sie muss manchmal auf ihre Zunge aufpassen; ich muss auf meinen Stolz aufpassen. So hat jeder seine Schwächen. Aber die Eva, die hat 'ne Menge durchgemacht. Als ihr Sohn Henry noch lebte, war dieser Junge ihr Ein und Alles. Er war nur zwei Jahre älter als deine Mama, weißt du. Und ein feiner Bursche. Wirklich fein. Sein Tod hat uns das Herz gebrochen.«

Die unerwartete Trauer, die über Großvaters Züge huschte, erschütterte mich so, dass mir keine Antwort einfiel. Seine Augen blieben in die Ferne gerichtet und der Schatten von etwas lange Vergangenem und Verlorenem streifte meine Schultern. Ich schüttelte ihn ab. »Ich weiß ja, dass es dir lange werden wird bis November, bis du deine Medaillen wiedersiehst«, wagte ich einen vorsichtigen Vorstoß, »aber es wird sich lohnen, wo doch die ganze Familie zugucken kommt. Hoffe ich.«

Er wusste, was ich meinte. Er musste plötzlich grinsen und streckte das Kinn vor. »Oh ja, bestimmt.«

»Nun, Celia«, sagte Großvater, als wir noch zwei Blocks von zu Hause entfernt waren, »morgen ist Samstag. Da wirst du wohl zum Fluss gehen.«

Seine gespielte Beiläufigkeit täuschte mich keine Minute. *Er hat unseren ganzen Spaziergang lang nur darauf gewartet, das zu sagen,* dachte ich, und es schlug mir steinschwer auf den Magen. Danny war kein Thema, über das ich reden wollte. »Warum, Großvater? Danny will mich nicht sehen.«

»Das kannst du nicht wissen.«

»Er hat mich zweimal versetzt.«

»Das heißt nicht, dass er dich nicht sehen will. Das heißt nur, dass er Angst hat.«

»Angst vor was? Dass ich ihn anschreien und schubsen werde wie er mich?«

»Nein, Missy. Angst davor, wirklich er selbst zu sein. Weißt du, ich kenn das. Als ich in Dannys Alter war, war ich Hals über Kopf verliebt.«

Wir hatten eine Ecke erreicht und ich nahm ihn beim Arm, um ihm bei der Stufe zu helfen. »In Oma, meinst du.«

»Nein. Sie war ein zierliches Persönchen, erst vierzehn Jahre alt.« Er lachte leise. »Mir war sonnenklar, dass ich niemals wagen würde, sie zu berühren, sie war so jung. Ihr Herr Papa wäre mit dem Schießeisen auf mich losgegangen, das glaub nur. So blieb mir nichts andres übrig, als vor Liebeskummer zu verschmachten. Und dann, bevor ich den Mut aufbrachte, ihr zu erzählen, was Sache war, war ich plötzlich schon achtzehn und ging zum Militär, wobei ich in alle Welt hinausposaunte, dass ich mir jetzt endlich die Welt ansehen würde. Da habe ich zum ersten Mal in der Armee gedient, lange vor dem Zweiten Weltkrieg. Jedenfalls, als ich vier Jahre später zurückkam, war sie verheiratet und über alle Berge.«

Der Gedanke, Danny könnte eine andre haben, verwandelte mein Inneres zu Eis. »Aber du hast doch schließlich Oma geheiratet.«

»Richtig. Und ich hab Adele geliebt, und wie, als ich erst mal über jene Kleine hinweg war. Aber ich hatte Glück. Solche Liebe kommt nicht unbedingt zweimal anklopfen.« Er tätschelte meine Hand. »Lange Rede, kurzer Sinn: Du musst noch einmal hingehen und der Sache noch eine Chance geben.«

Bei der Vorstellung, vergeblich auf Danny zu warten, während die Hoffnung mit der Strömung des Flusses davontrieb, schnürte sich mir die Kehle zu. »Ich kann mir das nicht noch mal antun.«

Wir waren an der Ecke Minton Street, Main Street angekommen, eine überhängende Weide warf einen tanzenden Schatten über seine Augen. »Schmeißt du schon das Handtuch?«, fragte er freundlich. »Ich dachte, für Danny Cander würde es sich lohnen zu kämpfen.«

Ich scharrte mit meinem Schuh über einen Riss im Betonboden. »Das tut es auch.«

»Dann geh die Sache an wie der Engel Michael, Missy.«

»Ich kann nicht. Ich bin das Ganze so leid.«

Großvater nickte verständnisvoll. »Ich weiß noch, wie ich das viele Male auf dem Schlachtfeld dachte. Wenn mein Herz wie eine Bleikugel war, sich nach dem Tod überall um mich herum sehnte und ich dachte, mir würde jeden Moment ein Arm oder ein Bein wegfetzen. In solchen Zeiten wollte ich einfach nur aufgeben und mich von ihnen töten lassen.

Und dann bin ich aufgestanden und habe gekämpft.«

Kapitel 25

Der Himmel gab immer noch kein Zeichen von Regen preis, als Kevy und ich die Main Street hinunterliefen. Die Rasen wurden langsam braun und die Leute bewegten sich in der Hitze wie Nacktschnecken. Als ich an Tulls vorbeikam, versuchte ich krampfhaft, nicht an Danny zu denken, versagte aber jämmerlich. Sein Verhalten an jenem Tag hätte mich davon überzeugen sollen, dass wir unsere Unterschiede nicht überwinden könnten. Beim Überqueren der Gleise und dem Einbiegen ins Feld redete ich mir ein, ich ginge lediglich mit Kevy zum Angeln, dass Danny nicht da sein würde und dass mir das egal sei. Sobald die Schule wieder anfing, würde ich einfach an ihm vorbeischweben, in meinem Gefolge ein halbes Dutzend Jungen, die scharf auf mich waren. Ich würde mit Bobby flirten, Randy oder Lyle schöne Augen machen, vielleicht sogar in Mary Lees Auto nach Albertsville fahren, um Jungs kennen zu lernen.

Ich hatte mich sogar schon einigermaßen überzeugt, als ich einen Blick auf eine Gestalt erhaschte, die auf dem höchsten Felsbrocken am Flussufer kauerte.

Ich habe schon manchmal gedacht, dass die Essenz des Lebens eine Galerie von Bildern ist, die an den Wänden meines Geistes prangen und von denen jedes die Leidenschaft einer bestimmten Zeit einfängt. Mutters Gesicht, nachdem ich den Gehweg für sie bemalt hatte. Baby Kevys erstes Lächeln. Großvaters lebhaftes Mienenspiel, wenn er in seinem Stuhl bei Tulls saß, Jake Lewellyns rot angelaufene Bulldoggenbacken und Hank Jenkins' Mund beim schallenden Lachen. Die panischen Augen meines Bruders, als er hilflos in der reißenden Strömung trieb. Und jetzt Danny, wie er im Viertelprofil auf dem Felsen saß, die Ellbogen auf die angewinkelten Knie gestützt, die Finger müßig zusammengelegt, und sich die Kurve seines Rückgrats durch sein grünes Shirt abzeichnete. Er schaute auf das Wasser, eine ausgeschnittene Gestalt vor einen wolkenlosen Himmel geklebt.

Kevy schmetterte einen fröhlichen Gruß und Dannys Kopf fuhr herum. Ich spürte, wie mein Mund aufging, um irgendeine geistreiche Bemerkung zu formen, während wir näher kamen. »Hallo«, sagte ich.

Sein Lächeln war zögerlich, als er heruntersprang. »Hallo.«

Mein Herz begann zu rasen, als er spielerisch mit Kevy boxte. »He, Fischer von Bradleyville, was dagegen, wenn deine Schwester und ich uns ein bisschen in den Schatten verkrümeln, während du dich an die Arbeit machst?«

»Na gut«, erwiderte Kevy enttäuscht, »aber später tust du auch mit mir reden?«

Das versprach Danny.

Wir gingen in verlegenem Schweigen flussaufwärts. *Er ist gekommen, um mir zu sagen, dass jetzt Schluss ist mit unseren Treffen,* dachte ich. Bis wir bei unserem Eichenbaldachin waren, hatte ich mich gewappnet und setzte mich ihm kühn gegenüber, als er sich mit gekreuzten Beinen in das weiche Gras sinken ließ. Unsere Knie waren nur einen Zoll auseinander, meine Hände den seinen zum Greifen nah. Ich hatte nicht vor, es ihm leicht zu machen, indem ich mich neben ihn setzte, wo er mich nicht würde angucken müssen.

Er sah eine Weile auf seinen Schoß. Das Schweigen war ungemütlich, doch ich weigerte mich, es zu brechen. »Es tut mir Leid«, sagte er leise. »Es tut mir wirklich Leid, wie ich dich behandelt habe.«

Ähnliche Worte stiegen zu meinen Lippen auf, aber ich hielt sie zurück.

»Es ist nur ...« Er blies langsam die Luft aus und zupfte ein loses Fädchen von seinen beigefarbenen Shorts. »Er ist nicht immer so, mein Vater. Ich kann dir gar nicht sagen, was in mir vorging, als ich wusste, dass du …« Seine Stimme verlor sich. »Meistens säuft er einfach abends, besonders am Wochenende, und schläft den Rausch hinterher aus. Aber ab und zu wird er bösartig. Ich hab mich mein Leben lang davor in Acht nehmen müssen, weil wir nie wussten, wann es wieder so weit war.« Er schluckte und es machte ein schnalzendes Geräusch in seiner Kehle.

Der kleiner Danny Cander, dachte ich, *immer auf der Hut.*

»Jedenfalls, so war er vor zwei Wochen, hat ständig rumgemeckert, reizbar wie eine Hornisse.« Danny hob kurz den Blick und sah mich an, dann wieder weg. »Ich wollte dich unbedingt treffen, Celia. Nur konnte ich Mama nicht allein lassen, wo er sich so aufführte. Ich stellte mir vor, wie du auf mich warten würdest, und das war ganz schrecklich. Ich dachte, vielleicht könnte ich dich am Abend heimlich anrufen, erklären, was los war, und mich bei dir entschuldigen.« Danny glättete den Faden auf seiner Hose. »Dann hab ich gerade was in der Scheune gemacht, immer mit einem Ohr gelauscht. Und plötzlich hör ich Mama kreischen und ich renn los, so schnell, dass ich sogar vergessen hab, den Futtereimer fallen zu lassen, den ich noch trug; es war, wie wenn meine Hand dran festgewachsen war. Bis ich Mama am Boden sehe. Und dann bin ich einfach … geplatzt.«

Ich hatte angefangen, meinen Atem einzuteilen, aus Angst, wenn ich nur ein Geräusch machte, würde ich den Zauber brechen und Dannys Worte würden ins Nichts zerrinnen.

»Celia, ich hab so was noch nie vorher gemacht. Ich hab immer zugucken müssen, wie Mama verprügelt wurde, und ich hab auf den Tag gewartet, an dem ich groß genug sein würde, um es mit Vater aufzunehmen. Ich hab ein schlechtes Gewissen deshalb und ich hab um Vergebung gebetet, aber wenigstens hat es was gebracht, dass ich ihm die Stirn geboten hab. Es war nicht leicht die letzten zwei Wochen, aber eins ist jetzt klar – er wird Mama nicht wieder anrühren, solange ich in der

Nähe bin.« Seine Finger verdrehten den Faden. »Du kannst nicht verstehen, wie das war, Celia, so zu leben die ganze Zeit.«

Nein, das konnte ich nicht verstehen. Ich konnte es mir ja kaum vorstellen. Als ich mir mein eigenes Zuhause ausmalte, schämte ich mich plötzlich über meine dauernden Beschwerden. Meine ganzen Schwierigkeiten mit Mama lösten sich in Staub auf im Vergleich dazu.

»Du warst die Letzte, die ich dort sehen wollte, Celia. Ich schau hoch und kann nicht glauben, dass du das bist. Und es hat mir so wehgetan innerlich, dass ich einfach alles an dir ausgelassen habe. Das wollte ich nicht.«

Meine Hände glitten aus meinem Schoß, um sich auf seine zu legen, hielten ihn davon ab, den Faden zu quälen. Er packte sie und hielt sie ganz fest. »Es tut mir Leid«, platzte ich heraus. »Ich hatte ja keine Ahnung. Ich wollte dich doch nur so unbedingt sehen. Und ich dachte, wenn ich durch das Feld gehe, dann treff ich dich vielleicht auf dem Weg.«

»Es war nicht recht, dich so zu verletzen. Ich hab noch nie die Hand gegen ein Mädchen erhoben, noch nie. Da stand ich nun und war nicht besser als mein Vater. Ich war entsetzt über das, was ich gemacht hatte. Mama wäre vor Scham am liebsten gestorben, nachdem du weggerannt bist. Sie schmiert es mir immer noch aufs Butterbrot.«

Ich musste fast grinsen bei der Vorstellung, wie Dannys Mama ihn wutentbrannt ausschimpfte. »Aber warum bist du dann letzte Woche nicht gekommen?«

»Ich hab mir nicht vorstellen können, dass du hier bist. Ich dachte, nach alldem wirst du kein Sterbenswörtchen mehr mit mir reden. Und selbst wenn du da gewesen wärst, ich wusste einfach nicht, wie ich dir begegnen sollte.«

»Ich *war* auch wütend. Wegen der Art, wie du mich behandelt hattest. Ich dachte, du würdest mich nie mehr wiedersehen wollen. Aber ich bin trotzdem gekommen, nur vorsichtshalber. Ich war bereit, dir zu begegnen.« Ich hatte gar nicht so angriffslustig klingen wollen, aber es ließ sich nicht ändern. Er hatte seinen Vater bewusstlos geschlagen, aber er konnte nicht mal mit mir reden? »Weißt du, wie diese zwei Wochen waren?«

»Sie waren schrecklich für mich, Celia, schrecklicher, als du dir vorstellen kannst. Ich hab jede Minute an dich gedacht, mich gefragt, was du jetzt wohl machst. Mich gefragt, ob du mich hasst. Mich selbst dafür gehasst, das verloren zu haben, wonach ich mich so lange gesehnt hatte.«

Eine leise Vorfreude durchlief mich. »Was meinst du damit?«

Er rieb über meinen Daumen und beobachtete, wie die braune Haut unter seiner Berührung weiß wurde. »Das fällt mir jetzt echt schwer.«

»Ich weiß. Aber das macht nichts.«

Er konzentrierte sich auf meinen Daumen. Die Haut wurde erst bleich, dann langsam wieder braun. »Ich hab immer gewusst, dass ich anders war wegen meinem Vater«, sagte er schließlich. »Und deshalb hab ich mich als Kind auch so viel geprügelt, weil ich dachte, ich müsste was beweisen. Und einmal, als ich elf war – das weißt du wahrscheinlich gar nicht mehr –, da hatte ich 'ne Prügelei mit Gerald Henley auf dem Schulhof. Ich hab ihm eins auf die Nase gegeben.«

»Doch, ich weiß.«

»Oh. Jedenfalls, der Gerald hatte was über meinen Vater gesagt. Aber du bist für mich eingetreten. Das hatte vorher noch nie wer gemacht.« Er war wieder ganz fasziniert von meinem Daumen.

»Weiter.«

»Na ja, ich konnte das einfach nicht vergessen. Und von da an warst du mir nicht mehr egal. Da hat's angefangen.«

Das Gefühl in meiner Brust wurde konkreter. Von da an? »Von da an« war fünf Jahre her. Das war mir unbegreiflich. Die vielen Male, wo ich ihn im Gang in der Schule gesehen hatte und er nur auf seine Füße starrte. Die vielen Male, wo Kevy und ich an unserem, an Dannys Angelplätzchen am Fluss waren, nur eine halbe Meile von seinem Zuhause entfernt. Da kam mir ein Gedanke. »Warst du mal am Fluss, als ich da war; ich meine, bevor Kevy fast ertrunken wäre?«

»Ja.« Er lächelte wehmütig. »Oft. Ich hab immer nach dir Ausschau gehalten, aber ich hab mich nie getraut, mich blicken zu lassen. Ich dachte, dann würdest du sofort wegrennen.«

Das durfte doch nicht wahr sein. Der Danny, den ich jetzt kannte, hatte so empfunden, seit ich zehn war? Während ich wie ein Volltrottel mit meinen Freundinnen über Bobby und Randy und Lyle gekichert hatte? »Und warum hast du dich dann im Mai blicken lassen?«

Er hob eine Schulter. »Dein Bruder schien in Schwierigkeiten zu stecken, als er versuchte, durch die Strömung zu waten. Ich hab so gebannt zugeschaut, dass ich mich vergessen hab. Und danach konnte ich es einfach nicht glauben, dass ich jede Woche mit dir geredet hab. Es machte mich voll glücklich, aber ich hab auch wie verrückt Angst gehabt, dass du eines Tages denken könntest: ›Was mach ich eigentlich mit so einem Typen?‹ und dass du dann nicht mehr kommen würdest. Und als du dann bei mir Zuhause aufgekreuzt bist, just an dem Tag, wo ich mich mit Vater angelegt hab, da hab ich mich in Grund und Boden geschämt. Ich will damit nur sagen, was ich gemacht hab, war nicht richtig. Aber ich hab's nur gemacht, weil ich solche Angst hatte, dich verloren zu haben. Aber dann, hinterher, wusste ich einfach, dass du mich hassen würdest.«

Ich schüttelte den Kopf. »Ich konnte dich nicht hassen. Ich war letzte Woche hier und hab gehofft, du würdest da sein.«

Ich dachte, meine Finger würden durchbrechen in seinem Griff. »Bist du sicher, dass es nichts macht, was du gesehen hast? Dass du deshalb jetzt nicht anders über mich denkst?«

»Nein.« Meine Stimme brach. »Ich meine, es macht was,

weil es schwer für dich ist. Aber ich will schließlich mit dir zusammen sein, nicht mit deinem Vater. Außerdem«, sagte ich schniefend, »du solltest meine Mama manchmal sehen; die kann sich aufführen wie ein wahrer Bär.« Mist, ich wollte nicht weinen; dann hatte ich nämlich eine Rotznase und sah fürchterlich aus. Aber ich konnte den Kloß in meiner Kehle nicht hinunterschlucken. »Es tut mir Leid, dass ich dich verletzt habe.«

»Das ist jetzt egal.« Er nahm eine Strähne meines Haars und drückte sie verwundert zwischen seinen Fingern. »Wichtig ist nur, was du jetzt sagst. Und wo ich dich das jetzt sagen höre, kann ich es nicht mehr für mich behalten; ich muss dir sagen, was ich empfinde. Ich liebe dich, Celia. Ich liebe dich schon lange.«

Die Erklärung drang in mich ein wie Silberasche, warm und schimmernd.

Dann sah er mich an, wie er es vor drei Wochen getan hatte, und plötzlich verstand ich das Verlangen in seinen Augen, als ich so unbedacht dahergeredet hatte, er könne alles haben, was er wolle. Wie vernagelt von mir, das nicht vorher zu erkennen.

In all meinen Träumen, Danny zu küssen, hatte ich nicht mit dem salzigen Geschmack auf meinen Lippen gerechnet oder der Art, wie wir uns mit ziehenden Rückenmuskeln ungelenk über gekreuzte Beine vorbeugten. Trotzdem war es besser als jede Vorstellung. Sein Mund war weicher, als ich erwartet hatte, und da war auch ein warmer Stoß, gefolgt von etwas Kühlem, als er atmete. Unsere Köpfe legten sich wie von selbst auf die Seite, bewegten sich im Rhythmus. Irgendwann schob ich eine Hand um seinen Nacken und er wand seine Finger in mein Haar. Ich denke, er zitterte. Von mir weiß ich das. Wenn ich das nur Barbara erzählen könnte, dachte ich. Und Melissa. Und Mona.

Es war herrlich.

Kapitel 26

Als Kevy und ich nach Hause kamen, las Papa in seinem Sessel Zeitung und stöhnte Großvater gerade etwas von einem Artikel über Benzinpreise vor. Papa machte den Anschein, als habe er es sich schon länger gemütlich gemacht, aber bei Großvater hatte ich den starken Verdacht, dass er sich gerade erst auf das Sofa hatte plumpsen lassen, nachdem er zuvor am Fenster gelauert und nach uns Ausschau gehalten hatte. Kevy schleppte seinen Eimer mit stinkendem Fisch in die Küche und machte sich dann auf die Socken zu Reid. Ich umarmte Papa und drückte Großvater einen Kuss auf den kahl werdenden Schädel. »Wo ist Mama?«

»Einkaufen.«

»Mm.« Ich verschränkte die Arme und beäugte ihn. Kummer huschte über sein Gesicht und er griff nach einem Zeitungsteil. Papa beobachtete uns neugierig.

»Also, was hast du auf dem Herzen, Missy?«, sagte Großvater gedehnt.

»Du hast gewusst, dass er da sein würde.«

Seine Wangen runzelten sich zu einem Lächeln. »Er war da, nicht wahr? Das ist wunderbar, Missy. Und habt ihr zwei euch ausgesprochen?«

»Großvater«, sagte ich. »Du hast ihn besucht, stimmt's?«

»Thomas«, rief Papa aus, »was hast du jetzt wieder ausgeheckt!«

»Papa, du sagst es doch nicht weiter, nein?«, fragte ich hastig, genau wie ich es bei Kevy gemacht hatte. Wenn Mama wüsste, wie wir uns alle hinter ihrem Rücken verschworen hatten.

»Bei meiner Pfadfinderehre.« Papa hob die Hand.

Wenn je ein Mann wie auf Bestellung ein unschuldiges Gesicht machen konnte, dann Thomas Bradley. »Also, ich habe keine Ahnung, wovon ihr beide da redet.«

»Donnerstagabend, Großvater? Deine kleine Besorgung? Du hast das Auto gebraucht und keiner durfte mitgehen?«

Er schüttelte in spöttischer Verwunderung den Kopf. »Sag bloß, daran hast du immer noch zu knacken? Ich sage –«

»Großvater.«

»... kann ein alter Mann denn nicht einmal eine Minute für sich sein –«

»Großvater.«

»... ohne dass ihm gleich die ganze verflixte Familie im Nacken sitzt?«

Ich verdrehte die Augen. »Was muss Danny wohl gedacht haben, als du bei ihm aufgetaucht bist? Der hat bestimmt gedacht, du hast ein geladenes Gewehr unterm Hemd.«

Papa lachte. Ein Lächeln zog an Großvaters Lippen.

»Falls du dich fragen solltest« – ich setzte mich neben ihn und schob dabei die Zeitung weg – »Danny hat mir euer kleines Geheimnis nicht verraten; ich bin von selber draufgekommen. Danke, Großvater. Wenn du nicht gegangen wärst, wäre er nicht da gewesen.«

Er dachte darüber nach und starrte auf den Fußboden. Als er mir in die Augen blickte, funkelten sie. »Du musst einem alten Mann schon zugestehen, dass er ein, zwei Sachen weiß.«

In plötzlicher Dankbarkeit umarmte ich ihn und spürte dabei seine hervorstechenden Schulterblätter unter meinen Armen. Lachend klopfte er mir auf den Rücken.

»Es war riskant, Thomas, dort rauszufahren«, sagte Papa. »Wie hast du Anthony beigebracht, dass du mit seinem Jungen reden willst?«

Darüber lachte Großvater nur. »Anthony, der tut mir nichts; wir verstehen uns prima. Ich hab einfach ein bisschen mit ihm und Patricia geplaudert und gemeint, ich hätt sie schon ewig mal besuchen wollen. Danny lungerte in der

Küche rum wie ein nervöses Hündchen. Also sag ich nach 'ner Weile: ›Nun, Danny, ich hab mich ja seit der Hochzeit von Lee und Jessie nicht mehr mit dir unterhalten und da warst du ein gutes Stück kleiner. Wie wärs, wenn wir beide mal einen Spaziergang machen, bevor ich wieder nach Hause fahre? Ich erzähl dir von dem Mal in Korea, wo ich meine dritte Medaille gekriegt hab.‹«

»Und wie hat sein Vater reagiert?«, drängte ich.

»Er war misstrauisch, aber er winkte uns durch. Patricia wusste natürlich Bescheid, aber sie hätte sich gehütet, was zu sagen.«

»Meinst du, er denkt sich seinen Teil?« Der Gedanke, Mr. Cander könnte von Danny und mir Wind bekommen, flößte mir Angst ein. »Weil, ich hab nämlich Angst, er könnte Danny was antun.«

»Mach dir nur keine Sorgen; ich denke nicht, dass er jetzt schlauer ist als vorher.«

»Thomas«, erklärte Papa, »du bist ein Mordskerl.«

»O Großvater.« Ich fiel ihm wieder um den Hals. »Vielen, vielen Dank. Für alles.«

Mit Mama wieder ins Reine zu kommen würde sich schwieriger gestalten; meine Gefühle ihr gegenüber blieben zwiespältig. Mit Mama auszukommen war zwar einfach wie Nudeln mit Tomatensoße im Vergleich zu dem, was Danny mit seinem Vater auszustehen hatte, aber trotzdem konnte ich nicht umhin, meine Mama gegen seine abzuwägen. Mrs. Cander schien gesättigt zu sein mit der Zärtlichkeit, die meiner Mama vor langer Zeit abhanden gekommen war, wenn sie je welche besessen hatte. Außer für Kevy; für ihn hatte Mama eine Schwäche. Jedenfalls bat ich Gott um Vergebung für die bissigen Bemerkungen, die ich ihr an den Kopf geworfen hatte, selbst wenn sie mir allen Grund dazu gegeben hatte. In meiner momentanen Hochstimmung war ich meinerseits bereit,

Mama ihre schlimmsten Fehler zu verzeihen. Ich hatte kaum eine Wahl, denn ich würde ihrer Miesepetrigkeit auf Gedeih und Verderb ausgeliefert sein, falls sie beschließen sollte, meine plötzliche Fröhlichkeit sei ein Zeichen für Gefahr, und meine Leitung zu Danny kappte. Da ich meinem eigenen Mut nicht über den Weg traute, war es mir wichtig, gleich mit ihr zu reden, sobald sie nach Hause kam.

»Ich hol den Rest«, erbot ich mich, als sie mit je einer braunen Einkaufstüte im Arm die Hintertreppe zur Küche hochkeuchte. Ihre Augen wanderten über mein Gesicht, bevor sie sich an mir vorbeischob.

»Danke«, sagte sie knapp und stellte die Taschen auf die Arbeitsplatte.

Ich erledigte die Aufgabe schnell und stürzte mich dann ins kalte Wasser. »Danke, Mama, dass ich heute gehen durfte.«

Sie war zu beschäftigt damit, eine Tasche zusammenzufalten, um aufzuschauen. »Nichts zu danken.«

Ich zögerte, ein Bund Sellerie lag kühl in meinen Händen. »Es tut mir Leid, dass ich mich so danebenbenommen habe.«

Das Rascheln ihrer Papiertüte hörte auf. »Du verstehst dich mit Danny wieder, ist es das? Und jetzt kannst du dich auch in deiner eigenen Familie wieder zivilisiert benehmen?«

Ich zuckte bei ihrem Ton zusammen, aber mein Gesicht blieb friedfertig. »Wir verstehen uns, ja, aber nicht nur das. Als ich gesehen hab, wie sein Vater ist und womit er leben muss, da –«

»Da hast du festgestellt, dass dein eigenes Scheusal von Mutter nur halb so schlimm ist.«

»Nein, Mama, ich hab nur –«

»Celia.« Sie drehte sich zu mir um, eine Hand in die Hüfte gestemmt, die Stimme vor Zorn gesenkt. »Du hast dich *schrecklich* aufgeführt. Du bist durch dieses Haus getobt, als ob Danny der einzige Mensch auf der Welt wäre. Du hast in deinem Zimmer Trübsal geblasen und die Leute zu dir bestellt wie eine Prinzessin. Du hast deinen Bruder angeschrien und dabei war es dir anscheinend völlig egal, dass er vor zwei Monaten fast gestorben wäre.«

Der letzte Satz traf meine Brust wie eine Kugel. »Und das wäre er auch«, gab ich zurück, »wenn Danny ihn nicht gerettet hätte.«

»Ja. Und ich werde ihm dafür immer dankbar sein. Aber ich hatte nicht gedacht, dass mich das meine Tochter kosten würde.«

Kosten würde? Mir blieb der Mund offen stehen, während ich nach einer angemessenen Erwiderung suchte.

»Sieh mal, Celia.« Mama legte ihre Hände auf meine Schultern. »Du wirst langsam erwachsen. Aber du bist immer noch zu jung dafür, dass ein Junge seine Aufwartung macht.«

»Ich will doch gar nicht –«

»Hör jetzt einfach mal zu. Einmal im Leben, hör mir zu.« Ihr Griff verstärkte sich. »Es gibt eine Sache, die ich dir voraushabe. Ich war auch mal in deinem Alter. Aber du noch nie in meinem. Es gibt Dinge, die du möglicherweise noch nicht verstehen kannst. Als ich fünfzehn war, mochte ich auch einen Jungen. Jetzt bin ich deine Mama und muss mir Gedanken darüber machen, was gut für dich ist.«

Danny ist gut für mich, dachte ich.

»Über deine Gefühle kann ich nicht bestimmen. Aber ich kann sehr wohl darüber bestimmen, was du tust, ob dir das passt oder nicht. Darum lass uns mal ein paar Dinge klarstellen. Erstens, ich habe ein Recht, über jeden Jungen, den du magst, so viel in Erfahrung zu bringen wie möglich, zu deinem eigenen Schutz. Und zweitens, ich habe ein Recht auf Frieden in meinem Hause – von dir und von Vaters Kriegsgeschichten übrigens auch, die ich bis zu meinem Todestag verabscheuen werde. Hast du verstanden?«

Ich starrte sie mit großen Augen an, wünschte inständig, dass meine Antwort Ja sein könnte, und dachte an die Offenbarung einer furchtbar enttäuschten Sechsjährigen auf einem bemalten Gehweg. Ich hatte meine Mama damals nicht verstanden und ich konnte sie jetzt nicht verstehen. Ganz in ihrer Art hatte sie von *ihren* Rechten gesprochen. Ich aber konnte ihren »Schutz«, dem die liebevollen Züge fehlten, die ihn hätten abfedern sollen, nur als Unterdrückung sehen. Und was Großvater anbetraf, so gab er mir alles, was sie mir nicht gab, und im Gegenzug versagte sie ihm seine größte, harmlose Freude.

»Celia. Hast du verstanden?«

Ich nickte.

»Na schön.« Sie drehte sich wieder zur Arbeitsplatte.

Ein Bild von Dannys Mama ging mir durch den Kopf – wie sie ihre Arme um ihn geschlungen hatte, ihm übers Haar strich und ihn tröstete, als er weinte. Das einzige Mal, wo ich mich an auch nur halb so viel Zärtlichkeit von meiner Mutter erinnern konnte, war, als sie mich beinahe umarmte hätte, nachdem ich mitgeholfen hatte, Kevy vorm Ertrinken zu retten. Die Einkaufstüten knisterten, als Mama sie in den Schrank unter der Spüle räumte und dann die Tür zuknallte.

»Und was Danny angeht«, fuhr sie fort, während sie die Milch in den Kühlschrank stellte, »wenn wir dadurch noch ein paar Wochen Frieden im Haus haben, bin ich bereit, dich samstags zum Fluss gehen zu lassen, bis die Schule wieder anfängt. Mit Kevy an deiner Seite, wohlgemerkt. Wenn der Sommer vorbei ist, hört mir das auf; du kannst Danny in der Schule sehen.«

Langsam platzierte ich ein Paket Reis in einen Schrank. Danny in der Schule sehen, das war alles. Wir würden keine Sekunde für uns haben, wenn die ganze Schule zusah. Begriff Mama denn nicht, dass es schon reichen würde, mit ihm zusammen Mittag zu essen, um eine Welle von Gerüchten in der Stadt auszulösen? Nicht, dass mir das was ausgemacht hätte, aber Mama hatte sich so viel Mühe gegeben, aus mir ein »anständiges« Mädchen zu machen, dass ich mir nicht vorstellen konnte, dass sie das hinnehmen würde.

»Das ist nur fair, oder?«, forderte sie heraus.

Vielleicht war es das Schieflegen ihres Kopfes oder jener Zug von Belustigung, der ihren Mund umspielte. Was es auch war, es sprach Bände: *Sie sind ja noch Kinder; sie kommen darüber hinweg.* Was ich für Danny empfand, war für sie nichts weiter als scheue Faszination, ein sommerlicher Zeitvertreib, der, kam erst der Herbst, verwehen würde wie billiges Parfüm im Wind. Ich reichte ihr den Sellerie und wunderte mich über unsere verquere Kette von Missverständnissen.

»Sicher«, sagte ich, »das ist fair.«

Kapitel 27

Ich mochte ja ruhiger geworden sein, aber Großvater strich durchs Haus wie ein aufgekratzter Dreijähriger, der darauf brennt, Geschenke auszupacken; an die Stelle seiner Sorgen um mich war mittlerweile die Ungeduld über seine Medaillen getreten. »Lieber Himmel«, neckte ich ihn am Sonntagmorgen, als ich zu meiner Handtasche griff, »wirst du jetzt die ganze Zeit bis November so drauf sein?« In der Kirche ließ sich Jake Lewellyn so lange über die Ehrenfeier aus, bis einer nach dem anderen Großvater gratulieren kam.

»Du wirst vom Gouverneur geehrt werden, ist mir zu Ohren gekommen!«, tönte Lee Harding herzlich und schüttelte ihm die Hand wie einen Pumpenschwengel. Er machte eine imposante Figur in seinem Sonntagsanzug, das volle schwarze Haar passte zu seinem Vollbart und er hatte Augen wie riesige Kaffeebohnen. Seine großen Hände waren schwielig von den Jahren beim Sägewerk.

»Jawoll«, war alles, was Großvater sagen konnte. Doch seine Augen funkelten.

Mr. Harding wandte sich von Großvater ab, um mir zuzunicken. *Er hat es schon gehört,* dachte ich. *Dannys Mama hat Miss Jessie wahrscheinlich gestern Abend angerufen.*

»Celia«, meinte Miss Jessie und nahm meine Hand, »du schaust ein bisschen glücklicher drein als das letzte Mal, wo du bei uns warst.«

Ich drückte ihre gertenschlanken Finger, dankbar für ihre Unterstützung. »Das bin ich auch.« Ich blickte von ihr zu Mr. Harding. »Danke.«

»Thomas!«, dröhnte Pastor Frasier und näherte sich Großvater mit ausgestreckter Hand. »Jake hat mir von deinen Medaillen erzählt!«

Mir entging nicht, dass Mama sich demonstrativ ans andere Ende der Kirche gesetzt hatte, so weit weg von Großvaters Gesprächen wie möglich.

Die ganze Woche über saßen Großvater und ich beide wie auf glühenden Kohlen – ich sehnte den Samstag herbei und er versuchte offensichtlich, sich an das tägliche Leben ohne seine Medaillen zu gewöhnen. Am Freitag erinnerte ich Kevy an unseren gewohnten Angeltermin am kommenden Nachmittag und fügte beiläufig hinzu, dass er nicht petzen solle, wenn Danny und ich nicht jede Minute am Fluss bei ihm wären. Er war nicht begeistert, zwischen mir und Mama zu stehen, da ihn die Erfahrung gelehrt hatte, dass dies nicht gerade der angenehmste Platz war.

»Ich will nicht lügen«, protestierte er.

»Ich will ja gar nicht, dass du lügst. Ich will nur, dass du angelst und dich um nichts weiter kümmerst.«

»Und wenn sie mich fragt, wo ihr seid? Wenn ihr den Fluss hoch seid?«

»Sie weiß nichts davon, dass wir jemals den Fluss hoch gegangen sind, also wird sie auch nicht fragen.«

»Und wenn doch?«

»Das *wird* sie nicht, Kevy.«

Er seufzte laut und runzelte die Stirn, bis ich feixte: »Nur nicht grinsen.« Da konnte er nicht länger ernst bleiben. Wir lachten beide.

»Worüber gackert ihr Kinder da?«, fragte Großvater, der durch das Wohnzimmer stampfte.

»Nichts, nichts«, erwiderte ich und verdrehte die Augen, zu Kevy gewandt. Großvater musste in den letzten Tagen schon einen regelrechten Trampelpfad in unseren Teppich gestampft haben: Er wanderte rein und raus aus seinem Zimmer, ließ sich auf die Couch sinken, stemmte sich im nächsten Moment wieder hoch und murmelte die ganze Zeit vor sich hin.

»Was ist denn, Opa?«, fragte Kevy und unterdrückte ein Kichern.

»Nichts, nichts«, gab er zurück und schlurfte in die Küche.

Als das Telefon klingelte, schrak Großvater zusammen, dann hastete er hin, um abzuheben. Mr. Lewellyn war am Apparat und lud uns schneidig allesamt für morgen Vormittag zu Tulls ein; die Milchshakes würden auf seine Rechnung gehen.

»Klare Kiste, Jake«, erwiderte Großvater herzlich. »Wir kommen. Zehn Uhr.«

Er legte auf und schüttelte schmunzelnd den Kopf, bis er unsere neugierigen Blicke bemerkte. »Was gibt's denn da zu gucken, ihr zwei?«

»Nichts, nichts«, sagten wir in Stereo.

Am Samstagmorgen wollte Papa nicht so recht mitgehen. »Das ist doch sicherlich eher etwas für dich und die Kinder«, meinte er zu Großvater.

»Nein, Sir, heute nicht«, erwiderte Großvater. »Du hast die ganze Woche hart gearbeitet; jetzt ist mal Zeit für ein Päuschen mit deiner Familie. Außerdem hätte ich dich gern dabei.«

Papa hatte Großvater noch nie eine Bitte abschlagen können. Er nahm die Einladung liebenswürdig an. Mit Mama war das schon etwas anderes.

»Estelle«, rief Großvater in die Küche, »komm da raus und komm mit uns.«

Papa und ich wechselten überraschte Blicke. Mama ging nie zu Tulls, außer um ein paar Kleinigkeiten einzukaufen.

»Nein, danke, Vater«, ihre Stimme kam in singendem Tonfall um die Küchentür. »Ich wollte heute ein bisschen einmachen.«

»Es ist zu heiß zum Einmachen.«

»Es ist auch zu heiß, um draußen bei Tulls zu sitzen.«

Ich hatte Großvater schon lange nicht mehr so vergrätzt gesehen. Er schnappte seinen Hut, setzte ihn sich hart auf den

Kopf und riss ihn wieder herunter. »Ach, komm schon, Estelle, leiste einem alten Mann Gesellschaft.«

Ich fühlte einen Stich im Herzen. Er versuchte doch nur, Frieden zu schließen, versuchte einfach, einen unserer seltenen Familienausflüge zu dirigieren. Sie erschien in der Tür und wischte sich eine Haarsträhne aus der verschwitzten Stirn, während ein Geschirrtuch lose in ihrer Hand baumelte. »Danke, Vater, aber ich habe zu tun. Geht ihr nur los. Und viel Spaß.« Sie warf ihm ein vertröstendes Lächeln zu.

Ohne ein weiteres Wort kehrte Großvater ihr den Rücken zu, sein Mund war starr und in seinen Augen stand Schmerz. Ich hatte mir die größte Mühe gegeben, nett zu Mama zu sein, aber jetzt konnte ich mir einen bösen Blick einfach nicht verkneifen. »Na, dann kommt, Kinder.« Großvater setzte seinen Hut wieder auf. »Und danke, William, dass du uns die Ehre deiner Gesellschaft erweist.«

Papa nickte feierlich, seine Augen glitten zur Küchentür. Mama war bereits verschwunden.

»Wow«, machte Kevy, als wir bei Tulls vorfuhren. »Ein Haufen Leute hier. Schaut mal, da sind Mr. Harding und Mr. B. und der Polizist Scutch.«

»Hm. Mr. Tulls werden die Stühle ausgehen.« Es hätte mir aber auch nichts ausgemacht, auf dem Bürgersteig zu sitzen. Ich sah prüfend auf die Uhr und dachte bei mir, dass ich in weniger als drei Stunden auf dem Weg zu Danny sein würde. Als ich die Autotür öffnete, huschten meine Gedanken zu Melissa und Barbara und Mona. Ich war ihnen die ganze Woche aus dem Weg gegangen, da ich nicht wusste, wie und was genau ich ihnen erzählen sollte. Aber ich konnte es nicht mehr allzu lange hinausschieben. Alle drei hatten schon ein paar Mal angerufen und neugierige Fragen gestellt. Sie wussten schon, dass irgendwas im Busch war.

»Grüß dich, Thomas! Hast ja fast die ganze Familie mitgebracht, wie ich sehe.« Jake Lewellyn war in Hochform, lümmelte sich in seinem Stuhl, die dicken Beine gespreizt und die Hängebacken vor Hitze gerötet.

»Wie geht's, wie steht's, Jake. Hank.« Großvater versetzte Mr. Jenkins' Knie einen freundschaftlichen Knuff, bevor er sich in seinen Stuhl niederließ. Mr. Jenkins trug heute seine braune Hose und das zerknitterte blaue Polyesterhemd mit einem Loch in dem abgewetzten Kragen. »Tag, Frank«, sagte Großvater zu Mr. B. »Lee, hast du Jessie mit euren drei Sprösslingen allein auf hoher See gelassen?« Dann drehte Großvater sich nach links und begrüßte schneidig den Polizisten Scutch, der gegen das Ladenfenster des Drugstore lehnte und sich mit einer Hand das Gesicht fächelte. Er hörte mit Fächeln auf, um zurückzugrüßen.

Papa schüttelte rundherum Hände. »Sieht ja aus, als würden wir hier eine Party feiern.«

»Aus welchem Anlass?«, wunderte sich Großvater.

Mr. Lewellyn zuckte die Achseln. »Es gibt keinen Anlass, Thomas, außer dass du dich an einem Samstag herbemüht hast, wo diese netten Leute nicht zur Arbeit gehen, und deshalb hab ich ihnen vorgeschlagen zu kommen.«

Großvater schien enttäuscht.

Es dauerte ein bisschen, bis alle versorgt waren. Kevy und ich holten Stühle aus dem Lagerraum des Ladens und Mr. Tull flatterte herum und erfüllte Bestellwünsche von Sodas und Shakes und wischte sich den Schädel mit einem Taschentuch. Ich stellte mir Mama in der Gruppe vor und dachte, sie hätte ihren Spaß haben können. Wie ich so in die Runde unserer kleinen Versammlung schaute, empfand ich eine ungewöhnliche Zufriedenheit. So vieles von dem, was mein Leben ausmachte, war in jenem Moment versammelt, überlegte ich – unsere engsten Familienfreunde, Großvater und seine Spießgesellen, Tulls Drugstore, das eiskalte Glas mit Erdbeershake in meinen Händen. Jetzt fehlte nur noch Danny, um das Bild komplett zu machen. Ich versuchte mir vorzustellen, er würde neben mir sitzen, und mich dabei ganz unbefangen zu fühlen, aber es ging nicht. Zwischen seinem Leben und meinem lagen in vielerlei Hinsicht Welten.

»He, Thomas, was redest du da?« Jake Lewellyns Stimme durchbrach meine Gedanken. »Du bist immer noch genauso gemein wie damals, als du meine Murmel gestohlen hast vor über sechzig Jahren.«

»Ich hab deine Murmel nicht gestohlen, du Wasserhuhn; ich hab sie offen und ehrlich errungen!«

»Errungen! Nennst du das offen und ehrlich, deinen besten Freund übers Ohr hauen? Kein andrer außer dir würde so tief fallen.«

Großvater matschte mit seinem Strohhalm in seinem Getränk herum und Entzücken breitete sich auf seinem Gesicht aus. »Menschenskind. Das war wirklich eine feine Geschichte; ich frage mich, ob die jeder hier schon gehört hat.«

»Sie haben sie schon tausendmal gehört, Thomas; du brauchst sie also nicht wieder ausgraben.«

»Ich hab sie ja gar nicht ausgegraben; das warst *du.*«

Mr. Lewellyn schnaubte verächtlich. »Was soll's. Das interessiert jetzt sowieso keinen.«

Die Geschichte von der Murmel war eine Bradleyville'sche Legende. Die Verschnupftheit des Mannes war alles, was Großvater noch brauchte, um loszulegen, wobei er seinen Milchshake zwischen seinen Beinen abstellte, um gestikulieren zu können. Mr. Lewellyn drehte absichtlich Däumchen und sah die Straße hinunter, als ob ihm sterbenslangweilig wäre.

»Nun, diese Lieblingsmurmel von ihm war schwarz und silbern, wisst ihr, atemberaubend schön. Jake bekam sie von seinem Vater, als wir beide sieben waren, und es hat zwei Jahre gedauert, aber ich war fest entschlossen, sie zu kriegen. Und dann hatte ich eines Tags eine fantabelhafte Idee. Zu Weihnachten davor hatte mein Vater eine Packung Glaskugeln für unseren Christbaum gekauft. Die waren herrlich anzuschauen, in allen Regenbogenfarben, sie funkelten und glitzerten nur so. Wenn sie die Sonne richtig einfingen, dann schossen sie dir voll einen Lichtfunken ins Auge. Und eines schönen Frühlingstags fielen mir diese Kugeln ein, als ich gerade über Jake Lewellyns Murmel brütete.«

In dem Wissen, was jetzt kommen würde, begann Mr. Jenkins zu lachen. Ich musste schon kichern, wenn ich ihn nur ansah.

»Ich hatte zwar eine Idee, aber ich wusste, wenn Mama das rauskriegte, würde sie mir das Fell gerben. Und hinterher würde mein Vater sich einschalten und dann, das kann ich euch flüstern, würde es mächtig Ärger geben. Also ich, hübsch vorsichtig, stehl mich in die Kammer und stibitz eine von diesen Weihnachtskugeln. Dann trag ich sie weit von zu Hause weg in die Felder« – Großvater wedelte mit der Hand in der Luft – »ungefähr bis dahin, wo wir jetzt gerade gemütlich im schönen Stadtkern Bradleyvilles sitzen. Dann hab ich sie in Stücke gebrochen, jedes etwa einen halben Zentimeter lang, und ab nach Hause mit ihnen in der Hosentasche. Doch bevor ich nach Hause bin« – seine Augen funkelten – »pflücke ich mir einen Blätterpilz, ein niedliches kleines Ding mit einem Kegelhut.«

Mr. Jenkins lachte erneut und andere stimmten ein. Lee Harding wechselte ein amüsiertes Lächeln mit Mr. B. Ich erhaschte seinen Blick als Nächste und er zwinkerte mir zu.

»Nun, Mama hatte vor dem Abendessen immer eine Schüssel mit Brötchenteig rumstehen, also ich nix wie rein mit den Fingern und kleb damit ein paar von den bunten Glasstückchen auf den Pilz obendrauf. Dann brech ich den Stängel ab, setz ihn auf ein altes Stückchen Stoff, steck das ganze Ding in eine Schachtel und mach den Deckel drauf. Dann war ich gerüstet für Jake.«

Das Gelächter hatte Aufmerksamkeit erregt und unsere kleine Schar wuchs. Mr. Tull lungerte in der Tür herum und behielt gleichzeitig ein paar Kunden im Laden im Auge. Mr. Delham war aus der Eisenwarenhandlung gekommen und blickte neugierig zu unserem Haufen, bevor er von Lee Harding herbeigewunken wurde.

Großvater nickte den Neuankömmlingen vergnügt zu und kicherte. »Ach, Jake, du warst damals solch eine vertrauensselige Seele.«

Mr. Lewellyn machte »Hmpf« und tappte mit dem Fuß auf den Boden.

»Na ja, ich jedenfalls bin zu Jake hin und erzähl ihm ganz aufgeregt, dass mein Papa gerade von einem Ritt auf dem alten Paddington – das war unser Pferd – nach Albertsville nach Haus gekommen ist. Und von da, sag ich, hat er mir die leuchtendste, wunderschönste Murmel, die man je gesehen hat, mitgebracht, aus dem Dschungel in Afrika.«

»Aus dem Dschungel in Afrika, du lieber Himmel!«, die Schultern des Polizisten Scutch bebten.

Großvater konnte vor eigenem Gelächter fast nicht weiterreden. »Und da sag ich: ›Jake, ich würd dir die Murmel ja gerne zeigen, aber mein Papa hat gesagt, ich darf sie auf keinen Fall in die Sonne bringen, weil sonst die Farben weggehen.‹ Also hab ich ihm erzählt, ich würd die Schachtel nur ein klitzekleines bisschen aufmachen und ihn reinlugen lassen, wobei ich darauf achtete, dass ich sie zur Sonne hin öffnete. Der neugierige Jake hat seine Nase in jene Schachtel gesteckt und wäre fast gestorben, als ihm das bunte Glas in die Augen funkelte. Dann hab ich den Deckel ganz schnell wieder zugemacht.«

Alle lachten – außer Mr. Lewellyn. »Ein geborener Lügner, das bist du, Thomas Bradley«, grummelte er.

»Und ehe man sich versah«, sagte Großvater, ohne ihn zu beachten, »schrie Jake auch schon, er *müsse* diese Murmel haben. ›Nein‹, sag ich, ›deine ist viel besser; immerhin kannst du mit deiner draußen spielen. Mit dieser hier muss man so vorsichtig sein und alles.‹ Und er sagt, das macht nichts und er würd sein Leben lang im Haus bleiben, wenn er nur diese Murmel haben könnte. Er bettelte darum, sie noch einmal sehen zu dürfen, also gab ich nach – doch echt großzügig von mir, findet ihr nicht? Dann klappte ich den Schachteldeckel zu und teilte ihm mit, dass wir reingehen müssten, wenn wir damit spielen wollten, Schluss mit dem Zeitvertrödeln. Und da hat er mir angeboten, die Murmeln zu tauschen.«

»Oh nein.« Lee Harding klatschte sich auf den Schenkel. »Thomas, du warst wirklich garstig.«

»Ist er immer noch«, murmelte Jake Lewellyn, doch daraufhin kringelten wir uns nur noch mehr.

Zu dem Zeitpunkt saß ich schon eng an Kevy gepresst, um Platz für weitere Leute aus Bradleyville zu machen, die vorbeigekommen waren – Mrs. Clangerlee vom Supermarkt, Mr. Peterson, ein Englischlehrer aus der Schule, und Jason King vom Sägewerk. Mr. King war mit Lee Hardings jüngerer Schwester Connie verheiratet.

»Ich hab ja versucht, es dir auszureden.« Großvater zeigte mit einem knotigen Finger auf seinen Freund. »Aber Jake hat darauf bestanden. Und so hatte ich nach zwei Jahren Pläneschmieden seine Murmel und er zog mit jener Schachtel heim, als ob sie mit Gold gefüllt wäre. Ich konnte es mir nicht verkneifen; ich musste mich einfach in der Nähe herumdrücken, um zu lauschen, wenn er schließlich drinnen war.« Großvater lachte herzlich, kreuzte die Arme über seinem Magen und kniff die Augen zu. »Ihr hättet ihn hören sollen, als er die Schachtel aufmachte! Er hat gejault wie ein Stinktier, dem man bei lebendigem Leib das Fell über die Ohren zieht, das schwör ich!«

»Er jault seitdem ununterbrochen, Thomas!«, johlte Hank Jenkins.

»Warum hat er das nicht einfach seinem Vater gesagt und sich die Murmel zurückgeholt?«, wunderte sich Bill Scutch.

Großvater warf ihm einen Blick zu. »Machst du Witze? Seinem Vater sagen, was denn – dass er seine beste Murmel gegen so eine Art afrikanisches Wunderwerk eingetauscht hatte, das nichts weiter war als ein stinkender alter Blätterpilz? Sein Vater hätte ihm in den Hintern getreten für so viel Blödheit.«

Ich glaubte, Mr. B. würde vor Lachen gleich vom Stuhl kippen.

»Ich wollte sie ihm aber doch nicht vor die Nase setzen, damit er nicht auf die Idee kommen würde, sie wieder zu klauen«, fügte Großvater hinzu, »deshalb habe ich die Murmel jahrelang im Zeh einer alten Socke versteckt. Das war das Vertrackte daran; da hatte ich so schwer gearbeitet, um sie zu kriegen, und konnte nicht mal mit ihr spielen.«

»Der Sünde Lohn, Thomas«, gluckste Mr. Jenkins.

Großvater ignorierte den Kommentar. »Dann, als ich groß war und meine Mama nicht mehr lebte, nahm ich eine kleine Teetasse von einem Puppenservice, das ihr als Mädchen gehört hatte, und legte die Murmel da hinein.« Großvater sah sich in der Runde um und grinste breit. »Und da hab ich sie seither all die Jahre aufbewahrt, auf meinem Bücherregal zusammen mit meinen Kriegsmedaillen.«

»Nur dass deine Medaillen zur Zeit nicht da sind, stimmt's, Thomas?« Mr. Lewellyn warf Großvater einen boshaften Blick zu.

»Nein, Jake, das sind sie nicht«, versetzte er stolz. »Sie warten bis November, wenn ich sie vom Gouverneur persönlich zurückbekomme.«

Mr. Lewellyn verstummte, während sich Mr. B. die Tränen abwischte. Bill Scutch beugte sich zu Lee Harding und machte eine Bemerkung, die sie beide wieder loslachen ließ. »Tja«, verkündete Mr. Lewellyn lauthals und haute mit seinen Händen flach auf seine Stuhllehnen, »das ist jetzt fünfundsechzig Jahre her. Und schau dir nur all die guten Leute hier heute an. Nun, schätze ich, ist der ideale Zeitpunkt gekommen, dass ich meine Murmel zurückbekomme.« Er drehte sich zu Kevy und befahl: »Hilf mir hoch, Sohn.«

Gelächter stieb aus unserer Gruppe hervor wie eine Horde aufgescheuchter Wachteln. Mein Bruder und ich sahen uns verdattert an, als er aufstand, um Mr. Lewellyn aufzuhelfen, indem er ihn unter den Arm fasste und ihm seinen Stock reichte.

»Was gibt das jetzt?« Großvater nippte unbeirrt an seinem Shake.

Mr. Lewellyn fuchtelte mit der Hand durch die Luft. »Wart's ab, alter Mann. Du wirst schon sehen.«

Eine dunkle Ahnung kräuselte sich um meine Schultern, als ich ihn zum Bordstein schlurfen, seine Wagentür öffnen, sich vorsichtig hineinbeugen und grunzend eine braune Einkaufstüte herausholen sah. Seine Hängebacken schwabbelten nicht mehr; kein heiliger Zorn brannte in seinen Augen. Er war zu ruhig jetzt, seine Schritte zu zuversichtlich. Beim genaueren Hinsehen konnte ich ein leichtes Zittern in der Hand, die seinen Stock hielt, ausmachen und noch eins um die Ränder seines Munds herum. Doch sie kamen nicht von Wut; sie kamen von Aufregung. Mir war das alles noch zu bekannt von meiner eigenen glühenden Erwartung in dem Augenblick, bevor Danny mich küsste. Plötzlich zitterte ich um Großvater.

Wir alle sahen zu, wie Mr. Lewellyn zurück zu seinem Stuhl ging und dabei die Tüte umklammert hielt. *Es ist Zeit, meine Murmel zurückzubekommen.* Jedermann wusste, dass – egal, welche glänzenden Siege Jake Lewellyn auch im Laufe ihrer Fehde errungen haben mochte – sie sich kaum größerer Bedeutung rühmen konnten als Glühwürmchen in praller Sonne. Weil Großvater immer noch die Murmel hatte.

Allein Großvater wirkte unbesorgt, rührte in seinem Milchshake und lachte noch immer über seinen jugendlichen Sieg. Doch ich kannte ihn zu gut. Er hatte den Braten gerochen und wappnete sich.

»Mach schon, Jake, spann uns nicht so lange auf die Folter«, beschwerte sich Mr. B. »Was ist in der Tüte?«

»Da ist gar nichts in der Tüte, Frank.« In Großvaters Ton schwang eine Spur Verärgerung. »Er ist bloß sauer, weil wir uns alle über ihn lustig gemacht haben; schau dir nur das rote Gesicht an.«

»Ich weiß nicht.« Mr. Jenkins setzte sich aufrecht hin. »Er sieht ziemlich selbstsicher aus.«

»In der Tat.« Lee Harding zwirbelte seinen schwarzen Schnurrbart.

»Wollt ihr wohl endlich aufhören, über mich zu reden, als ob ich Luft wäre!« Mr. Lewellyn ließ sich auf seinen Stuhl sinken und hielt immer noch die Tüte umklammert, als hinge sein Leben davon ab. »Uff. Das hätten wir!« Er legte die Tüte in seinen Schoß und sah sich in der Runde um, wobei er unsere gespannte Aufmerksamkeit in sich aufsaugte wie ein Milch schlabberndes Hundejunges. »Liebe Leute«, kündigte er an, »dies ist ein historischer Augenblick und ich bin froh, dass ihr alle dabei seid. Fünfundsechzig Jahre. Hank, du bist mit mir und Thomas seit unserer Kindheit befreundet; du weißt besser als jeder andere, was dies bedeutet.«

Ich richtete meine immer größer werdenden Augen auf Großvater und wagte kaum zu atmen. Niemand hatte je wirklich damit gerechnet, dass Mr. Lewellyn seine Murmel zurückbekommen würde. In ihrer Fehde hatte Großvater die Oberhand, hatte sie immer gehabt. Thomas Bradley, der Held auf dem Schlachtfeld und Schlaufuchs von Bradleyville. Letzteren Ruf hatte Großvater beinahe ebenso genossen wie ersteren. Als ich ihn jetzt scharf ansah, unfähig, die Beklemmung in meiner Brust loszuwerden, sah ich meine Furcht nicht in seinem bewusst ausdruckslosen Gesicht widergespiegelt, noch nicht einmal in seinen Augen, sondern in dem unwillkürlichen Klopfen eines einzigen Fingers auf eine Stuhllehne. Ich sah Papa an. Er beobachtete den gleichen Finger mit verkniffenem Mund.

»Celia –«, wisperte Kevy.

»Pscht.«

Mit viel Getue öffnete Mr. Lewellyn die Einkaufstüte und zog ein flaches braunes Päckchen heraus. »Oho, schau einer an, was ich hier habe, Thomas.« Er drehte es um. Hielt es für alle sichtbar hoch. »Den Umschlag mit deinen Medaillen, den du an die Zeitung geschickt hast.«

»Oh nein«, flüsterte Mr. Tull und schlug sich mit einer Hand vor die eingesunkene Brust.

Ich zog scharf die Luft ein, spürte, dass Kevy nach meinem Arm griff, und sah aus dem Augenwinkel, dass Papas Kopf vor Bestürzung nach hinten fiel. Großvaters Gesicht erbleichte. Alle anderen brachen in Rufe aus und Mr. B. platzte hervor: »Wo zum Henker hast du den denn her?« und Hank Jenkins stöhnte: »Oh, mein Herz.«

Jake Lewellyn lachte übermütig und wedelte mit dem Umschlag in der Luft. »Ich hab ihn von dem Zeitungsreporter. Es *gibt* keine Ehrenfeier; ich hab mir die ganze Geschichte ausgedacht, den Artikel und alles! Oh, ho, ho, Thomas«, freute er sich hämisch. »Und du bist voll drauf reingefallen, auch dass du heute hier aufgetaucht bist!«

»Aber –«, warf Mr. Jenkins ein.

»Ich konnte einfach nicht widerstehen. Als mir der Nachbar der alten Mrs. Pennyweather erzählte, dass sein Sohn bei der Zeitung sei, da war mir sofort klar, dass sich daraus etwas machen lassen würde. Er hat auch wirklich gute Arbeit geleistet, als er diese Ente aufgesetzt hat. Hat sogar eine echte Anzeige auf die Rückseite gedruckt, damit es hoch offiziell aussieht. Und er wollte noch nicht mal viel dafür haben.« Mr. Lewellyn lehnte sich zurück, um eine Kopie des Artikels aus seiner Tasche zu ziehen, und reichte sie Mr. B. »Lies nur; du wirst sehen, der ist gut. Verdammt gut.«

Papa schüttelte benommen den Kopf. Ich dachte, meiner würde wie eine Rakete von meinen Schultern abheben, so wütend war ich. Ich wollte zu Mr. Lewellyn hinspazieren und ihm den roten, fleckigen, nichtsnutzigen Hals umdrehen.

»So sei es, Jake.« Großvaters Stimme war schleppend, seine Brust sackte mit jedem quälenden Wedeln des Umschlags, der die größten Errungenschaften seines Lebens barg, mehr zusammen. »Gib mir nur meine Medaillen zurück.«

»Oh nein! Erst wenn du mir meine Murmel zurückgibst.«

Stille. Die Augen von Hank Jenkins glitten zwischen den beiden Männern hin und her. Mr. B. legte eine Hand an den Hals und wartete. Lee Harding beugte sich in seinem Stuhl vor, eine Ferse vom Boden gelöst.

Großvater sah auf seine Finger, sein Kiefer arbeitete. Er war noch nie zuvor in einer solchen Bredouille gewesen. Schließlich atmete er tief durch. »Na schön«, erklärte er und sah Mr. Lewellyn fest in die Augen, »ich will dir mal was sagen. Behalt sie ruhig. Ich hab sie verdient; das kannst du mir nicht wegnehmen.«

Erstaunen malte sich kurz auf Mr. Lewellyns Stirn. »Ach, Thomas, wen glaubst du damit zum Narren halten zu können? Wenn du dir diese Medaillen nicht jeden Tag angucken kannst, wirst du die ganze Stadt verrückt machen.«

»Nun, ich habe mich doch diese Woche wacker geschlagen, oder nicht?«

Ich musste daran denken, wie Großvater im Haus herumgesprungen war wie ein Wassertropfen in einer heißen Bratpfanne. Und da war er noch der Meinung gewesen, seine Medaillen seien bei der Post. Er würde nicht einen Tag Ruhe geben, wenn er wüsste, dass sie bei Jake Lewellyn zu Hause steckten.

Mr. Lewellyns Augen wurden schmal. »Ich kenne dich zu gut, Thomas.«

Großvater zuckte die Achseln. »Ich pack das schon.« Er trommelte mit den Fingern auf ein Knie und sah ringsum in die bestürzten Gesichter.

»Tut mir Leid, Thomas«, tröstete Mr. Delham. Mr. Tull war so aufgebracht, dass er kein Wort herausbekam. Sein Kopf wippte vor und zurück, vor und zurück.

»Dank dir.« Großvater nickte. Dann sah er Papa an. »Tja, William. Ich schätze, das war's. Können wir ab nach Hause düsen?«

»Jederzeit, Sir.«

»Wartet noch eine Sekunde.« Mr. Lewellyn wollte nichts davon hören. »Bevor du Reißaus nimmst und nach Hause rennst, wollen wir doch mal einen Blick auf das werfen, was dir so fehlen wird.« Sein Lächeln wurde verschlagen. »Dieser nette Reporter«, sagte er beiläufig und strich mit einem Finger über den Umschlag, »hat das hier ungeöffnet an mich weitergeleitet, noch originalverpackt von dir. Ihm ist sogar selbst noch was Tolles dazu eingefallen. Und als ich sah, wie sorgfältig du jede einzelne Medaille gepolstert hattest, dachte ich bei mir, ich mach's, wie der gute Mann vorgeschlagen hat, und lass sie so, wie sie sind. Auf die Art würdest du leiden, wenn du zusehen musst, wie ich deine eigene Verpackung entferne.« Er steckte eine Hand in den Umschlag. »Nun, Thomas, ich möchte dir gern zeigen, was du vermissen wirst.«

»Kein Bedarf, Jake.« Großvater rutschte in seinem Stuhl vor und war im Begriff aufzustehen. Bill Scutch beugte sich vor und tätschelte ihm den Arm.

»Nein, das dauert doch nur eine Minute. Außerdem, wie lange ist es her, dass all die ehrenwerten Herrschaften hier diese deine Schmuckstücke gesehen haben in all ihrer glänzenden Pracht, wie du sie aufbewahrst?«

»Na schön, Jake.« Großvaters Augen schlossen sich, als er in Erwartung des Unvermeidlichen in sich zusammensackte. Die Kampfeslust war ihm gründlich ausgetrieben worden. Nur Großvater, dachte ich, würde einen würdevollen Abgang zustande bringen, wenn dies überstanden war.

»Lass uns gehen, Papa«, flüsterte ich vernehmlich.

»Halt noch ein wenig aus, Celia.« Mr. Lewellyn zog den Inhalt des Umschlags heraus. »Wir müssen das jetzt durchziehen.«

Ich konnte den unförmigen Umriss der drei rechteckigen Kästchen erkennen, die sorgfältig in Zeitungspapier gewickelt waren. Zuerst schnitt er mit einem Taschenmesser durch das dicke Klebeband und entfernte das Papier mit peinlicher Sorgfalt. Darunter kam ein altes rot-weiß gestreiftes Geschirrtuch zum Vorschein, das an den Enden schon ganz ausgefranst war. Schließlich lagen die drei dunkelblauen Kästchen vor aller Welt Augen auf seinen dicken Beinen.

Als die entwürdigende Vorführung zu Ende war, hatte Großvater sich hart in seinen Stuhl zurückgesetzt und atmete schwer. »Jake, es reicht!« Er streckte ein Bein vor, langte in seine Tasche und zog japsend das unglückselige schwarz-silberne Ding hervor, mit dem alles angefangen hatte. »Hier!«, sagte er und hielt es zwischen Daumen und Zeigefinger hoch. »Hier ist deine geliebte Murmel.«

Mr. Lewellyn krauste das Kinn. »Trägst sie dieser Tage mit dir rum, ja?«

Großvaters Stimme war gepresst. »Ich hab sie gern in meiner Tasche.«

»*Hattest* du, meinst du. Weil damit jetzt Schluss ist. Her damit.« Mr. Lewellyn streckte hastig eine geöffnete Hand aus.

Großvater beäugte ihn misstrauisch. Dann gehorchte er langsam, seine gemessenen Bewegungen des Moments würdig. Doch zuvor hielt er die marmorierte Murmel, zweifarbig und funkelnd, zur allgemeinen Bewunderung hoch. Sie berührte uns alle wegen der Geschichte, die sie repräsentierte, und den Jahrzehnten, die sie überspannte. Mich gab es noch nicht einmal in Gedanken, als diese Murmel das letzte Mal in andere Hände überging; Tulls Drugstore war nichts als ein Acker. Die Sägemühle war erst ein paar Jahre alt und Albertsville rümpfte noch immer die Nase über die Tollkühnheit meines Urgroßvaters, der mit der hehren Absicht aufs Land gezogen war, eine Stadt zu gründen, die sich von Sünde fern halten würde.

Schließlich streckte Großvater Mr. Lewellyn die Hand hin und machte sich bereit, die Murmel in dessen fleischige, schwitzige Handfläche fallen zu lassen. In letzter Sekunde hielt er inne. Zog sie zurück. »Wart mal kurz. Ich habe meine Medaillen ja noch gar nicht zu Gesicht bekommen.«

Mr. Lewellyn ließ den Arm fallen und schnitt ein Gesicht. »Menschenskind, Thomas, du weißt, dass sie hier drin sind. Was hätte ich mit ihnen machen sollen?«

»Dann lass sehen.«

»Sturkopf«, moserte Mr. Lewellyn, während er in den Kästchen rumwühlte, sich eines griff, es öffnete und es Großvater hinstreckte. »Bitte.«

Meine Augen nahmen es schneller auf als mein Hirn. Für den Bruchteil einer Sekunde blitzte es in meinem Kopf rein weiß auf, während meine grauen Zellen versuchten, das Gesehene zu verarbeiten. Doch dann explodierte die Erkenntnis wie Feuerwerkskörper und regnete farbige Bedeutungen auf mich herab.

Ich hörte das Stakkato eines Lachens und erkannte, dass es mein eigenes war. Dann andere Geräusche – erstauntes Gekicher, das schnell in das tiefe Dröhnen von Männern und das höhere Gelächter von Frauen umschlug, das Schlagen von Händen gegen Metall; das Schaben eines Stuhls auf Betonboden; Kevys Kichern. Wir alle starrten mit offenen Mündern auf die Schachtel in Mr. Lewellyns Hand, zeigten darauf, stießen uns gegenseitig mit den Ellbogen an, während Großvater stocksteif sitzen blieb.

Bis auf das langsame Lächeln, das sein Gesicht überzog.

Denn auf dem goldgelben Samtfutter des Kästchens lag, gut befestigt und mittlerweile schimmlig schwarz, ein langstieliger, kegelhütiger Blätterpilz.

Mr. Lewellyn schnellte zurück und riss das Kästchen herum, um zu sehen, was darin war. Blankes Entsetzen lief über sein Gesicht. »Nein«, keuchte er, seine Backen zitterten. »Das kann nicht sein.« Er ließ das Kästchen fallen wie eine glühende Kohle, schnappte sich ein zweites und riss es auf.

»Ha!«, brüllte Hank Jenkins und schob seinen Stuhl zurück. »Noch einer!«

Unser Gelächter schwoll an, wurde von dem Eisenwarenladen gegenüber zurückgeworfen und prallte uns wieder gegen die glänzende Stirn.

»Aaah!« Mr. Lewellyns Atem rasselte in seiner Kehle. Während er das letzte Kästchen aufzerrte, schimmerte Hoffnung durch die plötzliche Wässrigkeit in seinen Augen – die dünne Hoffnung des letzten sterbenden Atemzugs, dass alle drei Medaillen dort drin sein würden, in ein Kästchen gestopft.

Aber zu seinem großen Schmerz lüftete er einen dritten Blätterpilz.

Mr. B. und Lee Harding waren aufgesprungen, krümmten sich brüllend vor Lachen und schlugen Großvater auf den Rücken. Kevy und ich fielen uns um den Hals. Papa haute sich so fest aufs Knie, dass ich dachte, seine Hand müsse gebrochen sein. Die Übrigen zwitscherten weiter wie Stare auf einem Telefondraht. Jake Lewellyn versank in seinem Stuhl und murmelte wirres Zeug vor sich hin.

Großvater zog sich in aller Seelenruhe auf die Füße und stand stramm wie der aufrechteste Soldat. Dann hielt er die Murmel mit feierlicher Erhabenheit ein letztes Mal zwischen Daumen und Zeigefinger hoch und ließ sie langsam in der Luft einen Bogen beschreiben, damit wir sie alle bewundern könnten. Nachdem wir alle Ah und Oh geschrien hatten, öffnete er mit der anderen Hand seine Hosentasche, ließ die Murmel elegant hineinplumpsen und zeigte dann seine leeren nach oben gekehrten Hände vor wie ein Zauberer, der etwas verschwinden lässt. Dann, erst dann grinste er breit über das ganze Gesicht.

Wir applaudierten donnernd.

KAPITEL 28

Großvaters einziger Wermutstropfen in seinem Sieg bei Tulls war, dass Mama nicht Zeugin gewesen war.

»William, ich bin ja so froh, dass du dabei warst«, rief Großvater aus, als er ins Auto kraxelte, um nach Hause zu fahren. »Wisst ihr, es war diese Husterei von Jake, die mich stutzig machte. Es sah ihm einfach nicht ähnlich, mich in so einer Verfassung besuchen zu kommen, es sei denn, er könnte es nicht abwarten, mir eins überzubraten!« Er grinste triumphierend und klopfte auf das Armaturenbrett.

Schlau, wie Großvater war, war ihm das Datum der Anzeige auf der Rückseite des Zeitungsausschnitts aufgefallen. Er hatte bei dem Geschäft angerufen und herausgefunden, dass die Anzeige zwei Tage vor dem angeblichen Datum des Artikels gelaufen war. Daraufhin hatte er den Reporter angerufen und seine ganze Durchtriebenheit eingesetzt. »Lassen Sie sich vor meinen Karren spannen«, hatte er geschmeichelt, »und ich zahle Ihnen das Doppelte von Jake Lewellyn.« Der Reporter hatte sich nur zu gern darauf eingelassen, bis dahin, dass er Mr. Lewellyn dazu überredete, das Päckchen erst vor Großvaters Augen zu öffnen.

Als wir nach Hause kamen, erzählte Großvater Mama die ganze Geschichte, hopste durch die Küche und erging sich in diebischer Freude in Details, während sie Tomaten in ausgekochte Gläser füllte und viel zu beschäftigt war, um mit den Augen zuzuhören.

Ich wünschte, Danny wäre auch bei Tulls gewesen. Ich erzählte ihm am Nachmittag, was vorgefallen war, und er kringelte sich vor Vergnügen. Ich sparte auch nicht mit meiner Empörung über Mamas Gleichgültigkeit. Meine Offenheit schien Danny den Mut zum Reden zu verleihen und an den nächsten beiden Samstagen überfluteten seine Jahre der Einsamkeit und aufgestauten Gefühle unsere verschlungenen Arme in einem Strom von Enthüllungen, während wir Seite an Seite, an eine der Eichen gelehnt, unter unserem Baldachin saßen.

Seine sanften Küsse gewannen an Leidenschaft, als der Sommer seinen Lauf nahm. Kurz bevor die Schule wieder losging, hielt ich vor Mona, Barbara und Melissa meine einstudierte Offenbarungsrede über meine Liebe zu Danny, umgeben von ihren weit aufgerissenen, erwartungsvollen Augen. Sie wollten Einzelheiten. Ich gab ihnen keine.

Wie erwartet erwies sich die Schule als fürchterlicher Frust, aber nicht aus den Gründen, mit denen wir gerechnet hatten. Ja, das Getuschel hallte förmlich von den Wänden der Mensa wider, als Danny und ich uns am ersten Tag zum Essen zusammensetzten. Die aufregende Kunde verbreitete sich wie ein Lauffeuer in der Stadt – *Celia und Danny sind verknallt!* Meine engsten Freundinnen hielten zu mir, doch die übrigen wichen mir aus. Randy und Gerald und ihre Clique waren erbost, dass ein Bauernlümmel in ihr Territorium eindringen konnte. Bobby Delham war anfangs wütend, dann aber überkam ihn eine schleichende Traurigkeit, die nicht mehr von ihm wich. Er konnte Danny nicht angucken.

Überall runzelten die Leute die Stirn. Aber sie waren keineswegs verurteilend, behauptete meine Mutter. Die ganze Stadt wusste, dass Patricia Cander eine gute Christin war, und betete für sie um fortwährende Kraft und Schutz, so wie sie für Anthony Canders Seele betete. Und alle freuten sich, dass Danny offensichtlich ruhiger wurde. Trotzdem, er hatte die längste Zeit seines Lebens als Querkopf gegolten und es war ja allgemein bekannt, dass Trinksucht in der Familie lag. Sein Ruf ließ ihn zu einer schlechten Partie für jedes junge Mädchen werden, bis er sich wirklich bewiesen hätte. Niemand wollte zusehen, wie ich mich mit jemandem anfreundete, der sich möglicherweise für den Griff zur Flasche entscheiden würde. »Danny ist nicht so«, hatte ich erwidert. »Er ist ein genauso guter Christ wie du oder ich.« Ein *besserer,* hatte ich im Stillen gedacht.

Es dauerte lange, aber selbst in Bradleyville geht das Leben weiter und das Gerede ebbte schließlich ab. Meine Überzeugung, dass Gott Danny und mich zusammengestellt hatte, ließ mich glauben, dass die Leute das Gute in ihm sahen. In meinen zynischen Momenten aber dachte ich, dass wir einfach enttäuschend magere Klatschkost böten. Die in der Stadt geltenden Prinzipien verboten uns in unserem Alter jegliche Berührungen und wir mussten noch lange – eine Ewigkeit in meinen Augen – warten, bevor wir uns wirklich verabreden durften. In Bradleyville durfte sich kein junges Paar viel herausnehmen, aber wir waren anders und das war uns bewusst. Wir spürten, dass die Stadt Danny nur eine einzige Chance gab. Wenn er sich benehmen und wenn ich mich von meinen Gefühlen für ihn nicht zu Unschicklichkeiten hinreißen lassen würde, dann könnten wir am Ende vielleicht akzeptiert werden. Und deshalb benahmen wir uns vorbildlich.

Doch wir sehnten uns nach Momenten nur für uns allein. Stattdessen flüsterten wir *Ich liebe dich* im Gang, blödelten beim Essen herum in Gegenwart der Freunde, die sich schließlich zu uns gesellten, und nahmen uns nach der Schule fünf Minuten Zeit zum Reden, bevor wir getrennte Wege gingen. Und damit hatte es sich. Mit der Zeit begann die Belastung an Danny zu zehren. Er hatte ohnehin schon so viel auf seinen Schultern zu tragen. Die Ernte war diesen Sommer wegen Regenmangel schlecht ausgefallen und Danny und seine Familie kamen so gerade eben über die Runden. Je schlimmer die Lage wurde, desto mehr trank sein Vater. Danny hatte immer ein wachsames Auge auf seine Mama, wohingegen er sich in der Schule aus Streitereien heraushielt, um nicht seinen verwundbaren Ruf zu gefährden. Er arbeitete Tag und Nacht auf dem Hof und bemühte sich gleichzeitig um bessere Noten. Und er war fünf Tage in der Woche in meiner Nähe, liebte mich mit jeder Faser seines Wesens und durfte doch noch nicht einmal meine Hand halten.

Bis März. Oh, wunderbarer März, als Mary Lee Taylor ihren siebzehnten Geburtstag feierte und ich Mama die Erlaubnis abbetteln konnte, mich zu ihrer Party gehen zu lassen. »Es wird immer eine Anstandsdame dabei sein«, behauptete ich, »und getanzt wird kein bisschen.« Ich hatte Gewissensbisse wegen der Lügen, aber ich verdrängte sie aus meinen Gedanken. Dannys Mama, die wusste, was ihm zu schaffen machte, konnte es so einrichten, dass er an jenem Samstagabend den Wagen hatte, um zu Mary Lee zu fahren. Und von irgendwoher kratzte sie auch noch Geld zusammen, um ihm etwas Neues zum Anziehen zu kaufen. Die Aufregung, mit der wir der Party entgegenfieberten! Mary Lee wäre fast gestorben, als Danny hereinspaziert kam und sich seine Augen in einem farblich passenden, grünen Satinhemd spiegelten, das in weiße Hosen gesteckt war. Er war der bei weitem bestaussehende Typ dort und ich war so stolz. Wir konnten beide nicht tanzen, aber als Mary Lee in ihrem großen Partykeller die Bee Gees auflegte, hielten wir uns umschlungen, als spräche der Text von »Wie tief ist deine Liebe?« nur zu uns.

Hinterher stahlen wir uns aus der Hintertür in den Schatten der Hauswand und ergatterten einen langen Kuss. Melissa und Mona, meine einzigen Freundinnen, denen erlaubt worden war zu kommen, waren zu beschäftigt, den Jungs aus Albertsville schöne Augen zu machen, um unsere Abwesenheit zu bemerken. Doch Mary Lee war äußerst neidisch.

Zum Glück bekam Mama nie Wind davon und ihr und mir gelang es vorübergehend, eine Feuerpause einzulegen. Ich gab ihr schlicht keinen Grund, etwas an mir auszusetzen, obwohl ich vermute, dass ich einen Aufstand gemacht hätte, wenn sie mich nicht auf Mary Lees Party gelassen hätte.

Mama stritt immer noch mit Großvater über seine Kriegsgeschichten, selbst als seine Kraft allmählich nachließ, sein gerader Rücken sich zu einem Buckel zusammenkrümmte und seine Züge einfielen. Seitdem Jake Lewellyn wieder mit ihm sprach, spielten sie während des kalten Winters an unserem Esszimmertisch Dame. Mit Frühlingseinzug lümmelten sie sich auf unseren Verandastühlen und foppten einander mit Feuer in den Augen und einer Decke auf den Knien. Als es wieder Sommer wurde, war ein Spaziergang zu Tulls für Großvater undenkbar geworden. Er litt an Schwindelanfällen und immer häufiger auftretendem Herzklopfen. Der Kardiologe aus Albertsville führte mehrere Untersuchungen durch, fand aber nichts, was seiner Meinung nach durch eine Operation hätte verbessert werden können. Großvater alterte schlicht und sein Herz machte nicht mehr so recht mit. Der Doktor verschrieb kleine blaue Pillen und meinte zu Großvater, er solle es leicht nehmen.

Damals schrieb ich es Großvater zu, dass ich Danny mit sechzehn an den Sommersamstagen wieder treffen durfte – mit Kevy als Anstandsdame dabei. Als Mama auf mein Bitten hin einlenkte, dachte ich, er habe sie irgendwie dazu herumgekriegt.

Erst Jahre später sollte ich erfahren, dass sie ihre eigenen Gründe dafür hatte.

1997

Kapitel 29

Nach meinem Streit mit Mama versumpfte ich zwei Stunden lang in meinem Zimmer und ertrank in Reue darüber, wie ich Melissa behandelt hatte, als wir Teenager waren. Ich konnte es immer noch nicht richtig fassen, dass sie gestorben sein sollte. Endlich aber machte mich meine eigene Trübsinnigkeit ganz krank und ich musste auf andere Gedanken kommen. An Mama vorbei marschierte ich in gerader Linie zum Telefon in der Hoffnung, ein Anruf bei Sammons Werbeagentur würde mir den Kopf wieder zurechtrücken.

Wenn überhaupt, gewährte er mir nur eine kurze Gnadenfrist. In Gesprächen mit zahlreichen Kollegen erfuhr ich, dass meine Projekte verschieden schnell voranschritten. Matt hatte sich wieder mit Gary Stelt getroffen, um eine klarere Vorstellung zu bekommen, was genau mit einem »griffigen Symbol« gemeint sei. Ich erzählte Matt von meinen fruchtlosen Kritzelversuchen für Partners. »Es war allerdings auch schon spät«, fügte ich hinzu, »und mein Hirn verweigerte den Dienst.«

»Ja, ja«, meinte er. »Das geht mir ständig so. Auch tagsüber.«

Quentin Sammons verbrachte den Großteil seiner Zeit bei der Southern Bank und steckte bis zum Hals in dem Projekt – Konzeptionssitzungen zum neuen Image, das der Bank vorschwebte, wurden abgehalten, Vorstandsmitglieder debattierten, Sekretärinnen riefen an und Faxe flogen hin und her. Während er sprach, saß ich am Esszimmertisch und stellte mir die Diskussionen vor, die Diplomatie. Ich schloss die Augen, um mir mein Büro auszumalen, die Ordner, die auf meinem Schreibtisch ausgebreitet lagen. Mir fiel wieder ein, welche Energien eine Herausforderung freisetzte, und ich versuchte, sie heraufzubeschwören, damit sie mich durchströmten, in meinen Adern pulsierten. Doch ich konnte sie nicht finden.

Nachdem ich mit Kollegen über Cellway und meine anderen, kleineren Projekte gesprochen hatte, empfand ich eine Leere, wie ich sie noch nie zuvor mit meiner Arbeit in Verbindung gebracht hatte. Die Menschen, die Entwürfe und die geballte Kreativität schienen zu weit weg, um einen inneren Bezug dazu herstellen zu können. Sammons Werbeagentur mochte den Hohlraum ausgefüllt haben, solange ich in Little Rock war, doch in Bradleyville versagte sie jämmerlich. Als ich auflegte, hatte ich das Gefühl, als ob eines meiner Lebensfundamente wegbröckelte.

Ich sah nach Papa. Es wurde Zeit, ihn aus dem Bett zu holen und ihn eine Weile im Rollstuhl sitzen zu lassen. Nach dem Abendessen würden wir zu unserer zweiten Trainingsstunde des Tages schreiten. Als er bequem im Rollstuhl saß, schob ich ihn ins Wohnzimmer vor den Fernseher. »Kannst du es hier ein Weilchen aushalten?«, fragte ich. »Ich muss wieder auf mein Zimmer und an einem Logo arbeiten.«

Seine Augen bohrten sich in meine. »Rrrääād«, erinnerte er mich.

Als ob ich es vergessen hätte. »Das werden wir, versprochen. Nur … lass mir nur dies bisschen Zeit.«

Eine Stunde später wurde es langsam Zeit zum Essen. Mama arbeitete in der Küche und briet Schweinekoteletts, von denen ich nicht sicher war, ob ich sie herunterbekommen würde. Seit Little Rock hatte ich nichts Gebratenes mehr angerührt. Ich wusste, meine Hilfe war beim Kochen unerwünscht.

Ich hatte das gefürchtete Gespräch mit Papa so lange hinausgeschoben wie möglich. Er saß in seinem Rollstuhl, tat so, als würde er fernsehen, und wartete. Seine Geduld – und Beharrlichkeit – lasteten auf meinem Gewissen. Ich machte mir innerlich Vorwürfe. Ich sah das Ganze viel zu dramatisch.

Ich ging zurück ins Wohnzimmer, schaltete den Fernseher aus und schob ihn ins Schlafzimmer aus Mamas Hörweite. Ihm von dem Tag zu erzählen, an dem ich Bradleyville verlassen hatte, würde schwer genug sein; da musste sie nicht auch noch zuhören. Es war nicht abzusehen, was sie sich alles einfallen lassen würde, um diese Informationen gegen mich zu verwenden. Ich setzte mich auf das Bett meiner Eltern und stellte Papa vor mir ab. »Also, das war so«, sagte ich achselzuckend.

Er lächelte mich schief und beruhigend an. »Guuud.«

So nüchtern wie möglich erzählte ich ihm, wie ich aus Bradleyville fortgegangen war – die Taxifahrt nach Albertsville, der Bus, das Hotelzimmer und schließlich das Finden einer Wohnung. Als der Teil vorbei war, wurde die Geschichte einfacher. Ich erzählte ihm von meinem Studium, meinem ersten katastrophalen Job bei Grayland, dem Treffen mit Quentin Sammons. Ich erklärte ihm, was ich auf der Arbeit tat; ich redete von meinem Haus, meinen Katzen und Nachbarn. Roger und Michael erwähnte ich am Rande. Papa saugte meine Worte in sich auf, entrückt, als erlebe er alle Ereignisse seit unserer Trennung mit mir. Ich hatte das Gefühl, mein Leben auszuschütten und tief in ihm Hohlräume aufzufüllen. Aber ich wäre nie darauf gekommen, wie gut er verstand, was ich *nicht* gesagt hatte. Als meine Worte schließlich auströpfelten, zeigte er auf seinen Block und einen Stift. Ich wartete stumm, während er schrieb.

Du hast Gott hinter dir gelassen.

Ich sah ihm überrascht in die Augen. Mein erster Impuls war, es zu leugnen, aber sein Blick sagte mir, dass man ihm nichts vormachen könnte.

»Ja«, flüsterte ich.

Er schrieb wieder.

Muss einsam gewesen sein.

Ich wusste, dass er einsam ohne Gott meinte, aber ich wollte das nicht weiter auswalzen. »Ja, Papa, ich hab dich vermisst. Aber für dich war es viel schlimmer; das sehe ich jetzt.« Ich legte ihm eine Hand aufs Knie. »Es tut mir Leid, dass ich von dir weggegangen bin. Ich kann das gar nicht oft genug sagen. Ich hätte dich nicht verletzen dürfen. Oder Mama. Aber ich war dem Ganzen nicht gewachsen. Sie hat mich gehasst für das, was ich getan hatte.«

»Näää.« Seine Stimme war stark.

Ich schloss die Augen. »Entschuldige. Das hätte ich nicht sagen sollen.«

Er schüttelte den Kopf, dann schrieb er wieder.

Mama hasst dich nicht.

»Okay, schon gut. Es war eh nicht so gemeint.«

Du hast es so gemeint. Aber sie tut *es nicht.*

»Papa, ich glaub's dir; ist schon gut.«

Warum denkst du, dass sie dich hasst?

Ich konnte nicht umhin, ihm einen finsteren Blick zuzuwerfen. »Darüber will ich nicht reden.«

Er tippte mit seinem Stift auf die Frage. Ich sah ihn hilflos an. Papa, passiv sein Leben lang. Und jetzt vom Schlaganfall getroffen und so unbeirrbar. Ich riss mich zusammen. Ich könnte ebenso die ganze Suppe auslöffeln.

»Na schön, Papa, wenn du es unbedingt wissen willst: Sie hat mich nie leiden können, Punkt. Sie war immer kühl. Sie hat mich fast nie in den Arm genommen, als ich klein war, und ich kann mich nicht erinnern, sie jemals ›Ich liebe dich‹ sagen gehört zu haben. Nicht einmal im Leben. Bitte. Bist du nun zufrieden?«

»Nääā.« Der Stift drückte sich aufs Papier.

Das alles tut mir sehr, sehr Leid. Aber du denkst an etwas anderes.

Seine Sturköpfigkeit war zum Verzweifeln. »Nun, kann sein.«

Er wartete.

Ich blies die Luft aus. »Du *weißt* es doch Papa; warum zwingst du mich, darüber zu reden? Eben das … was ich getan habe.«

Was?

Ich stand vom Bett auf und schritt zur Tür, die Hände in die Hüften gestemmt. »Papa, das ist nicht fair! Warum tust du mir das an? Das gehörte nicht zur Abmachung!«

Ich blieb absichtlich hinter ihm, wohl wissend, dass er sich in seinem Rollstuhl nicht umdrehen konnte, um mir ins Gesicht zu sehen. Ich lehnte mich an die Wand, die Arme verschränkt. Schwer atmend beobachtete ich das Absenken seiner Schulter, als er wieder zu schreiben begann, langsam, fest. Als er fertig war, hielt er den Block hoch und wartete, bis ich widerstrebend durchs Zimmer ging, um ihn ihm abzunehmen.

Mama hasst dich überhaupt nicht. Und Gott will dich zurück. Wann wirst du die Vergangenheit loslassen und in der Gegenwart die Wahrheit erkennen?

Kapitel 30

Wann wirst du die Vergangenheit loslassen?

Meine Unterhaltung mit Papa drückte mir immer noch aufs Gemüt. Als sich die Essenszeit heranwälzte, hatte ich immer noch an seinen Worten zu knacken.

»Ich mach heute Abend eine kleine Spazierfahrt«, erklärte ich Mama, nachdem wir gegessen hatten. Sie stand mit dem Rücken zu mir in der Küche am Spülbecken. Sie drehte sich nicht um.

»Ist gut. Geh nur gleich, wenn du willst, ich räume ab.«

Ich widersprach nicht. Ich musste dringend hinaus.

Ich fuhr die Minton Street hoch, aber nicht Richtung Main Street und Bradleyville, und bog rechts auf die Route 347. Ich wählte diese Straße mit dem Hintergedanken, dass sie mit der geringsten Wahrscheinlichkeit Gedanken an die Vergangenheit aufwühlen würde, doch musste ich gegen meinen Willen feststellen, dass mein Auto langsamer wurde, als ich mich dem Anwesen der Taylors näherte.

Die Erinnerungen, die ich mit jenem Haus verband.

Tränen brannten in meinen Augen, als ich auf das Haus starrte. Papa hatte Recht; ich konnte die Vergangenheit nicht loslassen. Sie schien sich vor mir aufzutürmen, egal, wohin ich mich wandte. Ich hielt am Straßenrand und wartete, dass die alten Emotionen über Danny vergingen.

»Du *kannst* wieder lieben, weißt du«, hatte Carrie einmal gesagt, nachdem ich ihr schließlich von Danny erzählt hatte. Ich hatte mutlos den Kopf geschüttelt. Jenes Gespräch war jetzt zwei Jahre her und fünfzehn Jahre, nachdem ich Danny verloren hatte. Roger und Michael waren in mein Leben getreten und wieder daraus verschwunden. Michael war mittlerweile verheiratet; seine Hochzeit war kürzlich ein großes gesellschaftliches Ereignis gewesen. Roger war ebenfalls verheiratet und seine Frau war schwanger, hatte ich gehört. Carrie hatte jetzt Andy kennen gelernt, ihren Mann der Blitzchemie. Menschen wurden verletzt, sie liebten und verloren, aber sie bewegten sich weiter. Warum ich nicht?

Ich saß in meinem Wagen und versuchte mit meiner Willenskraft das Wogen des alten Schmerzes zum Abflauen zu bringen. Als er sich schließlich gelegt hatte, schalt ich mich, so egozentrisch zu sein, während mein eigener Vater zu Hause saß und noch nicht einmal in der Lage war, sich in seinem Rollstuhl umzudrehen.

Zu viel freie Zeit zum Grübeln – das war mein Problem. Ich musste etwas finden, das mich zwischen Vaters Trainingsstunden beschäftigt halten würde.

Ich steuerte zurück auf die Landstraße und überlegte, was das sein könnte.

Eine Stunde später fuhr ich mit dem erneuerten Vorsatz, meine Gefühle im Griff zu behalten und mich auf Vaters Gesundheit zu konzentrieren, in die elterliche Auffahrt. Ich hatte gerade die Veranda erreicht, als John Forkes vorfuhr.

»Hallo, Celia.« Er stieg aus seinem Wagen, die schwarze Tasche in der Hand. »Ich war gerade auf dem Nachhauseweg, da dachte ich, ich werf noch einen Blick auf William. Wie geht's ihm denn?«

»Ganz gut«, sagte ich nickend. Die untergehende Sonne hinter Dr. Forkes warf einen Lichtkranz um sein Haar. »Ich sporne ihn zu seinen Übungen an und er macht willig mit.«

Dr. Forkes überquerte unseren kurzen Gehweg und blieb vor mir stehen, der lang gezogene Schatten einer Eiche tanzte über seinen Schultern. Er wartete, dass ich fortfuhr. In der Stille des Augenblicks schimmerte etwas zwischen uns. Ich runzelte die Stirn und versuchte, es abzuschütteln.

»Tja, das ist wohl schon alles.«

Er betrachtete mich eingehend. »Du siehst aus, als ob dir irgendetwas Kummer macht.«

War ich derart durchsichtig? Schnell ging ich meine Beobachtungen über Papa durch und suchte nach einer unverfänglichen Antwort. »Nicht so richtig. Aber Vater ist irgendwie … anders.«

»Wie meinst du das?«

Augenblicklich wünschte ich, ich hätte den Mund nicht aufgemacht. Zu erklären, was ich Papa anmerkte, bedurfte auch einer Erklärung, wie er früher gewesen war. Was bei uns zu Hause gang und gäbe war. Doch die Erinnerung an meinen Streit mit Mama vor Dr. Forkes zwang mich weiterzureden. Schließlich hatte er wenigstens ein bisschen Hintergrundinformation zu dieser kleinen Veränderung verdient.

»Als ich klein war«, begann ich langsam, »hatte von den Eltern immer Mama das Sagen und Papa fügte sich in alles, was sie wollte. Jetzt aber hatte er den Schlaganfall und trotzdem wirkt er stärker. Er verlangt viel von sich und von *mir* wie nie zuvor. Er ist richtiggehend fordernd.«

John Forkes lächelte. »Nun, das sind bestimmt keine schlechten Neuigkeiten, die du mir da erzählst.«

»O nein. Das wollte ich damit auch nicht sagen. Es ist nur überraschend.«

»Sicher, das kann ich verstehen.« Sein Blick wurde eindringlich, als versuche er, tief in mich hineinzugucken. »Und«, lieferte er das Stichwort, »was verlangt er von dir?«

Ich starrte genauso offen zurück. Derselbe kaum merkliche Zug von Belustigung, den ich schon gestern gesehen hatte, umspielte seinen Mund. Seine Frage war nicht aus »rein ärztlichem Interesse«. Es war schlicht die Neugier eines Mannes an einer Frau. Ich fühlte, wie in mir die vertrauten Schutzvorrichtungen hochgingen. Dann aber fielen sie unerklärlicherweise zusammen.

»Er verlangt von mir, Dingen ins Gesicht zu sehen, die ich nicht sehen will«, erwiderte ich.

»Verstehe.« Er spuckte die Antwort aus, als ob er erstaunt sei, dass ich überhaupt geantwortet hatte. Dann verblasste die Belustigung und er war wieder ganz der Arzt. »Nun. Was du da beobachtest, ist nicht ungewöhnlich. Nicht selten, wenn Menschen ein körperliches Trauma erlitten haben, kommt ihre innere Stärke zum Vorschein. Das ist das Wunder des Menschseins. Wir wissen nicht, aus welchem Holz wir geschnitzt sind, bis es hart auf hart kommt.«

Ein paar von uns vielleicht, dachte ich. Als es bei mir hart auf hart gekommen war, hatte ich Reißaus genommen. Ich sah auf den Schatten der Eichenblätter auf Johns Schulter und auf einmal erinnerte mich das Bild an Danny unter unserem Blätterschutzdach. Wieder hatte ich ein Stechen in der Brust. Meine Augen glitten zum Gehweg.

»Wir sollten lieber nach Vater schauen«, sagte ich und wandte mich ab.

Kapitel 31

Freitagnacht schlief ich schlecht. Am nächsten Morgen fühlte ich mich müde und zerschlagen und musste mich viel stärker als am Tag davor zusammenreißen, ein munteres, fröhliches Gesicht aufzusetzen. Papa machte seine Übungen mit grimmiger Entschlossenheit, war aber bestürzt, dass seine Bewegungsfähigkeit sogar geringer war als am Tag zuvor. »Das macht nichts«, erklärte ich ihm leichthin. »Damit muss man rechnen. Deine Muskeln sind einfach müde.«

Die Sprachlektion ging jedoch zügiger als das Mal davor. Papa hatte den Bogen schnell raus. Ich fing an, ihm etwas vorzusprechen, um Laute zu kurzen Wörtern zusammenzusetzen.

»Sag ›satt‹.«

»Ssaa.«

»Oh nein, das war gar nichts. Du kannst schon *t* sagen.«

»Ssaazz.«

»Besser. Sag jetzt nur mal *t*.«

»Zz.«

»Heb die Zunge etwas an.«

»Tss.«

»Besser. Nun mach es kurz. ›Te‹.«

»Te.«

»Ja! Nun alles zusammen. ›Satt‹.«

»Ssaate.«

»Super!« Ich hob eine Faust in die Luft. »Das war so gut, da müssen wir gleich noch eins versuchen. ›Tag‹.«

Nach zehn Minuten wurde Papa langsam ungeduldig, sodass ich ihm erlaubte aufzuhören und ihn ins Wohnzimmer rollte, um bei Mama zu sitzen. Sie und ich wahrten weiterhin Abstand und unsere Gespräche waren gekünstelt.

»Nun, William«, meinte sie, »hört sich an, als hätte deine Tochter dich ganz schön geschafft.«

»Ja-aa.« Er setzte einen gequälten Gesichtsausdruck auf und sie lachte, tätschelte ihm die Wange.

»Soll ich dir aus der Zeitung vorlesen?«, fragte sie.

»Äh-hä.«

Ihre Freundlichkeit zu ihm besänftigte mein Herz ein wenig. Es schien ein günstiger Augenblick, um mich um andere Dinge zu kümmern, die ich noch erledigen musste. »Ich gehe noch mal kurz raus«, verkündete ich. »Papa, vergiss nicht deinen roten Ball.«

Mama antwortete nicht, sie war zu sehr damit beschäftigt, nach der Zeitung zu greifen. Papa spielte den Märtyrer. »Ja-aa.«

Der Tag war wolkenlos und zeigte sich in seiner ganzen Narzissenpracht – in Kentucky der Inbegriff des Frühlings, bevor der Sommer mit seiner Feuchtigkeit Einzug hält. Ich ging das kurze Stück zu Melissas Elternhaus und dachte dabei an die unzähligen Male, die meine kleinen Füße über jenen Weg getapst waren. Wie oft hatten wir nicht zusammen übernachtet, das Kinderprogramm am Samstagvormittag gesehen und im Dämmerlicht Glühwürmchen gejagt? Ich konnte immer noch ihre schlanke Gestalt vor mir auf der Veranda sehen und hören, wie sie mich rief. Wer hätte gedacht, dass ihre letzten Worte an mich so verbittert sein würden?

Als ich an der Tür klingelte, stockte ich und wusste nicht, was ich sagen sollte. Ich hätte mich vor Jahren für das entschuldigen sollen, was ich Bobby und Melissa angetan hatte, aber es war undenkbar, das jetzt anzusprechen.

»Nanu, Celia Matthews!«

Melissas Mutter erkannte mich auf Anhieb und bat mich höflich herein. Sie rief ihren Mann. »Möchtest du etwas Eistee?«, bot sie an.

»Nein danke, sehr freundlich.«

»Wo steckt denn dieser Mann bloß?«, sagte Mrs. Westerdahl vor sich hin. »Entschuldige mich, Celia. Ich geh ihn eben holen.«

Und schon fand ich mich vor ihrem Kamin wieder, die schwitzigen Hände im Rücken verschränkt, und starrte auf Fotografien von Melissa, Bobby und ihren Kindern. Sie sahen so glücklich und so lebendig aus. Melissas braunes Haar war auf Schulterlänge gekürzt, auf einer Seite gescheitelt und glatt wie immer. Ihr Gesicht, etwas voller, als ich es in Erinnerung hatte, sah so zufrieden aus. Sie saß, während Bobby mit einer Hand auf ihrer Schulter hinter ihr stand, und um sie herum ihre Kinder. Das jüngste saß auf ihrem Schoß. Der stolze Ausdruck auf Bobbys Gesicht ließ mir das Herz zusammenkrampfen.

»Das Bild wurde gemacht, bevor sie krank wurde. Es ist unser Lieblingsfoto.«

Bei Mr. Westerdahls Stimme fuhr ich zusammen. Während ich mich von dem Bild abwandte, brachte ich meine Gedanken wieder in die Gegenwart zurück. »Es ist wunderschön«, murmelte ich. »Sie sieht toll aus.«

»Celia.« Er gab mir die Hand. »Es ist schön, dich zu sehen. Bitte, nimm doch Platz.«

Ich suchte nach Worten, um meinem Kummer über Melissas Tod Ausdruck zu verleihen, fand aber nur Phrasen. »Ich kann Ihnen gar nicht sagen, wie Leid es mir tut. Ich hätte geschrieben oder angerufen, wenn ich davon gewusst hätte, aber ich habe es erst gestern Abend erfahren. Ich wusste nicht mal, dass sie krank war.«

Mr. Westerdahl lächelte grimmig. »Die Krankheit hat sie schnell dahingerafft und sie hatte große Schmerzen. Hat stark abgenommen. Aber seelisch war sie stark bis zum Ende. Körperlich ... nun, das war nicht leicht. Aber sie hat Gott bis zum Schluss gepriesen. Sie hatte immer solch einen starken Glauben.«

Hatte sie das? Ich musste daran denken, wie ich Melissa und meine anderen Freundinnen praktisch aus meinem Leben gestrichen hatte, während ich mit Danny zusammen war. Die Worte ihres Vaters erschütterten mich. Welch ein treuer Freund war sie gewesen, und ich hatte sie links liegen lassen.

»Ja«, entgegnete ich lahm, »sie war sehr gläubig.«

Die Westerdahls erzählten mir von ihren Enkelkindern – dass Robert Jr. Baseball liebe und Clarissa eine talentierte Künstlerin sei. Sie machten sich Sorgen um Jackie, die früher so lebenssprühend gewesen sei und nun mit solch freudloser Entschlossenheit die Verantwortung auf sich genommen habe, Haushälterin, Köchin und Mutter für ihre jüngeren Geschwister zu sein. »Melissa war eine gute Mutter, sie hatte ein inniges Verhältnis zu ihren Kindern«, sagte Mrs. Westerdahl. »Nun sind sie wie verlorene kleine Schäfchen.«

Ich wusste so gut, wie weh es tat, wenn man etwas verloren hatte, und es brach mir das Herz für sie. »Wie geht es Bobby?«

Mrs. Westerdahl sah mich scharf an, als hätte ich heiligen Boden betreten. »Er ist tief traurig, aber er wird damit fertig«, sagte sie kurz angebunden. »Gott trägt ihn da durch. Er hat eine gute Stelle bei der Farmers Bank in Albertsville und sie haben sich dort wirklich entgegenkommend gezeigt.«

Ich nickte, durch ihre Reaktion verunsichert. Ich hatte vorgehabt, ihnen zu sagen, dass ich kurz bei Bobby vorbeischauen würde, aber das schien nicht länger angebracht. »Leben seine Eltern noch hier?«

»Ja«, sagte Mr. Westerdahl nickend. »Sein Vater ist immer noch bei der Bank und seine Mutter hilft viel mit den Kindern.«

»Das freut mich zu hören.«

Es folgte eine beklemmende Stille, während der wir uns alle drei scheinbar geschäftig im Raum umschauten. Wir kamen auf Papa zu sprechen und Mr. Westerdahl stellte höfliche Fragen und sie lächelten höflich, als ich antwortete. Ich erzählte ihnen von Papas Übungen, meinen Hoffnungen für ihn und meiner Entschlossenheit, dafür zu sorgen, dass er wieder zu Kräften kommen würde. Und Mama? Ja, erklärte ich, sie komme gut damit zurecht.

»Das freut mich sehr«, bemerkten sie in Stereo.

Das Gespräch geriet wieder ins Stocken, ihre geraden Rücken sackten langsam zusammen. Ich wollte nur noch weg und entschuldigte mich schließlich damit, dass ich zurück zu Vater müsse. Wir erhoben uns alle drei und sie streckten mir noch einmal die Hand hin, dankten mir für mein Kommen, dankten mir für meine freundlichen Worte, und das Unbehagen bei dem Gedanken, ich könnte Bobby besuchen, stand ihnen in die höflichen Gesichter geschrieben. Ich trat aus ihrer Tür in den Frühlingsmorgen hinaus, ging ihre Verandastufen hinunter und drehte mich lächelnd um, um ein letztes Mal zu winken. Die Augen beim Fortgehen auf den Bürgersteig gesenkt, staunte ich, dass die Westerdahls nach so langer Zeit und nach Melissas Tod immer noch fürchteten, ich könnte Bobby Delham etwas zuleide tun.

Kapitel 32

Regen überspülte die Straßen von Bradleyville die ganze nächste Woche lang und der von jeher launische April wischte den blauen Himmel mit Gewitterwolken weg. Ich fand in einen Trott, für Papa zu sorgen und ausführliche Telefonate mit der Werbeagentur zu führen. Papa schaffte es nun mit Mamas Hilfe bis ins Badezimmer und ging seine Therapie weiter mit Eifer an. Seine Sprechfähigkeit verbesserte sich durch unsere Lautübungen, während der Regen dazu gleichmäßig gegen sein Schlafzimmerfenster prasselte. Allmählich kam seine Zunge mit ihrer eingeschränkten Beweglichkeit zurecht. Der Aufbau seiner Muskeln war dagegen vergleichsweise bescheiden, doch wir jubelten über den kleinsten Fortschritt.

Während Papa und ich zu einem »eingespielten Team« wurden, wie John Forkes uns nannte, vergrößerte sich der Riss zwischen Mama und mir ständig. Es war keine leichte Übung, sich in ein und demselben kleinen Haus aus dem Weg zu gehen, aber wir schafften es. Die Mahlzeiten waren eine Herausforderung, denn dann saß Papa in seinem Rollstuhl zwischen uns am Küchentisch und beobachtete beunruhigend genau, wie wir uns bemühten, belangloses Zeug zu reden, als würde er uns glatt durchschauen.

Meine Fragen über alte Freunde verschafften Mama und mir ein unverfängliches Gesprächsthema. Ich erfuhr, dass Barbara Dawson ihren Freund aus Albertsville geheiratet hatte, wo sie nun ihre vier Kinder großzogen. Mona Tesch war nach den Maßstäben von Bradleyville bereits eine alte Jungfer gewesen, als sie schließlich mit fünfundzwanzig heiratete, wobei ihr strahlender Ritter hinter dem Lenkrad eines Sägewerklasters in die Stadt eingezogen war. In die Fußstapfen seines Vaters tretend, hatte Gerald Henley Zahnmedizin studiert und praktizierte nun irgendwo in Tennessee. Seine Frau war Krankenschwester. Mama schüttelte den Kopf, als sie meine Fragen über Mary Lee beantwortete. »So unstet wie eh und je«, sagte sie. »Zweimal geschieden, keine Kinder. Sie lebt in Lexington.«

Ich dachte an Mary Lee und ihren nie abreißenden Strom von Freunden aus Albertsville. Offenkundig hatte sie sich keinen Deut verändert.

Was Großvaters Freunde anbetraf, so war Jake Lewellyn vor zehn Jahren mit vierundachtzig gestorben. Hank Jenkins hatte es auf siebenundachtzig gebracht, bevor er sich im Albertsviller Pflegeheim auf leisen Sohlen im Schlaf davongemacht hatte.

»Was ist aus der Murmel geworden?«, fragte ich.

Mama rollte mit den Augen. »Du wirst es nicht glauben. Jake hat sie der Stadt vermacht, als ob sie die Mona Lisa wäre. Sie wurde mattiert und eingerahmt und hängt jetzt in Tulls Drugstore.«

Bei dem Namen wurde mir auf einmal ganz nostalgisch zumute. Ich lächelte Papa traurig zu. »Genau der richtige Platz für sie, was?«

»Jaa.«

»Diese blöde alte Murmel.« Mama schaufelte noch etwas Bratensoße auf Papas Teller. »Mr. Tull führt das Ding immer noch vor, als sei es ein Juwel aus einer Königskrone.«

Ich sah sie verdutzt an. »Aber *genau* das ist sie, Mama.«

Sie rümpfte die Nase. »Sie ist ein Stückchen Glas, Celia. Und es war lediglich eine weitere Marotte deines Großvaters, mit der er versuchte, sich wichtig zu machen.«

Eigentlich hatte ich mir vorgenommen, mich während der Mahlzeiten nicht ständig mit der Vergangenheit zu befassen, aber Mamas bissige Bemerkung öffnete ein Schleusentor. Trotz Papas Anwesenheit konnte ich den gehässigen Kommentar nicht stillschweigend hinnehmen. Warum hatte sie über all die Jahre an ihrer alten Bitterkeit festgehalten?

»Die Murmel hat Großvater Freude gemacht, Mama«, sagte ich ruhig. »Genau wie seine Kriegsgeschichten.«

»Fang jetzt nicht mit seiner Geschichtenerzählerei an!«, gab sie zurück. »Davon habe ich nichts gesagt.«

»Das war auch nicht nötig.«

»Celia, wag es nicht –«

Papa ließ seine rechte Hand auf den Tisch niedersausen und erschreckte uns beide damit. »Sschtaapuh!«

»Oh Papa, entschuldige.« Ich legte ihm eine Hand auf den Arm. »Ich wollte dich nicht aufregen.«

Er funkelte uns an. »Boakuh! Schreiiän!«

»Natürlich, klar.« Ich schob meinen Stuhl zurück, während Mama bewegungslos dasaß und ihr die Röte in die Wangen stieg. »Der muss im Wohnzimmer sein«, plapperte ich. »Dein Stift auch. Wir sollten uns was ausdenken, um sie dir an deinen Stuhl zu hängen, damit du sie immer griffbereit hast.« Ich verließ plaudernd die Küche und war völlig unsinnigerweise genervt von Papas Reaktion. Nicht, dass Mama und ich das nicht verdient hätten, aber diese neue, nachdrückliche Art von ihm machte mir immer noch zu schaffen. »So, bitte schön!«, flötete ich, als ich zurück zum Tisch trottete.

Mama und ich warteten schweigend, während Papa entschlossen schrieb. Als er das Papier hochhielt, damit wir es sehen konnten, war sein Gesicht grimmig.

Schluss mit Streiten. Ich kann das nicht haben!

»Aber, William, wir haben doch nicht gestritten.« Mama schlug einen gönnerhaften Ton an.

»Wooohll!«

»Papa, wir streiten jetzt nicht länger«, sagte ich schnell. »Stimmt's, Mama?« Mir gefiel seine rote Gesichtsfarbe nicht, da ich fürchtete, dass die Aufregung ihm schaden könnte. Mir kam die Idee, John Forkes anzurufen und ihn über mögliche Folgen zu befragen.

»Du-u.« Papa deutete auf mich. »Du-u.« Sein Finger richtete sich auf Mama. *»Rrrääde.«*

Ich hätte beinahe aufgelacht. Darauf zu bestehen, dass wir miteinander redeten, ohne uns zu streiten, war ungefähr so, als verlangte man von einem Hund und einer Katze, sich ein Körbchen zu teilen. »Aber wir reden doch«, erwiderte ich leichthin. »Wir reden doch ganz prima miteinander.«

»Nnei-ein! Rrääde. Iier.« Er klopfte sich auf die Brust über seinem Herzen. »Rrääde!«

Kaum waren die Worte aus seinem verzogenen Mund hervorgeplatzt, da schien seine Kraft zu wanken, ihn zu verlassen und sein Gesicht erschlaffte. Seine Augenlider klappten herunter.

»Oh Papa, du bist müde.« Ich sprang wieder von meinem Stuhl auf, legte ihm eine Hand auf die erbleichende Wange und zog seinen Stuhl vom Tisch weg, während Mama besorgt zusah.

»Ruh dich jetzt aus, William«, säuselte sie, als ich anfing, ihn zu schieben. »Du bist lange auf gewesen.« Sie sah mich mit vorwurfsvollen Augen an. »Brauchst du Hilfe, um ihn ins Bett zu bringen?«

»Danke, nein. Das schaffe ich schon.«

Meine Worte waren ebenso so höflich wie die von Melissas Eltern.

Kapitel 33

Am Samstag ließ der Regen endlich nach und bei azurblauem Himmel hielt ich es drinnen plötzlich nicht länger aus, ich musste einfach raus aus der Enge des Hauses. Während Papa und ich uns durch eine ungewöhnlich anstrengende Trainingsstunde quälten, beschloss ich, mich nachher noch einmal auf eine Spazierfahrt zu wagen. Dr. Forkes hatte Recht – die Übungen waren scheußlich und langweilig und es war schwer, die Energie aufzubringen, Papa bei Laune zu halten. Wie leicht wäre es gewesen, das zweite Training am Tag schleifen zu lassen, aber das ließ ich nicht zu. Ich dachte an unsere Deadline, eine Woche war bereits vergangen. Irgendwann müsste ich mich einmal lange genug fortstehlen, um nach Albertsville zu fahren und die unhaltbare Situation mit Mr. Sledge zu besprechen.

Mein Vorhaben, mich allein davonzumachen, wurden vom Klingeln des Telefons kurz vor dem Mittagessen durchkreuzt. Jessie Harding war am Apparat, erklärte, sie habe jetzt lange genug mit einem Besuch gewartet, und wenn ich noch nicht in der Stadt gewesen sei, dann wolle sie mich herzlich gern herumführen. »Es hat sich einiges getan«, fügte sie hinzu, »praktisch an allen Ecken und Enden.«

Es stellte sich heraus, dass Miss Jessie genau das war, was meine müden Lebensgeister brauchten. Sie war noch genauso schön und schlank wie an dem Tag, als ich aus Bradleyville fortgegangen war, und das sagte ich ihr auch. Lachend deutete sie auf die Krähenfüße um ihre Augen, die von ihrem reifen Alter von dreiundfünfzig zeugten. Als Mama aus der Küche auftauchte, unterhielten sie sich kurz und Miss Jessie erkundigte sich nach Papas Fortschritten. Ich beobachtete ihren Wortwechsel mit wachsender Neugier; es knisterte im Gebälk.

Dabei hatten sie sich meines Wissens sonst immer gut verstanden. Das und noch so viel mehr wollte ich sie fragen, sobald wir in Miss Jessies Auto saßen, aber ich brachte keinen Ton heraus.

Wir erreichten die Kreuzung zur Main Street und die alten Erinnerungen kamen wieder hoch. Ich kniff die Augen zu.

»So«, sagte Miss Jessie, »du warst also noch nicht in der Innenstadt.«

Ich öffnete die Augen. Wir waren um die Ecke gebogen. »Na ja, ich bin mal hoch zur Kirche gegangen«, sagte ich und hoffte, mich ganz normal anzuhören. »Aber das war abends, da habe ich nicht viel gesehen.«

»Ach ja, stimmt.«

Ich sah sie stirnrunzelnd von der Seite an. »Was meinst du damit: ›Ach ja, stimmt‹?«

Sie lachte verlegen, als ob ich sie bei etwas ertappt hätte. »Du kennst doch Bradleyville, Celia; man weiß eben, was die andren so tun. Ich hab davon gehört, dass du am Abend deiner Ankunft auf dem Friedhof warst.«

»Das hast du gehört? Ich wüsste nicht, wer außer Mama das sonst noch wissen könnte.«

»Ach, zerbrich dir darüber nicht den Kopf.« Sie winkte ab. »Jemand hat dich gesehen, ganz einfach, und das hat sich wohl herumgesprochen. Du weißt ja, in Bradleyville kann man dem Klatsch schwer entgehen, obwohl ich mir alle Mühe gebe. Ich habe bei losem Geschwätz immer ein ungutes Gefühl. Aber das tut nichts zur Sache. *Wichtig* ist, was du für deinen Vater tust.«

»Meine Zeit«, stieß ich hervor und Ärger regte sich in meinen Adern. »Da bin ich so lange weg und kaum bin ich einen Abend da, fangen die Leute wieder an zu tratschen.«

»Vergiss es einfach. Du bist damit groß geworden. Achte nicht darauf; mach einfach deine Arbeit. So, da sind wir. Lass uns ein bisschen herumlaufen.«

Ich bemühte mich, meine Verstimmtheit hinunterzuschlucken. »Von mir aus.«

Sie zögerte. »Du hörst dich nicht gerade begeistert an.«

»Ich komme mir nur plötzlich wie eine wandelnde Litfaßsäule vor«, brach ich hervor. »›Hier ist Celia Matthews, Leute!‹ Schon allein, dass ich mich in der Stadt blicken lasse, wird jedermann heute Abend beim Essen ein wunderbares Gesprächsthema bescheren.«

Der Anflug eines Lächelns zierte ihre Lippen. »Davon hast du dich doch noch nie stören lassen.«

Bingo, Miss Jessie, dachte ich. *Aber damals hatte ich auch etwas, für das es sich zu kämpfen lohnte, nicht wahr?*

Ich lächelte reumütig zurück, da ich ja wusste, dass sie die falsche Zielscheibe für meinen Ärger war. Es stimmte, dass sie niemals Gerüchte verbreitete. Im Gegensatz zu ihrer Tante Eva Bellingham. »Nein, ich habe mich davon nicht stören lassen.« Entschlossen öffnete ich die Wagentür.

Meine Rundtour begann in ihrer Nähstube, in der vier Nähmaschinen surrten. Die Leute nahmen für ihre Maßanfertigungen nun sogar schon den weiten Weg von Albertsville in Kauf, was Miss Jessies gutem Ruf zu verdanken war. Sie stellte mich jedem Angestellten vor. Ihr Geschäft hatte sich erstaunlich gemacht und das sagte ich Miss Jessie. Und wie stolz ich auf das war, was sie erreicht hatte.

»Ich habe deine Tante schon über eine Woche nicht mehr gesehen«, meinte ich, als wir gingen. »Ich nehme an, dass sie wegen des Regens nicht das Haus verlassen hat.«

Miss Jessie machte eine Pause. »Regen tut ihren Händen tatsächlich nicht gut. Ich bin sicher, du wirst ihr bald wieder begegnen.«

Sie verschwieg mir irgendetwas. Ich rätselte gerade, was das sein könnte, als ich eine vertraute grüne Markise am Ende des Blocks erspähte. Der Gedanke verschwand. »Oh Miss Jessie, Tulls Drugstore sieht noch genauso aus wie früher!« Ich blieb auf dem Bürgersteig stehen und betrachtete ihn. »Es ist Ende April und kein Stuhl steht draußen.«

»Nein. Der Ausschank ist weg, deshalb ist er auch nicht mehr der Treffpunkt wie früher. Drinnen sind auch keine Sitznischen mehr. Siehst du, da, auf der anderen Straßenseite, wo die Arztpraxis war? Da ist jetzt ein kleines Restaurant. Kannst du dir so was vorstellen, Bradleyville mit einem eigenen kleinen Café. Tammys. Man trifft sich jetzt dort.«

Ich konnte Großvater und Jake Lewellyn und Hank Jenkins beinahe unter jener Markise in ihren Stühlen sitzen sehen. Konnte beinahe die raue Oberfläche des warmen Bürgersteigs unter mir fühlen, während ich im Sitzen auf ihre Geschichten lauschte und meine Erdbeershakes schlürfte. Ich schluckte hart, schob die Bilder zurück. »Lass uns reingehen, Miss Jessie. Ich möchte die Murmel sehen.«

Kaum hatten wir den Laden betreten, da flitzte Mr. Tull auch schon hinter seinem Tresen hervor, um mich überschwänglich zu umarmen. »Ja, schau an, wen haben wir denn da; ich hab gehört, dass du wieder da bist!« Er war pummeliger als früher und seine Haarbüschel waren mittlerweile verschwunden, aber seine Bewegungen waren erstaunlicherweise noch genauso flink wie damals. Er blinzelte mich an und schlug die Hände zusammen. »Du wolltest dir den Ort von früher ansehen, was? Tja, es sieht hier jetzt ein bisschen anders aus als zu deines Großvaters Zeiten, aber ich wette, an das da kannst du dich noch erinnern.« Er deutete auf einen maßgefertigten Rahmen neben dem großen Schaufenster.

Ich ging dicht heran und starrte auf jenes »Stückchen Glas«, das der Stadt so viel bedeutete. Die silbrig-schwarze Murmel war nun kunstvoll in ihrem Rahmen aufgehängt, etwas oberhalb der Mitte.

»Oh Großvater«, flüsterte ich, »du fehlst mir so.«

»Schau näher hin«, ermunterte mich Mr. Tull. »Jakes Testament hat uns genau gesagt, was wir schreiben sollten.«

Ich beugte mich vor, um die geschwungene Schrift zu lesen. Die Worte ließen mir die Tränen in die Augen steigen.

Thomas,
wir haben beide gewonnen.
Jake

Kapitel 34

»So, Papa, letzte Übung. Heb dieses Bein vom Knie aufwärts hoch.« Er saß in seinem Rollstuhl im Wohnzimmer und war ganz bei der Sache. Mama war zur Kirche gegangen und ich war froh, dass wir ein bisschen Zeit für uns hatten.

»Gut!«, lobte ich, als sich sein Fuß hob. »So hoch bist du vorher noch nie gekommen!«

»Jau.« Er grinste mich an und ich bemerkte, dass die linke Hälfte seines Mundes besser arbeitete.

»Das ist spitze. Siehst du, was hab ich dir gesagt! Wir müssen einfach stur immer dranbleiben und irgendwann geht's dann plötzlich. Pass nur auf, im Nu rennst du ums Haus.« Ich rieb zärtlich seine Wange. »Machen wir uns noch ans Sprechen; dann sind wir fertig. Hast du dein Schreibzeug für nachher?«

Als ich mit Miss Jessie anderntags in der Stadt war, hatte ich einen kurzen Abstecher zum Woolworth gemacht und eine Klemmtafel, ein paar gelbe Schreibblocks und einen kleinen Stoffbeutel gekauft. Das Papier hatte ich in die Tafel geklemmt, einen Stift dazugesteckt und das Ganze dann in die Tasche getan, die nun zur besseren Erreichbarkeit rechts an seinem Rollstuhl baumelte.

»Jau.«

»Gut. Also, dann legen wir los. Sag ›Ball‹.«

»Buuall.«

»Okay, jetzt versuch mal, das *b* zu halten. Bring die Lippen dazu, zusammenzubleiben.«

Wir übten etwa fünfzehn Minuten lang verschiedene Wörter und Laute. Als wir gerade Schluss machen wollten, zeigte Papa zur Veranda. »Ziela. Daa.«

Ich spähte durch die zarten Vorhänge aus dem Fenster. »Oh,

Dr. Forkes ist da.« Überrascht eilte ich zur Tür und fuhr mir dabei mit den Fingern durchs Haar.

»Hallo, Celia.« Er lächelte mich an, ließ die Augen ruhen, trug die schwarze Tasche in der Hand. Das Jackett seines dunklen Sonntagsanzugs war nicht zugeknöpft und gab den Blick auf ein gestärktes weißes Hemd frei. Ich bat ihn herein. »Gar nicht in der Kirche heute?«, fragte ich.

»Ich bin noch zu einem anderen Patienten gerufen worden.« Er nahm seinen Mantel ab und legte ihn über die Rückenlehne des Sofas. »Hallo, William. Ich wollte mal nach dir sehen, wo ich schon die Runde mache. Wie fühlst du dich?« Er zog ein Stethoskop und eine Blutdruckmanschette aus seiner Tasche.

»Guuud. Jaaa.«

»Das ist schön. Jetzt lass mich eben dein Herz abhorchen; du kennst das ja.«

»Möchtest du etwas zu trinken, John?« Es war das erste Mal, dass ich ihn beim Vornamen genannt hatte, und er warf mir einen kurzen Blick zu. Ich wartete, während er das Stethoskop über Vaters Brust bewegte.

»Eistee gerne«, sagte er, sich aufrichtend.

Ich kam mit dem Getränk zurück, als er gerade mit der Untersuchung fertig war. »Du siehst gut aus, William«, sagte er zu Papa, während er seine Instrumente wegpackte. »Nimmst du auch immer schön deine Medizin jeden Tag?«

»Jaaa.«

»Und du machst deine Therapie, wie ich sehe. Lässt sie dich schuften?«

»Siie schtäng.«

»Nun, je strenger sie ist, desto besser kommst du voran.«

»Öh-höö.«

John und ich lachten über Papas Galgenhumor.

Der Doktor machte seine Tasche zu und nahm das Glas Tee von mir entgegen, unsere Finger berührten sich. »Bin ich gerade mitten in eine von euren Trainingseinheiten hineingeplatzt?«

»Nö, nö. Wir waren fast fertig.« Er blickte mich an und ich schaute weg. »Papa, was möchtest du jetzt machen? Bist du müde?«

»Näää.« Er überlegte eine Minute. »Wääranna.« Sein Kinn zeigte auf die Veranda.

»Willst du wirklich allein da draußen sitzen?« Er nickte. »Wie du meinst. Es ist schön heute.« Ich beugte mich hinunter, um die Bremsen des Rollstuhls zu lösen. John ging uns die Tür aufhalten. »Ich würde ihn gerne im Rollstuhl spazieren fahren«, meinte ich, als ich Papa hindurchschob, »aber ich hab mich bisher noch nicht getraut zu versuchen, ihn die Stufen hinunterzubefördern. In dem Pflegeheim, wo ich gearbeitet habe, gab es keine Stufen. Vielleicht sollte ich erst mit einem leeren Stuhl üben und dann Mama hineinsetzen, falls sie bereit ist, ihren Hals zu riskieren.«

»Du bist eine sehr entschlossene Person, was?« Er beugte sich hinunter, um die Bremsen wieder festzustellen.

»Manchmal.«

Wir sorgten dafür, dass Papa es gemütlich hatte, und gingen dann wieder ins Haus, um uns an den Esstisch zu setzen, wobei John meinte, er würde nur eben seinen Tee austrinken und sich dann auf die Socken machen. Ich spürte, dass die Bemerkung eher für Papas Ohren bestimmt war als für meine.

»Wie macht er sich?«, fragte er leise, nachdem wir uns gesetzt hatten.

»Gut. Er macht langsam, aber sicher Fortschritte.«

»Und wie geht's dir dabei?«

»Auch gut.«

Er betrachtete mich einen Moment, als sei er unschlüssig, ob er sagen sollte, was ihm durch den Kopf ging, oder nicht. »Ich hab gehört, dass du dich gestern in der Stadt umgeschaut hast. Das hat bestimmt eine Menge Erinnerungen geweckt.«

Die alte Klatschmühle. Und dazu wurde er schon wieder persönlich. Verärgert presste ich die Lippen zusammen. »Hör mal, das ist nicht fair. Du weißt wahrscheinlich alles über mich und ich weiß gar nichts über dich. Das gefällt mir nicht. Ich bin hierher gekommen, um Vater zu helfen, und nicht, um die Fragen von dir oder sonst wem zu beantworten.«

Er hob beide Hände. »Holla, ist ja gut, ist ja gut! Ich merk's, wenn ich eine gelangt kriege.«

»Na ja«, sagte ich halb widerwillig, »so weit würde ich dann doch nicht gehen.«

»Da bin ich ja froh.« Er griff nach seinem Eistee. »Lass mich kurz den Onkel Doktor spielen, wenn ich darf. Du hast versprochen, du würdest dich da reinhängen, solange William dich braucht. Er ist in viel besserer Stimmung, seit du da bist, und auch wenn er nur langsam wieder zu Kräften kommt, so arbeitet er wenigstens daran. Das kommt daher, dass du es bist, die ihn anspornt; es ist deutlich zu sehen, dass er alles tun wird, um dir nahe zu sein. Worauf will ich hinaus? Nun, ich hoffe, dass du nicht irgendwann die Nase voll von Bradleyville hast und abreist, bevor er das verkraften kann.«

Meine Abwehr ging hoch. »Ich hab dir doch gesagt, dass ich bis zum Schluss bleiben würde! Außerdem habe ich es *ihm* versprochen. Ich reise nicht ab, komme, was da wolle; du hast keinen Grund, an mir zu zweifeln. Ich habe mit ihm zweimal pro Tag gearbeitet, ob ich Lust dazu hatte oder nicht. Nicht ein Mal habe ich eine Trainingsstunde ausfallen lassen.« Ich brach ab und legte eine Hand ans Gesicht. »Meine Güte«, sagte ich mit einem Seufzen, »es reicht doch, dass ich mit Mutti streite; ich will mich nicht auch noch mit dir streiten.«

»Dann lass es.« Er lächelte beinahe.

»Du hast schließlich damit angefangen.«

»Vielleicht, ja. Na schön, ja. Und jetzt lass uns beide aufhören.«

Ich setzte eine verdrießliche Miene auf. »Na schön.«

»Ich verstehe aber, was du meinst, Celia«, sagte er nach einem Moment. »Es lässt sich hier gut leben, die Leute sind wirklich nett, aber es stimmt, dass sie die Angewohnheit haben, einem ständig auf die Finger zu gucken. Das ist typisch Kleinstadt. Ich bin da selbst ziemlich empfindlich, nachdem ich woanders gewohnt habe. Der Kleinstadt-Doktor zu sein ist eine zweischneidige Sache, weißt du. Einerseits ist man geachtet, aber andererseits wird man umso strenger beobachtet, weil ihr Leben in deinen Händen liegt.«

Ein Tropfen Feuchtigkeit rann langsam seine Brille hinunter. »Warum bist du zurückgekommen?«, fragte ich.

Sein Gesicht wurde weicher. »Ich wollte in der Nähe meiner Familie sein, nachdem meine Frau gestorben war.«

»Es hat mich betroffen gemacht, als ich das von ihr erfahren habe; das muss sehr schwer gewesen sein.« Ich zögerte. »Du bist jetzt verlobt, wie ich höre.«

»Ja.«

Aus irgendeinem Grund schien die Erwähnung seiner Verlobten uns beiden unangenehm.

Er blickte aus dem Fenster und sah Papa einem Auto zuwinken. Der Gottesdienst musste vorbei sein. »Sharon ist eine wunderbare Frau«, sagte er langsam. »Wir werden im Dezember heiraten. Aber du hast von unseren Plänen vermutlich schon ausführlich gehört.« Er zuckte leicht mit den Achseln. »Tratsch, du weißt ja. Der Nektar von Bradleyville.«

»Offen gestanden, nein. Ich habe noch gar nichts über dich gehört.« Ich beobachtete, wie er sein Glas befingerte.

»Nanu. Und da habe ich mir eingebildet, ich wäre so interessant.«

Ich lächelte, schaute aber nicht auf. Die Luft um uns her glitzerte.

»Ist mein Glas derart faszinierend?«, fragte er, die Stille brechend.

Ich zwang mich, ihn anzusehen. »Nein.« Vor Jahren hatten

Danny und ich uns so angeguckt, und waren zwischen uns auch nur wenige Schritte, so waren wir doch Welten auseinander. Mir fiel keine Antwort ein.

John nahm seine Hand vom Glas und legte sie leicht auf meine. Ich spürte die eisige Kühle seiner Haut. »Du machst das wirklich spitze mit deinem Vater«, sagte er mit warmen Augen. »Ich weiß, er ist froh, dass du gekommen bist. Und ich auch.«

»Danke.«

Er zog seine Hand weg. »Tja. Dann gehe ich wohl besser.«

Ich nickte.

»Dein Vater macht einen ganz zufriedenen Eindruck da draußen«, bemerkte er, während er seinen Stuhl zurückschob.

Ich spürte immer noch seine Hand auf meiner.

»Ich sehe am Dienstag wieder nach ihm.«

Ich begleitete John zur Veranda und stellte mich neben Papa, als er unseren Gehweg hinunterschritt. Als ich ihn winkend davonfahren sah, sah ich im Geiste die bebenden Flügel eines Falters, der vom Feuer angezogen wird, und verstand, was ihn faszinierte.

Ich blinzelte heftig und verscheuchte die Gedanken. Hatte ich in Bradleyville nicht genug Herzen gebrochen? War mir das eigene Herz nicht schwer genug? Eine jähe Angst packte mich. Was konnte nicht alles passieren, wenn ich blieb …

Ich muss raus aus dieser Stadt. Dannys Worte vor vielen Jahren klangen mir noch in den Ohren.

»Willst du noch etwas draußen bleiben?«, fragte ich Papa.

»Jaaa.«

»In Ordnung.«

Während ich wieder ins Haus ging, entrollte sich die Kinoleinwand in meinem Kopf von selbst und fing an, ihre Bilder abzuspielen. Es war die Szene mit Danny, der an einem Baum lehnt an jenem Tag vor vielen Jahren, als er mir allmählich verloren ging …

1978

Kapitel 35

Es war Juli; wir standen gerade an eine unserer Eichen gelehnt unten am Fluss, als Danny plötzlich losplatzte: »Celia, ich muss raus aus dieser Stadt.«

Verletzt und gekränkt wandte ich mich zu ihm um. »Was soll das denn heißen?«

»Wir packen's nicht – Mama und ich und Vater. Der Hof rentiert sich kaum. Mama und ich, wir machen die ganze Arbeit; und Vater macht nichts als Saufen.«

»Ich weiß.«

Er biss sich auf die Lippe. »So richtig weißt du es nicht, Celia. Nur vom Hörensagen. Aber Mama steckt mittendrin. Und ich auch. Und das Maß ist langsam voll.«

»Und was hast du jetzt vor?« In meiner Stimme schwang Vorwurf bei dem bloßen Gedanken daran, dass er mich verlassen könnte.

Er schüttelte den Kopf. »Erst mal nichts. Der Sommer ist halb um. Wenn die Schule wieder losgeht, hab ich noch ein Jahr; dann bin ich frei.«

»Du kannst doch nach dem Abschluss beim Sägewerk arbeiten, wie wir das beredet haben.«

»Eben nicht, Celia.« Er bat mit den Augen um Verständnis. »Ich kann nicht Vollzeit bei der Mühle arbeiten und mich gleichzeitig um den Hof kümmern; so viele Stunden hat der Tag nicht. Der Hof krebst so schon vor sich hin, ich komme nicht mal diesen Sommer mit der Arbeit nach, wo ich den ganzen Tag am Ackern bin. Wenn ich beim Sägewerk arbeiten würde, würde ich zwar Geld verdienen, aber der Hof würde praktisch auseinander fallen und wir hätten keine Bleibe mehr. Und wenn ich mich einfach weiter um den Hof kümmre, dann bringen wir es nie zu was. Und dann ist da noch Vater. Ich schlafe nachts kaum noch. Stattdessen liege ich mit angespannten Muskeln sprungbereit im Bett, falls er anfängt, handgreiflich zu werden. Und Mama weint die ganze Zeit. Ich habe dich, aber für sie gibt es hier gar nichts.«

Ich starrte blind über den Fluss. Ich wusste, dass das Leben in Bradleyville für ihn und seine Mama immer schwerer wurde. In letzter Zeit trank Anthony Cander ständig, sogar werktags. Am Wochenende tuckerte er mit seinem klapprigen Lieferwagen zu den Albertsviller Kneipen und kam erst zu nachtschlafender Zeit nach Hause.

»Hör zu, Celia. Ich rede ja nicht davon, dich zu verlassen. Ich liebe dich von ganzem Herzen. Ich rede davon, mir ein Leben aufzubauen. Ich weiß nicht, wie sich die Dinge nach meinem Schulabschluss entwickeln werden, aber ich muss einen Weg finden, Mama von hier wegzubringen, weg von Vater. Du bist in der Schule doch nur ein Jahr hinter mir. Wir würden nicht lange getrennt sein müssen.«

Ein Jahr ohne Danny war eine Ewigkeit. Ich schlug die Augen nieder, wollte nicht, dass er die Tränen sah, die in ihnen brannten. Ich achtete ihn dafür, dass er seine Mama an die erste Stelle setzte. Würde ich nicht das Gleiche tun für Großvater oder Kevy oder Papa? Doch der Gedanke, ohne ihn in Bradleyville zu bleiben, ließ Eis durch meine Adern pulsieren. »Wohin würdest du denn gehen?«

»Ich weiß es nicht. Und ich weiß auch gar nicht, wie ich das bewerkstelligen soll; vielleicht wird auch nie was draus.« In seinem Ton lag Bitterkeit. »Aber ich habe mit Cousin Lee und Miss Jessie darüber geredet. Lee hat eine Großtante und einen Onkel, die zwar weggezogen sind, aber immer noch Kontakt halten. Er kann sich vorstellen, dass die vielleicht was wüssten.«

»Was, wenn dein Vater dich nicht gehen lässt?«

Danny atmete langsam aus. »Ich weiß es einfach nicht.«

Ich wollte nicht mehr von seinem Weggehen sprechen, konnte aber an wenig anderes denken. Vor Monaten hatte Lee Harding Danny einen Job beim Sägewerk versprochen, und als ich am folgenden Samstag wieder damit anfing, beschwichtigte mich Danny damit, dass er meinte, er würde ihn nehmen. Irgendwie würde sich das mit dem Hof schon regeln. Vielleicht würde sich sein Vater wieder zusammenreißen, wenn er nicht da wäre, um die Arbeit zu tun. Oder vielleicht könnten Danny und seine Mama auch ein kleines Häuschen in der Stadt mieten und Anthony Cander und der Hof könnten zusehen, wo sie blieben. Seine Mama könnte auch arbeiten gehen, fügte Danny hinzu, als wir unseren Eichenbaldachin erreichten. Mit zwei Gehältern würden sie über die Runden kommen.

»Sie könnte für Miss Jessie arbeiten«, sagte ich. Da immer mehr Kunden aus Albertsville kamen, beschäftigte Jessie Harding mittlerweile zwei Leute. Sie arbeitete so viel, dass ich seit Ferienbeginn praktisch Vollzeit-Babysitterin für ihre Sprösslinge war. Ich hatte eigens für meinen Verdienst ein Bankkonto eingerichtet, das stetig wuchs.

»Genau.« Danny umfasste meine Hüfte. »Und sollte ich jemals diese Stadt verlassen, dann nur, um mit dir auf Reisen zu gehen.«

»Zum Ozean«, sagte ich grinsend.

»Und den Brechern.«

»Wir werden unsere Zehen in den Sand bohren.«

»Und unter den Sternen kampieren.«

Wir ließen uns ins Gras unter den Bäumen plumpsen. Ich lehnte mich gegen einen Stamm und malte mir diese Möglichkeiten aus. Danny wurde nachdenklich. »Du hast immer gesagt, dass du aufs College willst.«

»Das will ich auch. Du könntest für ein Jahr hier bleiben, und wenn ich mit der Schule fertig bin, heiraten wir und gehen zusammen aufs College.«

»Jemand muss arbeiten.«

Ich dachte darüber nach. »Wir werden beide halbtags arbeiten und halbtags studieren.«

Danny zog meinen Kopf an seine Schulter und schlang seinen Arm um mich. Wir saßen eine Weile schweigend da.

»Celia, egal, was ich erzählt hab, es kann echt sein, dass ich von hier weg muss, um Mama fortzubringen«, sagte er leise. »Aber ich versprech dir, wenn es so weit kommt, dann warte ich auf dich. Ich werde die Tage zählen, bis wir wieder zusammen sein können.«

»Es wird sich was verändern und dann wirst du nicht mehr fortgehen müssen.« Ich nahm meinen Kopf von seiner Schulter. »Es wäre ja schon leichter für dich – und für mich –, wenn wir mehr Zeit miteinander verbringen könnten. Vielleicht erlaubt Mama uns ja dieses Jahr, fest befreundet zu sein.«

Er schüttelte den Kopf. »Es ist hirnrissig zu glauben, deine Mama würde dir erlauben, einen festen Freund zu haben, solange du erst sechzehn bist. Nicht mal, wenn Bobby Delham dein Auserwählter wäre.«

Wir vermuteten beide, dass Mamas Wahl für mich auf Bobby gefallen wäre. Alle wussten, dass er mich schon seit langem mochte. »Ich werd's wenigstens versuchen«, gab ich zurück. »Immerhin lässt sie mich hierher, oder nicht? Und wer hätte das gedacht? Ich muss was unternehmen, damit du hier bleiben kannst. Ich werd dich nicht kampflos gehen lassen.«

»Leg dich aber bloß nicht mit deiner Mama an; das ist für die Katz.«

Ich versprach, mir alle Mühe zu geben.

Katastrophen haben es so an sich, dass sie immer dann zustoßen, wenn man es am wenigsten erwartet, wie eine Schlange im hohen Gras. Während Danny und ich am Fluss miteinander redeten, klappte Großvater auf unserer Couch in einem Schwindelanfall zusammen, eine blau geäderte Hand vor die Brust gepresst. Als Kevy und ich nach Hause kamen, war sogar Mama in heller Aufregung und fächelte ihm das graue Gesicht, während Papa Doktor Richardson anrief. Nur zu dritt gelang es uns, Großvater in sein eigenes Bett zu schaffen. Währenddessen stellte Kevy seinen Eimer mit Fischen auf die Hinterveranda und brachte seine Angel in die Garage. Dann tigerten wir alle durch das Wohnzimmer und warteten, während der Arzt Großvater untersuchte.

»Wir können nicht viel tun, Estelle«, sagte der Doktor, als er endlich aus Großvaters Zimmer kam. »Sein Herz will einfach nicht mehr so, genau wie der Kardiologe euch gesagt hat. Versucht einfach, dass er möglichst viel Ruhe gibt.«

»Ha! Seit wann lässt sich Thomas Bradley ruhig stellen?«

Doktor Richardson legte ihr eine knochige Hand auf den Arm. »Estelle. Dein Vater hat ein langes, gutes Leben hinter sich. Er ist schon immer stur gewesen und so wird er auch durch das Himmelstor treten. Versuch nicht, ihn zu verändern, das habe ich nicht gemeint. Nur … genießt ihn einfach. Solange er noch bei euch ist.«

Ich stand neben Mamas Sessel, hatte die Hand auf die Kopfstütze gelegt und fühlte den genoppten Stoff unter meinen Fingerspitzen. *Das sagt sich so leicht,* dachte ich, als ich sah, wie sich meine eigene furchtbare Erkenntnis auf Mamas Gesicht abzeichnete. Ich konnte mich nicht entsinnen, dass Mama Großvater jemals genossen hätte, als er noch vor Leben sprühte. Wie sollte sie ihn nun genießen, wo er dahinsiechte?

Mamas Augen wurden groß und glänzend. Papa legte ihr beschützend einen Arm um die Schultern. »Wie lange noch?«, fragte er.

Der Doktor schüttelte den Kopf. »Das kann ich nicht sagen. Womöglich noch ein Weilchen, wenn er keinen ausgewachsenen Herzanfall bekommt. Doch bei seiner Befindlichkeit ist das durchaus möglich.«

»Ich verstehe.« Mamas Stimme war ausdruckslos. »Danke, dass du gekommen bist.«

Doktor Richardson war entlassen. Papa begleitete ihn zu seinem Auto. Kevy und ich rannten beide zu Mama und legten die Arme um sie. Sie drückte meinen Bruder und schaffte es, mir auf den Rücken zu klopfen.

»Er wird sich wieder erholen, Mama«, sagte ich. »Großvater kommt immer durch.«

Sie blieb stumm und ihre Hand lag warm auf mir, bis sie sich plötzlich brüsk abwandte und Kevy anwies, seinen Fisch zu säubern, und mich bat, nach Großvater zu schauen. Es gibt viel zu tun, erklärte sie; das Abendessen musste gerichtet werden und sie hatte einen Haufen Wäsche zu bügeln.

Während ich den Flur hinunterging, sinnierte ich, dass sie Kummer genau wie Zuneigung unterdrückte.

Kapitel 36

Nach ein paar Wochen schien Großvater langsam wieder der Alte zu sein. Vielleicht war seine Stimme eine Spur brüchiger, wenn er uns beim Abendessen mit Kriegsgeschichten ergötzte; vielleicht ging es einen Tick langsamer, wenn er sich für einen Nachmittag mit Jake Lewellyn in seinen Verandastuhl sinken ließ. Doch in seinen Augen brannte eine feste Entschlossenheit, sogar wenn er vorsichtig den Kopf zurücklegte, um eine Pille hinunterzuspülen. »Missy«, sagte er eines Abends, als ich in seinem Zimmer Staub wischte. »Ich bin noch nicht bereit, vor meinen Schöpfer zu treten. Ich muss noch ein paar Dinge erledigen.«

Er ruhte, gegen zwei Kissen gestützt, auf seinem Bett. Ich setzte mich neben ihn. »Was musst du denn noch erledigen, Großvater?«, fragte ich weich.

Er schloss für einen Moment die Augen, bevor er antwortete. »Zum einen bin ich mit deiner Mama noch nicht im Reinen. Dabei habe ich mich Gott weiß wie bemüht. Ich habe viel gebetet und ich weiß, der Herr erhört Gebet. Aber mit diesem dauert's ziemlich lange.«

»Was hat sie denn, Großvater? Warum ist sie … so, wie sie ist?«

Sein Kopf schüttelte sich kurz im Kissen. »Ach, Missy, deine Mama hat Verletzungen, die sehr tief gehen, und ich bin an einigen von ihnen schuld. Ich bitte sie nun schon seit Jahr und Tag um Vergebung, aber sie findet sie einfach nicht in sich. Wenn es aber endlich so weit ist, dann werde ich vermutlich spüren, dass ich nun vor die Himmelstür treten darf.«

»Großvater, bitte, wovon redest du?«

»Nicht jetzt.« Er lächelte schwach. »Die Vergangenheit tut nichts zur Sache. Ich freue mich auf die Zukunft.«

»Mama war schon so, seit ich denken kann, Großvater«, sagte ich. »Sie wird sich niemals ändern; damit brauchst du nicht zu rechnen. Sonst tut es dir nur noch mehr weh. Ich glaube, sie *kann* sich gar nicht ändern.«

»Gott kann sie verändern, Missy. Wenn er mein Herz verändern konnte, schafft er das bei ihr bestimmt auch.«

»Aber sie muss es wollen, oder nicht?«

»Stimmt. Gott zwingt uns nicht. Erstaunlich, aber wahr. Darum bete ich ja, dass er ihr Herz weich macht und ihr hilft, es zu wollen. Aber du musst wissen, dass ich das Gleiche auch für mich jeden Tag bete. Ich habe immer mit meinem Stolz zu kämpfen und der Herr muss mir dabei dauernd helfen. Er stellt sich nämlich zwischen mich und deine Mama.«

Ich staunte über sein weites Herz, das genauso einfühlsam wie eisern war. Dann kam mir plötzlich ein andrer Gedanke: Wenn er Recht haben, wenn Gott aller Wahrscheinlichkeit zum Trotz tatsächlich eine Lösung für mein uraltes Problem mit Mama haben sollte, so versäumte ich, danach zu suchen. Nur einen Moment lang hing ich diesem Gedanken nach. Dann schob ich ihn bewusst zur Seite.

Großvater unterbrach meine Überlegungen. »Genug von mir geredet. Wie geht es dir und Danny?«

Wie leicht fiel es mir, ihm unsere Probleme auszuschütten. »Und dabei«, beschwerte ich mich abschließend, »versteht Mama einfach nicht, was wir empfinden. Sie denkt vermutlich immer noch, ich werde wieder Vernunft annehmen und mir Danny aus dem Kopf schlagen. Aber ich werde mich nie für jemand anders interessieren. Nie.«

Großvater nickte. »Er empfindet das Gleiche für dich, nicht wahr?«

»Ja.«

Er blickte geistesabwesend auf die Medaillen ganz oben auf seinem Bücherbord und grübelte. »Der Junge hat es wirklich schwer. Er hat Recht, weißt du, mit dem Weggehen. Ich hätte nie gedacht, dass ich euch mal raten würde, aus eurer Heimatstadt Reißaus zu nehmen, aber ich sehe für euch keine Möglichkeit, hier zu bleiben. Anthony ist unberechenbar und ich will euch nicht in Gefahr wissen.«

»Aber Großvater, ich kann den Gedanken nicht ertragen, dass Danny weggeht.«

»Doch, das kannst du.« Er griff nach meiner Hand. »Das kannst du, wenn du dir sicher bist, dass Danny von Gott der Richtige für dich ist. Werd dir darüber nur erst klar. Und dann mag ein Jahr der Trennung zwar hart sein, aber dafür bekommt ihr ein ganzes Leben lang zu zweit, das gesegnet sein wird. Gott wird in der Zwischenzeit auf euch beide aufpassen. Darum lass ihn nur irgendwo seinen Platz finden und für seine Mama sorgen. Aber Missy« – er drückte meine Finger – »deine Mama wird vielleicht nicht verstehen, dass du gehen musst. Trotzdem wirst du dann alt genug sein, deine eigenen Entscheidungen zu treffen. Ihr schmeckt der Gedanke nicht, dass Menschen sie verlassen.«

Ich nickte.

»Nur verurteile sie nicht zu hart. Bewahre dir einen sanftmütigen Geist. Behalt sie lieb, und vor allem hör nicht auf zu beten. Sie wird irgendwann einlenken.«

Ich wollte nicht wieder auf das Thema Mama zurückkommen. »Was ist mit dem kommenden Schuljahr?«, wollte ich wissen. »Meinst du, Mama wird mir und Danny erlauben, fest befreundet zu sein?«

Er seufzte. »Tja, das ist so eine Sache; du bist noch jung. Wir müssen das langsam angehen. Aber vielleicht, wenn ich ihr gut zurede, lädt sie ihn wenigstens zum Abendessen ein.«

Die Schule begann Ende August und wieder einmal waren Danny und ich beim Sehen-aber-nicht-anfassen-Dürfen angekommen. Großvater und ich hatten versucht, Mama zu überreden, Danny einmal zum Abendessen einzuladen, in der hehren Hoffnung, dass eine grummelige Einladung zu weiteren führen und er schlussendlich seine Aufwartung machen könnte. Ich konnte mir beim besten Willen nicht vorstellen, dass Mama irgendetwas an Danny auszusetzen haben würde, wenn sie ihn besser kennen würde. Je mehr Danny und ich davon sprachen, desto fester begannen wir zu glauben, dass unser beider Leben von solch einem Abendessen abhing. Papa stellte kein Problem dar; still, wie er war, teilte er doch Großvaters Weitsicht und Weisheit. Anders als jener jedoch besaß er nicht den Schneid, das vor Mama zu zeigen.

Als Mama schließlich einwilligte, Danny am kommenden Donnerstag – »aber nur dies eine Mal« – zum Abendessen einzuladen, waren Danny und ich ganz aus dem Häuschen. Gleichzeitig fürchtete ich mich zu Tode. Endlich würde ich Danny im Kreis meiner Familie sehen. Wie glühend wünschte ich, dass Mama ihn gerne bei uns sehen würde. Ich erklärte Danny, er müsse an seiner Ausdrucksweise arbeiten; Mama würde von ungepflegter Sprache nicht erbaut sein. Er nahm sich meine Warnung demütig zu Herzen und teilte mir am Mittwoch beim Mittagessen mit, dass er sowohl zu Hause als auch in der Schule übe.

»Die Leute gucken alle schon ganz komisch«, sagte er und brach eine Scheibe Maisbrot durch. »Als ob ich einen auf hochtrabend machen würde oder so.«

»Sollen sie doch«, versetzte ich gereizt und machte mir nicht die Mühe, ihn auf ein etwas gepflegteres Vokabular hinzuweisen.

Das Maisbrot blieb auf halbem Wege zu seinem Mund stehen. »Was hast du denn?«

»Ach, die Leute gehen mir auf den Keks. Ist dir nicht aufgefallen, wie wir angeguckt werden, kaum dass wir eine Woche wieder hier sind? Als ob die gesamte Lehrerschaft sagen würde: ›Du liebe Zeit, sind die zwei etwa immer noch zusammen?‹«

»Sollen sie doch.« Das Maisbrot verschwand in seinem Mund.

»Guck dir nur die olle Miss Hemington da drüben an, wie die uns anglotzt. Und ich hab genau gesehen, wie Mr. Leam beobachtet hat, wie du dich mir gegenübergesetzt hast, und dann dem Rektor was gesteckt hat.«

»Ist doch scheiß- … ganz egal, Celia. Mach dir nichts draus.«

»Bis auf Mr. Rose. Der hat mir zugelächelt, als du dich hingesetzt hast.«

»Celia.« Danny warf mir einen entnervten Blick zu. »Wirst du irgendwann aufhören, in alles etwas hineinzudeuten, was um dich herum passiert?«

»Du weißt selbst, dass das stimmt.«

»Gar nichts tu ich wissen. Alles, was ich –«

»*Weißt* du.«

Er trommelte mit einem Finger auf sein grünes Plastiktablett. »Gar nichts *weiß* ich. Alles, was ich weiß, ist, dass ich hier mit dir sitze. Und da kommen Mona und Barbara, und Bart kommt auch diese Richtung; und niemand von denen sieht aus, als ob was nicht stimmen täte. Außerdem, die Hälfte von den Sachen, die du denkst, dass die Leute sie denken, denken die in Wirklichkeit gar nicht. Du bist nur langsam ständig auf der Hut. Und das ist was, was du abstellen solltest. Ich muss das schließlich wissen; ich war lange genug selber so.«

Mein Mund verkniff sich, während ich ihn forschend ansah und dabei unfähig war zuzugeben, dass er Recht hatte. Seine Zuversichtlichkeit war höchst ärgerlich. Für einen, dem in weniger als vierundzwanzig Stunden die Begutachtung meiner Mutter bevorstand, wirkte er so unbekümmert wie ein Beutelrattenjunges, das die Straße überquert. Ich öffnete den Mund zu einer Erwiderung, schloss ihn aber wieder. Na schön. Wenn er sich einfach nur auf morgen freute, würde ich ihm das nicht nehmen.

Ich stand genug Ängste für uns beide zusammen aus.

Dannys Unbekümmertheit war nicht von Dauer. An jenem verhängnisvollen Donnerstagabend kam er zu spät, schwitzend und nervös. Großvater, Kevy und Papa begrüßten ihn warmherzig. »Es tut mir voll Leid, Mrs. Matthews«, platzte er hervor. »Vater hat in letzter Minute den Wagen genommen und da musste ich laufen.«

Du meinst rennen, dachte ich. Er war wahrscheinlich die ganze Strecke durch die Hitze gesprintet.

»Ist schon gut, Danny«, sagte Mama und lächelte kühl. »Das Essen steht ja noch nicht auf dem Tisch.«

Monate später sollte ich in jenem Abend das erste unentschlossene Tröpfeln vor einem Wolkenbruch sehen. Doch in dem Moment war ich voller Hoffnung. Danny war genau so, wie ich es gewusst hatte – er war höflich, er achtete auf seine Wortwahl, er machte Mama Komplimente für ihr Essen und er reagierte mit Bescheidenheit, als Papa ihm nochmals dankte, Kevy gerettet zu haben. Mama beobachtete Danny sehr genau mit einem Ich-bin-hier-der-Chef-Ausdruck. Danny muss eingeschüchtert gewesen sein, aber er ließ sich das nicht anmerken und ich beschloss zu glauben, in Mamas Augen wachsenden Respekt für seine Gelassenheit zu sehen.

Und dann kam der Augenblick, in dem sich alles veränderte. Mama fragte ihn, was er später einmal machen wolle.

»Cousin Lee hat mir einen guten Posten im Sägewerk versprochen«, antwortete er unschuldig. »Aber vielleicht möchte ich auch lieber reisen, mir die Welt ansehen.«

Die Luft kühlte merklich ab.

»Klingt gut«, meinte Papa ein wenig zu heiter.

Missbilligung strich über Mamas Gesicht wie Sand, der von einer Muschel weggepustet wird, und ich spürte meine Hoffnungen zerrinnen. Danny blickte auf seinen Teller, er war verunsichert. Es tat mir in der Seele weh für ihn. Er gab sich solche Mühe zu gefallen. Wie dumm von mir, ihn nicht vorgewarnt zu haben, bloß nichts von seinen Reiseträumen zu erzählen.

»Wie war ich?«, flüsterte er ängstlich, als wir die wenigen Minuten, die Mama uns gestattet hatte, auf den Stufen der Hinterveranda saßen, bevor Papa ihn nach Hause fuhr.

Ich lächelte beruhigend und hätte ihm so gern versichert, dass alles gut werden würde. »Du warst toll. Du *bist* toll. Ich bin so stolz, deine Freundin zu sein.«

Seine Hand fand verstohlen meine auf den Holzbohlen zwischen uns. »Was auch kommt, ich liebe dich, Celia«, sagte er. »Von ganzem Herzen.«

»Danke Mama, dass er kommen durfte.«

Wir machten in der Küche den Abwasch, nachdem Papa losgefahren war, um Danny nach Hause zu bringen. Kevy war auch mitgefahren. Ich hätte Danny wahnsinnig gerne selber heimgebracht; ich hatte seit kurzem den Führerschein und sehnte mich danach, mit ihm allein zu sein. Aber ich hatte mich nicht zu fragen getraut.

»Nichts zu danken.« Sie füllte eifrig Reste in Behälter um.

»Er ist nett, findest du nicht?«

»Sehr nett.« Sie klang beunruhigt.

»Und er hat sogar schon 'ne Stelle, sobald er mit der Schule fertig ist.«

»Hm-hm.«

Ich drückte einen großen blauen Schwamm unter Wasser und sah zu, wie er aufquoll. »Darf er wiederkommen?«

»Er gibt sich nicht damit zufrieden, in Bradleyville zu bleiben, Celia.«

Ich ließ einen Teller unter den Limonenschaum gleiten und spürte, wie meine Beine weich wurden. »Würdest du das denn, wenn du der Sohn von Anthony Cander wärst?«

Keine Antwort.

»Er möchte einfach nur Achtung, Mama. Und die kriegt er hier schwerlich.«

»Nein, Celia, das ist es nicht, was er möchte. In Wirklichkeit möchte er die Welt sehen.«

»Was ist daran so schlimm? Reisen wollen doch viele.«

Energisch drückte sie den Deckel eines Plastikgefäßes zu. »Es ist mehr als das. Ich sehe es in seinen Augen; ich kenne diesen Blick nur zu gut. Es ist ein Sehnen, das so tief … so *selbstsüchtig* ist … dass es einem wichtiger wird als alles und jedes. Und egal, wen und wie schwer es andere verletzt, kann man es scheinbar vernünftig erklären. Mit großem Stolz.«

»So ist er nicht, Mama«, flüsterte ich mit Tränen in den Augen.

Sie trat neben mich und stupste mein Kinn mit der Hand hoch. »Ich habe versucht, darüber hinwegzusehen«, sagte sie leise. »Ich habe für dich getan, was ich konnte, ob du es glaubst oder nicht. Aber dies … Er wird dir das Herz brechen, Celia.«

Ich brachte kein Wort heraus. Noch nie war sie so lieb zu mir gewesen. Mit einem schmerzhaften Stich im Herzen erkannte ich, wie lange ich mich danach gesehnt hatte, einen solchen Ausdruck auf ihrem Gesicht zu sehen. Nach sechzehn Jahren war hier plötzlich die Mütterlichkeit, die ich gesehen hatte, als Danny in den Armen seiner Mutter schluchzte. Doch weshalb – wegen einer früheren Enttäuschung, die sie anscheinend selbst erlebt hatte und nun unfairerweise auf Danny und mich projizierte.

»Ich liebe ihn, Mama. Das kannst du nicht ändern.«

Sie nahm ihre Hand unter meinem Kinn weg und wandte sich ab. »Das kann ich mir denken, Celia. Ich war noch nie in der Lage, dich in irgendeinem Punkt umzustimmen.«

Meine Hände fühlten sich heiß und glitschig im Seifenschaum an und Dampf beschlug meine Stirn. *Was willst du eigentlich?*, tobte ich stumm, als sie sich zurückzog. *Dass ich dir in überschwänglicher Dankbarkeit um den Hals falle für ei-*

nen längst überfälligen Augenblick der Zuwendung? Dass ich sage: »Du hast ja Recht, Mama« und Danny wegwerfe, nur weil du mir endlich doch ein bisschen Liebe gezeigt hast?

»Er hat nichts getan«, sagte ich rau. »Bitte lass ihn wieder herkommen dürfen.«

Sie räumte zu beschäftigt die Essensreste in den Kühlschrank ein, um zu antworten.

Ich brachte es nicht übers Herz, Danny davon zu erzählen.

»Dein Vater und ich haben uns prima verstanden«, erzählte er mir freudestrahlend in der Schule. »Ich hatte so ein gutes Gefühl dabei, dass ich ihn sogar gefragt hab, ob ich dich ausführen darf, kannst du das glauben? Er hat gemeint, er müsste das mit deiner Mutter besprechen. Kevy saß hinten und fand das alles zu komisch.« Er strahlte mich an und donnerte mit einer Faust gegen meine Spindtür. »Ist das nicht genial? Es wird klappen, Celia. Ich glaube endlich, dass es wirklich klappen wird!«

»Vergiss nicht«, konterte ich, »Mama ist die harte Nuss.«

»Aber sie hat mich doch auch gemocht, oder?«

Ich klemmte mir die Bücher wieder richtig unter den Arm. »Sie hat gesagt, du warst sehr nett.«

Er warf einen seligen Blick gen Himmel.

Mamas Warnung kam mir ungebeten in den Sinn. »Wenn es klappt, überlegst du dir das mit dem Weggehen zum Jahresende dann noch einmal? Wirst du hier auf mich warten?«

Er nickte entschieden. »Ich pack das schon irgendwie. Ich weiß zwar nicht, wie ich mich dann um den Hof und Mama kümmern soll, aber ich pack das schon. Wenn wir zusammen sein dürfen, kann ich alles.«

Drei Wochen hielten wir an unseren Hoffnungen fest. »Beim Ins-Bett-Gehen denk ich daran, mit dir irgendwo ganz woanders zu sein«, sagte Danny an einem Freitag nach der Schule, während wir auf dem Bürgersteig standen. »Und dann träume ich davon. Und beim Aufwachen denk ich immer noch daran.«

»Wir werden bald zusammen sein, irgendwie«, erwiderte ich. »Es macht mich auch ganz verrückt. Papa und Großvater haben beide mit Mutti darüber gesprochen, ob du noch mal kommen darfst, aber sie hat sich noch nicht entschieden. Sie vertröstet mich ständig, ich solle noch ein bisschen warten. Ich weiß nicht, worauf sie wartet. Manchmal denke ich, sie glaubt, wenn sie es nur verdrängt, löst sich alles in Wohlgefallen auf.« Ich verstummte, als Bart vorbeilief, und murmelte Hallo. »Wie geht's deiner Ma?«, fragte ich.

»Sie hat dauernd Angst. Und versucht, nichts zu machen, was Vater zum Ausrasten bringen könnte. Außerdem macht ihr diese Geschichte mit uns beiden Kummer. Sie möchte so unbedingt, dass ich es mal besser habe als sie.«

Das Leben ist so ungerecht, dachte ich. »Und dein Vater?«

»Der ist bösartig wie ein alter Bock. Fragt mich, für wen ich mich denn halten tät, zu versuchen, mit dir anzubändeln. Ich muss mir echt Mühe geben, in seiner Nähe nicht auszuflippen.«

»Er weiß über uns Bescheid?«

»Er kann ja nicht ständig besoffen sein.« Danny scharrte mit seinem Schuh über den Boden. »Celia, ich muss mich mit dir treffen; seit dem Fluss ist es jetzt schon einen ganzen Monat her. Das staut sich alles in mir auf – die Sorge, was deine Ma sagen wird, und das ständige Aufpassen auf meinen Vater in jeder Minute, wo ich zu Hause bin. Noch so ein Jahr halt ich einfach nicht aus. Ich war so glücklich, als ich bei dir zu Hause war, war mir so sicher, dass alles gut werden würde.«

»Das wird es auch«, versicherte ich ihm. »Irgendwie. Ich frag Mama, ob du morgen Abend zum Essen kommen darfst. Ich werde sie *beknien.* Und wenn du kommen darfst, ruf ich dich an.«

Er nickte müde. »Okay. Ansonsten – bis Montag.«

Doch Mama sagte Nein, als ich sie bat. Nicht diese Woche. Vielleicht nächste. Ich war bitter enttäuscht, aber immerhin hatte sie mir eine klitzekleine Hoffnung gemacht.

Und dann ging am Samstagnachmittag alles in die Brüche.

Kapitel 37

Es war frisch an jenem Spätseptembertag und die Bäume auf den Hügeln wechselten bereits in ihre leuchtenden Herbstfarben. Großvater fühlte sich so gut wie schon lange nicht mehr und bat mich, ihn auf einen Soda zu Tulls zu fahren. Es sei mal wieder an der Zeit, meinte er; er müsse »ein Weilchen aus dem Haus kommen, sonst denken die Leute noch, ich hätte schon das Zeitliche gesegnet.« Ich tat das nur zu gerne. Kevy war gerade vom Spielen bei Reid gekommen und sein Fahrrad lag achtlos hingepfeffert auf unserem Vorrasen. Auf Mamas Anweisung hin musste er es erst aufräumen, bevor er mitkommen durfte.

Es war zu kalt, um unter der Markise zu sitzen. Großvater und seine Freunde rutschten drinnen in eine von Mr. Tulls roten, plastiküberzogenen Sitznischen, während Kevy und ich unsere Bestellungen an der Theke abgaben. Die Leute kamen und gingen durch den Laden, kühle Luft umwirbelte beim Eintreten ihre Füße. Dustin Taylor, Mary Lees dickbäuchiger, lustiger Vater, kam hereingeschneit und plauderte ein paar Minuten liebenswürdig mit den Männern, bevor er meinte, er müsse sich auf den Weg machen. Mrs. Clangerlee kaufte etwas Medizin für einen frühen Kälteeinbruch und Mr. Henley holte ein Rezept für die Ohrenschmerzen von Geralds kleiner Schwester ab. Der Platz in der Nische reichte nicht für Kevy und mich, deshalb saßen wir auf Hockern an der Theke und sahen zu, wie Mr. Tull mit vogelähnlichen Bewegungen Milchshakes machte. Wie ich so träge aus dem großen Glasfenster schaute, war ich nicht gerade erbaut, Mrs. B. vorfahren zu sehen. »Na super.«

Sie gackerte herum, streckte ihre sommersprossigen Hände vor, um zu zeigen, wie krumm ihre Finger doch würden, und rief einem besorgten Mr. Tull zu, sie sei wegen ihres Schmerzmittels gekommen. »Ich denke, wenn Frank nächstes Jahr in Rente geht«, plapperte sie weiter, »ist es mit mir vielleicht auch nicht mehr lange hin. Die ganze Zustellerei, das machen die Finger einfach nicht mehr mit.«

»Dustin Taylor war gerade noch hier«, erzählte ihr Großvater. »Sieht ja aus, als würde Lee Harding Franks Posten übernehmen.«

»Ja«, lachte sie. »Es bleibt also alles in der Familie.«

Ich wünschte, sie würde gehen, stützte einen Ellbogen auf die Theke und starrte wieder zum Fenster hinaus. Und da sah ich den Cander'schen Kleinlaster die Straße hochrumpeln und am Straßenrand neben dem Wagen von Mrs. B. parken. Beide, Danny und sein Vater, saßen drin. *Oh nein,* dachte ich, *doch nicht hier, nicht jetzt.* Ich wollte nicht, dass Leute wie Mrs. B. oder die langhalsige Frau des Schuldirektors, die zwei Regale weiter Zahnpastapreise verglich, Stielaugen machten, wie Danny und ich uns begrüßen würden. Danny war möglicherweise sowieso schon sauer, dass er nicht wieder zu uns nach Hause zum Essen kommen durfte. Und mir graute schon allein davor, mit Mr. Cander im gleichen Gebäude zu sein; die Erinnerung daran, wie er Dannys Mutter verfolgt hatte, jagte mir einen Schauder zwischen den Schulterblättern hinunter. Doch ich konnte nur hilflos zusehen, wie sie über den Bürgersteig kamen, Dannys Vater auf unsicheren Füßen. Danny bedeutete ihm ungeduldig, im Laster zu warten. Mr. Cander lallte lautstark etwas zurück. Obwohl seine Stimme zu gedämpft war, als dass ich die Worte hätte verstehen können, war seinem ärgerlichen Gesichtsausdruck deutlich anzusehen, dass er sich nicht gerne von seinem Sohn herumkommandieren ließ.

Als er vor seinem Vater den Laden betrat, sah Danny mich, wie ich erstarrt mit einer Hand um meine Cherrycola auf meinem roten Hocker saß. Er blieb ruckartig stehen, betrachtete den Hinterkopf von Mr. Lewellyn und begegnete den Blicken von Hank Jenkins und meinem Großvater. Mrs. B. hatte gerade ihren Dutt nach hinten geschoben, als ihre Hand stehen und der Ellbogen in der Luft hängen blieb. »Oh«, rief sie unterdrückt aus.

»Geh schon, Junge; was zum Teufel machst du da!« Dannys Vater stieß ihn vorwärts.

Danny fing sich wieder, vertrat seinem Vater aber immer noch den Weg. »Warum gehst du nicht zurück zum Wagen, Sir«, sagte er in gemessenem Tonfall, die Augen auf mich gerichtet. »Ich bin gleich zurück.«

»Geh schon, dummer Junge!« Mr. Cander schob ihn zur Seite.

Ich sah Zorn über Dannys Gesicht zucken und wusste in dem Moment, was auf dem Spiel stand. *Danny, ist schon gut,* bat ich im Stillen. *Beherrsch dich, sei stark, lass dich von ihm nicht vor all diesen Leuten runterziehen.* Seltsam, dass ich in diesem Moment an meine Mutter denken musste. Es wäre in mancher Hinsicht nicht schlecht gewesen, wenn sie da gewesen wäre. Jedoch in den wenigen Sekunden, die Anthony Cander brauchte, um die Szene in seinem vernebelten Hirn zu verarbeiten, machte niemand etwas andres als große Augen – außer Großvater, der sich von seinem Sitz hochmühte. Mama hätte schneller reagiert. Ihr wäre etwas eingefallen.

»Guten Tag, Danny!«, rief Großvater und legte ein breites Lächeln auf.

Danny gewann sein Gleichgewicht zurück. »Guten Tag, Sir.« Der gute Ton verlangte, dass er zur Sitznische ging und allen Männern die Hand gab.

»Bleiben Sie ruhig sitzen. Wir sind gleich wieder weg. Tag, Mrs. B., Mr. Tull.«

»Hallo, Danny!« Kevy hüpfte von seinem Hocker, um Danny fest zu drücken.

»Hey, Kevy.« Er knuffte meinem Bruder liebevoll an den Kopf.

»Wann kommst du das nächste Mal zum Essen?«

Ich warf einen schnellen Blick auf Mrs. Willoughburn, der Frau des Rektors, und dachte bei mir, jetzt würde es bald die ganze Stadt wissen, dass Danny bei uns zu Hause zu Besuch gewesen war.

»Ich weiß es nicht.« Danny bemühte sich um einen unbeschwerten Tonfall. »Irgendwann mal.« Er befreite sich aus Kevys Umklammerung und wandte sich zu mir. »Hallo, Celia.«

»Hallo.«

Mr. Cander zog einen schwarz behaarten Arm unter seiner Nase durch und kostete meinen Anblick, als ob ich eine Flasche seines Lieblingswhiskeys sei. »So«, sagte er mit einem anzüglichen Grinsen, »das also ist Celia Matthews, soso.«

»Tag, Anthony!«, rief Großvater in dem Versuch, die Aufmerksamkeit des Mannes auf sich zu lenken, während sich Danny vor mich stellte.

»Sir, lass uns gehen. Wir können später wiederkommen.«

Selbst mit Danny zwischen mir und seinem Vater musste ich unwillkürlich zurückweichen. Ich wusste, dass meine offensichtliche Furcht vor dem Mann die Stadt nur in ihrer Meinung bestärken würde, dass die Familien Cander und Matthews so mischbar waren wie Wasser und Öl. Aber er war mir so nahe, dass ich den Fusel riechen konnte. Wie konnte jemand nur so viel trinken, fragte ich mich, dass ihm der Alkohol schon aus den Poren stank?

»Werd bloß nicht frech. Ich tu mir bloß mal deine Perle gründlich angucken wollen, mehr nicht.«

»Vater!« Dannys Stimme wurde scharf. »Wir gehen, *und zwar sofort.*« Hastig nickte er Großvater und dessen Freunden zu. Vielleicht wäre alles glatt gegangen, wenn er nicht ganz so um Höflichkeit bemüht gewesen wäre, während sein Vater solche Unflätigkeiten vom Stapel ließ. Doch in der Sekunde, als er sich umdrehte, um sich von Mrs. B. ordnungsgemäß zu verabschieden, streckte Anthony Cander eine fleischige Hand aus, um mein Haar zu befühlen. Ich zuckte bei seiner Berührung verängstigt zurück.

»Hübsches Ding, mit dem du's da treibst, Junge.«

Die Luft blieb mir im Halse stecken. Ich hatte den Ausdruck noch nie zuvor gehört, aber seine Bedeutung war unmissverständlich, vor allem bei dem entsetzten Keuchen von Mrs. B. und der Rektorsfrau. Anthony Cander hätte mir dort im Laden genauso gut gleich die Kleider vom Leib reißen können. Ich schlug die Augen nieder und wäre am liebsten im Boden versunken.

Selbst wenn sich jemand in diesem Moment hätte rühren können, wäre niemand schnell genug gewesen, um Dannys zornige Reaktion aufzuhalten. Er wirbelte auf dem Absatz herum, ballte die Finger zu einer Faust, ließ sie durch die Luft sausen und verpasste Anthony Cander einen ordentlichen Kinnhaken. Aufbrüllend torkelte Mr. Cander, mit den Armen rudernd, rückwärts, bis er gegen die Wand neben dem Ladenfenster stieß, mit dem Kopf gegen das Holz knallte und zu Boden sackte. Danny war mit zwei Sätzen bei ihm, packte den Mann unter den Armen und schleifte ihn zu Tür, ohne sich um dessen empörtes Grunzen zu kümmern.

»Ich hoffe, du säufst dich zu Tode«, stieß Danny zwischen zusammengebissenen Zähnen hervor, als er die Tür aufdrückte.

Wir alle sahen zu, wie Danny seinen Vater auf den Beifahrersitz des Lieferwagens warf und die Tür zuknallte. Seine Brust hob und senkte sich, als er auf dem Bürgersteig stehen blieb und sich mit fahriger Hand über die Augen strich. Ich beobachtete, wie der Ärger von seinem Gesicht abfloss und es sich qualvoll verzog. Er zögerte, unschlüssig, was er tun sollte. Dann straffte er sich entschlossen. Betrat wieder den Laden und ging auf uns zu. Er hob den Blick nicht vom Fußboden. »Mr. Bradley.« Er bemühte sich, gleichmäßig zu atmen, die Stimme zitterte. »Es tut mir wahnsinnig Leid, Sir, dass ich eine solche Schande über Sie gebracht habe. Und ich möchte Sie inständig – aufrichtig um Vergebung bitten.« Er drehte ganz leicht den Kopf, den Blick noch immer auf den Füßen. »Celia« – er glitt in ein Flüstern ab – »es tut mir ja so Leid.«

Ich spürte einen bohrenden Schmerz. Es war nicht seine Schuld. Er nahm so bereitwillig die Schande, die sein Vater auf meinen Kopf gepackt hatte, und lud sie sich selbst auf. Ich wäre so gern von meinem Hocker gerutscht und hätte ihn umarmt, um der Stadt zu zeigen, dass es mir egal war und dass Danny so gut und liebenswürdig war wie sein Vater verachtenswert. Doch ich konnte nur leicht mit zusammengekniffenen Lippen nicken.

Es stand mir auch gar nicht zu, Danny die Absolution zu erteilen. Dafür war Großvater zuständig, dessen Geschlecht und Name durch die Entehrung seiner einzigen Enkelin beschmutzt worden war. Bis zum Abend würde die ganze Stadt gehört haben, was passiert war und wie Großvater reagiert hatte. Sein Schweigen würde verkünden, dass er, Dannys Aufrichtigkeit zum Trotz, keine weiteren Verunglimpfungen durch die Canders mehr riskieren wollte. Oder aber er könnte seinen Glauben an Danny bezeugen – trotz des abstoßenden Verhaltens von Anthony Cander –, indem er die Entschuldigung annahm. Ich sah ihn flehentlich an und hatte schreckliche Angst, dass dies zu viel verlangt wäre – selbst von dem gottesfürchtigen Mann, der den Mut besessen hatte, Danny und mich zusammenzubringen. Tiefe Traurigkeit grub sich in die Lachfältchen um seinen Mund, seine Schultern sackten plötzlich zusammen.

Danny hatte keinen Stolz mehr übrig, um eine Antwort abzuwarten. Ohne ein weiteres Wort wandte er sich zum Gehen.

Bitte, Großvater, bettelte ich innerlich weinend.

Großvater sah mir in die Augen, sah die Tränen dort. Er machte ein Geräusch in der Kehle. Hob seinen Arm einen Zoll vom Tisch. »Sohn.«

Danny blieb stehen, drehte sich um.

Langsam streckte sich der dünne, in Wolle gekleidete Arm aus, bot ihm die Hand.

Dannys Augenlider flatterten. Er zögerte, dann brachte er seine eigene Hand nach vorne und trat an den Tisch, um Großvaters knochige Finger mit seinen eigenen zu ergreifen, die stark und braun waren. Während er dem älteren Mann die Hand schüttelte, packte er so fest zu, dass die Adern an seinem Handgelenk hervortraten. Sein Kinn zitterte, er ließ nicht los, die Dankbarkeit sprudelte aus ihm heraus wie Wasser aus einer heißen Quelle.

Dann war Danny blitzschnell fort, ging zurück zu seinem betrunkenen Vater, der sich wehklagend den Kiefer hielt, als er sich auf den Sitz ihres Kleinlasters schmiss.

Sogar Großvaters öffentliches Eintreten nützte letztendlich nichts. Mama wollte von seiner Vergebung nichts wissen. Als ich mir ihr Toben anhörte, hatte ich fast den Eindruck, als habe sie nur darauf gewartet, dass so etwas passierte, als habe sie den rechten Augenblick abgewartet, bis sich von selbst ein Vorwand anböte, um Danny und mich auseinander zu brechen. Nun, jetzt hatte sie ihn. Schluss jetzt, verkündete sie, als ich mein zerknautschtes Gesicht in den Händen verbarg. Danny durfte nicht zu uns kommen; ich durfte ihn nicht am Fluss treffen.

Nicht jetzt.

Nicht später.

Kapitel 38

Die Kunde raunte durch Bradleyville, ein zischelnder Aufschrei. In der Kirche legten sich Hände in unausgesprochener Beileidsbekundung auf meine Schulter, doch nicht, weil ich Danny verloren hatte, sondern weil ich durch die Unflätigkeit eines Trunkenbolds meine Ehre verloren hatte.

Danny ließ sich in der Schule die ganze Woche über nicht blicken. Auch sah niemand seine Mutter in der Stadt. Ich ging zur Schule und sehnte mich so schmerzlich danach, ihn zu sehen, dass ich kaum die Stimmen der Lehrer hörte. Mr. Rose lächelte mich auf dem Flur traurig an. Melissa, Barbara und Mona konnten mich nicht trösten. Bobby Delham konnte seinen Triumph nicht verbergen, als ob ich ihm jetzt in null Komma nichts schöne Augen machen würde.

Ich war ratlos; wenn ich mich Mama widersetzte, würden die Leute das auf Dannys Einfluss schieben. Am Freitagnachmittag hielt ich es nicht mehr aus und nutzte, während Mama im Garten hinten Unkraut jätete, die Chance, ihn heimlich anzurufen. Mrs. Cander war am Apparat und holte Danny zögernd ans Telefon. »Danny«, flüsterte ich, »ich liebe dich. Bitte komm wieder zur Schule. Bitte mach deinen Abschluss, damit du aus Bradleyville fortkannst; ich weiß, jetzt geht das nicht mehr anders. Und am ersten Tag, wo ich dir folgen kann, komm ich nach.«

»Celia, es hat keinen Zweck.« Seine Stimme klang tot.

Er kam in der folgenden Woche auf das Drängen seiner Mutter hin dann doch wieder zur Schule. Alle tuschelten und gafften. Beim Mittagessen saßen Melissa und ich an dem Tisch, wo Danny sich sonst immer zu uns gesellt hatte. Als er sein Tablett gefüllt hatte, ging er an uns vorbei und setzte sich alleine hin. Ich hatte Mühe, die Tränen zurückzuhalten. Aber ich hatte keine Mühe, mein Tablett fest entschlossen zu packen und hinüberzugehen, um mich ihm gegenüberzusetzen. Als ich ihn trotzig ansah, schloss er müde die Augen, als wollte er sagen, jetzt hätte ich die Bescherung, ich hätte eine öffentliche Aussage gemacht und auf die eine oder andere Art würde er dafür büßen müssen.

»Danny«, erklärte ich, »niemand kann mich von dir fern halten. Niemand.«

Mama erwartete mich schon auf der Veranda, als ich nach Hause kam, ihre Augen strahlten eine Gluthitze ab wie weiße Kohlen. Ein Blick in ihr Gesicht, und Melissa verkrümelte sich schleunigst wortlos die Straße hinauf, ihr Pferdeschwanz wippte. Ich blieb ruckartig stehen, die Bücher schwer in meinen Armen, und starrte Mama über die Länge unseres Gartenwegs in die Augen. »Das ging aber schnell«, wagte ich einen herausfordernden Vorstoß.

»Ja, allerdings.«

Drinnen ließ ich meinen Bücherstapel auf den Esstisch plumpsen. Sie stemmte eine Faust in die Hüfte. »Auch in der Schule will ich nicht, dass du dich mit ihm triffst; habe ich mich nicht klar genug ausgedrückt?«

»Du kannst mich nicht davon abhalten.«

»Doch, das kann ich.«

»Nein, kannst du *nicht*. Wir machen doch nichts weiter, Mama, außer zusammen Mittag essen. Was ist schon dabei? Wen stört das?«

»Mich. Und deinen Vater.«

Ich warf die Hände in die Luft. »Papa stört das nicht! Großvater stört das nicht! Nur dich. Und warum, sag mir das bitte schön! Danny hat nichts, aber auch gar nichts verkehrt gemacht. Was kann er dafür, dass sein Vater ist, wie er ist? Danny ist nicht so und das weißt du genau, Mama. Aber es ist gar nicht wegen seinem Vater, dass du mir den Umgang mit ihm verbietest; das ist nur eine billige Ausrede. Der wahre Grund ist nämlich, dass er aus Bradleyville fortwill.«

»Ich bin dir über meine Gründe keine Rechenschaft schuldig; ich bin deine Mutter! Es wird schon überall geredet. Ich will nicht, dass über uns alle Schande gebracht wird.«

»Schande weshalb? Was passiert ist, war die Schuld von Mr. Cander, nicht meine oder Dannys.«

»Celia, *du* solltest dich schämen, dich mir zu widersetzen! Benimmt sich so etwa ein Christ? Und das, wo es deinem Großvater so schlecht geht. Ich muss mich schon darauf gefasst machen, ihn zu verlieren; ich will dich nicht auch noch verlieren. Siehst du denn nicht, dass ich versuche, dich zu schützen? Ich verstehe deine Gefühle viel besser, als du ahnst. Aber je länger die Sache mit Danny geht, selbst wenn du nur in der Schule mit ihm redest, desto mehr wird es wehtun, wenn für einen Jungen die Zeit gekommen ist, seine Aufwartung zu machen, und er nicht dieser Junge sein kann.«

Tränen strömten aus meinen Augen. »Aber er soll es sein, Mama. Er ist derjenige, den ich will. Und er gibt sich solche Mühe, sein Leben zu meistern; er muss doppelt so hart arbeiten wie jeder andere.«

»Aus dem Grund habe ich ihm eine Chance gegeben. Doch er kann sich bemühen, wie er will, es wird nicht klappen. Es liegt in seiner *Natur,* diese Sehnsucht, frei zu sein. Das steckt ihm im Blut, Celia, und daran wird sich nichts ändern.«

»Das ist mir egal.«

Sie packte mich bei den Schultern. »Ich habe getan, was ich konnte. Ich habe mich mehr bemüht, als du ahnst, ich habe mir die größte Mühe gegeben, das Gerede der Leute an mir abprallen zu lassen. Und trotzdem hältst du mich für deinen Feind. Ich kann nicht länger mit dir darüber streiten; ich habe zu viel andres um die Ohren. Wenn du dich mit ihm zum Mittagessen triffst, dann tust du es ohne meinen Segen. Und wenn er Bradleyville verlässt, um sein Glück zu suchen – was er, das kann ich dir versichern, tun wird –, dann wirst du für deinen Ungehorsam büßen. Verstanden? Den Schmerz wirst du dir selbst zuschreiben müssen. Was mich betrifft, so ist das Thema für mich erledigt. Dieser Junge hält uns nun schon über ein Jahr in Atem und es reicht mir allmählich, zwischen ihm und deinem Großvater aufgerieben zu werden. Ich will nicht einmal mehr seinen Namen hören, verstanden? Mir *reicht's!*«

Sie riss ihre Hände von meinen Schultern und stolzierte in die Küche. Während ich sie zornig anstarrte, kräuselte eine Spur selbstgefälliger Zufriedenheit meinen Mund.

Kapitel 39

Nach dem Vorfall bei Tulls ließen Großvaters Kräfte wieder nach. Doktor Richardson machte jetzt zweimal im Monat Hausbesuche, um sein Herz durchzuchecken. Großvater ruhte sich häufiger aus und legte Vormittags- und Nachmittagsnickerchen ein. Jake Lewellyn besuchte ihn immer von zwei bis vier und anschließend pflegte Großvater in seinem Zimmer bis zum Abendessen zu ruhen.

»Missy«, sagte er eines Tages Ende November mit einem Seufzen, als ich saubere Wäsche in seinen Schrank räumte, »ich fürchte, ich habe in einigen Dingen, auf die es am meisten ankommt, versagt.«

Ich drehte mich kopfschüttelnd zu ihm um. »Großvater, du bist dein Leben lang ein Held gewesen. Das weiß die ganze Stadt.«

»Ich komme mit deiner Mama nicht besser zurecht als eh und je, egal, wie viel ich dafür bete. Und ich kann es auch für dich und Danny nicht einrenken.«

Ich nahm seine gebrechliche Hand. »Du hast für uns alles getan, was du konntest. Du bist der Einzige, der je Verständnis hatte. Es ist noch gar nicht lange her, da hast du zu mir gesagt, ich solle ihn aus Bradleyville fortgehen lassen und ihm folgen, sobald ich mir der Schule fertig bin. Genau das haben wir vor.«

»Das habe ich dir geraten, ja. Aber du wirst deiner Mama schrecklich wehtun damit. Ein Mädchen braucht seine Mama. Möglich, dass dies die wichtigste Beziehung überhaupt ist, die Gott auf dieser Welt eingerichtet hat.«

Die wichtigste Beziehung auf der Welt. Das wollte ich nicht glauben. »Großvater. Ich hatte nie eine Mama.«

Meine Feststellung trieb ihm das Wasser in die Augen. »Liebst du Danny immer noch?«

»Ich kann ohne Danny nicht leben.«

»Dann geh mit meinem Segen. Du wirst dann achtzehn sein und schon eine Frau. Aber denk dran, was ich dir gesagt habe; gib deine Mama nicht auf. Leg es immer wieder in Gottes Hand. Vielleicht wird sie mit der Zeit vergeben und du kannst alte Verletzungen heilen. Ansonsten gehst du durch das Leben und denkst, alle Zeit der Welt zu haben, bis du eines Tages feststellst, dass dem nicht so ist.«

Nun war die Reihe an mir zu seufzen. »Ich versteh das nicht so richtig mit dir und Mama.«

»Nun, du bist noch jung. Und du hast deine eigenen Probleme. Ich hatte gedacht, ich würde lange genug leben, um dich mit Danny glücklich zu sehen, mit der Zustimmung deiner Familie. Aber ich bin mir nicht sicher, ob ich das schaffe. Du musst vielleicht ohne mich zurechtkommen. Ich hab oft zu Gott gesagt, dass ich hier bleiben muss und dir helfen, aber er mag andre Pläne haben. Deshalb, egal, was mit mir ist, vertrau ihm einfach, dass er dich durchbringt.«

Ich konnte mir ein Leben ohne Großvater nicht vorstellen. »Du bleibst noch schön lange da. Jake Lewellyn wäre stocksauer. Er wird noch mindestens ein, zwei Jahre brauchen, um eine neue List auszuhecken, wie er seine Murmel zurückkriegt.«

»Wie er *versuchen* kann, sie zurückzukriegen, meinst du. Ich nehm die Murmel mit ins Grab, das hab ich ihm schon tausendmal gesagt.«

»Siehst du? In dir steckt immer noch viel vom alten Kampfgeist.«

»Ja«, sagte er müde und seine Augen fielen zu. »Ich denke, ich genehmige mir jetzt ein kleines Schläfchen.«

Ich widersetzte mich meiner Mutter in aller Öffentlichkeit und traf mich in der Schule weiterhin mit Danny. Meine Familie und ich sprachen seinen Namen zu Hause nicht laut aus, obwohl mich Papa von Zeit zu Zeit leise fragte, wie es ihm gehe. Mama und ich wechselten kaum ein Wort miteinander, aber wenigstens stritten wir uns nicht. Ich verbrachte meine Zeit mit Großvater oder in meinem Zimmer, wo ich entweder lernte oder malte. Die Ozeanlandschaften hingen wieder an den Wänden, oft mit den Silhouetten zweier Gestalten in weiter Ferne. Manchmal malte ich für Danny ein Bild und gab es ihm zwischen den Schulstunden.

Danny war chronisch missmutig, als lebe er völlig mechanisch. So sehr er auch in meiner Nähe sein wollte, konnte ich doch sehen, wie seine Gedanken davonhuschten, während er sehnsüchtig den Tag herbeiwünschte, an dem er die Stadt verlassen könnte. Er und seine Mama seien nun bereit, vom Hof wegzugehen, sagte er, aber sie hätten weder das Geld noch wüssten sie, wohin. Die Hardings waren mit Verwandten im Gespräch wegen Jobs für Danny und sie versprachen, dass sich irgendetwas finden würde. Ihnen schien es um Danny fast genauso schwer ums Herz zu sein wie mir und ihre Reserviertheit gegenüber Mama in der Kirche sprach Bände, was sie von ihrer Entscheidung hielten.

Es war schon kurz vor Weihnachten und auf dem Boden lag leichter Schnee, als mir endlich etwas einfiel, wie ich mich mit Danny treffen könnte. Ich war noch nie vorher das Risiko eingegangen auszureißen und ich wusste, es war nicht recht. Aber die Verzweiflung ritt mich. Wenn mein Gewissen einen Aufstand machte, befahl ich ihm, den Mund zu halten. Was blieb mir und Danny andres übrig? »Mary Lee«, flüsterte ich eines Samstagmorgens ins Telefon, »Danny und ich müssen uns treffen. Kannst du uns helfen?«

»Aber, aber, Celia.« Ihre Stimme konnte Honig in Zucker verwandeln. »Was ist denn nur mit unserem Tugendfräulein passiert?«

»Mama ist passiert.«

»Aha.« Sie verstummte einen Moment. »Nun, was hältst du

von morgen Nachmittag? Meine Eltern haben irgendein Weihnachtsgeschäft vor. Deine Ma muss ja nicht unbedingt wissen, dass sie nicht zu Haus sein werden.«

»Okay.« Ich hörte Mama und Papa in unsere Auffahrt fahren. »Aber kannst du Danny für mich anrufen? Könnte sein, dass ich nicht mehr zum Telefonieren komme.«

»Oho. Du lässt *mich* mit deinem Typen reden?«

»Mary Lee. Du sollst ihn doch nur … anrufen. Mehr nicht.«

»Geht klar, Celia. Übrigens« – sie kicherte – »du bist viel besser drauf als früher.«

Ich zitterte, als Mary Lee am Sonntagnachmittag vorfuhr. Sie sah perfekt aus wie immer mit einer bunten Jacke, die offen stand und einen weichen, türkisfarbenen Pullover zu Tage treten ließ, der in eine enge Jeans gesteckt war. Die verrückte Dauerwelle hatte sie sich schon rauswachsen lassen und nun fiel ihr das haselnussbraune Haar in weichen Wellen über die Schultern. Ihre großen braunen Augen wirkten durch den Lidschatten und die Wimperntusche noch größer und ihre Lippen waren rot. Ich beneidete sie glühend um ihr Make-up; ich wollte für Danny auch so aussehen. »Wo treffen wir ihn?« Ich war ganz aus dem Häuschen.

»Er wird an der Route 347 stehen, am Ende der Stadt.«

»Oh, und was mach ich dann?«

»Dich hinten klein machen natürlich, ganz einfach.«

Ich konnte kaum glauben, wie einfach es war. Binnen zehn Minuten war Danny mit mir zusammen bei Mary Lee hinten im Auto untergetaucht, grinsend wie eine Grinsekatze.

»Was hast du deiner Ma erzählt?«, flüsterte ich.

»Dass ich spazieren geh. Sie ist daran gewöhnt, dass ich allein losziehe.«

Ich hatte ein bohrendes Schuldgefühl. Danny war immer so ehrlich gewesen; nun machte ich ihn zum Lügner. »Wenn sie das rauskriegt, was wird sie dann machen?«

»Mich umbringen. Aber erst, nachdem sie gewettert hat, dass ich meinen Vater gar nicht mehr brauche, um Schande über mich zu bringen; das hätte ich schon selbst geschafft.«

Wir drei quatschten in Mary Lees Partykeller, wo Danny und ich vor einer Ewigkeit miteinander getanzt hatten. Die Art, wie Mary Lee betont ihre langen Beine ausstreckte, als sie sich mit dem Rücken gegen einen Sessel räkelte, gefiel mir nicht. Sie fing meinen Blick auf, räusperte sich und stand lässig auf. »Tja, dann geh ich mal nach oben. Macht nicht zu lange.« Sie stellte eine Augenbraue schräg, sah mich an und schlenderte aus dem Raum.

Danny hielt mich ganz fest im Arm, als wir auf Mary Lees Couch saßen, und wir redeten über unsere Pläne, unsere Zukunft. Bei ihm zu sein war ja so herrlich; wir wollten uns nie wieder loslassen. Ich redete mir ein, es sei nichts dabei, hinter dem Rücken unserer Eltern auszureißen, wo doch Gott uns füreinander bestimmt hatte. Da er nicht beschlossen hatte, meine Mutter zu verändern, was blieb mir da andres übrig? Und plötzlich, im Handumdrehen, wie es mir vorkam, war Mary Lee zurück und sagte, eine Stunde sei rum und ihre Eltern würden bald nach Hause kommen. Wir verließen ihr Haus mit kummerschweren Herzen und schworen uns, uns wieder heimlich zu treffen.

Zehn Minuten später dankte Danny ihr überschwänglich, bevor er aus dem Auto hüpfte.

»Jederzeit«, sagte sie mit bedeutungsschwangerer Stimme. Sie beobachtete, wie er davonsprang, und fuhr dann kopfschüttelnd Richtung Minton Street. »Kein Wunder, dass du so verrückt nach ihm bist«, seufzte sie. »Er ist umwerfend.«

Ich blieb stumm.

»Celia, lass ihn bloß nicht aus den Augen. Die Mädels in dieser beknackten Stadt wissen vielleicht nicht, was sie da haben, aber sobald er einen Schritt aus Bradleyville rausmacht, werden sie ihm nachrennen wie die Mäuse dem Käse. Ich mein, *sieh* ihn dir doch an!«

Plötzlich war mir ihr volles Haselnusshaar egal und jener enge, teure Pullover über ihrer engen, teuren Jeans auch. »Mary Lee, er gehört mir.«

»Ja, ja.« Sie blies die Luft aus. »Aber solltest du mal keine Lust mehr auf ihn haben, dann sag Bescheid.«

Als ich an jenem Abend im Bett lag, dachte ich über Mary Lees Warnung nach. *Lass ihn bloß nicht fort aus Bradleyville.* Doch genau das hatte ich vor. Zum ersten Mal hatte ich Angst vor dem, was Danny finden könnte, wenn er erst mal fort wäre.

Danny und mir gelang es noch ein paarmal, uns bei Mary Lee heimlich zu treffen, wenn ihre Eltern nicht da waren. Nach einer Weile nervte mich mein Gewissen nicht mehr. Manchmal brachte sie auch ihren eigenen Freund mit, einen großen Basketballspieler namens Mike, mit dem sie nun schon die Rekordzeit von vier Monaten ausging. Sie verkrümelten sich stets, während Danny und ich auf der Partykellercouch sitzen blieben und jeden Augenblick auskosteten, den wir zusammen sein konnten. Manchmal war mein Herz so voll von ihm, dass ich dachte, es würde zerspringen.

Wenn ich mir die Zeit genommen hätte, darüber nachzudenken, wäre mir aufgefallen, dass ich kaum noch betete. Auch dass Gott nicht vorkam, wenn Danny und ich über unser Leben sprachen. Und während der Sonntagschule und des Gottesdienstes tat ich nur so, als würde ich zuhören. In Wahrheit plante ich eifrig die nächste Gelegenheit, mich mit Danny zu treffen.

Im Februar wurde Danny achtzehn. Ich nahm etwas von meinem gehorteten Babysittergeld und kaufte ihm ein Medaillon an einer Kette mit meinem Bild darin. Wir konnten nicht wie erhofft bei Mary Lee zusammen sein, deshalb schob ich es ihm heimlich unter meiner Spindtür in der Schule zu. »Mach es erst zu Hause auf«, sagte ich. »Ich hoffe, du findest es nicht eigennützig. Es ist halt nur wie ein Stückchen von mir. Und genau das möchte ich dir am liebsten schenken.«

»Ich hab mich auf den ersten Blick darin verliebt«, erzählte er mir am darauf folgenden Tag. »Wie in dich. Ich werde es immer in der Tasche mit mir herumtragen.«

Eine Woche später hatte Danny Neuigkeiten zu berichten. Der Großonkel von Lee Harding glaubte, vielleicht einen Job für ihn zu haben. »Ich hoffe und bete, Celia«, sagte er, während wir vor der Schule standen und bibberten und es um uns herum leise schneite. »Es geht uns so dreckig; Mama und ich müssen hier weg, sobald ich meinen Abschluss hab. Ihretwegen würde ich sogar noch früher gehen, aber davon will sie nichts wissen. Ich soll erst die Schule fertig machen.«

Er hatte so oft davon gesprochen, aus Bradleyville fortzugehen, dass man hätte meinen können, ich hätte mich allmählich an den Gedanken gewöhnt. Ich sah ein, dass er gehen musste und ich war auch immer noch dafür. Aber es war verdammt hart. Ich wusste ja, dass das Leben ihm übel mitgespielt hatte; nun aber spielte es mir übel mit, indem es mich zum Dableiben zwang, während er hinaus in die Welt treten würde. *Danny,* dachte ich, wie ich so im Schnee stand, *verlass mich nicht.*

»Wo wäre der Job denn?«

»Also, ich weiß ja noch nicht mal, was das für 'n Job ist.«

»Aber wo wohnt Lees Großonkel denn?«

Er zögerte. »In Miami.«

Der Bürgersteig gab unter meinen Füßen nach. »Miami. *Florida*?«

Er nickte und biss sich auf die Lippe.

»Miami.« Miami war in einer ganz anderen Welt, auf einem ganz anderen Planeten. Es wäre mir im Traum nicht eingefallen, dass er Kentucky verlassen würde. »Miami liegt am Ozean«, platzte ich mit vorwurfsvoller Stimme heraus. »Miami hat Strände und Sand. *Unsere Strände.*«

»Celia, das wäre doch gigantisch, erkennst du das nicht? Sobald du mit der Schule fertig bist, kannst du auch kommen. Ich bewahr den Ozean für dich auf.«

»Aber wir wollten ihn uns zusammen ansehen. Es war nicht abgemacht, dass du ihn zuerst siehst, ohne mich.«

Gekränktheit färbte seine Worte. »Glaubst du etwa, ich wollte ohne dich gehen? Du weißt selbst, wenn es einen Weg gäbe, würde ich sofort hier bleiben. Aber du und ich können uns hier kein Leben aufbauen und außerdem muss ich Mama wegbringen. Aber ich werde alles für dich vorbereiten. Ich muss das machen, Celia; ich bin jetzt völlig blank und habe dir nichts zu bieten. Ich kann dich nicht bitten, deine Familie aufzugeben, um in einem Schuppen zu hausen. Du weißt nicht, wie es ist, wenn man nichts hat.«

»Ich weiß, wie es ist, wenn ich *dich* nicht habe. Alles andere kann ich ertragen. Aber ich kann nicht ohne dich sein.«

»Es wird ja nicht für immer sein.«

»Aber ein ganzes *Jahr*. Ich kann kein ganzes Jahr ohne dich leben. Wie kommt es, dass es dir plötzlich so leicht fällt?«

Er schloss die Augen. »*Tut* es doch gar nicht. Ich hab es nie leicht gehabt. Aber, Celia, ich hab mir mein Leben lang die größte Mühe gegeben und nie hat was geklappt. Gönn mir das doch. Gönn mir die Chance, es zu was zu bringen.«

Ich wollte meine Bücher auf die Erde schmeißen und mich an Danny klammern und heulen. Warum konnte er keinen Job hier im Bundesstaat finden? Oder in Ohio oder Tennessee? Ich könnte sogar die Vorstellung ertragen, dass er in Lexington wäre, wo Mary Lee zur Universität von Kentucky gehen würde. Aber der Ozean. Der ungezähmte Ozean, wo Muscheln von fernen Gestaden angespült werden und der endlose Horizont dich glauben lässt, die ganze Welt gehört dir. Mich oder ihn, wen hatte er zuerst geliebt? Für wen würde er sich entscheiden, wenn es sein müsste?

»Danny, du bist schon wer; du bist der, den ich liebe. Warum reicht dir das nicht?«

Alle Zurückhaltung vergessend, packte er mich bei den Schultern. »Das reicht mir doch. Aber wir können uns nicht so lieben, wie wir das wollen.«

»Dann warte auf mich«, bat ich. »Nur noch ein Jahr. Bis wir gemeinsam gehen können.«

Sein Arm fiel herunter. »Celia, das kann ich nicht. Ich muss an meine Mutter denken. Ich hab dich, aber sie hat niemanden. Sie wird verkümmern und sterben, wenn ich sie hier nicht rausbringe.«

»Das ist nur eine Ausrede! Du willst doch bloß durch die Welt reisen; das wolltest du schon immer. Du willst den Ozean sehen. Und wenn du mich dafür verlassen musst, dann tust du es eben!«

Er drehte den Kopf zur Seite, die Worte hatten ihn verletzt. »Nein. Ich will dich. Ich werde dich immer wollen und immer lieben. Bitte versteh doch. Wenn das mit dem Job klappt, dann wird es immer noch schwer genug sein zu versuchen, Mama von hier fortzubringen, ohne dass Vater Wind davon kriegt und sie vorher umbringt, und vorher noch das Geld zusammenzukratzen, um überhaupt dorthin zu kommen.« Er sah mir starr ins Gesicht. »Und wenn ich zufällig genau da einen Job finde, wo ich schon immer sein wollte, warum mir das nicht gönnen? Warum nicht froh sein für jedes bisschen Glück, das ich vielleicht haben kann, während ich auf dich warte? Das wäre, wie wenn man einen wilden Vogel aus einem Käfig lässt.«

Die Tränen strömten und wurden eiskalt auf meinem eingefrorenen Gesicht. »Und was tun wilde Vögel? Sie fliegen davon, Danny. Sie fliegen davon und kommen nie zurück.«

»Celia, ich werde dir nie davonfliegen. Du bist das einzige Mädchen, das ich je geliebt habe. Ich liebe dich so innig, dass nichts daran etwas ändern kann, nicht die Meilen zwischen uns, nicht der Ozean oder wilde Träume. Wenn sich ein Job auftut, werde ich gehen und auf dich warten. Und dann werden wir für immer zusammen sein.«

Ich wischte mir die Wangen mit dem Handrücken ab. »Versprich mir das.«

»Ich verspreche es.«

Seine Smaragdaugen waren flehentlich verschleiert, die Haarsträhne über seiner Stirn schneebepudert. Er hielt seine Bücher locker in einer Hand gegen seinen zerschlissenen Mantel gedrückt, der die Kälte nur dürftig abhielt. Ich hörte Kinder, die beim Schneeballwerfen lachten, und die Tür des Schulgebäudes in unregelmäßigem Takt zuschlagen. Melissa war schon weg, sie hatte längst gelernt, nicht auf mich zu warten. Mona und Barbara, Randy, Gerald und Lyle und Bobby – auch sie waren längst alle weg. Ich sprach kaum noch mit einem von ihnen. Es ging das Gerücht um, dass Bobby es nicht ertrage, in meiner Nähe zu sein, da er wusste, dass ich mir nichts aus ihm machte. Nur Kevy würde warten, um mit mir nach Hause zu gehen. Auf dem Bürgersteig fröstelnd, erkannte ich, dass ich mich fast genauso von der Stadt ausgegrenzt hatte, wie die Stadt Danny ausgegrenzt hatte. Und beim Gedanken an das nächste Jahr ohne ihn wurde mir kälter als die Luft, die uns umwehte.

»Dann geh«, sagte ich mit stockender Stimme. »Kümmere dich um deine Ma und warte auf mich. Und wenn ich komme, dann bohren wir unsere Zehen in den Sand.«

Er lächelte schwach. »Und rennen am Strand entlang. Und kampieren unter den Sternen.«

»Ja«, erwiderte ich und brachte es fertig, in sein Lächeln einzustimmen. »Genau das, Danny. Genau das.«

Kapitel 40

Drei Tage nachdem mir Danny von Miami erzählt hatte, erlitt Großvater einen Herzanfall. Es kam ganz plötzlich nach dem Mittagessen, bei dem er seiner »überbesorgten Tochter« noch ungehalten mitgeteilt hatte, dass er gesund wie ein Ochse sei. Als Kevy und ich nach Hause kamen, war der Rettungswagen vom Albertsviller Krankenhaus längst schon wieder über alle Berge und Mama war hinten mitgefahren. Sie hatte eine hastige Notiz dagelassen, die an der Haustür klebte und besagte, dass sie so bald wie möglich anrufen würde.

Wie betäubt ging ich in Großvaters Zimmer, fuhr mit dem Finger über seine Medaillen und die deutsche Feldflasche und schwenkte Jake Lewellyns Murmel in ihrer kleinen Tasse. Im Essbereich griff ich zum Telefon und wählte Dannys Nummer. Sein Vater nahm ab. Ich legte auf.

»Celia«, fragte Kevy mit bebenden Lippen, »Großvater wird doch nicht sterben, oder?«

Ich zog ihn auf die Couch herunter und legte meinen Arm um ihn, sein Kopf ruhte an meiner Schulter. Armer Kevy. Seinen Schmerz zu sehen verschlimmerte meine Qual nur noch. »Nein, Kevy, er wird nicht sterben. Dafür haben wir ihn zu doll lieb.«

Selbst wenn eine Operation Großvater geholfen hätte, war er zu schwach, um sie durchzustehen. Deshalb schickten ihn die Ärzte nach fünf Tagen nach Hause: grau und stoppelig im Gesicht und so unsicher auf den Beinen, dass Papa und Mama ihn praktisch ins Bett tragen mussten. Ich half mit, ihm Kissen unterzustopfen, wollte ihn zum Abendessen nicht allein lassen und flößte ihm Suppe ein. Wir gingen auf Zehenspitzen durchs Haus, um ihn nicht bei seinen Nickerchen zu stören. In der

Schule rief ich Mama in der Mittagspause immer vom Sekretariat aus an, um zu fragen, wie es ihm gehe. Nach dem Unterricht wechselten Danny und ich jetzt nur noch ein paar Worte, bevor ich mit Kevy nach Hause stürmte, voller Angst vor dem, was mich erwarten würde. In der Zwischenzeit hatte sich wegen eines Jobs für Danny nichts Neues ergeben. Oder er erzählte mir wohlweislich nichts davon wegen des denkbar ungünstigen Zeitpunkts.

Großvaters Körper mochte ermatten, doch nicht sein Geist. Er unterhielt Kevy und mich immer noch mit langen Kriegsgeschichten, von denen wir einige noch nie zuvor gehört hatten. Bei diesen hegte ich den Verdacht, dass sie frei erfunden seien. Als Jake Lewellyn eines Nachmittags zu Besuch kam, schlug ihm das gleiche Temperament entgegen, mit dem Großvater seinen besten Freund stets bedacht hatte. »Jake, du Nervensäge, was hast du in meinem Schlafgemach zu suchen?« Großvater kämpfte darum, sich in seinen Kissen etwas höher aufzurichten. »Celia, geh und nimm die Murmel an dich, bevor er sie mir noch direkt vor der Nase klaut.«

Ich zog einen Stuhl ans Bett und stützte Mr. Lewellyn, als er darauf sank. »Komm, Großvater, sei nett. Mr. Lewellyn ist zu Besuch gekommen; du könntest ein bisschen mehr Respekt vor ihm haben.«

»Respekt? Seit wann hat er vor *mir* jemals Respekt gehabt?«

»Ach, komm, Thomas, gib Ruh.« Mr. Lewellyn schüttelte den Kopf. »Immerhin bin ich hier, oder nicht?«

»Ja, ja, schön für dich. Kannst du immer noch Dame spielen?«

»Du etwa?«

»Klar, alter Mann. Ich bin ja noch nicht tot.«

Jake Lewellyn seufzte. »Hm, das Spielbrett ist furchtbar weit weg.«

»Ich hol es«, bot ich an. Während ich das Spiel vom Esstisch holte, nahm ich nebenbei noch ein Klapptablett mit. »Hier«, flötete ich munter, »wir legen das Brett hier drauf und dann könnt ihr wunderbar spielen.«

Großvater knurrte verächtlich. »Jake Lewellyn kann kein Tablett der Welt bei seinem Spiel was helfen.«

In den kommenden Wochen schien es, als seien überall, wohin ich mich auch wandte, aufgewühlte Emotionen. Mama war völlig neben der Spur vor Angst, dass ihr Vater sterben würde. Ich ertappte sie mehrmals dabei, wie sie blind zum Küchenfenster hinausstarrte und dabei ein Hemd immer an der gleichen Stelle bügelte, bis sie es fast versengt hätte, und sich die Stirn rieb, als ob sie dadurch all die vergeudeten Jahre wegreiben könnte. Sie flatterte um Großvater herum und versuchte ihn zu pflegen, nur um demonstrativ aus dem Raum zu flüchten, wenn er anfing, vom Krieg zu erzählen. Beim Zusehen war ich hin- und hergerissen zwischen Mitleid mit ihr und dem Wunsch, ihr gehörig die Meinung zu sagen. Ich wusste, dass ihr Schmerz echt war. Aber sie konnte nicht von ihrer Sturheit lassen und Großvater das geben, was er sich immer gewünscht hatte.

»Mama«, platzte ich eines Abends heraus, nachdem ich ihr gefolgt war, als sie aus seinem Zimmer marschiert war, »kannst du dir nicht mal die Mühe machen, eine Minute darüber nachzudenken, was er da tut?«

Sie warf mir einen geringschätzigen Blick zu, als ob ich das geistige Verstehensvermögen einer Zweijährigen hätte. »Ich sehe sehr wohl, was er tut.« Ihre Stimme war scharf vor Bitterkeit. »Er geht seinem Sterbebett entgegen und klammert sich an leeres Heldentum, das ist es, was er tut.«

»Das ist nicht leer, Mama. Das ist sein Leben.«

»Sein Leben.« Sie lehnte sich an eine Wand, ihre Augen gingen zu. »Ja. Seine Kriegsgeschichten. Und du. Das war sein Leben. Ich nie.«

Bestürzt berührte ich ihren Arm. »Er liebt dich, Mama. Er hat dich geliebt, lange bevor ich überhaupt auf der Welt war.

Siehst du denn nicht, wie es ihn verletzt, wenn du ihn nicht achtest? Die ganze Stadt bewundert Thomas Bradley. Nur du, seine Tochter, bist die einzige Ausnahme.«

»Ich kann ihn nicht achten, nicht nach allem, was er mir genommen hat. Er hat die Bewunderung von aller Welt; er braucht meine nicht.«

»*Gerade* deine braucht er. Ist dir jemals aufgegangen, warum er dir seine Geschichten so beharrlich immer wieder erzählt? Weil er glaubt, wenn er sie dir noch einmal erzählt, dann macht es vielleicht *Klick* bei dir und er ist in deinen Augen endlich ein Held.«

»Er war ein Held für mich, Celia«, spie sie. »Und dann ist er in den Krieg gezogen.«

Lieber Gott, schrie ich innerlich und verschränkte die Arme über meiner Brust, was tat ich hier eigentlich? Warum stand ich zwischen diesen beiden Erwachsenen und versuchte, etwas in Ordnung zu bringen, das ich nie verstanden hatte? Danny verließ mich, Großvater verließ mich, und Mama, eingewickelt in ihren eigenen Kummer, verstand meinen Schmerz nicht. Ich kam mir vor, als würde mir das Leben direkt unter den Füßen wegrutschen.

»Mama«, versetzte ich ruhig, »mach das nicht. Lass ihn nicht sterben, ohne ihm das zu geben, wonach er sich sehnt. Du musst ihm doch nur sagen, dass du stolz auf ihn bist. Schnapp dir eine Medaille und halt sie ans Licht. Sag ihm, dass er für dich ein Held ist.«

Sie stieß sich von der Wand ab und richtete sich gerade auf. »Du bist noch ein Kind. Davon verstehst du nichts.«

»Ich bin kein Kind mehr.«

»Schrei mich nicht an! Und erzähl mir nicht, wie ich meinen eigenen Vater behandeln soll.«

Ich wandte mich ab, meine Kehle schnürte sich zu. »Kein Wunder, dass du meine Liebe zu Danny nicht verstehen kannst«, kochte ich. »Du hast ja keinen Funken davon im Leib.«

Sie atmete scharf ein, als ob ich sie in den Magen getreten hätte. Dann drehte sie sich wortlos um und zog sich in die Küche zurück.

Ich ging wieder zu Großvater.

Ich beobachtete Großvaters Ableben. Jeden Tag sah ich es in seinem mühsamen Atmen und seinen zitternden Händen. Aber ich konnte mich nicht damit abfinden. *Er wird sich erholen*, sagte ich mir. *Es dauert nur länger, als wir dachten.* Großvater war immer der Sieger gewesen, selbst wenn der Tod ihm ins Angesicht gestarrt hatte. Am Volturno, in Korea, Großvater hatte immer gewonnen.

Ich hätte es an seinem Weinen merken müssen. Das hatte ich bei ihm noch nie zuvor gesehen. Nun aber kullerten ihm die Tränen das Gesicht hinunter auf das weiße Kopfkissen. Anfangs dachte ich, seine Augen tränten einfach, nachdem er am Nachmittag zu angestrengt auf das Damebrett geschaut hatte, das zwischen ihm und Jake Lewellyn balancierte. Aber als ich ihm eines Abends etwas Wasser zu trinken brachte, bemerkte ich, dass sein Kinn zitterte.

»Großvater.« Ich legte ihm die Hand an die Wange. »Was ist dir?«

Er schlang geschwächte Finger um meinen Arm. »Ich bin müde, Missy.«

»Ich weiß. Du brauchst Ruhe.«

»Nein. Ich meine, deine Mama und ich. Ich geb's auf. Ich bin müde.«

»O Großvater, nein. Sie ist aufgebracht, das ist alles, und sie macht sich Sorgen um dich. Sie hat dich so lieb, dass sie es nicht ertragen kann, dich so zu sehen.«

Sein Mund zuckte. »Sie wird niemals verstehen, wie sehr ich mich nach ihrer Vergebung sehne.«

»Sie versteht eine ganze Menge nicht.« Sofort hatte ich Gewissensbisse. Da lag Großvater, krank und *weinend*, und ich brütete über meinen eigenen Problemen.

»Missy, hör nicht auf, für sie zu beten. Sie muss lernen, zu vergeben und die Vergangenheit loszulassen, um ihretwillen. Ihre Bitterkeit drückt ihr das Herz ab. Ich bete, dass sie das irgendwann erkennt, selbst wenn das erst sein sollte, wenn ich nicht mehr bin.«

»Du wirst hübsch dableiben.«

»Ich sterbe.«

»Nein, tust du nicht. Du siehst das zu schwarz.«

Er lächelte matt. »Ich habe eine Entscheidung getroffen. Ich habe so lange wie möglich gewartet und gehofft, es würde sich was ändern. Und ich hab immerzu gebetet und den Herrn um Führung gebeten. Nun glaube ich, seine Antwort zu haben, und ich werde sie ausführen, so hart es scheinen mag.«

Ich presste meine Hand gegen seine welke Haut und fragte, was das sei.

»Das wirst du früh genug erfahren. Denk nur immer an das eine, was ich dir beigebracht habe.«

»Wähle deine Schlachten mit Bedacht«, rezitierte ich, »und dann kämpfe wie Michael.«

»Ganz genau. Und es werden einige Schlachten auf dich zukommen, fürchte ich.«

»O Großvater, aber das ist doch jetzt schon so.«

»Kann ich mir denken.« Er schwieg einen Moment. »So, und jetzt gibt es ein paar Sachen, die du für mich erledigen sollst.«

Er nannte mir drei Dinge.

Erstens war da George Quince aus Albertsville, Großvaters langjähriger Anwalt. Als Großvater das Sägewerk verkauft hatte, hatte Quince die Papiere aufgesetzt. Nun, sagte Großvater, müsse er sich mit ihm treffen wegen seines Testaments.

Dass Großvater ein Testament haben könnte, war mir nie vorher in den Sinn gekommen.

Mein Gespräch mit Großvater fand an einem Dienstagabend Anfang März statt. Am Mittwochmorgen rief ich, noch bevor ich zur Schule ging, Mr. Quince an. Als ich dann am Nachmittag nach Hause kam, saßen er und Großvater fast bis zum Abendessen hinter verschlossenen Türen. Mama löcherte mich mit Fragen; Großvater habe sein Testament schon vor Jahren aufgesetzt, sagte sie im Flüsterton; was mache er denn jetzt? Es war das erste Mal seit Tagen, dass sie mit mir redete. Keine Ahnung, sagte ich mit einem Achselzucken.

»Lass gut sein, Estelle«, befahl Papa zu unserer Überraschung. »Das ist seine Sache.«

Zweitens, und kaum zu glauben, war da Danny, den Großvater an sein Bett bestellte. Ich sollte ihn aber nicht selbst abholen; das ginge dann doch zu weit, hatte Großvater gesagt. Mama würde so schon einen Anfall kriegen. Wenn Danny nicht selber herkommen könnte, sollte Papa ihn abholen. Ich erzählte Danny von Großvaters Bitte in der Schule. Mit großen Augen versprach er, noch am gleichen Abend nach der Arbeit auf dem Hof zu kommen, so gegen acht.

Großvater musste ziemlich viel gebetet haben, bevor er die Entscheidung traf, Danny zu sich zu bestellen. Ihm war klar, dass es Mama nicht nur ärgern, sondern auch verletzen würde, denn sie musste sein Handeln als ein Kräftebündnis gegen sie interpretieren. Aber Großvater hatte darauf bestanden, dass es wichtig sei. Auf seinen Vorschlag hin erzählten wir es Mama erst, kurz bevor Danny vorgefahren kam. Ihr Gesicht erbleichte. »Das dulde ich nicht«, erklärte sie zornig, »mein Vater stellt sich in meinem eigenen Hause gegen mich.«

Papa hob beide Hände. »Das ist wirklich nicht zu viel verlangt, Estelle; wie kannst du ihm das abschlagen? Er ist vielleicht nicht mehr lange bei uns.«

»Nicht zu viel verlangt! Er verlangt *alles,* wenn er vor unserer Tochter eine Erklärung abgibt, direkt vor unserer Nase; siehst du das denn nicht?«

Papas Stimme war tödlich leise. »Ich sehe so manches. Und ich sage, Danny kommt.«

Kevys Mund formte ein vollkommenes, rundes O, als er zu mir hinschielte. Wie ich Papa so breitbeinig mit tief in die Hüften gestemmten Händen stehen sah, hatte ich den Eindruck, dass er sich gut dabei fühlte und Großvaters Bitte ihm als Ausrede diente, seinen Mut aufzupumpen. Und die Bereitwilligkeit, mit der er Großvater zugesagt hatte, ließ mich denken, dass er insgeheim froh darüber sei, dass Danny eingeladen worden war.

»William, er kann nicht hierher kommen! Das können wir nicht gestatten!«

»Doch, das können wir. Und werden wir.«

»Nein!« Mama schleuderte einen Arm in meine Richtung. »Sie trotzt mir so schon genug. Begreifst du denn nicht, was das anrichten wird?«

»Estelle, dein Vater wünscht sich einen Besucher. Und ich werde dafür sorgen, dass er ihn bekommt.«

Mamas Gesicht schrumpelte zusammen, sie floh in ihr Zimmer und knallte die Tür hinter sich zu. Kevy fing an zu weinen. Ich konnte meine Häme nicht verbergen.

»Celia«, befahl Papa, »nicht.«

Mama kam den ganzen Abend lang nicht aus ihrem Zimmer. Als Danny auftauchte, schüttelte er Papa ernsthaft die Hand, schenkte mir ein kurzes Lächeln und drückte Kevy. »Was hast du, Kevin?«, fragte er, als er die roten Augen meines Bruders sah.

»Mama und Papa haben sich gezankt.«

Die Ehrlichkeit der Jugend. Ich hätte Kevy treten können, als ich den Schmerz sah, der Dannys Gesicht überzog. »Das wird schon wieder«, tröstete er und zauste Kevys Haar. »Deine Mama ist ganz einfach traurig, wo doch ihr Papa krank ist und so.«

Ich hätte heulen können, als ich ihn Mama derart verteidigen hörte. Als ob sie das verdient hätte.

Danny entschuldigte sich und ging durch den Flur zu Großvaters Zimmer. Ich hörte noch ihren Grußwechsel; dann schloss sich die Tür.

Papa zog Kevy auf die Couch hinunter zum Fernsehgucken, ein seltenes Vergnügen an einem Schulabend. Ich wanderte lustlos in mein Zimmer und betrachtete die Ozeanlandschaften, die meine Wände bedeckten. Die Emotionen flogen in mir durcheinander wie Kleidung im Trockner. Wie sehnlichst hatte ich mir gewünscht, Danny noch einmal bei mir zu Hause zu sehen. Wie wunderbar war es zu sehen, wie er Papa die Hand schüttelte, oder zu hören, wie Großvater ihn warmherzig begrüßte. Doch die Umstände, unter denen er eingeladen worden war, waren ein sehr hoher Preis. »O Großvater«, flüsterte ich und strich mit einem Finger über ein verschwimmendes Bild, »bitte, stirb nicht. Wer wird für mich eintreten, wenn du nicht mehr bist?«

Über eine halbe Stunde verging, bevor ich das *Klack* von Großvaters Tür hörte. Ich sprang von meinem Bett auf, um Danny im Flur abzufangen. »Was war?«, wisperte ich.

Seine Augen verschleierten sich. »Dein Großvater ist ein toller Mann. Ich werde ewig in seiner Schuld stehen.«

»Was hat er gesagt?«

Danny wagte es, meine Hände zu ergreifen. »Er hat unser Zusammensein gesegnet, Celia. Deine Mama wird das niemals tun, hat er gesagt, und dein Papa hat vielleicht nicht den Mut dazu. Also hat er's gemacht. Nachdem er mich vor Gott hat schwören lassen, dass wir erst die Schule fertig machen und dass ich für dich sorgen tu. Er hat gesagt, es wird nicht leicht sein. Aber, hat er gesagt, man muss seine Schlachten mit Bedacht wählen.«

Nachdem Danny gegangen war, schlich ich auf Zehenspitzen in Großvaters Zimmer. »Hallo, Missy«, murmelte er.

Ich zog die Decke über seinen knochigen Schultern zurecht. »Großvater, danke.«

Er brachte ein Lächeln zustande. »Bin ziemlich müde; war ein langer Tag. Werd wohl mal ein Schläfchen machen.«

Als ich ihm einen langen Kuss auf die Stirn drückte, schlief er ein.

In den nächsten vier Tagen hatte Großvater ständig Besucher, die alle einen Stuhl an sein Bett zogen und sich schweigend in Erinnerungen ergingen. Mr. und Mrs. B. kamen sowie Hank Jenkins und Mr. Tull, die Clangerlees, die Frasiers, die Taylors und die Hardings. Es war, als ob sie es alle wüssten.

»Miss Jessie.« Ich erwischte sie am Samstagmorgen am Arm, nachdem sie und Mr. Harding Abschied von meinem müden Großvater genommen hatten. Mrs. B. hütete die Harding-Kinder, da Miss Jessie mich nicht darum hatte bitten wollen. »Hat Lees Großonkel schon einen Job für Danny?«

Sie bedachte mich mit einem neugierigen Blick. »Hat er denn nichts gesagt?«

Angst staute sich in meiner Brust. »Wir hatten nicht viel Zeit zum Reden«, erwiderte ich leichthin.

»Natürlich. Nun, ich überlass es ihm, es dir zu erzählen.«

Ich öffnete den Mund, um sie zu drängen, schloss ihn dann aber prompt wieder. Sie hatte Recht – Danny sollte es mir selber sagen. Und es stimmte, dass wir nicht viel Zeit zum Reden gehabt hatten. Trotzdem, ich wurde das Gefühl nicht los, dass er es absichtlich vor mir verbarg.

Am Sonntagnachmittag kam Jake Lewellyn zu Besuch. Ich fragte, ob die Männer Dame spielen wollten, aber Großvater war zu müde. »Wir werden uns einfach die Ruhe antun, Missy«, antwortete er und seine Augenlider klappten herunter. Ich hätte sie allein lassen sollen, aber irgendetwas ließ mich bleiben und so saß ich auf dem Boden, gegen den Schrank gelehnt, und hielt die Knie umschlungen.

Großvater schnaubte leise. »Gibst du also schließlich zu, dass ich besser bin als du, was?«

»Du hast mich zu deiner Zeit in vielen Dingen geschlagen.«

»Vergiss nicht den Jakes Felsen. Da hast du mich diesem hässlichen Mädel ein Ständchen bringen lassen.«

»Du hast immer gesagt, ich hätte dabei geschummelt.«

»Hast du ja auch.«

»Gar nicht.«

»Wohl.«

Sie schwiegen einen Augenblick. Ich konnte hören, wie die Luft in Großvaters Lungen hinein- und herausströmte. »Nun, Jake« – seine Stimme klang so müde – »schaut so aus, als hättest du mich diesmal endgültig geschlagen.«

»Nein, Sir«, versetzte Mr. Lewellyn kratzbürstig, »du stirbst mir noch nicht so schnell weg, wenn es das ist, was du meinst. Also red nicht davon und mach mir keine falschen Hoffnungen.«

»Jake Lewellyn, Sie waren schon immer ein mieser Betrüger.«

»Und du ein Dieb und ein Lügner.«

»Genau. Und?«

»Was ›und‹?«

»Und ich hab immer noch deine Murmel.«

Großvater kämpfte sich zu einem Grinsen durch.

Am Montag rief Papa während der Mittagspause in der Schule an und bat Kevy und mich, nach Hause zu kommen. Die Nachricht erreichte mich, als ich mich gerade gegenüber von Danny niederließ und mich darauf einstellte, ihm Fragen über seinen Job in Miami zu stellen. Mein Magen verwandelte sich zu Stein. Danny sah mich mit Traurigkeit in den Augen an. »Versuch mich heute Abend anzurufen«, sagte er. »Ich möchte Bescheid wissen.«

Ich nickte.

Papa war gar nicht erst zur Arbeit gegangen. Als Kevy und ich ins Haus gestürmt kamen, fanden wir ihn und Mama an Großvaters Bett. »Hier sind sie, Thomas«, sagte er.

Ich schleifte einen zitternden Kevy über den abgetretenen Teppich. »Hallo, Großvater.« Die Decke bewegte sich kaum über seiner Brust. Eine Hand war unter sie gesteckt. Ich griff nach seiner anderen Hand, die auf seinem Magen ruhte, und war schockiert über ihre Kälte. »Hier, steck sie unter die Decke«, drängte ich und sank auf meine Knie.

»Ist egal.« Seine Stimme war ein kratziges Flüstern. »Kann sie eh nicht spüren.« Er schluckte mühsam. »Missy, vergiss jetzt nicht, was ich dir gesagt hab. Und wende nie den Blick vom Herrn.«

Mein Hals zog sich zu. »Nein, Sir, das werde ich nicht.«

»Kevin.«

Mein Bruder warf mir einen entsetzten Blick zu, dann schob er sich langsam neben mich. »Ja, Sir.«

»Du bist ein Prachtjunge. Lieb und großzügig wie deine Mama in deinem Alter.«

Mama lieb und großzügig? Großvater war zu krank, um zu wissen, was er da von sich gab.

»Pass auf deine Mama auf, Kevin, hörst du?«

»Das werde ich.«

Er weiß doch, was er sagt, dachte ich. *Er weiß, dass ich nicht mehr da sein werde.*

»Ich liebe dich, Estelle. Meine hübsche Tochter.«

Mama schluchzte leise. »Ich liebe dich auch, Vater.«

»Großvater«, platzte ich hervor, *»nicht.* Wähl deine Schlachten. Du kannst diese hier gewinnen.«

Seine Finger hoben sich ganz leicht von der Decke und sanken dann wieder herunter. »Nein, Missy. Ich bin zu müde.«

An jenem Nachmittag drehte sich die Zeit im Kreis. Mal murmelte Großvater etwas, mal schlief er, ich streichelte ihm die Stirn, Mama brachte ihm Wasser. Papa saß auf einem Stuhl am Bettende und hielt Großvaters dünnen Knöchel durch die Decke. »Thomas, schlaf jetzt einfach«, begütigte er. »Jeder Held braucht seine Ruhe.«

Mama kniff die Augen zusammen, sagte aber nichts.

»William«, flüsterte Großvater, »ich war immer stolz darauf, dich in der Familie zu haben. Du warst meinem Mädchen ein guter Ehemann.«

Zu meinem Entsetzen krampfte sich Papas Gesicht zusammen. Ich erstarrte auf meinem Stuhl, als ich ihn zum ersten Mal in meinem Leben weinen sah, bis das Mitleid meine Fassungslosigkeit überstieg. Ich stand auf und umfasste leicht seine Schultern. Mama rührte sich nicht.

In den nächsten paar Stunden klingelte ab und zu das Telefon. Niemand ging ran. Kevy saß an der Wand, die Beine ausgestreckt, und stand dauernd auf, um Mama und mich beim ersten Anzeichen von Tränen zu trösten. Ich wischte die seinen ab. Die meiste Zeit über hielten wir still wartend Wache und wussten in unseren Köpfen, was kommen würde, während unsere Herzen es standhaft leugneten. Gegen vier Uhr schlief Großvater wieder ein und der leiseste Lufthauch aus seinem geöffneten Mund ließ uns hoffen. Niemand sprach ein Wort.

Um halb sechs, wenn wir normalerweise zu Abend aßen und Großvater sein Fleisch schnitt und dabei eine Kriegsgeschichte zum Besten gab, schlug er plötzlich die Augen auf und sein Gesicht belebte sich. »Adele!«, rief er mit heiserer, zittriger Stimme aus. »Du bist so wunderschön!«

Im nächsten Moment fielen seine Wangen ein. Sein Mund entspannte sich. Das Licht verglimmte in seinen Augen wie das letzte gelbliche Glühen einer aufgebrauchten Taschenlampe. Er atmete noch einmal und erschauerte.

Dann war er nicht mehr.

Die Beerdigung fand zwei Tage später statt, am Mittwoch, den

12. März. Die Schule fiel aus, da mangels Platz in unserer Kirche die Aula für den Gottesdienst geöffnet wurde. Die gesamte Stadt kam. Blumen, duftend und üppig, bedeckten den Sarg und den gesamten Bühnenboden unter Pastor Frasiers Füßen. Viele Leute hielten Elogen, die sowohl witzig als auch wehmütig waren. Lee Harding sprach davon, dass die Sägemühle Großvaters Vermächtnis sei, die immer noch vielen ansässigen Männern Arbeit gebe. Mr. B. sprach von seiner Weisheit. Mrs. Clangerlee sagte, er habe immer eine lustige Geschichte auf Lager gehabt unten im Supermarkt. Mr. Tull trauerte um den leeren Stuhl unter seiner Markise.

Danny und seine Mama kamen, sie schlüpften in eine der hintersten Reihen. Ich hätte ihn so gern neben mir gehabt. Stattdessen saß ich vorne zwischen Papa und Kevy, der mir tröstend den Arm tätschelte. Es gab Augenblicke, in denen ich nicht weinen konnte, und Augenblicke, in denen die Tränen nicht aufhören wollten. Ich hatte noch nie zuvor echte Trauer erlebt und war überwältigt von der Gier, mit der sie mein Herz verzehrte.

Hinterher fuhren wir in einer langen, schweigenden Prozession zum Friedhof neben unserer kleinen weißen Kirche, um zuzusehen, wie der Sarg in den Boden gesenkt wurde. Mama warf als Erste eine Hand voll Erde hinunter und brach unter Schluchzen zusammen, als sie auf das braune Holz auftraf. Papa kam als Nächster an die Reihe, dann Kevy. Ich scharrte eine Faust voll Erde zusammen, hob sie zum Mund, küsste sie und streute sie dann über das Grab. »Wähle deine Schlachten, Großvater«, wisperte ich.

Als alles vorbei war, hatte ich noch eine Sache zu erledigen. Großvaters dritte Bitte. Ich stahl mich von meiner Familie fort und wühlte mich durch Dutzende tröstender Arme an Jake Lewellyns Seite.

»Mr. Lewellyn.« Ich schob eine Hand in meine Tasche und brachte ein kleines Bündel zum Vorschein, das in eins von

Großvaters alten Taschentüchern gewickelt war. Ich wickelte es aus. »Großvater wollte, dass ich Ihnen das hier gebe.« Ich hielt ihm die gesprungene Puppenservicetasse hin. Darin lag die Murmel, die im fahlen Sonnenlicht schwarz und silbrig funkelte. »Er hat gesagt, ich soll Ihnen sagen« – meine Stimme brach – »dass du gewonnen hast.«

Jake Lewellyn plärrte wie ein Baby.

Kapitel 44

Zwei Tage nach Großvaters Beerdigung versammelte sich unsere Familie in Mr. Quinces Kanzlei zur Testamentseröffnung. Mama hatte Angst und ihre Anspannung brach sich Bahn in widerstreitenden Ausbrüchen sentimentaler Tränen oder beißenden Zorns. Mr. Quince las das Dokument völlig nüchtern vor und sah dabei keinmal vom Blatt auf. Großvater hatte ihm für jeden von uns Briefe diktiert, die unterschrieben und versiegelt in getrennten Umschlägen steckten. Diese sollten wir später lesen.

Der Rest war kurz und bündig. Seine Medaillen und militärischen Insignien vermachte Großvater mir. Kevy bekam die deutsche Feldflasche. Seinen materiellen Besitz, Kleidung und dergleichen, wollte er an Organisationen für Kriegsveteranen spenden. Von seinen Ersparnissen bei der Bradleyviller Bank, die durch Zinsen ständig gewachsen waren, seit er »das Sägewerk mit sattem Gewinn verkauft hatte«, sollten fünftausend Dollar auf ein Konto für Kevy gehen und fünfzehntausend Dollar seiner lieben Tochter gegeben werden, die er innigst liebte. Der Restbetrag, über fünfundsechzigtausend Dollar, sei für seine Enkelin, Celia Marie Matthews bestimmt, und sollte auf ein Konto eingezahlt werden, bis sie achtzehn war und ihren Highschoolabschluss hatte, dann war es ihr auf einen Schlag auszuzahlen.

Mama stöhnte auf. Der Blick, mit dem sie mich bedachte, als ich in erschüttertem Schweigen dasaß, troff vor Schmerz und Enttäuschung und Bitterkeit. Ich wusste, sie glaubte, dass Großvater ausgeholt und ihr noch aus dem Grab eine Ohrfeige verpasst hätte. Ich verstand nichts von alledem, bis ich mich in mein Zimmer zurückziehen konnte, die Tür zuschloss und mich mit dem Brief in der Hand auf mein Bett fallen ließ.

Liebe Celia,
jetzt kennst du meine Entscheidung. Ich hatte das Geld all die Jahre über gespart in der Absicht, es deiner Mama zu geben, da ich ja wusste, dass sie wiederum großzügig zu dir und Kevy sein würde, wenn die Zeit für euch gekommen wäre, das Haus zu verlassen. Doch jetzt stehen die Dinge anders. Du und Danny müsst euch ein Leben aufbauen und sie wird euch nicht dabei helfen. Wäre Danny selbst vermögend, hätte ich das nicht tun müssen. Aber er hat sein Leben lang gekämpft und kann dir nichts geben als sich selbst. Deshalb nimm das Geld mit meinem Segen.
Eine Bitte, Missy. Erzähl ihm noch nichts davon. Du denkst vielleicht, dann wäre ihm leichter ums Herz im kommenden Jahr, wenn ihr zwei getrennt sein werdet. Ich denke aber, es würde alles nur noch schlimmer machen. Er hat seinen Stolz. Er wird zögern, dich zu bitten, deine Familie zu verlassen, sobald du deinen Abschluss hast, aus Angst, du könntest glauben, er wolle dich nur um des Geldes willen. Das ist natürlich Blödsinn, aber so sind die Menschen. Sie können sich viel Blödsinn einreden, wenn es um die geht, die sie am meisten lieben. Deshalb warte, bis ihr zusammen seid, und dann überrasche ihn.
Und noch etwas sehr, sehr Wichtiges. Denk immer daran, was ich dir über das Beten gesagt habe, damit die Dinge mit deiner Mama wieder ins Lot kommen. Denn Gott hat mir gestern etwas versprochen, nachdem ich mit dir geredet habe. Ich muss beschämt zugeben, dass ich reichlich sauer auf ihn war und wissen wollte, warum er mich nie wegen meines Problems mit ihr erhört hatte. Irgendetwas in mir drängte mich, meine Bibel zur Hand zu nehmen, und sie öffnete sich bei Matthäus 11,28. »Kommt her

zu mir, alle, die ihr mühselig und beladen seid; ich will euch erquicken.« Im nächsten Vers steht es noch einmal, sogar noch schöner: »Ihr werdet Ruhe finden für eure Seelen.« Gott sagte mir so deutlich wie nur was, dass ich jetzt ruhen darf, weil ich mein Mögliches getan habe und er sich darum kümmern wird. Und dann hat er mir noch etwas gesagt, Celia, klar wie eine Glocke. Er sagte mir, dass du diejenige auf dieser Erde bist, die zu deiner Mama durchdringen wird, wenn du dich einfach seiner Führung anvertraust. Ihr zwei werdet euch lieben lernen. Du kannst dir vorstellen, dass ich mich danach deutlich besser fühlte. Es mag eine Weile dauern, bis du es geschehen siehst. Aber gib niemals auf. Frag einfach immer wieder den Herrn, wie du das anstellen sollst, und er wird es dir sagen. Eins weiß ich – der Herr geht nicht hinter seine Verheißungen zurück. Wenn du dich allerdings nicht Hilfe suchend an ihn wendest, wirst du es aus eigener Kraft nie schaffen.

Eins noch. In meinem Brief an deine Mama habe ich ihr gesagt, dass viel Gebet damit einhergegangen ist, dir so viel Geld zu geben. Ich bete, dass sie das verstehen wird und sie ihr Herz nicht verhärtet. Ich habe ihr auch noch viele, viele andere Sachen gesagt, von denen ich hoffe, dass sie sie irgendwann verstehen wird. Du bist die beste Enkeltochter, die ein Mann sich nur wünschen kann. Es war eine Freude, dich aufwachsen zu sehen. Ich habe es geliebt, mit dir spazieren zu gehen und zu angeln und zu schwimmen, und am allermeisten, mit dir zu Tulls zu gehen.

In innigster Liebe,

Dein Großvater, Thomas Bradley.

PS: Vergiss nicht, diesem alten Pantoffelhelden Jake Lewellyn seine Murmel zu geben.

1997

Kapitel 42

Oh, wie sehnte ich mich nach dem Rat meines weisen Großvaters, während ich mit meinen wachsenden Gefühlen für John Forkes kämpfte. Er spukte mir jetzt beinahe ständig durch den Kopf. Bilder von seiner Hand auf meiner verzwirbelten sich mit meinem uralten Schmerz um Danny. Die Bilder machten den alten Verlust nicht kleiner. Doch beim Zusammenleben mit Mama und dem Anfeuern von Papa in scheinbar endlosen Trainingsstunden durchlief mich bei Johns Bild eine Wärme, wie ich sie schon lange nicht mehr verspürt hatte. Ich vermutete, dass er ebenfalls an mich dachte. Seit dem Tag, an dem wir uns kennen gelernt hatten, hatte zwischen uns eine unerklärliche Gedankenübertragung stattgefunden. Ich stellte mir vor, wie Carrie von Andy sprach, und rief mir die geschärften Sinne einer Frau ins Gedächtnis, die begehrt wird.

Aber John war nicht frei, wie Andy das war. John war verlobt. Plante eine Hochzeit. Er war Vaters Hausarzt; das hätte unsere einzige Verbindung sein sollen. Und ich war nicht länger ein Teenager, der zu sehr mit sich selbst beschäftigt ist, um die Tragik undurchdachter Entscheidungen zu erkennen.

Unsere Unterhaltung bei einem Eistee fand an einem Freitag statt. Am folgenden Dienstag würde John wiederkommen. Ich fieberte dem Tag mit ungeduldiger Ängstlichkeit entgegen, ähnlich wie ich einst auf den Samstag und meinen nächsten Besuch am Fluss gewartet hatte, nachdem Danny nicht aufgetaucht war.

»Mama«, fragte ich, als ich am Montag den Tisch fürs Abendessen deckte, »ich hab mir überlegt, das Wohnzimmer zu streichen. Was hältst du davon?«

Sie rührte durch den Reis auf dem Herd. »Streichen? Wo wir alle da sind?«

»Ich würde immer nur eine Wand auf einmal machen, dann würde es nicht zu sehr behindern. Und nötig ist es wirklich.«

»Schon, ich weiß, aber –«

»Lass mich das für euch tun, Mama«, drängte ich. »Ich brauch eh Beschäftigung.«

Sie druckste noch etwas herum, willigte aber schließlich ein und lächelte mich sogar kurz an. Ich lächelte zurück. Papa zuliebe gaben wir uns noch mehr Mühe, uns zu vertragen, seit er sich letzte Woche bei Tisch so aufgeregt hatte. Allerdings war mir klar, dass es nicht so einfach sein würde, unsere Meinungsverschiedenheiten beizulegen, wie einen Raum zu streichen.

Nach Papas Übstunde am Dienstagmorgen fuhr ich nach Albertsville, angeblich um Farbe zu kaufen, doch ich hatte noch etwas anderes vor. Als ich das südliche Ende der Stadt erreicht hatte, folgte ich den vertrauten Straßen, die zu Sledge's Farm Equipment führten. Ich war häufig als Kind mit Großvater mitgefahren, um Papa von der Arbeit abzuholen, wenn Großvater an jenem Tag das Auto brauchte. Wie war Großvater nicht immer über die Hügel gebrettert, sodass mir der Magen schon in die glucksende Kehle gehüpft war, und hatte dazu geschmettert, dass wir »in die Schlacht für die Alliierten« zögen.

Meine Mission heute war nicht weniger wichtig, was Vater anbetraf. Ich musste den Schaden, den Mama angerichtet hatte, wieder gutmachen. Sein Chef erwartete mich nicht; ich hatte nicht riskieren können, dass Mama einen Anruf mithörte. Ich hoffte, dass sich das Überraschungsmoment zu meinen Gunsten auswirkte.

Zu meiner Erleichterung begrüßte Mr. Sledge mich herzlich, fragte nach Vater und sagte, wie sehr man ihn vermisse. »Das höre ich gern«, erwiderte ich, »weil ich nämlich gekommen bin, um mit Ihnen darüber zu reden, wie wir ihm den Arbeitseinstieg am leichtesten machen können.«

Er zuckte nicht mit der Wimper. »Aber natürlich, natürlich.«

Nachdem er mich in sein Büro geleitet hatte, bat er mich, auf einem alten Holzstuhl gegenüber von seinem grauen Metallschreibtisch Platz zu nehmen. Kisten, Papiere, Lieferscheine und Lieferungen verstopften den Raum und den Sims des einzigen, schmierigen Fensters. Aus der Ausstellungshalle draußen hörte man einen Verkäufer einen Traktormotor testen und einen anderen nach Personal schreien, damit »mal endlich jemand das verdammte Telefon abnimmt«. Mr. Sledge nickte mir entschuldigend zu. »Es geht hier ziemlich laut zu. Dein Vater hat mich immer erstaunt, wie er die Buchführung machen konnte mitten in all dem Krach. Er hatte den Dreh raus, einfach alles auszublenden, was er nicht hören wollte.«

Ich dachte an Vater, als ich noch klein war, und hatte keinerlei Schwierigkeiten, das zu glauben. Allerdings war er mittlerweile nicht mehr ganz so unempfindlich für das, was um ihn herum vor sich ging. Ich fragte mich, ob sich das hier für ihn nachteilig auswirken würde. Auf jeden Fall hatte es sich auf seine Nachsichtigkeit mit meinem Streit mit Mama ausgewirkt.

»Sie haben zu meiner Mutter gesagt, dass zur Zeit eine Zeitarbeitskraft für ihn da ist?«

»Das ist richtig. Der Mann weiß, dass er höchstwahrscheinlich zwei Monate bleiben kann; danach sehen wir weiter.«

»Mr. Sledge« – ich beugte mich auf meinem Stuhl vor – »ich führe Vaters Therapie durch. Wir arbeiten sehr hart, üben zweimal am Tag und er macht Fortschritte. Es geht aber nur langsam voran; es wird wahrscheinlich die ganzen zwei Monate dauern. Vielleicht sogar länger, und aus dem Grund bin ich hier. Um Sie frühzeitig zu bitten, ihm noch etwas mehr Zeit einzuräumen, falls wir sie brauchen sollten. Er hat viele Jahre für Sie gearbeitet und ich weiß, dass Sie ihn schätzen. Deshalb meine ich, dass es nicht zu Ihrem Schaden wäre, wenn Sie diesen Leihbuchhalter noch ein paar Wochen länger beschäftigen würden.«

Er sah mich nachsichtig an. Die Glühbirne an der Decke spiegelte sich auf seinen Brillengläsern. »Du bist von auswärts gekommen, um deinem Vater zu helfen, nicht wahr? Hast deinen eigenen Job erst mal sausen lassen?«

»Ja, Sir.«

Er schüttelte den Kopf. »Dein Herr Papa kann wirklich von Glück sagen, dass er dich hat. Ich würde ja gerne glauben, dass meine Kinder für mich das Gleiche tun würden, aber ...« Er zuckte die Achseln. »Ich nehme an, dir stehen deine beiden Herrschaften sehr nahe; das ist nun mal die Art, wie Bradleyville erzieht.«

»Na ja, ich war lange fort. Aber dann brauchten sie mich und also bin ich gekommen.«

»Genau das hab ich gemeint.« Er lehnte sich zurück und blickte zur Decke, während er geistesabwesend an dem blauweiß gestreiften Hemd zupfte, das über seinem vorstehenden Bauch nur halb zugeknöpft war. »Ich will dir mal was sagen, Celia. Mir liegt was dran, dass dein Vater zurückkommt. Aber deine Mutter hat mir den Eindruck vermittelt, dass er dazu vielleicht nie in der Lage sein wird. Deshalb haben sie und ich uns auf zwei Monate geeinigt als so eine Art Bedenkzeit, wenn du verstehst, was ich meine. Himmel, sie hat mir erzählt, er könnte nicht mal reden. Und ich dachte: ›Wer weiß, ob er jemals wieder meine Buchführung machen kann?‹«

»Er konnte am Anfang auch nicht sprechen, aber er ist dabei, es zu lernen«, antwortete ich. »Und im Kopf ist er völlig klar. Was er nicht sagen kann, kann er aufschreiben. Das ist keine Frage von logischem Denkvermögen; es ist mehr eine Frage, dass sein Körper wieder die Kraft gewinnt, normal zu funktionieren. Es kann sein, dass er nie mehr in der Lage sein wird, allein mit dem Auto zur Arbeit zu fahren, zum Beispiel, aber es gibt keinen Grund, warum Mama ihn nicht bringen können sollte.«

»Deine Mama wirkt wahnsinnig fürsorglich; ich weiß ja nicht, ob ihr das recht ist.«

Meine Finger packten die Lehnen meines Stuhls. »Verzeihen Sie, Mr. Sledge, aber ich bin nicht der Meinung, dass sie darüber zu bestimmen hat. Das ist Vaters Entscheidung. Versetzen Sie sich mal in seine Lage – an einen Rollstuhl gebunden zu sein und so hart arbeiten zu müssen, um die einfachsten Dinge, wie zum Beispiel Socken hochziehen, wieder zu erlernen. Stellen Sie sich nur mal vor, wie bedrückend das wäre; und dann denken Sie mal, Ihnen würde jemand erzählen, dass Sie niemals mehr hierher zurückkommen könnten, dass Ihr Berufsleben vorbei sei, selbst wenn Sie vollständig gesund werden würden. Meinen Sie nicht, dass das Auswirkungen darauf hätte, wie sehr Sie sich bei Ihrer Therapie anstrengen würden? Meinen Sie nicht, dass Sie sich sagen würden: ›Wozu das alles?‹ Sie wissen, dass das stimmt; die Arbeit eines Mannes ist sein Leben. Und ich weiß, dass Vater bei allem, was er durchgemacht hat, dieser Ort sehr viel bedeutet.« Ich brach abrupt ab, wohl wissend, dass meine Stimme sich erhoben hatte. Ich spürte, wie mir das Blut in die Wangen schoss.

Mr. Sledge klopfte langsam mit seinem Daumen auf den Schreibtisch. »Ich sag's noch mal – dein Herr Vater kann von Glück sagen, dass du für ihn kämpfst. Und ja, Ma'am, ich verstehe das sehr gut. Machen wir also Folgendes: Ich habe deiner Mutter gesagt, dass wir in zwei Monaten noch einmal neu überlegen würden, und daran werde ich mich halten. Das ist, mal schauen« – seine Lippen bewegten sich, als er leise zählte – »in sechs Wochen. Wenn William bis dahin noch nicht so weit ist, dass er zurückkommen kann, dann schaust du einfach bei mir vorbei und erzählst, wie lange es deiner

Meinung nach noch dauert, vorausgesetzt dass er überhaupt zurückkommen kann. Du wirst mir doch reinen Wein einschenken, nicht?«

»Ja, das werde ich.« Erleichterung durchschoss mich. »Vielen Dank, Mr. Sledge! Vielen, vielen Dank.«

»Schon gut, schon gut.« Er schob seinen Stuhl zurück und klatschte sich mit den Händen auf die Knie. »Hört sich an, als wärst du entschlossen, hier zu bleiben, egal, wie lange es dauert, was? Bis dein Vater zurückkommen kann.«

Mein Lächeln gefror, als mich seine Worte mit voller Wucht trafen. Indem ich Mr. Sledge eine Zeitverlängerung abgeschmeichelt hatte, hatte ich die Tür zu einem unbegrenzten Aufenthalt in Bradleyville geöffnet. Warum war ich nicht von selbst darauf gekommen? Angenommen, Vater würde nicht rechtzeitig gesund werden und aus meinen noch verbleibenden Wochen würden zehn, zwölf? An welchem Punkt würde ich abbrechen, mir die Niederlage eingestehen? Wie könnte ich einfach nach Little Rock zurückkehren und Papa für immer mit Mama zu Hause hocken lassen?

»Nun ja, natürlich«, entgegnete ich lahm. »Wenn er dazu in der Lage ist.«

Mr. Sledge öffnete schon seine Bürotür und lachte. »Also für mich hört sich das an, als ob du keine Ruhe geben wirst, bis du ihn so weit hast; das hast du dir nun mal in den Kopf gesetzt. Und das ist nur recht und billig. Wir zählen auf dich. Genau wie dein Vater.«

»Ja, Sir.« Ich zwang meine Lippen, sich zu kräuseln. »Ich werde mein Bestes tun. Und danke nochmals.«

In meinem Auto lehnte ich mich an die Kopfstütze und schloss die Augen. Die Schlüssel plumpsten in meinen Schoß und ich wusste nicht, ob ich lachen oder weinen sollte.

Ich hatte vorgehabt, Bobby Delham von Albertsville aus anzurufen, um abzuklopfen, ob ich mich mit ihm nach der Arbeit treffen könnte. Ich hatte noch immer das Gefühl, ihn sehen zu müssen, um meine Trauer über Melissas Tod zum Ausdruck zu bringen, und ich dachte, es könnte vielleicht peinlich sein, ihn zu Hause zu besuchen, wo seine Kinder dabei waren. Doch nach meiner Verhandlung mit Mr. Sledge brachte ich dazu nicht mehr die Energie auf. Auf dem Weg zum Eisenwarenladen nahm ich mir fest vor, Bobby die Tage mal anzurufen.

Die Tage. Die Woche? Die Monate? Wer wusste das? Nach der Verpflichtung, die ich soeben eingegangen war, konnte ich das Treffen mit Bobby Delham möglicherweise den ganzen Sommer vor mir herschieben. Was machte ich da bloß, haderte ich innerlich. Die Trainingsstunden, so anstrengend sie gewesen sein mochten, waren nicht halb so kräftezehrend wie die Spannung zwischen mir und Mama. Ich wusste nicht, wie ich länger als zwei Monate mit ihr unter einem Dach verbringen sollte. Ich machte mir Sorgen, der Werbeagentur so lange fernzubleiben. Und der 30. Juni würde im Nu vor der Tür stehen. Undenkbar, meine alljährliche nächtliche Kerzenschein-Wache in Mamas Haus abzuhalten.

Als hätten sie nur auf das Stichwort gewartet, begannen sich die Erinnerungen in meinem Kopf abzuspulen.

»Nein.« Ich bekämpfte sie, als ich den Laden betrat. Mühsam schleuderte ich sie fort. Zahlte die Eimer Farbe. Rollte meinen schweren Einkaufswagen nach draußen. Während ich die Sachen in mein Auto lud, wurde ein leises, selbstsüchtiges Stimmchen in meinem Hinterkopf immer lauter und ersetzte die Erinnerungen. Es murmelte, dass mehr Zeit in Bradleyville mehr Möglichkeiten bedeutete, John Forkes zu sehen.

KAPITEL 43

Ich lieh mir ein paar alte Klamotten von Mama und machte mich daran, die Rückwand des Wohnzimmers und der Essecke zu streichen, wozu ich den Esstisch und das Telefontischchen hinausschleppte und Planen auslegte. Bald schon roch es im ganzen Haus nach Farbe und ich machte die Fenster und die Haustür auf, damit die warme Frühlingsbrise hindurchpusten konnte. Um noch Zeit für Papas Trainingsstunde zu haben, verkündete ich am Spätnachmittag, dass ich für einen Tag genug Schaden angerichtet hätte, tauchte die Farbrollen in Terpentin und nahm ein Bad.

»Ssiiiet guud aauss«, meinte Papa beim Abendessen zu mir und hielt sein Hühnchenbrustfilet beim Schneiden unbeholfen mit dem linken Zeigefinger fest. Er konnte in der linken Hand noch keine Gabel halten, obwohl sie immer beweglicher wurde dank seiner fortwährenden Versuche, den kleinen Ball zu drücken.

»Danke. Redest du jetzt von mir, wo ich wieder sauber bin, oder von den Wänden?«

»Bueidess.«

Ich drückte seinen Arm.

Papa und ich hatten bisher noch nicht wieder ausgiebig miteinander gesprochen und er hatte mir damit keine Ruhe gelassen. »Kuommm, rrääden«, hatte er noch morgens gesagt. Ich hatte ihm versprochen, dass wir das tun würden – irgendwann, wenn Mama mal nicht da sein würde. Er hatte mir einen enttäuschten Blick zugeworfen und nach seinem Stift und Papier gegriffen.

Worauf noch warten, um sich mit M. auszusöhnen? Auf Harmagedon?

Jetzt geht's wieder los, hatte ich gedacht. »Papa« – Niedergeschlagenheit hatte meine Stimme eingehüllt – »wie soll das gehen, sich für ein ganzes Leben auszusöhnen?«

»Die Farbe macht sich wirklich gut«, pflichtete Mama bei. »Danke für deine Mühe.«

»Gern geschehen; hat mir Spaß gemacht.«

Wie nett wir doch zueinander waren.

Als wir mit Essen fertig waren, kam John und erfasste die weggerückten Möbel und die Plane mit einem Blick. Seine Krawatte war fort, der Hemdkragen offen. Er richtete seine Augen auf mich und sein Blick erinnerte mich an die Art, wie Danny immer geschaut hatte, wenn er mich in der Schule sah und wir uns nicht anfassen durften. Während John Papa untersuchte, stand ich herum und erzählte ihm von den verschiedenen Fortschritten, die ich beobachtet hatte. Als er gehen wollte, erbot ich mich, ihn hinauszubegleiten. »Nur eine kurze Frage«, erklärte ich.

Ich wartete, bis wir von der Veranda getreten waren, weit genug von Mamas lauschenden Ohren weg. »Ich wollte nur, dass du weißt«, sagte ich leise im Gehen, »dass ich gestern bei Vaters Chef war und er uns mehr Zeit eingeräumt hat, falls Vater länger braucht, bis er wieder arbeiten gehen kann. Ich habe Mutti noch nichts davon gesagt.«

»Das freut mich für William.« John blickte die Minton Street entlang, offensichtlich hielt er nach neugierigen Nachbarn Ausschau. Es berührte mich, dass er das für notwendig hielt, als ob wir etwas zu verbergen hätten. »Meinst du, sie wird froh sein, dass du das getan hast?«, fragte er.

»Das spielt im Grunde keine Rolle. Ob Vater wieder arbeiten geht, ist seine Entscheidung, nicht ihre.«

Wir blieben auf halbem Wege zu seinem Auto stehen. »Sie versucht nur, ihn zu beschützen, Celia. Sie hätte ihn beinahe verloren und das hat ihr einen Heidenschreck eingejagt.«

»Das hat mit Beschützen nichts zu tun«, klärte ich ihn auf.

»Beherrschen lautet das Stichwort. Du kennst sie nicht. Sie hat immer versucht, unsere Familie zu beherrschen, und sie hat es nie haben können, wenn Leute von ihr fortgingen; das war immer ihr Ding. Und jetzt will sie nicht mal, dass Vater tagsüber zur Arbeit fortgeht. Das ist lächerlich.«

»Meinst du nicht, dass du ein bisschen hart mit ihr bist?«

»Komm mir nicht mit so was, John; du kennst nicht mal die Hälfte der ganzen Geschichte.«

»Okay. Es tut mir Leid.«

Ich schloss die Augen, war plötzlich müde. »Nein. Mir tut's Leid. Ich bin bloß ... empfindlich bei dem Thema.«

»Mach dir deshalb keine Gedanken.« Er legte mir kurz eine Hand auf den Arm. Meine Haut prickelte.

In plötzlicher Befangenheit ging ich weiter. »Wann kommst du das nächste Mal?«

»Am Freitag. Auf diese Weise kann ich mir das Wochenende freihalten. Es sei denn, irgendein Mütterchen ruft mich wegen ihrer Hämorrhoiden.«

Mir gelang ein Lächeln. »Ein Arzt ist wohl immer im Dienst, was?«

»So ist es.« Er öffnete die Beifahrertür und stellte seine Tasche auf den Sitz. »Bis bald.«

»Ziela. Ssiieeh!«

Es war am Samstagnachmittag. Ich war fertig mit Anstreichen, das Wohnzimmer und der Essbereich sahen frisch und sauber aus. Ich hatte Mama mitgeteilt, dass ich mit der restlichen Farbe auch noch eben die Küche machen könnte. Später hatte sie einem Kranken aus der Gemeinde einen Auflauf vorbeigebracht und gemeint, sie würde nicht lange bleiben. Ich war im Begriff gewesen, Monica wegen Haus und Katzen anzurufen, doch bei der Dringlichkeit in Vaters Stimme stürzte ich stattdessen auf die Veranda. Er strahlte halbseitig vor Siegesstolz und deutete mit seinem Kinn auf seinen Schoß.

»Mensch, irre!«, schrie ich. »Sieh dir das an! Du kriegst ihn berührt!«

Die Finger und der Daumen seiner linken Hand krümmten sich um den roten Ball und streiften ihn sacht. Während ich zuguckte, machte er seine Hand noch einmal langsam wieder auf und zu.

»Das ist ja toll!« Ich wirbelte um ihn herum wie ein stolzes Elternteil. »Kriegst du ihn hochgehoben?«

»Hmmm.« Er runzelte die Stirn und wandte jedes Fitzelchen Energie darauf, seine Finger noch ein kleines bisschen stärker zu schließen. Sie bewegten sich kaum merklich.

»Da! Jetzt versuch's.« Ich sank auf die Knie und wir starrten den Ball an, wollten ihn mit aller Macht dazu bringen, sich ein klitzekleines bisschen zu heben. Seine Finger zitterten. »Komm schon, komm schon«, flüsterte ich dem Ball zu, »du schaffst es.« Papa hob langsam den Arm und der Ball rutschte ihm durch die Finger. »Macht nichts«, ermutigte ich ihn. »Versuch's noch mal.«

Es misslang noch zweimal, doch er war nicht bereit aufzugeben. »Mach dir nichts draus«, sagte ich begütigend. »In ein paar Tagen hast du's.«

»Nei-ein! Ättzt.«

Er versuchte es noch einmal und keuchte dabei heftig durch seinen geöffneten Mund. Der Ball begann sich zu bewegen. Langsam hob er ihn gut einen Zentimeter hoch, bevor er herunterfiel.

»Jaaa!«, rief ich. Ich sprang hoch und vollführte einen kleinen Tanzschritt, dann umarmte ich ihn fest. Seine Schultern bebten vor Begeisterung.

Dieser Triumph markierte das Ende unserer dritten Woche und war der Durchbruch zu einer Flut von Fortschritten beim Sprechen genauso wie im Blick auf körperliche Geschicklichkeit. Mama war ganz aus dem Häuschen, als Papa ihr sein neues Können vorführte. Sie nahm sein Gesicht in beide Hände und küsste ihn, dann drehte sie sich um, um mich zu drücken mit Armen, die warm und lebendig waren und nicht steif wie die einer Schaufensterpuppe. Eine Welle kindlicher Gefühle schlug über mir zusammen.

Danach wurden unsere Trainingsstunden kürzer, da Papa sich den ganzen Tag über selber dazu antrieb, das Bein ein bisschen höher zu heben, den Arm ein bisschen mehr zu heben, den Ball ein bisschen fester zu greifen. Seine linke Gesichtshälfte wurde langsam kräftiger, seine Lippen hingen weniger herunter, sein Lächeln war weniger schief. Alle Fortschritte gingen wir dann in unseren Trainingseinheiten pro forma noch einmal durch, während Papa mit seinen neusten Tricks protzte und ich ihn anfeuerte: »Los, noch mal, weiter.« Mama kleidete ihn immer noch bis zur Hüfte an, ab da aber übernahm ich und drängte ihn, selber sein Hemd anzuziehen. Knöpfe waren immer noch nicht machbar, doch selbst seine Bemühungen trugen dazu bei, die Gelenkigkeit seiner Finger zu erhöhen. Sein roter Ball lag immer auf seinem Schoß und er mühte sich unablässig, ihn zu pressen, wobei das Drücken allmählich an Kraft gewann.

»Hey, ich hab 'ne Idee!«, schmetterte ich eines Morgens, nachdem ich sein Hemd zugeknöpft hatte. »Warte mal, wir brauchen bloß eine Kiste oder irgendwas, was nicht zu hoch ist.« Ich ließ meine Augen durch das Schlafzimmer schweifen. »Ich hab's.« Ich zog die Papierschublade von Mamas Kommode auf und platzierte seinen Rollstuhl ein wenig rechts davon in etwa zwei Meter Abstand. »So! Und deine Aufgabe ist jetzt, zu versuchen, den Ball in die Schublade springen zu lassen. Das ist eine Kraftübung, mit der du gleichzeitig die Koordination von Hand und Auge trainierst.«

Und schon hatten wir ein neues Spiel. Papa war allerdings furchtbar schlecht darin und ich musste ihm den Ball immer wieder zurückbringen, nachdem er vor dem Schrank ausgerollt war. »Komm, wir schieben dich näher ran«, schlug ich vor.

»Nein!«, sagte er stur und setzte seine Versuche fort.

Ein finsterer Ausdruck huschte über Mamas Gesicht, als sie sah, dass man ihre Kommode durcheinander gebracht hatte, aber er löste sich auf, als wir ihr unser Spiel vorführten, Papas Gesicht voller Entschlossenheit.

Mit jedem Tag der Besserung wuchs auch Papas Verlangen, nach draußen in den Sonnenschein zu kommen. Schließlich meinte ich zu ihm, ich würde seinen Rollstuhl die Verandastufen hinunterbugsieren, wenn er bereit wäre, sein Leben in meine Hand zu legen. »Iss schoon«, versetzte er. Sobald wir auf der Veranda waren, strich Mama wie ein nervöses Huhn herum, bis ich ihr sagte, sie solle sich vor den Stuhl stellen und mir helfen, ihn nach hinten zu kippen, während wir bis drei zählten und Papa dann immer hübsch eine Stufe nach der anderen hinunterließen, wie John uns angewiesen hatte. Sie konzentrierte sich so stark, dass sie vergaß, mich zu nerven, was genau meine Absicht gewesen war. Wir schafften es ohne Zwischenfall bis auf den Gehweg.

»Gääschafft«, schrie Papa, als Mama sich anschickte, ihn um den Block zu schieben. »Auf gätsss!«

John kam weiterhin zweimal die Woche und ich begann, die Tage dazwischen zu zählen. Der Ausdruck auf seinem Gesicht, wenn er mich ansah, sagte mir, dass er sie ebenfalls zählte. Wir machten es uns zur Gewohnheit, gemeinsam zu seinem Auto zu gehen, immer verstohlen auf der Hut vor Nachbarsblicken, ein schimmernder Bewusstseinsstrom zwischen uns. Einmal, als er gerade Papas Blutdruck maß, öffnete sich der Himmel zu einem wahren Wolkenbruch und so kam es, dass ich ihn im Laufschritt zu seinem Wagen begleitete, unsere Körper unter Mamas grünem Regenschirm aneinander gedrängt. Als wir uns trennten, durchschauerte mich das Verlangen in seinen Augen von Kopf bis Fuß und nahm mir beinahe den Atem. Von da an wurden unsere Gefühle mit jedem Mal, das wir uns sahen, intensiver, bis mir klar war, dass das

Einzige, was uns davon abhielt, einander in die Arme zu fallen, der Umstand war, dass wir nie allein waren.

Je mehr wir uns darauf freuten, einander zu sehen, desto stärker wurde auch meine schreckliche Angst, wohin das führen würde. Wieder und wieder sagte ich mir, dies dürfe nicht sein, dass John versprochen sei und ich lediglich seinem und meinem Betrug Vorschub leistete. Wie konnte ich mir solche Gedanken auch nur ansatzweise erlauben? Hatte ich denn gar nichts gelernt aus dem Schmerz, den ich Bobby und Melissa zugefügt hatte? Und Vater wieder zu enttäuschen war undenkbar. Vor allem jetzt, wo seine Genesung weitgehend in meinen Händen lag. Wie sehr würde es ihn treffen, wenn ich eine törichte Entscheidung träfe, meinen Namen erneut beschmutzte und eine zerstörte Beziehung in meinem Kielwasser hinterließe. Und welche schrecklichen Auswirkungen dieser Schmerz auf ihn haben könnte! Was, wenn er depressiv würde, seine Entschlossenheit verlöre voranzukommen? Fast ebensolche Bauchschmerzen machte mir Mama, denn mir war klar, wenn sie die Wahrheit in unseren Augen lesen würde, würde sie mir allein die Schuld daran geben.

Und selbst wenn die Situation anders wäre, wenn John frei wäre, wieso bildete ich mir ein, einer Beziehung gewachsen zu sein? Ich hatte es mit Roger und Michael versucht, hatte sie lieben wollen. Doch am Ende hatte keiner die viel tiefere Liebe zu Danny verdrängen können, die immer noch in meinem Herzen eingebettet war.

Mit jedem Tag tobten die widerstreitenden Gefühle heftiger in mir, bis ich glaubte zu zerspringen. Die Gedanken an John vermischten sich mit Erinnerungen an Danny und ließen mich meine Einsamkeit schmerzlich spüren. Ich bemühte mich nach Kräften, meine Heiterkeit vor Papa zu bewahren, und grub immer tiefer in mir, um die Kraft für unsere Trainingsstunden auszubaggern. Gleichzeitig durfte ich nicht mit Mama aneinander geraten, obgleich der Wirbelsturm in mir mich reizbar und abwehrbereit machte.

Eines Abends kam Mama aus heiterem Himmel auf die Hochzeit von John und Sharon zu sprechen. Sie redete davon, dass Miss Jessie wahrscheinlich die Kleider für die Braut und ihre Begleiterinnen anfertigen würde. Wie festlich die Kirche für die Dezembertrauung geschmückt sein würde, ganz in Rot und Grün. Wie bezaubernd Sharon aussehen würde und wie angetan die ganze Stadt von der Partie sei. Mamas Gesicht blieb beim Sprechen gelassen, doch ich hätte schwören können, dass sie einzig und allein zu mir redete. Ich stellte mir Johns Hochzeit vor und brachte keinen Bissen mehr hinunter. Als ich meinen Teller wegschob, schoss Mama mir einen verärgerten Blick über meine Undankbarkeit für ihr Kochen zu. Es war das Äußerste, was ich tun konnte, um die Höflichkeit zu wahren. Als ich nach dem Essen abspülte, zerbrach ich zu allem Überfluss auch noch ein Glas und schnitt mir in den Finger. Außerdem war Papa in unserer abendlichen Trainingssession nicht so motiviert wie sonst. Ich musste ihn mitziehen, biss die Zähne zusammen und versuchte dabei, ein fröhliches Gesicht zu machen. Als es endlich geschafft war und Mama ihn ins Bett brachte, zog ich mich auf mein Zimmer zurück, erschöpft vom Tag und deprimiert.

Ich ließ mich auf mein Bett fallen, vergrub das Gesicht in meinem Kopfkissen und schluchzte. Dieses Durcheinander war nicht mehr zum Aushalten. Ein Teil von mir wollte seine Sachen packen und sich in der Nacht auf Nimmerwiedersehen davonstehlen. Ich weinte und weinte, bis ich schließlich aus lauter Verzweiflung etwas tat, was ich schon seit Jahren nicht mehr gemacht hatte. Ich fing an zu beten. Es war alles andere als ein lammfrommes Gebet. Ich beschimpfte Gott, ich fragte, warum er mich zurück nach Bradleyville gebracht habe, nur um mir mehr wehzutun als je zuvor. Was war jetzt mit seinem Versprechen, dass ich Ruhe für meine Seele finden würde? Und was war mit seinem Versprechen an Großvater, dass ich diejenige sein würde, die zu meiner Mutter durchdringen würde? Was für ein Hohn!

»Bitte hilf mir mit Mama und John und Papa«, flehte ich Gott an, während mein Körper von Schluchzen geschüttelt wurde. »Bitte! Ich weiß nicht mehr weiter.«

Schließlich weinte ich mich in den Schlaf und klammerte mich an die Hoffnung, dass Gott etwas tun würde – irgendetwas –, um mich von dem Weg zu retten, auf dem ich mich befand. Doch während ich mich in jener Nacht hin und her wälzte, geisterte ständig John durch meine unruhigen Träume.

In diesem ganzen Aufruhr rief ich immer seltener in Little Rock an. Ich war schon zu lange aus dem Geschäft und konnte nur wenig nützlich sein. Zu meiner Überraschung störte mich das nicht. Ich war einfach zu stark in meiner derzeitigen Situation gefangen. Eines Tages hörte sich Quentin Sammons meine stolze Aufzählung von Papas Fortschritten an und kommentierte: »In vier Wochen wirst du ihn so weit haben, dass er wieder arbeiten gehen kann. Wir werden froh sein, dich wieder hier zu haben.« Ich legte auf und war mir über meine Gefühle im Unklaren. *In vier Wochen.* Wie konnte ich John in vier Wochen Lebewohl sagen? Ich malte mir aus, wie ich in der Stille meines kleinen weißen Häuschens in Little Rock sitzen würde, Danny immer noch liebend und John vermissend, und eine Sehnsucht überkam mich, die mir Angst einjagte.

Als sich meine fünfte Woche in Bradleyville ihrem Ende zuneigte, konnte Papa mit Hilfe stehen. John bestellte für ihn einen Gehstuhl und am Freitagnachmittag fuhr ich zu einem Sanitätshaus in Albertsville, um ihn abzuholen. Ich suchte auch noch einmal die Eisenwarenhandlung auf und kaufte Nachschub an Farbe. Denn nachdem ich mit der Küche fertig war, hatte ich mich erboten, auch noch den Flur und das Badezimmer zu streichen, da ich verzweifelt nach Beschäftigung suchte.

»Sieh mal, was ich für dich habe, Papa!«, schmetterte ich, als ich wiederkam, und zeigte ihm den Rollator. »Wir fangen morgen Vormittag damit an, wenn du noch frisch bist, okay?

Willst du bis zum Abendessen noch was machen, unser Spiel spielen vielleicht?«

Wir lachten wie zwei Kinder, während er versuchte, den Ball in Mamas Schublade hüpfen zu lassen, und es ihm einfach nicht gelingen wollte. »Dein Handgelenk wird schon noch besser werden, pass nur auf.« Ich ging in die Hocke und holte den Ball wieder. Er versuchte es erneut, der Ball sprang schwach auf und kullerte unters Bett. »Na super«, zog ich ihn auf, »jetzt hast du's.«

Er machte noch zehn Minuten eifrig weiter, dann gab er auf. »Schlussss«, sagte er seufzend.

»In Ordnung. Wir versuchen es später noch mal.« Ich schob ihn ins Wohnzimmer. »Du warst heute noch gar nicht an der frischen Luft; möchtest du einen Spaziergang machen?«

Augenblicklich erschien Mama aus der Küche, die sich gerade die Hände abtrocknete. »Ich mach das.«

Ich war über ihren Besitz ergreifenden Ton bestürzt. »Schön.«

Als sie sah, wie Papas Augen zwischen uns hin- und herwanderten, setzte sie ein weicheres Gesicht auf. »In der Röhre steht ein Hühnchen«, teilte sie mir mit. »Wir essen es, wenn wir wiederkommen.«

Zusammen ließen wir Papa die Verandastufen hinunterholpern, aber zwischen uns hallte ein eisiges Schweigen. Sie ließ eine banale Bemerkung über das Wetter fallen, als sie ihn den Gartenweg hinunterschob, und ich staunte über ihre Unberechenbarkeit.

Plötzlich war ich ganz allein im Haus, und als mich wieder einmal die Schwermut überkam, sank ich auf die Couch.

Nach ein paar Minuten klopfte es an der Tür. Ich hob müde den Kopf, um zu sehen, wer da sei, und erstarrte. *John.* Mein Herz setzte einen Schlag aus. Irgendwie zog ich mich vom Sofa hoch.

»Du bist aber früh heute«, hörte ich mich sagen, als ich die Fliegenschutztür öffnete.

»Bin schneller durchgekommen als sonst.« Er sah sich um. »Alles so ruhig hier.«

Mein Hals wurde trocken. »Mama macht mit Papa einen Spaziergang; sie werden nicht lange wegbleiben.« Ich zögerte. »Kannst du solange warten?«

»Sicher.«

Wir sahen einander an.

»Möchtest du etwas Tee?«

»Gerne.«

»Ich ... geh grad mal welchen holen.« Benommen entfloh ich in die Küche und spürte dabei die Leere des Hauses, die uns umgab. John kam hinterher. Hatte ich das nicht geahnt? Er lehnte sich an die Arbeitsplatte und tat ganz unbekümmert, als er mich über Vater fragte und über mein Streichprojekt und ob ich jetzt damit fertig sei oder auch noch vorhätte, das Dach zu streichen? Ich griff in den Kühlschrank für den Tee, in den Schrank für ein Glas, drückte Eiswürfel aus einem Gefäß und hörte mir dabei seine Fragen an und gab so beiläufige Antworten, war mir unseres Alleinseins so bewusst und auch, dass er sich dessen bewusst war. Ich hielt ihm das Glas hin und war sicher, dass er meine zittrige Hand bemerken würde. »Bitte sehr.«

»Danke.« Er nahm einen Schluck und beobachtete mich. Ich schlenderte zum Fenster und machte eine Bemerkung darüber, wie lange wir schon keinen Regen mehr gehabt hätten. Er stellte das Glas ab und es klackte auf den Kacheln.

»Celia.«

Ich konzentrierte mich auf die alte Eiche, an der Kevy und ich geschaukelt hatten. Mein Herz vollführte einen merkwürdigen kleinen Tanz.

»Celia.«

John trat vor mich und zwang meine Augen, in seine zu schauen. Er legte seine Hände sanft auf meine Schultern, und ehe ich wusste, wie mir geschah, verschwand der Abstand zwischen uns und wir lagen einander in den Armen, sein Mund auf meinem. Wir hielten uns eng umschlungen, küssten uns, saugten den Geschmack des anderen in uns auf und dann riss er sich plötzlich los, sein dichtes Haar zwischen meinen Fingern. »Das wollte ich schon vom ersten Tag an, als ich dich gesehen habe«, keuchte er und küsste mich wieder und ich wurde schwach, als ich den Kuss erwiderte und meine Einsamkeit verflog. »Du glaubst gar nicht, wie sehr mich danach verlangt hat«, murmelte er. »Du glaubst es nicht.«

Doch, das tat ich.

Ich zitterte. »Sie können jeden Moment zurück sein.«

Er nahm mein Gesicht in beide Hände. »Versprich mir, dass wir einen Weg finden werden, uns zu treffen.«

»John, ich … das geht nicht –«

»Doch, das geht. Das *geht.*«

»Aber –«

»Hör auf mich, Celia; hör auf dein Herz. Ich habe es aufgegeben zu versuchen, es zu verdrängen; ich denke an nichts anderes mehr als an dich.«

»Ich hab Angst.«

Er zog mich an sich. »Das brauchst du nicht.«

Ich verschmolz mit ihm, erinnerte mich daran, wie Danny mich vor so langer Zeit immer umarmt hatte. Ich konnte John nicht loslassen; ich hatte schreckliche Angst, aber ich konnte nicht loslassen. Ich wusste nicht, wie lange wir dort standen und seine Hand mir über den Kopf strich. Erst als meine Eltern zurückkamen und Mama nach Hilfe rief, um den Rollstuhl die Stufen hochzubefördern, rissen wir uns los, doch mein Körper war auf einer anderen Ebene, während sich meine Füße durch das Wohnzimmer bewegten und meine Hand die Fliegenschutztür öffnete und ich sagte, dass ich Dr. Forkes gerade etwas Eistee angeboten hätte und ob sie einen schönen Spaziergang gehabt hätten? John erschien hinter mir, gesammelt, mit dem Glas in der Hand.

»Ich bin froh, dass du an die frische Luft kommst, William«, sagte er beiläufig. »Von nun an keine Ausreden mehr; am Sonntag wollen wir dich in der Kirche sehen.«

Die Handlungen und Worte schwirrten um mich herum. Der azurblaue Himmel, Papas Überschwang, Mamas Herumstehen, während John den Rollstuhl die Stufen hinaufmanövrierte, der Duft von garendem Hühnchen, der das Haus durchzog – alles war wie immer und nichts war wie immer, als John geschickt seine ärztliche Untersuchung durchführte, kurz mit uns plauderte und sich dann empfahl. Als er davonfuhr, kündigte ich Papa an, dass wieder eine Trainingsstunde fällig sei, und bald schon drängte ich ihn, seinen Arm zu heben, die Finger einzurollen und das Fußgelenk kreisen zu lassen, während die Erinnerungen an Entscheidungen, Liebe und geheime Rendezvous in meinem Kopf durcheinander purzelten …

1979

Kapitel 44

»Mary Lee«, bettelte ich, »hol mich hier raus. Ich muss Danny sehen.« Ich hatte sie am Samstag angerufen, dem Tag nach Großvaters Testamentseröffnung. Ich konnte an nichts denken, nichts lernen. Ich konnte es nicht ertragen, Großvaters leeren Platz am Esstisch zu sehen, und aß deshalb nichts. Genauso wenig ertrug ich Mamas Nähe, deren furchtbare Kränkung über Großvaters letzten Willen in eine kalte Gleichgültigkeit mir gegenüber umgeschlagen war. Bestimmt würde sich herausstellen, dass Großvaters Vorhersage über mich und Mama nichts weiter war als ein verzweifelter Sterbebettwunsch.

Mary Lee zögerte, sagte, ihre Eltern seien zu Hause.

»Bitte. Ich mach alles dafür.«

Also sammelte meine schlechte, kleine, gutherzige Freundin Danny und mich ein und fuhr drei Meilen in die frostige Landschaft hinaus, wo sie uns auf einem Feldweg rausschmiss und meinte, sie sei in einer Stunde wieder da.

»Wo fährst du hin? Man wird dich sehen!«, jammerte ich. »Ich bin doch angeblich bei dir.«

Sie winkte mir zum Abschied zu. »Entspann dich; du unterschätzt meine Fähigkeiten.« Und fort war sie, meine hübsche und reiche Freundin, die im Sommer als Schulabschlussgeschenk durch Europa reisen und im Herbst ihr schickes Auto zur Universität von Kentucky steuern würde.

Danny und ich kauerten uns auf eine umgestürzte Eiche, die sich quer über den zerfurchten Weg streckte. »Und jetzt erzähl mir«, sagte ich und bibberte an seiner Brust, »von deinem Job.«

Er schlang seinen Arm um mich und streichelte mein Haar. »Der Großonkel von Cousin Lee, Joel Case, hat für mich eine Stelle im Hafen von Miami gefunden, wo die großen Kreuzfahrtschiffe einlaufen. Er sagt, die sind groß wie Häuser und da passen Hunderte von Leuten rein. Die haben Ballräume und Bars und Theater und Kegelbahnen und sogar Swimmingpools, wie ein Riesenhotel eben. Es gibt natürlich eine Crew an Bord, aber wenn sie im Hafen einlaufen, ist 'ne extragründliche Klarschiffmachung nötig. Sauber machen, die Motoren durchchecken und die Instrumente und die ganzen Maschinen und so, damit das Ding auch wirklich tipptopp in Schuss ist. Mit Maschinen umgehen fällt mir ja leicht; was ich nicht kann, werd ich ruck, zuck lernen. Mama hat auch 'nen Job, die Kabinen putzen. Und wir können bei den Cases unterkommen, bis wir genug Geld zusammenhaben, um was zu mieten. Es ist einfach perfekt, Celia.«

Ich schwieg. Perfekt war, ihn neben mir zu haben. Perfekt wäre, wenn Mama sagen würde, dass wir uns dieses Jahr verabreden dürften. Perfekt war alles andere, als zurückgelassen zu werden.

»Und was meinst du dazu?«

»Ich freu mich für dich. Ich weiß ja, genau das hast du immer gewollt.«

»Ich hätte es mir nicht ausgesucht, Celia. Aber es muss sein unter den Umständen.«

Ich barg mein Gesicht an seinem Hals. »Du bist doch schon ganz aufgekratzt, das merk ich doch. Du tust bloß so ruhig, weil ich so eine scheußliche Woche hinter mir habe. Ich kenn dich doch, Danny. Du denkst an den Ozean und die Strände, du denkst daran, auf einem dieser großen Schiffe an ferne Orte zu reisen, in andere Länder. Ich weiß, du liebst mich, aber deine Gedanken sind nicht mehr hier. Die sind bereits auf und davon.«

»Das stimmt nicht. Ich mein, klar denk ich ans Gehen. Und auf eine Art kann ich's kaum noch abwarten, weil ich dann nämlich raus bin aus dieser Stadt. Aber weißt du, woran ich denke? An die erste Nacht weit weg, wo ich wirklich schlafen kann und mir keine Sorgen machen brauch, dass Vater Mama bewusstlos prügelt. Ich denk daran, dass sie endlich frei und glücklich ist. Sie ist so gut zu mir gewesen. Es wird Zeit, dass ich ihr das zurückzahle.«

Ich bohrte meine Finger in seine Jacke. »Ich will nicht, dass du gehst! Ich hab grad Großvater verloren; ich kann nicht auch noch dich verlieren. Papa arbeitet die meiste Zeit über, und wenn er zu Hause ist, ist er trotzdem nicht richtig da. Mama hasst mich. Kevy ist so ungefähr alles, was ich habe, und er ist noch ein Kind; er ist nicht du. Ich will dich.«

»Celia«, sagte er und hielt mich ganz fest, »mach das nicht. Bitte.«

»Ich kann nicht anders. Ich *kann* nicht.« Ich klammerte mich an ihn und weinte und weinte. Weinte um ihn, um Großvater, um eine Mama wie seine, die ich nie gehabt hatte. Ich weinte wegen der Angst seiner Mama und wegen seines stinkenden Vaters, der mir bei Tulls in die Haare gegrabscht hatte, weinte um Dannys Küsse und wegen meiner einsamen Nächte, die ich damit verbrachte, wie besessen Ozeane und Strände zu malen. Doch selbst beim Weinen wusste ich, dass ich selbstsüchtig war, dass er diese tolle Chance verdient hatte. Wenn ich jetzt doch nur Großvaters Geld gehabt hätte. Wie gern hätte ich es Danny gegeben, damit er in der Nähe ein Haus kaufen könnte. »Warum kannst du nicht im Sägewerk arbeiten?«, klagte ich und hasste mich schon für die Frage. Ich spürte, wie seine Schulter einsackte.

»Celia.« Seine Stimme war leise. »Ich kann hier nicht bleiben. Mama und ich müssen heimlich fort, ohne dass Vater Wind davon kriegt, irgendwohin, wo er uns nicht findet. Er würde sie garantiert umbringen, wenn er wüsste, dass sie vorhat abzuhauen, und als Nächstes würde er das Gewehr auf mich anlegen. Wir wären nirgendwo hier in der Gegend sicher. Das weißt du.«

Ja, das tat ich.

»Deshalb musst du es echt geheim halten, ja? Niemand sonst weiß davon, außer Miss Jessie und Cousin Lee. Er leiht uns das Geld für den Bus.«

Wir waren ungewöhnlich schweigsam, als Mary Lee uns mit ihrem Freund Mike neben sich einsammelte. Mit einem Blick erfasste sie meine roten Augen und Dannys versteinertes Gesicht. »War 'ne harte Woche für dich, was?«, fragte sie und klopfte mir auf die Schulter.

Wenn die gewusst hätte.

Der April meldete sich mit einem Anflug von Wärme zur Stelle und die Osterglocken blühten. Mein siebzehnter Geburtstag kam und ging ungefeiert. Mama war zu sehr in ihre eigene Trauer vertieft; Papa hatte sich Daten noch nie merken können. Danny schämte sich, dass er kein Geld für ein Geschenk hatte. »Selbst wenn du welches hättest«, sagte ich zu ihm, »solltest du es für euer Weggehen sparen.« Kevy gab sein Taschengeld von drei Wochen für einen Satz Wasserfarben aus, den er mir voller Stolz überreichte.

Eine nach der anderen wurden meine Freundinnen siebzehn. Mona ging in Dannys Klasse und würde im Oktober schon achtzehn, war aber bekümmert, dass niemand seine Aufwartung machte. Barbara fieberte ihrem siebzehnten Geburtstag im Juni entgegen. Irgendwie hatte sie es geschafft, einen Jungen aus Albertsville kennen zu lernen, den ihre Eltern billigten. Anscheinend war diese Stadt doch nicht das reinste Gomorra.

Bobby Delham nahm allen Mut zusammen, um mich eines Tages nach der Schule abzufangen. »Celia, hast du kurz Zeit?« Er hatte sich gemacht – hoch gewachsen und still, die vollen Lippen bekannt für ihr wehmütiges Lächeln. Er war zuverlässig und freundlich. Wohlgelitten und geachtet. Und ich hätte mich nie in ihn verlieben können.

Er leckte sich über die Lippen, seine schokoladenbraunen

Augen sahen mich zärtlich an. »Ich weiß, es ist grad kein günstiger Zeitpunkt, um deine Eltern zu besuchen, deshalb will ich das nur machen, wenn ich weiß, dass du … Was ich sagen will, also, jetzt wo du siebzehn bist, würdest du mit mir ausgehen, wenn sie grünes Licht geben?«

Mein Gesicht erstarrte. Ich wollte ihm nicht wehtun, aber bei dem Gedanken an Mama, die sein Ersuchen hocherfreut annehmen würde, wurde mir ganz schlecht. »Es tut mir Leid«, entgegnete ich leise. »Aber das kann ich nicht.«

»Warum?«

»Du weißt, warum.«

Er verdrehte frustriert die Augen. »Celia, daraus wird nie was, das weißt du. Und derweil bin ich da. Ich war schon immer da. Ich mochte dich schon seit der achten Klasse.«

Ich liebe dich schon lange. Dannys Worte klangen mir noch in den Ohren.

»Ich weiß, Bobby. Und du hast Recht – es ist nicht fair. Aber ich kann an meinen Gefühlen nun mal nichts ändern.«

»Du bist weniger gescheit, als ich dachte, Celia.« Seine Stimme bebte vor Kränkung. »Mach nur weiter so; ich lass dich in Ruhe. Eines Tages wird es dir Leid tun. Und dann wirst du zu *mir* kommen.«

Binnen eines Monats fing er an, mit Melissa auszugehen. Manchmal sah ich ihn im Auto seines Vaters auf dem Weg zu ihrem Haus vorbeifahren und abbremsen, um einen Blick auf mich zu erhaschen.

Die Tage waren beides, ruhig und aufgewühlt, ereignislos und gefühlsgeladen. Die ganze Stadt vermisste Großvater. Ich konnte nirgendwo hingehen, ohne nicht von ihm oder seinen Geschichten zu hören. Es muss Mama wahnsinnig gemacht haben, dass diese Kriegserzählungen sogar mit seinem Tod nicht totzukriegen waren. Doch niemand vermisste ihn so stark wie ich. Früher war mein Herz einmal voll gewesen. Nun war ein Loch darin. Das war Großvater.

Gott schien in meiner Trauer weit, weit weg. »Warum hast du ihn so bald genommen?«, schimpfte ich gen Himmel. »Ehe Mama nachsichtiger mit ihm sein konnte und wo ich ihn so dringend brauche? Wenn das deine Vorstellung von einem Plan für uns ist, dann kann ich getrost darauf verzichten!«

Danny und ich stahlen uns fort, sooft wir konnten, umarmten uns in einem Feld oder auf Mary Lees Sofa und klammerten uns in stiller Verzweiflung an die Zeit, die uns noch blieb. Er lernte viel für seine Abschlussprüfungen und arbeitete trotzdem auf dem Hof. »Der Hof«, sagte er eines Tages bitter und zuckte die Achseln, »kann meinetwegen abbrennen. Die ganze Plackerei. Mein Leben lang. Und was hat es mir gebracht?«

Manchmal aber trat in seine Augen jener entrückte Blick und dann wusste ich, dass er an Schiffe dachte, die groß wie Häuser waren. Dann stiegen Eifersucht und Angst in mir hoch. *Danny, ich weiß, dass du gehen musst,* schrie ich innerlich, *aber verlass mich nicht mit dem Herzen.*

Ich hatte für den Sommer eine Vollzeitstelle als Babysitterin für die Harding-Kinder und ich war froh darüber. Das Geld war mir egal, aber ich brauchte etwas, was mich beschäftigt hielt, wenn Danny weg war.

Wenn Danny weg war.

Das hatte etwas Endgültiges an sich – ein Tag, an dem die Zeit anhalten würde. Sich vorzustellen, einen Sommer ohne ihn zu sein oder im nächsten Herbst allein durch den Schulflur zu gehen. Und vor allem, sich Mamas Gesichtsausdruck vorzustellen, wenn sie erfahren würde, dass Danny fort war, bei Nacht und Nebel mit seiner Mama abgehauen, ohne sich einmal nach mir umzudrehen. Wie selbstgefällig sie sein würde, wie schadenfroh. »Ich hab dir ja gesagt, er wird dir das Herz brechen«, konnte ich sie förmlich sagen hören. »Ich hab dir gesagt, dass er fortgehen wird.« Und ich würde das ein Jahr lang stillschweigend ertragen müssen, bis ich zu ihm rennen könnte und dabei mein Geld – mein Vermögen – mitnehmen würde, das ihres hätte sein können.

Und dann kam Danny eines Tages Anfang Mai nicht zur Schule. Und danach überschlugen sich die Ereignisse, als ob die Zeiger einer kaputten Uhr pausenlos im Kreis rasten.

Vielleicht ist er bloß krank, sagte ich mir, als er nach der zweiten Stunde nicht aufgetaucht war. Doch ich wusste, es war etwas anderes. Dannys Fehlen konnte nur eins heißen: Ärger.

Ich lungerte den ganzen Abend in unserem Wohnzimmer herum und lauerte verzweifelt auf eine Gelegenheit, bei ihm zu Hause anzurufen, aber es ergab sich keine. Am nächsten Tag fehlte er wieder. *Lieber Gott, bitte beschütze ihn,* betete ich. Nach der Schule erzählte ich Kevy, ich müsse noch was erledigen, und machte mich auf den Weg in die Innenstadt zu Miss Jessies Nähstube. »Was ist mit Danny?«, flüsterte ich, sie atemlos beiseite nehmend. »Er war zwei Tage lang nicht in der Schule.«

Erschrecken rahmte ihre Augen ein. »Vielleicht ist er krank.«

»Danny wird nie krank.«

Geistesabwesend stellte sie das Nadelkissen in ihrer Hand auf einen Arbeitstisch. »Ich trau mich nicht, dort rauszufahren, wenn irgendetwas ist. Und Lee ist auf der Arbeit.«

»Ruf bei ihnen an.«

Das tat sie, aber niemand nahm ab.

Angst türmte sich in mir auf. »Ich geh sofort hin.«

»Nein, das tust du nicht!«

»Doch, Miss Jessie; er kann in Schwierigkeiten stecken. Was, wenn sein Vater spitzgekriegt hat, dass sie weg wollen? Was, wenn seine Mama verletzt ist? Was, wenn *er* verletzt ist?« Ich schmiss meine Bücher hin und wandte mich zum Losrennen, die Blicke ihrer Angestellten scherten mich nicht.

»Nein, Celia!« Sie packte mich beim Arm. »Das geht nicht. Das ist zu gefährlich, wenn wirklich etwas sein sollte. Du kennst das. Du hast es gesehen.«

Ich konnte sie nicht anschauen. Wir hatten nie über jenen Sommertag vor fast zwei Jahren gesprochen. »Es ist mir egal, was der Kerl mir antut; ich will nur wissen, ob es Danny gut geht.«

»Celia! Hör mir zu. Was ist, wenn alles in schönster Ordnung ist und du dort auftauchst? Du könntest alles vermasseln. Du könntest Anthony darauf bringen, dass Danny etwas im Schilde führt. Mach das nicht.«

»Aber was machen wir dann?«

»Ich ruf Lee im Sägewerk an. Vielleicht kann er eben rüberfahren.«

Als Lee endlich ans Telefon kam, sagte er, er werde sofort zu den Canders fahren. Ich wartete eine scheinbare Ewigkeit, die Hände zusammengeballt. Jedes Mal, wenn das Telefon schrillte, fuhr ich zusammen. Schließlich rief Lee vom Haus der Canders aus an. Er habe alle Räume und die Scheune durchkämmt, sagte er, und sich bei jeder Ecke gefürchtet, was er wohl dahinter zu sehen bekomme. Aber es sei niemand zu Hause und der Wagen fort. Es gab nichts, was wir tun konnten.

»Wahrscheinlich ist gar nichts«, tröstete Miss Jessie mich. »So viel Aufregung, und hinterher stellt sich vielleicht heraus, dass sie alle bloß nach Albertsville gefahren sind. Geh jetzt nach Hause. Mach dir keine Sorgen.«

Wieder war es ausgeschlossen, Danny von zu Hause aus anzurufen. Miss Jessie versprach mir, dass Lee nach der Arbeit nochmals bei den Canders vorbeifahren würde, und wenn sich irgendwas ergeben sollte, würde er mir Bescheid sagen. Mama hatte jede Menge Fragen, wunderte sich, wohin ich nach der Schule gegangen war, und beäugte mich misstrauisch, als ich meinte, ich habe Miss Jessie besucht, um was wegen des Babysittens zu bereden. Als ich mit dem Abwasch vom Abendessen fertig war, hielt ich es nicht länger aus. Ich zog Papa in mein Zimmer und bat ihn, mir das Auto zu geben, damit ich nach Danny schauen könne.

»Celia, ich kann dich nicht allein zu seinem Haus fahren lassen.«

»Dann komm mit, aber ich muss nachschauen, ob es ihm gut geht. Bitte. Ich werd dich auch nie mehr um was bitten!«

Mama kam zum denkbar schlechtesten Zeitpunkt mit einem Stapel gefalteter Wäsche um die Ecke. »Junge Frau«, kündigte sie an und schaute Papa dabei vorwurfsvoll an, »du wirst nirgendwo hingehen.«

In jener Nacht konnte ich kein Auge zutun. Ich starrte aus meinem Fenster auf die Straßenbeleuchtung und bat Gott um Schutz für Danny. Es musste etwas Schreckliches passiert sein. Das *spürte* ich.

Kapitel 45

Noch lange nach jenem Tag tuschelte Bradleyville mit einer makabren Faszination über das Ereignis. Dabei wusste eigentlich niemand so richtig, was geschehen war. Danny konnte mir in der Schule bei den vielen gespitzten Ohren ringsherum keine Einzelheiten erzählen. Erst als uns wieder einmal ein heimliches Treffen gelang, bekam ich schließlich die ganze Geschichte zu hören. Wir trafen uns an einem Samstag, eine neuerliche Gefälligkeit von Mary Lee, und saßen auf dem Baumstamm quer über dem Feldweg, wo ich in seine Jacke geheult hatte. Er sprach bekümmert, die Stimme von Trauer durchzogen.

»Den ersten Morgen, wo ich nicht zur Schule bin«, begann Danny und scharrte dabei mit seinem Schuh über den Boden, »hatten wir einen Anruf von Lees Großonkel gekriegt, der was wegen unsrer Ankunft in Miami bereden musste. Außerdem brauchte er noch Informationen, um für uns Papiere auszufüllen. Aus irgendeinem Grund war Vater früh wach und hörte mit, was Mama redete. Er sagte, er würde uns beide umbringen.

Also bin ich zu Hause geblieben und nicht von Mamas Seite gewichen und hab ihm zu verstehen gegeben, dass er sich erst mit mir anlegen müsste, wenn er an sie ranwollte, und dass er das besser nicht versuchen sollte. Ich wäre von allein nicht handgreiflich geworden, weil ich Angst hatte vor dem, was ich tun würde, um allem ein Ende zu machen, und weil ich dachte, er ist es nicht wert, dass ich mein Leben dafür ruiniere. Aber hätte er auch nur einen Mucks getan, hätte ich nicht gezögert.

Irgendwas Seltsames überkam mich an jenem Tag und dem danach, Celia, während ich gewartet habe, um Papa herumgeschlichen bin und mich vor Mama gestellt hab. Ich hab gewusst, es wird noch knallen, weil ich war natürlich nicht bereit, unsre Weggehpläne aufzugeben, und Vater war nicht bereit, uns gehen zu lassen. In der Zwischenzeit haben Mama und ich viel gebetet und die Arbeit gemacht, und Vater hat gesoffen, sein Whiskeyzeugs runtergespült und zwischendurch große Töne gespuckt, geflucht und rumgebrüllt wie ein Irrer. Am zweiten Tag waren Mama und ich völlig fertig. Wir hatten in der Nacht kein Auge zugetan. Wir waren stocksteif hinter meiner zugeschlossenen Zimmertür gesessen und hatten einen Stuhl unter die Klinke geschoben. Am Nachmittag drauf ist er dann abgedampft, vermutlich um seinen Rausch in einem Feld auszuschlafen, und wir haben uns das Auto geschnappt und sind los, um uns ein Stück weiter unten am Flussufer unter ein paar Büsche zu hauen und zu schlafen. Die Zeit zum Abendessen war längst vorbei, als wir schließlich Hunger bekamen und nach Hause schlichen. Er war immer noch weg. Und das Gewehr auch, das er immer im Schrank an der Küchenrückwand aufbewahrt hat.«

Danny verstummte einen Moment, seine grünen Augen glitzerten im gesprenkelten Sonnenlicht. »Es ist schwer zu erklären so im Nachhinein. Aber wie gesagt, irgendwas Seltsames ist in mir vorgegangen. Wie ich so auf die leere Ecke im Schrank gestarrt hab, wo immer das Gewehr gestanden war, da hab ich mir gesagt, das war's jetzt und Gott steh mir bei. Wir hatten den Wagen. Ich hätte Mama zu Cousin Lee bringen und Bill Scutch holen können. Wir hätten uns für die Nacht verstecken können. Aber was dann? Noch so ein Tag und noch einer? Und immer darauf warten, dass Vater hereingeplatzt kommt, besoffen und böse wie nur was, mit einer geladenen Knarre in der Hand? Es war eine lange Minute, Celia, die ich so in jene Ecke gestarrt hab. Mir sind urplötzlich tausend Sachen durch den Kopf geschossen. Wie Vater, seit ich denken kann, Mama angebrüllt hat. Ihre weiche Stimme, die ihn bat, mich nicht zu wecken. Die Prügeleien in der Schule, die Art, wie die Kinder geguckt und getuschelt haben. Wie die Nase von Gerald Henley *Knacks* gemacht hat. Du und Mr. Rose. Und das Mal, wo ich dich im Feld stehen sah und du zugesehen hast, wie mein Vater und ich uns geprügelt haben. Ich dachte, ich würde sterben an dem Tag. Und wie ich dich das erste Mal geküsst habe und dir gesagt hab, dass ich dich liebe. Wie ich in der Schule jeden Tag nach dir Ausschau gehalten hab und mir das Herz bei deinem Anblick schwer wurde. Ich hab an unsre Pläne von Mama und mir gedacht wegzugehen und was mich das kosten würde, weil ich dich zurücklassen muss. Und irgendwie lief das alles, mein ganzes *Leben,* darauf hinaus, in diese leere Ecke zu starren. Ich hab zu Gott um Hilfe und Weisheit gebetet. Ich hatte keine Ahnung, was ich tun sollte.«

»Oh Danny«, wisperte ich und strich ihm das Haar aus der Stirn. »Ist schon gut.«

Danny wies seine Mutter an, sich in seinem Zimmer einzuschließen und Möbel vor die Tür zu schieben. »Und jetzt hör mir zu, Mama«, schärfte er ihr ein und sah hinunter in ihr weißes Gesicht. »Egal, was du hörst, du kommst nicht eher raus, als bis ich es dir sage. Klar?«

Sie starrte ihn mit der Furcht einer Mutter an. »Er wird dich umbringen, Danny.«

»Nein, wird er nicht. Und jetzt hinein mit dir.«

Mr. Cander kam nach Einbruch der Dunkelheit nach Hause. Er torkelte die Stufen hoch und brüllte nach seinem Sohn, das Gewehr baumelte in der einen, eine Flasche Whiskey in der anderen Hand. Danny löste sich aus einem Schatten und nahm ihm sanft das Gewehr ab. »'n Abend, Sir«, sagte er ruhig. »Hab schon auf dich gewartet.«

»Tu mir mein Gewehr hergeben, Junge; ich werd's noch brauchen! Wo is deine nichtsnutzige Mutter?«

»Sie schläft. Na komm schon, Vater, setzen wir uns auf die Veranda und quatschen noch 'n Weilchen.«

Mit nebligem Blick verarbeitete sein Vater die Einladung. »Naaschön. Teiln wir den Whiskey.«

Sie setzten sich auf die Veranda. Dannys Vater sog gierig an der Flasche und Danny täuschte ebenfalls vor zu trinken. Er wusste, eigentlich sollte er seinen Vater zurückhalten; der Mann hatte vermutlich schon genug getrunken, um sich fast damit umzubringen. Doch die Angst um seine Mutter hielt ihn zurück. Er konnte nicht riskieren, dass sein Vater einen Wutanfall bekommen würde.

Schließlich war die Flasche geleert. Danny hätte wetten können, dass sein Vater umkippen würde. Doch stattdessen schwankte der Mann auf die Füße. »Komm, wir haun uns ins Auto und fahrn aus 'er Stadt«, lallte er. »Weißte noch, wie schnell ich immer durche Kurven bin, wode klein warst, un gelacht hab un du die Hosn voll hattst? Sollst mal sehn, was für 'n Tempo ich jetzt draufhab.«

»Nein, Vater«, sagte Danny. »Du bist zu betrunken.«

Sein Vater lachte lang und schallend. »Hoho, Junge«, prahlte er, »weißt selbst, wie gut ich bei 'n Kurven bin; mit Augen zu könnt ich se nehmen, egal, was ich getrunken hab.«

»Tu's nicht, Vater; nicht jetzt.«

Mr. Cander aber schwankte schon, aufs Geländer gestützt, die Treppe hinunter. »Komm mit, Jung. Wir wärn unsern Spaß ham wie früher, 'n paar von 'n Hühnchen aus 'm Bett scheuchen.«

Danny öffnete schon den Mund, um wieder zu protestieren. Doch dann schloss er ihn.

Sein Vater schlug auf das Geländer. »Ach, schon gut; dann tu ich halt alleine gehn.«

Danny hielt ihn nicht zurück. Er stand auf der Veranda und sah seinen Vater zum Wagen torkeln, die Tür öffnen und hineinplumpsen. Der Motor rumpelte los. Mit durchdrehenden Reifen wirbelte der Kleinlaster herum, als sein Vater davonraste, und der Staub, den er aufwirbelte, tanzte in den Fingerspitzen der Verandabeleuchtung. Das Letzte, was Danny sah, war das eine nicht kaputte Rücklicht, als der Wagen auf die Straße schlitterte.

Danny konnte nicht glauben, was er getan hatte. Als Scham- und Schuldgefühle auf ihn einstürmten, sagte er sich, was jetzt geschehe, liege in Gottes Hand. Mit gespielter Ruhe ging er auf zittrigen Beinen an seine eigene Zimmertür klopfen und seiner Mama sagen, dass sie herauskommen könne.

Danny hatte es sich nicht gestattet, das Schlimmste anzunehmen. Er hatte nicht im Traum daran gedacht, dass sein Vater sich schwer verletzen würde. Vielleicht nur so viel, dass er einen Tag oder zwei in ärztliche Behandlung müsste – was Danny die Zeit verschafft hätte, seine Mama wohlbehalten nach Florida zu schicken. Doch was letztendlich passierte, ließ Danny glauben, Gott würde ihn dafür bestrafen, dass er seinen Vater nicht gerettet hätte. Nein, beteuerte ich. Es war nicht Dannys Schuld; sein Vater hatte sich das selbst zuzuschreiben. Bis zum Ende hatte Anthony Cander immer das letzte Wort behalten wollen. Und gewissermaßen hatte er gewonnen. Man könnte anführen, dass er zu betrunken war, um zu wissen, was er tat. Vielleicht. Aber er war auch böse und engherzig und hasste seinen Sohn für die Güte, die er bei ihm sah, und schob Bradleyville die Schuld für seine eigene Verruchtheit in die Schuhe. Deshalb, glaube ich, beschloss er, nicht nach rechts auf die Main Street einzubiegen. Stattdessen riss er das Lenkrad in eine Gummi versengende Linkskurve und flog dann, über die Eisenbahnschienen donnernd, durch die Stadt.

Die Reifenspuren erzählten den Rest der Geschichte. Er knüppelte das Gaspedal nieder, nachdem er schräg von den Schienen abgekommen war, und schaffte es kurz, wieder geradeaus zu fahren. Dann verlor er die Kontrolle. Warum musste er in Tulls reinrasen?, fragte sich Danny. Ich sah darin das letzte Aufbäumen seines Vaters gegen die Stadt. Tulls, wo

Danny ihn vor dem Stadtpatriarchen ins Taumeln gebracht hatte. Tulls, die Wasserstelle von Bradleyville.

Vielleicht war sich Mr. Cander dessen in einem Winkel seines Hirns bewusst gewesen. Vielleicht auch nicht. Was immer er auch dachte, in jenem Sekundenbruchteil riss er das Lenkrad wieder nach links. Er schlingerte über die Straße und jagte in halsbrecherischem Tempo den Bürgersteig hoch, um durch Tulls Ladenfenster zu segeln und Medikamente, Lotionen und Zahnpulver über die Gänge zu verschmieren. Der Wagen krachte in die rot gepolsterte Sitznische, wo Großvater gesessen hatte, und kam mit einem Ruck vor dem zertrümmerten Ausschank zum Stehen, dessen kaputte Zapfhähne die umgenieteten Stühle, den Wagen und die verwüsteten Waren besprühten. Mr. Canders Kopf schlug durch die Windschutzscheibe, sein Körper knallte gegen das verdrehte Steuerrad und auf die Hupe, die unheimlich in die aufgeschreckte Nacht hinausheulte.

Zwei Todesfälle innerhalb so kurzer Zeit in Bradleyville. Doch die Stadt betrauerte das Verscheiden von Anthony Cander nicht. Es gab keine Beerdigung, keine Elogen. Weder Danny noch seine Mutter wollten das. Stattdessen wurde er von seiner Frau und seinem Sohn in einer Holzkiste draußen zwischen den Gänseblümchen auf dem Feld begraben, in dem ich einst gestanden hatte, starr vor Entsetzen, und Zeuge seiner trunkenen Raserei geworden war.

»In mir drin ist so ein Durcheinander«, sagte Danny und weinte leise, während wir eng umschlungen auf der umgestürzten Eiche saßen. »Ich hab meinen Vater umgebracht, das ist so sicher, wie wenn ich das Gewehr auf ihn gerichtet hätte. Ich bete um Vergebung, aber ich weiß nicht, ob Gott mich hört. Ich fühl mich so müde. Und leer. Und gleichzeitig ist es friedlich zu Hause und das ist so 'ne Erleichterung für Mama und mich.

Nach der schrecklichen Sünde, die ich begangen habe, ist diese Erleichterung das Allerschlimmste.«

Kapitel 46

Da es nur noch weniger als einen Monat hin war, bis Danny seinen Schulabschluss haben würde, boten er und seine Mutter ihren abgewirtschafteten Hof zum Verkauf und akzeptierten das erstbeste Angebot aus Angst, es könnte das letzte sein. Mit dem Erlös zahlte Danny die Hypothek ab und kaufte einen gebrauchten Chevrolet Impala. Als er auch noch Mr. Tull den Schaden bezahlt hatte, wobei er sich mit gesenktem Kopf entschuldigt und von dem Tag geträumt hatte, an dem er dem Mann nie mehr begegnen müsste, blieb ihm gerade noch genug Geld für die Fahrt nach Miami. Jetzt bestand keine Notwendigkeit mehr, ihr Weggehen geheim zu halten. Und in der ganzen Stadt sah man mich mit einer Mischung aus Mitleid und Schadenfreude an. »Er macht sich aus dem Staub«, hörte ich sie in meiner Vorstellung tuscheln. »Sein Vater hat sie entehrt und jetzt nimmt er Reißaus, er und seine stille Frau Mama. Das kommt davon, wenn man sich mit den falschen Leuten einlässt.«

Inmitten des Aufruhrs lernte Danny hart bis zum Schluss. Am letzten Schultag holte er sich sein Zeugnis schon früh ab, wie er es mit dem Rektor ausgemacht hatte. Wir standen auf dem Bürgersteig und schauten auf das Zeugnis, während die Feuchtigkeit des Junis sich wie eine voll gesogene Decke auf unsere Schultern legte. Wegen des Stück Papiers für mich würden wir ein Jahr getrennt sein müssen. Er und seine Mama wollten schon früh am Vormittag losfahren. Sie hatten sich letzte Woche auf gepackten Koffern in das Haus der Hardings gequetscht. In jenem Augenblick war ich bereit, mein Erbe und alle Achtung hinter mir zu lassen und mit ihnen Reißaus zu nehmen.

Danny war innerlich hin- und hergerissen zwischen seinen

Gefühlen – Aufregung, Angst, Kummer. Er wollte mich nicht verlassen, aber er lechzte nach Freiheit von Bradleyville. *Kaum wird er die Stadt hinter sich gelassen haben,* dachte ich, *wird er vor Freude aufjauchzen, der eingesperrte Vogel, der endlich fliegen darf.* Ich weinte innerlich. *Danny, bitte verlass mich nicht mit deinem Herzen.*

»Ich kann mich so nicht verabschieden, so vor der Schule«, sagte er zu mir mit Schmerz in den Augen.

»Ich auch nicht.«

Wir sahen einander mit weiten Augen an, atmeten die heiße Juniluft und hörten kaum das Jubelgezwitscher der befreiten Schüler um uns her. »Komm heute Nacht«, flehte ich, »mit deinem Auto. Ich treff dich an der Ecke der Hauptstraße, wenn alle Welt im Bett ist. Ich schleich mich raus. Um elf Uhr.«

»Celia, nein. Ich kann dich nicht so in Schimpf und Schande zurücklassen. Wenn uns irgendwer sieht, wird die Stadt sich das Maul zerreißen.«

»Das ist mir egal.«

»Du weißt nicht, wie das ist, wenn man die ganze Stadt gegen sich hat.«

»Das ist mir *egal.* Bitte komm. Wenn nicht, dann tauch ich bei den Hardings auf; dann bring ich Schande auf uns alle.«

Er steckte das Zeugnis in sein Notizheft. »Willst du das wirklich?«

»Ja, und das weißt du auch.«

»Meine Ma würde einen Anfall kriegen. Was soll ich denn ihr und den Hardings sagen?«

»Warte, bis sie im Bett sind.«

»Mama wird die ganze Nacht kein Auge zutun; sie ist viel zu aufgeregt.«

»Dann sag ihr nichts. Geh einfach.«

»Sie wird mich nicht gehen lassen.«

»Doch, das wird sie. Sie ist doch auch im Zimmer geblieben,

oder nicht, in der Nacht damals, als du dich um deinen Vater gekümmert hast. Du nimmst alle Schuld auf dich, aber glaubst du wirklich, sie hat nicht gewusst, was passieren könnte? Du bist achtzehn Jahre alt, Danny; sie wird dich gehen lassen. Du hast ihr einen Gefallen getan. Jetzt ist sie dir einen schuldig.«

Er berührte meinen Hals. »Ich habe nicht die Kraft, gegen dich anzukämpfen. Dafür möchte ich einfach zu gerne bei dir sein.«

»Dann komm.«

Ich nahm ein frühes Bad. Sagte Kevy und Papa gute Nacht und begab mich auf mein Zimmer. Verschloss die Tür, kleidete mich sorgfältig an. Ein hellblaues Stricktop, das in die Schärpe eines knielangen Rocks gesteckt wurde. Nackte Füße und Sandalen. Ich bürstete mein Haar, bis es sich mir den Rücken hinunterringelte, und wartete dann mit schwitzigen Händen. Um zehn Uhr machte ich das Licht aus und saß im Dunkeln. Wenn doch nur die Straßenlaterne weniger hell gewesen wäre. Die nächsten fünfzig Minuten dauerten ewig.

Nachts klammheimlich auszureißen war ein gewagtes Spiel. Wenn das herauskäme, würde es kein Pardon geben. Falls Gott versuchte, es mir auszureden, konnte ich ihn nicht hören.

Endlich zeigte meine Uhr zehn vor elf. Verstohlen öffnete ich meine Tür und hielt den Daumen über den Schnapper, damit er kein Geräusch machte. Der Flur war dunkel und still. Ich schlüpfte hinaus, zog die Tür hinter mir zu, ließ den Knauf genau im richtigen Moment los und nahm die Finger weg. Ich schlich durch das Wohnzimmer und die Küche. Öffnete behutsam die Hintertür und trat auf die Veranda. Die Nacht war lau, es ging eine leichte Brise. Der tief hängende Halbmond lugte zwischen den Blättern unserer Eiche hindurch und beleuchtete die Schaukel.

Die Verandastufen hinunterzuschleichen war das Kniffligste; sie knarrten schnell. Doch nichts würde mich jetzt noch aufhalten können, nicht einmal Mama, und wenn sie mich mitten im Schritt mit der Hand auf dem Geländer erwischen sollte. Ich würde einfach losrennen.

Alles ging glatt. Das weiche Gras unter meinen Sandalen legte mir einen stummen Seufzer der Erleichterung auf die Lippen. Ich machte einen weiten Bogen um das Haus, um ja nicht unter Mamas Fenster durchzukommen. Die Straßenbeleuchtung ließ mich zurückzucken, ich drehte den Kopf hin und her, aber es war niemand zu sehen. In wenigen Minuten war ich das Stück bis zur Hauptstraße gelaufen. Die Ampel war eifrig bei der Arbeit, wechselte wichtigtuerisch von Gelb nach Rot nach Grün. An der rechten Ecke der Kreuzung stand die Weide, deren Zweige einen tief herabhängenden, wippenden Vorhang bildeten. Ich stellte mich darunter, bloß aus dem Licht, und wartete.

Es dauerte nicht lange, da hörte ich Dannys Auto, dessen leises Schnurren von den Häusern zurückgeworfen wurde. Ich löste mich aus dem Schatten, winkte ihm anzuhalten und schlüpfte in sein Auto. Ich schloss die Tür, so leise es ging. Seine Augen wanderten über mein Gesicht. »Wohin?«

»Zu unseren Bäumen.«

Er wendete das Auto und fuhr Richtung Innenstadt. Ich rutschte ganz dicht an ihn heran und er legte seinen Arm um mich. Als wir die Stadt und die Eisenbahnschienen hinter uns gelassen hatten, parkte er an einer dunklen, engen Straße und wir stiegen aus, um Hand in Hand weiterzugehen.

»Es schaut alles so anders aus nachts«, hauchte ich, als ich das vertraute Laubwerk unter dem aufgehenden Mond schwach schimmern sah.

»Komm.« Er zog mich vorwärts.

Das Zirpen der Grillen hörte auf, während wir uns unseren Weg durch das dunkle Gras suchten und dabei aufpassten, wo wir hintraten. »Es ist so lange her, dass wir hier waren«, sagte ich. Der Fluss war ein träges breites Band, silbrig schwarz. Die Farben von Jake Lewellyns Murmel.

»Hm-hm. Ich mochte es immer nach dem Dunkelwerden.«

»Du bist nachts hier gewesen?«

»Oft. Wenn alles zu sehr drunter und drüber ging, dann bin ich hierher und hab an dich gedacht.«

Wieder ein Teil von Danny, von dem ich nichts gewusst hatte. Was wusste ich noch alles nicht?

Wir ließen uns ins Gras sinken und umarmten einander ganz fest, reden konnten wir nicht.

»Denk doch nur, Celia«, sagte Danny schließlich, das Schweigen brechend, »wenn wir uns das nächste Mal sehen, werden wir heiraten. Dann werden wir für den Rest unsres Lebens zusammen sein.«

»Versprich mir, dass wir noch am selben Tag zum Standesamt gehen. Ich will keine Minute länger warten als nötig.«

»Aber dann wirst du keine Hochzeit kriegen.« Er streichelte mir wie tröstend über den Arm. »Ich dachte, jedes Mädchen will eine Hochzeit.«

»Nicht jedes Mädchen hat dich.«

Ich konnte sein Lächeln in der Dunkelheit fühlen.

»Wir müssen unser Leben in Ordnung bringen«, sagte er zu mir. »Wir müssen jeden Tag beten und Jesus bitten, dass er uns wieder auf den richtigen Weg bringt. Ich hab in letzter Zeit viel gebetet und ich glaube, er hat mich erhört, selbst nach allem, was ich getan habe. Dein Großvater war ein weiser Mann. An dem Abend, wo er mit mir bei euch zu Hause geredet hat, da hat er mich davor gewarnt, in die Welt hinauszugehen und dich zurückzulassen. ›Alle möglichen neuen Versuchungen werden deinen Weg kreuzen‹, hat er gesagt. Aber dann hat er gemeint, ich müsste nur eins machen, nämlich meinen Blick niemals von Jesus wenden. ›Das ist wie beim Seiltanzen‹, hat er gesagt. ›Schaut man auf die Leere um sich herum, kriegt man Angst. Schaut man auf seine Füße, fällt man hinunter.‹ Deshalb müssen wir das machen, Celia, ständig auf Christus schauen. Nicht nur dieses eine Jahr, auch hinterher noch. Ich weiß nicht, wie es dir geht, aber ich hab Angst, dass ich es nicht überleben würde, wenn ich noch mal so richtig wegschaue.«

Ich fragte mich, wie ich das Jahr unter egal welchen Umständen überleben würde.

»Das werden wir, Danny; wir werden beide das Ziel im Blick behalten. Ich kann einfach nicht glauben, dass Gott zulassen würde, dass ich dich jetzt verliere. Dafür haben wir schon zu viel durchgemacht.«

Wir hielten uns bis tief in die Nacht umschlungen, redeten, schmiedeten Pläne und fürchteten das Morgengrauen. Als er schließlich zum Gehen mahnte, hob er mein Kinn und küsste mich ein letztes Mal; und die Dunkelheit umfloss uns, bis der Rest der Welt versank und es einen Moment lang nur noch Danny gab. Ich wünschte, dieser Kuss würde nie zu Ende gehen.

»Ich liebe dich, Celia«, wisperte er in mein Haar. »Denk immer daran, wie sehr ich dich liebe.«

»Ich liebe dich auch, Danny. Ich liebe dich auch.«

Dann brach ich in Tränen aus und krallte mich an ihn. »Danny, verlass mich nicht! Ich halt es hier jetzt ohne dich nicht mehr aus. Dein Vater ist nicht mehr da; du kannst doch dies eine Jahr noch in Bradleyville bleiben!«

»Celia, nicht.« Er zog mich an seine Brust. Sein Weinen kam tief aus seinem Hals. »Tu mir das nicht an. Ich liebe dich zu sehr.«

Wir weinten schaukelnd zusammen, bis wir nicht mehr weinen konnten und erschöpft gegen einen unserer Bäume sanken. Immer noch konnten wir uns nicht losreißen, starrten einander in die schattenhaften Gesichter, fuhren mit einer Fingerspitze über eine Wange, strichen Haare aus einer Stirn, schworen einander ewige Liebe.

Als ich am nächsten Morgen zitternd und leer in meinem Bett erwachte, wusste ich, dass er fort war.

Kapitel 47

Ich dachte, ich würde sterben vor Einsamkeit, nachdem Danny gegangen war. Bradleyville bot wenig, um mich zu trösten, bis auf Kevy und Papa. Mama blieb unverändert gleichgültig, sie ließ sich meinen Schmerz nicht einmal einen Kommentar kosten. Sei doch froh, sagte ich mir bitter, dass sie nicht offen triumphiert. Und natürlich stand Großvaters Zimmer leer und ließ die Trauer über mir zusammenschlagen. Einzig unsere hingebungsvoll geschriebenen Briefe halfen mir, die Tage zu überstehen. Sie flogen hin und her, gingen in Flugzeugen und Posträumen aneinander vorbei und durch die Gichtfinger von Mrs. B. im Postamt. Meine Briefe erklärten meine Liebe. Dannys Briefe erklärten seine Anbetung, selbst wenn sie durchdrungen waren von dem Staunen und der Begeisterung über die Welt, die wir eines Tages gemeinsam sehen würden.

> *6. Juni*
> *Liebe Celia,*
> *der Ozean ist einfach unglaublich! Irrsinnig blau und die Wellen sehen gewaltig aus. Ich mag das, wie sie auf den Sand zischen. Das Wasser ist wunderschön im Mondschein. Die Strände sind knallvoll. Die Kinder bauen Sandburgen und die Pärchen turteln. Ich vermiss dich so sehr!*

Den ganzen Sommer über spielte ich Babysitterin für die Harding-Kinder, putzte Rotznasen und schmierte Erdnussbutterbrote, während ich innerlich nach Danny schrie. Ab und zu riefen meine Freundinnen an, aber wir hatten uns wenig zu sagen. Wie hätten sie auch meine Qual verstehen können? Mit Mary Lee hätte ich reden können. Doch die tummelte sich in Europa mit den Reichen und Schönen. Mama und ich gingen uns aus dem Weg. Ich beschäftigte mich mit Kevy und machte Abendspaziergänge mit Papa, der sich nach Kräften bemühte, meine Traurigkeit zu lindern. Er fing an, mich jeden Samstag zum Mittagessen nach Albertsville zu fahren, und machte mich dabei auf gleichaltrige Jungen aufmerksam. Sein Kummer meinetwegen machte mir so zu schaffen, dass ich mehrmals versucht war, ihm von meinen Plänen mit Danny zu erzählen. Doch ich fürchtete, das würde mehr sein, als er vor Mama verbergen könnte, deshalb schwieg ich still.

15. August
Liebe Celia,
Mama und ich haben eine kleine Wohnung gefunden. Allerdings nicht im besten Viertel. Es reicht gerade für die Miete und das Essen. Aber Mama ist glücklich. Sie summt beim Saubermachen sogar vor sich hin. Die Luxusdampfer sind echt so groß wie Häuser. Meine Arbeit kommt mir leicht vor nach dem Hof. Aber das Leben ist nicht leicht, weil du nicht hier bist. Die Mädchen hier lassen Mary Lee wie ein Kätzchen aussehen. Ihre Badeanzüge sind schamlos. Jungen und Mädchen sind zusammen und kein Hahn kräht danach. Bradleyville mag ja streng gewesen sein, aber jetzt erkenne ich, wozu das gut war.

Quälende Eifersucht biss mich, als ich mir Danny umgeben von halb nackten Mädchen vorstellte. Ob sie ihn so ansahen, wie Mary Lee das getan hatte? Wie viele starrten begehrlich in jene Smaragdaugen? *Danny,* schrieb ich, *mich hält hier nichts mehr. Ich zähle die Monate, bis ich bei dir sein kann. Warte auf mich.* Danny schrieb zurück, dass er sich auch schmerzlich nach mir sehne und dass das Medaillon mit meinem Bild immer in seiner Tasche sei.

Da Danny sich kein Telefon leisten konnte und ich so oder so nicht hätte ungestört reden können, riss der Briefstrom nicht ab. *Ich spare jeden Cent für dich*, schrieb er. *Wir können nicht in dieser Wohnung hausen, wenn du kommst; du bist an etwas so viel Besseres gewöhnt.* Ich wusste ja, wir würden nicht dort leben müssen; wir würden meine Erbschaft haben. Aber noch verriet ich ihm das nicht.

Ende August setzte sich Mr. B. zur Ruhe und Lee Harding übernahm seinen Posten als Sägewerksmanager. Die Kirche veranstaltete ein geselliges Beisammensein im Freien, um die beiden Männer zu feiern, und fast alle kamen. Jake Lewellyn nahm teil, saß müde dabei und klopfte gedankenverloren mit seinem Stock. Ohne einen Thomas Bradley zum Piesacken welkte er dahin. *Mr. Lewellyn,* dachte ich, *ich verwelke auch.*

Miss Jessie flüsterte mir etwas zu von den Briefen, die sie von Patricia Cander bekommen hatte. »Sie klingt sehr glücklich und stolz auf ihren Sohn. Aber die Sehnsucht nach dir macht ihn ganz missmutig.« Es mag egoistisch gewesen sein, aber ich war froh, das zu hören. Schließlich war er es gewesen, der gegangen war. Wo sein Vater nicht mehr lebte, hätte er seine Pläne ändern und mit seiner Mama in der Stadt bleiben können, um auf mich zu warten.

Mary Lee kam mit ihren Eltern, das Glanzlicht des Tages. Sie war aus Europa zurück und würde nächste Woche nach Lexington gehen. »Lass dich anschauen«, japste ich. Ihr Haar war sogar noch länger und ihr Make-up makellos. Reiche und schöne Mary Lee. Bekam Danny solche Mädchen zu Gesicht?

»Ich habe in Paris einen Mann kennen gelernt«, schwärmte sie. »Oh, là, là, was für eine Stadt!« Sie zupfte an ihrem Oberteil, um ein pochendes Herz anzudeuten.

Wir schlenderten von der Menge weg und ich erzählte ihr, wie ich mich in jener letzten Nacht klammheimlich fortgeschlichen hätte, um mich mit Danny zu treffen. Ich musste es irgendjemandem erzählen.

»Willst du damit sagen, dass du es ohne meine Wenigkeit geschafft hast auszureißen?« Sie warf den Kopf zurück und lachte in die Sonne. Ich lachte mit ihr. Es war lange her, dass ich das getan hatte.

»Wann fährst du nach Lexington?«

»In drei Tagen.«

»O Mary Lee, ich gönn es dir von Herzen. Aber ich werde das Reden mit dir vermissen.«

»Ja. Ich werd dich auch vermissen.« Sie verfiel einen Moment ins Schweigen. »Du rufst Danny ab und zu heimlich an, nicht?«

»Nein. Er hat kein Telefon.«

»Oh, wirklich«, sagte sie, die Worte waren in Misstrauen gekleidet.

»Er kann sich das nicht leisten.«

»Jeder kann sich ein Telefon leisten. Er sollte für dich erreichbar sein.«

»Er spart für die Zeit, wenn wir zusammen sind.«

»Hm. Na ja. Dann schreib ihm fleißig weiter. Erinnere ihn daran, dass du hier schmachtend festsitzt, während er den Wellen nachjagt.«

Mir gefiel ihr Ton nicht. Hauptsächlich deshalb, weil er meine eigenen Gedanken widerspiegelte. *Mary Lee,* dachte ich, *nicht jeder ist so unstet wie du.*

Es wurde Herbst. Die Blätter färbten sich erst goldorange, dann fegten sie als braunes Geknister durch Bradleyvilles Straßen. In der Schule aß ich mittags mit Barbara und Melissa zusammen und hörte neiderfüllt von ihren Verabredungen und ihren Freunden, die zum Abendessen kamen. »Aber aus

Bobby werde ich nicht ganz schlau«, gestand Melissa. »Er scheint mit den Gedanken woanders zu sein.«

Ich wusste, wo er mit den Gedanken war. Immer noch bei mir.

Erst vorigen Samstag hatte er mit verletzlich zusammengekniffenen Lippen vor unserer Tür gestanden und sich gefragt, ob ich ihm wohl jetzt eine Chance geben würde, wo Danny fort sei. *Armer Bobby*, dachte ich. Wie viel Mut hatte es ihn gekostet, wieder zu mir zu kommen. »Bobby«, sagte ich freundlich, als wir auf meiner Veranda standen, »du gehst mit Melissa, meiner besten Freundin. Wenn sie jetzt zufällig gerade aus der Tür treten und dich hier sehen würde, was würde sie dann denken?«

Er sah auf seine Füße. »Es hätte sich gelohnt, wenn du Ja sagen würdest.«

»Bobby. Halt dich an sie; sie macht sich was aus dir. Du weißt, wen ich liebe.«

Die hehren Hoffnungen bröckelten von seinem Gesicht. »*Warum*, Celia? Warum ihn? Ich habe alles versucht. Dich sogar in Ruhe gelassen. Er hatte dir nichts zu bieten. Und jetzt ist er sogar auf und davon und wird nie zurückkommen.«

»Er hat sich selbst. Das ist alles, was ich will. Er hat es mir angeboten und ich nehme es an.«

Er starrte mich an und seine Augen wurden immer größer, als es ihm langsam dämmerte. Die Erkenntnis, dass ich Bradleyville verlassen würde, um Danny zu folgen, erschütterte ihn bis ins Mark. Er wandte sich ab, seinen Schmerz zurückhaltend. Es tat mir im Herzen weh aus Mitleid für ihn. Wenn Danny nicht gewesen wäre, hätte ich ihn vielleicht lieben können.

»Ich werde Melissa nicht sagen, dass du da warst. Es würde sie nur verletzen.«

»Ja. Tja. Bis dann, Celia.« Als er über den Gehweg trottete, konnte er es sich nicht verkneifen zurückzuschauen. Mama kam gerade vom Einkaufen nach Hause, als er fortging, und warf mir einen viel sagenden Blick zu.

21. Oktober
Lieber Danny,
weißt du was, mir hat gestern ein Gentleman seine Aufwartung gemacht. Erinnerst du dich noch an den gut aussehenden, netten Bobby Delham? Der hat mich schon immer gemocht und dich gehasst. Er hat mir zu verstehen gegeben, dass er Melissa wie eine heiße Kartoffel fallen lassen würde, wenn ich nur Ja sagte. Mama hat mir richtig zugesetzt deshalb, hat gemeint, ich sei ein Narr und dass ich ihn lieben lernen könnte. Das war das erste Mal seit Tagen, dass sie mit mir geredet hat …

26. Oktober
Liebe Celia,
ich habe mal seinem Freund, dieser Memme Gerald Henley, eins auf die Nase gegeben; jetzt muss ich wohl zurückkommen und Bobby eine verpassen. Sag ihm, er soll sich fern halten. Ich kann es nicht haben, dass wer anders vor dir von Liebe anfängt. Niemand kann dich so lieben wie ich.

Ha!, dachte ich und herzte den Brief. Der entfleuchte wilde Vogel kannte also auch die Eifersucht.

Zu Weihnachten bekam Kevy ein neues Fahrrad, blaugrau und glänzend. Nachdem er es eines schönen Samstags im Januar in den Schneematsch auf unserem Rasen geschmissen hatte, ließ er sich neben mich in einen Verandastuhl plumpsen, sein Kopf dampfte vor Schweiß. »Wartest du auf die Post?«

Ich nickte fröstelnd.

Er sah mich nachdenklich an. »Danny fehlt mir. Wirst du ihn wiedersehen?«

Ich zögerte. »Irgendwann mal.«

»Wann denn? Wie denn?«

»Was bist du, Mamas kleiner Spion?«

Kevy sah gekränkt aus. »Nein. Ich hab ihr doch noch nie was erzählt, oder, als ihr am Fluss am Knutschen wart.«

Ich fuhr auf meinem Stuhl zurück. »Woher willst *du* das wissen?«

»Weil ich mal gelinst hab.«

Mir fiel die Kinnlade herunter. »Kevy!«

»Doch nur ein Mal. Wo ich mal keine Lust mehr hatte zu angeln. Aber ich bin echt nur leise hingeschlichen, hab geguckt, was ihr da so macht, und bin dann ganz leise wieder zurück, mehr nicht.«

»Ich kann nicht glauben, dass du das getan hast!«

»Und wenn schon, ich hab's ja nicht weitergesagt. Vor allem nicht Mama.«

Sie hätte mich umgebracht. »Kevy, ist ja lieb von dir, dass du nicht gepetzt hast, aber du hättest dich gar nicht erst anschleichen dürfen.«

»Ich war doch bloß neugierig, mehr nicht.« Er zuckte mit den Schultern. Wir schwiegen einen Moment. »Ich tu auch wen mögen.«

»Du magst ein Mädchen, Kevy! Wen?«

»Versprichst du, es nicht weiterzusagen?« Ich nickte. »Cindy Halloway.«

»Ach«, sagte ich und sah einen niedlichen Blondschopf mit braunen Augen vor mir. Ich fand es putzig, dass Kevy ein Mädchen mochte. Bis mir plötzlich aufging, dass Kevy genauso alt war wie Danny, als er sich in mich verliebte. Elf. Ich starrte meinen Bruder an. Solch ein Kind. »Nun, kleiner Bruder, sei nett zu ihr. Vielleicht mag sie dich ja wieder.«

Ein übertriebenes Achselzucken. »Vielleicht. Na ja. Dann radel ich mal zu Reid rüber.«

Als ich ihn davonflitzen sah, durchfuhr mich die schmerzhafte Erkenntnis, dass ich ihn vermissen würde, wenn ich Bradleyville hinter mir lassen würde.

16. Februar
Liebe Celia,
gestern lief ein neuer Luxusdampfer ein, einsame Spitze, sag ich dir. Er gehört Triton Cruise Lines. Mama hat zum Spaß gemeint, eine Hochzeitreise mit dem wäre doch eine feine Sache. Das muss ein Vermögen kosten.
Das Geld ist echt knapp und ich mach mir Sorgen wegen deinem Kommen. Es weht ein rauer Wind hier, viel Kriminalität, Leute werden ausgeraubt und umgebracht. Mama und ich wollten von Vater weg; nun müssen wir wieder um ihre Sicherheit fürchten. Eine Frau darf sich nicht mal allein auf die Straße wagen. Miami hat vielleicht einen Ozean, aber vom Paradies ist es weit entfernt. Ich träume davon, unseren Ozean zu finden, Celia; mir ist das Herz hier schwer. Besonders ohne dich. Aber ich versuch weiter, auf Gott zu schauen, wie dein Großvater gesagt hat. Ich liebe dich.

Ich las den Brief wieder und wieder, ganz verzweifelt, dass Danny seine Freiheitsträume in Miami wie Sand durch die Finger rieselten. Konnte Mama mit Dannys Wanderlust Recht haben? Damit, dass er mir das Herz brechen würde? *Nein,* sagte ich mir, *er liebt mich.* Und doch, er war gegangen. *Wohin zieht es dich als Nächstes, Danny,* fragte ich mich weinend in meinem Zimmer, *während ich hier hocke und dich vermisse und die Ozeanbrecher nichts als Bilder an meinen Wänden sind?* Nächtelang zermarterte ich mir das Hirn, ob ich ihm von meiner Erbschaft erzählen sollte. Doch Großvater hatte Recht; Danny hatte seinen Stolz. Also schrieb ich ihm nur von meiner Liebe.

Warte auf mich, Danny, weinte ich vor mich hin. *Warte auf mich.*

> *16. März*
> *Die Triton ist wieder da. Dieses Mädchen war auch wieder drauf – Rachel. Ich weiß gar nicht, ob ich dir schon von ihr erzählt habe. Ihrem Vater gehört die Schifffahrtslinie. Jedenfalls, sie sagt, sie glaubt, sie könnte mir einen Job auf dem Luxusdampfer beschaffen! Dann könnte ich zu den Karibischen Inseln fahren! Und weit besser bezahlt wird man auch! Ich habe ihr gesagt, dass ich Mama nicht allein lassen würde, aber sie meint, dass Mama vielleicht auch an Bord arbeiten kann. Was sagst du dazu, Celia, ich in der Karibik? Wenn du kommst, dann könntest du vielleicht auch arbeiten, wenn dir das nichts ausmacht, und wir könnten alle zusammen in See stechen. Die Strände sind dort nicht so überfüllt, habe ich gehört, und es gibt viel weniger Kriminalität. Vielleicht finde ich da ja unseren Ozean. Kann es nicht mehr abwarten, bis du kommst. Ich liebe dich.*

Ich hasste diesen Brief. Mein befreiter Käfigvogel flog davon. Und dabei hatte er doch versprochen, dass es nicht dazu kommen würde, er hatte es *versprochen*. Bei all unserer Liebe, was hatte ich endlosem Sand und einem glitzernden Horizont entgegenzusetzen? Und wenn nicht die Strände, dann wären es womöglich die Mädchen, die ihn mir stehlen würden. In der Nacht betete und betete ich, flehte Gott an, das nicht zuzulassen. *Vergiss mich nicht, Danny,* schrieb ich ihm. *Wir sind bald zusammen.*

Am 4. April schrieb er, dass Rachel wieder im Hafen war und ihm von der herrlichen Karibik vorschwärmte – weiße Strände und blaues Wasser. *Ich möchte das so gerne sehen!*, fügte er hinzu. *Ich träume davon, dich dort bei mir zu haben. Es sind keine drei Monate mehr. Ich kann es kaum noch erwarten!*

Eine Woche nach meinem achtzehnten Geburtstag schrieb Danny, dass in ihrer Wohnung eingebrochen worden sei. Er hatte fahrlässig einen ganzen Wochenlohn in seinem Schrank liegen lassen und seine Mama hatte ein kleines Radio eingebüßt. Danny war froh, dass er mein Medaillon bei sich getragen hatte.

> *Ich will hier nur noch weg. Ich hasse den Ort. Überall Verbrechen und Lärm. Stille Strände ohne Ende, das will ich. Mit dir.*

Mitte April teilte er mir ganz begeistert mit, dass Rachel wiedergekommen sei und einen Job für ihn und seine Mama organisiert habe.

> *Gott gibt wirklich auf uns Acht. Wir laufen in zwei Tagen aus, wahrscheinlich etwa dann, wenn du dies liest. Rachel sagt, wir werden in vielen wunderschönen Häfen Zwischenstopps einlegen. Ich werde den Strand für uns finden, Celia. Schreib weiter; ich werde deine ganzen Briefe lesen, wenn ich in ein paar Wochen zurück bin. Ich liebe dich und vermisse dich.*

Rachel, Rachel, *Rachel.* Ich stellte mir ein reiches Mädchen vor mit Mary Lees Gesicht, langen Beinen und roten Lippen. Ich knüllte den Brief zusammen und pfefferte ihn gegen meine Wand.

Ich sagte mir, es spiele keine Rolle, dass Rachel für Danny nicht mehr war als Bobby für mich – eine Bewunderin, die das Objekt ihrer Zuneigung niemals besitzen würde. Ich sagte mir, dass Danny mich mehr liebte als Ozeane und dass er niemals gegangen wäre, hätte es nicht diese Geldprobleme gegeben. Wenn er doch nur von meiner Erbschaft wüsste. Dann könnte er, wenn er nach Miami zurückgekehrt wäre, wieder seinen früheren Job annehmen und warten, bis ich da wäre. Der höhere Lohn würde dann nicht mehr ausschlaggebend sein. Und Rachel könnte reisen, wohin sie lustig wäre.

Zwei Tage lang zerbrach ich mir den Kopf über mein Versprechen an Großvater. Er würde das verstehen, redete ich mir ein; er würde der gleichen Meinung sein unter diesen Umständen. Ich musste Danny von meiner Erbschaft erzählen. Ich musste ihm die Möglichkeit verschaffen, den besser bezahlten Job aufzugeben. Schließlich traf ich meine Entscheidung. Ich betete, dass Großvater mir vergeben möge, falls er mir vom Himmel aus zusähe. Dann schrieb ich an Danny und erzählte ihm davon.

> *27. April*
> *Liebe Celia,*
> *mir platzt gleich der Kopf vor lauter Gedanken! Die Karibikreise war unglaublich. Mama war selig. Und jetzt zu erfahren, dass du so viel Geld hast! Du musst dir sicher sein, dass du mich willst, Celia, ehe du so ein Vermögen anschleppst. Ich möchte nicht, dass du es bereust. Eigentlich sollte ich für dich sorgen und jetzt wirst du für mich sorgen. Ich brauche deine Achtung, Celia; versprich mir, dass ich sie trotzdem haben werde.*
> *Eins noch. Ich werde nicht wieder meinen alten Job annehmen, wie du vorgeschlagen hast. Wenn ich weiter auf See bin, bis du kommst, haben wir noch mehr*

Geld zusammen. Und außerdem gefällt mir der neue Job tausendmal besser. Morgen stechen wir wieder in See. Sind in zwei Wochen zurück. Ich liebe dich.

Wir. Hatte Danny an seine Mama gedacht, als er dieses Wort gebrauchte? Oder an Rachel?

Großvater hatte Recht gehabt. Und ich hatte meinen Schwur für nichts und wieder nichts gebrochen. Die Worte von Dannys Brief verschwammen.

Kapitel 48

Mama hatte das Kommen der Briefe das ganze Jahr über stillschweigend mit angesehen. Manchmal wunderte ich mich direkt, warum sie mir diese ließ. Vielleicht sah sie schließlich ein, dass sie mein Herz nicht beherrschen konnte. Aber wenn der Strom abebbte, während Danny auf See war, konnte sie sich den selbstgefälligen Gesichtsausdruck nicht verkneifen. Dann durchwühlte ich regelmäßig untröstlich die Post auf dem Esszimmertisch und spürte ihre Augen in meinem Rücken.

»Celia«, wollte sie eines Nachmittags wissen, »was gedenkst du zu tun, wenn du mit der Schule fertig bist?«

Ich zuckte die Achseln. »Wieder babysitten im Sommer.«

Ihr Mund verkniff sich. »Das glaube ich dir nicht.«

»Es ist mir egal, was du glaubst.«

Sie zuckte zurück. »Du bist ein Narr, Celia, wenn du mit dem Gedanken spielst, das Geld zu diesem Jungen da zu tragen. Er wird es bloß zum Fenster rausschmeißen mit seiner Herumreiserei.«

Ich konnte es nicht ertragen, sie Danny »diesen Jungen da« nennen zu hören. »Du bist der Narr, Mama. Du hast doch keine Ahnung.«

Ihr Gesicht lief knallrot an. »Wie kannst du es wagen, so mit mir zu reden!«

»Weil du mir was über Danny erzählen willst, wo du ihn überhaupt nicht kennst!«

»Ich kenne die Sorte, Celia! Er ist wie dein Großvater. Unabhängig. Immer auf Abenteuer aus. Ich habe versucht, dich zu warnen, aber du wolltest ja nicht hören. Gib ihm nicht dein Geld! Das Geld stammt von deinem Urgroßvater, der die Mühle erbaut hat; so weit reicht das schon in unserer Familie zurück. Wirf es nicht weg.«

»Ich habe nicht vor, es wegzuwerfen.«
»Was wirst du dann damit tun?«
»Das geht dich nichts an.«
»Celia!«, explodierte sie. »Geh in dein Zimmer!«
»Mama, ich bin jetzt achtzehn Jahre alt«, fauchte ich. »Du kannst mich nicht mehr auf mein Zimmer schicken.«
Ihre flache Hand sauste klatschend auf den Tisch. »Du bist immer noch meine Tochter und lebst unter meinem Dach! Ich habe dir gesagt, dass du gehen sollst. Und jetzt geh mir gefälligst aus den Augen!«
Und das tat ich, wobei ich wutschnaubend bei mir dachte, dass ich ihr bald aus den Augen gehen würde, o ja – auf Nimmerwiedersehen.

5. Mai
Da bin ich also wieder, in der Karibik! Der Hafen hier ist beim zweiten Mal noch genauso schön. Aber ich sehne mich so nach dir, Celia. Gestern Nacht saß ich am Strand und wünschte mir sehnlichst, du wärst da.
Aber was soll's. Ich muss dir eine echt irre Geschichte erzählen. Triton hat nämlich auch Schiffe, die die griechischen Inseln anlaufen. Und Rachel sagt, sie kann mich und Mama bald auf einem dieser Luxusdampfer unterbringen, und außerdem kann sie auch für dich noch einen Job auftreiben. Ich weiß, dass du Geld hast, aber wir sollten es besser für später für ein Haus sparen. Hättest du was dagegen, eine Zeit lang auf einem Schiff zu arbeiten? Stell dir vor, du und ich in Griechenland! Dann finden wir unseren Ozean schließlich doch noch gemeinsam.
Ich liebe dich. Noch einen Monat. Nur noch einen Monat! Ich kann es kaum noch abwarten.

Miami. Die Karibik. Und jetzt Griechenland. Danny schien unsere Pläne, Teilzeit zu arbeiten und aufs College zu gehen, völlig vergessen zu haben. Mit ihm nach Griechenland zu fahren klang herrlich, aber daran war nicht mal in meinen Tagträumen zu denken. Nicht wenn ich wusste, dass diese Rachel an Bord war. Ich traute ihr keine Minute. Je mehr ich darüber nachdachte, desto mehr fraß die Angst mich auf. Ich versuchte zu beten, aber es ging nicht, da ich überzeugt war, dass Gott mich für meine mangelnde Bereitwilligkeit strafte, auf Mama zuzugehen. Und wenn sie die ganze Zeit über Recht gehabt hätte? Danny wollte mich; Danny wollte die Welt. Was wollte er am liebsten?

Zwei Tage später bekam ich einen Brief aus einem anderen Hafen. Jener Brief, der mein Leben verändern sollte. Ich drückte ihn an meine Brust, eilte in mein Zimmer und war nicht im Geringsten auf die Worte gefasst, die mir das Herz durchbohren würden.

7. Mai
Liebe Celia,
dies zu schreiben ist das Schwerste, was ich je getan habe. Besonders nach meinem Versprechen an deinen Großvater und Gott und dich. Aber ich weiß, es ist das einzig Richtige. Ich habe mir die Knie wund gescheuert, während ich Gott weinend um Vergebung gebeten habe. Aber ich glaube nicht, dass er mir vergeben wird, bevor ich nicht auch dich darum gebeten habe. Du sollst die Wahrheit über mich wissen, besonders wo du so viel Geld mitbringst. Es ist nur recht und billig, dass du Zeit hast, es dir noch mal zu überlegen.
Es lässt sich so schwer ausdrücken. Ich war mit einem Mädchen zusammen. Rachel. Ich hab das nie gewollt. Ich liebe sie nicht und will nichts mehr mit ihr

zu tun haben, nie mehr. Es ist einfach passiert, Celia, das ist alles. Wir waren nachts am Strand und ich hab mir gewünscht, du wärst bei mir, habe an unsere Hochzeitsnacht gedacht.
Ich sterbe, während ich dir das erzähle. Nur noch einen Monat, und da bin ich los und habe eine Schande auf mich gebracht, wie mein Vater das nie fertig gebracht hätte. Ob du mir jemals vergeben kannst? Ich bete zu Gott, dass du es tust. Und wirst du immer noch kommen? Ich dreh durch, halt das Warten auf deine Antwort nicht aus. Bitte sag Ja. Ich liebe dich.

Nach dem dritten Lesen lag ich einfach nur da und starrte zur Decke, Dannys Brief war mir aus der Hand auf den Teppich geglitten. Anfangs empfand ich gar nichts. Dann schüttelte es mich vor Wut und Eifersucht und ich vergrub mein Gesicht in meinem Kissen, um die quälenden Schluchzer zu dämpfen. Wie konnte er? Unsere Liebe war so etwas Besonderes gewesen, so vollkommen. Wir hatten uns für unsere Hochzeit aufgespart, weil wir das für richtig hielten. Jetzt aber würde unsere Hochzeitsnacht nie mehr dieselbe sein. *Danny,* weinte ich, *du hast das, was unser hätte sein können, weiß und wunderschön, genommen und zerstört, ja, durch den Schmutz geschleift.* Ich dachte, ich würde sterben. Ich schluchzte, nach Atem ringend, die ganze Nacht, bis die Tränen versiegten. Und ich schüttelte meine Faust gegen Gott, lange und heftig. Wo war er in jener Nacht am Strand gewesen? Wie hatte er das zulassen können?

Ich ging am nächsten Morgen nicht zur Schule, wagte mich den ganzen Tag nicht aus dem Zimmer. »Ich bin krank«, rief ich Mama durch die Tür zu, stellte mir ihr Gesicht vor und dachte, dass sie mich garantiert zuletzt mit einem Brief in der Hand gesehen hatte. *Aber du hast dich schließlich doch geirrt, was, Mama?*, tobte ich innerlich. Danny hatte mir nicht das

Herz damit gebrochen, dass er in ferne Länder entfleucht war. Er hatte es in den Armen einer anderen gebrochen.

Den ganzen Tag und den darauf folgenden aß ich nichts. Papa klopfte an meine Tür und bat darum, hereinkommen zu dürfen. »Ich kann nicht reden, Papa«, sagte ich tränenerstickt. »Bitte.« Und Kevy, der Liebe, ließ nicht locker, bis ich am zweiten Tag endlich nachgab und gegen seine dünnen, jungenhaften Arme schluchzte.

Irgendwann war ich ausgepumpt. Empfindungslos, tränenlos. Ich hörte auf, mit Gott zu hadern; ich wollte überhaupt nicht mehr mit ihm reden. Eine unheimliche Ruhe legte sich auf mich, sie breitete sich über mich wie eine schwere Decke, die mich einwickelte. Und von irgendwoher tief in mir, wo es dunkel und düster war, stieg eine neue Empfindung herauf. Sie drang in mein Herz und mein Denken ein; sie ballte meine Hände zu Fäusten und verkrampfte meine Beine. Ich versuchte nicht einmal, sie zu verscheuchen; ich suhlte mich geradezu darin, bis alle anderen Gedanken von mir flohen. Ganz bewusst fegte ich Gott beiseite, indem ich mir einredete, dass er sowieso herzlich wenig für mich getan habe. Und damit frei zu tun, was mir gefiel, plante ich meine Rache. Nicht einen Augenblick kam mir in den Sinn, dass ich unschuldige Menschen verletzen würde.

An jenem Abend nahm ich – in voller Absicht – ein langes Bad. Es bot sich geradezu an, das anzuziehen, was ich in meiner letzten Nacht mit Danny getragen hatte. Das blaue Top, den Rock und die Sandalen. Ohne auf den habichtartigen Gesichtsausdruck meiner Mutter oder auf die neugierigen Blicke von meinem Bruder und Papa zu achten, marschierte ich zum Telefon und wählte Bobby Delhams Nummer. Man brauchte ihm nicht auf die Sprünge zu helfen, diesem jungen Mann, den meine Eltern befürworteten. »Ich gehe aus«, teilte ich ihnen mit. Mama sah mich entgeistert an, ein kaltes Licht dämmerte in ihren Augen.

Ich führte Bobby nicht zum Eichenbaldachin; das brachte ich nicht fertig. Ich lenkte ihn stattdessen zu der holprigen Straße, wohin Mary Lee Danny und mich vor Urzeiten mitgenommen hatte. Wir saßen im Auto und warteten auf die Dunkelheit und ich sah, wie er mich mit ungläubiger Vorfreude ansah. Es war mir egal, dass ich drauf und dran war, ihn zu zerstören, ich hoffte nur, den zu zerstören, der mir so wehgetan hatte. Bei Einbruch der Dämmerung drängte ich Bobby ins Feld, wo ich ihn verführte, den Freund meiner besten Freundin. Selbst bei seinen »Ich liebe dich« empfand ich nichts.

Es gibt eine Leere, die schlimmer als Alleinsein ist.

Nach nur zwei Tagen gestand ein schuldgeplagter Bobby Melissa sein Vergehen und brach die Beziehung zu ihr ab. »Er liebt dich«, flüsterte sie immer wieder bitter. »Du hast ihn für mich verdorben. Ausgerechnet du.«

Als ich in jener Nacht nach Hause kam, mit zerknautschten Klamotten und zerzaustem Haar, war Mama noch auf. Ein Blick auf mich, auf die Mischung von Trotz und Schuldgefühl auf meinem Gesicht, und sie wusste Bescheid. Ich versuchte, an ihr vorbeizuhuschen, doch sie packte mich am Arm. »Was hast du getan?«, fauchte sie.

»Nichts.« Meine Stimme war flach.

Ihre Finger gruben sich in meine Haut. »Sag mir, dass es nicht das ist, wonach es aussieht, Celia.«

Kein Wort von mir.

»*Warum?*«, wollte sie wissen. »Wie konntest du? Bei deiner Erziehung!«

Ich wand mich los.

»Was sollen wir jetzt tun? Die ganze Stadt wird davon erfahren und dich kümmert das nicht mal. Ist es das, was Danny dir angetan hat? Ist es das, was er dir beigebracht hat?«

Aufschluchzend floh ich in mein Zimmer, meine Seele beschmutzt und krank bis auf den Grund. Ich konnte ihre Frage nicht beantworten. Denn die Antwort lautete Ja.

Hinter meiner verschlossenen Tür griff ich mit zitternden Händen zu Papier und Stift und erzählte Danny alles.

Kapitel 49

16. Mai

Liebe Celia,

ich bin wie abgestorben innerlich. Ich weiß, du hast das nur getan, um mich zu verletzen, wie ich dich verletzt habe. Nun empfinde ich den gleichen Schmerz. Lass uns einander vergeben und weitermachen. Ich liebe dich von ganzem Herzen. Wir dürfen das einander nicht antun. In nur zwei Wochen machst du deinen Abschluss. Komm zu mir, Celia. Sogar während ich dies schreibe, bin ich so wütend – wütender, als ich jemals auf meinen Vater war. Bobby ist bei dir. Ihr seid reich. Ihr zwei könntet euch ein tolles Haus kaufen, euch ein schönes Leben machen. Wenn du dich dafür entscheidest, hält mich hier nichts mehr. Ich werde den Job auf dem Schiff nach Griechenland annehmen, und wenn wir angekommen sind, werden Mama und ich dort bleiben. Wir haben die Überfahrt und die Jobs bekommen; Rachel hat das arrangiert. Es wartet auch ein Job auf dich, wenn du nur kommen würdest. Das Schiff läuft in drei Wochen aus, am 7. Juni. Bis dahin bin ich noch hier im Hafen von Miami. Dieser neue Job ist eine Chance fürs Leben, und wenn ich nichts von dir höre, werde ich sie mir nicht entgehen lassen. Aber ich will nicht ohne dich gehen. Ich will dich. *Verstehst du, wie Leid es mir tut? Gott kann uns da durchhelfen, wenn wir uns nur verzeihen. Wirst du mir verzeihen, Celia? Wirst du dir selbst verzeihen? Wirst du kommen? Bitte. Wir hatten einmal alles.*

War es nicht eine Ironie des Schicksals? Da hatten Danny und ich die Trennungsversuche von Bradleyville drei Jahre lang unbeschadet überstanden und nun trieben wir selber einen Keil zwischen uns, wie es die Stadt nie vermocht hätte.

Wenn ich in den Tunnel der Monate und Jahre zurückblickte, sah ich ohne Danny nur Schwärze. Trotz dessen, was wir einander angetan hatten, betrachtete ich meinen Abschluss immer noch als die Geburtsstunde meines neuen Lebens. Eines Lebens mit ihm. Wir konnten nicht getrennt sein. Ich liebte ihn; er liebte mich noch immer. Wir könnten von vorne anfangen, uns vergeben, vielleicht eines Tages vergessen. Ich wollte Bobby nicht. Er wollte Rachel nicht, wie schön und reich sie auch sein mochte. Er wollte auch Griechenland nicht. Er wollte mich.

21. Mai
Liebster Danny,
ich komme zu dir. Du hast Recht; wenn Gott uns beiden vergeben kann, dann können wir uns bestimmt auch vergeben. Bitte geh nicht. Bitte entscheide dich nicht für die große weite Welt anstelle von mir, selbst nach dem, was ich getan habe. Was du mit Rachel gemacht hast, war ja nicht geplant. Was ich mit Bobby gemacht habe, dagegen absichtlich. Ich habe einen schrecklichen Fehler gemacht. Ich liebe dich. Und ich weiß, dass du mich liebst. Schreib zurück. Sag mir, dass du auf mich warten wirst, Danny. Sag mir genau, wo ich hinkommen soll. Warte. Bitte.

Am folgenden Nachmittag schmiss ich den Brief durch den Schlitz im Postamt. Wenn ich seine Antwort erhalten würde, würde die Abschlussprüfung kurz vor der Tür stehen.

In der Schule konnte ich Bobby Delham nicht in die Augen sehen.

Die Tage waren endlos. Ich wartete. Die Leute tuschelten und gafften. Mamas Wutausbrüche konnte ich verkraften. Doch Papas bekümmertes Gesicht und Traurigkeit waren zu viel. »Du hast diese Familie entehrt und einen guten Jungen verdorben«, keifte Mama. »Du hast nur noch eine Wahl: ihn schleunigst zu heiraten.«

»Lass ... mich ... *in Ruhe«*, warnte ich sie tödlich leise.

Irgendwie überstand ich die letzten beiden Schulwochen. Ich lernte kaum für die Prüfungen. Bestand sie aber alle. Schließlich war mein letzter Tag gekommen. Doch kein Lebenszeichen von Danny. Bei so einem wichtigen Brief hätte er doch bestimmt keinen Tag gezögert zurückzuschreiben. *Danny, Danny*, weinte ich still vor mich hin, während ich auf dem Gehweg vor dem Schulgebäude stand, *vor einem Jahr haben wir genau hier unsere gemeinsame Nacht geplant. Wo bist du, Danny? Warum hast du nicht geschrieben?*

Ich weigerte mich, an meiner eigenen Abschlussfeier teilzunehmen. Wieder brachte ich keinen Bissen hinunter. Der Schlaf floh vor mir. Ein schreckliches Gefühl sagte mir, dass Danny seine Meinung geändert und mir doch nicht vergeben habe. Anders als seines war mein Vergehen so berechnend, so rachsüchtig gewesen. Und bestimmt war Rachel dort bei ihm mit süßem Gezirpe und mehr Geld, als ich jemals haben würde. In der Nacht schrie ich zu Jesus, flehte ihn an, etwas zu tun. Wenn er Danny und mich nur wieder zusammenbringen würde, beschwatzte ich ihn, würde ich ihm für den Rest meines Lebens dienen. Ich würde meinen Blick nie und *nimmer* mehr von ihm abwenden, solange ich lebte.

Der 6. Juni kam. Kein Brief. Der 7. Juni – der Tag, an dem das Schiff nach Griechenland in See stach. Tief in meinem Herzen wusste ich, dass Danny darauf war, aber trotzdem gab ich die Hoffnung noch nicht auf. Ich überlegte, nach Miami zu fahren, um ihn zu suchen, nur für den Fall, dass er geblieben wäre. Doch Miami war groß. Was, wenn ich ihn nicht finden und unterdessen sein Brief ankommen würde? Wir könnten uns völlig verpassen.

Ich hütete jetzt jeden Tag die Harding-Kinder, aber mein Lächeln war aufgemalt und mein Herz spröde und leer. Schließlich kam der Brief. Er lag auf dem Esszimmertisch, als ich von der Arbeit nach Hause kam, jener kleine weiße Umschlag, der mein Schicksal besiegeln sollte. Mama stand herum, als ich ihn an mich riss und ein leises Keuchen meine Lippen teilte. Erst in meinem Zimmer entdeckte ich, dass er ohne Absenderanschrift war. Mit klopfendem Herzen und zittrigen Fingern riss ich ihn auf.

> *Celia,*
> *wir sind in Griechenland angekommen, Mama und ich. Und Rachel. Es tut mir unendlich Leid. Ich habe dich geliebt wie mein Leben.*
> *Danny.*

Kapitel 50

Von den darauf folgenden Tagen kann ich mich nur noch an Dunkelheit erinnern. Szenen aus diesen Tagen huschen schemenhaft durch meinen Kopf, von Verzweiflung überschattet. Irgendwie gelang es mir, meinen Job bei den Hardings zu behalten, obwohl ich betäubt auf ihrer Couch saß, während die Kinder herumtobten. Abends sank ich, außer Gefecht gesetzt, ins Bett. Papa klopfte viele Male an meine Tür, aber ich wollte ihn nicht einlassen. Kevy wurde immer besorgter, die grabähnliche Atmosphäre bei uns zu Hause machte ihn ganz verstört. Er gab sich alle Mühe, mich zu trösten und Mama zu beruhigen, und beides misslang. Was Mama anbetraf, so glaubte ich nicht, dass an dem Riss zwischen uns noch irgendetwas zu verschlimmern wäre. Denn in meiner Trauer um Danny konnte ich auf ihre Vorwürfe hin nur wild um mich schlagen, selber randvoll mit Hass und Trotz. Doch wenn ich je ihre Arme um mich gebraucht hätte, dann in jenen Tagen. Aber von ihr war kein Trost zu erwarten; sie war verschanzt hinter ihrem eigenen Schmerz und der Demütigung wegen dem, was ich mit Bobby gemacht hatte. Ich wäre nie darauf gekommen, dass sie ein verletzliches Herz haben könnte. Sie schien nichts anderes als ein Eiswürfel, der vor Verachtung triefte.

Jeden Augenblick quälte mich die Frage, wie Danny mich hatte verlassen können. Ich war hin- und hergerissen und gab mal mir, mal Mama und mal Gott selbst die Schuld. Gott hatte mich betrogen – nicht nur mit Danny, nicht nur dadurch, dass er Großvaters größtes Gebetsanliegen nicht erhört hatte, sondern schon bei meiner Geburt, denn er hatte mich in die Arme einer lieblosen Mutter gelegt. Selbst Großvaters Tod empfand ich jetzt als Erleichterung, denn er wäre so bitterlich enttäuscht von mir gewesen.

Man könnte meinen, ich hätte meine Lektion gelernt. Dass meine Widerspenstigkeit unter solchem Kummer schließlich zerbrochen wäre und ich mich Hilfe suchend an Gott gewandt hätte. Stattdessen schüttelte ich die Faust gen Himmel, ja spuckte Gott ins Angesicht. *Wo bleiben nun deine Versprechungen an Großvater?*, schrie ich. *Wo bleibt deine Heilung für Mama und mich?*

Und dann geschah eines Spätnachmittags das Unvorstellbare. Das Sekundenbruchteil-Ereignis, das unser aller Leben für immer verändern sollte.

»Es pfeifen schon die Spatzen von den Dächern!«, brüllte Mama mich an jenem Tag an, nachdem ich mich von der Arbeit nach Hause geschleppt hatte. »Ich ertrage diese Schande nicht! Du musst Bobby heiraten. Vorausgesetzt, er will dich noch.«

Ich ließ mich auf Großvaters Stuhl am Esszimmertisch plumpsen, voller Trauer und Schuldgefühle und fuchsig, dass sie damit vor Kevy anfing. »Hör auf damit, Mama.«

»Aufhören? Du hast damit angefangen! Du hast uns allen Schande gemacht.«

Ihr Moralisieren war mir zuwider. »Jeder macht sich selber Schande, Mama!«, schrie ich und stemmte mich vom Stuhl hoch. »Ich habe Schande über *mich* gebracht. Über mich und über sonst niemand!«

»Ja, über dich.« Ihre Stimme schwankte. »Und über Bobby und Melissa und deine ganze Familie. Jetzt bleibt euch zweien nur noch eins, um eure Ehre zu retten!«

»Nein!«

»Celia, Mama« – Kevy sprang vom Sofa hoch, Tränen standen in seinen Augen – »nicht streiten.«

»Kevy, lass mich in Ruhe«, giftete ich.

»Bitte, Celia, nicht streiten! Ich kann das nicht mehr hören, eure Streiterei!«

»Kevy, verzieh dich!« Ich breitete beide Arme aus.

Mit einem unterdrückten Schluchzen rannte er zur Tür und knallte sie hinter sich zu, während Mamas Gesicht puterrot anlief. Ich hörte das Scheppern seines Fahrrads, als er es vom Rasen hochriss.

»Du hast keinen Grund, deinen Bruder so anzufahren! Er hat seine Familie nie so behandelt wie du, nie!«

»Lass mich in Ruhe!«

Ihre Stimme schnappte über. »Ich werde dich nicht in Ruhe lassen, ich werde dir *keine* Ruhe lassen, bis du das in Ordnung gebracht hast – vor Gott und vor Menschen. Geh vor Gott auf die Knie, Celia. Und dann heirate Bobby Delham. Und verlass mein Haus.«

»Ich brauche niemanden heiraten, um dein Haus zu verlassen! Hier hält mich sowieso nichts mehr; ich werde sofort –«

Ich glaube, dass Kevys Augen vom Weinen verschwommen gewesen waren. Ich glaube, dass er zu verstört war, um richtig zu schauen. Andererseits war er oft unachtsam mit seinem Rad gewesen. Wir hörten das Geräusch – das Kreischen von Reifen auf Asphalt, einen lauten, dumpfen Aufprall. Eine Autotür knallte. Jemand schrie. Mama und ich erstarrten, die bissigen Erwiderungen erstarben uns in der Kehle, als sich Verstehen in unsere Gesichter grub. Ich kam als Erste in Bewegung, rannte durchs Wohnzimmer, flog durch die Tür, die Verandastufen hinunter und über den Gehweg. Leute schrien an der Hauptstraßenkreuzung, riefen nach Doktor Richardson.

»Kevy!«, kreischte ich, während meine Füße kaum den Boden berührten, und wusste doch bereits, was ich vorfinden würde, was meine Selbstsucht angerichtet hatte. Einen Augenblick war ich nicht länger auf der Minton Street; ich rannte über Steine und umgestürzte Baumstämme am Flussufer entlang, während ich den Namen meines Bruders schrie und Danny Cander mit aller Kraft schwimmen sah, um meinen Bruder zu retten. Da hatte alles angefangen, mit Danny und mir und Kevy, und hier würde es enden. »Kevy! *Kevy!*« Ich schmiss mich auf den Boden, schubste die Leute weg und streckte mich nach ihm aus, nach meinem Bruder, der gerade erst zwölf geworden war, der Danny und mich vor Mama gedeckt hatte, der noch Mädchen zu lieben und Fische zu angeln hatte. Ich schlang meine Arme um sein blutiges Shirt, doch als ich ihn hochhob, fiel sein Kopf nach hinten. Ich legte die Hand unter seinen Kopf, drückte ihn an meine Brust, wiegte ihn und rief dabei immerzu seinen Namen. Aus allen Richtungen strömten Leute herbei, die Autos anhielten und uns begafften, und immer noch wiegte ich meinen kleinen Bruder und sah nur meine eigenen verschwommenen Finger, die ihm das Haar aus der Stirn strichen.

Mama kam dazu, heulend wie ein einsamer Wolf.

Ich sah schluchzend zu ihr hoch und sie starrte mit wildem Blick auf ihn nieder, eine Hand an die Kehle gelegt, starrte und starrte sie auf ihren Liebling Kevy. Dann richtete sie ihren Blick auf mich.

Hass glitzerte in ihren Augen.

1997

Kapitel 51

Während ich versuchte, Mamas Haus zu streichen, lief in meinem Kopf ständig der Film von Kevys Tod und meiner Flucht aus Bradleyville ab. Ich hatte noch nicht einmal den Anstand besessen, an Kevys Beerdigung teilzunehmen. Ich hatte Mama und Papa angelogen, dass ich zu Fuß zum Trauergottesdienst gehen würde, und war stattdessen durch die heißen Junistraßen zu unserer Bank gelatscht. Fast die ganze Stadt hatte sich in unserer Kirche versammelt. Eine einsame Kassiererin hielt in der Bank noch die Stellung, während die anderen Angestellten an der Beerdigung teilnahmen. Ich ignorierte ihre großen Augen, als ich ihr meine beglaubigten Papiere unter die Nase hielt, die mich dazu berechtigten, meine gesamte Erbschaft von Großvaters Konto abzuheben. Mit dem Scheck im Portemonnaie ging ich zurück in unser leeres Haus, schnappte mir meine gepackten Kisten und bestellte in Albertsville ein Taxi, das mich zum Busbahnhof dort bringen sollte.

Diese Bilder spukten mir pausenlos im Kopf herum, bis mir beim Malern aber auch alles schief ging. Ich hatte das Badezimmer schon halb fertig, als ich ungeschickt mit dem Rücken gegen die gestrichene Wand stieß, einen Körperabdruck hinterließ und mir die Haare voll schmierte. Ich musste die Wand erst abkratzen, bevor ich sie überstreichen konnte. Dabei wiederum schaffte ich es, Farbe auf die Fliesen zu tropfen, was ich erst bemerkte, als sie schon fast angetrocknet war. Beim Aufwischen kam ich gegen den Emaillelack auf der Fußleiste und musste den Teil noch einmal machen. Es war ein warmer Tag und mit jedem Missgeschick wurde mir heißer und der tropfende Schweiß juckte furchtbar.

Der Flur hatte seine eigenen Tücken. Zuerst strich ich Mamas und meine Schlafzimmertür, wobei ich das Unvermeidliche vor mir herschob; dann aber musste ich auch Kevys und Großvaters Türen streichen. Ich wollte diese Türen nach dem gestrigen Vorfall mit John nicht angucken, denn die Räume dahinter schrien förmlich vor Missbilligung. Großvater wäre außer sich gewesen. Nie hätte er mir zugetraut, dass ich mir etwas nehmen würde, was mir nicht zustand. Während ich an seiner Tür zugange war, hing ich diesem Gedanken nach, doch dann erinnerte ich mich an das Gefühl von Johns Umarmung. Bald schon verlor ich mich im Reiz dieser Erinnerung, bis mir erneut aufging, wessen Tür ich da strich, und als mir die Tränen in die Augen stiegen, konnte ich sie nicht abwischen, da meine Hände mit Farbe beschmiert waren.

Ich redete mir ein, dass an meinem Verlangen nichts verkehrt sei. Aber das minderte mein Schuldgefühl nicht.

Am Abend rief ich Carrie an, da ich wissen wollte, wie es ihr und Andy gehe. Sie war guter Dinge und erzählte, sie hätten vereinbart, mit keinem anderen mehr auszugehen. Je länger sie redete, desto lebhafter konnte ich mir ihren Schmerz vorstellen, wenn sie erfahren müsste, dass er sich heimlich mit einer anderen träfe. Ich wollte ihr von meinen Gefühlen für John erzählen, ihren Rat hören, aber die Ehrlichkeit ihrer Beziehung beschämte mich. Ich brachte es nicht über mich, John zu erwähnen. »Carrie«, sagte ich zu ihr, »ich freu mich ja so für dich.«

Am Sonntag, während Mama einen jubelnden Papa zur Kirche mitnahm, saß ich in dem leeren Haus, wünschte mir John herbei und stand gleichzeitig Todesängste aus, dass er wirklich kommen könnte. Er könnte so einfach sagen, dass er nach einem Patienten hätte sehen müssen, obwohl … ich stellte mir vor, wie sein Auto vor der Tür parkte, höchst verdächtig, wo doch ganz Bradleyville wusste, dass ich allein zu Hause war. So eine Dummheit würde er sich nicht erlauben, schalt ich mich und lauschte auf sein Auto.

»Du hättest mit uns zur Kirche kommen sollen«, schimpfte Mama, als sie heimkamen. Papa war derweil im Schlafzimmer und ruhte sich bis zum Essen aus. »Alle haben sich so gefreut, deinen Vater zu sehen, und man hat nach dir gefragt.«

»Schön, dass es schön für ihn war«, brachte ich heraus und rührte durch die Suppe auf dem Herd. »Es geht ihm wirklich schon viel besser.« Warum nur saßen die Tränen so locker? Ich fasste den Löffel fester. »Wo ist eigentlich Mrs. B.? Sie hat sich seit ihrem ersten Besuch gar nicht bei uns blicken lassen.«

»Nun, sie wird wohl anderweitig beschäftigt gewesen sein.«

Mama war plötzlich eifrig mit Tischdecken und Teeeingießen beschäftigt und ich erkannte mich in ihrem übertriebenen Getue wieder. »Redest du nicht mehr mit ihr?«

Eine Gabel stieß ihr klirrend gegen einen Teller. »Und wenn, würde dich das irgendetwas angehen?«

Mein Unterkiefer schob sich angriffslustig vor. Ich fühlte mich zu angeschlagen, um über ihren plötzlich herausfordernden Ton hinwegzugehen. »Natürlich nicht, Mama«, sagte ich mit gepresster Stimme, während ich mit dem Löffel nicht gerade vorsichtig durch unsere Suppe rührte. »Nichts von dem, was du tust, geht mich irgendetwas an.«

Ihr Blick hatte etwas Welkendes. »Wir müssen deinen Vater jetzt zum Essen holen; meinst du, du kannst dich benehmen?«

Meine Lippen pressten sich zusammen. »Ich werde mir Mühe geben.«

Nach dem Mittagessen sahen Mama und ich zu, wie Papa mit seinem Rollator langsam das Wohnzimmer abschritt; die undurchdringliche Spannung zwischen uns war immer noch nicht abgeflaut. Papa war eindeutig auf dem Weg der Besserung. An seinem ersten Tag mit Gehwagen war er mehrmals mit bedächtigen, aber recht sicheren Schritten den Flur auf und ab gegangen. Sein linker Arm war schon so kräftig, dass er sich mit ihm abstützen konnte, wenn auch der rechte immer noch das Hauptgewicht trug. Und für seine linken Finger war es eine gute Übung, den Rollator zu greifen.

»Das machst du spitze, Papa!«, rief ich aus, tapfer um gute Laune bemüht. »Pass nur auf: Ehe du dich versiehst, landest du lauter Schubladen-Treffer. Und in ein paar Wochen«, fügte ich gedankenlos hinzu, »fahren wir dich zur Arbeit!«

Kaum waren mir die Worte entschlüpft, hätte ich mich treten können. Dies war wohl kaum ein günstiger Zeitpunkt, um das Thema Arbeit anzuschneiden, noch dazu vor Mama. Ich sah sie mit einer stummen Entschuldigung auf dem Gesicht an und war bestürzt über die augenblickliche Bösartigkeit ihres Blicks. Ich blinzelte. Und dann machte es in mir plötzlich klick. Vielleicht war es ein freudscher Versprecher gewesen. Vielleicht hatte ich mich auch schon lange im tiefsten Innern danach gesehnt, es mit ihr aufzunehmen, ein für alle Mal. Was es auch war, als ich jenen Ausdruck auf ihrem Gesicht sah – ein Blick, der siebzehn Jahre in einem Augenblick fortwischte –, gab es für mich kein Halten mehr.

Ich straffte die Schultern und sah absichtlich Papa an. »Du willst doch wieder arbeiten gehen, was, Papa?« Es war eher eine Feststellung als eine Frage.

»Oh ja.« Er konzentrierte sich auf seine Füße, hob sie hoch und setzte sie ab. Die Reifen des Rollators zeugten mit leisem Quietschen von seinem Vorankommen über den abgetretenen Teppich.

Ich fuhr fort. »Mr. Sledge freut sich schon darauf, dich wieder dazuhaben. Habe ich dir eigentlich erzählt, dass ich bei ihm vorbeigeschaut habe?« Ich brauchte Mama gar nicht anzuschauen, um ihren giftigen Zorn zu spüren. »Er beschäftigt gerade einen Zeitarbeiter; das hat Mama dir bestimmt erzählt. Aber er hält dir deine Stelle frei und sagt, wenn du von heute an in drei Wochen noch nicht zurückkommen kannst, soll ich ihm Bescheid sagen, wie lange du noch brauchst.«

Papa blieb stehen und sah mich mit sehnsuchtsvollem Ausdruck an. »Dasss gäht?«

»Ja, wenn es von dir aus geht. Aber davon gehe ich ganz fest aus, du etwa nicht?«

»Und wiie.«

»Wir müssen nur weiter fleißig arbeiten. Ich hab ihm mein Wort gegeben, dich wieder einsatzfähig zu bekommen.«

»Jaa. Guud!« Er strahlte, bis er kurz zu Mama hinschielte. Ein Blick auf ihre verschränkten Arme, ihren verkniffenen Mund und die bleichen Wangen, und seine Freude zerrann, wie Wasser aus einer gesprungenen Kanne ausläuft. Er blickte wieder zu mir und ich sah die Bestürzung auf seinem Gesicht, als stumme Fragen durch die Erkenntnis ersetzt wurden, dass Mama davon weder etwas wusste noch es befürwortete. Einen Augenblick lang rührte sich niemand. Da standen wir drei in der Gegenwart, doch der Raum machte einen Sprung zurück in die Zeit, als ich sechzehn war und eine jüngere Mama unser Leben beherrschte und Papa es untätig geschehen ließ.

Komm schon, Papa, bat ich ihn stumm, *du bist jetzt anders, du bist zwar körperlich schwächer, aber geistig stärker; lass sie nicht mehr über dein Leben bestimmen; es steht zu viel auf dem Spiel.*

Widerstreitende Gefühle strichen über sein Gesicht, als er die Augen senkte und auf seine Hände starrte, die so unendlich vorsichtig das graue Metall seines Gehwagens gepackt hielten. Nichts, was er sagen würde, könnte meine unvermeidliche Auseinandersetzung mit Mama über diese Frage verhindern.

Mach dir keine Sorgen um uns, Papa, wollte ich ihm versichern. *Mach, was du willst. Hier geht es um deine Arbeit, dein Leben; kämpfe dafür. Kämpfe!*

Langsam setzte er sich wieder in Bewegung und mit einem vorsichtigen Schritt nach dem andren näherte er sich der

Rückwand des Wohnzimmers. Er sah konzentriert auf seine Hände und seine Füße. »Mir auch?«, sagte er, das Schweigen brechend.

»Du meinst, ob ich dir mein Wort gebe, dafür zu sorgen, dass du wieder arbeiten gehen kannst?«, fragte ich und war mir diesmal völlig darüber im Klaren, was meine Antwort bedeuten würde. »Ja, das verspreche ich.«

»Schöön. Guud.« Er lächelte grimmig, schlurfte noch einen Schritt und machte sich dann an die mühevolle Prozedur des Umdrehens.

Während Papa ein Nickerchen machte, schlenderte ich unter dem Vorwand, mir etwas zu trinken zu holen, in die Küche und begrüßte Mamas Zorn, der mir sicher war, mit der flammenden Empörung einer Fünfunddreißigjährigen. Wenn sie glaubte, sie würde diesen Streit gewinnen, dann hätte sie sich getäuscht. Dafür hatte ich zu schwer gearbeitet; dafür hatte Papa zu schwer gearbeitet. Jeder musste seine eigenen Entscheidungen treffen, ob sie richtig oder falsch wären. Papa sollte sich nicht den Kopf darüber zerbrechen müssen, was Mama wohl davon hielt, dass er wieder arbeiten ging. Genauso wenig, wie ich mir den Kopf darüber zerbrechen sollte, was sie von mir und John halten würde. Mit ihrer Herrschaft war es nun vorbei.

Mama verlor keine Zeit, mich anzufahren.

»Wie *kannst* du es wagen, mich zu hintergehen! Dazu hattest du kein Recht.«

Ich bot ihr geradewegs die Stirn, die Erwiderungen lagen mir schon auf der Zunge. »Kein Recht! Ich habe sehr wohl das Recht dazu; schließlich führe ich seine Therapie durch! Und ich weiß sehr gut, besser als du, wie wichtig Arbeit ist. Sie hält dich bei der Stange, wenn es im Leben hart auf hart kommt.« Ich breitete die Hände aus. »Das Wissen, dass er wieder arbeiten gehen kann, wird ihm der Ansporn sein, den er braucht, um die letzte Meile zu gehen, siehst du das denn nicht? Erwartest du etwa von ihm, dass er sich damit zufrieden gibt, für den Rest seines Lebens bei dir zu Hause zu hocken?«

»Er ist noch nicht so weit, dass er wieder arbeiten gehen könnte, Celia; und so weit wird er auch nie kommen.« Mama schob einen Küchenstuhl unter den Tisch. »Er ist der Belastung nicht gewachsen. Und wer weiß, ob er die Rechnerei überhaupt noch auf die Reihe kriegt? Es wäre eine herbe Enttäuschung für ihn zu versagen.«

»Das schafft er locker. Im Kopf ist er völlig klar; lediglich sein Körper muss wieder zu Kräften kommen und das geschieht vor deinen Augen.« Meine Stimme senkte sich. »Hier geht es nicht um Versagen und das weißt du genau. Hier geht es um dich und deine Angst, allein gelassen zu werden. Hier geht es darum, dass du ihn immer hübsch unter deiner Kontrolle hast, genau wie du uns andere kontrollierst hast. Aber jetzt ist er endlich stark genug, sich dir entgegenzustellen. Und das freut mich ungemein!«

»Dir geht es gar nicht um deinen Vater; du denkst nur an dich.« Ihre Augen verengten sich. »Und dich, dich habe ich sowieso nie unter Kontrolle gehabt, dein ganzes Leben nicht, sosehr ich mich auch bemüht habe, wie das jede Mutter würde. Ich habe mich bemüht, dich zu einem anständigen, frommen Mädchen zu erziehen, aber du hast schon gegen mich angekämpft, noch ehe du laufen konntest. Nun, dieses eine Mal werde ich dir deinen Willen nicht lassen, weil es deinem Vater nur schaden wird. Ich bin dankbar, dass du ihm hilfst, wieder zu Kräften zu kommen, aber das ist auch alles. Du hast heute eine Menge Schaden angerichtet.«

Vor Wut verschlug es mir fast die Sprache. »Ich komme zurück, um Papa zu helfen, nachdem ich jahrelang kein Wort mehr mit euch gewechselt habe, und du willst mir erzählen, das sei alles? Mach deinen Job, Celia, und dann verschwinde gefälligst wieder aus Bradleyville; du wirst hier nicht mehr gebraucht!«

Sie legte den Kopf schief und fixierte mich wie ein Habicht seine Beute. »Hast du nicht genau das vom ersten Tag deines Kommens an gewollt? Eine Schuld abzahlen und dann gehen?«

Das saß, aber ich behauptete meine Stellung. »Am Anfang vielleicht, aber jetzt nicht mehr. Wenn ich so schnell wie möglich gehen wollte, wäre ich längst über alle Berge; Papa geht es nämlich schon viel besser. Aber das wage ich nicht, denn wenn ich das tue, ist er dir und deiner ewigen Nörgelei ausgeliefert und du wirst es schon einzurichten wissen, dass er nie wieder zur Arbeit gehen wird. Aber das wäre sein Tod!«

»Woher willst du das wissen? Es könnte ihm doch zu Hause gefallen!«

»Ach, komm, Mama, du hast selbst sein Gesicht gesehen! Er möchte das Gefühl haben, etwas zu leisten; meine Zeit noch mal, er ist noch nicht so alt. Was sollte er denn den lieben langen Tag tun, bummeln gehen und mit den alten Männern ein Schwätzchen halten?«

»Celia« – sie schlug mit der Hand auf die Arbeitsplatte – »ich hab es satt, mit dir zu diskutieren. Ich rate dir, leg es nicht darauf an.«

»Oh doch, das werde ich, Mama, an den Gedanken kannst du dich gleich gewöhnen!« Ich tippte mir mit einem Finger gegen die Brust. »Ich habe es ihm versprochen. Und nichts wird mich dazu bringen, hinter dieses Versprechen zurückzugehen.«

»Du müsstest dich mal hören!« Ihre Wangen waren fleckig. »Warum musst du mit mir über alles streiten? Warum musst du, wo du gehst und stehst, Unfrieden stiften?«

Plötzlich war ich erschöpft. Ich schloss die Augen, meine Schultern sackten ein und die Enttäuschungen aus der Vergangenheit wirbelten mir durch den Kopf. »Ich stifte keinen Unfrieden«, sagte ich mit belegter Stimme. »Du tust das! In dieser Familie haben sich alle prima verstanden – außer mit dir.

Du warst es doch, die Großvater Mundverbot erteilte. Du allein wolltest Danny und mir keine Chance geben.« Tränen traten in meine Augen, was mich nur noch mehr fuchste, aber ich konnte sie nicht wegblinzeln. »Während Danny sich solche Mühe gab, sich zu beweisen, hattest du nichts weiter zu tun, als mir zu sagen, wie schädlich er doch für mich sei! Du sagst, ich hätte gegen dich angekämpft, noch bevor ich laufen konnte. In Wahrheit hast *du* gegen *mich* angekämpft. Ich habe den Gehweg für dich bemalt als Geschenk, Mama, weißt du noch? Und du wolltest mir dafür eine Tracht Prügel verabreichen! Wann wirst du ihn jemals für mich bemalen? Du hast mich doch von Geburt an nicht gewollt!«

Sie zuckte zurück, es hatte ihr den Atem verschlagen. »Das ist nicht wahr, Celia. Ich wollte dich.«

»Aber *warum* dann, Mama?« Meine Worte erstickten. »Warum durfte ich nicht glücklich sein? Warum durfte ich nicht mit Danny befreundet sein? Vielleicht wäre er nie fortgegangen, wenn du uns gelassen hättest. Ich werde niemals mehr irgendwen so lieben können, nie mehr!«

Sie schluckte hart, suchte stammelnd nach Worten. »Ich … ich hab doch nur versucht, dich davor zu bewahren, verletzt zu werden.«

Ich lachte höhnisch auf. »Oh, das ist gut, Mama, das ist sehr gut! Weil du mich nämlich bei deinem Versuch, mich vor Verletzungen zu schützen, verletzt hast! Und alles, was du dazu zu sagen hast, ist, dass du auf mich aufgepasst hast; so wie du angeblich auf Papa aufpasst!«

»Hör auf, mich anzubrüllen, Celia.« Sie umklammerte die Arbeitsplatte, ihre Hand zitterte. »Du weißt nicht, wie schwer das für mich war; du kannst dir keinen Begriff von meinen eigenen Verletzungen machen. Du warst immer vollauf damit beschäftigt, um dich selbst zu kreisen. Aber ich wollte immer nur das Beste für dich.«

Der Schmerz über das, was ich verloren hatte, über die vielen Male, die wir uns gestritten hatten, über jede Umarmung und jeden Kuss und jedes »Ich liebe dich«, die es nie gegeben hatte, flößte meiner Stimme eine Bitterkeit ein, die so ätzend war, dass sie mir die Kehle versengte. »Tja, weißt du was, Mama, du hast *versagt.«*

Ich stelzte auf zittrigen Beinen hinaus.

»Celia!« Ihr Ruf prallte gegen meine gebeugten Schultern. »Komm zurück!«

»Zurück, Mama?« Ich wirbelte zu ihr herum, ein Leben voller Tränen auf dem Gesicht. »Zurück wohin?«

Kapitel 52

Mama und ich konnten uns nach unserem Streit nicht dazu überwinden, miteinander zu reden. Sie war nicht bereit, sich zu entschuldigen, und mir fiel partout kein Weg dazu ein, obwohl ich es wollte. Ich hatte zwar das letzte Wort behalten, doch ich fühlte mich alles andere als siegreich. Die Sehnsucht in mir nach ihrer Liebe, eine Sehnsucht, die ich seit meiner frühsten Kindheit gespürt hatte, wurde nur noch stärker. Warum nur war sie immer so kühl zu mir gewesen? Den Rest des Nachmittags lag ich zusammengesunken auf meinem Bett und schleuderte mit letzter Kraft meine Forderungen nach Antworten gen Himmel. Sie kamen nicht weiter als bis zur Decke. Gott war fertig mit mir.

Die giftige Atmosphäre zwischen Mama und mir schlug Papa in den folgenden Tagen aufs Gemüt, sodass er launisch und reizbar wurde. Zu allem Überfluss schienen seine Fortschritte ihren Höhepunkt erreicht zu haben. Wir stellten keine Verbesserungen mehr fest, weder im Blick auf Kraft noch auf Koordination. Sein Arbeitseifer erlahmte und unsere Trainingsstunden wurden mühselig. Ich verfluchte mich dafür, seine Rückkehr zur Arbeit jemals erwähnt zu haben, wobei ich sowohl den Streit bedauerte, den das ausgelöst hatte, als auch die brodelnde Ungeduld, die das in ihm geweckt hatte. Mama und ich konnten ihm nichts recht machen. Er herrschte mich an, als ich versuchte, sein Hemd zuzuknöpfen, er herrschte Mama an, dass sie nicht laut genug aus der Zeitung vorlese. Papa herrschte sogar John an, als dieser am Dienstag nach dem Abendessen kam, und teilte dem Doktor mit: »Mein Häärz iss guud!« Als John freundlich darauf bestand, willigte er schließlich in eine kurze Untersuchung ein, stellte aber die ganze Zeit über in seinem Rollstuhl die Stacheln auf.

Als er fertig war, bedeutete John mir mit den Augen, ihn nach draußen zu begleiten. »Was geht hier vor?«, wollte er wissen, als wir auf dem Gehweg standen.

Müde erzählte ich ihm von meiner Auseinandersetzung mit Mama und wünschte mir, er könnte mich in den Arm nehmen. »Ich weiß nicht, wie viel Vater mitgehört hat, aber er spürt zweifellos die Stimmung zwischen uns und das regt ihn auf. Ich verstehe das ja, aber er dürfte sich nicht dazu hinreißen lassen, deswegen seine Genesung zu riskieren. In gewisser Hinsicht benimmt er sich wie ein Kind.«

»Du und Estelle, ihr müsst miteinander klarkommen, Celia«, entgegnete John ungehalten. »Diese Art Belastung ist Gift für deinen Vater.«

Seine Reaktion war weit entfernt von dem Verständnis, mit dem ich gerechnet hatte. Wie vor den Kopf geschlagen bemühte ich mich, mir ins Gedächtnis zu rufen, dass er in erster Linie Vaters Arzt war. »Denkst du etwa, mir ist das nicht klar?«, sagte ich angriffslustig. »Glaub mir, ich tu jetzt schon, was ich kann, um des lieben Friedens willen. Ich werde versuchen, die Sache mit Mama zu regeln. Aber das ist nicht so einfach, weißt du, nach so langer Zeit.«

Sein Gesicht wurde weicher. »Du siehst selbst auch ziemlich geschafft aus.«

Meine Augen schlossen sich. »Es passiert nur so viel auf einmal gerade, John. Zu Hause. Und mit dir. Manchmal denke ich, es steigt mir alles über den Kopf.«

Er nickte stirnrunzelnd. Mir kam auf einmal der Gedanke, wie innerlich aufgewühlt er erst sein müsse, wenn er mit Sharon Heiratspläne schmiedete, ihr Gesicht bei den Details aufleuchten sah und gleichzeitig ausheckte, wie er und ich uns treffen könnten.

Die Vorhänge bewegten sich innen. Ich wandte mich ab. »Mama beobachtet uns.«

Er atmete tief ein. »Hör zu, Celia.« Seine Worte waren leise, hastig. »Ich habe eine kleine Jagdhütte, etwa eine Stunde Fahrt von hier. Ich brauche sie, wenn ich ab und zu mal richtig abschalten will. Wenn ich das nächste Mal dorthin fahre, möchte ich, dass wir uns da treffen, und wenn es nur für ein oder zwei Stunden ist.«

Der Gedanke nahm mir den Atem. »John, ich weiß nicht. Ich möchte schon, aber ich –«

»Denk darüber nach. Denk über uns nach, Celia. Ich möchte mit dir zusammen sein, ich möchte Zeit haben, mit dir allein zu reden.«

Meine Kehle verengte sich. »Und ich will mit dir zusammen sein.«

»Dann denk darüber nach. Wir besprechen es am Freitag. Okay?«

Im nächsten Moment war er fort.

Ich hielt es nicht länger aus. Ich musste mit jemandem reden. Spät am Abend erzählte ich Carrie in gedämpftem Ton von John.

»Oh Celia«, sagte sie seufzend. »In was gerätst du da hinein?«

»Ich weiß es nicht. Aber ich möchte ihn so wahnsinnig gern besuchen. Zu gern.« Tränen brannten in meinen Augen. »Es ist wirklich kein Zuckerschlecken hier, Carrie. Die Gegenwart ist zum Verrücktwerden und die Vergangenheit lauert dir auf Schritt und Tritt auf. Ich habe das Alleinsein satt.«

»Ich weiß.« Ihre Stimme war freundlich. »Ich habe dir ja gesagt, dass du eines Tages jemanden finden würdest. Aber dieser Jemand ist bereits vergeben. Und er geht fremd, wenn er mit dir ein Verhältnis eingeht. Würdest du so einen Mann haben wollen?«

Ich schloss die Augen und wollte die Worte nicht hören, die ja so richtig waren. »Du verstehst das nicht. Seitdem ich hier bin, vermisse ich Danny mehr denn je. In manchen Nächten fühle ich mich ihm so nahe, dass es direkt wehtut. Aber er ist unwiederbringlich fort und John ist da. Wie kann ich mir diese Chance entgehen lassen? Vielleicht ist John ja gar nicht für seine Verlobte bestimmt; vielleicht ist er für mich bestimmt. Vielleicht wird er mir schließlich helfen, über Danny hinwegzukommen.«

»Für wen er auch bestimmt ist, eins kann ich dir sagen. Er sollte treu sein und du auch. Wenn er Sorge hat, die Falsche zu heiraten, dann sollte er die Hochzeit verschieben und in aller Ruhe darüber nachdenken. Aber Heimlichtuerei – das ist keine Grundlage für eine Beziehung.«

Das saß. Wie hatte ich überhaupt nur in Erwägung ziehen können, mit John ein Verhältnis anzufangen, wenn ich damit seiner Verlobten so großen Schmerz zufügen würde? So, wie ich Melissa wehgetan hatte. Würde ich denn nie aus der Vergangenheit lernen? »Wechseln wir das Thema.«

Sie seufzte wieder. »Na schön.«

Ich spielte mit der Telefonschnur. »Wie geht's Andy?«

»Immer noch prima. Wir treffen uns oft.«

»Das freut mich«, sagte ich und meinte es ehrlich. »Verlier ihn nicht, Carrie; pass auf ihn auf.«

»Oh, keine Sorge.«

Ich konnte die Ironie in ihrem Tonfall hören. Da stand ich, die potenzielle andere Frau im Leben eines Mannes, und versuchte, Carries Beziehung mit einem anderen zu beschützen. »Ach, weißt du was«, sagte ich, vom Thema ablenkend, »diesen Samstag treffe ich mich endlich mit Bobby Delham. Ich habe heute mit ihm gesprochen.«

»Oh! War er überrascht, dass du dich gemeldet hast?«

Ich lächelte bei der Erinnerung an das Gespräch. »Er hat sich sehr gefreut. Hat gemeint, er habe gehofft, dass ich anrufen würde.«

Carrie lachte. »Und da sagt man, in Kleinstädten sei nichts los. Erst ein Arzt und dann ein verwitweter Exfreund. Würde es nicht den Vogel abschießen, wenn ihr zwei euch nach all den Jahren so richtig gut verstehen würdet? Stell dir vor, du kämst schließlich doch noch mit ihm zusammen, genau wie das deine Mutter immer gewollt hat!«

Ich verdrehte die Augen. Das Gerede, ja, das konnte ich mir vorstellen. *Armer, lieber Bobby Delham. Hat sie ihn wieder am Haken.* »Oh ja, Carrie, das würde wirklich den Vogel abschießen.«

Miss Jessie rief am Mittwoch an und lud mich ein, mich mit ihr am Spätnachmittag in der Stadt in Tammy's Café zu treffen. »Um die Zeit ist nie viel los«, beeilte sie sich hinzuzufügen. »Wir werden womöglich die Einzigen dort sein.« Bei meinen blanken Nerven stürzte ich mich geradezu auf die Gelegenheit, aus dem Haus zu kommen.

Als wir in einer vinylüberzogenen Sitznische Platz genommen hatten und zwischen uns Kaffee und Tammys selbst gebackene Haferkekse standen, machte ich meinem Herzen Luft, wie es bei uns zu Hause zuging. Ich wusste, Miss Jessie würde Verständnis haben und nicht verurteilen. Sie war immer so nett zu mir gewesen, als ich klein war. Ich erzählte ihr, dass der Riss zwischen mir und Mama schon aus meiner frühsten Jugend stamme, und war überrascht zu hören, dass ihr das nicht neu sei. Ihr sei das selber aufgefallen, meinte sie, besonders ab dem Sommer, wo Kevy zur Welt gekommen war. *Natürlich,* dachte ich, *der Sommer, in dem ich den Gehweg bunt angemalt hatte.* Und schließlich sprachen wir über meine Teeniejahre, als Mama und ich ständig wegen Danny aneinander gerieten.

Danny.

Miss Jessie wurde still, als mir sein Name entschlüpfte. Sie hatte so taktvoll vermieden, ihn zu erwähnen. Das Thema schwebte mit der Zerbrechlichkeit von geblasenem Glas zwischen uns, während sie nach Worten suchte. All die Jahre hatte ich solche Angst davor gehabt, irgendjemanden nach ihm zu fragen. In meiner Selbstsüchtigkeit konnte ich es nicht ertragen, von seinem Glück mit Rachel zu hören. Aber plötzlich sehnte ich mich nach Neuigkeiten von ihm.

»Miss Jessie«, sprang ich ins kalte Wasser, »wie geht es ihm?«

Ihr Gesichtsausdruck wurde weicher. »Oh, Celia, ihm –« Sie brach abrupt ab und setzte ein kurzes Lächeln auf. »Es geht ihm sehr gut. Er arbeitet immer noch bei den Schifffahrtslinien, allerdings für eine andere. Er ist schon bald zu einem anderen Unternehmen gewechselt, nachdem er nach Griechenland gekommen war. Heute hat er dort einen hohen Posten. Danny ist so ein unermüdlicher Arbeiter, dass er ihnen aufgefallen ist und sie ihm Schritt für Schritt mehr Verantwortung übertragen haben. Schließlich ist er ans College gegangen, konnte aber natürlich neben der Arbeit immer nur ein paar Seminare auf einmal belegen. Er hat sich jetzt schon lange in Griechenland niedergelassen, obwohl er drei- oder viermal im Jahr geschäftlich in New York zu tun hat.«

»Das ist ja ... toll«, brachte ich heraus. Ich rang nach Luft. »Danny Cander, der Weltenbummler, Bradleyvilles größter Erfolg.« Die vielen Ozeane, die er gesehen haben musste. Ich hoffte, in meiner Stimme war keine Bitterkeit.

»Wir sind mächtig stolz auf ihn. Ab und zu hören wir von ihm, aber Männer sind ja bekanntlich nicht die größten Briefeschreiber. Allerdings ruft er an, wenn er in die Staaten kommt.«

»Ist er jemals wieder hierher gekommen?«

»Oh nein. So gerne er auch Lee und mich wiedersehen würde, nichts hat ihn je dazu gebracht, wieder einen Fuß nach Bradleyville zu setzen. Zu viele schlechte Erinnerungen. Das Neuste von ihm erfahren wir meistens durch die regelmäßigen Briefe von Patricia.«

Ich malte mir aus, wie Danny vor Jahren seiner Mutter erzählt habe, was ich mit Bobby gemacht hatte, und wie Patricia Cander von ihrem Schock über diese Neuigkeiten geschrieben habe. Was musste Miss Jessie von mir gedacht haben.

»Patricia geht es sehr, sehr gut«, sagte sie. »Sie hat in Griechenland einen lieben Mann geheiratet, der sie wie eine Prinzessin behandelt, und sie ist unwahrscheinlich glücklich.«

»Das freut mich wirklich für sie«, entgegnete ich und dachte dabei an ihr trauriges, aber hübsches Gesicht und ihre sanfte Stimme. »Ich mochte sie immer gern leiden. Sie hat sich damals so liebevoll um Kevy gekümmert ...« Ich blinzelte Miss Jessie an und war mir wohl bewusst, dass meine Stimme immer leiser geworden war.

»Das war ihre Art«, kam mir Miss Jessie zu Hilfe. »Aber das Beste habe ich dir noch gar nicht erzählt. Sie hat ein Baby bekommen – noch einen Jungen. Damals war sie schon einundvierzig, hat es aber glatt gemeistert. Patricia war immer so kinderlieb und hatte sich mehr Kinder gewünscht; sie und ihr Mann waren ganz aus dem Häuschen. Der Junge heißt Gregory Allen; sie nennen ihn Greg. Er ist jetzt fünfzehn und spielt in Griechenland in einer Band. Ein Glückskind, so wie seine Eltern und sein großer Bruder ihn verwöhnen.«

Ich blickte auf die blauen Seidenblumen in ihrer weißen Vase auf unserem Tisch und war von dieser Ironie wie vor den Kopf geschlagen. Ich freute mich für Danny und seine Mama, ehrlich, obwohl es den Anschein hatte, als habe er im Leben alles bekommen, was er sich gewünscht hatte, während ich es verloren hatte.

Wenn wir schon einmal dabei waren, sagte ich mir, könnte ich mir genauso gut alles anhören. »Ich nehme an, sie haben auch Kinder.« Meine Stimme klang spitz.

Miss Jessie zog die Stirn kraus. »Wer?«

»Danny.« Ihr Name lag mir bitter auf der Zunge. »Und Rachel.«

»Rachel?«, wiederholte Miss Jessie verständnislos. »Wer ist Rachel?«

Kapitel 53

Das Nachspiel von meinem Streit mit Mama dehnte sich weiterhin mit eklatanter Zähigkeit auf die ganze Woche aus. Sie blieb kalt und unnachgiebig; Papa war gereizt. Am Donnerstagnachmittag, ärgerlich auf beide und traurig über Danny, mühte ich mich ab, Papa durch eine festgefahrene Sprachtrainingslektion zu führen.

»Sag ›lange‹«, wies ich ihn an und hörte dabei Miss Jessies Worte.

Ach, Rachel. Die hat sich nicht lange gehalten. Hat sie nach Griechenlang gebracht; aber das war's dann auch schon. Danny hat die Stelle gewechselt und sie nie wiedergesehen, soweit ich weiß. Das war ... eine wirklich schwierige Zeit für Danny. Patricia hat sich Sorgen um ihn gemacht.

»Okay, Papa. Versuch ›Neuigkeiten‹.«

Mama musste von diesen Neuigkeiten über Danny gewusst haben, hatte aber nie ein Wort darüber verloren. Ihr Schweigen war möglicherweise das Beste gewesen; ich konnte mir ihre »Ich hab's dir ja gesagt« lebhaft vorstellen. Wieso hatte mich Dannys letzter Brief nur so erschüttert? Warum war es mir so schwer gefallen zu glauben, dass er seine Meinung in letzter Minute geändert habe und dem Ruf des Ozeans, seinem Verlangen, die Welt zu sehen, gefolgt sei? Hatte Mama mich nicht oft genug gewarnt?

»Gut. Und jetzt sag ›Zeit‹.«

All die Jahre davon auszugehen, dass Danny und Rachel zusammen seien, nur um zu erfahren, dass ihre Beziehung nach so kurzer Zeit in die Brüche gegangen war. Und jetzt zu wissen, dass er eine Liebe, die so tief war wie unsere, nicht etwa deshalb links liegen gelassen hatte, weil er eine andere gefunden hätte, sondern schlicht, um sich seine Reiseträume zu erfüllen. Jetzt zu sehen, dass ihm diese Träume weitaus mehr bedeuteten, als ich ihm jemals bedeutet hatte. Doch das Letzte, was Miss Jessie mir eröffnet hatte, war der Gipfel gewesen. Danny habe nie geheiratet, sagte sie, sei noch nicht einmal verlobt gewesen, obwohl er jetzt mit jemandem fest befreundet sei. Laut Patricia war es etwas Ernstes.

»Tsseiit«, wiederholte Papa.

Die ganze Zeit, die ich allein gewesen war, *die ganze Zeit* war er es auch gewesen. Und warum, stöhnte ich innerlich, während ich weitere Übungsworte vorsprach. Diese Verschwendung, nach allem, was wir gehabt hatten. Ich hätte heulen können, wie ich so mit einem Plastiklächeln auf den Lippen vor Papa saß; ich hätte schreien können, dass wir das verloren hatten. Wir hatten beide verloren. Wenn er mich wirklich geliebt hätte, hätte er mich in Little Rock ausfindig machen können; er hätte uns noch eine Chance geben können. Ich wäre über jeden Ozean zu ihm gefahren. Und nun hatte er eine andere gefunden.

»Sag ›schön‹.«

Na schön, tobte ich innerlich, während ich mit den Tränen kämpfte. Auch gut. Sollte er sie haben, wer immer sie auch sein mochte. Was mich betraf, so weigerte ich mich, noch länger herumzusitzen und ihn zu betrauern. Ich würde seine alten Briefe nie mehr lesen, *nie mehr*. Nach siebzehn Jahren war irgendwann Schluss. Punkt. Aus. Ich war ein Volltrottel gewesen, mich seinetwegen so lange Gefühlsduseleien hinzugeben. Ich war wieder zurück in Bradleyville und John Forkes war hier. Er wollte mich. Bestimmt würde er derjenige sein, der mich ein für alle Mal von meiner uralten, dummen Liebe zu Danny kurieren könnte.

Nach all dem Schmerz hatte ich ein bisschen Glück verdient.

Am Freitagmorgen war Papa reif für eine Schlacht auf seine

Art. Als ich ihn nach dem Frühstück zurück in sein Zimmer rollte und ihm mitteilte, dass wir jetzt mit seiner Trainingsstunde anfangen müssten, reagierte er mit einem schmallippigen Nein.

Ich versuchte es mit Humor zu nehmen. »Was soll das heißen, ›Nein‹?«

»Nicks Tärapie.«

»Warum? Was ist los? Müde?«

»Jaa!« Er klatschte mit der Hand auf den Rollstuhl. »Müüde, dasss du und Mama schtreit-tän.«

»Ach, komm, Papa, wir streiten uns doch gar nicht.«

»Wuooohl.«

Ich war froh, dass Mama noch in der Küche war. Ich schloss die Schlafzimmertür. »Sieh mal, ich werde das mit ihr klären, versprochen, aber das darf unseren Übungen nicht in die Quere kommen. Ich weiß, die letzten fünf Tage sind schwer gewesen. Aber wenn wir dranbleiben, werden wir auch wieder Verbesserungen sehen.«

»Nein. Nicks Tärapi, bis du und Mama rrääden.«

Ich starrte ihn bestürzt an. »Soll das eine Erpressung sein?«

»Jawoohl.«

Aller Schwäche seiner Gliedmaßen zum Trotz legte Papa eine innere Stärke an den Tag, der ich nicht gewachsen war. Er ließ sich nicht umstimmen. Ich argumentierte mit ihm, ich schmeichelte, ich sagte ihm, er würde sich nur selber schaden, und fragte, ob er denn nicht wieder arbeiten gehen wolle. Schließlich, den Tränen nahe, platzte ich heraus, für wen er sich denn halte, dass er meine, uns zwingen zu können, eine derart kaputte Beziehung wieder zu flicken. »Die war schon immer verkorkst, Papa, das weißt du! Es wird Zeit brauchen, sie zu heilen, und du kannst nicht so lange herumsitzen und darauf warten, sonst wartest du noch bis zum Sankt Nimmerleinstag!«

Er schüttelte den Kopf und griff nach Block und Stift. Ich

setzte mich auf sein Bett, und während ich zusah, plumpste mir seine langsam geschriebene Antwort ins Herz, wie dicke Regentropfen in einen Teich fallen.

Man kann nur gegen jemanden bitter sein, den man nicht versteht. Du weißt so vieles über Mama nicht. Ich habe mein Leben lang versucht, sie zu verstehen. Du musst das Gleiche tun.

»Was gibt es da zu verstehen?«

Sie muss es dir schon selber sagen wollen. Und du musst zuhören wollen.

Warum, so fragte ich mich, fiel das Mama und mir so schwer? Woran lag es, dass Wörter einem die Zunge lähmen und schwitzige Hände ganz zappelig machen konnten?

Ich zupfte an einem der winzigen Fusselbällchen, die über seine Tagesdecke verstreut waren, und ließ es auf den Teppich fallen.

»Liebescht du Dännie ümmerr noch?«

Ich sah überrascht auf und fragte mich, was ihn dazu bewegt haben mochte, dieses lang tabuisierte Thema so unverhofft anzuschneiden. Selbst in unseren jüngsten Gesprächen hatten wir nicht über Danny gesprochen. *Nein,* wollte ich schon mit dem Zorn einer verschmähten Frau versetzen, *das ist schon lange vorbei.* Ich öffnete den Mund, um es zu leugnen, doch dann sah ich den Blick in seinen Augen. Er kannte die Antwort.

»Ja.«

Er stieß einen Seufzer aus. »So ’ne lange Tseit.«

In seiner Stimme schwang eine Traurigkeit, die über Mitleid mit mir hinausging. Ich sah ihn fragend an, doch er sagte nichts mehr.

Als John nach dem Abendessen kam, trat Mama sofort an ihn heran. »Rede mit William! Er weigert sich, seine Übungen zu machen, und hat den ganzen Tag nicht einen Finger gekrümmt.«

»Ffraag sie«, entgegnete Papa kurz angebunden auf Johns Frage hin. Wir waren allesamt im Wohnzimmer versammelt, Papa sah trotzig aus, Mama aufgebracht. John breitete die Hände aus.

»Es ist lächerlich, William«, erklärte Mama und schnippte sich Haare aus dem Gesicht, »dass wir Dr. Forkes da hineinziehen müssen.« Sie zeigte auf mich. »Ich hab dir ja gleich gesagt, du hättest nicht von der Arbeit anfangen sollen. Das macht ihm nur Kummer.«

»Das eine hat mit dem anderen überhaupt nichts zu tun, Mama, und das weißt du auch«, gab ich zurück. »Er ist einfach –«

»Schtopp!« Papa hob die Hand. »Sssiehste?«, rief er John zu.

»Oh, Himmel noch mal!« Mama stelzte in ihr Zimmer.

Ich ließ mich erschlagen auf die Couch plumpsen und streckte den Unterkiefer vor. »John, bring ihn wieder zur Vernunft« – ich funkelte Papa an – »damit er nicht alles wieder verliert, was wir uns so mühsam erarbeitet haben.«

John sah verblüfft aus. Ich fragte mich flüchtig, wie oft er schon gezwungen gewesen sei, bei seinen Patienten den Psychologen zu spielen. »Vielleicht sollte ich kurz mit ihm allein sprechen, Celia.«

»Schön.« Wie ein hinausgeschicktes Kind stolzierte ich aus dem Zimmer. Ich schmiss mich auf mein Bett, das Gesicht in beiden Händen vergraben, und fluchte vor mich hin, ich sollte nach Hause gehen. Alles vergessen, mein Versprechen vergessen. Das Einzige, was mich hier noch hielt, war John, und John war verboten. Doch bei all dem unterschwellig brodelnden Schmerz und nachdem ich von Danny gehört hatte, wollte ich John mehr denn je.

Er klopfte an meine Tür. Papa und Mama waren in ihrem Schlafzimmer und versuchten zu reden, hinter verschlossener Tür. Ich führte John in die Küche. »Ihr *müsst* das wieder ins Lot bringen«, befahl er in gesenktem Ton. »Dich und deine Mutter wieder versöhnt zu sehen ist ihm weit wichtiger als seine Gesundheit.«

»Okay!« Ich zitterte. »Ich will die Sache vom Tisch haben, seinetwegen, um jeden Preis. Aber wie soll ich bitte schön etwas richten, das schon so lange zerbrochen ist?« Ich legte die Hand an die Stirn, Tränen traten in meine Augen.

»Celia, es tut mir Leid, dass dir das so schwer wird.« John griff nach mir. »Komm her.«

»Nein.« Ich schob ihn weg. »Mama könnte jeden Augenblick hereinkommen.«

»Ich habe William gebeten, uns fünf Minuten zum Reden zu geben. Komm her.« Er zog mich an sich, drückte seine Lippen auf meine und wieder versank alles um mich her, Mama und Papa und die Trainingsstunden und der Schmerz und die Enttäuschung. »Hör zu«, sagte er, »ich kann mir dieses Wochenende freinehmen, weil ein anderer Arzt für mich Vertretung macht. Komm mich am Sonntag in der Hütte besuchen, während sie in der Kirche sind; erzähl ihnen einfach, du machst eine Spazierfahrt. Sag mir, dass du kommst, Celia.«

Ich nahm versunken sein Gesicht in meine Hände. Fragte mich, ob das Zusammensein mit ihm den Schmerz vertreiben könnte. Wog die möglichen Konsequenzen ab. Ich dachte an Carries Warnungen, die immer noch überzeugt davon war, dass Gott mich hierher gebracht habe. Was für eine neue Art von Bestrafung würde er sich einfallen lassen, wenn ich tatsächlich so weit ginge? Was würde wohl passieren, wenn es herauskäme? Wie würde es sich auf Papa auswirken? Schließlich dachte ich an den Schmerz, den ich wegen Danny erlitten hatte, und an meinen neuen Vorsatz, ein für alle Mal einen Schlussstrich zu ziehen.

Ich sah in Johns Augen und die Fragen schmolzen zusammen.

Sein Haar war auf der einen Seite durcheinander und ich kämmte es mit den Fingern.

»Dann brauche ich aber eine Wegbeschreibung.«

Kapitel 54

Freitagnacht fand ich keinen Schlaf. Wie von tausend Teufeln geplagt, jagten meine Gedanken dahin wie trockene Herbstblätter. Ich sehnte schmerzlich den Sonntag herbei. Doch mein Gewissen machte mir immer noch Vorhaltungen. Mir war klar, dass Mama niemals ein Auge zudrücken würde; ich würde es mir mit ihr auf ewig verscherzen, wenn sie davon Wind bekäme. Und welche Belastung das wiederum für Papa wäre! Die Vorstellung, dass er meine Unüberlegtheiten ausbaden müsste, war mir unerträglich. Wie konnte ich auch nur mit dem Gedanken gespielt haben, John zuzusagen? Hatte ich uns nicht schon um genug gebracht?

Meine Seele war in Aufruhr, bis die Nacht zum Morgen wurde und die graue Dämmerung über meinen Wedding Ring Quilt kroch und sich auf den Fußboden ergoss. Papa war beim Frühstück schweigsam und Mama mürrisch, beide sahen die Ringe unter meinen Augen und deuteten sie falsch. Ich dachte an andere Töchter und ihre Mütter; ich dachte an Danny und Patricia Cander und fragte mich wohl zum millionsten Male, was für ein Gefühl es wäre, von Mama geliebt und umsorgt zu werden.

Ich dachte an John.

»Papa«, flehte ich, »wirst du heute deine Übungen machen?«

Er saß in der Zwickmühle. Selbstverständlich wollte er mir nicht wehtun, fürchtete aber aufgrund meines Aussehens, genau das bereits getan zu haben – nach dem Motto: Der aufsässige Schüler enttäuscht den Lehrer. Doch klein beigeben wollte er auch nicht, denn das Schweigen zwischen mir und Mama war nur noch tiefer geworden.

»Na schön«, erwiderte er und seiner Stimme war die Niederlage anzuhören.

Ich nickte feierlich. Nahm allen Mut zusammen. »Mama. Vielleicht können wir beide nachher einen Spaziergang machen.«

Sie warf mir einen Blick zu. »Wir können deinen Vater nicht allein lassen.«

»Ach, richtig«, sagte ich, »ich hab meine Gedanken nicht ganz beisammen. Tja. Vielleicht könnten wir dann … gemeinsam etwas backen heute Nachmittag. Etwas für Papa. Einen Apfelkuchen.«

»Vielleicht.« Ihr Ton klang zögerlich. »Dann müsste ich aber erst noch ein paar gute Äpfel einkaufen gehen.«

Es war nur ein kleiner Schritt, doch für Mama war er riesig. Vielleicht hatte es auch gar nichts mit mir zu tun; vielleicht ging sie nur um Papas willen auf mich zu. Immerhin, sie gab sich Mühe. Ich brachte ein dünnes Lächeln zustande.

»Klar. Oder ich könnte gehen.«

»Zimt müsste ich noch genug haben«, fügte sie hinzu. »Und Zucker und Mehl haben wir natürlich da.«

Das Bereinigen unserer Leben, besprochen anhand von Backzutaten.

Papas Übstunde verlief kläglich; er war nicht bei der Sache.

»Ich werde heute Nachmittag mit Mama reden«, versicherte ich ihm, als ich ihre Kommodenschublade aufzog. »Ich werde es wirklich versuchen, versprochen.« Er drückte meinen Arm mit seiner linken Hand. »He«, rief ich begeistert, »da ist ja Kraft drin! Vielleicht landest du heute deinen ersten Treffer.«

»Viielleicht.«

Er versuchte es zehn-, fünfzehnmal hintereinander, konnte den Ball aber immer noch nicht hart genug aufspringen lassen. »Na ja«, sagte ich achselzuckend. »Ich muss wahrscheinlich einfach noch einen Tag länger bleiben. Und jetzt komm, du musst etwas laufen.«

Die Räder des Rollators quietschten den Flur entlang, durch das Wohnzimmer und wieder zurück. Ich sah sie kehrtmachen und dachte an Johns Arme, die sich um mich schlangen.

»Geht doch prima, Papa.«

»Er liebt dich«, ertönte Melissas Stimme in meinem Kopf. *»Du hast ihn für mich verdorben. Ausgerechnet du.«*

Ich sah auf die Uhr. In zwei Stunden hatte ich meine heimliche Verabredung mit Bobby Delham. Müde, wie ich war, wünschte ich, ich hätte sie nicht getroffen.

Ich fragte mich, wie es wohl werden würde. Außer dem kurzen Anruf neulich hatte ich mit Bobby nicht mehr geredet seit jener Nacht vor vielen Jahren auf der Landstraße. Er hatte in der darauf folgenden Woche immer wieder versucht, mit mir zu reden, war sogar bei uns zu Hause vorbeigekommen, doch ich hatte mich geweigert, ihn zu empfangen. Und nach Kevys Tod wollte ich niemanden mehr sehen.

Papa ging noch einmal durch das Zimmer und verkündete dann, er brauche eine Pause. Ich half ihm, es sich auf der Couch bequem zu machen.

»Freu mich schoon auf dän Kuuchen heut Aabend«, sagte er mit einem langsamen Zwinkern.

Bobby Delham hatte mich zu einem Coffeeshop am Stadtrand von Albertsville dirigiert. Ein Gefühl sagte mir, dass dies ein Ort sei, an dem er uns unbeobachtet wähnte. Es brauchte uns nur einer aus Bradleyville zu entdecken und schon wäre die ganze Stadt ganz Ohr. Bobby würde gewiss damit umgehen können, aber seine Kinder müssten ja nicht unbedingt das Getratsche zu hören bekommen.

Ich wählte die Sitznische, die am weitesten von der Tür entfernt war.

»Celia!«

Ich stand auf, um ihn zu begrüßen, und er umarmte mich kurz und fest. »Lass dich anschauen«, sagte er zurücktretend, die Hände auf meine Schultern gelegt. »Du siehst toll aus. Noch genau wie früher, bis auf das kürzere Haar. Ich hätte dich überall wieder erkannt.«

Ich empfand einen Anflug von Zuneigung, als ich seinem Blick begegnete. Loyaler, liebenswürdiger Bobby. Sein Gesicht war schmäler als auf dem Foto auf dem Kamin der Westerdahls, die gewölbte Linie seines Munds von einer leisen Traurigkeit übersprüht. Sein dunkles Haar war immer noch dick, sein Mund voll. Ich fand ihn auf eine grüblerische Art gut aussehend.

Wir bestellten Kaffee. Er eröffnete das Gespräch gleich mit einer Salve von Fragen über mich und wir redeten kurz über mein Leben in Little Rock und meine Therapie mit Vater. »Aber wie geht es dir?«, fragte ich und berührte seinen Arm. »Es hat mir so Leid getan, von Melissa zu hören. Ich wusste nicht, dass sie krank war, Bobby, ob du es glaubst oder nicht, ich wusste nicht einmal, dass ihr zwei geheiratet hattet.«

Er nahm meine Beileidsbekundung nickend entgegen. »Ich komme zurecht.«

Melissa habe hart gegen den Krebs gekämpft, erzählte er mir; sie sei mutig gewesen und habe Gott bis zum Schluss vertraut. Vieles von dem, was ihre Eltern gesagt hatten, wiederholte er wortwörtlich, als ob es zu einem Mantra geworden sei, um seinen Schmerz zu lindern. Ich beobachtete sein Gesicht, während er von ihr sprach, und sinnierte über den Verlauf, den unsere Leben genommen hatten. Wenn ich ihn geheiratet hätte, dann hätten wir einander jetzt noch. Nun aber waren wir beide allein.

»Aber eins kann ich dir versichern«, sagte er mit einem kurzen Lächeln, »trotz allem, es hat sich gelohnt. Wir hatten sechzehn Jahre, eines schöner als das andere. Bis sie krank wurde.«

Er starrte ins Leere und wir schwiegen.

»Weißt du, Celia«, sagte er langsam, »ich möchte dir etwas erzählen. Als du aus Bradleyville fortgegangen bist – einfach auf und davon –, da dachte ich, du seist zu Danny gerannt. Eine Zeit lang habe ich dich gehasst – weil du mir so viel bedeutet hast, wenn das irgendwie Sinn macht. Ich wollte auch wegrennen. Ich habe sogar überlegt, dich suchen zu gehen. Es war kein Zuckerschlecken hier, wo ich wusste, dass ich Melissa genauso wehgetan hatte wie du mir. Und natürlich tratschten die Leute ohne Ende. Ich habe deinen Eltern ständig in den Ohren gelegen, ob sie was von dir gehört hätten, aber sie sagten jedes Mal Nein.

Und dann, eines Tages, etwa zwei Monate nachdem du gegangen warst – und das waren wirklich schwere Monate für mich gewesen, das kannst du mir glauben –, bin ich plötzlich so etwas wie aufgewacht. Vielleicht deshalb, weil mir schlagartig klar wurde, dass du nicht zurückkommen würdest. Ich nahm mein Leben und meine Zukunft gründlich unter die Lupe. Ich wusste, dass Gott mir vergeben hatte, aber was sollte ich jetzt aus dieser Vergebung machen? Und dann ging mir auf, dass gerade hier in Bradleyville ein wunderbares Mädchen war, das mich liebte trotz dem, was ich getan hatte. Und dass ich, wenn ich auch nur einen Funken Verstand besäße, zu ihr gehen und sie auf Knien bitten würde, mich wieder anzunehmen. Und genau das tat ich. Anfangs fiel es mir schwer, weil ich mir so schlecht vorkam, wünschte ich immer noch, sie wäre du. Aber mit der Zeit veränderte sich etwas. Gott half, mein Herz zu verändern. Dein Gesicht verblasste; und gleichzeitig war sie immer da. Und auf einmal habe ich mich bis über beide Ohren in sie verliebt.«

»Das freut mich für dich, Bobby«, sagte ich leise und rieb über einen kleinen Hubbel auf dem Henkel meiner Kaffeetasse. »Es tut mir so Leid, dass ich euch zwei auseinander gebracht habe. Wie gut, dass es nicht für immer war.«

Er fegte die Entschuldigung mit einer Handbewegung beiseite. »Mich traf genauso viel Schuld wie dich.« Sein Gesichtsausdruck veränderte sich. »Doch genug von mir. Ich hatte nie die Möglichkeit, dir zu sagen, wie Leid es mir wegen Kevy tat. Er muss dir sehr fehlen.«

»Ja.«

Dass er bei seinem eigenen Schmerz noch Mitgefühl für meinen empfinden konnte, tat mir wohl. Zu meiner eigenen Überraschung erzählte ich ihm von dem Streit, der zu Kevys Tod geführt hatte, und von meinen letzten, gehässigen Worten zu dem kleinen Bruder, der mich so geliebt hatte. »Das ist eine weitere Sache, wegen der ich mir Vorwürfe mache – die bittersten – und die ich seither mit mir herumschleppe.«

Er lächelte traurig. »Ich weiß, was Schuld ist, Celia. Und ich weiß auch, dass Jesus alles wieder gutmachen kann, alle Schuld, die man mit sich herumträgt, und noch viel mehr. Aber eine Frage: Wie kommst du überhaupt darauf, dass das alles deine Schuld ist?«

Die Frage überrumpelte mich so, dass mir keine Antwort einfiel.

»Denk mal darüber nach. Wenn man sich nämlich hundert Prozent Schuld an einer Sache gibt, dann sagt man damit im Grunde genommen, dass man ganz allein für ihr Zustandekommen gesorgt habe. Und das ist – na ja, ein starkes Stück für einen Einzelnen.«

Ich rieb schweigend über meine Tasse. Seine Worte mochten vernünftig sein, mochten sogar die Weisheit der Orakel des Altertums in sich tragen, aber sie drangen mir nicht ins Herz. Die krankhaften Zuckungen eines schuldgeplagten Gewissens konnten einfach nicht durch reine Logik beruhigt werden.

Auf der Fahrt nach Hause klagte ich, dass ungeachtet dessen, was Bobby glaubte, Gott sie anscheinend auch nicht beruhigen könnte.

Kapitel 55

Nach dem Mittagessen ruhte Papa wie üblich. Mama hatte die Äpfel gekauft. Wir schälten sie Seite an Seite an der Küchenspüle, die Kuchenform war bereits eingefettet und das Mehl für den Kuchenboden stand ebenfalls draußen. Ich beobachtete, wie die Klinge meines Schälers hin und her, hin und her über die grüne Schale fuhr. Meine Bewegungen waren mechanisch, ungemein effizient und meine Zunge war ganz taub vor Furcht. Mama war das Gleiche anzumerken, während wir uns angestrengt um Smalltalk bemühten und dabei Beobachtungen über die Festigkeit der Früchte und den vorheizenden Ofen anstellten. Ich dachte an die Hunderte von Malen, die wir in dieser Küche gestanden hatten, ich beim Abwaschen, sie beim Resteumfüllen, während der letzte Streit unausgesprochen zwischen uns geschwelt hatte. Wie sich das Leben doch im Kreis drehte, verschiedene Situationen, aber gleiche Bedeutungen.

Als alle Äpfel klein geschnitten auf dem Herd vorkochten und Mamas Hände mehlbepudert waren, schob ich die Schalen in der Spüle zusammen, sammelte sie auf und warf sie weg. Ich fragte mich, ob John mich vermisse, allein in seiner Hütte. Ich fragte mich, wo Danny gerade sei. »Mama« – ich zog einen Holzlöffel hervor, um die Äpfel durchzurühren – »ich will mich nicht länger streiten.«

»Ich auch nicht. Ich wollte mich nie streiten.«

Ich sah sie, die so vertieft ins Teigmachen war, kurz von der Seite an. Ihre Bemerkung kam mir vorwurfsvoll vor, doch ich unterdrückte den Hang, mich zu rechtfertigen. »Ich wollte damit sagen, dass es mir Leid tut. Ich dachte halt, Papa sei die Arbeit wirklich wichtig, und deshalb … hab ich gemacht, was ich gemacht habe. War vermutlich keine so tolle Idee.«

»Nein, allerdings nicht.» Sie rollte den Teig auf einem mit Mehl bestäubten Schneidbrett aus. »Aber ich weiß ja, dass du es gut gemeint hast.«

Wenigstens unterstellte sie mir keine Trotzhandlung.

»Wie lange gedenkst du noch zu bleiben?«, fragte sie. Das Nudelholz glitt unter ihren Händen hin und her und plättete den Teig.

»Das kann ich nicht so genau sagen. Ich meine, ich habe Papa versprochen, dass ich dafür sorgen würde, dass er wieder arbeiten gehen könne, egal, wie lange es dauert. Vorausgesetzt, ihr beide wollt das.«

»Das muss er entscheiden.«

»Du hast nichts dagegen?«

»Ich habe nichts dagegen, wenn er dazu in der Lage ist. Ich will nur nicht, dass man ihm wehtut. Ich mache mir Sorgen um ihn.«

»Es gibt heutzutage auch Alternativen, weißt du.« Der Duft von Zimt stieg vom Topf auf, während ich umrührte. »Er könnte einen Großteil der Arbeit am Computer von zu Hause aus machen.«

»Ich kenne mich mit solchen Sachen nicht aus. Und dein Vater auch nicht.«

»Er könnte es lernen. Das wäre mal was Neues für ihn. Und gleichzeitig wäre er beim Arbeiten in deiner Nähe, wenigstens teilweise.«

»Vielleicht. Wir werden sehen.« Sie rollte das Nudelholz in eine andere Richtung. Der Teig formte allmählich eine runde Platte.

»Auf jeden Fall werden sich Zwischenlösungen finden lassen. Es muss nicht schwarz-weiß sein.«

Sie sah mich vielsagend an. »Was ist das schon.«

Die Bemerkung spielte auf so vieles an, dass ich ihr nicht folgen konnte. Ich räusperte mich. »Wie lange wäre es dir denn recht, dass ich noch bleibe?«

»Das liegt bei dir.«

»Es ist dir egal?«

»Das habe ich nicht gesagt.«

»Aber genau das ist meine Frage.«

Der Kreis war fertig. Sie legte die Teigrolle weg und zog die Kuchenform näher. »Ich möchte, dass du glücklich bist.«

Ich verbiss mir ein Lachen. *Dafür ist es ein bisschen spät, Mama.* »Warte, ich helfe dir.« Wir hoben den Teig jeder an einer Seite hoch und legten ihn über die Form, wobei wir die Ränder überstehen ließen. Sie fing an, das Überschüssige abzuzupfen, und knetete den Rest zwischen ihren Fingern zusammen. »Mich wird es schon glücklich machen zu sehen, dass Papas Leben wieder seinen gewohnten Gang geht.«

»Und du?«, fuhr sie fort. »Was ist mit deinem Leben?«

Ich klaubte den übrigen Teig auf der Arbeitsplatte zusammen. »Och, ich werde wieder bei meiner Werbeagentur in Little Rock arbeiten. Und in dem Pflegeheim.«

»Diese Dinge machen dich doch nicht glücklich.«

Sie stellte den Teig zum Vorbacken in den Ofen, bevor die Äpfel hinzugefügt würden, und hatte mir den Rücken zugewandt. Ich starrte auf ihren ergrauten Knoten, aus dem sich eine Haarsträhne gelöst hatte. »Sie halten mich beschäftigt.«

Sie gab keine Antwort.

Als der Kuchenboden zehn Minuten später leicht gebräunt war, gaben wir die Äpfel dazu und schoben den Kuchen wieder in den Ofen. Jetzt musste er backen und das Säubern des Topfes und der wenigen anderen Utensilien nahm nicht viel Zeit in Anspruch. Ich schenkte uns beiden etwas Eistee ein und wir setzten uns an den Küchentisch. Als ich Kevys leeren Stuhl sah, musste ich daran denken, wie sehr er ihre Kuchen immer geliebt hatte.

Kevy, verzieh dich!

»Papa ist heute gut gelaufen«, meinte ich. »Und das Sprechen geht auch schon so gut.«

»Du hast deine Sache gut gemacht.«

»Er hat die Arbeit gemacht. Ich habe nur den Trainer gespielt.«

Schweigen und der Duft von backendem Apfelkuchen erfüllten die Küche. Ich wartete, dass sie etwas sagte, und sie wartete, dass ich etwas sagte, während das Eis in unseren Gläsern beim Trinken hin und her rutschte. Anscheinend war das alles, was für uns an einem Tag zu schaffen war. Wir würden uns noch deutlich stärker anstrengen müssen. Wenn wir jemals wirklich aufeinander zugehen wollten, müssten wir den Mut aufbringen, über die Vergangenheit zu reden. Der Gedanke jagte mir schreckliche Angst ein. Trotzdem, ich war dankbar für das wenige, das wir heute erreicht hatten.

Die Küchenuhr zeigte 1 Uhr15 an. In weniger als vierundzwanzig Stunden würde ich mit John zusammen sein. Ich überlegte, was ich anziehen sollte.

»Also, du kannst bleiben, so lange du möchtest«, meinte sie.

»Danke.«

Der Kuchen backte und die Uhr tickte. Ich betrachtete meine Fingernägel und sie strich über ihre Schürze. Wir redeten über das Wetter und verschiedene Leute in Bradleyville. Ich machte eine Bemerkung darüber, wie nett doch Tammy's Café war. Und die Kekse dort, waren die nicht köstlich?

Zum Abendessen bekam jeder eine Portion von unserem Werk und Papa blickte von Mama zu mir und erklärte mit Entschiedenheit, dass dies der beste Apfelkuchen sei, den er je gegessen habe. Ich meinte, er hätte eine Idee süßer sein können, und Mama sagte, ein Apfel mehr hätte ihm gut getan.

»Aber er ist gut«, fügte ich hastig hinzu, als ich seine Enttäuschung sah.

»Ja«, pflichtete Mama bei. »Er ist gut.«

In jener Nacht träumte mir, ich würde von einem reißenden Fluss auf tückische Felsen zugetrieben. Mama schrie am Ufer, hatte aber Angst, ins Wasser zu springen und mir zu helfen. Das Tosen in meinen Ohren wurde immer lauter und verwandelte sich, noch während ich sie rief, in Ozeanbrecher. Sie schlugen über mir zusammen.

Ich fuhr ruckartig aus dem Schlaf, mit Schweiß auf der Stirn und einem Gefühl der Beklemmung in der Brust. Ich strampelte meine Decke weg und atmete schwer. Das grüne Leuchten meines Digitalweckers zeigte 2:12. Doch der Schlaf wollte sich nicht mehr einstellen. Nach einer Stunde stand ich frustriert auf, zog mir einen leichten Bademantel über und tapste leise in die Küche, wo ich das Licht über dem Herd einschaltete. Ich machte mir eine Tasse heißen Tee, zog mir einen Stuhl hervor und setzte mich. Noch etwa acht Stunden, dann würde ich bei John sein. Ich fragte mich, ob er wach sei, an die Decke starre und an mich denke.

Ich hatte meinen Tee halb ausgetrunken, als ich ein Geräusch auf dem Flur hörte. Mama erschien in der Tür; sie trug ein weißes Nachthemd und hatte das Haar im Rücken zu einem langen, lockeren Zopf geflochten. »Mir war so, als hätte ich dich gehört«, sagte sie.

Meine Schultern hoben sich. »Ich hab mich bemüht, leise zu sein.«

»Du bist im Flur auf eine knarrende Stelle getreten. Aber ich war sowieso wach.«

»Habe ich Papa gestört?«

»Nein. Er schnorchelt vor sich hin.«

Wir lachten verhalten.

Ich sah sie an. »Möchtest du Tee? Es ist noch heißes Wasser da.«

»Gern. Ich nehme mir was.«

Ich sah zu, wie sie einen Teebeutel in eine Tasse tat und heißes Wasser darüber goss. Sie fügte einen Löffel Zucker hinzu. Ihr Stuhl knarrte sachte, als sie ihn unter dem Tisch hervorzog und dabei auf meinen Becher schielte. »Du hast ja schon fast ausgetrunken.«

»Och, ich mach mir vielleicht gleich noch einen.«

Unsere Finger krümmten sich um unsere Tassenhenkel. Eistee am Nachmittag, heißer Tee des Nachts; kannten wir das nicht irgendwoher? Wir schienen trotz der Übung nicht weniger befangen zu sein. Sie sah weg, blickte durch das Fenster auf die Schwärze dahinter. Ihre Augen waren verquollen.

Schweigen.

Und dann ließ sie plötzlich die Katze aus dem Sack.

»Ich wollte Henry Bellingham heiraten.«

Henry. Der Sohn von Mr. und Mrs. B., der im Krieg gefallen war. Ihre Worte schwebten über dem Tisch und warteten darauf, von mir aufgenommen zu werden. Es gelang mir nicht.

»Gott gibt mir die Kraft, dir das jetzt zu erzählen«, sagte sie im Flüsterton. »Endlich. All die Jahre über war ich in meinem eigenen Schmerz gefangen, ich konnte einfach nicht glauben, dass er ihn heilen könnte. Und diese mangelnde Bereitwilligkeit, ihm zu vertrauen – ich fürchte, die habe ich an dich weitergegeben. Aber nun hat mich die Sorge um deinen Vater auf die Knie getrieben. Es ist ein Wunder, wirklich. Nachdem ich vor William zugeben musste, dass du und ich heute Nachmittag kein sonderlich ergiebiges Gespräch zustande gebracht hätten, hat er mich ernst zur Rede gestellt. Er meinte, es sei an der Zeit, dass ich Gott um Vergebung dafür bitte, wie ich dich all die Jahre über behandelt habe. Und schließlich, *endlich* war ich dazu bereit. Ich bin das Ganze so leid. Also tat ich es. Und jetzt muss ich dich um Vergebung bitten.«

Sie holte tief Luft. »Ich würde dir gerne alles erklären, wenn du mich ausreden lässt. Nicht um zu versuchen, dich davon zu überzeugen, dass ich mit meiner Art im Recht gewesen wäre. Nur damit du es ein bisschen besser nachvollziehen kannst. Ich habe dir viel zu erzählen. Vielleicht zu viel für eine Nacht.«

»Ist schon gut, Mama.« Ich konnte meinen Blick nicht von ihrem Gesicht nehmen. Ich hatte Angst, mich zu bewegen, um ja nicht den Zauber zu brechen.

Sie brachte ein schwaches Lächeln zustande. »Also. Henry. Er war siebzehn, als wir uns verliebten. Ich fünfzehn. Wir wussten beide, dass es für uns niemals einen anderen geben würde. Dann begann der Koreakrieg. Dein stets kampflustiger Großvater meldete sich freiwillig und machte Henry Mut, »seine Pflicht zu tun«. Sie zogen in den Krieg, als Henry achtzehn war, zwei stolze Männer, die Mama und mich und Eva zurückließen. Ich war am Boden zerstört, weil ich Vater – schon wieder – verlor und zudem noch Henry. Ich machte Vater Vorwürfe, dass er Mama verließ, wo er doch versprochen hatte, er sei für immer nach Hause gekommen. Er war noch keine vier Jahre aus dem Zweiten Weltkrieg zurück. ›Du bist zu alt, Thomas; du brauchst nicht zu gehen‹, weinte Mama, aber er wollte nicht auf sie hören. Es war schlimm genug, ihn an jenem Tag aus der Tür gehen und Mama schluchzend auf die Knie fallen zu sehen. Aber dass dann auch noch Henry mit ihm ging! Ich hasste Vater dafür, dass er ihn mir wegnahm. Er versprach mir, dass Henry wohlbehalten zurückkommen würde. Nun, Vater kam nach drei Jahren nach Hause, seine dritte Medaille schwenkend. Henry war bereits nach Hause gekommen, in einer Kiste, kurz nach meinem siebzehnten Geburtstag. Vater war ehrlich bekümmert, aber das war nichts im Vergleich zu mir. Ich wollte einfach nur sterben.«

Wieso hatte ich nichts davon gewusst?, fragte ich mich. Ich versuchte, mir Mama als Sechzehnjährige vorzustellen, genauso verliebt und genauso beraubt wie ich damals, und ich wusste nicht, was ich sagen sollte. »War Großvater bei ihm, als er starb?«

Sie schüttelte den Kopf. »Henry war zu einer anderen Truppe oder was auch immer versetzt worden. Sie erstürmten irgendeinen Hügel. Kaum einer hat überlebt.«

»Was war mit Mr. und Mrs. B.? Haben sie Großvater Vorwürfe gemacht?«

»Nein. Sie waren immer schon so gute, fromme Leute. Sie

meinten zu deinem Großvater, wenn Henry sich nicht zum Heer gemeldet hätte, dann hätte es ihn vermutlich woanders hingezogen.« Sie sah auf ihre Hände nieder. »Mag sein. Aber vielleicht nicht so bald. Und vielleicht wäre er nicht in diesem Krieg gelandet.« Dampf stieg von ihrem Tee auf. Sie hob die Tasse hoch und setzte sie dann wieder ab. »Durch die Weltgeschichte reisen und kämpfen, das war für Vater immer das Größte. Er ist mit achtzehn freiwillig zur Armee gegangen und bei Ausbruch des Zweiten Weltkriegs war er fast vierzig. Er hätte nicht gehen müssen, aber er tat es. Er ging fort, als ich neun war, und kam erst zurück, als ich dreizehn war. Nacht für Nacht lag ich wach im Bett und fragte mich, ob mein Papa noch lebte oder tot sei. Die Albträume waren grauenhaft. Ich war vorher ein glückliches Kind gewesen. Doch während er fort war, habe ich die Tage und Wochen und Monate und Jahre gezählt und mir solche Sorgen um ihn gemacht, dass ich ganz krank davon wurde. Und Mama auch. Ich kann dir gar nicht sagen, was für eine schwere Zeit das war. Und dann endlich kam Vater zurück. Aber in der Sekunde, wo irgendwer in einem wildfremden Land einen Krieg anzettelte, war er wieder auf und davon, und für Mama und mich ging der Tanz von vorne los. Er wollte einfach nicht wahrhaben, wie tief er uns damit verletzte. Ihm ging es einzig und allein um noch mehr Medaillen. Die er auch bekam.«

Die Vorstellung, wie schwer sie in so jungen Jahren gelitten hatte, erschütterte mich. »Wie alt warst du, als Großvater aus Korea heimkam?«, wisperte ich.

»Keine zwanzig.« Sie sah mich immer noch nicht an. »Ich war innerlich tot, als Henry nicht mehr lebte. Ich wurde die alte Jungfer von Bradleyville, ging nicht aus und arbeitete einfach stumpfsinnig hinter dem Ladentisch vom Albertsviller Kramladen vor mich hin. Und da habe ich schließlich auch deinen Vater kennen gelernt.«

Es dämmerte mir, dass die Lebenskreisläufe mehr umfassten, als ich mir hätte träumen lassen. »Aber du warst noch nicht über Henry hinweg.«

Sie sah langsam zu mir hoch, Kummer stand in den Linien ihres Gesichts. »Nein.«

»Und du hast Papa trotzdem geheiratet.«

»Was blieb mir andres übrig?« Sie zog die Schultern hoch. »Ich war fünfundzwanzig, als ich ihn kennen lernte, und lebte immer noch bei meinen Eltern. Ich habe drei Jahre gebraucht, um ihm mein Jawort zu geben. Henry war unwiederbringlich fort. Ich habe William alles erzählt; ich wollte ehrlich sein. Er sagte, er würde für mich sorgen. Und dass ich im Laufe der Zeit vielleicht vergessen würde.«

»Aber das hast du nicht«, sagte ich sanft.

Sie seufzte tief. »Die Zeit kann Dinge heilen, von denen man das nie gedacht hätte. Ich will damit nicht sagen, dass der Schmerz vollständig vergeht, aber das Leben geht weiter.« Sie funkelte mich an. »Glaub ja nicht, ich würde deinen Vater nicht lieben; denn das tue ich. Ich bin jetzt schon so viele Jahre mit ihm zusammen, dass mich die Vorstellung, ohne ihn zu sein, zu Tode ängstigt. Aber Celia –« Sie stockte. »Es gibt so viel, was du verstehen musst. Vielleicht hätte ich es dir schon viel früher erzählen sollen, aber du warst damals noch zu jung. Kurz nachdem wir geheiratet hatten, wurde ich mit dir schwanger. Ich war immer noch so traurig. Henry war damals schon elf Jahre tot, aber mir kam es vor, als wäre es gestern gewesen. Als ich Vater und Henry in den Krieg ziehen sah, ging eine Veränderung in mir vor. Ich war entschlossen, dass niemand mehr über meinen Kopf hinweg Entscheidungen treffen würde. Dein Vater war immer ruhig und ausgeglichen. Aber dann kamst du, quirlig und stur, und hast praktisch von Geburt an deinen Kopf durchgesetzt. Wir haben uns irgendwie von Anfang an auf dem falschen Fuß erwischt. Ich habe immer wieder deshalb gebetet; ich habe versucht, dir die christliche Mutter zu sein, die ich sein sollte. Aber meine Gebete schienen einfach auf die Erde zu plumpsen. Und aus mir selbst heraus hatte ich nicht viel, was ich dir hätte geben können; mein Herz hatte zugemacht. Als du in die Schule kamst, war zwischen uns alles so gut wie gelaufen.«

Mein Tee war kalt geworden. Mir stand jetzt auch gar nicht der Sinn danach; ihre Geschichte floss bitter-süß. Ich dachte daran, wie Mama mit mir wegen Danny gestritten hatte, und zum ersten Mal sah ich die Szenen in einem neuen Licht, ihre Schatten wurden von einem warmen, bernsteinfarbenen Glimmen vertrieben. »Du wusstest, wie mir wegen Danny zumute war.«

Ihr Lächeln war traurig. »Du warst genauso alt wie ich, als ich mich in Henry verliebte. Oh ja, ich wusste es.«

»Warum hast du mir dann nicht erlaubt, mit ihm befreundet zu sein?« Die Frage schoss schmerzlich aus mir heraus.

»Aber das habe ich doch versucht, siehst du das denn nicht?« Sie beugte sich vor. »Nur deshalb habe ich dir doch erlaubt, dich jeden Samstag mit ihm am Fluss zu treffen, was ich nie hätte tun dürfen, selbst mit Kevy dabei. Nur deshalb habe ich ihn zum Essen eingeladen; nur deshalb habe ich ihm eine Chance gegeben, obwohl ich wusste, dass alle Welt sich das Maul zerriss. Ich sah doch, wie sehr du ihn liebtest, und ich sah, dass aus Danny ein feiner Junge geworden war, trotz der Trinkerei seines Vaters. Aber dann fing er plötzlich an, vom Reisen zu reden. Und als ich dieses Sehnen in seinen Augen sah, da wusste ich, dass er dir wehtun würde. Vielleicht würde er sich nicht in den erstbesten Krieg stürzen und sich umbringen lassen, aber er würde dich eines Tages verlassen, um die Welt und seine eigenen Medaillen zu gewinnen, in welcher Form auch immer. Das wollte ich dir ersparen. Denn wenn überhaupt jemand diesen Schmerz kannte, dann ich.«

Ich hob meinen Becher hoch und schwenkte den Tee. »Du hast so hart gegen mich angekämpft. Das tat so weh.«

»Ich hatte dich nie verletzen wollen. Gott möge mir vergeben, was ich tat; ich habe es doch nur gut gemeint.«

Ihre Stimme hatte einen Anflug von Verzweiflung und ich war wie vom Donner gerührt, als ich in ihre Seele blickte und mir aufging, dass sie jahrelang unter Schuldgefühlen gelitten hatte, genau wie ich. Doch obwohl ich das sah, konnte ich meine Bitterkeit nicht bezwingen. »Du wolltest, dass ich Bobby heiratete, obwohl ich ihn nicht liebte! Du wolltest mir dasselbe Leben zumuten, das du mit Papa geführt hast.«

»Und es tat mir in der Seele weh. Aber Celia, nach dem, was du getan hattest, gab es keine andere Möglichkeit. Ich konnte nur beten, dass Gott diese Ehe segnen und du ihn lieben lernen würdest, wie ich gelernt hatte, William zu lieben.«

Nein, das konnte ich nicht glauben. »Du wusstest, dass Henry nie mehr zurückkommen würde, Mama, aber bei Danny war das etwas anderes! Ich habe immer davon geträumt, ihn wieder zu finden; ich habe davon geträumt, dass sich etwas ändern würde. Ich hatte ihn nur verloren, Mama; vergiss das nicht! Aber ich war innerlich genauso tot wie du, als du von Henry erfahren hast. Hättest du Papa denn damals heiraten können? Du hast elf Jahre gebraucht, um dich dazu durchzuringen!«

»Celia, glaub mir, ich wollte dir diese Jahre ersparen. Und es tut mir so Leid!« Ihre Stimme zitterte. »Du hast ja keine Ahnung, wie oft ich Gott angefleht habe, mir eine Möglichkeit zu geben, dir das zu sagen. Ich habe die Dinge ins Rollen gebracht und es ist uns alle teuer zu stehen gekommen. Am meisten Kevin.«

»Kevy?« Oh nein, dachte ich. Sie konnte ihre Schuldgefühle haben, dafür dass sie mir Liebe vorenthalten und gegen Danny angekämpft hatte, aber sie konnte nicht die Schuld an Kevys Tod für sich beanspruchen. Das war ganz allein meine und ich würde sie mit niemandem teilen.

Eine Träne fiel auf ihre Wange. Ich hatte das Gefühl, auf meinem Stuhl festgewachsen zu sein. Ich hatte Mama so selten weinen sehen. »Wenn ich dich nicht angebrüllt hätte«, sagte sie mit brechender Stimme, »wenn ich stattdessen nur auf Kevin Acht gegeben hätte, dann hätte unser Leben ganz anders ausgesehen.«

»Mama« – die Ungläubigkeit schärfte meine Worte – »was redest du da? *Ich* habe das getan; ich war es, die ihn angebrüllt hat! Du hast *mir* doch deshalb Vorwürfe gemacht; ich habe es in deinen Augen gesehen.« Meine eigenen füllten sich mit Tränen. »Ich hatte dir Kevy weggenommen. Wenn jemand hätte büßen sollen, dann ich, stattdessen hat es ihn getroffen. Danach konnte ich dir nicht mehr ins Gesicht sehen; darum bin ich fortgelaufen.«

Ihre Wangen erbleichten. »Und ich dachte, du würdest mir die Schuld geben«, sagte sie tränenerstickt. »Ich hatte dir Kevy genommen und du wolltest mich dafür bestrafen. Also hast du gewartet, bis wir auf seiner Beerdigung waren, oh mein Gott! Und als wir nach Hause kamen, bereits ganz in Schwarz, mussten wir feststellen, dass unser einziges anderes Kind verschwunden war, und dann wussten wir sechs Jahre lang nicht mal, ob du tot oder lebendig warst! Ich hatte das ja vielleicht verdient, aber nicht dein Vater!«

»Nein, das ist nicht wahr.« Ich beugte mich eindringlich vor und packte ganz fest ihren Arm. »Ich habe nicht mal an euch gedacht, als ich wegging; ich stand unter Schock. Und je länger ich fortblieb, desto schwerer wurde es, zum Telefon zu greifen. Schließlich, an jenem Weihnachten, habe ich ... es einfach getan. Aber du klangst so abweisend, dass ich dachte, du würdest mich immer noch hassen.«

»Abweisend?« Sie lachte kurz auf. »Ich hatte nur soeben erfahren, dass mein einziges verbliebenes Kind noch am Leben war! Meine Gefühle lassen sich einfach nicht in Worte fassen. Ich hatte mit diesem Anruf schon überhaupt nicht mehr gerechnet. Jahrelang hatte ich Gott die Schuld dafür gegeben, dass ich dich verloren hatte. Aber Celia, als du dann endlich angerufen hast, hattest du mich bereits so tief verletzt, dass ich es nicht zulassen durfte, noch einmal von dir verletzt zu werden. Also *musste* ich zurückhaltend sein.«

Zurückhaltend. Waren wir das unser ganzes Leben lang gewesen? Hatte ich mich von ihr zurückgehalten, sie sich von mir, wobei sich unsere missglückten Kommunikationsversuche dermaßen verdreht hatten, dass sie uns förmlich das Herz abdrückten? »Ach, Mama.« Ich rutschte von meinem Stuhl, während sie gleichzeitig von ihrem aufstand, und wir gingen aufeinander zu. »Es tut mir Leid«, sagte ich schluchzend und sie sagte das auch, weinend. Ich wusste nicht, was sie alles beweinte. Ich beweinte einen bemalten Gehweg und Großvaters Medaillen, Kevys verwaiste Angel, alle Abendessen mit Danny, zu denen es nie mehr kommen würde, die unerwiderten »Ich liebe dich« eines Kindes und die Missverständnisse und das frostige Schweigen. Ich beweinte auch ihren Schmerz, ihre Albträume, während ihr Papa fort im Krieg war, ich weinte, dass sie den Mann, den sie liebte, und ihren Sohn hatte zu Grabe tragen müssen, dass sie Großvaters Geschichten aus dem Krieg, der ihr Henry genommen hatte, hatte anhören müssen, dass sie ihr Leben lang von einem anderen Leben geträumt hatte, so wie ich es die vergangenen siebzehn Jahre lang getan hatte.

Als wir uns ausgeweint hatten, brachen wir erschöpft zusammen. »Oh, jetzt tut mir der Kopf weh«, stöhnte ich und sie sagte: »Meiner auch.« Sie holte Aspirin aus einem Schrank und teilte zwei Stück aus. Wir spülten sie mit kaltem Tee hinunter und lächelten schwach.

Eine Stimme in meinem Kopf sagte mir klipp und klar, dass Mama Recht habe – dies war ein Wunder von Gott. Diesmal konnte ich die Stimme nicht verdrängen.

Es dämmerte schon fast, als wir in der Hoffnung auf noch ein paar Stündchen Schlaf ins Bett schlurften. In der Küchentür blieb ich, mit mir kämpfend, stehen. »Mama, hast du was dagegen, wenn ich eine Spazierfahrt mache, während du und Papa im Gottesdienst seid?« Ich hoffte, mir nichts anmerken zu lassen. »Ich muss mir über ziemlich viel klar werden. Schaffst du es, ihn die Verandastufen hochzubugsieren?«

Sie lächelte mir zu und sofort hatte ich Gewissensbisse. Ich redete mir ein, dass mein Treffen mit John nichts mit dem Wunder von heute Nacht zu tun habe.

»Klar schaff ich das. Geh du nur; du hast schon viel zu lange im Haus gehockt.«

»Okay.« Meine Hand lag auf dem Türrahmen, der immer noch schwach nach frischer Farbe roch. Ein Vogel begrüßte den neuen Morgen in einer unserer Eichen im Vorgarten. Vor dem Einschlafen würde ich Gott noch für alles danken, was er getan hatte. »Ich liebe dich, Mama«, sagte ich und spürte den Worten auf meiner Zunge nach.

»Ich liebe dich auch, Celia.«

Kapitel 56

Mama hatte mir so vieles enthüllt, dass ich es immer noch kaum fassen konnte, als ich im Morgengrauen auf mein Bett sank und meinen Arm um Cubby schlang, als ob ich wieder sechs wäre. Plötzlich sah ich die vergangenen Jahre aus einem ganz anderen Blickwinkel, während ich mir ihre Worte wieder und wieder durch den Kopf gehen ließ. Eine Offenbarung nach der anderen erfüllte mich, bis ich glaubte zu platzen. Eine dieser Offenbarungen betraf Großvater. Die Gedanken an ihn waren schmerzlich; er war immer mein Held gewesen. Es war eine bittere Pille zu erfahren, dass er schwere Fehler hatte, die eine junge Enkeltochter niemals hätte sehen können. Seine Medaillen, seine Siege – sie gehörten zu dem, was ich mit am meisten an ihm bewundert hatte, und genau das hatte Mama am meisten verletzt.

Mama.

Danke, danke, Gott, flüsterte ich, *dass du ihr die Kraft gegeben hast, zu mir zu kommen. Danke, dass wir die Kluft zwischen uns mit nur einem Gespräch so viel kleiner machen konnten.* Mama und ich hatten uns bereits um so viel Zeit gebracht. Genau wie Danny und ich uns um so viel gebracht hatten. Aber mit Mama hatte Gott mir eine neue Chance gegeben. *Bitte, lass nicht zu, dass irgendetwas unsere neue Beziehung verletzt, Jesus. Das könnte ich nicht verkraften.*

Ich hatte schon lange nicht mehr mit Jesus geredet, doch die Worte strömten förmlich aus mir heraus. Ich drückte Cubby fester, als mir nach und nach Gottes Plan aufging. In schneller Folge rasten die Teilchen seines Plans durch mein innerstes Wesen, eines Ehrfurcht gebietender als das andere. Erstens, dass Gott der Initiator meines Gesprächs mit Mama gewesen war. Zweitens, dass er mich aus genau diesem Zweck zurück nach Bradleyville gebracht hatte, wie Carrie behauptet hatte. Und drittens, dass Gott diese Heilung von langer Hand geplant hatte – noch vor meiner Flucht aus Bradleyville, noch vor Kevys Tod, noch bevor ich Danny verlor. Sogar schon vor all diesen Tragödien hatte Gott es *gewusst.* Genug gewusst, um Großvater auf seinem Sterbebett zu verheißen, dass er in Frieden ruhen könnte, denn eines Tages würde ich einen Ruf von außerhalb meiner selbst bezogenen, von Schuld geplagten Welt vernehmen, die ich mir in Little Rock aufgebaut hatte, und in die Stadt meiner Kindheit zurückkehren.

Mein Verstand konnte diese Offenbarungen kaum fassen. *Wie erstaunlich, Jesus,* betete ich, *was du mir in wenigen Stunden alles gezeigt hast.*

Ich, die ich einen toten Bruder im Arm gehalten hatte, wusste nur zu gut, dass ein verheerender Moment ein Leben für alle Zeit verändern konnte. Doch als nach fünfunddreißig Jahren die Sonne aufging und einen immer breiter werdenden Strahl durch meine Vorhänge warf, bekam ich die Wirkung eines innerlich lebensverändernden Ereignisses zu spüren, das von Gott kunstvoll geplant war. Er hatte nur den Finger zu heben brauchen und schon waren neue Deutungen und alte Wahrnehmungsweisen ans Licht gekommen, die bislang im Schatten alltäglicher Geschehnisse untergegangen waren, aber jetzt funkelnd aufleuchteten wie Gold. Noch während ich über diese Entdeckung staunte, wie wenn man schimmerndes Erz gegen das Licht halten würde, staunte ich über die Planung und die Zeit, die er aufgewendet hatte, um dies zu erschaffen. Minuten, Tage, Jahre, Gespräche, Ereignisse und Entscheidungen verdichteten sich, kristallisierten sich zu Goldkörnern von Weisheit, die aber unentdeckt blieben bis zu dem Moment, in dem er mich befähigte, sie von dem Restgestein gescheiterter Träume zu unterscheiden.

Jetzt, wo du verstehst, gab Gott mir einen Stups, *wirst du dich jetzt von mir führen lassen?*

Wie sollte ich jetzt mit meinem Leben weitermachen?, fragte ich mich. Weiter denselben dunklen Weg gehen wie bisher oder Christus erlauben, ihn für mich zu hell zu machen? Aus irgendeinem Grund löste Gottes Einladung bei mir noch nicht einmal einen Gefühlssturm aus; vielleicht waren die Tränen in mir bereits versiegt. Sie war im Gegenteil leise und freundlich. Als ich so darüber nachdachte, erkannte ich, wie trostlos meine Zukunft aussehen würde, wenn ich ihm den Rücken kehrte, nachdem er mir so gnädig gewesen war. Also traf ich letztlich meine Entscheidung. Ich betete aus der Tiefe meiner Bedürftigkeit, gab Jesus Christus mein Leben und bat ihn, mich von nun an zu führen. Ich brauchte seine Hilfe in so vielen Bereichen. Weitere Aussöhnung mit Mama, Kraft, um Papa zu helfen, Erlösung von der Schuld, die ich so lange mit mir herumgeschleppt hatte. Ich hatte die Schuld so *satt.* Ich wollte sie einfach nur noch ablegen, wie man einen zerschlissenen Mantel ablegt. Doch das Herz klammerte sich an das, was der Verstand abschütteln wollte. *Gott,* betete ich, *ich gebe dir auch die Schuld. Bitte heile auch das.*

Und je höher die Sonne stieg, umso dringender brauchte ich Gottes Hilfe wegen John. Denn ich wusste, was ich zu tun hätte, aber das richtige Verhalten schien über meine Kraft zu gehen. »Ich weiß nicht, wie ich das schaffen soll, Herr«, flüsterte ich. »Ich bin wie ein Neugeborenes und du verlangst von mir, die Entscheidung eines Erwachsenen zu treffen. Bitte zeig mir einen andren Weg. Bitte erlaube mir und John, zusammen zu sein. Bitte …«

Schließlich schlief ich ein.

Kapitel 57

Die Erschöpfung steckte mir bleischwer in den Knochen, als ich wenige Stunden später auf der Route 347 zu Johns Hütte fuhr. Eine sanfte Brise wehte durch mein offenes Fenster herein wie die Brise in der Nacht, in der ich nach Bradleyville zurückgekehrt war. Mit einer Hand am Steuer folgte ich der engen Straße, in der anderen hielt ich Johns Wegbeschreibung. Meine Lippen bewegten sich stumm beim Lesen. Ich bog von der 347 auf eine andere, beinahe identisch aussehende abgelegene Landstraße Kentuckys, die sich durch bewaldete Hügel wand. In fünf Minuten müsste ich auf den Privatweg stoßen, der zu seiner Hütte führte. »Wenn du links an einer großen roten Scheune vorbeikommst, bist du schon zu weit gefahren«, hatte er geschrieben. In meinen Adern strömte ein dickflüssiges, übernächtigtes Adrenalin bei dem Gedanken daran, ihn zu sehen, und an das, was ich sagen und wie er reagieren würde. Zum hundertsten Male an diesem Morgen bat ich Gott um Kraft. Ich malte mir aus, wie John auf mich wartete, und spürte, dass meine Arme zitterten.

Ich parkte im kühlen Schatten dichter Bäume. Beim Einbiegen in Johns lange Schotterauffahrt hatte ich meine Fenster gegen den Staub schließen müssen. Er hatte mich kommen hören und stand nun vor seiner kleinen Veranda, seine Dreieckshütte verschmolz fast mit dem Wald. Er lächelte erwartungsvoll, war in Jeans und ein rotes Strickhemd gekleidet. Ich hatte ihn noch nie zuvor in Jeans gesehen und er sah umwerfend aus. Mein Herz machte einen Satz.

»Hallo«, rief er und öffnete dabei meine Tür. »Da hast du mich also gefunden!«

»Ja«, sagte ich schnell. »Aber John, wir müssen reden.«

Er hielt inne und betrachtete aufmerksam mein Gesicht. »In Ordnung.«

»Ich ... ich kann nicht – würdest du dich kurz zu mir ins Auto setzen?«

»Sicher.« Er ging vorne herum, tätschelte die Kühlerhaube und stieg ein, wobei er sein Fenster herunterkurbelte. »Gut, dass wir im Schatten sind.« Er machte schon Anstalten, mich an sich zu ziehen, als mein Gesichtsausdruck ihn zurückhielt. Er lehnte sich gegen die Beifahrertür, legte eine Hand auf jedes Knie und Besorgnis kroch über seine Stirn. »Was ist los?«

Er sah so gut aus in seiner Jeans und dem Hemd, mit den sonnengebräunten, starken Armen. Ich konnte förmlich spüren, wie er mich küsste und seine Brust sich in meine Arme schmiegte. *Gott,* betete ich, *das schaff ich nicht.* »Ich muss dir eine Menge sagen«, fing ich an, »und das ist nicht gerade leicht. Deshalb hör bitte einfach erst mal zu. Ich hoffe, du wirst mich verstehen.«

»In Ordnung.«

Ich holte tief Luft. »Gestern Nacht ist zwischen Mama und mir etwas geschehen. Wir haben zum ersten Mal nicht nur oberflächlich miteinander geredet. Ich ... weiß nicht, wie du zu Gott stehst, John. Aber ich weiß zweifelsfrei, dass dieses Gespräch allein auf sein Konto geht. Jetzt verstehe ich die Wunden im Leben meiner Mutter. Und dadurch, dass ich sie verstehe, kann ich endlich anfangen, ihr ihre frühere Kälte mir gegenüber zu vergeben.

Nach dem Gespräch lag ich fast die ganze Nacht wach und habe über vieles nachgedacht. Und mir sind ein paar unglaubliche Wahrheiten klar geworden. Mir ist klar geworden, dass ich Mama mein Leben lang verurteilt habe, ohne die ganze Geschichte zu kennen. Ich hatte nur meinen kleinen Ausschnitt vor Augen. Dann habe ich über das Leben meines Großvaters nachgedacht, über seine Fehler. Und über meine Entscheidungen als Teenager – einige davon waren fatale Fehler, die mich heute noch teuer zu stehen kommen. Und mir ist klar geworden, dass Großvaters falsche Entscheidungen und Mamas und meine allesamt nur deshalb zustande kamen, weil wir fixiert waren auf unsere begrenzte Wahrnehmung dessen, was geschehen war und was zu tun war. Solange wir uns allein auf unsere Wunden und Wünsche konzentrierten, haben wir alle viel, viel Unsinn gemacht und damit anderen Menschen wehgetan. Und dabei hätten wir es besser wissen müssen. Wir alle wussten, dass Jesus da war und bereit, uns zu führen, aber wir wollten einfach nicht folgen.«

Ich machte eine Pause, erstaunt über die Worte, die aus mir heraussprudelten. John blieb stumm.

»Ich will damit sagen, dass ich Jesus jetzt endlich zum ersten Mal seit langem versprochen habe, auf ihn zu hören. Weil ich genau weiß, wenn ich das nicht tue, richte ich nur wieder Unheil an, und er hat mir letzte Nacht einfach zu viel klargemacht, als dass ich das riskieren wollte. Und jetzt kommt der schwerste Teil.« Mir stockte der Atem. »Es lässt mir einfach keine Ruhe, was du und ich tun. Ich habe versucht, dieses Unbehagen zu leugnen, selbst noch nach meinem Versprechen an Gott. Und wie ich das versucht habe. Ich *möchte* mich mit dir treffen, John. Ich möchte so gerne begehrt werden. Aber mein Gewissen lässt sich nicht abstellen. Es hält mir ständig vor, dass es Betrug ist, wie wir das Ganze angehen, und dass Gott einen besseren Plan für uns hat.«

»Ich verstehe.« Seine Stimme enthielt einen Anflug von Verteidigung. »Und was schlägst du also vor?«

Ich nahm mich zusammen. Er machte es nicht gerade leicht. »Ich denke, wir sollten uns erst mal zurückhalten und beten, was für uns dran ist.« *Beten*. Das Wort fühlte sich so rostig an auf meiner Zunge. »Es gibt eine Menge zu bedenken. Ich werde nicht mehr lange in Bradleyville bleiben. Es wird schwierig sein, sich zu treffen, wenn ich einmal fort bin. Vielleicht sind wir ja auch gar nicht füreinander bestimmt. Andererseits sollst du vielleicht auch nicht Sharon heiraten. Aber wir müssen Gott dazu fragen, denn wenn wir einfach lospreschen, könnten wir uns alle bös verletzen. Und selbst wenn es mit uns beiden klappen sollte, hätte unsere Beziehung einen denkbar schlechten Start gehabt.«

Er sah mich eindringlich an. »Möchtest du denn, dass es mit uns beiden klappt?«

»So gerne.« Es schnürte mir die Kehle zu. »Ich bin sehr liebebedürftig, John. Vielleicht zu liebebedürftig für dich.«

»Nein. Nein, das bist du nicht«, sagte er sanft und nahm meine Hand. »Aber jetzt komm mit mir rein, raus aus der Hitze. Wir reden nachher noch darüber.«

Ich wusste, das durfte ich nicht. Ich wusste, ich dürfte nicht einmal wagen, aus dem Auto zu steigen, denn wenn ich das täte, dann würde ich nicht die Kraft haben, meine Versprechen einzuhalten, die ich Gott am Morgen gegeben hatte, wie aufrichtig sie auch gemeint gewesen sein mochten. Dafür wollte ich John zu sehr. Und bei meiner Schwachheit war nur zu klar, was passieren würde, wären wir erst mal in seiner Hütte. »Du hörst mir gar nicht zu, John«, entgegnete ich sanft. »Das geht heute nicht.«

»Ich höre dir zu, Celia.« Er packte meine Finger. »Und ich weiß, dass du Recht hast; du erzählst mir da nichts, worüber ich mir nicht auch schon den Kopf zerbrochen hätte. Ich weiß, dass ich es Sharon sagen muss. Nur … noch nicht jetzt. Es würde ihr das Herz brechen.«

»Es wird ihr das Herz noch mehr brechen, wenn sie es von jemand anderem erfährt.«

»Das wird sie nicht. Niemand weiß, dass du heute hier bist.« In seinen Worten schwang Unglaube. »Es wird vielleicht unsere einzige Gelegenheit sein, bevor du abreist; lass sie uns nicht vertun.«

Herr, hilf mir!

»John, das *kann* ich nicht. So gern ich das möchte, aber … ich habe einfach nicht das Gefühl, dass das richtig wäre.«

»Doch. Natürlich ist es das. Unsere Gefühle füreinander sagen das ganz eindeutig.«

Ich sah ihn traurig an. »Unsere Gefühle ändern nichts an dem, was richtig und falsch ist. Siehst du nicht, wie du versuchst, es hinzubiegen?«

Er ließ meine Hand fallen und starrte mich an. »Ich biege nichts hin; ich will lediglich mit dir zusammen sein. Ich will dich umarmen und dir nahe sein. Ich begehre dich und du brauchst mich, und das ist alles, was im Augenblick zählt.«

»Und darüber Gott und alle anderen vergessen, richtig?« Meine Stimme begann zu beben. Ich konnte es nicht ertragen zu hören, wie sehr er mich begehrte. »Genau davon habe ich doch gesprochen.«

»Ich weiß, dass du heute hier sein willst. Verwehr uns das nicht.«

»Das muss ich, John. Weil Gott das nicht will.«

Plötzlich malte sich Zorn auf seinem Gesicht. »Woher willst du eigentlich so genau wissen, was Gott will? Und wieso bist so plötzlich so fromm?«

Ich sah weg, seine Streitlust tat mir in der Seele weh.

Er ließ den Kopf hängen, strich sich über das Gesicht. »Warum bist du dann überhaupt hergekommen? Warum bist du die ganze Strecke hier herausgefahren?«

»Weil«, sagte ich bedächtig und betete dabei, dass er verstehen würde, »ich dir gegenübertreten und diese Entscheidung treffen musste. Und weil ich wusste, dass wir nicht noch einmal so eine Möglichkeit zum Reden haben würden.«

Er beobachtete mich einen langen Moment. »Ich glaube nicht, dass das der Grund ist«, sagte er schließlich. »Du bist gekommen, weil du mich sehen wolltest. Egal, was du sagst, im tiefsten Innern möchtest du, dass ich es dir ausrede.«

»Bitte versuch es nicht.« Meine Kehle hatte angefangen zu brennen. »Es ist so schon schwer genug.«

Er breitete die Hände aus. »Was möchtest du dann von mir?«

»Ich möchte, dass du darüber nachdenkst – betest –, was wir tun sollen. Und wenn du dich dafür entscheidest, dich immer noch mit mir treffen zu wollen, dann wirst du es zuerst Sharon sagen müssen.«

»Na prima, und bis dahin bist du über alle Berge.«

Die Worte sollten treffen, und das taten sie. »Vielleicht«, erwiderte ich mit hängendem Kopf. Ich sah mich im Geiste wieder allein zu Hause in Little Rock sitzen und mein Herz krampfte sich zusammen. »Aber wenn Gott möchte, dass wir zusammenkommen, dann kann trotzdem noch etwas daraus werden.«

Er blies die Luft aus. »Das sagst du so einfach, Celia«, warf er mir niedergeschmettert vor. »Ich will es meiner Verlobten nicht sagen; du kannst dir ja nicht vorstellen, wie schrecklich das wäre!«

Gott, schrie ich, *wo bist du? Wer bin ich, ihn zu verurteilen?* »Nein, das kann ich vermutlich nicht. Aber wäre es ein weniger schreckliches Gefühl, sie zu betrügen?«

Er schüttelte den Kopf, geknickt, verletzt. »Ich bring es nicht über mich, dich gehen zu lassen.«

Ich auch nicht, dachte ich und spürte, wie es mich zu ihm hinzog, wie ich mich über den Schaltknüppel beugen und die Arme um ihn werfen und dabei sagen wollte, vergiss, was ich gesagt habe, vergiss das Ganze, halt mich einfach fest. Bring mich einfach in deine Hütte und küss mich, lass mich wieder das empfinden, was ich vor so vielen Jahren mit Danny empfunden habe. Ich möchte mich in dir verlieren; spül meinen Schmerz um ihn fort, gib mir noch eine Chance zu lieben. Diese Sehnsüchte ließen mich innerlich aufschreien, aber dann dachte ich an mein Gespräch mit Mama und an alles das, was Gott mir gezeigt hatte. Ich dachte an seine Wahrheiten, jene Goldklumpen, die ich entdeckt hatte, und dann stellte ich mir das menschliche Wrack vor, das aus mir werden würde, wenn ich sie wieder vergraben würde. Und ich malte mir die Gesichter von Mama und Papa aus, sollten sie mein Doppelspiel mit John entdecken.

»Du machst es mir so schwer«, flüsterte ich.

»Das ist gar nicht meine Absicht«, sagte er sanft. »Und ich bewundere dich für alles, was du gesagt hast, wirklich wahr. Aber dieser Nachmittag könnte so besonders sein, Celia.« Er hob mein Kinn, bis sich unsere Blicke trafen, und ich verstand, was er meinte. »Ich könnte mich so leicht in dich verlieben.«

»Nicht, John, nicht«, flehte ich mit brechender Stimme. »Versprich mir das nicht; ich bin schon zu lange ohne dich gewesen.«

»Du kannst es noch mal haben. Hier auf der Stelle.«

»Nein, kann ich nicht.« Die Welt verschwamm, eine Träne tropfte auf meine Wange. »Ich kann nicht annehmen, was du mir da anbietest. Damit würde ich mich wieder von Gott abwenden. Und er gibt mir vielleicht keine neue Chance mehr. Ich habe mich so viele Jahre lang herumgequält; ich muss mein Leben in Ordnung bringen. Versteh doch bitte. Wenn dir etwas an mir liegt, dann lässt du mich gehen!«

»Lass dir doch von mir helfen, dein Leben in Ordnung zu bringen.« Jetzt flehte er mit heiserer Stimme. »Mir liegt sehr viel an dir; ich möchte diese Chance haben.«

»Es ist nicht richtig.«

»Unsere Herzen machen es richtig.«

»Nein, John.« Ein einzelner Schluchzer brach aus mir hervor. »Herzen machen überhaupt *gar* nichts richtig! Herzen sind gierig und selbstsüchtig; zumindest meins. Ich bin mein Leben lang meinem Herzen gefolgt und das kann ich nicht länger tun.« Ich tat einen abgerissenen Atemzug. »Ich flehe dich an, das zu verstehen. Du durchbohrst mich gerade mit Pfeilen.«

Er atmete lautstark aus und barg das Gesicht in seinen Händen. Ich wartete schweigend, konnte nicht aufhören zu weinen. Eine Minute verstrich.

»Na schön«, sagte er schließlich und hob den Kopf. »In Ordnung. Wenn es das ist, was du willst, dann lasse ich dich gehen. Ich weiß zwar nicht, wie ich aus diesem Auto kommen soll, aber irgendwie werde ich es schon schaffen.«

Meine Brust fühlte sich an wie Blei. »Es ist nicht das, was ich will, John. Es ist das, was sein muss. Wenigstens vorläufig.«

Er rutschte auf seinem Sitz herum und ließ seinen Kopf gegen die Kopfstütze fallen. »Okay. Das war's dann. Okay, schön. Geh.« Er setzte sich wieder aufrecht hin, in seinen Bewegungen lag Entschlossenheit, und langte nach dem Türgriff. »Ich werde noch bis etwa sechs hier sein«, fügte er hinzu. »Wenn du deine Meinung ändern solltest …« Er brachte ein wehmütiges Lächeln zustande.

Ich nickte nur, brachte kein Wort heraus.

»Na dann. Mach's gut, Celia. Ich seh dich dann auf jeden Fall am Dienstag.«

Wie sollte ich ihm bloß vor Mama und Papa gegenübertreten? Wie sollte ich ihn bloß begrüßen, als ob nichts gewesen wäre?

»Mach's gut.«

Er zögerte, dann drückte er energisch die Tür auf und stieg aus. In diesem Moment war es um meine Entschlossenheit geschehen.

Bitte hilf mir, Gott, flehte ich stumm. *Ich bringe das nicht fertig.*

Ich schlug mir vor die Augen und schwafelte irgendetwas. Und dann, wie von selbst, streckte sich meine Hand aus, um den Motor anzulassen. Ich nahm mir vor, nur dann zu gehen, wenn John stumm bleiben würde. Er brauchte nur etwas zu sagen, egal was. Erkannte er nicht, wie wenig in diesem Moment erforderlich wäre, damit ich den Schlüssel wieder abzöge? Beug dich einfach herunter, John, schau mich durchs Fenster an und sag mir noch einmal, dass du mich lieben könntest. Sag mir, wir werden es schon hinkriegen, sag mir, Gott will, dass wir heute zusammen sind, und ich werde dir glauben. Red mir das hier aus; ich habe eigentlich gar nicht die Kraft wegzufahren. Ich bringe das nicht fertig. Eine kleine Bewegung, John, nur eine.

Er blieb unbeweglich.

Meine Schultern sackten ein. Meine linke Hand fand das Lenkrad. Ich schaltete in den Rückwärtsgang, setzte auf dem Randstreifen seiner Auffahrt zurück und wendete. Er war zu seiner Veranda gegangen und beobachtete mich, die Hände in den Hüften. Ich sah ihn durch den Rückspiegel an, seine Augen fanden meine, und mein Herz klammerte sich an eine letzte Hoffnung. Er hob die Finger und winkte still. Ich konnte meinen Blick nicht losreißen, wollte ihn selbst dann noch dazu bringen, sich zu bewegen.

Als ich davonfuhr, löste sein Bild sich allmählich in Staub auf.

Kapitel 58

In den darauf folgenden Tagen fand ich irgendwie die Kraft, Papa zu seinen Übungen anzuspornen und noch mehr mit Mama zu reden. Doch die ganze Zeit über sehnte ich mich schmerzlich nach John.

Papa konnte seine Freude über die Veränderung zwischen Mama und mir nicht verhehlen. Wenn er gekonnt hätte, wäre er aus seinem Rollstuhl gesprungen und hätte getanzt. So aber ermutigte ich ihn, seine Energien in die Therapie fließen zu lassen, und genau das tat er und stürzte sich mit neuem Schwung in sein Training. Und dann, am Dienstagnachmittag, traf er mit dem Ball zum ersten Mal in Mamas Kommodenschublade.

»Haaa!«, brüllte ich und Papa ließ einen Urschrei los, der Mama herbeistürzen ließ, angstvoll fragend: »Was ist passiert, was ist passiert?«

Wie das Schicksal es wollte, bemühte Papa sich vergeblich, das Kunststück vor ihr zu wiederholen, nur um gleich noch einen Treffer zu erzielen, kaum dass sie aus dem Zimmer war. »Los, mal sehen, wer zuerst zwanzig Punkte hat!«, forderte ich ihn heraus und fischte den Ball schwungvoll aus der Schublade. »Ich nehme auch die linke Hand, damit es fair ist. Wir könnten nebenbei sogar eine kleine Wette laufen lassen. Um was sollen wir wetten?«

»Appelkuchen.«

Papa saß in einem Stuhl, den ich vom Esstisch geholt hatte. Er benutzte den Rollstuhl eigentlich nur noch, wenn Mama mit ihm um den Block spazieren fuhr. Vorgestern, nachdem Mama ihn zurück nach Hause geschoben hatte, hatte er mich gebeten, den Rollator nach draußen zu bringen, und er und ich waren langsam den Gartenweg auf und ab gegangen.

Ich betete weiterhin, dass Gott mir helfen würde, dachte aber immer noch ständig an John. Wenn Autos auf der Straße vorbeifuhren, konnte es passieren, dass ich durch die Gardinen spähte, um zu schauen, ob er es sei. Einmal hatte ich sogar seine Praxisnummer herausgesucht und mir als Ausrede, seine Stimme zu hören, eine Frage zu Papa parat gelegt. Als der Dienstagabend näher rückte, sah ich der Begegnung mit ihm mit gemischten Gefühlen entgegen. Ich verschlang hastig mein Abendessen und meinte, noch mal eben zu Woolworth zu wollen. Ich eilte hinaus und kaufte schließlich ein bisschen unnützen Krimskrams, wobei ich mir über jeder Entscheidung erst lange den Kopf zerbrach. Selbst dann noch fürchtete ich, zu früh zurück zu sein, und irgendeine masochistische Anwandlung ließ mich zu dem Feld fahren, wo Danny und ich in der Nacht, bevor er Bradleyville verließ, geparkt hatten.

Ich stieg aus dem Auto und starrte auf den Pfad, der zu unserem Angelplätzchen führte, wobei ich mir vorstellte, wie Danny auf einem Felsblock saß und auf mich wartete. Aus Schmerz um John und von der Jahre alten Sehnsucht nach Danny erfüllt, wäre ich beinahe dem Feldweg gefolgt, aber mir war klar, dass ich das nicht verkraften würde. Also kletterte ich zurück ins Auto und fuhr die Wilder Road entlang, doch als ich an dem früheren Besitz der Canders vorbeikam, ging ich vom Gas und staunte mit offenem Mund über das große neue Haus, das die derzeitigen Bewohner erbaut hatten. Der Hof war tipptopp, frisch und grün, die Weide getupft mit Kühen und ein fruchtbares Feld neu bestellt. *Genau das hätten Danny und ich schaffen können,* dachte ich, *wenn er geblieben wäre.*

Als ich nach Hause kam, war John längst wieder fort. »Er lässt dir ausrichten, dass er es schade fand, dich verpasst zu haben«, erzählte Mama. Sie sah mich neugierig an, fragte aber nicht, wo ich gewesen sei.

Papa ging es immer besser. Am Donnerstag sprach er beim

Frühstück offen darüber, wieder arbeiten zu gehen. Als er das Thema anschnitt, warf ich einen Blick zu Mama hinüber, doch sie zeigte keine Spur von Verärgerung. »Ich habe deinem Vater von dem Computer erzählt und davon, vielleicht einen Teil der Arbeit von zu Hause aus zu machen«, meinte sie beiläufig, während sie ihren Toast mit Butter bestrich. »Er hält das für eine gute Idee, wenn Mr. Sledge damit einverstanden ist. Wir haben besprochen, nächsten Dienstag hinzufahren, um mit ihm zu reden, wenn William sich dann immer noch so gut fühlt.«

»Haa!«, warf Papa ein. »Ich fühle mich gruuoßartig!«

Ich konnte Gott nur stillschweigend danken.

Wir sprachen nicht von meiner Abreise, obwohl uns das allen im Kopf herumging. Jetzt, wo Papa einen neuen Grad der Besserung erreicht hatte, rückte dieser Tag schnell näher. Ich wollte ihnen versichern, dass wir, selbst wenn ich zurück nach Little Rock ginge, nie mehr so getrennt voneinander wären wie früher. Ich hatte Entfremdung für mein Lebtag gestrichen satt. Doch ich brachte es nicht übers Herz, das zu sagen, denn der Gedanke an die stille Einsamkeit in meinem eigenen kleinen Häuschen trieb mich zur Verzweiflung. »Papa, das ist einfach spitze«, rief ich aus. »Ich fahr dich nach Albertsville nächsten Dienstag, wenn du willst.«

»Ach, das geht schon«, antwortete Mama. »Ich möchte das tun.«

»Okay.«

Ich überschlug, wie viel Zeit mir alleine bleiben würde, während sie unterwegs sein würden, und dachte an John.

Papa und ich spielten nach dem Abendessen gerade »Zwanzig Punkte«, als ich Mama ans Telefon gehen hörte. Es stand zehn zu sechs für mich. Zum Ausgleich hatte ich mich ein Stück weiter weg von der Kommode postiert. Das Spiel hatte Wunder gewirkt für Papas Kraft und Koordination.

»Acht!«, tönte er und landete gleich noch einen Treffer.

»Hmpf«, machte ich. »Wenn du mich überholst, lasse ich dich mit deinem Stuhl weiter nach hinten rücken.«

»Celia!«, rief Mama. »Telefon!«

Ich gab Papa den Ball und hoffte, es wäre John. »Bin gleich zurück.«

»Jessie ist dran«, flüsterte Mama und reichte mir das Telefon. Ich brachte ein Lächeln zustande.

Miss Jessie fragte, wo ich am Sonntag gesteckt hätte. »Sogar dein Vater war in der Kirche«, tadelte sie.

»Ach, ich war müde, das war alles. Brauchte einfach etwas Zeit für mich.«

»Nun, ich schätze, die hast du dir verdient«, sagte sie zustimmend. »Wie dem auch sei, ich ruf an, weil ich fragen wollte, ob du Lust hast, nächsten Sonntag nach dem Gottesdienst zu uns zu kommen, wir haben eine Art Familientreffen. Die Kinder haben dich immer noch nicht zu Gesicht bekommen und Lee übrigens auch nicht.«

»Ich bin auf jeden Fall im Gottesdienst«, erwiderte ich, wohl wissend, dass ich es nicht wagen würde, allein zu Hause zu bleiben. »Und ich würde auch gerne hinterher mit zu euch kommen.« Dennoch behagte mir die Aussicht, Mrs. B. zu treffen, nicht gerade.

»Wunderbar! Dann bis Sonntag. Und für den Fall, dass du beschließen solltest auszuschlafen, springst du eben, sobald deine Eltern zurück sind, schnell zu uns rüber.«

»Kommen sie denn nicht?«

Sie zögerte. »Estelle ist sich nicht sicher, ob es William nicht zu viel wird, wenn er schon eine Predigt unsres Herrn Pfarrers ausgesessen hat, glaube ich.«

Sie lachte und ich stimmte ein, war aber nicht überzeugt. Ich fragte mich, was da vor sich gehe. »In Ordnung. Ich komme.«

»Gut.« Ihr Tonfall veränderte sich ein klein wenig. »Eins noch, Celia. Ich habe Neuigkeiten von Danny und dachte, es würde dich vielleicht interessieren.«

Elektrischer Strom peitschte durch mich hindurch. Ich wappnete mich. »Ach ja?« Meine Stimme hatte eine gezwungene Unbekümmertheit.

»Ich habe gestern einen Brief von Patricia bekommen. Sie sagt, er überlege jetzt ernsthaft, sich in Griechenland mit diesem Mädchen niederzulassen – Kathy heißt sie. Er fliegt am Montag geschäftlich nach New York und er hat Patricia gesagt, er würde sich nach einem Ring umgucken.«

»Das ist ja toll«, sagte jemand und ich hörte meine eigene Stimme.

Es wurde still in der Leitung.

»Celia?«, hakte Miss Jessie nach. »Habe ich dich damit verärgert? Ich dachte, es würde dich interessieren.«

»Das tut es auch. Und ich freue mich für Danny, wirklich.« Ich umkrallte die Telefonschnur, bis meine Knöchel weiß wurden.

»Warum nehme ich dir das nicht ab?«, sagte sie ruhig und in ihrem Ton schwang Überraschung.

Vielleicht war ich noch zu empfindlich von der offenen Wunde wegen John. Vielleicht hatte ich zu große Angst davor, bald nach Little Rock zurückzukehren, da mich die unleugbare Einsamkeit dort bedrückte. Vielleicht hatte ich es nach allem, was Gott mir gezeigt hatte, auch nicht mehr so nötig, das Gesicht zu wahren wie früher. Vielleicht waren es all diese Dinge zusammengenommen. Was es auch war, in jenem Moment stieß ich die Worte aus, die siebzehn Jahre Schweigen über dieses Thema ausradieren sollten. »Miss Jessie« – mein Tonfall wurde bitter – »du hast doch bestimmt mit ihm darüber gesprochen. Warum hat er mich verlassen?«

Sie schnappte laut genug nach Luft, dass ich es mitbekam. »Celia –« Sie stockte, als suchte sie nach Worten. »Ich weiß nicht, was ich sagen soll. Ich meine … du hast ihn doch verlassen.«

Ein Luftschwall entfuhr mir. »Hat er dir das erzählt?«, versetzte ich so wütend, als ob es gestern gewesen wäre. »Schließlich ist er nach Griechenland gegangen.«

»Schon, aber ... aber doch erst, nachdem ...« Ihre Stimme erstarb.

Sogar während ich dies schreibe, bin ich so wütend – wütender, als ich jemals auf meinen Vater war.

Das Kabel fühlte sich glitschig in meinen Händen an. Sie brauchte es gar nicht erst zu sagen; ich wusste Bescheid. Nach meinem boshaften Racheakt war es kein Wunder, dass Danny sich das mit unserer gegenseitigen Vergebung noch einmal überlegt hatte.

»Ist schon gut, Miss Jessie«, flüsterte ich. »Es spielt keine Rolle.«

»Aber Celia, nach so vielen Jahren –« Sie machte eine Pause. »Das heißt, wenn du schon so fragst, ich war immer der Meinung, du habest dich für Bobby entschieden. Das stimmt doch, oder?« Warum beharrte sie darauf, es erklären zu wollen? »Und dann, als Kevin starb, hast du es hier einfach nicht mehr ausgehalten. Ich hätte nie gedacht, dass du immer noch ...«

Sie schien Schwierigkeiten zu haben, ihren Satz zu beenden.

»Das tue ich nicht«, beteuerte ich. »Es ist mir egal, wenn du das meinst. Nach so langer Zeit? Lieber Himmel, nein, das ist jetzt siebzehn Jahre her; wir waren doch nur Kinder.«

»Celia –«

»Es ist mir egal. Ich bin froh, dass er glücklich ist! Danke, dass du es mir erzählt hast.« Ich musste vom Telefon weg; meine Stimme ließ sich nicht länger beherrschen.

»Er weiß, dass du hier bist.« Miss Jessie ließ nicht locker. »Soll ich ihn von dir grüßen, falls er von New York aus anruft?«

Das wär's noch, dachte ich. Wie reizend, nach siebzehn Jahren. »Nein, ich denke nicht.«

»Bist du sicher? Er wäre froh, von dir zu hören. Mehr, als du ahnst.«

Bestimmt, Miss Jessie, so froh. Froh genug, um zum nächsten Juwelier zu rennen und nach einem Ring zu suchen, den er einer andren an den Finger stecken könnte.

»Nein, Miss Jessie. Vergiss es. Das meine ich ernst.«

»Na schön. Wie du meinst.«

Ich legte mit zittrigen Händen auf. Erst dann ging mir auf, dass Mama in der Küche war und jedes Wort mitgehört hatte.

Kapitel 59

Die Welt wirbelte im Kreis, die Zentrifugalkraft zog meine Emotionen in tausend Richtungen. Mama. Papa. John. Danny. Gott. Meine Gedanken sprangen von einem zum anderen, von Sieg zu Niederlage und fanden keinen Frieden.

Mama brachte offenkundig bis zum nächsten Morgen nicht den Mut auf, das Thema Danny anzuschneiden. Papa hatte sich gerade wacker durch eine weitere Übungseinheit geschlagen, während Mama ein paar Besorgungen gemacht hatte. Sie und ich waren in der Küche, während er im Wohnzimmer saß und Zeitung las. »Celia«, sagte sie leise und bei ihrem Ton schwante mir schon, was kommen würde. »Mir war gar nicht klar, wie sehr du Danny immer noch liebst.«

Ich erstarrte am Spülbecken, in jeder Hand dreckiges Frühstücksgeschirr. Unsere Beziehung war noch zu neu, zu zerbrechlich, um daran zu rühren.

»Warum denn nicht?«, sagte ich angriffslustig und starrte dabei auf die Marmeladenschmiere auf einem Messer. Ich ermahnte mich, auf meinen Ton zu achten. »Du hast Henry doch genauso geliebt; wie kann es dir dann schwer fallen, das bei mir zu sehen?«

Sie saß am Tisch mit einer Tasse Kaffee vor sich. »Wahrscheinlich wollte ich es nicht wahrhaben, weil ich … weil es –« Sie rieb sich mit der Hand über die Stirn. »Weil ich wusste, wie unglücklich es dich machen würde.«

»Nun, ich bin ja nun nicht gerade vor Freude im Quadrat gesprungen.«

»Nein«, sagte sie gelassen und wollte sich nicht auf einen Streit einlassen. »Aber es gab noch so viel anderes, was dich bedrückte. Mir war einfach nicht klar, wie viel davon mit deinem Schmerz um Danny zusammenhing.«

Ich drehte den Hahn auf. »Das ist jetzt nicht wichtig.«

»Doch. Ich möchte dich glücklich sehen.«

»Ach, ich komm schon damit klar. Wie immer.« Meine Stimme hatte einen Anflug von Bitterkeit. »Er klingt jedenfalls glücklich.«

»Ja. Jessie hat mir das Neuste erzählt.« Sie zögerte, unschlüssig, wie sie fortfahren sollte. »Vielleicht kannst du jetzt, nachdem du von seinen Plänen gehört hast, alles hinter dir lassen. Gott kann dir helfen, jemand anders zu finden.«

Wenn sie wüsste. Doch selbst John könnte niemals Danny sein.

»Das ist ja nicht alles im Leben, Mama.« Ich schrubbte das Messer unnötig fest. »Ich habe jetzt ja dich und Papa. Auch wenn ich wieder weg bin, werden wir uns oft anrufen. Vielleicht könnt ihr zwei mich auch mal besuchen kommen, irgendwann. Und ich werde weiter daran arbeiten, mit Gott im Einklang zu bleiben.«

Ein Lächeln wärmte ihr Gesicht. »Ich freue mich so, das zu hören. Weißt du, ich versuche nämlich das Gleiche.« Sie schlürfte ihren Kaffee. »Wann wirst du abreisen?«

»Ich weiß es nicht.« Hörte sie meine Zurückhaltung heraus? »Ich schätze mal, wenn Papa anfängt zu arbeiten. Dann wäre mein Versprechen erfüllt, oder nicht?«

»Ich denke ja. Freust du dich schon sehr darauf, wieder bei deiner Werbeagentur anzufangen?«

Das eine Messer hatte ich fertig, also griff ich mir das nächste. Ich hielt es unter fließendes Wasser und sah die Marmelade entschwinden. Ich wollte mir die Antwort auf ihre Frage nicht eingestehen.

Beim Abendessen schob ich die Gedanken an Johns drohenden Besuch gewaltsam beiseite und hörte mir an, was Papa aufgeregt über das Treffen erzählte, das er mit Mr. Sledge für den kommenden Dienstag vereinbart hatte. Etwa eine Woche später würden seine acht Wochen um sein. Sein Gesicht war schon fast wieder normal und erst am Morgen hatte er davon gesprochen zu versuchen, ohne den Rollator zu gehen. Es machte mich froh, die Lebhaftigkeit in seinem Mienenspiel zu sehen und in seiner Stimme zu hören. Er hatte mir viele Male gedankt, oft mit Tränen in den Augen, und ich konnte darauf aus ehrlichstem Herzen erwidern, dass ich froh sei, gekommen zu sein.

Die Türglocke schellte und ich fuhr zusammen. »Das ist Dr. Forkes«, sagte Mama.

Papa legte ihr die Hand auf den Arm. »Lass mich gähn.«

Mama und ich wechselten ein Lächeln, während er sich langsam von seinem Stuhl erhob, sich leicht auf seinen Gehwagen stützte und zur Tür ging.

»Aber hallo!«, hörten wir John ausrufen. »Wer ist denn das?«

»Ja, da staunst du, was?«, rief Mama und stand vom Tisch auf, um sich zu ihnen zu gesellen.

Mein Lächeln ribbelte sich auf und entschwand.

Ich war dabei, die Reste wegzuräumen, als John seinen Kopf durch die Küchentür steckte. Als er sanft meinen Namen rief, war ich so damit beschäftigt, ein passendes Plastikgefäß für die Stampfkartoffeln zu finden, dass ich nicht aufsah.

»Ich wollte dir nur gratulieren«, sagte er. »Du hast es wirklich geschafft. Und ich hatte gedacht, du würdest das nie im Leben durchhalten.«

»Danke.« Ich zog ein Gefäß hervor, verwarf es und probierte ein anderes. Ich konnte seine hellen Haselnussaugen im Rücken spüren.

»Heißt das, dass du bald abreisen wirst?«

Ich schob die zweite Dose zurück und der ganze Stapel fiel mir aus dem Schrank entgegen. Papa fragte Mama im Wohnzimmer, ob sie einen Spaziergang machen wolle. *Nein!*, flehte ich innerlich. *Nicht jetzt weggehen!*

»Warum fragt mich eigentlich alle Welt, wann ich abreise?«, versetzte ich gereizt. »Ich weiß noch nicht, wann ich abreise, klar?«

»Bist du dir sicher, dass du die Stufen schon schaffst?«, fragte Mama zaudernd.

»Ich schaff alles; du wirst schon sähn!«

»Na schön. Aber lass mich zuerst deinen Rollator runtertragen.« Die Haustür ging auf.

Wütend sammelte ich die Gefäße vom Fußboden auf und versuchte sie wieder ordentlich einzustapeln, und währenddessen wollte ich, dass Mama und Papa dablieben, wollte, dass sie gingen, und hatte Angst, mich umzudrehen.

»Ich will dich bestimmt nicht vertreiben«, sagte John.

Das war eine Untertreibung. Ich stellte die Plastikdosen zurück in den Schrank und schmiss dabei eine Reihe Deckel herunter. »Mist!«

»Celia.«

»Was!« Ich sammelte die Deckel ein, immer noch zu beschäftigt, um ihn anzugucken.

»Ich wollte dir nur sagen«, teilte er mir leise mit, »dass ich das respektiere, was du an der Hütte gesagt hast. Ich wollte ja zuerst nichts davon wissen, aber seitdem habe ich gründlich nachgedacht. Und ich muss dir etwas sagen. Mir ist klar geworden, dass ich noch nicht bereit dazu bin, mit Sharon zu brechen.«

Die Worte gingen mir durch und durch. Nie hätte ich mir träumen lassen, dass er so schnell zu einer Entscheidung kommen würde. Bei der drohenden Gefahr, ihn für immer zu verlieren, begann ich mich langsam umzudrehen.

»Aber ich möchte mich trotzdem mit dir treffen.«

Ich erstarrte, das Plastik glitschte in meinen Fingern. Flüchtig sah ich eine betrogene Frau vor mir. Die Frau hatte Melissas Gesicht.

»Celia, willst du mich nicht angucken?«

Ich schob die Deckel zurück in den Schrank, ließ aber die zwei, die ich brauchte, draußen. Ich fand die passenden Dosen und schloss die Schranktür. Klammerte mich an die Arbeitsplatte.

»Ich kann nicht, John.«

Ich packte entschlossen die Schüssel mit Stampfkartoffeln und begann sie mit einem Teigschaber in ein Plastikgefäß zu kratzen, während ich genau wie fünf Tage vorher darauf wartete, dass er etwas sagte. *Bitte, Gott, warum geht das Spielchen wieder von vorne los?* Als die Kartoffeln verstaut und mit Deckel versehen waren, wandte ich mich den Limabohnen zu. Das Schweigen wurde länger und ich musste an mich halten, mich nicht umzudrehen, füllte die Bohnen zu Ende um und drückte den Deckel drauf, bis ich es schließlich nicht länger aushielt und mich umdrehte. Er war fort.

»John!«

Ich bekam ihn zu fassen, bevor er an der Haustür war. Suchte verlegen nach Worten. »Entschuldige«, platzte ich heraus und ließ nicht genug Abstand zwischen uns. »Wir haben vielleicht sonst keine Gelegenheit zum Reden mehr.«

»Ich weiß.« Sein Gesichtsausdruck wurde erwartungsvoll, flehentlich.

Es tat weh, so dicht bei ihm zu stehen. Ich schluckte hart und hatte das Gefühl, dass alles, was ich jemals getan hatte, in diesem Moment auf mich einstürmte. Ich sah die Tragödien aus meiner Vergangenheit und die zukünftigen Jahre allein in Little Rock. Meine Beine wurden schwach. *Gott, warum?* Mein Mund ging auf. Aber immer noch wusste ich nicht, was ich sagen würde.

»Du und Sharon.« Meine Stimme klang lahm. »Ihr werdet es schaffen.«

Natürlich würden sie das. Wie alle Welt um mich her. Bobby und Melissa, Danny und seine neue Liebe, Carrie und Andy, Roger, Michael.

John fiel alles aus dem Gesicht. Es dauerte einen Moment, bevor er seine Stimme wiederfand. »Das, das … hoffe ich auch.« Er lächelte traurig.

Meine Tränen wollten sich nicht wegblinzeln lassen. »Ich werde dafür beten, dass ihr es schafft.«

Kapitel 60

»Diiesmal gewinn ich.« Papa schlang seine Finger um die Rückenlehne des Holzstuhls in seinem Zimmer und hob ihn vorsichtig hoch, wobei er den Gebrauch seines linken Arms erzwang. Mama hatte sich erboten, den Abendabwasch allein zu machen, damit er und ich unser Spiel spielen könnten. »Soo«, sagte er, immer noch schleppend. »Ich sizz hier und duu schtähst da. Gleicher Abschtand.«

Gleich beim ersten Versuch landete er einen Treffer. »Tzuei«, verkündete er.

»Schlauberger.« Ich ließ den Ball aufspringen und er hüpfte in die Schublade. »Ha!«

»Gähste morgen zu Dschässie?«, fragte er, als die Reihe an ihm war. »Vier.«

Ich holte den Ball. »Ja. Warum kommt ihr eigentlich nicht?«

»Keine Ahnung.« Er zuckte die Achseln. »Deine Mama will nich.«

»Dabei hat Mama Mrs. B. doch schon lange nicht mehr gesehen und ich weiß, dass sie auch kommen wird. Hast du denn nicht gesagt, dass du nach dem Gottesdienst zu müde seist?«

»I wo! Ich bin Tarzan.«

»Ja, ja. Aber jetzt, Tarzan, hast du danebengetroffen und ich bin in Führung.«

»Nich mähr lang.«

Wir verstummten, während wir jeder noch zwei Treffer erzielten. Ich verscheuchte die ständigen Gedanken an Danny und John.

»Weißt du was?«, sagte ich, als wir pausenlos punkteten. »Das ist ja mittlerweile ein Kinderspiel. Wir brauchen was Schmaleres zum Reinwerfen. Fliegt hier nicht irgendwo eine

Schachtel rum?« Ich dachte einen Moment nach. »Ich hab's! Wir machen einfach aus dem ganzen Papier und Krimskrams hier in der Schublade auf beiden Seiten einen Haufen und müssen mit dem Ball genau in die Mitte treffen. Prallt der Ball gegen einen der Stapel, springt er weg.«

Papa verzog das Gesicht. »Das wird Mama nich gäfallen. Sie is da eigen.«

Ich tat das mit einem Schulterzucken ab. »Keine Sorge, ich räum hinterher alles wieder so hin, wie es war.« Ich kniete mich vor die Schublade und fing an, die Sachen beiseite zu schieben, bis ich zwei gleich hohe Stapel an Umschlägen, Karten und Papier hatte. »So.«

Papa war an der Reihe und warf daneben.

»Aha!«, rief ich aus. »Siehst du, das ist schon schwerer.« Die nächsten drei Male machte ich auch keine besonders glückliche Figur.

»Du sorgst dafür, dass ich zu Slädsch komm, schtimmt's?«, fragte Papa ein paar Minuten später.

»Ja. Das habe ich dir doch versprochen, oder nicht?« Ich fing den Ball ab, bevor er unters Bett kullern konnte. »Du bist schon ganz ungeduldig, was?«

»Ja. Jäden Tag rumsitzen is langweilig. Brauch Futter fürs Hürn. Jätzze, wo ich dich und Mama so weit hab, dasser euch verschtäht, hab ich nix mähr zu tuun.«

»Ach wirklich. Na ja, noch schwingst du dich nicht gerade von Ast zu Ast. Glaub ja nicht, du könntest jetzt das Training schleifen lassen.«

»Ich weiß, ich weiß. Du Schklaventreiber.« Er zielte, kniff dabei ein Auge zu und warf.

»Hey, du hast es geschafft! Volltreffer!«

Ich ging zur Kommode und beugte mich hinunter, um den Ball herauszufischen. »Wie viel steht's eigentlich? Ich hab –«

Mein Blick fiel auf die Ecke eines Umschlags, der ganz unten aus einem Stapel hervorlugte. Irgendetwas an den wenigen sichtbaren Schriftzügen kam mir bekannt vor. Ich legte den Kopf schief und starrte angestrengt darauf.

»Ich zähn; du acht«, behauptete Papa.

»Nichts da«, versetzte ich, geistesabwesend auf den Umschlag blickend. »*Ich* hab zehn.«

»Hm-hm.«

Ich griff in die Schublade, magisch angezogen von jenem kleinen Eckchen des weißen Umschlags, und vollkommen grundlos fing meine Hand plötzlich an zu zittern. Ich sagte mir, das sei doch bloß irgendein alter Brief an Mama, aber es zog und zog. Ich packte ihn, stockte, zog ihn ein kleines Stückchen heraus und enthüllte damit mehr von der Absenderadresse. Meine eigene Handschrift kam zum Vorschein.

Ich bekam Herzklopfen. Meine Augen brannten ein Loch in den Umschlag und ich zog ihn so weit hervor, bis ich die komplette Anschrift lesen konnte. *Minton Street 101, Bradleyville, Kentucky.* Meine Kehle verengte sich; ich konnte kaum schlucken und irgendwo hinter mir hörte ich Papa fragen, was da denn so lange dauere. Mir pochte das Herz in beiden Ohren, das Blut rauschte in meinem Kopf. Ich versuchte, den Umschlag noch weiter herauszuziehen, aber er entglitt meinen Fingern; ich versuchte es noch einmal, ganz langsam, hörte ihn rascheln. Jetzt war er halb draußen und mir stockte der Atem. Ich verdrehte mir den Hals, wartete, dass der Empfänger auftauchte, und wusste doch schon Bescheid. Ein Gummiband lief über die Schrift und da hielt ich es nicht länger aus. Ich riss den Umschlag heraus und ein kleiner darunter kam gleich mit. Ich hielt den oberen zitternd hoch, las Danny Canders Namen, seine vertraute Miami-Anschrift und bemerkte, dass der Umschlag aufgeschlitzt war. Ich machte das Gummiband ab und starrte auf den kleineren Umschlag, sah die Handschrift, die ich nie vergessen würde, sah, dass der Umschlag an mich adressiert war mit Absenderanschrift in Griechenland. Ein Schrei entfuhr mir, ich fiel auf die Knie, schob meine Finger in den ersten Umschlag und zog den Brief heraus, wobei die anderen Papiere aus meinen Händen weiß auf den blauen Teppich flatterten. Ich öffnete, immer noch mit klopfendem Herzen, den Brief und dann schnappte ich nach Luft, leise Laute strömten mir über die Lippen. Papa sagte etwas, aber ich konnte nicht verstehen, was; ich konnte nur mit offenem Mund auf die mit Herzblut geschriebene Antwort einer unsterblich verliebten Achtzehnjährigen starren.

> *21. Mai*
> *Liebster Danny,*
> *ich komme zu dir. Du hast Recht; wenn Gott uns beiden vergeben kann, dann können wir uns bestimmt auch vergeben. Bitte geh nicht. Bitte entscheide dich nicht für die große weite Welt anstelle von mir, selbst nach dem, was ich getan habe. Was du mit Rachel gemacht hast, war ja nicht geplant. Was ich mit Bobby gemacht habe, dagegen absichtlich. Ich habe einen schrecklichen Fehler gemacht. Ich liebe dich. Und ich weiß, dass du mich liebst. Schreib zurück. Sag mir, dass du auf mich warten wirst, Danny. Sag mir genau, wo ich hinkommen soll. Warte. Bitte.*

Ein Schluchzen zerriss meine Kehle. Ich hob den Umschlag hoch und suchte nach dem Poststempel, obwohl mir klar war, dass ich keinen finden würde. Ich griff in den zweiten Umschlag. Dannys Brief zitterte mir beim Lesen in den Fingern.

> *30. Juni*
> *Liebe Celia,*
> *ich kann so nicht leben, ohne dich. Bitte vergib mir meinen letzten verletzenden Brief. Es war ein schrecklicher Fehler von mir, hierher nach Griechenland zu kommen. Ich will nirgendwo sein, wo du*

nicht bei mir bist. Ich hätte nie auf das Schiff gehen sollen. Ich hätte zurück nach Bradleyville gehen und deine Liebe neu erobern sollen, selbst nach allem, was war. Gehst du jetzt mit Bobby? Schreibst du mir deshalb nicht zurück? Du musst dich wohl für ihn entschieden haben, obwohl mir das einfach nicht in den Kopf will. Ich weiß doch, dass du mich genauso liebst wie ich dich. Ich bitte dich noch einmal, lass uns einen Strich ziehen und von vorne anfangen. Ich habe dir wehgetan, du hast mir wehgetan, also sind wir quitt, okay? Ich weiß zwar nicht wie, aber ich werde jeden Penny sparen und zurück zu dir nach Hause kommen, selbst wenn ich dafür Mama zurücklassen muss. Sie hat sich hier schon eingelebt und würde nicht mehr wegwollen. Nur schreib mir. Ich kann uns noch nicht aufgeben. Ich warte auf deinen Brief. Ich werde zu dir zurückkommen. Hörst du mein Flehen, Celia? Ich liebe dich. Ich werde dich immer lieben. Schreib, bitte, ich warte darauf.

Ich hielt die Umschläge und Briefe ganz fest umklammert, Papa fragte mich, was los sei, und mein Hirn zersprang in tausend Teile, als ich die Missverständnisse durchbuchstabierte, die *Vergeudung* ganzer Jahre. Danny hatte mir genau an dem Tag geschrieben, als Kevy gestorben war. Es war nicht auszudenken: sein Schmerz und meiner, diese Liebe, die Kontinente überspannt hatte, beispiellos und unerreicht. Mein quälendes Warten auf seine Antwort auf einen nie gelesenen Brief. Die Jahre, in denen ich mich nach ihm gesehnt und mir das Hirn zermartert hatte, warum er mich verlassen hatte.

»Oh Danny, Danny.« Heiße Tränen strömten mir aus den Augen, als ich verzweifelt zu weinen begann. Der Gedanke, dass er geglaubt hatte, ich hätte ihn verlassen, stach mir wie ein Messer in den Magen.

»Ziela, was...«

Papas Stimme war markig vor Angst, aber ich konnte nicht antworten. Ich stand auf und spürte deutlich den Teppich unter meinen Füßen und dann den Flurbelag, als ich, nach Mama brüllend, ins Wohnzimmer rannte. Irgendwo auf dem Stück knickten meine Knie ein und ich schlug hin; doch ich stemmte mich, ohne anzuhalten, wieder hoch und hielt die Umschläge und Briefe noch immer in den Händen. Sie tauchte mit weit aufgerissenen Augen und aschfahlem Gesicht aus der Küche auf.

»Was ist passiert?« Sie sah an mir vorbei, dachte, es sei etwas mit Papa. Dann sah sie das Weiß der Blätter und die Schwärze ihres Betrugs. Und sie erstarrte.

»Warum? Mein Gott, warum?« Ich hielt beide Hände hoch, schüttelte den Beweis gegen sie und wollte von ihr hören, dass dies alles nur ein schlechter Scherz, ein Fehler sei. »Warum hast du – wie konntest du das tun?«

Sie suchte nach einer Antwort, hatte die Finger an die Kehle gelegt. »Oh Celia, ich hatte es dir ja sagen wollen –«

»Aber warum? Ist dir klar, was du angerichtet hast?« Ich konnte die Worte kaum herauspressen. »Er hat gedacht, ich wolle ihn nicht! All die Jahre über!« Ich sank heftig schluchzend auf meine Knie. Sie eilte zu mir, um mich zu trösten, aber ich stieß sie weg. »Nein, nicht! Wie konntest du? Du hast mir mein *Leben* genommen!«

»Celia, hör mich an.« Ich hörte die Eindringlichkeit in ihrem Ton. »Ich wusste nicht, wie wichtig dein Brief war, als ich ihn zurückhielt. Ich habe nur versucht, dich davor zu bewahren, verletzt zu werden. Bei dem Hin und Her von Briefen musste ich mich mit eigenen Augen davon überzeugen, was da vor sich ging. Und meine schlimmsten Befürchtungen sah ich in diesem Brief bestätigt. Und als Nächstes wusste ich, dass er aus Griechenland schrieb.«

»Mrs. B. hat dir geholfen, stimmt's?«, sagte ich schluchzend.

»Sie hat meinen Brief bei der Post entdeckt und ihn dir gegeben.«

»Sie hat sich auch Sorgen um dich gemacht.«

»Sorgen!« Ich lachte höhnisch. »Wie wär's mit Sorgen um mich gewesen während der vielen Jahre, wo ich einsam war? Die vielen Jahre, die ich an eine Lüge geglaubt habe und Danny ebenfalls?«

»Celia, bitte«, bat sie und streckte wieder die Hand nach mir aus. Ich zuckte zurück. »Als jener Brief aus Griechenland kam und mir aufging, was ich angerichtet hatte, warst du über alle Berge! Ich hatte mir fest vorgenommen, dir die Briefe zu zeigen, sobald du nach Hause kommen würdest; warum sonst hätte ich sie aufbewahren sollen? Aber du bist nie gekommen, und als du endlich angerufen hast, waren sechs Jahre vergangen. Und da dachte ich, es habe sich erledigt.«

»Du hättest es dir denken können!«, schrie ich. »Weil es dir mit Henry genauso ging! Du hast einfach nicht zugeben wollen, dass du dich in Danny getäuscht hattest.« Ich schluchzte heftiger. »Ich kann das gar nicht glauben, jetzt, wo so viel passiert ist. Wo du dich wieder Gott zugewandt hast. Ich war erstaunt, wie schnell du dich verändert hast, aber jetzt erkenne ich die Wahrheit! Du hast dich in Wirklichkeit kein Stück verändert! Du hast glatt gelogen! Ich begreife nur nicht, wie du das tun konntest, und jetzt ist es zu spät, mein Gott, es ist wahrhaftig zu spät!« Die Schluchzer brachen aus meiner Kehle, meine Brust brannte.

»Ich habe versucht, es dir zu sagen, Celia«, sagte sie, um Verständnis flehend. »Ich war so kurz davor. Ich *habe* mich verändert. Aber ich hatte Angst, dass du mir das nicht verzeihen würdest, und ich wollte dich um keinen Preis wieder verlieren. Außerdem wusste ich ja bis gestern nicht, wie m –«

»Du warst immer schon gut darin, die Augen vor Dingen zu verschließen, die du nicht sehen wolltest!« Meine Stimme war ätzend.

»Celia, nicht, *bitte.*« Mama fing an zu weinen. »Ich hab es doch nur gut gemeint.«

»Ziela, Estelle! Was? Was?« Papa stand mit seinem Rollator in der Flurtür, sein Gesicht war verstört.

Mama zog scharf die Luft ein. »Oh, William, du –«

»Papa!« Ich riss die Arme auseinander. »Sag mir, dass du nichts davon gewusst hast! Sie hat mir Danny weggenommen. Sie hat Danny weggenommen!«

»Ziela, w –«

Mama fuhr harsch dazwischen. »Lass ihn aus dem Spiel, Celia; er hatte keinen blassen Schimmer davon! William, setz dich; du hast ein ganz graues Gesicht.« Ich hörte das Rascheln ihrer Kleidung, als sie zu ihm eilte. »Sag ihm, dass dir nichts fehlt, Celia«, befahl sie. »Sag es ihm, damit er sich hinsetzt; du machst ihm Angst.«

»Mir fehlt sehr wohl was!« Ich kam schwankend auf die Füße. »Und das wird nie wieder gut werden! Wie sollte es? Und ich werde dir nie verzeihen, was du getan hast, hörst du? *Nie!*«

»Nein, Ziela –«

»William, setz dich *hin!* Celia –«

Ich beugte mich vor, klaubte die Papiere vom Boden auf und presste sie an meine Brust, als ich in mein Zimmer rannte; Dannys Brief, seine Liebe zu mir brannte mir ein Loch ins Herz.

Kapitel 61

Ich hielt es nicht lange in meinen vier Wänden aus, die sich immer enger zusammenzogen, und huschte hinaus zu meinem Auto. Das, was ich erneut verloren hatte, ließ die Welt vor meinen Augen verschwimmen, während ich ziellos durch Bradleyvilles Straßen kurvte. *Wie konntest du das zulassen, Jesus,* fragte ich weinend. *Wo warst du damals? Und wo bist du jetzt? Wo ich dir doch gehorcht und mich von John fern gehalten habe. Wo du mir Mama wiedergeschenkt hattest. Warum sollte ich jetzt noch auf dich hören?*

Nach einer Weile fand ich mich in der Innenstadt beim Überqueren der Bahngleise wieder. In Eigenregie bogen meine Reifen in einen kurvigen Weg ein und lenkten mich wieder zu dem Feld, wo Danny und ich vor langer Zeit seinen Impala geparkt hatten. Ich hielt den Wagen am Feldrand an und stieg aus, um zu Fuß weiterzugehen, sah das Flussufer näher kommen, nahm den Anblick der Felsblöcke und des Wassers beim Herangehen begierig in mich auf und stellte mir das Brüllen der Stromschnellen vor.

Es war alles noch so wie früher.

Es hatte den Anschein, als könnte Danny jeden Moment mit der Angel in der Hand durch das Gänseblümchenfeld spaziert kommen. Ich konnte ihn mir so gut vorstellen, konnte sein Haar durch meine Finger gleiten spüren, seine sonnenüberflutete Haut riechen.

Gott, warum?

Ich wandte mich flussaufwärts und musste dabei an den Tag denken, als es so geschüttet hatte und wir das erste Mal zu unseren Bäumen gerannt waren. Verbranntes Orange der untergehenden Sonne verglühte auf der Wasseroberfläche. Als ich die Bäume in der Ferne sah, begann ich stolpernd bis zum hohen Gras zu rennen, wo sich das Blätterdach über meine Schultern spannte. Da standen die Baumstümpfe; genau hier hatten wir das erste Mal nebeneinander gesessen, stammelnd und schüchtern.

Ich warf mich zu Boden, umklammerte eine nackte Baumwurzel, die sich glatt und verwittert anfühlte, und weinte, bis ich nicht mehr weinen konnte. Ich machte Gott bittere Vorwürfe, bis ich mich ihm schließlich aus schierer Verzweiflung wieder zuwandte. Ich durfte die Hoffnung nicht verlieren, die ich in ihm gefunden hatte, bloß das nicht. Doch ich konnte beten, wie ich wollte, ich sah keinen Sinn in alledem. Auf Knien bat ich Gott, mir verstehen zu helfen.

Ich verlor jedes Zeitgefühl, und als ich aufblickte, war die Dämmerung plötzlich schon dabei, den Fluss zu verschlingen. Mich durchzuckte die Angst, in Schwärze getränkt zu werden, und ich rappelte mich vom Boden hoch und ging schleunigst fort.

Schon saß ich wieder am Steuer, während meine Scheinwerfer über die Düsternis der Innenstadt strichen und mich die Main Street hochzogen. Einer plötzlichen Eingebung folgend, bog ich links zum Haus der Hardings ein, vom warmen Lichtschein aus ihren Fenstern bis zu ihrer Haustür gelockt. Ein Blick in mein verquollenes Gesicht, und Miss Jessie zog mich mit weit aufgerissenen Augen ins Haus. »Ist etwas mit William?« Lee erschien, immer noch ein Bär von einem Mann, nur dass sein schwarzes Haar an den Schläfen mittlerweile ergraut und sein Schnauzer abrasiert war. Ich umarmte ihn wortlos, dann zog ich die Briefe aus meiner Tasche.

»Schaut euch das an«, sagte ich schnell und reichte sie Miss Jessie. »Die hab ich in Mamas Kommode gefunden.«

Sie sah sie verblüfft an, las und bekam den Mund nicht mehr zu. »Tante *Eva?«*

Ich nickte und musste schlucken. »Ich hatte meinen Brief bei der Post eingeworfen. Sie hat ihn zurückgehalten.«

Sie machte große Augen und über ihr Gesicht huschte eine Ahnung davon, was das in letzter Konsequenz bedeutete.

»Lass mal sehen«, warf Lee ein und schnappte sich die Zettel.

»Genau das hast du gemeint, nicht?« Die Worte sprudelten nur so aus mir heraus. »Als du gesagt hast, ich hätte ihn verlassen? Du hast gar nicht das mit Bobby gemeint; du hast gemeint, dass ich Danny nie zurückgeschrieben hätte. Aber das habe ich doch! Kein Wunder, dass er so traurig war, als er das erste Mal nach Griechenland fuhr! Warum hast du mir das nicht gesagt?«

»Celia«, sagte sie und machte immer noch ein ganz perplexes Gesicht, »wie hätte ich darauf kommen sollen?«

»Auf das mit den Briefen vielleicht nicht, aber du musst doch gewusst haben, wie verletzt er wegen mir war.«

»Du warst spurlos verschwunden, Celia; kein Mensch wusste, wo du warst!« Sie strich sich mit der Hand über die Wange. »Als wir von dir hörten, waren Jahre ins Land gegangen. Wenn ich gewusst hätte, dass es dir wichtig ist, hätte ich es dir längst erzählt.«

Mir zitterten die Knie. »Oh Miss Jessie, was mache ich jetzt?«

»Na, rede mit ihm«, sagte Lee mit einem Achselzucken, als ob das das Selbstverständlichste von der Welt wäre. »Er kommt in ein paar Tagen nach New York.«

Ich lachte heiser. »Einfach so, nach siebzehn Jahren. Bestimmt, Lee.«

»Im Ernst«, pflichtete Miss Jessie bei. »Er würde das wissen wollen.«

»Er hat eine andere.«

»Er hat all die Jahre gewartet«, gab sie zurück. »Ich glaube nicht, dass er jemals wirklich jemand anders heiraten wollte als dich.«

»Wie kannst du so etwas sagen, wo er doch eine Verlobung

plant? Ich kann doch nicht einfach zum Telefon greifen und ihm das jetzt sagen, nach so vielen Jahren!«

Miss Jessie dachte einen Moment nach, in ihrem Gesicht arbeitete es. »Vielleicht nicht. Das ist eine Menge Stoff fürs Telefon. Vielleicht solltest du zu ihm gehen. Ich weiß, in welchem Hotel er absteigen wird. Geh bald, sei bei seiner Ankunft da.«

Ich ließ mich auf einen Stuhl fallen und verbarg das Gesicht in den Händen. »Das ist verrückt. Absolut, genauso verrückt. Das nimmt sich nichts. Außerdem kann ich noch nicht aus Bradleyville weg; ich habe es Vater versprochen.«

»Was versprochen? Du bist hierher gekommen, um ihm zu helfen, wieder zu Kräften zu kommen, und das ist er.«

»Nein, ich habe versprochen, dafür zu sorgen, dass er wieder arbeiten gehen kann. Erst vor ein paar Stunden habe ich das noch mal bekräftigt.« War das wirklich erst ein paar Stunden her? Mir kam es vor wie eine Ewigkeit. »Ihm liegt so viel daran. Ich kann nicht gehen und Mama das Ruder überlassen; ihr ist augenscheinlich nicht zu trauen.«

»Celia, dein Versprechen in Ehren, aber hier steht für dich zu viel auf dem Spiel«, wandte Miss Jessie ein. »Dein Vater wird dafür Verständnis haben; er wird sogar wollen, dass du gehst. Und außerdem kannst du doch zurückkommen. Rede einfach mit Danny, schaut, ob noch was zu retten ist. Ich weiß, dass das lange her ist, und ich weiß auch, dass sein Leben gerade einen neuen Kurs einzuschlagen scheint, aber wenn du es nicht tust, wirst du dich dann nicht dein Leben lang fragen, was gewesen wäre, wenn?« Sie ließ sich neben mich auf die Knie fallen. »Ach, Celia, du schaffst das. Geh. Und wenn du Angst hast, ihn zu überraschen, dann ruf ihn in Griechenland vorher an, sag ihm, dass du kommst. Ich bin sicher, er würde das von dir wollen.«

Ich schlug mit dem Hinterkopf gegen die Rückenlehne des Stuhls und starrte zur Decke hoch. »Aber ich hab es Vater doch versprochen. Er hat am Dienstag eine Unterredung mit seinem Chef. Falls das ins Auge geht, sollte ich da sein, um Mr. Sledge ein bisschen Dampf zu machen. In euren Augen mag das nicht der Rede wert sein, aber ich sehe das anders. Ich kann nicht schon wieder auf seine Kosten das Weite suchen, versteht ihr das nicht? Das habe ich einmal gemacht. Er zählt auf mich. Ich darf gar nicht daran denken, ihn wieder zu verletzen.«

Miss Jessie wechselte einen ergebenen Blick mit Lee. »Warum hat Estelle Tante Eva gebeten, das zu tun?«, fragte sie sich laut.

»Ich könnte wetten, dass sie sich genau deshalb gestritten haben«, kommentierte Lee.

Ich sah ihn stirnrunzelnd an. »Wer?«

»Ach, nichts, Celia.« Miss Jessie winkte ab. »Deine Mutter und Tante Eva sind lediglich ein bisschen aneinander geraten, mehr nicht.«

»Wie meinst du das, mehr nicht? Die zwei haben sich noch nie im Leben gestritten. Was es mit ihrer Freundschaft auf sich hat, werdet ihr ja wohl wissen.« Mein Ton war zu scharf und es tat mir augenblicklich Leid. Miss Jessie sah auf ihren Schoß. »Worüber haben sie sich gestritten?«

»Über dich. Als Tante Eva und Onkel Frank bei euch zu Besuch waren, hat deine Mutter ihr zu verstehen gegeben, dass sie sich nicht mehr blicken lassen soll, solange du da bist.«

Ich starrte sie völlig verblüfft an. »Warum?«

Sie schüttelte den Kopf. »Nachdem sie bei euch waren, muss Tante Eva eine Bemerkung darüber gemacht haben, dass du immer noch Single bist, und deine Mutter hat zu ihr gesagt, sie solle sich kein Urteil erlauben.«

Mama stritt sich wegen mir mit Mrs. B. – Eva Bellingham, ihre engste Verbindung zu Henry. »Das fass ich nicht«, flüsterte ich, aber dann dachte ich: *Doch, natürlich.* Mama hatte solche Gewissensbisse wegen ihrer gemeinsamen Machenschaften, dass ihr erster Impuls gewesen war, mich zu verteidigen, selbst gegen ihre engste Freundin und Komplizin. Ich ließ mir das durch den Kopf gehen, stellte mir das jähe Auflodern ihrer Wut über die taktlose Bemerkung von Mrs. B. vor und sah in ihrer Heftigkeit ihre Liebe zu mir aufleuchten.

Gott, hilf mir, daran festzuhalten.

»Ich muss zurück«, verkündete ich plötzlich. »Ich muss mit ihnen über Danny reden. Vielleicht *kann* ich ja doch gehen, so verrückt es ist. Vielleicht haben sie Verständnis.« Ich sah mit leerem Blick aus dem Fenster, unfähig, einen klaren Gedanken zu fassen. »Dann müsste ich packen und ... Erkundigungen einziehen. Nach Flugverbindungen und wie ich zum Hotel komme. Ich sollte Danny zuerst anrufen; da habt ihr Recht.« Ich stand vom Stuhl auf und sammelte die Briefe von der Couch ein. »Habt ganz vielen Dank, ihr zwei; gut, dass ich hergekommen bin. Ich ruf euch noch an. Wie ich Danny erreiche. In Griechenland, meine ich. Und das Hotel. Jetzt ist keine Zeit mehr; ich muss zurück.«

»In Ordnung.« Miss Jessie wirkte über meinen Sinneswandel verdutzt.

Als Nächstes weiß ich nur, dass ich in meinem Auto saß.

Ich fuhr ganz gespannt nach Hause und redete mir ein, dass es klappen würde, es *musste* klappen. Wie weit hergeholt es auch war. Dies musste ein weiterer Teil von dem sein, was Gott für mich und meine Rückkehr nach Bradleyville in petto hatte. Er hatte lediglich darauf bestanden, dass ich mich zuerst ihm wieder zuwandte. Wie fatal wäre es gewesen, ging mir auf, wenn ich John nachgegeben hätte. Vielleicht hätte Gott dann seine Meinung geändert und mir nicht gestattet, die Briefe zu finden. Doch jetzt, nach all den Jahren und Schmerzen und Lügen, könnte ich in zwei Tagen bei Danny sein. *Danny.* Ich malte mir aus, wie ich einen ersten Blick auf ihn erhaschen, ihm in die Augen sehen würde. Er würde mich nicht versetzen, bestimmt nicht ...

Dann aber baute sich die Wirklichkeit vor mir auf. Was war

mit Kathy? Liebte sie ihn? Wie könnte ich etwas tun, was ihr wehtun würde? Wenn Miss Jessie mit ihrer Einschätzung bezüglich Danny allerdings richtig läge, wie könnte er Kathy dann jemals wirklich glücklich machen?

Dürften Danny und ich uns noch einmal Hoffnungen machen? Wäre das drin? Das musste ich selbst herausfinden.

Ich probte schon einmal, was ich Mama und Papa sagen wollte, und glaubte fest, dass sie sich verständnisvoll zeigen würden – Papa, weil er mich unbedingt glücklich sehen wollte, und Mama, weil sie todunglücklich war über das, was sie angerichtet hatte. Ich schlüpfte aus meinem Auto auf die Auffahrt, ging im Dunkeln knirschend über den Schotter und eilte auf die erleuchtete Veranda. Als ich meine Hand auf die Türklinke legte, betete ich um die rechten Worte und überlegte mir gleichzeitig, dass ich packen und mich telefonisch nach Flügen erkundigen müsste; bis zum Flughafen in Lexington würde es eine weite Fahrt sein.

Ich drückte die Tür auf und hörte Mamas unterdrücktes Weinen.

Kapitel 62

Undeutlich hörte ich Johns Schritte näher kommen. Ich saß zusammengesunken auf dem Sofa, hatte die Stirn in die Handflächen gedrückt und starrte auf meine Füße. Mama war langsam auf und ab gewandert, blieb aber ruckartig stehen, als er den Raum betrat. Ich hob den Kopf und sah John fragend an, vor Furcht und Reue wie betäubt. Er begegnete meinem Blick, sein Lächeln war knapp.

»Ich will euch sagen, was ich weiß.« Er sank auf die Kante von Mamas Sessel. »Allem Anschein nach hat er die Art von Schlaganfall erlitten, die wir eine TIA nennen – eine transitorische ischämische Attacke. Ich weiß, dass du genau das befürchtest hast, Estelle, aber die gute Nachricht lautet, dass es wahrscheinlich nicht so schlimm ist, wie es scheint. Es hat ihn zurückgeworfen, keine Frage, aber es geht ihm nicht so schlecht wie beim ersten Mal und er wird sich sehr viel schneller erholen. Eine TIA kann hauptsächlich auf psychologischer Ebene ihre Register ziehen, besonders in Williams Fall, da er kurz vor der Genesung stand. Natürlich ist er jetzt sehr niedergeschlagen. Sein Verstand ist so klar wie immer und er hat wieder das Gefühl, in einem Körper eingesperrt zu sein, der ihm nicht gehorcht. Deshalb kommt jetzt alles darauf an, ihn aufzumuntern und ihm Mut zu machen zu trainieren. Solange das geschieht, werdet ihr feststellen, dass er schon in wenigen Wochen wieder den Genesungsgrad erreicht hat, an dem er sich freute, bevor das hier eingetreten ist.«

»Und wenn es wieder passiert?«, fragte Mama.

Er zuckte leicht mit den Achseln. »Wir können das nicht mit Sicherheit ausschließen. Aber andererseits, nur weil es einmal passiert ist, heißt das nicht zwangsläufig, dass es wieder passiert. Jetzt nicht den Kopf hängen lassen. Bei den Fortschritten, die er bereits gemacht hatte, glaube ich wirklich, dass er wieder ein normales Leben führen wird. Celia, was in den nächsten Wochen auf dich zukommt, liegt auf der Hand. Ich hoffe, dass du hier bleiben und das durchziehen kannst, denn er wird dich jetzt mehr brauchen denn je.«

Meine Seele wurde empfindungslos, während ich John mit geballten Fingern anstarrte. »Ist er wach?«

»Ja, er wartet auf euch beide. Alles, was ich euch gesagt habe, weiß er schon.«

Mama eilte zu ihm. Ich sah wieder zu Boden, mir graute davor, Papa ins Gesicht sehen zu müssen.

»Celia«, sagte John und setzte sich neben mich, »er wird wieder gesund werden.«

Ich nickte.

»Verdammt, du hast mit ihm doch schon einmal ein Wunder aus dem Hut gezaubert. Im Vergleich dazu wird das hier ein Kinderspiel sein.«

»John, ich muss dich etwas fragen«, sagte ich zu meinen Füßen, »könnte Stress der Auslöser dafür gewesen sein? Mutti und ich haben uns nämlich heftig gezankt und er hat sich furchtbar aufgeregt.«

Er griff nach meiner Hand. »Celia, wenn das ein Versuch sein soll, die Schuld daran auf dich zu nehmen, lass es. So etwas kann vorkommen; wenn ich es vorhersagen könnte, wäre ich ein gemachter Mann.«

Die Luft blieb mir in der Kehle stecken. »Er soll nie mehr meinetwegen leiden müssen.«

»Das tut er nicht; du bist doch gerade die, die ihm so viel geholfen hat. Und du wirst ihm auch jetzt helfen.«

»Ich habe nicht die Kraft dazu. Und es tut mir so wahnsinnig Leid für Papa.« Ich unterdrückte ein Schluchzen. »Und jetzt kann ich nicht *weg.*«

»Bist du wirklich so erpicht darauf zu gehen?« Die Verletzung in seiner Stimme war unüberhörbar.

Ich schloss die Augen. »Ich muss jetzt zu Vater. Danke, dass du noch so lange geblieben bist.«

»Hey, ich bin ein Kleinstadt-Doktor; was hast du denn erwartet? Schlaf ist für uns ein Fremdwort.«

Ich drückte seine Finger und ließ sie wieder los, während ich nach der Kraft suchte, um Papa mit einem zuversichtlichen Lächeln gegenüberzutreten. Zu allem Überfluss würde Mama auch noch daneben sitzen. Was sollte ich sagen, nachdem ihre Geschichte beschlossen hatte, sich zu wiederholen, und ich wieder einmal die Last der Schuld auf meinen Schultern fühlte?

»So, Papa. Dann wollen wir doch mal gucken, wie hoch du das Bein vom Knie ab heben kannst.«

Es schien so lange her, dass wir an diesem Punkt gewesen waren. Ich sah, wie sich sein Bein mit einem Drittel der Beweglichkeit hob, die er noch vor vierundzwanzig Stunden gehabt hatte. Hatten wir tatsächlich noch am Abend zuvor Ballwerfen gespielt? Jetzt, am nächsten Morgen, konnte er den Ball kaum halten. Er saß wieder im Rollstuhl. Ich hatte die Tasche mit Papier und Stift wieder rechts von ihm angebracht. Schreiben ging leichter als Reden.

Ich war augenblicklich in Tränen ausgebrochen, als ich Papas neuerlich schlaff herunterhängenden Mund gesehen hatte. Was ich mir an Ermutigung zurechtgelegt hatte, war wie weggefegt gewesen, und ich hatte mich neben sein Bett gekniet und meinen Kopf in seiner Seite vergraben. »Es tut mir Leid, Papa, dass ich dir das angetan habe; es tut mir so Leid«, sagte ich und weinte, als er mir den Kopf tätschelte und dabei summte: »Naa, naa.« Mama sah schweigend zu, ihre Augen bohrten sich in meinen Rücken. Sie und ich hatten immer noch kein Wort miteinander gewechselt. Gott hatte uns beide verlassen.

Papa machte seine Übungen mit grimmiger Entschlossenheit und Schweiß auf der Stirn. Ich streichelte seine Wange und er nahm meine Hand und drückte sie. Dann langte er nach seinen Schreibutensilien und bedeutete mir, mich zu setzen. Ihn wieder so mühselig schreiben zu sehen schnitt mir ins Herz.

Wähle deine Schlachten mit Bedacht.

Ich starrte überrascht auf Großvaters alten Wahlspruch. »Aber das tue ich doch, Papa. Du bist das. Oder vielmehr deine Arme und Beine sind das. Ich habe dir versprochen, ich würde dafür sorgen, dass du wieder arbeiten gehen kannst, und das werde ich. Diesmal werden wir es schaffen.«

Nur dass es diesmal für mich zu spät wäre.

Er schüttelte langsam den Kopf.

Mama ist deine Schlacht.

Sie war mein schlimmster Feind gewesen, in Ordnung, aber das war es nicht, was er meinte. »Oh Papa«, sagte ich mit einem Seufzer. »Du übersiehst da was. Mama war die einzige Schlacht, die nicht mal Großvater gewinnen konnte.«

Mit Gott kannst du sie gewinnen.

»Diesmal nicht.«

Er tippte mit der Spitze seines Stifts auf den Satz.

»Es ist zu spät, Papa; ich wüsste nicht mal, wie ich es versuchen sollte. Es ist alles zu spät.«

Mit mir versuchst du es doch auch noch mal.

Ich stieß einen frustrierten Stoßseufzer aus. »Bei dir ist das was anderes. Aber mit ihr gab es das ganze Leben lang nichts als

Probleme. Was sie mit diesem Brief gemacht hat, geschah in voller Absicht.«

Das Ergebnis war falsch, aber es war gut gemeint.

Er sah mich hoffnungsvoll an.

Hätte ich noch Tränen gehabt, ich hätte sie vergossen, denn als ich Papa forschend ins Gesicht sah, erkannte ich, dass seine Enttäuschung über Mama und mich tiefer saß als seine Enttäuschung über seinen eigenen Körper. Ich wusste nicht, wie ich die Brücke zu Mama wieder aufbauen sollte, da sie mich um Danny gebracht hatte, was nahezu unverzeihlich war. Und ich wiederum hatte Papa jetzt dies angetan; wie sollte sie da mir jemals verzeihen können? Und doch war es seinetwegen nun nötiger als je zuvor, dass wir uns vertrügen.

»Ich weiß«, sagte ich und zwang mich zu den Worten. »Und ich werde mit ihr reden und versuchen, die Dinge wieder in Ordnung zu bringen. Keine Sorge.«

Sein liebes, schief sitzendes Lächeln war herzzerreißend.

Ich rief bei den Hardings an, bevor sie sich auf den Weg zur Kirche machten. Mama hatte bereits Pastor Beekins angerufen, der ihr tröstend versicherte, dass die Gemeinde beten würde. »Ich kann jetzt natürlich nicht fort«, erklärte ich Miss Jessie mit leiser Stimme.

»Noch ist nicht aller Tage Abend, Celia«, sagte sie in bedrücktem Ton. »Ich gebe dir die Nummer; du kannst ihn wenigstens in seinem Hotel am Montagabend anrufen.«

Ich lachte müde. »Das hatten wir schon abgehakt, weißt du noch? Ein Anruf nach siebzehn Jahren? Wenn er vorhat, sich zu verloben? Es ist zu spät, Miss Jessie. Danke, dass du versucht hast, mir zu helfen. Aber der Zug ist abgefahren.«

»Entschuldige meine Hartnäckigkeit, aber ich denke, du hast einfach Angst. Was hast du zu verlieren?«

»Alles!«, platzte ich heraus. »Wenigstens weiß ich jetzt, dass er mich nicht aus eigenem Antrieb verlassen hat. Was, wenn er sich jetzt in voller Absicht von mir abwendet? Das könnte ich nicht ertragen!«

»Soll ich ihn für dich anrufen? Oder ihm irgendetwas ausrichten, falls er bei mir anruft?«

»Nein! Lass ihn; er hat jetzt sein neues Leben.«

»Und wenn er nach dir fragt?«

»Sag ihm die Wahrheit. Dass ich mit Vater alle Hände voll zu tun habe. Und dass« – meine Stimme stockte – »dass ich mich für ihn freue.«

Miss Jessie schien es nicht dabei bewenden lassen zu können. Wir diskutierten eine ganze Zeit, ehe sie widerstrebend einwilligte, es gut sein zu lassen.

Als ich auflegte und mich mit bleischwerer Brust umdrehte, sah ich Mama auf der Schwelle zum Flur stehen. »Du wolltest irgendwohin fahren?«, fragte sie, Überraschung in der Stimme.

Was für ein Hirngespinst, meine tollkühnen Pläne, nach New York zu fliegen. Wie im Märchen. Ihre Forderung nach einer Antwort ließ meine ganze Niedergeschmettertheit hochkommen und plötzlich erzählte ich ihr bitter von meinem Besuch bei den Hardings.

»Hirnrissig, was?«, höhnte ich. »Als ob er seine Meinung ändern würde, wenn ich um kurz vor knapp vor seiner Tür aufkreuzen würde. Aber es war meine einzige Chance, Mama, nach allem, was du angerichtet hast. Ich habe gesagt, dass ich gehen würde.«

Mein Vorwurf tat ihr in der Seele weh. »Und nun?«

»Ich kann nicht gehen. Papa braucht mich.«

Sie schluckte.

»Ich hab's ihm doch versprochen, oder nicht?« Meine Stimme bebte vor Wut und Enttäuschung. »Ich habe versprochen, dafür zu sorgen, dass er wieder arbeiten gehen kann! Also glaub ja nicht, ich mach mich wieder aus dem Staub wie das letzte Mal! Es ist vielleicht meine Schuld, genau wie Kevys Tod, aber ich renne nicht wieder davon, klar? Nicht einmal für Danny Cander. Diesmal kannst du dich auf mich verlassen, hörst du?«

Ihr Gesicht legte sich in Falten und sie lehnte sich gegen die Wand. »Ach, Celia.« Ihre Augen schlossen sich. »Ich will nicht dein Feind sein. Ich darf dich einfach nicht mehr verlieren. Was muss ich tun, um mir deine Vergebung zu verdienen?«

Ihre magere Entschuldigung verfehlte ihre Wirkung auf mich; dafür waren wir zu weit zurückgefallen. Die Bissigkeit meiner Antwort schnürte mir fast die Kehle zu.

»Dreh die Zeit zurück, Mama. Bring Danny zurück.«

Sie sagte nichts, als ich auf dem Weg in mein Zimmer ihre Schulter streifte.

Kapitel 63

Die Uhr rückte nur langsam vorwärts am Montag. Ich schob Papa an den Frühstückstisch und stellte mir vor, dass Danny jetzt in seinem Flugzeug nach New York saß. »Noch ein bisschen höher«, ermutigte ich ihn während des Vormittagstrainings und fragte mich, ob er an Diamanten denke. Während Papa Zeitung las, starrte ich auf das Telefon und überlegte, dass ich Quentin Sammons wegen des Schlaganfalls anrufen müsste, brachte aber nicht die Energie dazu auf. Ich erwog, Danny eine Nachricht in seinem Hotel zu hinterlassen. Wenn er nicht zurückriefe, nun, dann wüsste ich Bescheid. Ich wollte Miss Jessie nach der Nummer fragen, aber da ich wusste, dass sie diese in der Nähstube nicht bei sich haben würde, wartete ich bis zum Abend. Der Abend kam und das bedeutete Essenszeit und weitere Übungen und kein ungestörtes Telefonieren. John kam, um nach Papa zu sehen, und ich konnte die Augen nicht von ihm abwenden, ich sehnte mich nach seinen tröstenden Armen, so verrückt das ausgerechnet jetzt war. Ich hatte das Gefühl, in ein riesiges, schwarzes Loch zu fallen, aus dem es kein Herausklettern gäbe. Ich konnte nicht mehr beten. Mama ging vor Geschäftsschluss noch schnell einkaufen und überließ das Reden Papa und mir, wobei sich sein Blatt langsam mit Worten der Ermutigung füllte – der Patient wurde zum Doktor. Ich hatte keine Gelegenheit, die Hardings anzurufen, bevor Mama mit hochrotem Gesicht zurückkam und etwas davon murmelte, dass sie nicht damit gerechnet habe, dass es so lange dauern würde. Als ich schließlich wählte, wollte Miss Jessie merkwürdigerweise nicht so recht mit der Nummer herausrücken, was meine Bedenken noch erhöhte.

»Es ist sowieso eine blödsinnige Idee«, sagte ich zu ihr,

»und vermutlich werde ich gar nicht anrufen. Nur für alle Fälle.«

Ich gab Papa einen Gutenachtkuss, als er und Mama zu Bett gingen; dann setzte ich mich ins Wohnzimmer. Ich brachte nicht den Mut auf, zum Telefon zu greifen. Nach einer Weile stellte ich fest, dass es dafür auch schon viel zu spät wäre, und zwang mich, ins Bett zu gehen. Wo ich nicht einschlafen konnte.

Papa ging es am Dienstagmorgen merklich besser, sein Bein und sein Arm ließen sich etwas höher heben und den roten Gummiball konnte er bereits greifen.

»John hat uns doch gesagt, dass es schnell bergauf gehen würde!«, rief ich und umfasste sein Kinn mit beiden Händen. »In ein paar Tagen kannst du schon wieder werfen. Ich werde uns eine Kiste suchen, in die wir ihn hineinhüpfen lassen können.«

Er sah mich mit großen Augen an und ich wischte über einen Fleck auf dem Couchtisch.

In den nächsten Stunden kam ich ständig am Telefon vorbei, holte Eistee, stellte Geschirr in die Spüle, nahm ein Buch auf dem Esstisch zur Hand. Ich rief bei der Werbeagentur an und redete mit Quentin, konnte mir aber kein Herz fassen, Danny anzurufen, obwohl er wahrscheinlich gerade irgendwo in Besprechungen war und ich ihm nur eine Nachricht hinterlassen müsste. Quentin nahm die Nachricht von meiner verschobenen Rückkehr so verständnisvoll auf, dass in mir die verdrossene Frage zurückblieb, ob ich dort überhaupt noch gebraucht würde. Die Uhr tickte und Papa machte ein Nickerchen, während Mama in ihrem Sessel las. Ich spazierte raus und rein in mein Zimmer, sah auf die Uhr und stellte mir vor, wie Danny mit Heiratsplänen im Kopf zurück nach Griechenland flöge.

Und einmal, als ich wieder einmal daran vorbeikam, griff ich zum Hörer.

Die Nummer stand auf einem Papierfetzen, der unter das Telefon geklemmt war. Ich sah Mama von der Seite an und zog ihn heraus. An nichts, aber auch an gar nichts denkend, wählte ich die Nummer. Mein Herz fing an zu klopfen. Als sich das Hotel meldete, brachte ich kaum ein Wort heraus.

»Danny Canders Zimmer, bitte.«

»Einen Augenblick, bitte.«

Meine Knie zitterten, der Hörer lag mir nass in der Hand. Ich konnte nicht glauben, was ich da tat. Was, wenn er ans Telefon käme? Was sollte ich sagen?

»Entschuldigen Sie«, antwortete ich einer fernen Stimme und riss mich von meinen Gedanken los. »Wie bitte?«

»Ich sagte, dass Mr. Cander nicht mehr hier ist«, teilte mir die Frau mit. »Er ist heute Morgen abgereist.«

KAPITEL 64

Wie gewinnt man die härtesten Schlachten des Lebens, Großvater?, fragte ich. Ich redete nicht von Schlachten zwischen Soldaten und Ländern. Auch nicht von der ermüdenden Schlacht um den Gebrauch eines linken Arms oder der Fähigkeit zu gehen. Ich redete von der zermürbendsten aller Schlachten, die Art, die ein Leben für immer verändern kann. *Du hast im Krieg drei Medaillen gewonnen, Großvater,* dachte ich. *Du bist tollkühn durch den Volturno geschwommen, unter den Augen des Feindes. Du hast in Korea Soldaten vor dem sicheren Tod gerettet. Du wurdest für deinen Mut gepriesen und geachtet. Aber am Ende hast du verloren, nicht wahr? Du hast die wichtigste Schlacht verloren, zu der du je angetreten bist. Was hat dir Gottes Verheißung von meinem Sieg über Mama genützt? Du bist auf der einen Seite eurer Kluft geblieben und Mama auf der anderen, und selbst die Drohung des nahenden Todes war nicht stark genug, um die Dunkelheit dazwischen zu überbrücken.*

Vielleicht hatte ich ja doch Recht gehabt. Es gab ein paar Dinge, die nicht einmal Gott in den Griff bekam.

Da saß ich nun in meinem alten Kinderzimmer, betastete Großvaters farbige Medaillen in ihren samtverkleideten Kästchen und dachte daran, wie stolz ich auf seine Errungenschaften gewesen war. Doch in diesem Moment konnte ich nur seine Enttäuschung und seinen Schmerz sehen. Wie Großvater, so hatte auch ich verloren. Ich hatte meine Schlacht um Danny verloren – zum zweiten Mal.

Und ich hatte Mama verloren.

Zum zweiten Mal.

Sag mir, Großvater, fragte ich zur Decke, *wozu waren deine Medaillen gut, wenn sie dich um die brachten, die du am meisten geliebt hast?*

Ich räumte gerade die Medaillen weg, als Mama aus dem Wohnzimmer rief. »Du hast versprochen, bei Mr. Sledge vorbeizuschauen«, erinnerte sie mich, »wenn dein Vater nach acht Wochen noch nicht so weit wäre. Vater kann seine Verabredung mit ihm heute nicht einhalten, also musst du hinfahren.«

»Oh Mama«, bat ich, »ich bin hundemüde. Du hast ihn doch eh schon angerufen, also weiß er, dass Papa nicht kommt. Kann das nicht bis morgen warten?«

»Nein, kann es nicht. Ich habe ihm gesagt, du würdest gegen zwei Uhr da sein.«

Meine Augen schlossen sich unwillkürlich. »Warum hast du das gemacht?«

»Du willst doch, dass dein Vater wieder arbeiten gehen kann, oder nicht?«

»Schon, aber –«

»Dann geh! Und auf dem Rückweg machst du mir noch einen kurzen Abstecher zum Supermarkt.« Damit drückte sie mir eine Einkaufsliste in die Hand.

Ihr Vorwand, um mich loszuwerden, war allzu fadenscheinig. Aber Diskutieren hatte keinen Zweck. Ich konnte nicht noch einen Streit vor Papa riskieren und das wusste sie. Während ich also meinen Ärger hinunterschluckte, sagte ich mir, ich sollte dankbar sein, ein bisschen rauszukommen.

Eine Stunde später traf ich mich, vor Energie strotzend, die ich nicht besaß, mit Mr. Sledge. Er erwies sich als äußerst mitfühlend und schüttelte den Kopf über unseren plötzlichen Rückschlag. »Aber Vater erholt sich zusehends«, beteuerte ich. »Ich kann schon erste Verbesserungen feststellen. Es sollte nicht länger als vier Wochen dauern.«

»Keine Sorge, Celia«, erwiderte er und strich ein blaues Hemd über seinem dicken Bauch glatt, »du hast deinen Teil der Abmachung gehalten und ich halte meinen. Seine Stelle wartet auf ihn, bis er wieder so weit ist – mit aller Belastbarkeit. Diese Zeitarbeitskräfte tun es zwar zur Not, aber sie sind ganz bestimmt nicht William.«

Ganz steif fuhr ich zurück nach Bradleyville, erleichtert, dass wenigstens etwas klappte. Meine Augen schweiften zur Uhr im Armaturenbrett. Viertel vor drei. Irgendwo in New York, in den nächsten drei Stunden, würde Danny vermutlich seinen Arbeitstag abschließen. Offenkundig wollte er einen Nachtflug zurück nach Griechenland nehmen. Konnte es gar nicht abwarten, den Ring zurück zu Kathy zu tragen.

Im Lebensmittelgeschäft schlenderte ich schweren Herzens durch die Gänge und hakte Mamas Liste ab. Frischen Mais. Einen Braten. Eier. Vanilleeis. Ich malte mir eine exotische Hochzeit mit Blumenschauer und wunderschöner Musik aus. Als ich die Lebensmittel bezahlte, fragte ich mich, ob Lee und Miss Jessie sich wohl eine Reise nach Griechenland leisten könnten, um daran teilzunehmen.

Wieder zu Hause, knirschten meine Reifen, als ich in die Schotterauffahrt einbog. Mit einem Seufzer schlüpfte ich aus dem Auto, in jedem Arm eine volle Papiertüte. Als ich unseren Vorrasen schon halb überquert hatte, sprang mir ein Farbspritzer in die niedergeschlagenen Augen. Unwillkürlich richtete ich sie auf unseren Gehweg.

Er war mit Bildern bedeckt.

Ich blieb stehen. Mein Kopf neigte sich spähend zur Seite. Langsam, mit prickelnder Haut näherte ich mich der Veranda und stellte die Tüten ab. Ging zielstrebig durch das Gras bis zum Bürgersteig. Dann drehte ich mich um und betrachtete den Gehweg in seiner ganzen Länge. Ich konnte nicht glauben, was ich sah. Auf dem Rasen bleibend, folgte ich dem Weg langsam zurück zur Veranda, Kästchen für Kästchen.

Die Bilder waren grob gezeichnet. Sie war keine Malerin. Ich stellte mir das vorsichtige Beugen steif gewordener Knie vor, das unvertraute Gefühl von warmem, körnigem Beton unter ihren Handflächen. Ihr verlegenes Vorwärtsschlurfen. Die Blicke der Vorbeifahrenden.

Im ersten Kästchen war ein Baby in einem blauen Strampler. Eine kleine Hand gab ihm die Flasche. Meine.

Im zweiten Kästchen dann eine Angel. Eine Nadel und ein Faden, die ein zerrissenes gelbes Shirt flickten. Eine schwarzsilberne Murmel.

Ich ließ mir für jedes viel bebilderte Kästchen Zeit, machte Pausen, schwelgte in Erinnerungen. Da war ein Buch, das ich Kevy einmal vorgelesen hatte. Sauberes Geschirr, das auf einer Arbeitsplatte abtropfte. Eine Kriegsmedaille.

Cubby.

Tulls Drugstore.

Ein glitzernder Fluss.

Wie ihr der Rücken geschmerzt haben musste, bis sie an dieser Stelle angelangt war.

Als Nächstes ein Rollstuhl.

Welche Belastung für ihre Schultern, als sie nach einem neuen Stück Kreide langte.

Papas Rollator.

Apfelkuchen.

Als ich beim letzten Kästchen angekommen war, waren meine Augen verschwommen. Ich blinzelte schnell und meine Lippen bewegten sich, als ich die Worte las, die sie in großen roten Buchstaben geschrieben hatte. Ich las sie noch einmal. Runzelte die Stirn, las sie ein drittes Mal, konnte mir aber keinen Reim darauf machen.

An der Veranda blieb ich stehen, um den Gehweg als Ganzen anzuschauen, seine Pastellfarben in mich aufzunehmen. Ich konnte förmlich Melissas Kinderstimme hören. Und Großvater, der die Titelmelodie vom *Rosaroten Panther* summte.

Guck mal, Mama! Wir haben den Gehweg für dich angemalt!

Mama bemühte sich so sehr um meine Vergebung. Ich wollte jubeln, hatte aber Angst, in Schluchzen auszubrechen. Solch ein Geschenk hatte sie mir gemacht. So schrecklich spät.

Eine praktische Veranlagung ist ein dreister Eindringling. Mir fiel plötzlich das Eis ein. Ich schnappte mir die Papiertüten und trug sie in die Küche, wo ich eine kurze Notiz vorfand.

Mache mit Vater einen Spaziergang.

Die Bilder schwebten mir durch den Kopf.

Mama und Papa blieben länger aus, als ich erwartet hatte. Ich räumte die Lebensmittel weg und faltete die Tüten zusammen. Als ich sie unter der Spüle verstaute, war mir, als hätte ich das Geräusch einer zuschlagenden Autotür gehört, wies das aber in der sich anschließenden Stille von mir. Als die Türglocke lautstark schrillte, fuhr mein Kopf hoch und knallte oben gegen den Schrank.

»Autsch!« Ich hielt mir verärgert die Stelle und verdrehte die Augen über meine Ungeschicklichkeit. Stand auf. »Komme!«

Als ich, mir den Kopf reibend, um die Ecke ins Wohnzimmer bog, spähte ich zur Veranda. Die Fliegenschutztür legte ein graues Maschengewebe über die Gestalt eines Mannes in Marinehosen und einem offenen Sportmantel. Er stand halb abgewendet da, die Hände verschränkt, die Zeigefinger ungeduldig klopfend, und sah dabei zerstreut auf den Gehweg. Hinter ihm parkte ein Auto, das ich noch nie gesehen hatte. Irgendetwas an seiner Haltung kam mir bekannt vor und ich zögerte, starrte auf das hellbraune Haar, die einzelne Strähne in der Stirn, als ob er eine Gestalt aus einem uralten Traum wäre. Ich tat noch einen Schritt und da hörte er mein Näherkommen und wirbelte herum. Mir wurde ganz schwindlig, als sich unsere Augen trafen. Seine waren leuchtend, strahlend grün.

»Celia.«

Er sagte meinen Namen mit einer Stimme, die von Angeln und einem trägen Sommerfluss sprach, von einem mit Gänseblümchen übersäten Feld und einem Eichenbaldachin, vom Tanzen zu den Bee Gees und geflüsterten »Ich liebe dich«, von Enttäuschungen, gebrochenen Herzen, Jubel und Hoffnung. Als ich seine Stimme das letzte Mal gehört hatte, hatte er gesagt, er würde auf mich warten, dass Raum und Zeit uns niemals trennen könnten. Dass er einen Ozean für mich aufbewahren würde. Und dass bis dahin nichts unsere Herzen auseinander bringen könnte.

Er rief mich wieder.

Erst Mamas bemalter Gehweg; jetzt das. Ich konnte nicht antworten. Mit weichen Knöcheln kämpften sich meine Füße über den abgetretenen Teppich bis zur Tür vor und blieben stehen. Die freudige Erwartung, die sich in sein Gesicht gegraben hatte, verblasste zur Unsicherheit. Ich konnte meinen eigenen Herzschlag hören.

Danny, flehte ich innerlich, *bist du gekommen, um mich zu quälen?*

Er zögerte, eine Hand an die Tür gelegt. »Darf ich reinkommen?«

Ich nickte kurz.

Er trat über die Schwelle und schloss die Tür ganz leise hinter sich. Ich sah sein ungleichmäßiges Atmen und mir blieb die Luft weg, als sein Blick, nach einer Antwort forschend, über mein Gesicht wanderte. Ich fand keine.

»Ich –« Er geriet ins Stammeln. »Deine Mutter hat mich gestern Abend von den Hardings aus angerufen. Ich konnte ihre Geschichte zuerst kaum glauben. Aber dann hatte ich nur noch einen Gedanken: den nächsten Flieger erwischen.«

Die Worte weigerten sich, in meinem dröhnenden Schädel eine feste Form anzunehmen. Ich starrte und starrte.

»Celia, hör mir zu.« Seine Stimme wurde eindringlich. »Niemand hat dich je ersetzen können. Ich habe mir die größte Mühe gegeben, aber ... ›Du bist zu unnahbar‹, sagen sie alle. Und: ›An wen denkst du eigentlich?‹ Es wird Kathy nicht überraschen, wenn ich es ihr sage. In ihrem Herzen weiß sie es bereits. Ich liebe *dich,* Celia. Ich habe dich mein Leben lang geliebt.«

Ich liebe dich schon lange.

Irgendetwas in mir zerbrach und die Worte spülten wie ein warmer Strom durch mich hindurch.

»Oh Danny.«

Plötzlich umschlossen mich seine Arme mit festem Griff, mein Gesicht war an seinem Hals. *Das ist ein Traum,* sagte ich mir. *Nur ein Traum, aber einer, von dem ich wünschte, er würde bis in alle Ewigkeit andauern.*

»Ich habe so lange gewartet«, murmelte er, »so viele Jahre war ich ahnungslos.«

Die Zeit fiel ab wie lose Blütenblätter, als ich mich mit zugeschnürtem Hals an ihn klammerte. Ich wusste nicht, wie lange wir uns so umarmt hatten oder was mein Schluchzen schließlich gebändigt hatte, als sich mein Kopf zurücklegte, um ihn anzuschauen, und sein Mund auf meinen traf. Unsere Atem vermischten sich lange, seine Hände in meinem Haar, Herzklopfen. Dann riss er sich los, nahm mein Gesicht in seine Hände und meinte ehrfürchtig, dass ich noch schöner sei als früher. Und er war größer, seine Brust breiter, die Bürde Bradleyvilles stand ihm nicht länger ins Gesicht geschrieben.

Ehe wir uns versahen, sanken wir auf die Couch, küssten uns, lächelten uns an und fuhren in neuem Staunen mit dem Finger über eine Kieferlinie, eine Schulter, einen Nacken. Ich strich ihm das Haar aus der Stirn und wollte mich gerade entschuldigen für das, was ich getan hatte, als er mir abrupt das Wort abschnitt und flüsterte: »Schluss mit Entschuldigungen,

Schluss mit der Vergangenheit. Wir haben beide unsren Teil bekommen.«

Noch ganz wirr im Kopf, stellte ich ihm Fragen über Griechenland und er schwärmte von seiner Schönheit.

»Ich habe noch nie den Ozean gesehen«, platzte ich lächerlicherweise heraus.

Er lächelte traurig. »Darf ich ihn dir zeigen?«

Ich konnte nur nicken.

Sein Blick wurde eindringlich und ich sah, dass er nach Worten suchte. »Es gibt so viel zu bereden, Celia. Jeder von uns hat sein eigenes Leben. Meinst du, wir – können wir einen Weg finden, noch mal von vorne anzufangen? Es noch einmal zu versuchen?«

Little Rock schoss mir durch den Sinn, und die Möglichkeit, es aufzugeben, war mit Gefühlen belastet, die so tief waren, dass Träume nur oberflächlich daran rühren könnten. Ich konnte im Moment nicht über Einzelheiten nachdenken. Doch als ich Danny wieder berührte, da war mir eins klar: Meine künstlerischen Fähigkeiten und meine Berufserfahrung konnte ich mitnehmen, wohingegen meine Trauer um ihn fast unerträglich gewesen war.

»Diesmal wirst du mich nicht los«, sagte ich.

Er drückte meine Hand, bis ich glaubte, sie würde brechen. »Wir haben beide schreckliche Fehler gemacht, Celia. Wir haben nicht auf das gehört, was dein Großvater uns gesagt hat; wir haben unseren Blick von Jesus abgewendet. Nachdem ich dich verloren hatte, habe ich ihm völlig den Rücken gekehrt. Ich habe zu ihm gesagt, es sei alles seine Schuld. Aber innerlich wusste ich, dass das nicht stimmte. Der Anruf von deiner Mutter war ein Wunder – ein unverdientes Geschenk von Gott für mich. Er hat dich mir zurückgegeben und diesmal werde ich es nicht verscherzen.«

»O nein, bestimmt nicht, Danny«, erwiderte ich rasch. »Und ich auch nicht. Nicht nach alledem.«

»Wir würden das fertig bringen, Celia. Auf uns allein gestellt, würden wir das hinkriegen. Deshalb müssen wir uns gegenseitig versprechen, dass wir uns dieses Mal von Jesus führen lassen – in allem. Er ist das einzige Bindeglied, das uns zusammenhalten wird.«

Die Ernsthaftigkeit in Dannys Ton ließ mich innehalten, das Funkeln meines plötzlichen Glücks verblasste für einen Moment. Das war kein kleines Versprechen, das Danny da forderte. Selbstsucht und Stolz hatten unsere Beziehung einmal zerstört. Und ob das auch schon Jahre her sein mochte, so wusste ich doch, dass diese Charakterzüge immer noch in mir schlummerten. Ich brauchte mir ja nur vor Augen zu halten, wie ich in den letzten Tagen mit Mama umgegangen war. Dennoch hatte ihre Antwort aus überwältigender Liebe bestanden. Gott gab mir sowohl mit Danny als auch mit ihr nach so vielen Jahren eine neue Chance. Aber dies war nicht das Ende; es war erst der Anfang. Die alten Verletzungen und Empfindlichkeiten zwischen Mama und mir und Danny und mir würden mit Sicherheit wieder hochkommen. Ich würde noch viel lernen und viel an mir arbeiten müssen, bevor ich die Vergangenheit vollständig loslassen könnte, und dieser Prozess würde nicht immer einfach sein.

Und noch eins stand fest: Auf keinen Fall könnte ich das ohne Gottes Hilfe schaffen.

»Ich verspreche es dir«, sagte ich zu Danny und dieses Mal begriff ich die ganze Tragweite dieser Worte. »Ich verspreche es dir vor Gott!«

»Und ich verspreche es dir.«

Er nahm mich wieder in den Arm.

Kurze Zeit später schlängelten sich weit entfernte Stimmen durch das offene Fenster, und ehe ich mich versah, war ich auf den Beinen. »Mama und Papa!« Eine plötzliche Befangenheit bemächtigte sich meiner. Ich hatte Mama so viel zu danken, hatte ihr so viel zu sagen. Hilflos sah ich Danny an. »Komm mit mir.«

Wir traten Hand in Hand durch die Fliegenschutztür, gingen die Verandastufen hinunter und standen auf dem bunten Gehweg. Dannys Blick strich über den Boden. »Das ist alles für dich, was?«

»Ja«, sagte ich lächelnd. »Ist es nicht wunderschön?«

Aus einem halben Häuserblock Entfernung strahlte Papa uns schief an, während Mama seinen Rollstuhl schob. »Huuhuu, Daannyy!«, schrie er. »Schään, dich tsuu sähn!« Er beugte sich erwartungsvoll vor und drängte Mama, sich zu sputen.

»Ganz meinerseits, Sir!«

»Himmel, William.« Mamas Stimme schallte zu uns herüber, ganz schroff vor Verlegenheit. »Schneller geht's nicht.«

Danny machte schon Anstalten, mich über den Rasen zu ziehen, als meine Schritte stockten, da mir plötzlich ein Licht aufging. Langsam wanderten meine Augen von Mamas Gesicht zu dem letzten Kästchen auf dem Gehweg.

»Warte, Danny.« Ich zog ihn zurück. »Das hier. Das hat sie für dich geschrieben.«

Laut las Danny die Botschaft in ihrer ordentlichen roten Druckschrift und drückte vor Freude meine Hand.

DU WIRST DOCH WOHL HOFFENTLICH ZUM ABENDESSEN BLEIBEN.

Anmerkung der Verfasserin

Während ich diese Geschichte schrieb, nahm ich an unserem jährlichen Familientreffen im Haus meiner Eltern in Wilmore, Kentucky, teil. Gott hat unsere Familie mit einer wunderbaren Verbundenheit gesegnet, auch wenn wir mittlerweile über das ganze Land verstreut sind. Mutti und Papa, Zeit ihres Lebens Diener Jesu Christi, haben ihren vier Töchtern vorgelebt, was es heißt, ihm Tag für Tag zu vertrauen. Wir haben es immer als etwas Besonderes empfunden, mit ihnen zusammen zu sein. Bei besagtem Treffen nun hatten meine Eltern. die achtzig bereits erreicht, erfreuten sich aber immer noch guter Gesundheit. Meinen Schwestern und mir war die Zeit mit ihnen wenn möglich sogar noch kostbarer.

Eines Abends überreichte ein Cousin nach dem Essen meinen Schwestern und mir je ein kleines, tiefsinniges Geschenk. Meines, Gott segne ihn, war eine Schachtel mit Straßenmalkreide. Vergnügt gingen wir vier nach draußen, um für Mutti und Papa den Gehweg zu bemalen. Unter den Augen von Cousins und Schwägern und Kindern nahm sich jede von uns ein Kästchen vor. Das Jungvolk, meines eingeschlossen, fand den Anblick von uns Erwachsenen, wie wir da auf allen Vieren malten, höchst vergnüglich. Schon bald war der Gehweg mit Blumen, Herzen und Botschaften übersät, ein schnuckeliges Häuschen, aus dessen Schornstein Rauch kringelte, ein Stern, ein Ausrufezeichen.

Als wir fertig waren, betrachtete ich die bunten Zeichnungen und erklärte meiner neugierigen Tochter, warum wir das getan hätten. Durch das Schreiben meines Buches, erklärte ich ihr, sei das Bemalen des Gehwegs zu einem Symbol geworden für eine besondere Art, jemanden zu ehren und dieser Person zu sagen: »Ich liebe dich … nehme dich an … *feiere* dich.« Es ist eine Art, das zu verbildlichen, was man eigentlich durch seine Liebe zu diesem Menschen jeden Tag leben sollte.

Wenn du ein bisschen älter bist, fügte ich hinzu, wirst du vielleicht selber mal den Gehweg für jemanden bunt malen, den du liebst.

Amberly war erst sieben, aber ich denke, sie verstand.

Meine Mutter war von dem Geschenk hellauf begeistert. Sie schnappte sich kurzerhand ein knallrosa Springseil vom Rasen und begann, auf dem Gehweg zu hüpfen. Ich griff zum Fotoapparat. Auf dem Bild trägt sie immer noch ihre grün-weiß karierte Schürze, das Seil ist genau über ihrem Kopf festgehalten. Sie hat die Arme ausgebreitet, die Finger fassen die Griffe und ihr Mund ist zu einem breiten Lächeln verzogen.

Unter ihren hüpfenden Füßen aber breitet sich das bunte Hurra ihrer vier geliebten Kinder auf das Leben.

Brandilyn, Tochter Nummer vier
Redwood City, Kalifornien

Leseprobe

Ebenfalls in Bradleyville spielt Brandilyn Collins' Roman **»Wohin führst du mich?«** (Verlag Johannis, Lahr 2002, 352 Seiten).

Kapitel 1

Als ich meine Mutter zum letzten Mal lebend sah, war sie auf dem Weg zu den Armen.

Sie trug eines ihrer Lieblingskleider, ein blaues Baumwollstrickkleid mit einer Schärpe in der Taille. Sie hatte es schon seit Jahren. Nicht dass es besonderen Stil gehabt hätte, aber es gefiel ihr, weil es bequem und leicht zu waschen war. »Das Kleid ist genau richtig«, entgegnete sie jedes Mal, wenn ich jammerte, sie habe es so oft im Hope Center an, dass die Leute schon denken müssten, sie ginge damit zu Bett. Wenn sie zur Arbeit ging, kleidete sie sich sorgfältiger, stärkte ihre Blusen und besserte die alten Röcke geschickt aus, damit man ihr nicht ansah, dass sie eigentlich keine richtige Garderobe besaß. Dazu trug sie eines ihrer drei Paar Billig-Ohrringe, manchmal eine schlichte Kette. Doch im Center kam Schmuck überhaupt nicht in Frage, würde er sie dort doch nur behindern oder, schlimmer noch, die Heimatlosen und Hungernden daran erinnern, dass ihre Bedürfnisse weit unter unseren lagen. Das blaue Baumwollkleid war schon von schreienden Babys besabbert, von Kindern mit Suppe bekleckert und sogar vom krampfhaften

Griff einer ängstlichen jungen Mutter zerrissen worden. Wenn Mutti sich nach einem weiteren langen Abend im Hope Center nach Hause schleppte, wenn ihr die Müdigkeit in das schöne Gesicht geschrieben stand und sich eine dicke Strähne ihres dunklen, kastanienbraunen Haars aus dem Zopfgummi gelöst hatte, schüttelte sie gutmütig den Kopf, wie mitgenommen ihr Kleid wieder aussehe. Dann wusch sie es mit der Hand und hängte es zum Trocknen bis zum nächsten Mal auf.

Ich half oft an Muttis Seite im Center aus. Nachdem ich mit Hausaufgaben fertig und ihr Arbeitstag als Rezeptionistin bei einer Versicherungsgesellschaft beendet war, aßen wir schnell eine Kleinigkeit und fuhren dann zu dem zweistöckigen Backsteinhaus in der Innenstadt von Cincinnati, wo Arme Nahrung und Unterkunft fanden. Samstags ging ich immer mit. Bis auf jenen Samstag. Ich hatte in der folgenden Woche meine Abschlussprüfungen vom zweiten High-School-Jahr und Mutti hatte darauf bestanden, dass ich zu Hause bleiben und lernen solle. »Dann musst du aber auch zu Hause bleiben«, hatte ich gebettelt. »Du bist erschöpft und hast dir schon seit Wochen keinen freien Tag mehr gegönnt. Lass dich doch vertreten, nur dieses eine Mal.«

»Oh, das geht nicht«, hatte sie sanft erwidert. »Ich habe doch der kleinen Jianying und der ganzen Rasselbande versprochen, ihnen heute vorzulesen, und dann muss ich ja auch noch die Stunde zum Thema Bewerbungsgespräche halten. Außerdem ist Brenda krank, deshalb muss ich zusehen, dass in der Küche nichts anbrennt.« Brenda Todd hatte das Center zehn Jahre zuvor gegründet und leitete es. Mutti war acht Jahre lang ihre »rechte Hand« gewesen.

Und so kam es, dass meine Mutter mich an jenem entsetzlichen Samstag zum Abschied küsste, aus der Tür unseres kleinen Mietshauses trat und die Veranda hinunterging, um davonzufahren. Ich folgte ihr, immer noch protestierend. »Dann lass mich wenigstens mitkommen. Vielleicht kann ich beim

Essenmachen helfen, dann kannst du nach dem Unterricht gleich nach Hause. Ich werd schon jemanden finden, der mich mit zurücknimmt. Und außerdem habe ich morgen noch den ganzen Tag zum Lernen.«

Sie legte ihre Hände mit sanftem Druck auf meine Schultern. »Nein, Jessie. Bleib hier und lerne. Vielleicht finde ich ja jemanden, der mich morgen vertreten kann. Ich hätte nichts dagegen, wieder einmal so richtig auszuschlafen.« Sie lächelte und versuchte, ihre Müdigkeit zu verbergen, als sie in unseren verbeulten Chevy Impala schlüpfte.

Dieses Lächeln werde ich nie vergessen. Es hat sich in mein Gedächtnis eingegraben wie in Diamant geschliffen. Ich sehe ihr blaues Kleid vor mir; die Blässe ihrer ungeschminkten Wangen; die Wärme ihrer braunen Augen. Als sie ihre abgewetzte weiße Handtasche neben sich auf den Sitz legte, klappte der gebogene Henkel nach vorn. Irgendetwas an dieser alten Tasche ließ mir das Herz schwer werden. Ich dachte an den langen Dienst, den sie schieben und – wie üblich – nichts dafür bekommen würde. Wie viele Kleider, wie viele Handtaschen hätte sie sich nicht schon kaufen können, wenn sie ebenso viel Zeit ans Geldverdienen verwandt hätte?

Mutti hatte selbst kein leichtes Leben gehabt, aber immer dachte sie an andere. Ihr Mann – mein Vater – war fortgegangen, als ich noch ein Baby war, hatte sie sitzen lassen mit nichts anderem als dunklen Erinnerungen an seine Trinkerei. Jahre später war er betrunken irgendwo in einer Kneipe am anderen Ende von Ohio bei einer Messerstecherei ums Leben gekommen. Ihre einzige Schwester lebte in einer kleinen, abgelegenen Stadt in Kentucky und die beiden sahen einander selten. Und von ihren Eltern hatte Mutti sich schon Jahre vor deren Tod entfremdet. Nachdem unser erster und einziger Besuch bei ihnen ein fürchterlicher Reinfall gewesen war, hatte ich mit der ganzen Entschiedenheit einer Zehnjährigen erklärt, dass wir niemals mehr dort hingehen würden. Binnen vier Jahren nach diesem Besuch war ihr Vater an Leberschrumpfung und ihre Mutter an Herzleiden gestorben.

Als Mutti den Schlüssel ins Zündschloss steckte, erstarb dieses Lächeln, das mir unvergesslich ist, auf ihren Lippen. Dann schlossen sich für einen winzigen Moment ihre Augen und ich sah, wie ein Ausdruck der Verzweiflung über ihre Züge huschte. Die Angst um sie versetzte mir einen Stich und ich wollte gerade wieder ansetzen, sie zum Bleiben zu überreden, als sich ihre Augen öffneten. Sie bemerkte, dass ich sie anstarrte, und der Ausdruck verschwand. Sie lächelte wieder, ein bisschen zu fröhlich.

Das Auto sprang an und rollte langsam vom Bordstein. Ich sah, wie sich ihre linke Hand hob, die Finger gespreizt. Es war ein kleiner, vertrauter Gruß. »Danke für deine Fürsorglichkeit«, schien er zu sagen, »aber du weißt doch, ich schaff das schon.« Ich winkte zurück, brachte ein schwaches Lächeln zustande.

Mit einem sorgenvollen Seufzen sah ich Mutti langsam unsere Straße hinunterfahren und rechts abbiegen. Dann war sie außer Sicht. Zwei Häuserblöcke weiter würde sie links abbiegen und die Viewridge erklimmen, die sich den Berg hinaufschlängelte und nach einigen Kurven wieder in mein Blickfeld kam …